SUPERSTIÇÃO NO BRASIL

LUÍS DA CÂMARA CASCUDO

SUPERSTIÇÃO NO BRASIL

© Anna Maria Cascudo Barreto e Fernando Luís da Câmara Cascudo, 1999

5ª Edição, Global Editora, 2002
1ª Reimpressão, 2022

Jefferson L. Alves – diretor editorial
Flávio Samuel – gerente de produção
Dulce S. Seabra – gerente editorial
Daliana Cascudo Roberti Leite – estabelecimento do texto e revisão final
Rita de Cássia M. Lopes, Salvine Maciel e Maria José L. de C. Negreiros – revisão
Marcelo Azevedo – capa
Antonio Silvio Lopes – editoração eletrônica

Dados Internacionais de Catalogação na Publicação (CIP)
(Câmara Brasileira do Livro, SP, Brasil)

    Cascudo, Luís da Câmara, 1898-1986.
            Superstição no Brasil / Luís da Câmara Cascudo. – 5. ed. – São
    Paulo : Global, 2002.

        ISBN 978-85-260-0686-7

            1. Brasil – Usos e costumes religiosos 2. Folclore – Brasil 3. Superstições
    – Brasil I. Título.

00-5117   CDD–398.0981

Índices para catálogo sistemático:
1. Brasil : Superstições : Folclore   398.0981

Obra atualizada conforme o
NOVO ACORDO ORTOGRÁFICO DA LÍNGUA PORTUGUESA

global
editora

Global Editora e Distribuidora Ltda.
Rua Pirapitingui, 111 — Liberdade
CEP 01508-020 — São Paulo — SP
Tel.: (11) 3277-7999
e-mail: global@globaleditora.com.br

 globaleditora.com.br   @globaleditora

 /globaleditora   @globaleditora

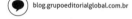

blog.grupoeditorialglobal.com.br

 Direitos reservados.
Colabore com a produção científica e cultural.
Proibida a reprodução total ou parcial desta
obra sem a autorização do editor.

Nº de Catálogo: **2141**

Sobre a reedição de Superstição no Brasil

A reedição da obra de Câmara Cascudo tem sido um privilégio e um grande desafio para a equipe da Global Editora. A começar pelo nome do autor. Com a concordância da família, foram acrescidos os acentos em Luís e em Câmara, por razões de normatização bibliográfica. Foi feita também a atualização ortográfica, conforme o Novo Acordo Ortográfico da Língua Portuguesa; no entanto, existem muitos termos utilizados no nosso idioma que ainda não foram corroborados pelos grandes dicionários de língua portuguesa nem pelo Volp (Vocabulário Ortográfico da Língua Portuguesa) – nestes casos, mantivemos a grafia utilizada por Câmara Cascudo.

O autor usava uma forma peculiar de registrar fontes. Como não seria adequado utilizar critérios mais recentes de referenciação, optamos por respeitar a forma da última edição em vida do autor. Nas notas foram corrigidos apenas erros de digitação, já que não existem originais da obra.

Mas, acima de detalhes de edição, nossa alegria é compartilhar essas "conversas" cheias de erudição e sabor.

Os editores

Sumário

Prefacial 11
Carta do Autor ao Editor 12
Apresentação 13

1. ANÚBIS E OUTROS ENSAIOS

Anúbis, ou o culto do morto 17
Hermes em Acaia e a consulta às vozes 35
Perséfona e os 7 bagos da romã 40
O barrete do Saci 47
A pedra na cruz 50
Ad petendam pluviam 57
Experiência de Santa Luzia 65
O macaco foi gente… 70
Não olhe para trás!… 73
Ferônia 79
Prometeu 87
Limentinus 92
Em louvor de Janus 97
Narcisus ou o tabu do reflexo 100
Nomem, numen 104
Ôrai 110
Jardim de Adônis 114
A carne da coruja adivinha 119
História de uma estória 122
"*The dancing gang*" no Brasil 129
O voto de Idomeneu 134

Superstições da saliva 138
Pé direito! 145
Velório de anjinho 153
"Sete vezes fui casada…" 158
Adivinhas de São João 166
Amansando a fera 177
Aí vai o Laurindo!… 183
Os grous de Ibicus voam em português… 189
Descalça-te! A terra é sagrada… 198
Presença de Muta 201

2. SUPERSTIÇÕES E COSTUMES

As sereias na Casa de Deus 207
A bruxa e a tesoura aberta 210
A noite do furto tradicional 213
O vínculo obrigacional pela alimentação em comum 218
Comer sal 220
A defesa mágica do espelho 223
Bodoque 226
Influência africana na lúdica infantil brasileira 229
Vestígios contemporâneos do casamento por captura 233
O "cheiro", carícia nordestina 236
Vassoura 239
O guarda-sol 242
O indígena no brinquedo do menino brasileiro 246
Doces de tabuleiro 251
Mijar na cova 257
Caretas 260
Aperto de mão 262
Andar de roda 266
Rasto 269
Castanhola 271
Alguns jogos infantis no Brasil 273
Promessa de jantar aos cachorros 279

Barco de São Benedito	283
O símbolo respeitoso de não olhar	286
Cabelo solto	291
Ferradura	294
Deixar o copo vazio	297
Treze à mesa	300
Linguagem do pigarro e da tosse	303
Passar debaixo da escada	306
Tropeçar na soleira da porta	309
O cocorote	312
Um rito fúnebre judaico	315
A luz trêmula	318
Virgindade	321
Carregar a sela	324
Apontar e mostrar o dedo	327
Posições para orar	330
Saia na cabeça	333
Sabor d'água e cheiro da terra	336

3. RELIGIÃO NO POVO

Introito	339
Religião no povo	344
Tomar bênção	367
Santas almas benditas	371
Refeição aos cachorros e outras promessas	402
Minha Nossa Senhora	405
Com Deus me deito, com Deus me levanto	412
O povo faz seu santo	419
Dormir na igreja	425
O "padre-nosso" da velha Cosma	428
Orações que não devem ser interrompidas	430
Deus em 1960	433
O morto é juiz	437
Santos tradicionais no Brasil	440

Horas abertas 446
Recado ao morto 447
Profecias 450
De pé no chão 460
A oração circular 464
A hora do meio-dia 467
Posição para orar 470
Com o diabo no corpo 474
Rogar pragas 477
Da teologia popular 479
A pedra na cruz 490
Castigo aos santos 492
Aos santos inocentes 494

Prefacial

Este "Superstição no Brasil" reúne "Anúbis e Outros Ensaios" (Rio, 1951) e "Superstições e Costumes" (Rio, 1958). Reúne, ainda, "Religião no Povo", Imprensa Universitária (João Pessoa, 1974) com prefácio do magnífico Reitor Umberto Nóbrega. Constituem, reunidos, um documentário excelente como não recordo noutras bibliografias. O critério não é o registo, mas a tentativa de elucidação das origens. A imaginação não colaborou, mas os exemplos foram lidos ou vividos no ambiente em que viveu o autor.

Despeço-me da possibilidade explicatória por tratar-se de matéria insusceptível de análise imediata.

Sua universalidade é evidente e a ação comprova a contemporaneidade do milênio. Não foi possível coligir quanto escrevi sobre Superstição. Já não tenho ânimo de procurar nos esconderijos onde guardei. A leitura expõe a vastidão e profundeza do mundo que acreditamos existir e é contemporâneo com o outro onde nasceu Adão.

Em Natal, Rio Grande do Norte, 7 de outubro de 1984.

Luís da Câmara Cascudo.

Pedro Paulo Moreira, Barão de Itatiaia[*]

Muito saudar

Só mesmo sob os eflúvios de sua solicitação, insistente e gentil, seria possível interromper a indolência enfermiça que me envolve, apesar da assistência animadora da grande secretária que Deus me deu.

Mando a nota prefacial e o livro *Religião no Povo*, publicado pela Universidade da Paraíba, em 1974, cujo texto é matéria convergente para o nosso planejado *Superstição no Brasil*.

Submeto à sua apreciação julgadora a reunião dele aos outros dois antecedentes, constituindo um volumão compacto e valioso para leitura e consulta como não existe em nenhuma bibliografia na espécie. Se não aprovar, devolva o volume porque tenho poucos. Leia o índice e verá a unidade temática do livro. Plena liberdade em sua decisão. Um respeitoso abraço do seu devoto.

Não concordando com a reunião do terceiro livro na *Superstição no Brasil*, retire no prefacial o período em que se alude a inserção.

O abraço fiel de Câmara Cascudo.
Natal, 6/10/84.

---

[*] Carta do autor ao editor da primeira edição. *Barão de Itatiaia* é o tratamento carinhoso que o autor usa em toda a correspondência com o então editor, que foi também seu grande amigo.

Apresentação

> *Je rends au public ce qu'il m'a prêté;*
> *j'ai emprute de lui la matière de cet ouvrage.*
> La Bruyère, prefácio de *Les Caractéres*.

Os trinta e um motivos deste livro foram encontrados na vida cotidiana do povo brasileiro. Continuam todos existindo e facilmente registados por quem deseje procurá-los.

Desses elementos normais partiu a pesquisa às fontes distantes e possivelmente originárias. Não houve preocupação de encontrar temas que possibilitassem uma mais larga exibição bibliográfica e mais ampla sugestão erudita. Foram surgindo na lógica da minha própria vida, no acaso da viagem e na coincidência do episódio sedutor. Alguns estavam guardados na memória de menino, criado no sertão, educado na cidade. As leituras posteriores valorizaram as pedrinhas que recolhera nos tempos passados.

Verifica-se essa contemporaneidade no milênio. O universalismo no regional. Apenas acompanhei, subindo o curso das águas vivas, trinta e um motivos vivos no homem brasileiro, normal, simples, diário, comum.

O grande passado vive em nós, perceptível. A viagem mostra o sentido de continuidade e o livro prolonga o plano da extensão no tempo. De surpresa em surpresa constatamos a proximidade com os povos longínquos e o fidelismo aos costumes centenários.

Esses estudinhos registam essa presença prodigiosa do Tempo que, como ensinava Fustel de Coulanges, *"ne meurt jamais complétement pour l'homme. L'homme peut bien l'oublier, mais il le garde toujours en lui"*.

Também, atendendo outra ordem de pensamento e de atividade, lembro o final do prefácio de Montaigne: *"Ce n'est pas raison que tu employes ton loisir en un subject si frivole et si vain; adieu donc..."*

Natal, janeiro de 1951.

Luís da Câmara Cascudo

I
Anúbis e Outros Ensaios

Anúbis, ou o culto do morto

O erudito A. Childe evidenciou que os proto-históricos construíram muralhas com paliçadas e terra batida e que, pela semelhança do papel do Cão e da muralha como meios de proteção e defesa, estabeleceu-se, com toda verossimilhança já em época pré-dinástica no Egito, os termos *sm*, recinto, muro de guarda, e *thsm*, cão de guarda, no mínimo sob a forma biletral *sm*. E o hieróglifo *sam* é aparentado com *thsm*, com a mesma significação de Ap-uat, o indicador do caminho, guiar, conduzir.

Desde a mais remota civilização do Delta houve no Egito um deus popular, mais venerado em determinada região, mais conhecido e amado por toda a terra sagrada que o Nilo atravessa. Era *Anúbis*. Nos mais velhos documentos arqueológicos de Mênfis, quando a divindade não se materializara em imagens, quando Osíris, o deus funerário, não possuía representação, já aparecia Anúbis, guarda da Casa Eterna dos Mortos, quarenta e cinco séculos antes de Cristo.

Muito depois criaram para ele uma genealogia mítica. Filho de Osíris e de Néftis, sua irmã, instituíra os ritos funerários do embalsamamento, ajudando Ísis a encontrar o corpo mutilado de Osíris, preparando-o para o reino dos Mortos onde eternamente dominaria. Anúbis dirigia as pompas mortuárias, a última homenagem ao cadáver, custódia, vigia, guarda dos defuntos, defendia-lhes a morada, fosse pirâmide real, mastaba rica ou cova simples na montanha, uivando contra o inimigo noturno. Ficava, invisível, assistindo ao velório, cuidando para que nada faltasse no cerimonial derradeiro. Seguia com o morto na viagem às "terras do Ocidente", a travessia na barca sombria, para o reino de Osíris, seu pai. Acompanhava o espírito, o *Ka* ou o *Ba* (os sacerdotes discutiam a identidade dessas formas aladas e divinas da Alma) até o julgamento final onde era ainda guardião e advogado fiel.

Esse julgamento da alma, a Psicostasia dos gregos que a aceitavam, pesagem da alma, apareceu mais popular durante o Novo Império, quando os Hiksos foram expulsos. Osíris presidia com quarenta e dois conselheiros, juízes de consulta, subdeuses de memória miraculosa, sabedores de todos os pecados das almas apresentadas no supremo plenário. Diante do trono de Osíris estava a grande balança de ouro. A alma chegava amparada por Anúbis, companheiro de jornada. Mait, a deusa da Verdade, esperava. Osíris interrogava. A alma fazia a confissão. Era um elogio, uma defesa regulada no *Livro dos Mortos*, coleção de preces e fórmulas que cada múmia possuía um exemplar, depoimento negativo que expõe os maiores pecados, de ação e de omissão. A alma dizia a Osíris, diante dos 42 assessores, de Tót, de Mait, de Anúbis: – Honra a vós, senhores da Verdade e da Justiça! Eu vos conheço bem, senhores da Verdade e da Justiça! Eu vos trouxe sempre a verdade, destruindo para vós a mentira. Nunca cometi uma fraude contra os homens. Jamais atormentei a viúva. Nunca menti diante do Tribunal. Não conheço a mentira. Nunca pratiquei um ato proibido. Nunca obriguei ao feitor dos trabalhadores a fazer tarefa maior do que a contratada. Não fui negligente. Não fui ocioso. Não me enfraqueci. Não desfaleci. Jamais realizei o que era abominável aos deuses. Não humilhei o escravo diante do seu senhor. Não esfomeei ninguém. Não fiz ninguém chorar. Não matei. Não mandei matar fraudulentamente. Não cometi fraude a ninguém. Não desviei os pães do templo. Não desviei os bolos das oferendas dos deuses. Não levei as provisões ou as decorações dos mortos. Não tive ganhos fraudulentos. Não alterei as medidas dos cereais. Não diminuí um dedo nas medidas. Nada usurpei nos campos. Não tive ganhos fraudulentos por meio dos pesos nos pratos da balança. Nunca falsifiquei o equilíbrio da balança. Nunca desviei o leite da boca dos recém-nascidos. Nunca expulsei os animais sagrados dos seus estábulos. Nunca prendi ao laço as aves divinas. Nunca pesquei os peixes sagrados nos seus lagos. Nunca repeli a água de sua estação. Não apaguei o fogo sagrado. Jamais violei o ciclo sagrado nas ofertas escolhidas. Nunca retirei os bois dos pastos próprios. Não repeli o deus na sua procissão. Eu sou puro! Eu sou puro! Eu sou puro! (Maspero, *Hist. Anc. Peup. De L'Orient*, chap. 1).

Ouvida a confissão, Osíris dava o sinal da pesagem. Tót, o deus conselheiro e confidente, íbis ou cinocéfalo, nume de eloquência e sabedoria, aproximava-se para verificar e dizer o resultado. Anúbis punha na concha da balança o seu próprio coração. Mait, no outro prato colocava o seu emblema, a pena de ouro, dando uma pancadinha para aliviar o peso do coração anubiano. Os pratos oscilavam, subindo, descendo. Tót proclamava o resultado. Osíris decidia na sentença inapelável. Ficando a alma na decisão divina, Anúbis retomava a missão de guardar os túmulos confiados, ululando ao redor da cidade dos mortos, espavorindo os ladrões e os vampiros. Que era Anúbis? Chacal? Cão? Raposa? Os egípcios diziam-no Anpu, Ap-Héru, Sapu. Maspero não se decidiu entre as encarnações: – *est le nom même de l'animal que ce soit le chien, le chacal ou le renard*. Childe decidiu-se pelo chacal. Diodoro da Sicília pelo cão (I, LXXXVII).

Anúbis é o anjo custódio dos cadáveres, das múmias imóveis nos sepulcros, enfileiradas nos hipogeus. Só ele tem o poder de transmitir àquele povo apavorante, cercado pelo luxo da vida impossível, as ofertas de carne de vaca, legumes, cerveja, pastéis, pão e doces, postas nas mesas do sacrifício pelas famílias dos que vivem *na extensa e formosa região do Ocidente, na devoção do grande deus Osíris*. Só por intermédio de Anúbis o morto alimentar-se-á.

Chacal, raposa, cão, protetor, defensor, guarda, intérprete dos Mortos, aquele que abre o caminho, que orienta e encaminha as sombras para Osíris, que abriga os mortos, na própria materialidade da expressão, era de suprema popularidade para o Egito onde a Morte reinava no culto e na tradição normal.

Francis Llewelyn Griffith, o *reader in Egyptologie* na Oxford University, lembrava a presença de Anúbis na Grécia e em Roma. No Egito, em qualquer tempo da civilização, dinastia e clima social, Anúbis era indispensável. Houve sequência de substituições nas genealogias divinas, confusões nos ideogramas, processos de anulação nos cultos. Os grandes deuses solares foram depostos. Ikhnaton ou Amenófis IV passam como tempestades pelos altares e templos egípcios. Anúbis é insubstituível na crença e na confiança do povo.

Certamente quando da ampliação do culto alexandrino de Serápis, Anúbis chegou a ser comparado ou irmanado a Mercúrio, e daí o Hermanúbis. Os gregos só entendiam as coisas quando traduzidas para as equivalências atenienses ou délficas. Anúbis-Mercúrio-Hermes era apenas rápida convergência das funções idênticas dos mensageiros de Osíris e de Júpiter, acompanhadores dos espíritos dos mortos, deuses psicopompos. A severidade de Anúbis não aceitaria a função amável de alcoviteiro divino de Zeus. As virtudes clássicas e luminosas de Hermes, eloquência, finura, intuição artística, gênio musical, sagacidade pertencem, no Egito, ao deus Íbis ou Cinocéfalo, o grande Tót, *nuter nuti* de Hermópolis.

Para uma região estática no culto dos Mortos, onde há quatro mil anos já existiam sacerdotes privativos para cuidar do cadáver e servos na tarefa hereditária de vigiar o defunto, cercado das representações da vida cotidiana e de escravos esculpidos em madeira e pedra, sem pés, para que não fugissem mas com as mãos estendidas para receber as ordens, Anúbis era um elemento natural e de ação diária.

Grécia e Roma espalharam a fama do Egito. E mesmo os povos que o combateram. Os hebreus ali moraram 430 anos (*Êxodo*, XII, 40). Todos os que atravessaram o álveo do Mar Vermelho tinham nascido na terra do Egito. Levaram suas lendas, seus mitos, suas superstições. Era o folclore egípcio transmitido a outro plano de oralidade. O povo de Moisés semeou sua história e sua influência por todo o Mundo. Veio o Egito também. Viera com os Gregos e com os Romanos, para Europa e América.

O culto dos Mortos, os vestígios egípcios, mesmo diluídos nas águas vivas de outras tradições, continuam no Brasil à sombra de Anúbis, guardião dos que morrem, deus chacal, senhor de Hiponon, filho de Osíris e de Néftis, sua irmã.

O NOME DO MORTO

O nome pertence ao homem e participa de sua substância. É inseparável. Chamá-lo, pronunciando-o em voz perceptível, é evocá-lo, sugerir-lhe a presença imediata, quase irresistível pela magia poderosa do nome. O espírito do morto obedecerá e comparecerá, na forma corpórea do defunto. O poder do nome espalha-se pelas religiões. Os grandes deuses têm nomes secretos, conhecidos de sumos sacerdotes. Ou revelados nas iniciações. Ou jamais confidenciados. Quem sabe um nome, conhece um meio de domínio. Por isso as cidades maiores tinham nomes reservados para que os deuses inimigos não pudessem vencê-las. O morto, na tradição brasileira, no uso popular, raramente, fortuitamente, é lembrado pelo nome que usava. Diz-se o Morto, o Falecido, o Defunto. As viúvas chamam, melancólicas, "o meu defunto". Tabu do nome. *Nomen Numen*. A força sugestionadora do nome materializa o objeto evocado por ele. Anúbis sabia que os nomes que devem ser esquecidos e os defuntos que jamais receberão alimentos serão apagados nas paredes dos templos e nos pilones [1].

---

[1] No sertão do norte brasileiro *Varrer o Rasto* é esquecer para sempre, perdendo a memória da direção do ausente. *E de Mim se Esqueçam Logo / Meu Rasto Varram no Chão*, poetava, há quase cem anos, Juvenal Galeno, *Lendas e Canções Populares*, 595, segunda ed. Fortaleza, Ceará, 1892.

O CADÁVER

O homem morreu. A alma saiu sob a forma de ave, escondida no último suspiro. Ou a alma conserva a conformação humana mas em substância transparente, impalpável, como uma fumaça branca. (A) Nem todos têm o direito de tocar no cadáver. Somente aqueles que sabem vestir defuntos, pessoas de boa vida, especializadas, com a seriedade e compostura de uma exposição de ofício religioso. (B) Trabalham depois de rezar e vão vestindo peça por peça de roupa falando com o morto, chamando-o pelo nome: – *dobre o braço, Fulano, levante a perna, deixe ver o pé!* (C) Se o cadáver enrijece é porque ninguém morrerá naquela casa proximamente e se estiver flácido está chamando gente para o outro mundo. (D) Os olhos são fechados com a polpa dos dedos, devagar: – Fulano, fecha os olhos para o mundo e abre-os para Deus! (E) Não deve levar ouro. Nem mesmo um dente obturado a ouro permitia-se outrora. Arrancava-se ao morto, antes que aparecesse a alma, chorando e pedindo a extração que lhe estava retardando o fim definitivo. Ainda na primeira década do século XX, os militares sepultados com fardas vistosas tinham os botões dourados retirados na hora do enterro para não prejudicá-los no outro mundo com a ostentação de vaidade[2]. (F) O cadáver fica sempre com os pés voltados para a porta da rua e quando é carregado no féretro conserva-se a direção. Sai para a sepultura pelos pés, ao inverso de como entrara no mundo. O sacerdote católico faz exceção. Deixa a câmara mortuária com a cabeça para a porta porque tem a "sagrada coroa". (G) Agulhas e alfinetes que serviram para a mortalha seguem com ela. O que tocar no cadáver ao cadáver pertence. (H) Outrora punha-se no caixão fúnebre uma moeda de prata "de cruz" (moedas portuguesas com a Cruz de Cristo, dinheiro de cruz) e já se tinha perdido a explicação desse óbulo de Caronte, o direito de pedágio, na passagem da barca ou da ponte simbólica. (I) As mãos não podem ir soltas e sim com o terço ou rosário amarrando os pulsos. As cores do rosário dependem do estado social do morto, negro para homem e mulher casada, azul para moças, branco para crianças que já fizeram a primeira comunhão, roxo para as viúvas. (J) Para o defunto não ficar assombrando a casa, pela lembrança obstinada na memória dos parentes, beijava-se a sola do sapato. (K) Os sapatos são limpos cuidadosamente para que não levem poeira, terra, areia.

---

[2] Na *Lei das XII Tábuas* havia referência a essa proibição. *Tábua X, VI, "Que não se enfeite de ouro o defunto; mas, se seus dentes são obturados com ouro, que seja permitido inumar ou queimar este ouro com ele"*. A exigência tradicional é mais radical.

Levando qualquer areia, a alma volta, saudosa, atraída pela recordação da família. A presença da areia é o elemento comprovador da lei da contiguidade simpática. (L) Reza-se o Padre-Nosso, Salve-Rainha e Credo mentalmente, para afastar o regresso da ideia do morto, tendo-se cuidado em não articular palavra. (M) Não se deixa o morto com a face visível. Cobrem-na com um lenço que é levado no féretro. A face velada é uma reminiscência da Iniciação. Descobrir-se-ia diante do Julgador. (N) Se uma pessoa é assassinada, meta-se-lhe na boca uma moeda de prata e ponha-se o cadáver de bruços; o assassino por mais que queira não se afastará do local do crime ou de suas vizinhanças. (O) O cadáver do assassinado sangra sempre na presença do assassino. (P) Quando uma pessoa é assassinada e a ferida continua sangrando, é que o morto está pedindo justiça (*Vox sanguinis fratris tui clamat ad me de terra, Gênesis*, IV, 10). (Q) Outro processo de deter a fuga do assassino é traçar com o sangue do morto um círculo no próprio jarrete. O cadáver de bruços e o círculo detêm o matador: o primeiro pela inversão na posição normal do morto, impossibilitando a derradeira viagem da alma, mesmo com o óbulo na boca, determinando o contrário movimento ao fugitivo; o segundo, o prenderá pela sugestão mágica da figura, diversa da linha reta. Amarrar uma fita ou tira de pano na perna do cadáver daria o mesmo resultado. É o poder das ligaduras, ataduras, inutilizando a volição do "ligado, atado, amarrado". É conhecida a ação do nó na bruxaria. (R) Enquanto o cadáver estiver exposto não se recusa dar esmolas.

Velório

Preparado o corpo, disposto no caixão, acesas as velas, queimando-se incenso, guardam os amigos e a família o morto durante as horas que antecedem ao sepultamento. Atravessam esse período conversando em voz baixa, servindo-se café, biscoitos, massas secas. Se o velório é noturno, leva-se o amigo que está "fazendo quarto ao defunto" para uma ligeira refeição sólida, sanduíches, torradas. A guarda ao morto é velha tradição oriental e começaria da fase pastoril onde o cadáver seria vigiado pelos da tribo para não ser roubado pelos inimigos, roubado para restituição com pagamento ou por vingança, impossibilitando a suprema e decisiva deposição na sepultura. Os alimentos, bebidas frias ou quentes são os vestígios do banquete fúnebre, diante do morto, que o Egito iniciou e divulgou. Os banquetes fúnebres, as refeições no enterro ou durante o velório são universais.

Pertenciam aos deveres domésticos no Egito, Grécia e Roma. Nas Ordenações Manuelinas (Liv. V. tit. 33, § 7) permitia-se a comida mortuária, exceto no interior das Igrejas. No Egito, Grécia e Roma levava-se alimento ao morto, bebidas, doces, pão, carne, deixando no túmulo ou atirando-as para dentro. Entre o povo esse velório é mais abundante, mais ostensivo e a contenção nos gestos e vozes é menor. Bebe-se mais, fala-se alto, conversa-se, como ocorria na tradição da "esteira" no Arquipélago do Cabo Verde, quase idênticas às Colibes gregas, frutos e legumes distribuídos e servidos. Esses costumes se espalharam e os colonos portugueses trouxeram-nos para o Brasil. Em muitas regiões brasileiras, Nordeste, Minas Gerais, São Paulo etc. as mulheres que assistem os velórios cantam as *Excelências*, orações em versos que ainda em Portugal ressoam (Beira, *Etnografia da Beira*, III º, 59, Lisboa, 1929, Jaime Lopes Dias; Douro e Minho, *Estudos Etnográficos, Filológicos e Históricos*, III º, 183, Porto, 1948, Augusto César Pires de Lima). As Excelências são cantadas aos pés do defunto (os "benditos" são entoados no lado da cabeça) e não devem ser interrompidas quando iniciadas porque Nossa Senhora ajoelha-se para ouvi-las. Certos romances de assuntos bíblicos, entoados pelas mulheres judias em Marrocos por *una curiosa superstición, cuando se principian a cantar es obligatorio acabarlos* (El Romancero, 124, R. Menéndez Pidal, Madrid, s.d., Ed. Paez). Os "benditos" ainda são cantados por toda a parte especialmente nos velórios femininos. Os cânticos diante do morto ocorriam como cerimonial religioso-militar para germanos, *vikings*, normandos, cantando em homenagem aos seus mortos antes de incinerá-los. As orações cantadas são universais. A *encomendação* litúrgica lembra uma oficialização de rito tornado ortodoxo. Encomenda, direção, envio ao julgamento divino.

Enterro e sepultura

Move-se o cortejo fúnebre, o caixão levando o morto com os pés para diante, caminho da cova no cemitério. Aqueles que ajudam a carregar o féretro na saída da casa devem entrar no cemitério levando-o sob pena de morte próxima. O enterro atravessa as ruas lentamente (hoje o automóvel vai com velocidade moderada) porque enterro depressa é chamada para os outros. Quem encontra o cortejo descobre-se e pára, para fazer sua vênia. Deter-se o enterro diante de uma casa qualquer é agouro para os que moram nela. Não se olha o cortejo até que desapareça. Se não for algum sacerdote ao enterro, a alma do morto pode perder-se, não acompanhando o corpo, e ficando na terra para dar trabalho aos que ficam. Se chove durante a ida para o cemitério é bom sinal para a alma. Se há vento forte, é péssimo indício. Satanás está pedindo a alma. Vai haver debate no julgamento final. Já não há as Carpideiras, vindas do Egito através da Grécia e Roma, chorando por conta dos parentes enxutos. No Egito eram organizadas em grupos e tinham amplo cenário nos cortejos fúnebres. Os Romanos dividiam-nas em dois tipos: as *Proeficoe* que cantavam os elogios do defunto e as *Bustuarias* que choravam estridentemente diante da fogueira onde o cadáver fora deposto para a incineração. Uma reminiscência real dessas Carpideiras resiste na visita das velhas devotas de lágrima fácil e gestos teatrais, abraçando convulsivamente os parentes do morto, fazendo exclamações trágicas, com suspiros de sugestiva extensão, dirigindo as orações com voz plangente, tentando, por todos os meios lícitos, centralizar as atenções.

Chegado ao cemitério desce o corpo à cova cavada. Antigamente tinha a profundidade clássica dos sete palmos. Antes, à beira do túmulo, há a despedida, discursos, prantos, frases. Descido o féretro, ditas as orações rituais, dada a bênção, pronunciado o *requiescat in pace*, os presentes jogam uma pá de terra ou simples punhado. Era uso grego que os romanos aceitaram. *Injecto ter pulvere curras*, lembrava Horácio, *Odes* XXVIII, joga três vezes um pouco de pó. As flores ficam em cima. Resta dizer o *sit tibi terra levis*. E sai-se com a impressão de estar excluído do número dos moradores futuros.

O direito ao túmulo era o primeiro e o mais sagrado dos direitos, o mais essencial. Sem a sepultura a alma erraria perpetuamente, perseguindo, espavorindo, assombrando. Os mortos, tornados quase deuses, manes, no culto larário greco-romano, transformavam-se em demônios, larvas, lêmures, fantasmas opressores, assuntos de horror, o que escreveu Suetônio sobre o Imperador Calígula que, sepultado sem as devidas cerimônias, *nullam noctem sine aliquo terrore transactam*. Toda literatura clássica está cheia desses exemplos, o choro, o horror dos vivos na possibilidade de não ter um túmulo. É o único pedido de Heitor ao feroz Aquiles, *Ilíada*, XXII, na flocada versão de Odorico Mendes: – "Por teus joelhos e por teus genitores, eu te obsecro, não deixes animal dilacerar-me: bronze e ouro aceites que meu pai te oferte e minha augusta mãe; Teucros e Teucras, ah! dêem meu corpo à fúnebre fogueira!" Em Roma, o *Jus Pontificum* ordenava, sob pena de impiedade que era crime capital, que todos inumassem os corpos encontrados insepultos. Quem não recebera as honras fúnebres estava exposto aos insultos das Fúrias. Cobriam os cadáveres deparados com pequenos montículos de terra e quando não era possível escondiam o corpo sob pedras; *Proeteriens aliquis tralatitia humanitate lapidabit*, como escreveu Petrônio (*Satyricon*, CXIV). É uma das origens das pedras depostas nos túmulos europeus e nos cruzeiros ou cruzes que assinalam sepultura, na Europa e América do Sul, Brasil especialmente. A privação do túmulo era a mais terrível das condenações para um criminoso. Dizemos ainda, fiéis ao sentido que se iniciou sob Anúbis, guardião dos corpos: – *Não tem onde cair morto...* Cair morto não precisaria lugar mas a ideia é do túmulo, a indispensável residência do cadáver, casa para a alma. O vocábulo "Protetor" significa, em grego, aquele que tem cuidado em providenciar os funerais.

Daí o respeito ao túmulo, os cuidados pela sepultura. A maior vingança era um ato injurioso sobre a sepultura. Urinar, defecar, cuspir sobre a lápide fúnebre atingem o zênite do opróbrio e da violência[2A].

TRÊS, SETE, NOVE DIAS DEPOIS. O LUTO DA BARBA

A alma só abandona o corpo em que viveu três dias depois da morte. Depois dessas setenta e duas horas o homem está verdadeiramente morto. Jesus Cristo ressuscitou ao terceiro dia, *Et resurréxit tértia die, secúndum Scriptúras*, diz o Credo de Nicéia terminando em Constantinopla.

Até poucos anos, primeiros do século XX, os enlutados não punham a cabeça fora da janela nem recebiam amigos antes dos três dias obrigacionais. Não se *tratava* de carne fresca nem se matava bicho para o almoço. Os vizinhos mandavam as refeições. Na cozinha só se faziam café, chá, chocolate, aquecia leite, torradas, assava bananas, os mingaus, papas de araruta e maisena, sopas de leite e pão. Abstinência de bebidas alcoólicas e de doces, gulodices, cremes, confeitos.

A maioria das aparições estupendas ocorria nesse lapso de tempo, os três dias, em que a alma vagueia, guardando o corpo, indecisa, inconvencida de haver perdido para sempre a morada física. Nas residências enlutadas as orações eram contínuas, terços, ladainhas, jaculatórias, os oratórios sempre abertos, as duas velas acesas, vigilantes e fiéis. A casa fechada na parte exterior, ficava escura e silenciosa. Nas peças do interior conversava-se em voz baixa, ciciada, evocando o morto. Nada que provocasse um sorriso.

[2A] Nos túmulos romanos aparecia o pedido: *Hospes. Ad. Hunc. Tumulum. Ne Mejas. Ossa. Precantur. Tecta. Hominis.*

Pela manhã do sétimo dia assistia-se à Missa e havia *visita de cova*, indo a família e os amigos íntimos ao cemitério com flores e saudades vivas. A data dos sete dias verifica-se do preceito litúrgico hebreu. Era o período da expiação de quem tocasse um cadáver. "Aquele que tocar a algum morto, cadáver dalgum homem, imundo será sete dias. Ao terceiro dia se expiará com ele, e ao sétimo será limpo", *Números*, XIX, 11-12. Expiava-se mediante uma cerimônia no Templo, onde o sacerdote espargia água da separação. Os gregos e os romanos guardavam o corpo do morto durante sete dias, queimavam-no no oitavo e sepultavam as cinzas no nono dia, o *sacrum novemdiale*.

A tradição do *Novemdialia* romano constava da visita ao túmulo, oblações propiciatórias e um festim votivo. Os cristãos aceitaram a cerimônia, adaptando-a. Santo Agostinho não ficou satisfeito com a preferência na imitação da festa *quod apud Latinos novemdiale appellatur*. A festa popularíssima das encruzilhadas em Roma, *Compitalia*, caía obrigatoriamente num nono dia, *Die Noni Popolo Romano Quiritium Compitalia erunt*, decretara Augusto (Aulo Gello, *Noites Áticas*, X, XXIV). A purificação das crianças romanas recém-nascidas era o nono dia, sob a proteção da deusa Nundina. Príamo pedira nove dias para prantear Heitor (Homero, *Ilíada*, XXIV) e Vergílio (*Eneida*, V, 104-5) lembra os jogos fúnebres em homenagem a Anquises no nono dia do seu passamento.

Miguel Angel Monclus informa-me que os negros de Santo Domingos realizam cerimônias religiosas tradicionais no nono dia; *Esos actos sin embargo, consisten como de ordinario, en tocatas y cantos; siempre de literatura exótica y de tonos macabros, para acompañar los rezos y demás actos con que aquí se llevan a cabo los "velorios" o "nueve dias" de los difuntos entre los negros.*

Novemdialia é ainda recordada nas Novenas católicas, as nove noites oblacionais votadas aos oragos das freguesias ou aos santos de especial devoção.

Até princípios do século XX a tradição familiar no Brasil era o enlutado só fazer a barba para a Missa do sétimo dia. Viera-nos de Portugal a pragmática. A barba por fazer era sinal notório de luto. Quando morreu El-Rei Dom Manuel, 13 de dezembro de 1521, ordenou-se aos barbeiros como manifestação pública de tristeza que não barbeassem a ninguém nem cortassem o cabelo, informa J. Leite de Vasconcelos. E duraria seis meses a proibição, *A Barba em Portugal*, 115, Lisboa, 1925. Menciona o autor as várias localidades portuguesas e as convenções respectivas sobre o tempo em que seria permitido barbear-se depois do falecimento de parente. A ordenação popular é que tanto mais próximo o defunto, mais longo é o período proibitivo. Citando Maquardt, Vasconcelos lembra a barba promissa, barba longa, entre os Romanos, quando do luto no tempo de Cícero. Nas moedas romanas Marco Antônio e Otávio Augusto figuram-se barbados pela morte de Júlio César. Os acusados declarados inocentes pelo Tribunal cortavam os cabelos e faziam a barba que tinham deixado crescer em sinal de mágoa pela acusação. Iam ao Capitólio render graças a Júpiter e a outros deuses. Martial alude a esse costume num epigrama (Livro II, LXXIV) assim como o moço Plínio, *quia reis moris est submittere capillum* (Livro VII, XXVII).

Quando Júlio César soube da derrota de Titurius deixou crescer o cabelo e a barba até vingar-se; *audita clade tituriana, barbam capillumque summiserit, nec ante dempserit quam vindicasset* (Suetônio, Júlio César, LXVII). O Imperador Augusto deixou barba e cabelo longos, luto pessoal pela morte de Varo com as três legiões na Germânia (idem, Augusto, XXIII): – *Adeo namque consternatum ferunt, ut per continuos menses barba capilloque summisso*. Semelhantemente fez Calígula quando faleceu Drusila, *barba capilloque promisso* (idem, Calígula, XXIV).

Esse luto de barbas não era conhecido nos primeiros tempos da República Romana. Os cidadãos usavam barbas e grandes cabeleiras, *magna intonsis*, como poetava Tíbulo (*Elegias*, II, I). Os primeiros barbeiros profissionais foram trazidos da Sicília no ano de 454 por Ticínius Mena.

A origem não seria, entre nós, dos hebreus porque estes sempre trouxeram, desde os tempos clássicos, barbas compridas no modelo da barba de Aarão, o primeiro levita do Senhor. O luto para eles, e luto maior, era raspar os pelos da cara habitualmente com moldura barbada.

Creio ser ainda um outro elemento sobrevivente do velho Egito. Heródoto escreveu: – Noutras nações os sacerdotes deixam crescer seu cabelo e os do Egito o raspam com navalha. Sinal de luto entre outros povos é cortar o cabelo os parentes próximos do defunto. Entre os egípcios, ordinariamente escanhoados, o luto é o cabelo e barba crescidos quando do falecimento de alguém da família (*Euterpe*, XXXVI).

Nos velhos romances cantados em Portugal e Espanha no século XVI reaparecem esses lutos de barba e cabelo, atestando a velhice consuetudinária. No romance do "Chapim del Rei ou Parras Verdes", diz o conde:

> *Foi-se fechar no mais alto*
> *Da torre de Valderey:*
> *– "Não quero comer do pão,*
> *Nem do vinho beberei;*
>
> *Minhas barbas e cabelos*
> *Também mais os não farei,*
> *Que esta verdade não saiba*
> *Daqui me não tirarei".*

Foram esses versos registados por Almeida Garrett (*Obras Completas*, I, 372, Lisboa, 1904).

A visita de cova é uma homenagem da família aos seus maiores, *Dis Manibus*. A Comemoração dos Mortos, a festa litúrgica dos Fiéis Defuntos, 2 de novembro, foi incluída nas orações regulares da Igreja pelo diácono Amalairem de Metz, em 827. Em 998 um Abade de Cluny, Odilon, mandou observar a obrigatoriedade do "Ofício dos Mortos" em todos os mosteiros de sua Ordem. A divulgação é, pois, do século X. A tradição romana conservava a homenagem aos mortos na Ferália, 13 a 21 de fevereiro, festa pública, fazendo interromper todas as outras e também os cultos, inclusive a cerimônia nupcial. Na Ferália levava-se alimento aos Manes, reunida a família em ceias, *feralis coena* de Juvenal, *coenam funeris* de Pérsio. Havia também a Lemurália, 9-11-13 de maio, aos Lares, primitivamente dedicada à sombra inquieta de Remo que fora abatido por seu irmão Rômulo. Diziam-nas Parentálias e também "Ludi Genialici", com jogos, danças, oferecendo-se flores, frutos e sal aos defuntos. Era para um desses festins funerários, a si mesmo dedicado, que o cabotino Trimalchion convidara todos os amigos: – *vos ad parentalia mea invitatos esse...*

VIAGEM PARA O OUTRO MUNDO

A jornada dos mortos gregos e latinos era simples. Iam com a moeda na boca até a barca de Caronte que lhes arrebatava o dinheiro, deixando-os na margem oposta. Os três juízes infernais, Radamanto, Eaco, Minos, julgavam. A raiz da crença é o Egito, *lui, toujours lui*. O Orfismo popularizara a ideia da jornada sobrenatural com os perigos e tentações, sedes, águas das fontes da Memória e do Olvido. Heródoto afirmara a origem egípcia do Orfismo (*Euterpe*, LXXXI). Cinco séculos antes de Cristo formava-se lentamente a doutrina mística da consciência do pecado individual, pecado original de culpa porque todas as criaturas humanas descendiam dos Titãs-Gigantes, matadores de Zagreus, necessidade subsequente de purificação (mistérios, iniciação) e da redenção pessoal pelo esforço direto, renúncia, ascetismo, pureza, bondade, humildade, desinteresse material, sentimento do solidarismo humano num plano universal. A influência das doutrinas órficas era tão viva que nos primeiros duzentos anos Jesus Cristo aparecia nos desenhos das Catacumbas personalizando Orfeu (O. Marucchi, *Guida del Cimitero di Domitilla*, 54, Roma, 1925), ou Orfeu travestia o Messias (André Boulanger, *Orphée – rapports de l'Orphisme et du Christianisme*, ed. Rieder, Paris, 1925).

O egípcio criou a verificação material dos pecados, pesagem dos defeitos na balança de ouro de Osíris. Anúbis era o deus condutor das almas, o guia desta viagem, como, posteriormente, Hermes-Mercúrio representou função idêntica. Esses deuses psicopompos tiveram a réplica cristã na tradição popular que não os dispensou no mecanismo da assimilação. Nossa Senhora, São José, padroeiro da Boa Morte, oragos e santos da devoção pessoal, aguardam a alma no julgamento diante de Jesus Cristo. Há a balança e Anúbis, com licença da palavra, *ignoscet mihi genius tuus*, é São Miguel, vencedor do Demônio, triunfador dos vícios, protetor das almas, Perseu de Nosso Senhor.

A alma, levada por São Miguel, segue caminhando. Passará pela Via Látea, caminho das almas. É outra das constantes tradicionais peninsulares de Santiago de Compostela, na Galícia, Espanha, onde dorme o apóstolo. Chama-se Via Látea e também Carreiro de Santiago, Estrada ou caminho do Santiago. Todas as almas irão, com ou sem o corpo físico, a Santiago de Compostela, Campo de Estrelas. Há resistindo, embora vaga e teimosamente, a imagem da viagem com barco, por mar. É sabidamente a tradição mais antiga e mais conhecida no mundo; a alma viajando por mar para alcançar a terra sagrada dos mortos; A. Steinmann, *The Ship of The Dead in Textile Art*, Basle, Switzerland, 1946, desde épocas pré-históricas. Os defuntos egípcios viajavam sempre de barcas, as baris, em jornada final; Diodoro da Sicília, I, XCII. O óbulo de Caronte vive ainda, como vemos, ligado ao cerimonial mortuário. Quando Abraão Lincoln morreu, 15 de abril de 1865, puseram-lhe nos olhos duas moedas. E ainda usavam na Bahia do século XVII.

O Anjo da Guarda, cada pessoa possui um Anjo de Guarda, não abandona a alma em sua última tarefa. Curiosamente não existe versão popular em que o Anjo da Guarda seja mencionado. O papel pertence, visivelmente, aos Santos acompanhantes e protetores.

O cão reaparece como animal fantástico, acompanhando almas e mesmo atacando-as se delas quando vivas recebera ofensa, pancadas, mau trato e injusta morte. Quem mata um cão deve uma alma a São Lázaro ou a São Roque. Esses santos residem no caminho que as almas passam na sua jornada para o julgamento. Nas proximidades da casa de São Lázaro ou de São Roque a alma é presa de sede ardente e esses santos, ou um deles, possui água fresca e clara, abundantemente fluindo da fonte. Mas dará água exclusivamente a quem não tenha feito mal aos cães. Por isso há no Nordeste a promessa a São Roque ou a São Lázaro de oferecer um jantar copioso aos cachorros; Rodrigues de Carvalho, *Cancioneiro do Norte*, 56-57, Paraíba, 1928, Getúlio César, *Crendices do Nordeste*, 90-91, Rio de Janeiro, 1941, Astolfo Serra, *Terra Enfeitada e Rica*, 64, 65, São Luís do Maranhão, 1941. O cão, símbolo da fidelidade e da vigilância, gravado nos túmulos primitivos, esculpido na sepultura dos reis e rainhas, passa rapidamente nessa tradição, de maneira indecisa e misteriosa mas o bastante para denunciar-lhe a presença prestigiosa. Taylor informava que os Esquimós matavam um cão e punham a cabeça do animal no túmulo de uma criança para que o espírito do cachorro, jamais enganado no caminho pelo hábito de caça, pudesse seguir a estrada certa e conduzir a criança ao país dos espíritos; *La Civilization Primitive*, I, 549. O mesmo ocorria entre os Aztecas que imolavam um cachorrinho vermelho para ajudar o espírito do morto a atravessar um rio no reino de Mictlan. As "almas" negras acalmavam-se bebendo sangue (Homero, *Odisseia*, XI) mas as nossas, populares e comuns, padecem sede e bebem água, cansam e descansam até atingir o país onde está o Julgador.

O Anjo e o Pagão

Os anjos ou anjinhos para o Povo são as crianças mortas batizadas. O nome é dado até uma determinada idade. Até dois anos merecem o título. A característica do Anjo da terra é não ter "uso de razão". Morrendo batizado vai para o Céu com uma passagem rápida no Purgatório a fim de deixar ficar aí os alimentos ingeridos na terra. Mesmo uma criança de meses só alcançará o Paraíso depois de vomitar o leite materno que mamou. Da terra nada se leva para o Céu. Há a classe dos que não se batizaram, menino pagão, sem pecado e sem virtude. Esses ficarão no Limbo, lugar sombrio e tranquilo, monótono pela igualdade no tempo. Esses espíritos de meninos pagãos não abandonam o desejo do santo batismo e vêm constantemente ao Mundo rodear quem os pode dar as santas águas. Ficam em certos lugares, chorando fino, um choro estranho e típico, choro de menino pagão. No Recife há um lugar denominado "Chora-menino", cujo topônimo provinha dessa preferência. Durante a noite, nos arredores dos cemitérios, capelas pobres, encruzilhadas, ouvem o choro miúdo e contínuo e o sussurro de vozes abafadas. O remédio, para quem tiver coragem e piedade, é sacudir um pouco d'água benta na direção dos Anjos e dizer, alto e sem tremer, as palavras do batismo: Eu te batizo em nome do Pai, do Filho e do Espírito Santo! Ouvirá vozes agradecidas e como uma revoada de aves em voo disperso. Identicamente ocorre na França ("Contes des Provinces de France", XXXII, Paul Sebillot, Paris, 1920).

Quando enterram um menino pagão junto à porteira do curral ou numa encruzilhada, ele chora sete anos depois, abafado e rouco. Derrama-se água benta ali mesmo, com as palavras sacramentais. Nunca mais o choro será ouvido. O pagão se tornou Anjo e voou para o Céu.

Não há tradição de grande mágoa com a morte das crianças. É mais um Anjo para Deus e quase que festejam o fato. Na Ilha da Madeira, nos Lourais, o pequenino morto fica amortalhado de branco, com laços de fita, posto em cima de uma mesa.

Convidam os vizinhos para virem *Dançar ao Anjinho*, tocando viola e bailando até ao outro dia, em que levam a criança a enterrar (Teófilo Braga, *O Povo Português* etc. I, 214). Em Niza, Alentejo, havia satisfação quando morria filhos em qualquer família (idem). De lá possivelmente nos veio a tradição que era comum nos primeiros séculos, uma sime indiferença conformada pela morte das crianças. Sílvio Romero registou o velório dos Anjinhos no Ceará, com tiros de roqueira e de pistola, rezas cantadas e poesias declamadas na ocasião de levar para o cemitério a criança (*Cantos Populares*, XI, ed. 1897). Na Argentina, no *velorio del angelito*, há comida, bebida e música. À meia-noite, os padrinhos do anjo dão algumas voltas de valsa com o pequenino féretro nos braços ao som de guitarra e harpa (Felix Coluccio, *Diccionario Folklórico Argentino*, 191, Buenos Aires, 1948). Igualmente no Chile. Julio Vicuña Cifuentes, "He Dicho", 42-43, Santiago, 1926.

O julgamento

O Julgamento é citado em todas as religiões mas não há documento para fazê-lo anterior à crença egípcia. No Brasil conservamos o modelo popular português. São Miguel, Príncipe da Celestial Milícia, é o Guerreiro de Deus, combatendo Satanás desde o princípio dos tempos. Identificam-se com Xangô nas macumbas do Rio de Janeiro, com Oxóssi nos candomblés da Bahia e com Odé nos xangôs do Recife. É o patrono dos capoeiras, valente, ágil, invencível, com a sua espada de fogo. Há no Brasil seis municípios e trinta e sete paróquias com o nome de São Miguel.

Diante de Deus comparece a alma de São Miguel e faz o papel de Anúbis. Pereira da Costa descreve: – "O espírito, apenas desprendido da matéria, comparece perante o arcanjo São Miguel, e, tomando ele a sua balança, coloca em uma concha as obras boas e na outra as obras más, e profere o seu julgamento em face da superioridade do peso de uma sobre as outras. Quando absolutamente não se nota o concurso de obras más, o espírito vai imediatamente para o céu; quando são elas insignificantes, vai purificar-se no Purgatório; e quando não tem em seu favor uma só obra boa sequer, vai irremissivelmente para o Inferno, de onde só sairá quando se der o julgamento final, no dia de Juízo, seguindo-se então a Ressurreição da Carne" (*Folk-Lore Pernambucano*, 83-84).

No *Romanceiro Geral Português*, Teófilo Braga reuniu documentos populares do Julgamento (vol. II, ed. 1907). Na "Senhora das Angústias", versão do Algarve, diz-se:

Fez o Senhor testamento,
Nele a todos se deixava;
E deixa a San Pedro a chave
Para que o céu governara,
A San'Miguel a balança,
Para que as almas pesara.

Na *Romagem de San Tiago*, de Ourilhe, reaparece a tradição da romaria obrigatória mesmo depois do morto e os perigos da viagem:

Alma, vai a San Tiago,
Vai cumprir a romaria;
A companhia que levava
Era a Virgem Maria;
O Pecado ia atrás
A ver se a tentaria.

Na versão do *Dia de Juízo* (Porto), fala Cristo:

> *– Pois a minha mãe o manda,*
> *Faço o seu mando correndo,*
> *São Miguel pesai as almas,*
> *Ponde pesos na balança.*
>
> *Os pecados eram tantos*
> *Que foram com eles ao chão!*
> *Pôs Nossa Senhora o manto,*
> *Ficaram os pesos suspensos;*
> *Com a graça de Maria*
> *Ficou a alminha contente.*

Nesse romance *Alma Pecadora*, de Porto da Cruz, na Ilha da Madeira, o Julgamento é completo:

> *Peço-te, meu bento Filho,*
> *Pelo leite que mamaste,*
> *Salva-me essa alma perdida,*
> *Que tu mesmo a criaste.*
> *– San Miguel, pezai as almas*
> *Pois que minha Mãe lo manda;*
> *Ponde daqui merecimentos,*
> *Pecados da outra banda.*
>
> *Do lado dos mer'cimentos*
> *Pôs la Senhora seu manto;*
> *Los pecados de outro lado,*
> *Não puderam pezar tanto,*
> *Que deu lo pezo corrente;*
> *Pela graça de Maria*
> *Salvou-se la penitente.*

Jaime Lopes Dias, *Etnografia da Beira*, I, 94, Lisboa, 1944, regista esses versos que atestam a continuidade da tradição em Portugal:

> *No alto monte Calvário*
> *Estava Cristo à morte,*
> *Numa cama tão estreita*
> *Que nela volver-se não pode.*

Cristo, para caber nela,
Um pé sobre o outro tinha;
Quis fazer um testamento
Para repartir o que tinha.

A São Pedro deixou as chaves
Que o Paraíso governe,
A São Miguel as Balanças
Que todas as Almas Pese.

A São Francisco as chagas
Que Deus lhe deu primeiro.
Para mostrar o sangue
De Jesus Cristo verdadeiro.

É, poética e popularmente, a reconstrução da Psicostasia, popular e poeticamente mantida na memória coletiva do Brasil tradicional.

HERMES EM ACAIA E A CONSULTA ÀS VOZES

A Dante de Laytano

> ... tinha também um oráculo em Acaia; depois de muitas cerimônias, falava-se na orelha do deus, para pedir o que se desejava. Em seguida saía-se do templo, com as orelhas tapadas com as mãos, e as primeiras palavras que se ouvissem eram a resposta de Mercúrio.
>
> P. Commelin, Mitologia Grega e Romana.

Hermes, o Mercúrio romano, possuía na Acaia um templo onde se manifestava respondendo às consultas dos seus devotos no singular processo das "vozes". Purificado o consulente, dizia em sussurro, no ouvido do ídolo, o seu desejo secreto, a esperança de obter e os direitos possuídos para a súplica. Erguia-se, tapando as orelhas com as mãos, e vinha até o átrio do templo, onde arredava as mãos, esperando ouvir as primeiras palavras dos transeuntes. Essas palavras eram a resposta do oráculo, a decisão do deus.

Essa fórmula de Hermes, que valerá dizer "o intérprete" popularizou-se e veio atravessando o tempo, idiomas e raças, até nossos dias contemporâneos.

Estudando as superstições populares portuguesas escreveu Teófilo Braga: – "A voz humana tem poderes mágicos; um feiticeiro: – 'Para saber se uma pessoa era morta ou viva, dizia à janela: – Corte do Céu, ouvi-me! Corte do Céu, falai-me! Corte do Céu, respondei-me!' Das primeiras palavras que ouvia na rua acharia a resposta" (Sentenças das Inquisições, ap. *Boletim da Soc. de Geografia*). Na Foz do Douro, costumam as mulheres *andar às vozes* para inferirem pelas palavras casuais que ouvem do estado das pessoas que estão ausentes. D. Francisco Manuel de Melo, nos *Apólogos Dialogais* (mais precisamente no "Relógios Falantes", p. 24 da ed. brasileira de 1920), refere esta superstição: – "e com o próprio engano com que elas traziam a outras cachopas do São João às quartas-feiras, e da Virgem do

Monte às sextas, que vão mudas à romaria, *espreitando o que diz a gente que passa*; donde afirmam que lhes não falta a resposta dos seus embustes, se hão de casar com fulano ou não; e se fulano vem da Índia com bons ou maus propósitos; ou se se apalavrou lá em seu lugar com alguma mestiça filha de Bracmene". As vozes também se escutam da janela, e a pessoa que se submete a esta sorte prepara-se com esta oração:

> *Meu São Zacarias,*
> *meu santo bendito!*
> *foste cego, surdo e mudo,*
> *tiveste um filho*
> *e o nome puseste João*
> *Declara-me nas vozes do povo...*

Da Ilha de São Miguel escreve Arruda Furtado (*Materiais para o Estudo dos Povos Açorianos*, 42): – "Quando qualquer pessoa quer saber notícias que lhe hão de vir de um amante, vai de noite num passeio até ao adro da igreja em que está o Santo Cristo, rezando umas contas e com outra pessoa atrás para ir ouvindo melhor o que se diz pelo caminho e dentro das casas, e isto sem que nenhuma delas diga uma só palavra. Quando voltam vêm combinando o que ouviram e dali concluem que novas hão de vir", *O Povo Português nos seus Costumes, Crenças e Tradições*, II, 95-97, Lisboa, 1885.

J. Leite de Vasconcelos registara semelhantemente no *Tradições Populares de Portugal* (Porto, 1882, 258): – *Vozes do Povo*. Quando se quer saber qualquer coisa, chega-se à janela, à hora das trindades (outros dizem que a qualquer hora) e diz-se: – Meu São Zacarias, meu santo bendito, foste cego, surdo e mudo, tiveste um filho e o nome que lhe puseste João: declarai-me nas vozes do povo se eu... (formula-se aqui o que se deseja saber). Em seguida correm-se as ruas, sem parar, recolhendo-se os ditos que se ouvem, e aplicando-os ao fim, no que eles têm de aplicável. A fórmula diz-se três vezes, e a cerimônia dura três noites seguidas (Minho). No Porto, antes de se correrem as ruas, vai-se rezar à Senhora das Verdades (ao pé da Sé), e, enquanto anda pelas ruas, não se fala com ninguém. A isto chama-se *ir às vozes*. (O Sr. Martins Sarmento, que me deu a informação do Minho, acrescentou-me: cf. *vox populi, vox Dei*)".

No Brasil as "vozes" são especialmente dedicadas a Santa Rita. O Barão de Studart escreveu sobre esta superstição: – "Para adivinhar o futuro, reza-se o Rosário de Santa Rita, ao mesmo tempo que se procura ouvir na rua ou da janela a palavra ou frase que será a resposta ao que se pretende saber. Reza-se o Rosário de Santa Rita substituindo-se os Padre-Nossos do rosário comum pelas palavras: – Rita, sois dos impossíveis, de Deus muito estimada, Rita, minha padroeira, Rita, minha advogada, e substituindo – as Ave-Marias pelo estribilho: – Rita, minha advogada", *Antologia do Folclore Brasileiro*, 307-8[*].

O Sr. Getúlio César testemunhou a contemporaneidade da crendice no Ceará. "No Ceará, na cidade de Granja, em uma noite de lindo plenilúnio, minha atenção foi desviada para uns grupos de senhoras que passeavam pelas ruas, aproximando-se silenciosamente das pessoas que palestravam nas calçadas. Procurando saber de que se tratava, o hoteleiro me explicou: – São pessoas que desejam saber notícias dos parentes distantes, no Amazonas. Fazem oração (o rosário de Santa Rita) e esperam ouvir dos que conversam, a resposta desejada. Um "pode ser", "talvez", "nunca", "muito breve", "sim", "não" etc. são palavras e frases que vêm dar respostas à pergunta que fizeram quando rezavam o rosário. Afirmam ser isso positivo e recorrem ao rosário com absoluta confiança. As senhoras, quando querem ter uma resposta segura para algum casamento em perspectiva ou demorado, ou quando desejam saber notícias de alguém que longe está, lançam mão do recurso fácil e positivo: o rosário de Santa Rita. E, assim, nas noites escolhidas, de ordinário ao luar, porque há muita gente passeando pelas ruas, saem elas em grupos silenciosos, rezando em um rosário. Nos padre-nossos dizem: – Minha Santa Rita dos Impossíveis, de Jesus muito estimada, sede minha protetora, Rita, minha advogada: valei-me pelas três coroas com que foste coroada, a primeira de solteira, a segunda de casada, a terceira de freira professa, tocada de divindade. E nas ave-marias: – Valei-me, Santa Rita do meu amor, pelas cinco chagas de Nosso Senhor. Uma palavra qualquer dita por alguém que passa e que tenha uma ligeira conexão com o assunto da pergunta feita, será, como atrás dissemos, a resposta que pode trazer tristeza ou alegria, mas que será recebida como se fosse uma mensagem celeste, *Crendices do Nordeste*, 912, Rio de Janeiro, 1941.

Zacarias, profeta, pai de São João Batista, ficou mudo por não ter dado fé às palavras do anjo Gabriel que lhe anunciava a gravidez da mulher. Ignorando a discussão sobre o nome do filho recém-nascido escolheu o de "João", ainda desusado na família, *Lucas*, I, 63. Talvez por ter decidido a questão sem que dela tivesse conhecimento, Zacarias passou à égide oracular, invocado como mentor das "vozes" em Portugal.

---

[*] Edição atual – 6. ed. São Paulo: Global, 2004. v. 2. "Guilherme Studart – Usos e superstições cearenses". (N.E.)

No Brasil esse papel é reservado à Santa Rita de Cássia, santa dos fins do século XIV e beatificada por Urbano VIII no século XVII. Rita casou-se com um espadachim de nome Fernando e depois de viúva fez-se monja augustiniana, levada através de paredes e portas fechadas e aferrolhadas pela mão de São João Batista porque o convento não recebia noviças em estado vidual. É de antiga popularidade no Brasil, sempre denominada Santa Rita dos Impossíveis, intercessora nas horas difíceis e nos casos desesperados. É padroeira de trinta paróquias e orago do duplo número de Capelas.

Durante o tempo em que fiz o meu curso de Direito no Recife, 1924-28, ouvi inúmeras vezes alusões às "vozes" e à eficácia das consultas. As Igrejas mais preferidas eram São José de Ribamar e Santo Antônio. Rezavam, ignoro se o rosário de Santa Rita ou se a Salve-Rainha até o "nos mostrai", diante dos altares e saindo procuravam ouvir uma palavra dita por um transeunte, aplicando-a à pergunta mental que se fizera. O nome é o mesmo: ir às vozes, consultar as vozes, ouvir as vozes. O Professor Raffaele Castelli menciona a superstição idêntica na Sicília. A mãe da noiva, depois de orar, oculta-se detrás de uma porta de igreja e a primeira palavra ouvida é a resposta sobre o futuro da filha. Em Palermo algumas igrejas eram populares por essa tradição.

Uma reminiscência clássica que indica a persistência do costume ocorre decisivamente na vida de Santo Agostinho (354-430) quando professor de Retórica em Milão. Debatia-se numa crise espiritual, passeando num jardim. "Estando nisto, ouvi uma voz da casa que estava ali perto, como se fosse não sei se de menino ou menina, com uma canção que dizia, e repetia muitas vezes: toma, lê, toma, lê; e eu, mudado o rosto, entrei a considerar se porventura os meninos costumavam cantar semelhante cantiga em algum jogo; e não me lembrava de a ter ouvido em parte alguma; e, reprimindo o ímpeto das lágrimas, me levantei, não entendendo ser-me mandada outra coisa divinamente, senão que abrisse o livro e lesse o primeiro capítulo, que se me oferecesse" (*Confissões*, liv. VIII, cap. XII). Leu então a Epístola de São Paulo aos Romanos e converteu-me. A voz anônima cantando o *tolle, lege, tolle, lege*, fora aviso celeste.

Dessa antiguidade de aplicar as vozes aos fatos imediatos e pessoais há delicioso registo no *Don Quijote de La Mancha* (II, LXXIII): *A la entrada del cual, según dice Cide Hamete, vió Don Quijote que en las eras del lugar estaban riñendo dos muchachos, y el uno dijo al otro: – No te canses, Periquillo, que no la has de ver en todos los días de tu vida. – Oyólo Don Quijote, y dijo a Sancho: – No advirtes, amigo lo que aquel muchacho ha dicho: "no la has de ver en todos los días de tu vida"? – Pues bien: qué importa – respondió Sancho – que haya dicho eso el muchacho? Qué? – replicó Don Quijote – No ves tu que aplicando aquella palabra a mi intención, quiere significar que no tengo de ver más a Dulcinea?*

Do século XV é o depoimento da velha Celestina, enumerando entre os bons agouros deparados quando ia para a casa da moça Melibéa: – *La primera palabra que oí por la calle fué de achaque de amores* (*La Celestina*, ato IV, Fernando de Rojas, ed. Losada, 78, Buenos Aires, 1941).

Há na noite de São Pedro (29 de junho) a famosa *Adivinhação de São Pedro* que é uma consulta às vozes. Passa-se um copo dágua pela chama da fogueira, reza-se: – "Pedro, confessor de Nossa Senhora; Jesus Cristo, Nosso Senhor vos chamou e disse – Pedro, tomai estas chaves do Céus, são vossas! Por elas vos rogo, glorioso São Pedro, que se isto tiver de acontecer (faz-se o pedido) três anjos do Céu e três vozes do Mundo digam três vezes: Amém! Amém! Amém! Não tendo de acontecer, três vozes do Mundo digam três vezes: Não! Não! Não!" Fica-se com água na boca, numa janela ou porta, esperando a resposta das vozes da rua.

Em Portugal, pelas festas do Natal, com água na boca aguardam, atrás duma porta ou janela, o nome do futuro esposo. No Brasil há semelhantemente durante o São João.

Certamente esse processo de consultar a vontade divina através das vozes dispersas da multidão podia ter determinado a frase *Vox Populi, Vox Dei*, lembrada por Martins Sarmento, o grande arqueólogo de Guimarães. A Voz do Povo é a Voz de Deus, do Deus dos Cristãos, como o fora de Hermes ou Mercúrio, agora na intenção das fórmulas rogativas de Santa Rita, o profeta Zacarias ou o Apóstolo São Pedro. O oráculo de Acaia é a mais antiga forma dessa técnica.

PERSÉFONA E OS 7 BAGOS DA ROMÃ

A Lourival Seraine

> .... *Sed tanta cupido*
> *Si tibi discidii est, repetet Proserpina coelum,*
> *Lege tamem certa, si nullos contigit illic*
> *Ore cibos; nam sic Parcarum foedere cautum est.*
> *Dixerat. At Cereri certum est educere natam.*
> *Non ita fata sinunt, quoniam jejunia virgo*
> *Solverat, et cultis dum simplex errat in hortis,*
> *Puniceum curva decerpseret arbore pomum,*
> *Sumptaque pallenti septem de cortice grana*
> *Presserat ore suo.*
>
> Ovídio, "Metamorfoses", V, II.

Júpiter prometeu a Cibele que sua filha lhe seria restituída por Plutão se se tivesse conservado em jejum nos Infernos. Ascaláfio vira Perséfona comer sete bagos de romã. O decreto das Parcas cumpriu-se. A deusa ficou sendo rainha das Sombras esposa do soberano dos Infernos. Perséfona transformou Ascaláfio em corujão. Cibele ficou inconsolável. Mas Perséfona não voltou inteiramente à luz do Sol senão por seis meses. A metade do ano competia-lhe partilhar o reinado sombrio dos Mortos.

Sugere esse mito a força mística do alimento como fixação numa determinada região. Sete bagos da romã bastaram para mudar a vida inteira da deusa linda. Não vamos lembrar que a romã é a imagem da Fecundidade mas a ideia é do ato de comer desligar de um para outro país, como um documento de naturalização indiscutido e tão solene que fazia parte de uma sentença inapelável das Parcas. Se Perséfona estivesse em jejum, Plutão seria obrigado a deixá-la voltar para Cibele, Ceres, sua mãe, totalmente livre. Só conseguiu reter a raptada porque ela comera sete bagos da vermelha granada, o pomo púnico.

Há quarenta anos Voeikov denunciava a importância essencial da geografia da alimentação, ressaltando as áreas das constantes alimentares em peixes, laticínios, carnes, cereais. Os processos de obter o alimento e de prepará-lo, servir-se, os condimentos, condutos, são outras tantas maneiras de compreensão e técnicas merecedoras de uma promoção entre as características da demografia. O sufixo *fagos* não será tão importante psicológica e etnográfico como o *fonos*, o comer não será paralelo ao falar?

This is another question... O mito de Perséfona daria início a uma tradição contemporânea e viva por todo o Mundo. Tradição que ensina a força pivotante de uma iguaria como potência mágica detenedora. Quem come ou bebe certos alimentos ou líquidos não pode esquecer ou deixar de regressar aos lugares onde os consumiu.

O cuscuz árabe, a *porridge* da Escócia, o *bortsch* russo, o cabrito assado do Cáucaso, o *puchero* da Argentina, o churrasco gaúcho, o tofu do Japão, a *olla podrida* de Espanha, a caldeirada à fragateira ou o bacalhau à portuguesa, o *chupatis* da Índia do Norte, a sexa sueca, a tortilha do México, o vatapá e o caruru da Bahia brasileira, o iogurte da Bulgária, o presunto de York, as massas italianas, a feijoada brasileira, a carne assada com pirão de leite do sertão nordestino, a *bouillabaisse* de Marselha ou provençal, o *purée de bécasses* de Bourgogne, a *poule au Pot* de Bearn, as *abdouilles* do Artois, o pato de Rouen, as crepes da Bretanha, o *Coq au vin* do Languedoc, uma vez saboreados nesses lugares têm um poder misterioso de retenção e um permanente índice na memória.

Todo viajante sabe que a água da fonte de Trevi em Roma obriga a quem bebeu voltar forçosamente a prová-la. Quem comeu pato ao tucupi em São Luís do Maranhão dificilmente tentará libertar-se da tentação da reincidência. Quem bebeu açaí (macerado da fruta da palmeira Euterpe) em Belém do Pará não pode abandonar a cidade.

Quem vai ao Pará
Parou.
Bebeu açaí,
Ficou.

Os turcos dizem: – Quem bebe água de Buykos voltará sem falta a Istambul. Em Sevilha, Espanha, há a mesma tradição com as roscas de Utrera: – *Si ha comido las roscas de Utrera, no haya miedo que se vaya.*

No folclore brasileiro o alimento tomado pela criança prende-a à terra. Pereira da Costa informa: – "O recém-nascido que não foi amamentado e morre batizado, não participando, portanto, de coisa alguma deste mundo, é um serafim, anjo da primeira hierarquia celestial, e vai imediatamente para as suas regiões ocupar um lugar entre os seus iguais; o que receber amamentação e as águas do batismo é simplesmente um anjo, porém antes de entrar no céu passa pelo Purgatório para purificar-se dos vestígios da sua efêmera passagem pela terra, expelindo o leite com que se amamentou", *Folk-Lore Pernambucano*, 84. Semelhantemente registara o Barão de Studart: – "Criança que morre no período da amamentação vai vomitar o leite no Purgatório", *Antologia do Folclore Brasileiro*, 312.*

Essa lembrança do alimento permanece como uma ligação terrena. Num episódio do *Yagur-Veda*, os amores do herói Pururavas com Urvasi, esta, no meio dos irmãos semideuses Gandharvas, apiedou-se do marido atraída pela recordação de uma pequena porção de manteiga que comera em sua companhia[3]. Na Espanha, na região da Galícia, assim como em Portugal e por toda a Europa há a tradição fantástica das Procissões das Almas, cortejos assombrosos de espectros, passando silenciosamente pelos caminhos e ao redor das vilas, na direção das capelas votivas das *Santas Almas do Purgatório* e para os lugares da penitência[4].

Conduzem velas acesas (são tíbias, perôneos, fêmures, húmeros), cruzes e outros sinais do culto. No comum as almas não têm força física para suster e transportar a cruz processional que é de madeira. É preciso uma criatura humana para essa função. O infeliz viajante que deparar uma procissão de almas será obrigado a levar a cruz, andando quase toda a noite. Na noite seguinte será irresistivelmente atraído ao mesmo local e encontrará a procissão, retomando seu papel de cruciferário resignado. Para evitar a missão risca-se um círculo no solo ou abre-se os braços em cruz quando a procissão aparece. Noutras regiões galegas uma alma do outro mundo, uma visão, oferece pão nas encruzilhadas. Se o homem aceitar o pão e o comer, estará condenado ao fadário de carregar a cruz. O Sr. D. Vicente Risco, num estudo sobre as "*Creencias Gallegas*", informou: – "*La Visión da de comer en*

---

* Edição atual – 6. ed. São Paulo: Global, 2004. v. 2. "Guilherme Studart – Usos e superstições cearenses", item 243. (N.E.)
[3] Max Müller, *Essaies sur la Mythologie Comparée*. Les Traditions et les Coutumes, 133, tradução de Georges Perrot, Lib. Didier, Paris, 1874.
[4] Carolina Michaelis de Vasconcelos. *Estatinga? Estantiga?* A Tradição, I, 161 e segs.

la encrucijada al que pasa: si come, tiene que andar con ellos; si lleva pan y lo come, no le pasa nada". O essencial é não comer pão oferecido pelo fantasma, não servir-se do alimento maravilhoso, como Perséfona entendeu de fazer.

No Amazonas-Pará há o mito dos Botos (Delfinidas), que se transformam em rapazes galantes e seduzem as moças das margens. José Carvalho, no tão precioso *O Matuto Cearense e o Caboclo do Pará* (Pará, Belém, 1930, 22-24), conta um episódio registador da versão.

Um pescador estava tentando arpoar a um peixe-boi e um boto começou a incomodá-lo, nadando por perto, afugentando a presa. O pescador, perdendo a paciência, feriu o boto com o arpão. Horas depois o pescador estava preparando a sua comida numa praia quando abicou uma canoa cheia de soldados vestidos de vermelho. Prenderam o pescador e foram viajando na canoa. Adiante mandaram-no fechar os olhos. Quando os reabriu estava numa praia estranha, com paisagem estranha, e sozinho. Apareceu-lhe então uma mulher que ele conhecia e que desaparecera há muito tempo. Explicou que os botos eram encantados e que curasse o boto ferido com tabaco e acapurana (*cumandá, campsiandra laurifolia*). O mais sugestivo é o conselho que a mulher dá ao pescador: – "Olha! não comas, aqui, nem uma fruta, nem a comida que eles te derem, porque, se comeres, não sairás mais daqui. Foi o que me aconteceu!" Ele não comia nada do que lhe ofereciam; só comia do que havia levado. Três dias depois o boto ferido estava bom e como o pescador não comera comida encantada, foi restituído à terra. A mulher que estava no fundo do rio mandara um cacho de cabelo para o Pajé defumar. O Pajé rezou, defumou o cabelo recebido e a mulher voltou para a vila, para a vida comum com a gente comum.

Decisivo elemento de fixação sagrada era o alimento na legislação nupcial da Grécia e de Roma. Na Grécia a terceira parte do cerimonial, o *télos*, passava-se na residência do noivo, diante dos deuses domésticos. A recém-casada espargia a água lustral no altar. Tocava reverentemente o fogo sagrado do lar. Orava com a nova família. Faltava um ato sem o qual pouco se adiantara, o ato representativo da vida em comum, igual, íntima, perfeita. Era o comer um pedaço de pão, um bolo especial, alguns frutos secos. Sólon, na legislação reformadora que impusera a Atenas, reduzia o cibo a degustação de um marmelo. Mas bolo ou fruto, seco ou maduro, era indispensável, litúrgico, que a noiva comesse alguma coisa na residência do noivo.

Em Roma, o casamento solene, tradicional, sacramento diante de dez testemunhas, do grande pontífice e do flamino de Júpiter, com palavras sacramentais, *verba certa et sollemnia*, era o *confarreatio*.

A cerimônia dividia-se em três grandes rituais: – o *traditio*, entrega da noiva ao noivo em casa dos sogros deste; o *deductio in domum*, cortejo e vinda para a nova residência, e o *conferreatio*, diante do pontífice, testemunhas, amigos, olhando o altar da família. Como na Grécia, a noiva faz o sacrifício, libação, oração, saudação ao fogo sagrado, troca as palavras rituais e, falta o final, senta-se para comer com o marido um bolo de farinha, feito com uma espécie de trigo vermelho chamado *spalta*. O pão ou bolo dessa farinha dizia-se *panis farreus*. O *confarreatio* era comer o *farreo*, o novo pão do novo lar.

Os frutos secos na Grécia ou o *farreo* romano revivem no Bolo de Noiva infalível nas festas de casamento. É cerimônia que não perdeu a impressão religiosa no silêncio natural e na serena e emocional perspectiva da assistência. É o primeiro ato da vida em comum e doméstica da noiva, recebendo a lâmina da mão do noivo e partindo o bolo para distribuir as fatias, porções, aos amigos como futuramente fará aos servos, dando-lhes obrigações, tarefas e rações.

Entre os negros bantus o cerimonial do matrimônio recorda a mesma tradição greco-romana. "Os noivos encontram na cubata a refeição à espera, mas sentam-se de costas voltadas, antes de a iniciarem. É preciso que o noivo se levante, leve uma colherada de comida, meta-a na boca da noiva, a fim de lhe tirar a vergonha, o acanhamento, para esta comer e se voltar frente a frente. Assim, estabelecem as relações de casado, iniciam a vida comum dentro do lar."[5]

O Barão de Studart registou uma tradição muito conhecida no Brasil, especialmente no norte, o sonho de São João, ou de São Pedro. "Em noite de São Pedro o experimentador, tendo jejuado no dia, escolhe bocados de cada prato das refeições e guarda-os; à noite prepara uma mesa no quarto de dormir e guarnece-a dos bocados guardados como se esperasse algum conviva, dorme, e em sonhos vê o noivo ou a noiva assentar-se à mesa" (*Antologia do Folclore Brasileiro*, 302, n. 63[*]). Há omissão essencial. A visão deve servir-se da refeição sob pena de não objetivar-se o matrimônio. Pode suceder noivar mas jamais casar. Vi, em nossa casa em Natal, preparar-se

---

[5] Luís Figueira, *África Bantu*, Raças e tribos de Angola, 130-131, Lisboa. 1938.
[*] Edição atual – 6. ed. São Paulo: Global, 2004. v. 2. "Guilherme Studart – Usos e superstições cearenses", item 63. (N.E.)

essa ceia encantada para um noivo fantasma. Nunca minhas primas confidenciaram sobre o resultado coincidente com os maridos posteriormente encontrados. Mas todos afirmavam que o noivo, visto em sonho, tinha feito honra ao que lhe fora guardado durante o dia.

Na Rússia chamam *gadanié du couvert* a essa superstição, era tradicional na noite de 31 de dezembro. A noiva não dormia e esperava o assombroso prometido em lugar deserto, com mesa posta e assistia-lhe o comer. O rapaz comparecia trazido em êxtase, inconsciente, trazido por uma força irresistível. Sonhando com esse marido que aparece para alimentar-se há cerimônias idênticas à brasileira em vários pontos da Europa na noite de Santo André, 30 de novembro, de Santo Tomás, 21 de dezembro, Natal e Ano-Novo. P. Saintyves reuniu documentação onde sempre há a refeição (*Les Contes de Perrault et les Récits Parallèles*, 14-18, Paris, 1923). O ato de comer é pois uma afirmativa de união física, promessa efetiva de matrimônio, nesse processo divinatório.

Não se referirá apenas a uma satisfação natural a cerimônia de oferecer-se alimento. Incide também no desejo de solidarizar-se com quem oferece. Aceitar o alimento é participar dos interesses do amigo ofertador[5A].

Gregos e Romanos possuíam um rito expiatório de alta significação e realizado quando das calamidades públicas. Era o *Lectisternio*. Ofereciam aos deuses um banquete público, que era imitado pelas refeições domésticas dos cidadãos. Armadas as mesas, cobertos os triclínios com sedas, enfeitados os recintos com galhos verdes e flores, os ídolos eram postos diante de um escolhido repasto, com os melhores vinhos e requintadas gulodices. O mais antigo Lictistérnio ocorreu no ano 356 em Roma, oferecido aos deuses Apolo, Leto, Ártemis, Hércules, Hermes e Poseidon, para afastar a peste que matava os rebanhos. Os deuses vieram nos andores (*tensae*), processionalmente, ao som dos hinos, até as mesas engalanadas. Nesse dia os inimigos confraternizavam, perdoavam aos devedores e havia mesmo anistia para os culpados de crimes simples e supressão de execução por dívidas. Os deuses servidos no Lictistérnio aceitariam os interesses comuns no momento, deferindo a súplica feita sob tão amáveis rituais.

Sobre a romã ignoro superstições no Brasil. Em Portugal, informa Consiglieri Pedroso, "No dia de Reis deitam-se três bagos de romã no lume para o ter aceso todo o ano, três bagos na caixa do pão, e três no bolso

---

[5A] *Un comune cibo stabilisce un legame indissolubile, un AHD "patto" che implica una maledizione condizionata, in caso de trasgressione*; Ester Panetta, *Forme e Soggetti Della Letteratura Popolare Líbica*, 85, nota-4, Milão, 1943.

do dinheiro, para ter dinheiro e pão". Apenas o Prof. Menezes de Oliva notou que a romã *é o mais comum dos berenguendens*, molho de amuletos que as negras baianas usam à cinta (*Tentativa de Classificação dos Balangandans*, An. Museu Hist. Nac., II, 46, Rio de Janeiro, 1943). É de sabido emprego medicamentoso.

Não será sugestivo lembrar que o conselho da mulher ao pescador no fundo de um lago da fronteira Pará-Amazonas, é a doutrina das Parcas, o destino de Perséfona, a presença dos sete bagos da romã?...

Nota – No tempo de Dante havia em Florença um costume expressivo desse poder simbólico do alimento tomado como vínculo social. Se o assassino pudesse comer uma sopa de pão e vinho sobre o túmulo de sua vítima dentro dos nove dias posteriores ao crime, a família do morto não podia exercer vingança. Por isso guardava-se a sepultura, defendendo-a dessa imprevista e poderosa reconciliação. Dante alude ao costume no canto XXXIII do *Purgatório*, terceto-12.

O barrete do Saci

A Alceu Maynard Araujo

Em 1917 publicaram em São Paulo "*O Saci Pererê. Resultado de um inquérito*". O inquérito fora feito no "Estado de São Paulo". Depoimentos inúmeros evocaram o Saci unípede, pretinho, com um só olho, atrapalhando todas as coisas vivas, assobiando e assombrando. Um traço característico era a carapuça vermelha que o Saci usa no cimo da cabecinha inquieta. Essa carapuça é encantada. Faz o Saci ficar invisível. Todas as "forças" vêm desse barrete. Quem lho arrebatar terá direitos completos sobre o negrinho poderoso. Poderá exigir o que quiser. O Saci dará riquezas, poderios, grandezas, para que lhe restituam a carapuça. O Sr. Luís Fleury, de Sorocaba, prestou depoimento dessas tradições. Narrou que o Saci fizera aparecer um monte de moedas de ouro para receber seu barretinho. O ouro sumiu-se porque o viajante esquecera de benzê-lo (*Inquéritos*, 180).

Essa carapuça é vermelha e pontiaguda.

Em Portugal o Fradinho da Mão Furada e o Pesadelo têm coberturas idênticas. O Saci brasileiro tem a mão furada como o símile português.

J. Leite de Vasconcelos informa sobre o assunto: – "O Fradinho da Mão Furada entra por alta noite nas alcovas, e pelo buraco da fechadura da porta. Tem na cabeça um barrete encarnado, escarrancha-se à vontade em cima das pessoas e a ele são atribuídos os grandes pesadelos. Só quando a pessoa acorda, é que ele se vai embora... O Pesadelo é o Diabo que vem com uma carapuça e com uma mão muito pesada. Quando a gente dorme com a barriga para o ar, o Pesadelo põe a mão no peito de quem dorme e não deixa gritar. Se alguém lhe pudesse agarrar na carapuça, ele fugia para o telhado, e era obrigado a dar quanto dinheiro lhe pedissem, enquanto não lhe restituíssem a carapuça" (*Tradições Populares de Portugal*, 289-290).

Carapuças que dão invisibilidade são comuns nos contos europeus, e Saintyves recenseou-as magnificamente. Há inicialmente o elmo de Perseu que o tornou invisível aos olhos das Górgonas.

Há um elemento de possível convergência em Portugal. É o *Pretinho do Barrete Encarnado* que aparece em Lagoa e Estombar e que Teófilo Braga diz aparecer à hora de maior calma, entidade graciosa, fazendo figas e pirraças às crianças para as enraivecer (*O Povo Português* etc. II, 152). Um dos nomes do Demônio nos contos de Espanha refere-se a um "gorro colorado"; *había um hombre con um gorro colorado, que era el diablo* (Aurélio M. Espinosa, *Cuentos Populares Españoles*, II, n. 117). Em Portugal o Diabo também é chamado "o da Carapuça vermelha" (J. Leite de Vasconcelos, *Tradições* etc. 312).

Era crença em Roma que os íncubos, certos fantasmas opressores, apareciam com carapuças vermelhas na cabeça e quem as arrebatasse teria riquezas sem fim. No *Satyricon* de Petrônio há um trecho denunciador dessa superstição. Conversam no banquete de Trimalchion sobre um conviva que antigamente era carregador de lenha e subitamente enriquecera. Dá-se a explicação: – "Afirma-se, para mim ignoro se o fato é verdadeiro, mas tenho ouvido falar que ele teve ultimamente a habilidade de apoderar-se do chapéu de um íncubo e encontrou um tesouro". Petrônio escreveu: – *quum modo incuboni pileum rapuisset thesaurum invenit* (cap. XXXVII). O chapéu do íncubo era o Pileum, *incuboni pileum*.

O Pileus era uma carapuça de forma oblonga, de cor vermelha comumente e popularíssimo em Roma. Tão popular e abundante o seu encontro nas ruas e no Circus que Martial cognominou a capital do Império *Pileata Roma* (Epigramas, XI, VI). Era o legítimo e mais tradicional símbolo popular da liberdade. É a origem do barrete frígio, tornado posteriormente a imagem da liberdade individual e coletiva, materialização do governo republicano. Os Dióscuros, Castor e Pólux, usavam Pileus e Catulo os chamava *pileatis fratribus* (XXXVII). Lembrava o Pileus as extremidades do ovo em que tinham vindo ao mundo.

O Pileus posto na cabeça de um escravo era a libertação. *Ad pileum servi vocati sunt* era a fórmula popular de dar-se a alforria. "Chamar ao Pileus" era sinônimo de manumissão. Petrônio descreve uma dessas cerimônias no *Satyricon* (cap. XLI). No banquete de Trimalchion um javali inteiro, assado, enfeitada a cabeçorra com um Pileus, apareceu, *magnitudinis aper pileatus*. Um escravo de nome Bacus foi alforriado por Trimalchion. Imediatamente o escravo arrebatou o Pileus ao javali e pôs na cabeça o ambicionado barrete; *Puer detraxit pileum apro, capitique suo impossuit*.

A carapuça do Saci Pererê é justamente o Pileus romano. Significaria que o pretinho é livre para importunar a paciência alheia e ligado à ideia do encantamento, da força misteriosa dos talismãs. Converge ainda a cor vermelha, sugestionadora e com séculos de significação sagrada.

Dar-se-ia no Brasil a colocação do barretinho na cabeça do Saci? Em Portugal há o Negrinho-do-barrete-vermelho e a tradição peninsular diabólica do gorro vermelho na sinonímia infernal. Há igualmente o ciclo do chapéu mágico na literatura oral europeia e clássica. Os escravos africanos teriam a imagem do "fez" vermelho? Nenhum o trouxe para o Brasil. Os negros muçulmanos usavam, quando podiam usar, formas primárias de turbantes, gorros feitos com toalhas enroladas em maneira de rodilha, e os torços, espécie de turbante em sua velocidade inicial e simples.

O chapéu do Saci Pererê é o Pileus, europeu e molhado com as águas da feitiçaria, da bruxaria, da superstição romana, espalhada por este mundo de meu Deus...

A PEDRA NA CRUZ

A Walter Spalding

The custom of marking a place where death occurred in the open by a heap of stones or twigs or grass, to which each passar-by added, seems to have been practised all over the world.

Maire Nic Neill, "Wayside Death Cairns in Ireland", *Béaloideas*, XVI, Dublin, 1948.

Vivi alguns anos no sertão do Rio Grande do Norte e da Paraíba. O sertão era anterior às rodovias, aos automóveis, às vitrolas, ao rádio espalhador de banalidades contagiantes. Sertão velho e bom, cheirando ao século XVIII. Ainda vi viajar de liteira. Viajei em "comboio", bebendo água de borracha, agasalhado à sombra das oiticicas, fiel à cozinha tradicional do comboieiro. Durante a noite, na latada das casas pobres ou no alpendre da casa-grande, contavam histórias da política e estórias de assombração ou de Fadas.

Nas pequenas jornadas, de fazenda para fazenda de parentes e amigos, centenas de vezes vi as cruzes de madeira, com os dois braços cheios de pedrinhas e um montão subindo-lhe pela base. As pedrinhas eram orações. Antes, quem passava fazia o Pelo-Sinal dizendo a saudação indispensável: – *Deus te salve, Cruz preciosa!...* E jogava-se, rezasse ou não, uma pedrinha para a ruma ou equilibrava-se a oferta no transepto da cruz. Centenas de vezes disse a frase e pus minha pedrinha. Esse costume ainda está vivo da Bahia para o norte.

De onde nos veio a tradição? Sendo um costume coletivo ligado à veneração da Cruz e esta já constituindo padrão funerário, é lógico ser a origem via colonização portuguesa. A tradição é de Portugal e já era corrente no século XVI, no século do Descobrimento. Não desapareceu ainda entre a gente de Portugal contemporâneo. Informa Luís Chaves: – "No lugar, onde caiu homem morto, à beira dos caminhos, em cova de justiçado, nas sepulturas, a meio do cemitério, como monumento primacial, ergue-se o Cruzeiro solitário, a lembrar aos vivos a piedade pelos mortos... Junto desses Cruzeiros... assinalando morte natural ou violenta de homem, formam-se frequentemente os "Fiéis de Deus". Em muitos lugares, quem passa, atira com uma pedra para o Cruzeiro, ao tempo que reza a rogada prece... Deste costume piedoso nos fala, do meado do século XVI, o Doutor João de Barros na *Geografia d'Entre Douro e Minho e Trás os Montes*: – "Outro modo de Sepulturas há na serra do Marão, que são grandes montes de pedras miúdas, e de fama que jazem ali grandes ladrões, que naquela Serra andaram, entre os quais havia um muito famoso que chamava Guiari". Fiéis de Deus só podiam chamar os Cristãos, como sinônimo de Fiéis Defuntos... Álvaro Bellino dá notícia de exemplo moderno: – "próximo da Capela da Madre de Deus de fora, sobre a parede da margem direita do caminho que vai da capela da Conceição e igreja de Azurém (subúrbio de Guimarães), ergue-se uma pequena cruz de ferro... amontoam-se-lhe à volta da Cruz as pedras atiradas pelos que lhe rezaram a prece requerida", *Folclore Religioso*, 182-183, Porto, 1945. Sobre o costume funerário de lançar pedras sobre sepulturas ou lugares de morte escreveu J. Leite de Vasconcelos uma notícia na *A Língua Portuguesa*, I, fasc. VI, Lisboa, 1929-1930.

Identicamente na Espanha atual. Luís de Hoyos Sainz e Nieves de Hoyos Sanchos, *Manual de Folclore*, 362-363, Madrid, 1947, registam: – *Especial expresión de piedad es la que se hace a los muertos violentamente en algunas regiones españolas, representada en general por la cruz levantada en el sitio en que acaeció la desgracia o se cometió el crimen;... Menos conocida es la costumbre de rodear con un circulo de piedra el sitio en donde ocurrió la muerte, como en Pontevedra, y bastante general la de hacer cruces con piedras hincadas en el suelo, en Zamora y Burgos, aunque más lo es todavía la de formar montones con piedras o chinas arrojadas después de besarlas, como antes ocurría en la cruz de Don Sancho, en Zamora, y también en pueblos de las dos Castillas, en Aragón pirenaico y en la montaña catalana, faltando el hecho en Levante y Andalucía, si bien aparece esporádicamente en algunos pueblos de Jaén, bien destacadas por su repoblación por castellanos.*

Era oração e protesto. O matador dos sete Infantes de Lara sofria esse castigo póstumo. "*Alli donde cayó sin vida el cuerpo de Ruy Velásquez, los castellanos lo apedrearon, y yacían sobre el más de diez carradas de piedras. Y aun hoy dia, cuantos por aquella gran pedrera passan, en lugar de rezar Pater Noster, lanzan al montón una piedra más, diciendo: 'Mal siglo haya el alma del traidor! Amén!"* (R. Menéndez Pidal, *Flor Nueva de Romances Viejos*, 120, Col. Austral, Buenos Aires, 1950).

O costume existente na Espanha modificou a tradição sul-americana das Apachetas que são montículos de pedras dedicadas à deusa Pachamama, espécie de Cibele ou Deméter. Todo caminheiro que passa por um apacheta detém-se para depositar ali uma pedra, uma folha de coca (*Erythroxylon coca*) que vinha mastigando, e dizendo uma oração. Como os missionários católicos fossem fincando e popularizando a veneração das cruzes, espalhadas pelos caminhos e coincidentes, nas encruzilhadas, com as apachetas, os indígenas e mestiços continuam insensivelmente o uso, deixando a oferta nas cruzes e mesmo orando as apachetas; Juan B. Ambrosetti, *Supersticiones y Leyendas*, 184, Carlos Teschauer, *Avifauna e Flora* etc. 246, Juan Alfonso Carrizo, *Las Apachetas y El Antiguo Culto a Mercurio, Dios de Los Caminos*, sep. da Pubs. da Sociedad Argentina de Americanistas, Folklore, I, Buenos Aires, 1948.

A pedra ou o ramo, símbolos de presença votiva, sobrevivem no Brasil nordestino em sua plenitude. Pereira da Costa, *Folclore Pernambucano*, 86, escreve que os viajantes deparando a cruz "descobrem-se e rezam em intenção do morto; e depois, colhem um ramo verde e deitam-no aos pés da cruz".

Getúlio César, *Crendices do Nordeste*, 105, alude aos dois elementos: – "Muitas das cruzes das estradas desaparecem por entre pedras e galhos de mato que os caminheiros depositam como homenagem e lembrança ao morto que ali tombou".

O montão de pedras sempre assinalou um acontecimento que não devia ser esquecido. Os altares e os monumentos primitivos foram esses montes de pedra solta, testemunhas de uma morte, altar de oblação, ponto de reconciliação ou alianças entre chefes militares ou patriarcas, sepultura de soberanos ou heróis guerreiros. Em qualquer região do Mundo e na dimensão do tempo essas pedras amontoadas terão esse destino histórico e tradicional.

Assim era o altar erguido por Noé e era o *cairn* da paz entre Jacó e Labão na montanha de Gilead, "... tomaram pedras, e fizeram um montão, e comeram ali sobre aquele montão... Disse então Labão: Este montão seja hoje por testemunha entre mim e entre ti: por isso se chamou o seu nome

Galead" (*Gênesis*, XXXI, 46, 48). O túmulo do profeta Aaron sobre o Monte Hor na Síria é santuário de peregrinações. Os devotos amontoam pedras, depois dos pedidos, como testemunhas de sua fé (G. J. Frazer, *Le Folklore Dans l'Ancien Testament*, 219). Teófilo Braga, *O Povo Português* etc. 1º, 188-192, cita Viterbo que divulgou um documento de 1473, de Pinhel, referente aos Montes Gaudios que são os Fiéis de Deus, pedras nos túmulos, testemunhas do morto cristão. Viterbo originava a tradição das pedras atiradas votivamente às estátuas de Hermes (Mercúrio) como propícias para a viagem. As pedras nos túmulos valendo orações ou pensamentos dedicados aos mortos existem, segundo Gubernatis, na Pequena Rússia e entre os Tártaros. Servius cita a Itália meridional. Liebrecht encontrou a tradição na Grécia clássica, Germanos, Escandinavos e Celtas da Grã-Bretanha, remontando-se à Índia, China e aos Japoneses e mesmo aos Hotentotes.

Citando Carrete, Teófilo Braga lembra as pedras atiradas ao túmulo de Beel Gassen na Argélia meridional como uma homenagem.

Blaise Cendrars, *Anthologie Négre*, 16, fixa a tradição entre os negros Fân, Fans, M'Fan, Pauins do Congo Francês do túmulo memento. Incinerado Ndun, antigo rei dos homens, jogaram as cinzas dos animais sacrificados sobre a do rei. O Criador mandou buscar pedras. "Foram buscar as pedras e foram colocadas sobre o fosso e ergueram-se muito alto, muito alto. O Criador disse: – Eis aqui o Sinal. Quando em viagem virdes o local onde jaz um homem atirai uma pedra, um ramo de árvore ou uma folha. Fazei assim! Os homens responderam: Nós assim faremos!"

Esses túmulos memento vivem pelo mundo. Vítor Hugo encontrou-o em Arcoville na Champagne: "*Arcoville a encore le tas de pierre du Huguenot, que chaque paysan grossit d'une caillou en passant (Le Rhin)*.

Henry Binder regista semelhantemente no Curdistão: "Em Amadiah... Quando encontram um homem assassinado numa estrada, erguem no lugar do cadáver um montículo de pedras e cada transeunte atira a sua. Outrora o cadáver não era sepultado senão debaixo dessas pedras que lhe eram lançadas", *Au Kurdistan, en Mesopotamie et en Perse*, 205.

A imagem da Apacheta, o altar primitivo, reaparece na Mongólia. O Coronel Prjévalski descreve um desses *Obos*: "... nos desfiladeiros e nos cimos da montanha encontram-se pedras amontoadas na forma de altares denominados *Obos* e que são dedicados ao Espírito da Montanha. Os indígenas têm por esses *Obos* um respeito supersticioso e, passando, depositam uma pedra, um retalho, um pouco de pelo dos camelos", *Mongolie et Pays des Tangoutes*, 51-52.

No Japão atiram pedras ao pé da imagem de Jizo, o patrono dos viajantes e das crianças. "Em toda a parte pela borda das estradas se encontra no Japão a figura de Jizo, umas vezes uma figura alta e nobre, gravada em pedra ou em rochedo, outras uma gravura tosca em madeira. É representado como um padre, com cara bondosa, segurando na mão direita o bordão de viandante e na esquerda um globo. Está de pé sobre a flor de lótus, e tem a seus pés um montão de seixos, ao qual cada caminheiro junta um calhau. E a avozinha aconselha às crianças a nunca passarem por uma figura de Jizo, sem lhe pagar o tributo de uma pedra por esta razão: Toda a criança pequena que morre, diz ela, tem que passar o *So-dzu-kaiva*, o rio debaixo do mundo. Agora nas margens deste rio vive uma velha e perversa bruxa que apanha todas as crianças que tentam passar, despoja-as dos seus vestidos e obriga-as a ajudá-la na sua tarefa sem fim de tirar todas as pedras do leito do rio. Jizo protege estas pobres crianças, e cada uma que lançar uma pedra ao pé do seu altar alivia o trabalho das que lá embaixo labutam", John Finnemore, *Japão*, 61.

Sir J. G. Frazer, *Rameau d'Or*, IIº, 240 e seguintes, estudou longamente o tema, documentando a tradição na Irlanda, França, Espanha, Suécia, Alemanha, Boêmia, Lesbos, Marrocos, Nova Zelândia, Rumânia, Ilha de Unalashka (uma das Aleutas), Cabo, Senegal, Guatemala, Noruega etc.

No Brasil, as pedras na Cruz traduzem o pensamento religioso de solidariedade cristã. Os mortos violentamente, assassinados ou em desastres, têm direito às preces repetidas porque não tiveram tempo de preparar sua alma para a viagem final e respectivo julgamento.

Reúnem-se vários elementos religiosos nesse simples gesto e nenhuma explicação isolada bastará, logicamente, para a compreensão exata do costume.

Primeiro. O dever da sepultura. Será o primeiro e o maior dos deveres dar sepultura aos mortos. É a honra de Tobias. O cadáver sem a honra fúnebre do túmulo mesmo sumário tornar-se-ia um espírito malévolo, fantasma opressor, espavorindo e espalhando terrores. Toda literatura clássica greco-latina eleva o sepultamento como o primeiro dos deveres e era a obrigação legal primária, a primeira para todas as criaturas humanas. Enterrar o morto era a inicial. Só os condenados por crimes repugnantes, os réprobos, os sacrílegos, eram privados da sepultura e erravam seus espíritos por toda a eternidade sofrendo os insultos das Fúrias, vagando sem pouso nas margens do Stix. Era a imposição do *Jus Pontificum* mandar que se cobrisse o cadáver deparado na estrada com uma camada de pedras, o simples *lapidare*. Os túmulos antigos eram montes de pedras. Os montanheses da Escócia tinham uma frase expressiva: *curri mi clach er do cairn*[6], hei de ajuntar uma pedra ao túmulo que te cobrir. Seria, pois, um gesto em que se repetia inconscientemente a imposição da sepultura, uma colaboração para a piedosa *lapidare*, a sepultura de pedras imediata, cobrindo o cadáver de um inimigo (túmulo do rei de Hai, *Josué*, VIII, 29) ou de príncipe revoltado (túmulo de Absalão, II *Samuel*, XVIII, 17).

Segundo. Gesto de homenagem, expressão de sentimento religioso e fraternal ante o túmulo na estrada. Convergem nessa interpretação a religiosidade com a ideia universal da transferência da dor, alegria, emoção qualquer, às pedras e aos vegetais etc. Seriam como memoriais votivos e portáteis. As pedras constituiriam sinais de uma oração, provas materiais denunciando a oblação aos mortos, fichas valendo rezas, tentos significando votos para a elevação do espírito e salvação da alma. Ao lado do pavor religioso há a intenção pessoal votiva.

Terceiro. Afastamento do cadáver e da ideia da morte trágica. O cadáver é o símbolo da impureza e todas as religiões obrigavam a purificações a quem tocasse, mesmo inadvertidamente, a um morto (*Números*, XIX, II, a purificação greco-romana). A explicação do gesto como uma homenagem às estelas de Hermes-Mercúrio raramente é clara e explícita porque é complexa. Quando Mercúrio matou Argos os deuses horrorizaram-se com o assassinato e atiravam pedras para livrarem-se do contato com o cadáver. Afastavam a imagem sangrenta, evitando a impressão comunicante do morto. Essas pedras fizeram montões que, posteriormente, foram erguidos intencionalmente em homenagem a Hermes-Mercúrio. As pedras atiradas, como todos compreendem, afastavam o pavor do corpo morto de Argos e levavam simbolicamente a reprovação do ato e a oração, solidariedade dos vivos. Pelo princípio mágico do *totum ex parte,* o objeto

---

[6] Na Irlanda, diz-se: *cuirfidh mise cloch I do leachta*, – "colocarei uma pedra no teu túmulo". Em gaélico, *cairn* é *leacht*, cognato do latim *lectus*. A folclorista irlandesa Maire Nic Neill estudou o assunto no ensaio *Wayside Death Cairns in Ireland*, tomo XVI da revista *Béaloideas*, 50, nota 3, órgão da *An Cumann le Béaloideas Éireann, The Journal of the Folklore Ireland Society*. Maire Nic Neill mostrou a popularidade dessa tradição na Irlanda onde realizaram no inverno de 1938-39 um inquérito sobre os *wayside memorial death-heap*, obtendo cento e trinta e duas respostas. Como se escrevesse no nordeste do Brasil, a pesquisadora irlandesa conclui: – *The custom of making a death-place in the open by a stone-heap, to which each passar-by added a stone, was videly practised in Ireland and is now on the point of extinction. The popular explanation of the heap is that it is a memorial and a reminder to pray for the dead: in the wast majority of instances the act of adding a stone to the heap is regarded as a benefit to the dead person and is acompanied by a prayer.*

impregna-se da essência vital de quem o conduz. Atirar pedras, três pedras, era afastar um mau presságio, La Bruyère, *Les Caractéres*, 40.

Quarto. Reminiscência do altar rústico, do *cairn*, memorial, *altare lapideum*, Êxodo, XX, 25, marcando lugar sagrado onde houve aliança, compromisso, promessa, contrato. O memorial de pedra é um testemunho para que não se interrompa o vínculo da obrigação, *Josué*, IV, 7. Onde caía um raio, os romanos cercavam o local com uma defesa de pedras. Era o Putial.

Na margem das estradas brasileiras a pedra na Cruz recorda todos esses elementos religiosos esparsos na memória do Homem e no tempo do Mundo...

Ad petendam pluviam

A Guilherme Santos Neves

Oratio. Deus, in quo vivimus, movemur et sumus: pluviam nobis tribue congruentem; ut, praesentibus subsidiis sufficienter adjuti, sempiterna fiducialius appetamus. Per C.D.N (Secreta): Oblatis, quaesumus, Domine, placare muneribus: et opportunum nobis tribue pluviae suffucientis auxilium. (Post communio): Da Nobis, quaesumus, Domine, pluviam salutarem: et aridam terrae faciem fluentis caelestibus dignanter infunde. Oratio 16, Missal Romano, "Ad petendam pluviam".
– A chuva vem de Zeus – Teócrito, Idílio, XVII.

A chuva vem do Céu porque Deus manda. Regula sua vontade onipotente às estações. Da região altíssima dependem a vida humana e sua condicionalidade mesológica. As colheitas e as pastagens eram a própria vida dos homens e dos rebanhos. Deus possuía na forte mão as chuvas benéficas. Indra, Wotan comandavam. Na Grécia e em Roma, Júpiter era Naios, o úmido, Ómbrios, distribuidor de chuvas, Plúvius, o chuvoso.

Iavé afirmara a Moisés identicamente: – "Eu vos darei as vossas chuvas a seu tempo! O Senhor te abrirá o seu bom tesouro, o Céu, para dar chuva à terra no seu tempo!" (*Levítico*, XXVI, 4; *Deuteronômio*, XXVIII, 12). A Noé dissera o Senhor peremptoriamente: – "Farei chover sobre a terra quarenta dias e quarenta noites!" (*Gênesis*, VII, 4). No *Gênesis* II, 5, lê-se: – "O Senhor Deus ainda não tinha feito chover sobre a terra".

A doutrina era a mesma. No evangelho de São Mateus, V, 45, Jesus Cristo lembra que o Pai está nos Céus, fazendo o Sol nascer sobre bons e maus e a chuva cair para justos e injustos!...

Se a chuva não cai é porque Deus não quer, I Reis, VIII, 35. Na Índia, a razão é a inimizade dos demônios Aí e Vritra à Indra. Para nós, e nossos avós, é o pecado, a desobediência, o esquecimento, o olvido às leis divinas. É preciso desagravar a divindade ofendida com demonstrações públicas e coletivas de arrependimento, de contrição. Surgem as rogativas populares guiadas pelo sacerdote, procissões com os oragos, cantos lentos e tristes e, ao final, a clássica *oratio ad petendam pluviam*, suplicando a chuva fecunda, indispensável à vida.

Não se trata de verificar os prognósticos do bom ou mau inverno mas de provocar a precipitação pluvial por meios sobrenaturais, pela violência da prédica, da renúncia, da penitência das súplicas coletivas que tanta impressão deixam no ambiente social.

Melo Morais Filho (*Festas e Tradições Populares do Brasil*, Editora Itatiaia, Edusp, 1979, p. 174, "Preces para pedir chuva") descreve o quadro nas últimas décadas do século XIX na Província do Rio de Janeiro: – "Se no lugar devastado havia mais igrejas, à tarde as procissões encontravam-se seguidas de grande multidão. Os penitentes açoitavam-se; as mulheres caminhavam descalças e de cabelos soltos; as imagens trocavam-se nos templos, permanecendo ausentes de seu altares até a queda da primeira chuva... Os leves andores, levados geralmente por moças ou meninas, seguidos de velhos e crianças, de escravos e livres, adiantavam-se na noite, escoltados de pessoas descalças por penitência de senhoras de cabelos esparsos sobre as espáduas, de indivíduos votivamente maltrapilhos, que acentuavam com mais vigor o arrependimento de suas culpas, motivadoras também do providencial castigo".

Essas procissões realizavam-se durante as primeiras horas da noite e eram de inesquecível efeito pelas luzes rubras dos archotes e candieiros, as vestes dos penitentes, a severidade das fisionomias e o calor sagrado das vozes uníssonas num coro poderoso de esperança e de fé.

> *Compadecei-vos, Senhora,*
> *De nossos prantos e dores,*
> *Morremos todos à sede*
> *Porque somos pecadores.*
>
> *Pedimos a vós, Senhora,*
> *Dona da terra e do mar,*
> *Refrigério para o corpo,*
> *Graça para vos amar.*

Vezes duas e três procissões percorrem lentamente a região, cantando benditos, rezando as ladainhas de todos os santos, fazendo "exclamações" que são verdadeiras "saetas" da Semana Santa andaluza, gritos de apelo à Divindade, em pleno desespero e necessidade. Valei-me Senhora Sant'Ana não permitindo que meus filhos morram de fome! Valei-me Bom Jesus Crucificado! E mais sugestivo é o estribilho em Minas Gerais e fronteira de São Paulo e também repetido, às vezes, no Nordeste: – Chove-chuva! Chove-chuva! Chove-chuva!...

Renato Almeida já mostrou a importância dessa colaboração folclórica originária das longas estiagens, *História da Música Brasileira*, Cantigas para chamar chuva, 133, 135, Rio de Janeiro, ed. Briguiet, 1942.

O "chove-chuva" é a invocação ao poder do nome pela repetição insistente, sabidamente de efeito irresistível junto à divindade. Os "orai por nós, tende piedade de nós" fundamentam-se nessas células de segura dinamogenia verbal. Nos candomblés da Bahia e macumbas do Rio de Janeiro, o "toque adarrum" é aquele que atrai infalivelmente os orixás e o próprio Xangô. O toque adarrum é a repetição ininterrupta da mesma nota, quatro semicolcheias num tempo, ao compasso de dois-por-quatro. É sempre um elemento doxológico esse processo.

Um dos remédios tradicionais, tão popular com Santo Antônio, é a retirada de uma imagem do seu altar e posta noutro ou mesmo noutra igreja distante. Só será restituída ao seu lugar quando atender aos pedidos. Para abreviar os horrores da guerra, a imagem do Senhor do Bonfim, na cidade do Salvador da Bahia, deixou o santuário de Itapagipe e veio solenemente para a Igreja da Conceição da Praia, onde ficou de 5 a 21 de abril de 1942.

São invocados os oragos locais, preferencialmente São João Batista, Sant'Ana, São Sebastião, as várias formas de Nossa Senhora, Graças, Remédios, Bom Conselho, Dores, Piedade etc.

Renato Almeida divulgou um canto para pedir chuva, ouvido no Piauí, onde a Senhora Sant'Ana é invocada: – *Senhora Santana / Assubiu aos monte / Por onde ela andou / Deixou muitas fontes*. O mesmo autor regista três solfas de cantigas pedindo chuva, cantadas nas procissões votivas.

Sant'Ana é confundida com a Cibele da Caldeia, Anah, Anahid, Anat, Anaita, Anahites. O versinho cantado no Piauí é português de Viana do Castelo: – *Senhora S. Ana / Subiu ao monte: / Aonde se assentou / Abriu uma fonte /* (J. Leite de Vasconcelos. *Tradições Populares de Portugal*, 73, Teófilo Braga, *O Povo Português* etc. II, 127, e *Lendas Cristãs*, 65, Porto, 1892; as duas últimas fontes também sobre o culto de Anah).

Uma superstição europeia que se fixou no Brasil no ciclo da atração pluvial é a romaria para ir molhar um Cruzeiro. Na fronteira São Paulo e

Minas Gerais, Valdomiro Silveira registou um exemplo no seu *Mixuangos* (ed. J. Olympio, 82, Rio de Janeiro, 1937): – "Houve uma secca horrivel. O pessoal do Aterradinho e redondezas, depois de ter resado as resas que eram tidas por mais fortes, pedindo chuvas, resolveu fazer romaria a uma cruz, a conselho de Valentim; assegurava elle não haver perigo de insucesso, desde que a cruz fosse bem distante e se levasse agua dalli para molhar os pés da cruz. Armou-se a romaria. Juntaram-se umas cincoenta pessoas. Cada qual carregava seu balde, sua bilha, sua moringa cheia de agua. O Valentim caminhava à frente da procissão, cantando ladainhas, rico de fé e muito pobre de latins, que estropeava de maneira lamentavel: – Ave, Maria, Sânquita Dei Geni! O povo todo cantava também. Havia vozes, no canto, que similhavam toadas de choro. E o Valentim, que ao crescer ia emmagrecendo e espigando, não tinha, comtudo, canseiras nem desanimo, certo de que, em se lançando aos pés da cruz do Rio Verdinho, dalli a tres quartos de legua, o céo todo se abriria para chover sobre a terra toda a chuva de que precisassem as plantas e que pediam aquellas almas ansiadas..."

Essa magia imitativa sugere a universalidade do método. Feiticeiros africanos e melanésios, bruxos europeus e americanos repetem os elementos da precipitação aquosa, soprando água para o alto, borrifando árvores, roncando e batendo tambores, atirando fachos acesos, dançando lentamente como podiam as nuvens fazer. Pedras sagradas, altares indus, árvores velhíssimas, encruzilhadas, são molhadas entre cantos e bailados. A chuva, logicamente, atende aos que a representam tão bem, e desce, fecunda. A Cibele de Pessinonte, levada triunfalmente para Roma em 204 antes de Cristo, era apenas uma pedra negra, simulacro da Boa Deusa. Essa pedra era banhada n'água do rio pelo sacerdote quando havia estiagem longa.

Sebillot, *Le Paganisme Contemporain Chez Les Peuples Celto-Latins* (Ed. Doin, Paris, 244, segs., 1908) recorda a famosa fonte de Barenton, Ille-et-Vilaine, onde molhavam a terra e a jogavam para o alto. Mergulhavam o pé da cruz numa fonte em Paimpont, e o reitor aspergia as pedras ao derredor. No Luxemburgo (Florenville) aguavam as ruas para que as nuvens deixassem cair a chuva.

Uma modalidade preciosa é a troca das imagens. Duas procissões marcham em sentido oposto, levando cada uma o respectivo santo num andor. Há a cena do "encontro" com discurso emocional e foguetões, orações etc. Depois os santos são conduzidos aos altares alheios até que a chuva caia. Mons. Francisco Severiano, *Diocese da Paraíba* (Paraíba 1906, 101-102), transcreve a informação de um cronista do século XVIII descrevendo uma troca de imagens com inesperado valimento imediato: – "No ano de 1779, quando uma horrível e desastrosa seca assolou todo o alto sertão da capitania do Rio Grande do Norte, achando-se a nova freguezia do Apodi, assás flagelado pelo contagio da fome e da peste, tendo perecido quase toda a criação; em março daquele ano, o cura de então Padre Joaquim José Pereira, cronista-mor da mesma Capitania, fez trasladar Nossa Senhora da Conceição para a capela de Nossa Senhora do Impossível, no cimo da serra do Patu da mesma freguesia, e aquela Senhora, de sua capela para a igreja matriz do Apodi, na distância de doze léguas, sendo ambas a um só tempo conduzidas em andores aos ombros dos fiéis. Quando se encontraram os dois povos com as imagens no sítio Borracha, distante seis léguas da sede da freguezia, e tomaram descanso, o cura que ia na frente da procissão fez uma tocante alocução análoga ao assunto que dera motivo a essas trasladações e aquele encontro, e de momento transformou-se o tempo caindo uma chuva torrencial de tal forma que fez rebentar do meio de uma insípida e pequena várzea, colocada em terras carrasquenhas, um formidável olho dágua, que ainda hoje existe perene, atestando aquela memória. Em vista deste prodígio, o virtuoso cura dissolveu as trasladações e visitas das duas imagens e, voltando as procissões, fez colocar ditas imagens em seus altares, tornando-se dali por diante os tempos bonançosos pelos prolongados invernos".

Certo que o elemento essencial nessa troca de imagens é constranger o santo a obrar o milagre da chuva. Nos cantos de oração chama-se "fazer violência ao Senhor" as rezas seguidas de comunhões imediatas, um ataque frontal legítimo de incessante força peditória.

O povo não compreende essa violência mística e sim a material sobre a figura do Santo. Os Shans na Mingrélia punham a imagem de Buda dentro d'água quando as chuvas rareavam. Indra e Mega Raja, deus da chuva indu, são desenhados de cabeça para baixo ou nas posições mais incômodas nos muros de Chatarpour, Madras. Os deuses apressam-se em fazer a chuva vir, evitando a continuação dos desenhos. Na França deitam a água à imagem de pedra de Saint Gervais no Morvan, de St. Pons em Collobrières, de St. Gens em Carpentras. Em Navarra atiram São Pedro ao rio e a chuva cai em vinte e quatro horas.

Em Portugal o processo não é outro. "Há em toda a parte uma imagem de Santo Antônio, que, em necessidade de chuva, é mergulhado em água, e para vir sol, é posto ao lume, ou à soalheira. Em Valdevez uma imagem de S. Cipriano é banhada na fonte do Castro de Reboreda (Santa Vaia), no

Rio Vez ou no Rio Frio, seu afluente. Em Vila-Real, molha-se a imagem de S. Miguel. Em S. Pedro do Sul, diz a tradição que o nome da vila provém de os habitantes de uma povoação, chamada Sul, terem lançado ao rio uma imagem de S. Pedro, que era seu orago" (Luís Chaves, *Páginas Folclóricas*, 29-30). J. Leite de Vasconcelos informa que em Iligares, Moncorvo, atiram um S. Tiago ao rio no meio de festas (*Tradições*, 56). Além do livro clássico de A. Maury, *La Magie et l'Astrologie* e o 1º tomo do *Rameau d'Or* de Frazer, sobre os banhos nas imagens para obter-se chuva, há o estudo de Saintyves, "De l'immersion des idoles antiques aux baignades des statues saintes dans le cristianisme" (*Rev. de l'Hist. des Relig.* Paris, 1933, CVIII).

Os maus-tratos a Santo Antônio não são públicos. Pertencem aos cultos pessoais. Põem o santo dentro d'água amarrado, para ser retirado quando do implemento da promessa, arrancam-lhe do braço o Menino Jesus, colocam-no de cabeça para baixo dentro do resto d'água do açude semi-esgotado, deixam-no em cima do telhado, exposto ao sol ardente para que melhor sinta o horror da sede e providencie chuvas.

Gregos e Romanos tomavam essas liberdades com os seus deuses domésticos. Não lhes era possível, sob pena de sacrilégio, o menor desrespeito nos templos, mas nas residências os ídolos pagavam a surdez às orações e ofertas. Eram batidos, quebrados, lançados à rua. A imagem do deus Marte estava amarrada em Esparta para não abandonar o povo em guerra. As imagens da Fortuna sofriam identicamente. A de Saturno era acorrentada à uma coluna no Capitólio. Na Arcádia surrava-se a imagem de Pã quando as ofertas eram poucas.

Osvaldo Lamartine ("Diário de Natal", *Estranhos Devotos*, 24-8-1947) narra uma história corrente no Seridó. O fazendeiro Manuel Gomes Colaço, da fazenda "Flores", Município do Caicó, Rio Grande do Norte, na seca de 1898, quase exausto de lutar para alimentar o que lhe restava do gado, foi ao oratório, abriu-o, declarando: "Bem meus senhores: tenho muito dinheiro empregado em vocês para me socorrerem nessas ocasiões. Há muito que peço com amor: não querem me atender? Amanhã, se não amanhecer chovendo, quem for de madeira vai cozinhar feijão e quem for de barro entra no cacete!" Sob a ameaça de queimar os santos de madeira e espatifar os de barro, os moradores do oratório decidiram-se e desabou chuva torrencial durante toda a noite.

Os historiadores pernambucanos, Vicente Ferrer e Mário Melo, contam que Domingos da Silva Rabelo sempre esperou uma intervenção dos santos do seu oratório, aberto e enfeitado, em favor do filho Frei Joaquim do

Amor Divino Caneca, condenado à morte pelo crime de insurreição de 1824 em Pernambuco. Quando, na tarde de 13 de janeiro de 1825, soube que o filho fora fuzilado por não encontrar-se carrasco para enforcá-lo, o tanoeiro Domingos atirou para o meio da rua todas as imagens douradas do velho oratório de jacarandá.

São igualmente feitas as Novenas e Terços (nove ou três noites) em louvor de determinados santos, pedindo-se chuva. Essa devoção é atualmente a mais espalhada porque está ao alcance dos devotos dispersos pelas fazendas e sítios, não exigindo presença sacerdotal nem maiores despesas. Qualquer pessoa "de casa" inicia o novenário, "tirando a reza" e ao final há sempre um cântico que todas as mocinhas entoam. Há este modelo, ouvido na fazenda "Santa Apolônia", município de Itaretama, Rio Grande do Norte.

Maria, mãe dos que sofrem
Nosso clamor vinde ouvir;
À terra tão ressequida
A chuva deixai cair!

Mãe de Deus e de Deus amparado
Da miséria dissipa este véu;
Reverdece este campo tostado
Com a chuva bendita do Céu!

Se consolo merecemos
Perdão nossa alma implora;
Compadece-te do povo
A chuva mandai, Senhora!

Sem a chuva bendita do Céu
No Nordeste só vivem com fome!
Água e pão espalhando terror,
São crianças que morrem de fome
São teus filhos que morrem de dor!

No Satyricon, XLIV, Petrônio evoca o *ad petendam pluviam* em Roma: – "Antigamente as mulheres, pés nus, cabelos esparsos, face velada, e sobretudo com a alma limpa, iam pelas encostas suplicar a Júpiter Plúvius. No mesmo instante a chuva caía torrencialmente, e toda a gente se enchia de satisfação. Mas, agora, já não é assim. Abandonados nos seus templos os deuses têm sempre os pés envolvidos em lã como ratos. Desta forma, preço da nossa impiedade, os nossos campos continuam estéreis".

Com toda a aparelhagem técnica, com a amplidão dos recursos da ciência de previsão meteorológica, ainda a fórmula mais rápida, eficiente e natural, é pedir chuvas a Deus, cantar os doces cantos melancólicos, chove-chuva, e esperar a divina piedade…

Experiência de Santa Luzia

A Manuel Rodrigues de Melo

"Acho muito interessante pela originalidade, e por ninguém saber em que se baseia, a *Experiência de Santa Luzia* a que o sertanejo liga muita atenção. Todos a conhecemos: consiste em colocar na noite de 12 de dezembro, véspera de Santa Luzia, em um prato, seis pedrinhas de sal, e expô-las ao sereno; as pedrinhas serão dispostas em uma certa ordem: a 1ª representa janeiro, a 2ª fevereiro, a 3ª março, a 4ª abril, e assim por diante. Ao amanhecer o dia 13, antes do sol, vai-se examinar o estado das pedrinhas de sal, que devem ter passado a noite expostas ao relento; aquelas que estiverem umedecidas indicam inverno, mais ou menos intenso, segundo o estado de umidade da pedrinha, no mês que representa. Se houver alguma derretida, indica invernão, inundações, no mês correspondente... Se as pedrinhas apresentarem-se secas, enxutas, conte com a seca.

As *Experiências de Santa Luzia* ainda estendem-se pelos dias seguintes: o dia 14 de dezembro apresentou sinais de chuva? Janeiro será chuvoso. Nada houve, nem relâmpago se viu? Janeiro será seco. E assim por diante; 15 representa fevereiro; 16 março; 17 abril etc." Felipe Guerra e Teófilo Guerra, *Seccas Contra a Secca*, 9, Rio de Janeiro, 1909.

Essa experiência de Santa Luzia, que os dois grandes conhecedores do sertão nordestino descreveram, é ainda na região um dogma com seus crentes e fiéis consulentes anuais. De Pernambuco ao Piauí, pelo interior, a Experiência de Santa Luzia reaparece em dezembro em centenas e centenas de provas teimosas.

O registo está na maioria dos nossos estudiosos do folclore, viagens e curiosidades meteorológicas.

A tradição nos veio de Portugal, conhecida por todo país. O Prof. Dr. J. A. Pires de Lima informou: – "*As Têmporas de Santa Luzia*. O povo do Minho acredita que, no fim do mês de dezembro, se pode fazer um prognóstico do estado do tempo no futuro ano. As 'Sortes' ou 'Têmporas de Santa Luzia' tiram-se deste modo: – Verifica-se no dia 13 de dezembro qual o estado do tempo; assim como ele estiver, seco, úmido ou ventoso, assim correrá o mês de janeiro do ano seguinte. O estado meteorológico do dia 14 de dezembro anunciará o tempo de fevereiro, e assim por diante até ao dia 24 de dezembro, cujo estado atmosférico indicará o mês de dezembro do novo ano. Esta superstição está muito arraigada no povo do Minho. Conheço um proprietário que não se esquece de anotar todos os anos o estado do tempo nas 'Têmporas de Santa Luzia'. Por sinal que no último ano agrícola sofreu uma decepção muito grande, porque, fiado no prognóstico, orientou de tal modo a sementeira do milho, que teve considerável prejuízo. Não terá esta crença popular origem muçulmana? Na noite de 23 para 24 de Ramadam ficará determinado tudo quanto há de acontecer no ano seguinte (*Alcorão*, XLIV, 2, 3, nota-5; XCVII, 1-5 e nota-4), foi nessa noite, chamada de Alkadr, que o *Alcorão* foi revelado a Maomé. Na noite de Alkadr e os anjos e o Espírito (Gabriel) descem ao mundo com permissão de Deus, a fim de regular todas as coisas. Reina a paz nesta noite até ao romper da aurora" (*Tradições Populares de Entre-Douro-e-Minho*, 73-74, Barcelos, 1938).

Noutras regiões portuguesas diz-se às Têmporas de Santa Luzia *arremedar*, indo de 13 a 24 de dezembro, de Santa Luzia ao Natal, doze dias valendo os doze meses do futuro ano. Usa-se então o *desarremedar*, procurar a confirmação do prognóstico noutra tabela, imediatamente seguida. Contam de 25 de dezembro a 5 de janeiro, doze dias valendo os doze anos. 25 "desarremeda" o dia 13 de dezembro, 26 desarremeda o 14, 27 desarremeda o 15, e estão como os próximos meses de janeiro, fevereiro, março etc. Se coincidir o tempo será como apareceu o dia 13. Se 13 foi úmido e 25 seco, valerá o tempo seco, a desarremeda vale em vez do arremeda.

"As arremedas não impedem que o homem faça outras previsões, dentro de cada mês. Por exemplo: – Assim como quinta pinta, / Assim pinta Trinta /. Isto é: assim como o dia 5, o quinto do mês, estiver ou 'pintar', da mesma forma será o dia 30; o mês vai igual até o fim, e será em 30 como for em 5. Ou pondo em linguagem e forma correntes: Assim como estiver (*pintar*) o quinto dia, assim estarão os outros dias até o dia 30. Esta regra tem também, como as 'arremedas', a sua contraprova: o mês dá o seu cariz a 5, mas, quando mudar (*desquintar*) aos 9, já o dia 30 não corresponde ao dia 5. – Onde quinta, daí trinta, / Se aos nove não desquinta" (Luís Chaves, *Páginas Folclóricas*, 32, Porto, 1942).

Em Espanha as Têmporas são denominadas *Cabanhuelas* e vieram para os países de língua castelhana na América.

Em Porto Rico, Dona Maria Cadilla de Martínez, informa da existência de várias Cabanhuelas, todas constituindo formas prognosticais do tempo. Uma dessas Cabanhuelas é a Experiência de Santa Luzia nordestina brasileira. Escreveu Dona Maria Cadilla de Martínez: – *"En la víspera del nuevo año, treinta e uno de diciembre, los jíbaros toman una tabla de madera bien seca sobre la cual, en ordens consecutivo, colocan doce granos de sal que dejan durante esa noche al sereno. A la mañana singuinte los examinan uno a uno, anotando sus apariencias. Dicen encontrar algunos secos, otros húmedos y otros mojados de lo cual concluyen que, de igual manera, será la temperatura de los meses que, por turno, correponden a ellos. Al poner dichos granos de sal al sereno dicen: – Doce granitos la noche tenía / que los meses cuentan y también los dias. / El primero de enero de cada año empiezan a anotar las variaciones del tiempo durante ese y los siguientes dias pues afirmam que ellos regulan los fenómenos atmosféricos del tiempo futuro: lluvia, calor, etc. y durante todo el año. El dia primero de enero, em virtud de tal procedimiento, será igual al mes de enero del mismo año; el dia dos, al mes de febrero del año, y asi sucesivamente hasta el doce de enero que corresponde a diciembre. Después empiezan las cabañuelas que ellos llaman de 'vuelta' o de retorno. Las cuantan empezando el trece de enero para rectificar las observaciones anteriores y de modo inverso. Es decir que, el dia trece de enero, rectificará al mes de diciembre del año en augurio y el catorce, a noviembre del mismo; el quince, a octubre y asi sucesivamente hasta que el veinte y cuatro corresponda a enero"* (*Costumbres y Tradicionalismos de Mi Tierra*, 8-9, Puerto Rico, 1938).

Um meteorologista de Madri, Don José Maria Llorente escreveu para a minha ilustre amiga Dona Maria Cadilla de Martínez opinando pela origem judaica das Cabañuelas. Seriam originárias da Festa dos Tabernáculos, celebrada ao ar livre, nas sinagogas, ao começar das semeaduras e findar da colheita. O prognóstico se fazia para o ano seguinte. Em Talavera de la Reina, Toledo, há a ermida de Nuestra Señora del Prado com romarias em agosto em favor das colheitas, reminiscência do rito cristianizado. Essa festa diz-se *Las Cabañuelas*. No Levante, Andalucía, Castilha, Ilhas Baleares praticam as Cabañuelas que nesse último ponto se chamam "Dies de Santa Lucía". *"En algunas partes de España hacen los cálculos a partir del primer dia de la luna en agosto o en enero; pero esto último es rarísimo. Hay sitios en que se comienzan a contar las cabañuelas a partir del dia de Santa Lucía, o sea, desde el 12 de diciembre... De esa manera las verdaderas cabañuelas terminan el día de Nochebuena, empezando las de retorno en el día de Natividad*" (*opus cit.*, 17).

O Professor Joaquim Alberto Pires de Lima julga as Têmporas de Santa Luzia uma reminiscência ampliada do Alkadr muçulmana. O Prof. Llorente decide-se pela Festa dos Tabernáculos, Scenopegia. A festa realiza-se no mês Tischri, setembro-outubro do ano sagrado dos judeus, quando é o sétimo mês. Nesse Tischri, depois da colheita, inicia-se a semana votiva que está regulada no *Levítico*, XXIII, 39-43. Durante sete dias suspendem-se todos os trabalhos servis, havendo refeições copiosas e os judeus habitam em tendas ou cabanas de folhagens. "Sete dias habitareis debaixo de tabernáculos: todos os naturais de Israel habitarão em tabernáculos: Para que saibam as vossas gerações, que eu fiz habitar os filhos de Israel em tabernáculos, quando os tirei da terra do Egito", *Levítico*, XXIII, 42-43. Tabernáculo quer justamente dizer barraca, pavilhão rústico, cabana, tenda.

O prognóstico era tirado da direção da coluna de fumo do altar dos sacrifícios. Franz Michel Willam ("Vida de Jesus", trad. de Frei João José P. da Costa, O.F.M., 1939) informa sobre o último dia da festa dos tabernáculos: – "Este dia, conforme o modo de ver popular, era o dia em que se ia decidir a sorte do ano seguinte: felicidades ou desgraças. Queria a tradição que se considerasse a nuvem de fumaça do altar do holocausto. Se ela se inclinasse para o Norte, isto é, se o vento vinha do Sul, significava um ano de chuvas e próspero, se, porém, o vento procedia do Norte, poder-se-ia esperar tempos secos e maus. Se ela pendesse para o Oriente era o sinal de uma colheita normal; mas se ao contrário pendesse para o Ocidente, o vento procedente do deserto indicava que sobreviriam a seca e a fome".

Certamente o fenômeno da condensação aquosa sugerira ao homem primitivo a possibilidade de consultas sobrenaturais. Gedeão expôs um velo na eira, ao relento. Se amanhecesse úmido era indício da proteção de Jeová e poderia enfrentar os Midianitas. O pelo amanheceu tão molhado que Gedeão espremeu dele uma taça d'água. É o registo bíblico em *Juízes*, VI, 37-38.

O processo do prognóstico ocorre ainda na Bretanha francesa. No *Almanach des Traditions Populaires* (Paris, 1883, p. 3) cita-se o Kompod Brezounek, o calendário Bretão, organizado por M. L. Sauvé. No mês de Gwenvem, janeiro, os doze primeiros dias são *jours mâles d'aprés lesqueles on peut savoir se le temps sera beau ou mauvais pendant chacun des mois de l'année.*

A reminiscência bíblica do derradeiro dia da festa dos Tabernáculos vive em Portugal, na consulta da direção dos ventos em determinados dias do ano.

"No dia de São Vicente (22 de janeiro) vão espreitar os ventos ao alto de um monte, com uma lumieira de palha na mão à meia-noite. Conforme a chama se inclina, assim sabem donde vem o vento. Se vem de baixo, tomam mais um criado para a lavoura, porque há fartura no ano: – *Vento suão / Cria palha e grão*, se vem de cima mandam embora um criado, porque há esterilidade e a lavoura custa menos. O vento norte não dá chuva; mas: – *Quando Deus queria / Do norte chovia* (Concelho de Famalicão); J. Leite de Vasconcelos, *Tradições Populares de Portugal*, 38, Porto, 1882. "Pude então saber... que, à meia-noite do dia 22 de dezembro (dia de São Vicente; *deve ser engano no mês que é janeiro*), se os ventos ficam do lado poente (ventos de baixo), temos, segundo se crê, um ano de chuva e, portanto, uma colheita farta. Se ficam do lado norte, o ano será seco e fraco", A. Lima Carneiro, "Previsões de tempo", *in Douro Litoral*, segunda série, I, 55, Porto, 1944.

Identicamente à Experiência de Santa Luzia no Nordeste do Brasil, o Dr. Alexandre Lima Carneiro registou nos arredores do Porto, em Portugal (*opus cit.*, 56): – "Em cima de uma mesa colocam-se, na noite de 31 de dezembro para o dia 1º de janeiro, doze *cascos* (escamas) de cebola com a concavidade voltada para cima, e dentro de cada um dos *cascos* deita-se uma pitada de sal de cozinha. Cada um dos cascos representa um mês do ano: – janeiro, fevereiro, março etc. No dia seguinte vê-se quais são as escamas onde o sal se liquefez. Estas representam os meses de chuva do ano. As escamas que se mantiveram com o sal cristalizado dizem respeito aos meses secos".

Havendo essa tradição em Portugal e Espanha era lógico que se passasse para a América Latina. Julio Vicuña Cifuentes regista no Chile: – "*Para saber cuál será el estado atmosférico en los doce meses del año que comienza, hay que fizarse como se presenta en los doce primeros días de enero, pues cada uno de estos doce días tiene relación, respectivamente, con cada uno de los doce meses. Esto es lo que se conece, así en España y Mexico, con el nombre de 'cabañuela's'. En Minho (Portugal) se dice 'temporas'*". Compárese: Academia Española, *Dicionario*, art. Cabañuela, segunda cep. – Garcia Icazbalceta, *Vocabulario de Mexicanismos*, art. Cabañuela: Cunha Brito, Etnografia Minhota, en la *Revista Lusitana*, XV, 307; Chesnaye, Croyances et supers. de Noen, en la *Rev. des Trad. Pop.*, XXV, 441; Fra Deuni, Dictions et croyances pop. de Guipel, en la *Rev. des Trad. Pop.* XXVI; Plat y Peabody, Folklore de la France Méridionale, en la *Rev. des Trad. Pop.* XXVIII, 459, num. 56, *Mitos y Supersticiones*, Estudios del Folklore Chileno recogidos de la Tradicion Oral, 236, tercera edición, Santiago, Chile, 1947.

O MACACO FOI GENTE...

> *Toda a gente se admira*
> *Do macaco andar em pé;*
> *O macaco já foi gente,*
> *Pode andar como quiser!...*

No folclore brasileiro há muitas estórias do macaco e em quase todas o seu papel é vitorioso. Simboliza a esperteza, a habilidade cínica, a destreza inescrupulosa. Nas tradições orais africanas é a figura de sagacidade, de rapidez nos gestos. *The monkey for shrewdness and nimbleness*, informava Heli Chatelain, *Folktales of Angola*, 22.

A impressão local e universal é que o macaco foi homem, foi gente humana. *Tylor, Civilization Primitive*, I, 437, indica esse elemento: – "Todos têm ouvido dizer que os negros afirmam que os macacos podem realmente falar, mas que se fingem de mudos com medo de serem obrigados a trabalhar. O que se não sabe muito é que esta opinião acha-se como uma crença respeitável nas regiões mais afastadas umas das outras, África Ocidental, Madagascar, América do Sul, nas quais vivem diferentes espécies de macacos".

Um conto Fân, Congo francês, que Blaise Cendrars divulgou, narra que um chefe negro obrigou os macacos a trabalhar para ele. Os macacos falavam, choravam, queixavam-se. O soba mandou cortar-lhes a língua e todos os símios fugiram da aldeia. A língua cresceu novamente mas a macacaria continuou silenciosa. Nunca mais falaram e nunca mais trabalharam (*Anthologie Nègre*, 176, ed. de 1927, Paris).

Na África Equatorial o macaco não apenas é respeitado por ter sido um ente "como nós somos" mas é antepassado. Os Mambetus crêem que o "nozo" (*Anthropopithecus troglodytes*) foi um chefe negro que se fatigou do trabalho e fugiu com os seus para a floresta onde perdeu a inteligência que só sobrevive na imitação dos gestos humanos. Vive trepado nas árvores porque está convencido da chuva subir do solo e não cair do céu. O chimpanzé está sob a imediata proteção do rei de Vanioro, perto do Alberto Nianza. Os macacos faziam visitas depredadoras aos bananais do italiano Gaetano Casati e este suportava-os porque o Rei Tchúa temia que viessem infelicidades pela morte da malta (*Dix Année en Equatoria. Le retour d'Emin Pacha et l'Expedition Stanley*, 131, 278, 280, Paris, 1892).

No Brasil a tradição existiu anteriormente à vinda dos escravos africanos? Ou é uma repercussão da versão negra?

Tastevin encontrou-a entre os indígenas Caxinauá, no Tarauacá. O macaco não fala porque teme que alguém o mande trabalhar e finge não compreender; *il a peur qu'on lui commande de travailler et fait semblant de ne pas comprendre, Le Haut Tarauacá* ("La Geographie", XLV, p. 167, Paris, 1926).

Para os Gregos, o símio fora homem, marinheiro, soldado viajante, perdendo a forma pela insolência com que tratara aos deuses. Os Cercopes foram transformados em símios por Júpiter e sua terra ficou sendo Pithecusa, a Ilha dos Macacos, na costa da Campanha (Ischia). Indignado com a má-fé, perjúrios e perfídias dos Cercopes Júpiter mudou-os em Pithékos, animais disformes, ao mesmo tempo semelhantes e diversos do homem, na frase de Ovídio, *Metamorphoses*, XIV, II:

> *In deforme viros animal mutavit, ut idem*
> *Dissimiles homini possent, similesque videri;.*

A transformação do homem num macaco é uma punição. O General Couto de Magalhães divulgou (*O Selvagem*, 113, "Como a noite apareceu", Itatiaia, Edusp, 1975) uma lenda amazônica, registada no idioma tupi. A filha da Cobra Grande casou e, como não existisse a Noite, a noiva pediu-a à Mãe (aliás a moça diz "*ce rúba*", "meu Pai"). A Boia-Uaçu, Cobra Grande, mandou a Noite escondida dentro de um caroço de tucumã (a palmeira *Astrocaryum tucuma, Mart*), recomendando não abrir. No caminho, curiosos pelo rumor ouvido de dentro da semente, os três remeiros abriram o caroço de tucumã e a Noite espalhou-se, escurecendo o Céu. O moço transformou os portadores infiéis em *macacaí*, macaquinhos, condenando-os a viver sempre empoleirados nas árvores, *opaí ára, opé*, para todo sempre...

No alto Rio Branco, o velho tuxáua Inácio, do afluente Uraricuera, contou a Koch Grunberg a história do dilúvio entre os indígenas Majongongs. Nuá (Noé) avisou a proximidade das grandes águas e ninguém acreditou. Quando a enchente começou a subir os homens atingidos por ela viravam animais e aves. "Outros homens subiram em árvores e foram convertidos em todas as sortes de monos, guaribas, macacos-de-cheiro e outros. Por isso ainda hoje os monos se parecem com os homens" (trad. do Pe. Teschauer, ver a *Antologia do Folclore Brasileiro*, 124*). Identicamente os indígenas Caingangs ou Coroados, tupis do Rio Grande do Sul, contam sua memória do dilúvio. Os homens que subiram às árvores ficaram macacos, os Caingangs em monitós e os Curutuons em Caroias ou macacos-urradores (*in Informação de História e Etnografia*, 135-136, Recife, 1940).

No Brasil não há tradição oral do macaco ser uma obra do Demônio, como ocorre na França (Auvergne) onde Deus fez Adão e o Diabo o macaco.

Em certas tribos do Brasil central o macaco é o senhor do fogo. Os Orarimugudoge (Bororos orientais) do Mato Grosso aprenderam o uso do fogo, obtendo-o por atrito de pedaços de madeira, com o Guko, macaco, que era o único a comer carne e peixe assados (Colbacchini, *I Bororos Orientali*, Torino, s.d., 217).

O macaco é um personagem indispensável nas fábulas populares, encarregando-se da parte humorística. Cabia-lhe o desempenho simpático e fácil que, de alguns anos a esta data, foi confiado ao papagaio, inexistente nas estórias de outrora, como presença assídua nos contos orais.

Uma tradição curiosa sobre a imprevidência dos macacos foi registada no Amazonas por Barbosa Rodrigues (*Poranduba Amazonense*, 205) sobre o Iurupixuna, boca preta, *Callithrix scicurea*. O *Poranduba* publicado em 1890 foi terminado em 1887. Os iurupixunas mal abrigados sob as folhas da palmeira javari gemem e lamentam o frio debaixo do vento e da chuva gelada do inverno. Amanhã faremos a nossa casa, amanhã sem falta, amanhã mesmo! No outro dia faz sol, os macaquinhos vão comer e esquecem a noite glacial passada e só a recordam quando a trovoada ronca e volta todo o bando a tremer e queixar-se sob as palmas da javari. *Iaué u munhan amu, apegaua etá*, assim fazem os outros homens, conclui o narrador. O episódio é idêntico ao que se passa com os Bandar-log, o povo dos monos, e Mowgli, que Rudyard Kipling divulgou no *The Jungle Book*. W. Wienert registara uma variante greco-romaica (*Die Typen der Griechisch-Romischen Fabel*, vol. XVII, n. 56, da FFC, Helsinki, 1924-25) e igualmente K. von Halm menciona outra nos comentários ao "Aisopeion Mython Synagoge" (apud Stith Tompson, *Motif-Index of Folk-Literature*, IV, 1648.1, Bloomington, 1934).

No arquipélago filipino o macaco foi homem. Deus transformou-o em macaco para castigar sua ingratidão ou preguiça, Dean S. Fansler, *Filipino Popular Tales*, 413-414 (Lancaster e New York, 1921).

---

* Edição atual – 9. ed. São Paulo: Global, 2004. v. 1. "Koch-Grünberg – O Noé dos Majongongs". (N.E.)

Não olhe para trás!...

A Rossini Tavares de Lima

– Salva animan tuam: noli respicere post tergum.

Gênesis, XIX, 17.

A única recomendação feita pelos dois Anjos do Senhor ao patriarca Lot para quando abandonasse Sodoma, condenada ao enxofre e ao fogo do Céu, é que não olhasse para trás. Salva tua alma, não olhes para trás!...

Quando deixavam a cidade maldita, a mulher de Lot voltou-se, mordida de curiosidade. *Respiciensque uxor ejus post se, versa est in statuam salis, Gênesis*, XIX, 28. Tornou-se uma estátua de sal.

Na Ciência misteriosa das Iniciações, dionisíacas, eleusianas, herméticas, as várias direções significavam destinos, funções permanentes da ação humana no tempo. Com a face velada ou com os olhos fechados o iniciado caminhava através da treva tentado pelas vozes ciciantes ou ameaçadoras, gritos, impropérios, promessas, juras, pedidos, súplicas, pavores. Era preciso continuar no passo igual e confiante, como uma materialização da alma serena e fiel à imperturbabilidade da certeza absoluta, acima da indecisão, da vaguedade e da dúvida. Para frente era o futuro, a Revelação. Para a direita a Força, o Bem, a materialidade da vida orgânica, diária, sem altura mas sem vícios da condenação. Para a esquerda, sinistra, o Mal, o desequilíbrio, a inversão, a desordem, a confusão (*Mateus*, XXV, 34,41[7]). Para trás o Passado, o pecado, o regresso, a irresistibilidade ao Mal, a

---

[7] – *Mateus*, XXV:-34: – Dirá então o Rei aos que estiverem à sua direita: Vinde, benditos de meu Pai, possuí por herança o reino, que, desde a fundação do Mundo, vos está preparado. 41: – Então dirá também aos que estiverem à sua esquerda: Apartai-vos de mim, malditos, para o fogo eterno, preparado para o Diabo e seus anjos. É o mesmo pensamento de Maomé no *Alcorão* (Paraíso e Inferno).

renúncia às forças elevadoras do Espírito. O iniciante que se voltasse para trás era indigno da Verdade e seria restituído ao seu estado espiritual anterior. Era incapaz de "conhecer". Estava sem direito de aproximação à Sabedoria.

Na tradição popular e quase universal de atirar-se um dente de criança ao telhado pedindo-se outro, o dente é atirado por cima do ombro, para trás das costas.

O Prof. Dr. J. R. dos Santos Júnior que estudou o arremesso dos dentes[8] escreve: – "Como caráter fundamental e quase geral aparece o do arremesso 'para trás das costas'. Não pode também deixar de se ligar a este fato a significação que lhe é própria. É sobejamente conhecida a significação supersticiosa que o povo dá aos diferentes lados, direito, esquerdo, frente ou dianteira e atrás. O lado direito é o lado da força, é o lado bom e forte. O lado esquerdo é o lado mau e fraco. Para diante é o futuro. Para trás o passado. Muitas práticas se fundam e baseiam num arremesso para trás das costas, quando se pretende fazer esquecer qualquer coisa, ou mesmo com outra finalidade". Em Ezequiel, XXIII, 35, lê-se: – "Portanto assim diz o Senhor Jeová: porquanto te esqueceste de mim, e me lançaste para trás das costas".

É a intenção das iniciações de Elêusis. Olhar para trás era voltar ao Passado, o voto ao esquecimento. Destruía o encanto benéfico que agia sem a percepção do iniciante.

Um dos deuses-heróis ameríndios é Poronominare na indiária no Rio Negro, no Amazonas. Poronominare parece ter vindo da Venezuela, dos Maipures do Rio Orenoco, pelo Cassiquiari e daí espalhado no Rio Negro e afluentes, Uaupés, Apaporis etc. Lembra o Macunaíma dos caribes ou o Baíra dos indígenas Parintintin do Rio Madeira, heróis bem-humorados, zombeteiros e amigos de brincar com a paciência do próximo. Poronominare num ciclo de diabruras adoece e o Boto (Delfinida) vai curá-lo. A indicação é apenas uma: Tu te hás de sentar naquele pau, não hás de olhar para trás! *Reuapyka kuri nhaa myrá resé, nty kuri remaan sakakuera kyty*[9].

O "mestre de terreiro", "pai de santo", macumbeiro, feiticeiro, babalaô, babalorixá que faz uma muamba, despacho, ebó, coisa-feita, cangere mandinga, feitiço, deixa-a numa encruzilhada ou na porta da vítima ou, sendo apenas para livrar-se da infelicidade, do mau-olhado, do "atraso", depositada em qual-

---

[8] – *J.R. dos Santos Júnior*. – "Nótula sobre o arremesso dos dentes", sep. do "Trabalhos da Sociedade Portuguesa de Antropologia e Etnologia", fasc. IV, vol-V, Porto, 1932.

[9] Antônio Brandão de Amorim, Lendas em Nheengatu e em Português. *Revista do Instituto Histórico e Geográfico Brasileiro*, tomo-100, vol. 154, p. 137, 157, Rio de Janeiro, 1928.

quer lugar, mas sem olhar para trás. Se olhar conduzirá todos os maus fluidos, as influências maléficas, o "peso", a infelicidade que juntara no feitiço abandonado. Todos os males voltarão à pessoa do consulente ou mesmo do "mestre", do babalorixá, pelo olhar lançado para trás. O olhar estabelece o mesmo contato físico com o feitiço com outra qualquer parte do corpo humano. E, pelo contágio, o feitiço atua...

Há uma superstição universal sobre a transferência de males. É possível transferir às pedras, ramos, troncos de árvores, frutos, tudo quanto sofremos. Friccionam a parte molesta ou dorme-se com fios de algodão ou pedaço de pano envolvendo o membro doente. Noutro processo são fragmentos de unhas, cabelos, gotas de sangue, saliva, urina ou outra secreção humana enrolados em tecido. O conjunto, bem-amarrado e seguro, é levado para uma árvore ou reentrância de pedra e aí abandonado, em certas horas "abertas", meio-dia, crepúsculo, meia-noite etc. e volta-se para casa sem olhar para trás. Olhando, a doença, a enfermidade, a infelicidade reacompanham quem pretendia livrar-se desses males. A recomendação essencial é sempre a mesma: – não olhe para trás!

Nos anos em que vivi no sertão do Rio Grande do Norte, muitas vezes vi fazer e fiz pessoalmente a transferência da fadiga para uma pedrinha. A pedra era untada de saliva e esfregada no calcanhar, onde está a resistência da marcha, e depois atirada bem longe, por cima do ombro, por cima da cabeça, *trans caput* como aconselhavam os sacerdotes romanos, para que não fosse possível mais vê-la. Se, casualmente ou por brincadeira, alguém apanhava a pedra e a atirava para frente, onde fosse vista por quem a jogara, a transferência não era possível e a fadiga continuava. Se não fosse vista a pedra, o cansaço ficaria em quem a tinha tocado. Na Grécia e em Roma todos os resíduos e sobras da cerimônia da purificação, por alguém ter tocado num cadáver, num feitiço, num objeto impuro, eram reunidos e durante a noite atirados ao rio ou ao mar. Esse conjunto se dizia *purgamenta* porque *purgar-se* era purificar-se, limpar-se da impureza. Essa Purgamenta era atirada por cima da cabeça, *trans caput*, para que não fosse vista. Se fosse deixada numa encruzilhada o portador fugia rapidamente sem olhar para trás. Quem a tocasse, mesmo acidentalmente, com pé, recebia todos os males que o processo da purificação retirara da pessoa que a ele fora submetida. Por isto a velha Proselenos pergunta ao impotente personagem do *Satyricon*, CXXXIV, se o doente não tropeçara durante a noite numa purgamenta, atirada na encruzilhada; *aut quod purgamentum nocte calcasti in trivio?*

Vergílio, Éclogas, VIII, repete, fiel à tradição:

> *Fer cineres, Amarylli, foras, rivoque fluenti,*
> *Transque caput jace: nec respexeris...*

Um velho e esquecido tradutor de Vergílio, e tradutor em verso de oitava rima, José Pedro Soares, professor em Ponta Delgada (1800), esclarecia[10]:

> *Nesse rio, que de correr não cessa,*
> *As cinzas, Amaryllis, deita fora,*
> *Para trás, e, por cima da cabeça,*
> *Sem para trás olhares sem demora.*

Por isso nas iniciações mais famosas da Grécia, nas grandes Dionisíacas do mês Elefebolion e nas de Elêusis, no mês Boédromion, não se olhava para trás quando da marcha simbólica para o Futuro, para o Conhecimento, para a Sabedoria. Os demônios do Medo, do Pavor, do Assombro seguiam silenciosamente, tendo apenas força sobre quem se voltasse para trás, para o Passado, a noite, a treva, o pecado, a impureza, o vício.

Frobenius[11] lembra que os caçadores de leopardos do Kordofão não olham para trás evitando que as feras os sigam. No Brasil o preceito é idêntico para os caçadores. E, no ponto de vista religioso, do puro terror religioso, ainda sobrevive a frase popular *"Quem olha para trás s'assombra!"* Aconselha-se comumente para quem viaja sozinho em estrada deserta que não se volte. Voltando-se ao menor rumor, olhando repetidas vezes para trás, fatalmente evaporar-se-á a coragem e o pavor aparece como um companheiro indispensável e fiel.

Se o iniciante nos mistérios de Dionísio ou de Deméter perderia tudo olhando para trás é porque esse gesto significava a impossibilidade espiritual de uma definitiva conquista da Sabedoria. Um episódio numa ilha do Arquipélago do Taiti, na Oceania, endossará a mesma mentalidade. E trata-se de fato documentado e divulgado em revista técnica.

"Citarei a narrativa feita pelo Coronel Gudgeon de uma cerimônia em que tomou parte na Kaietea, Ilha da Sociedade, a 20 de janeiro de 1899. O fogo foi aceso ao romper do dia sobre uma plataforma, espécie de forno formado

---

[10] José Pedro Soares, *Eclogas ou Virgilio traduzido em Português em verso rimado etc.* Oficina de Simão Taddeu Ferreira, Lisboa, M. DCCC, IX, 55.

[11] Leo Frobenius, *Histoire de la Civilisation Africaine*, trad. H. Back e D. Ermont, 6ª ed., Paris, 1936, p. 66.

com grandes pedras, cerca de 3,60 m de diâmetro. O Mágico-sacerdote, pelas duas horas da tarde, o fogo ardia desde a manhã, foi para perto do forno com o seu acólito e pronunciou algumas palavras, depois do que os dois bateram por três vezes o bordo do forno com um galho de Ti, espécie de dracena. Esta cerimônia repetiu-se por três vezes e os dois operadores atravessaram o forno, pisando as pedras ardentes. O feiticeiro disse então ao coronel: – Eu vos transmito o meu *Mana*, podeis conduzir os vossos amigos através das pedras! – O coronel e os seus amigos, o Dr. W. Craig, o Dr. George Craig e o Mr. Goodwin passaram por cima do forno ainda em vermelho-vivo. Um apenas se queimou: contrariando ao rito ele havia olhado para trás quando passava"[12].

O olhar dirigido para trás interrompeu a cadeia do Mana como secionária o *wakan*, a *orenda*, o *mulungu*, o *wong*, o *imunu*, toda a sinonímia da força espiritual suscetível de determinar o bem ou o mal pela vontade do seu possuidor.

A nenhum mortal seria dado o direito de ver frente a frente o reino triste dos mortos. A posição devia ser, ritualmente, de costas voltadas para a região que Prosérpina governava. Assim a feiticeira Circe ensina a Ulisses quando este quer ouvir a profecia de Tirésias no Inferno. Aberto o fosso, sacrificadas as vítimas, o herói, com a espada cintilante para afastar os fantasmas, devia ficar de costas voltadas para o abismo negro de onde emergiam os espectros guerreiros e as fisionomias geladas.

O conselho de Circe é que Ulisses não olhasse para trás, para o reino da Morte. E o herói obedeceu[13].

No *Édipo em Colona*, Sófocles recorda a proibição sagrada. O coro ensina ao cego Édipo como fazer a oferta expiatória às Eumênidas. Fará as libações com as crateras cheias de água e mel. Espalhará, à direita e à esquerda, três vezes nove ramos de oliveira. Orará mentalmente. O supremo cuidado, a instrução mais séria é sempre a mesma: – Retira-te em seguida sem voltar a cabeça!...[14]

Alemena consulta o adivinho Tirésias sobre o que deve fazer dos corpos das duas serpentes estranguladas por Hércules ainda no berço. Tirésias manda queimar as serpentes na mesma hora em que tinham vindo matar o semideus, recolhendo as cinzas e, pela madrugada, uma serva fiel iria

---

[12] Dr. J. Maxwell, "La Magie", 109, Paris s.d. Article dans le *Journal of the Polynesian Society*, Mars, 1899, Wellington, Nouvelle Zéland cité par Mr. Lang. The Fire Walk, Proceedings of the Society for Psychical Research, London, 1900, t. XV, p. 1-15.

[13] Homero, *L'Odyssée*, chap. X. Ed. Flammarion, Paris, s.d.

[14] – Sophocle, *Théatre, Oedipe a Colone*, 207, Ed. Garnier, Paris, s.d.

lançá-las do alto das rochas além-fronteira na água corrente do rio. E que ela regressasse sem voltar a cabeça, advertiu o mago no XXIV idílio de Teócrito[15].

Nas *Coéforas*, Ésquilo faz Electra citar o sacrifício expiatório diante do túmulo de Agamenon: – "deverei, porque meu pai pereceu por um crime, espalhar em silêncio este líquido sagrado e, como nos sacrifícios expiatórios, atirar longe, trás de mim, este vaso e fugir sem voltar os olhos?"[16].

Nas estórias populares, contos de Fadas, contos de Encantamento, os universais *Folktales*, vários episódios ressaltam a proibição milenária. Príncipes e guerreiros, meninas corajosas e órfãs destinadas a casar com o filho do rei, resistem à tentação de voltar a cabeça, olhando para trás. Em caso contrário, a morte ou o ridículo perpétuo serão as recompensas da desobediência.

Já no século II a tradição cristã era a oração dirigida para o Oriente. O sacerdote presidia o culto como atualmente na direção onde nasce o Sol, a luz, o futuro, a vida incessante. A Capela-Mor é orientada, como diz o próprio vocábulo, neste sentido do Oriente. Está o altar-mor contra o Oriente para que o oficiante fique diante do Leste e de costas para o Oeste. Toda a assistência dará a frente para onde nasce o dia e não olhará para trás durante a cerimônia sagrada porque atrás é o crepúsculo, a morte da luz, o pôr-do-sol, o berço da noite.

Nas aulas domésticas de boas maneiras um conselho indispensável era o não olhar para trás quando estivesse na rua. Um índice das moças deseducadas era o hábito de virar-se quando andavam. Símbolo de mau ensino e curiosidade má.

A palavra de conselho e direção dada pelos sacerdotes de Dionísio, de Deméter e de Hermes, Circe a Ulisses, o coro a Édipo, Tirésias a Alemena, Electra no túmulo de Agamenon, uso de superstição e hábito que se fizera instintivo, praxe na suspeita da perda, em seu olvido, das garantias e benesses, é na imensidade do Tempo e na diversidade dos idiomas, raças e civilizações, a mesma que os dois anjos do Senhor deram ao patriarca Lot na véspera do incêndio de Sodoma: – Não olhe para trás!...

Noli respicere post tergum... E o tabu de Lot continua...

---

[15] Théocrite, *Oeuvres Complètes*, Les Idylles, XXIV Le Petit Hèraklès, 181, Ed. Garnier, Paris, s.d.

[16] – Eschyle, *Théatre, Les Choéphores*, 247, Ed. Garnier, Paris, s.d.

FERÔNIA

A Veríssimo de Melo

> *Féronie, divinité sabine et latine, dont le culte public disparat aprés les guerres puniques. Le sanctuaire de Capena, prés de Soracte, était trés riche. Ses prêtres célébraient chaque année une fête durant laquelle ils marchaient pieds nus sur des charbons ardents sans en ressentir aucun mal. Féronie avait aussi à Terracine (Anxur) un temple renommé. En Campanie, elle était la protectrice des affranchis. Elle possédait un temple à Preneste, et des traces de son culte on été retrouvées dans les inscriptions de plusieurs autres villes: – Nouveau Larousse Illustré, IV, 490.*

Ferônia, deusa do centro da Itália, tinha seus devotos entre o povo humilde dos campos. Era divindade familiar aos lavradores. Os étimos latinos do seu nome indicam a variedade e profundidade dos misteres, levar, trazer, gerar, produzir. Era uma das deusas da colheita, justamente da distribuição dos produtos das safras, com as festas ruidosas em meados de setembro. Como os escravos e trabalhadores forros tinham liberdade maior nessa época, pela própria alegria da recolta e a esperança de ganho e fartura, Ferônia aparecia como uma das égides protetoras dos escravos e dos manumissados. As cerimônias da libertação de escravos realizam-se durante sua festa no Campo de Marte, em Roma (a Preneste romana), em Palestrina, em Terracina, perto das lagoas Pontinas, em Capena, no Soracte, na Etrúria, onde seus templos acolhiam multidão. Na sua jornada de Roma a Brindise, Horácio lava as mãos e a boca na fonte votiva de Ferônia em Anxur (Terracina): – *Ora manusque tua lavimus, Ferônia, lympha* (*Satiras*, I, 5). O culto público não desapareceu cerca de sessenta anos antes de Cristo, ao findar a terceira guerra púnica. Horácio o cita durante o governo de Augusto. Restringiu-se a um ou dois templos e suas cerimônias típicas foram resistindo, assimiladas noutras liturgias e guardadas pela memória e devoção do povo.

George James Frazer informa no indispensável "Rameau d'Or" (III°, 501-2): – "Na Itália, no santuário da deusa Ferônia ao pé do Monte Soracte, todos os anos os homens de certas famílias andavam com os pés nus e sem se queimar sobre as brasas ardentes e as cinzas de uma grande fogueira feita com pinheiros, em presença de incontável multidão vinda de todos os pontos da região para fazer suas devoções à deusa. As famílias a que esses homens pertenciam tinham o nome de *Hirpi Sorani*, os Lobos do Soranus. Para recompensar os serviços que eles prestavam ao Estado andando sobre o fogo, o Senado os tornara isentos, por uma decisão especial, do serviço militar e de todos os encargos públicos. Dizia-se, se podemos referir o testemunho de Estrabão, que esses homens eram inspirados pela própria deusa Ferônia na prova a que se submetiam".

Essa travessia sobre as brasas incandescentes impressionava vivamente a multidão e era sinal de superioridade incontestável dos sacerdotes.

Noutras sedes religiosas o mesmo ritual coincidia. Em Barsana os feiticeiros e sacerdotes tomavam posse das funções atravessando o fogo. Frazer cita ainda vários povos da Índia, os Dosadhs que habitam o Behar e o Chota Nagpur, os Buiías, tribo dravidiana do Mirzapor, as populações da antiga presidência de Madras estudadas por Risley, Crooke, Walhouse, nesse ato de *Passing through the Fire*... "Estas práticas consistem essencialmente em marchar sobre brasas inflamadas ou sobre cinzas ardentes, acumuladas num fosso profundo e mais ou menos longo. Entre os Dosadhs é o sacerdote que é submetido a esta prova. Nos arredores de Madras são os devotos que passam de pés descalços ao longo do fosso onde foram reunidas as brasas ainda flamejantes. No século XVIII o viajante francês Sonnerat descreveu uma cerimônia inteiramente semelhante, celebrada pelos Indus em honra do deus Darma Rajah e sua esposa Drobedé". Identicamente ocorria em Castabala, na Capadócia, onde uma sacerdotisa da deusa asiática, a que os gregos denominavam Ártemis Perásia, passava com os pés nus uma esteira de brasas vivas.

Esses cultos dedicavam-se simbolicamente às forças da fecundação e germinação. A Bona Dea, Ceres, Libera, Flora, Pomona, Pales, Ferônia, Diana, em sua convergência com a devoção lunar, Febe ou Selene, astro protetor dos vegetais e do ciclo do crescimento, fecundavam-se pelo calor, energia misteriosa, fonte da vida. Ártemis, deusa caçadora, fora legitimamente uma deusa da fecundidade. Era da mesma plaina de Coré, Deméter, Perséfona. No Peloponeso evocavam-na como Ártemis Limnatis, égide fecunda dos rios, lagos, fontes. No Taígeto era Ártemis Paidotrofos, fazendo crescer as plantas e os animais novos. Também era Ártemis Cnagias, madrinha do gado e dos animais selvagens. Fácil é ver sua ligação com a Ártemis Perásia da Capadócia ou a Diana da Silícia em cuja honra os adoradores caminhavam sobre carvões ardentes.

Atravessar o fogo, *passing through the Fire*, ou marchar sobre as brasas, *Fire walk*, era cerimônia propiciatória para conservação e retenção da energia vitalizadora, do elemento vivificante e procriador, do princípio ardente, Sol, Vida, Semente. Assim, numa associação de ideias, europeus, africanos, asiáticos acendiam as fogueiras no solstício de verão, tentando ajudar a aparente fraqueza do astro que parecia desfalecer na extrema distância do giro.

Com o passar dos tempos esse ato sagrado tornou-se virtude pessoal do sacerdote, força do *mana*, soma de virtudes religiosas e estado de pureza com renúncia, ascetismo e frugalidade. Não mais se trata de uma oblação divina mas de uma exibição de relativa santidade, uma possibilidade visível de milagre.

J. Maxwell (*La Magie*, 109) narra um episódio elucidador: – "Citarei a narrativa feita pelo Coronel Gudgeon de uma cerimônia de que participou em Kaietea, Ilhas da Sociedade (Taiti), a 20 de janeiro de 1899. Uma fogueira foi acesa sobre uma plataforma, espécie de forno construído de grandes pedras, cerca de três metros e sessenta de diâmetro. O sacerdote-mágico, às duas horas da tarde, o fogo ardia desde a manhã, foi para perto do forno com o seu discípulo e pronunciou algumas palavras, feito o que bateram por três vezes o rebordo do forno com um ramo de *Ti*, espécie de dracena. Esta cerimônia repetiu-se três vezes, e os dois operadores atravessaram o forno sobre as pedras ardentes. O mágico disse então ao coronel: – 'Eu vos transmito meu *Mana*, vinde com os vossos amigos através das pedras!' O coronel e seus amigos, o Dr. W. Craig, o Dr. George Craig e Mr. Goodwin passaram sobre o forno ainda em vermelho-vivo. Uma só das pessoas se queimou: – desobedecendo ao ritual, tinha olhado para trás quando ia passando. O coronel, que tinha os pés nus, sentira o calor mas não tivera queimadura alguma. 'Eu senti como pequenos choques elétricos durante a travessia e mesmo depois (isto durou sete horas), e foi tudo'. Os pés dos experimentadores não estavam defendidos por nenhuma substância".

Pela própria tradição jurídica dos Ordálios a incolumidade ante a prova do fogo é o mais alto testemunho de inocência, pureza, castidade. Mesmo conduzir um ferro aquecido ao rubro sem que tivesse as mãos queimadas constituía proclamação absolutória irrecorrível e suprema. *A épreuve du fer chaud* ficou na tradição popular. No Mosteiro de Leça do Bailio, perto do Porto, em Portugal, casa da Soberana Ordem de Malta, há a Capela do Ferro, túmulo do beato D. Garcia Martins. Valendo-se de sua intercessão na Corte do Céu a mulher de um ferreiro transportou um ferro de arado, aquecido ao rubro pelo marido que a acusava de adultério, de sua residência até o túmulo de quem era devota. Aclamada a inocência, permaneceu o ferro do ordálio pendurado na capela a que deu nome (D. Henrique, Conde de Campo Belo, *A Soberana Militar Ordem de Malta e a Sua Ação em Portugal*, 174, Porto, 1931; Arnaldo Gama, *Bailio de Leça*, cap. VIII, Lisboa, s.d.). A passagem pelo fogo, através da fogueira, era prova comum. O desafio de Savonarola é típico. Quando o Mestre d'Avis matou o Conde Andeiro, a Rainha D. Leonor Teles, exclamava desvairada: – "Santa Maria, val!... Mataram-me nele um bom servidor... E sem o merecer... Mataram-no, bem sei por que... Mas prometo a Deus que amanhã irei a S. Francisco, e mandarei fazer uma fogueira, e farei aí tais provas, quais nunca mulher fez por estas coisas..." (Oliveira Martins, *Vida de Nun'Alvares*, 105, Lisboa, 1893).

Em Portugal (Abiul, Pombal, Senhora da Guia, do Avelar, sete léguas de Tomar, Distrito de Leiria) há, pelo menos no terceiro local, a cerimônia de "deitar o bolo", de três alqueires de farinha de milho, num grande forno aquecido durante doze horas ininterruptas e alimentado pela multidão. Um homem leva o bolo para dentro do recinto asfixiante e numa temperatura altíssima sem que nada sofra. O único resguardo é um cravo de papel na boca, retirado ao andor de Nossa Senhora da Guia. A operação dura segundos mas é impressionante. Chamam-no "o Homem do Cravo". O bolo, reduzido a torresmo no dia seguinte, é distribuído em pedacinhos aos devotos para fins medicamentosos.

Há poucos anos o indu Khuda Bux, "o Rei do Fogo", atravessou as brasas na Universidade de Investigações Psíquicas em Londres (Society for Psychical Research) diante de dez professores especialistas. Dois deles, diante do sucesso da exibição, Drs. Harry Price e Digdy Moynagh, tentaram imitar o indu e tiveram queimaduras do segundo grau. Khuda Bux repetiu a façanha no Hospital Psiquiátrico de Maudsey Hill e, diante dos professores ingleses fez discurso explicando a maravilha. Disse que o Fogo é o "símbolo do Mal (?) e destrói o que não é puro" e para caminhar sobre as brasas é preciso, indispensavelmente, ter a alma completamente pura. Em caso contrário, possuindo-se o menor pecado, o fogo ataca. Imagino os Drs. Price e Moynagh ouvindo essa doutrina e tendo os pés queimados pelo "símbolo do Mal"...

Falta dizer que a opinião "dos sábios" é que a força de vontade da mesma espécie das dos faquires, é um elemento decisivo. O mistério continua ante a materialidade da prova.

A *Revista de Dialectologia y Tradiciones Populares* (tomo III, cuaderno I, Madrid, 1947) publica um estudo do Sr. D. Pedro Chicco y Rello sobre "El Portento de caminar sobre el fuego", com fotografias dos camponeses de San Pedro Manrique, em Castilla-la-Vieja, "los cuales todos los años, en la noche de San Juan, y sin previos y secretos ritos misteriosos, como buenos católicos que son, se descalzan y caminan lentamente sobre las encendidas brasas de las hogueras. Y hacen todavía mucho más: para asentar con firmeza mayor en el fuego las plantas de los pies, cargan a sus espaldas a otros hombres robustos y, de este modo, pasan y repasan sobre las ascuas".

Há pormenores curiosos: – "Lo más curioso es que para pasar el fuego, sin quemarse, es preciso haber nacido en la villa sampedrana. Y la experiencia lo demuestra. El Dr. Iñiguez asistió, durante dos años, a la cerimonia del fuego y comprobó que ninguno de loz mozos de la villa sufrió la menor quemadura y el médico del lugar, Don Antonio Delso, nunca tuvo que asistir a ningun quemado en los muchos años que ejerció alli su profesión. En 1922 un forastero que se atrevió a cruzar las brasas candentes, sufrió importantes quemaduras. Y como el hecho se ha repetido muchas veces, es muy raro el que se atreve a afrontar esta prueba. La Ciência española consignó, quince años antes que la ciencia extranjera, en la comunicación citada (Dr. Mariano Iñiguez. *Ritos Celtibéricos*, Memorias de la Sociedad Española de Antropologia, Etnografia y Prehistoria, III) y a manera de conclusión, lo seguinte: – 'Las ascuas llameantes pueden pisarse, sin gran peligro, si se tiene la seguridad de que no han de producir quemaduras. Es indispensables no sentir temor, ni repugnancia, y hay que pisar el fuego con la misma resolución con que se pisaría la tierra o la arena. Estas condiciones, de orden puramente psicológico, las tienen, sólo, los sampedranos, y es muy dificil que las posean los forasteros, los cuales, casi sin excepción, ponen los pies en las ascuas con temor y, casi siempre, sólo por fanfarronería. Una-se, a todo esto, que los habitantes de la villa sienten, siquiera sea inconscientemente, un fervor grande. Además de estas circunstancias, propias de los sampedranos, algo influye también la manera de pisar las ascuas. Ponen éstos los pies apretando con firmeza y sin prisas de ninguna clase: al revés de como lo haríamos los forasteros, que sentiríamos impaciencia por salir de las brasas ardientes. Para harcelo sin quemar-se es preciso pisar con resolución y sin temor, con fervor religioso, y del mismo modo que lo hacen los habiguna clase: al revés de como lo haríamos los forasteros, que tantes de esta villa".

Esclarece o Sr. Dom Pedro Chicco y Rello: – "Se trata, según el Dr. Iñiguez, de la supervivencia de un remotísimo rito celtibérico de adoración al sol. Este rito de pisar el fuego, la noche de la véspera del día solsticial, sería rito preparatorio del de adoración; era de purificación o penitencia: tal el bañarse antes de salir el sol, en la mañana de San Juan, en otros pueblos de la misma comarca, y el deshojar rosas, romero y espliego en una gran jofaina, lavándose las docellas el cuerpo con el agua perfumada de este modo. El fundamento, pues, de las hogueras de la noche de San Juan, era el de preparar las brasas para los ritos de los penitentes, con objeto de recibir, luego de purificados sus cuerpos, los primeros rayos del sol, en el dia sagrado. La Religión del Crucificado prohibió todas las practicas idolátricas y hoy, desaparecida aquella general y primitiva prueba del fuego, subsiste todavia milagrosamente en este pintoresco pueblecito español, sin aquel remoto significado pagano y sólo como curiosísima costumbre e interesantísima fiesta popular".

No Brasil essa reminiscência resiste ao tempo por toda a região do Nordeste. Do Estado da Bahia para o norte, Sergipe, Alagoas, Pernambuco, Paraíba, Rio Grande do Norte, Ceará, Piauí, estende-se a zona onde há sempre quem "atravesse a fogueira", "passe a fogueira" na véspera do São João, 23 de junho.

Tenho assistido muitas vezes, no interior do sertão nordestino e nas cidades, vilas e povoações do litoral, passar a fogueira. Na cidade do Ceará-Mirim, próximo de Natal, no Rio Grande do Norte, no São João de 1929, Francisco da Paz, trabalhador do industrial Milton Varela, passou e repassou uma grande fogueira, tantas vezes quantas lhe pedi. Chico da Paz fora antes examinado por mim e nada fez demonstrando fé ou sentido religioso. Passou com a naturalidade com que um lavrador do Douro pisa as uvas num lagar, por hábito, por costume, por tradição, quase por ofício. Em Jaboatão, próximo ao Recife, Pernambuco, dezenas de rapazes passaram e repassaram a grande fogueira crepitante. Conheço sacerdotes católicos que, desde crianças, passam as fogueiras do São João. Não há oração alguma dita antes nem preparação especial para o ato. O Rev. Padre J.P.N., jovem e culto sacerdote, disse-me sentir o calor mas não a menor sensação de queimadura.

Conversei longamente com todos esses "passadores de fogueira". Afirmam todos que todo perigo da queimadura está na existência da cinza cobrindo a brasa. O primeiro cuidado é abanar a fogueira para limpá-la da leve poalha das cinzas. Queima a brasa que tenha cinza ou a brasa não toda ardente, tendo uma parte irregularmente acesa. Daí abanar-se a fogueira até torná-la incandescente em todas as direções. O que parece constituir o maior perigo, a fogueira viva, é justamente o elemento de maior segurança. Nunca vi alguém passar levando outra pessoa aos ombros, como em São Pedro Manrique (Espanha). Nem me consta que entre as promessas religiosas exista a de passar uma fogueira. Posso informar que essa promessa não existe na região do Brasil onde a fogueira de São João é pisada com os pés desnudos. Posso ainda adiantar que não há nenhuma exterioridade religiosa nessa operação nem ela inicia ou termina função que se prenda ou refira à festa católica mesmo de caráter popular.

O Rev. Padre J.P.N., pregador sacro, professor, viajou pela Europa (Itália, França, Espanha, Portugal) e está na situação privilegiada para um depoimento pessoal interessante por ser um dos bons "passadores de fogueira", com os pés nus e sem a possibilidade de queimar-se. Atendendo a uma solicitação minha o Padre J.P.N. escreveu: – "Vi, em diferentes lugares, muita gente caminhar sobre a brasa e algumas pessoas fazê-lo, até mesmo, com grande agilidade. Certa ocasião, em Pernambuco, ao tempo de estudante, seja atrás do exemplo de companheiros ou pelo estímulo de aventura, tentei, também eu, superar o perigo, e o consegui, por mais de uma vez, sem dificuldade. Por cima de uma calçada do Colégio estendera-se longa camada de carvões ardentes tirados da fogueira de São João. Um grupo de alunos, de pés descalços, aguardando, em fila, o momento de iniciar a parada, um depois do outro. Ao longo da estrada, um rapaz a abanar com frequência, evitando a concentração de cinzas sobre as áscuas. Caminha-se normalmente, pisando de cheio por cima das brasas que deixam nos pés a sensação do calor mas nenhum vestígio de queimadura. Alguns, mais práticos ou afoitos, correm, saltam ou brincam, de causar admiração. E tudo feito desimpedidamente, com espontaneidade, e sem invocação, prece ou ritual religioso qualquer".

Tive informação que "passar a fogueira" é tradição no Brasil central, especialmente no Estado de Minas Gerais.

Se no Brasil não sobrexiste a feição religiosa ainda há a passagem ou dança nas brasas sob caráter sagrado. Em outubro de 1948 a imprensa europeia e americana anunciava que um velho hábito religioso na Bulgária, a dança do fogo, condenado pela Igreja Ortodoxa Grega, reaparecera e um grupo de camponeses fora surpreendido dançando sobre brasas, dentro de uma Igreja de S. Constantino numa aldeia de Novo Panichere (?) na região de Plodiv. Embora todos estivessem calçados, o elemento é por demais vivo para ser ignorado em sua justa interpretação feroniana (*A República*, Natal, 26-X-1948).

As explicações são variadas e confusas. A passagem pelas brasas só se efetua sem a mais leve camada de cinzas. A superfície aquecida igualmente seca não queimará as solas do pé se estiverem estas completamente enxutas. Qualquer umidade determinaria queimaduras. O pé firmado de cheio, com uma sucessão ritmada e certa de passadas sobre a brasa viva nada sofrerá por não haver desequilíbrio entre as duas temperaturas iniciada a travessia sem irregularidade na cadência da marcha, tendo-se maior ou menor pressão, sempre uniforme, sobre a câmara incandescente. Acresce muito naturalmente a esses elementos físicos o estado psicológico, sem misterioso nos imprevisíveis efeitos sobre o organismo humano em geral. Todas as pessoas que têm atravessado a fogueira dizem a mesma frase: – sensação de calor apenas. E a recomendação é de abanar as brasas e não mudar a passada, mantendo ritmo inalterável.

Seria o culto da deusa Ferônia um dos mais populares pelo ritual assombroso. Não se oferecia ao Sol o sacrifício estupefaciente mas às forças obscuras e poderosas da germinação.

No Antigo Testamento, *Provérbios*, VI, 28, diz-se, parecendo ignorar Ferônia e seus devotos:... "andará alguém sobre as brasas sem que se queimem os seus pés?" Mas no *Deuteronômio*, XVIII, 10, recomenda Jeová, prudentemente: – "Entre ti se não achará quem faça passar pelo fogo o seu filho, ou sua filha". Certamente o rito da purificação nas religiões anteriores ao domínio israelita na Palestina compreendia a passagem da criança através de chamas, rapidamente, como símbolo de nova vida.

Passar pelo fogo era considerado culto estrangeiro e condenado pela ortodoxia de Judá. No *Paralipomenos* há o registo do Rei Achaz que abandonou a Iavé *et lustravit filios suos in igne* (IIº, XXVIII, 3), traduzido pelo Padre João Ferreira de Almeida desta forma sibilina: – *e queimou seus filhos no fogo*, e o Rei Manassé que *Transireque fecit filios suos per ignem in valle Bénennom* (IIº, XXXIII, 6). Significava a purificação iniciadora, destruindo a chama a mancha do pecado invisível. Chegados à Canaã os israelitas encontraram o costume que não tinham visto na terra do Egito. A luta ortodoxa dos rabinos conseguiu eliminar esse cerimonial, proclamado de suprema revolta aos olhos do Senhor Deus.

Restou realmente, nos povos latinos, a tradição de Ferônia que reunia essas heranças, respeitos e venerações.

Seus devotos inconscientes, convergindo para o culto popular de São João, passam e repassam hoje, com os pés incólumes, as brasas incandescentes...

Prometeu

A Hélio Galvão

– Tu vês Prometeu, aquele que deu o Fogo aos Mortais!

Ésquilo, "Prometeu acorrentado".

O brasileiro não tem mitos do Fogo porque o português já os esquecera quando povoara o Brasil. Certamente algumas superstições resistiram, teimosas, denunciando o culto desaparecido.

O Fogo é sagrado. Não devemos cuspir sobre a chama nem revolvê-la com uma lâmina de corte nem com o pé. *Pedem in focum non imponere*, advertia Varrão. Nem se brinca com o fogo. Nem atiramos porcarias onde os alimentos serão preparados. Até a trempe, as três pedras do fogão sertanejo, eram objetos de respeito, lavadas em certos dias e em silêncio.

Nas fazendas de gado no sertão nordestino, até princípios do século XX, o fogo não se apagava nunca. Depois da ceia, quando a estrela Vésper aparecia, e por isto diziam-na "Papa Ceia" como em Portugal, guardavam brasas no rescaldo, envolvidas com cinzas, para alguma precisão no correr da noite. Uma caixa de fósforos não era fácil (vinham muitas de Jonkoping, na Suécia) e nem toda mulher se atrevia a riscar um pauzinho daqueles, com medo de queimar-se. Quando, nas horas do dia, apagava-se o fogo, ia-se pedir lume aos vizinhos, às vezes longe, e com um certo ar de embaraço e humilhação. Dizer-se no sertão: – aquela não tem nem fogo em casa! era o cúmulo do desleixo e da desorganização doméstica. Era a vida extinta. O engenho de "fogo-morto" era o que não moía mais, não trabalhava, não existia, pois.

Ir pedir fogo parecia missão especial. Conversava-se pouco e regressava-se com um tição aceso na mão, abanando pelo caminho, avivando a brasa. Entrava-se sempre pela porta da rua. Pela brevidade do ato ficou a frase feita comparativa quando das palestras rápidas: – Demore, criatura de Deus, você não veio pedir fogo!

Uma das proibições era deixar o fogo aquecer as partes pudendas. Não se devia mostrar "as vergonhas" ao fogo. Nosso Senhor dá o fogo para nossa ajuda, diziam. Ninguém ousava apresentar-se despido diante do lume. Voltando das pequenas viagens sob a chuva imprevista meus primos e eu arrancávamos a roupa molhada e corríamos para o fogo da cozinha mas tendo qualquer peça de traje nos ombros ou na cintura. Os gregos diziam profanação que alguém se apresentasse ao lume depois de ter dormido com mulher. "Não vás em tua casa, deixando a esposa ainda úmida das tuas carícias, apresentar-te neste estado às chamas do teu lume. Evita esta profanação!", recomendava Hesíodo (*Os Trabalhos e os Dias*, in "Poetas Moralistas da Grécia" ed. Garnier, 110, Paris, s.d.).

Há muita reminiscência dos cultos larários nesses respeitos e a veneração à Vesta, Hestia, é sensível no carinho ao fogo. O fogão iniciou a vida social, reunindo homens e mulheres ao redor do clarão que iluminava e aquecia. No antigo grego a palavra *épistion* significava Família e se traduzia por "o que está perto do fogão", centro doméstico. Uma das minhas emoções em Portugal foi: perguntando como se chamava aquela pedra quadrangular que defende e guarda o fogo nas quintas e herdades do Douro e do Minho, ouvir dizer que seu nome era "Lar". O Lar da casa é pedra do fogão onde o fogo crepitava. Era a frase votiva de Columela, *in foco nostro Lari*.

Qualquer folclorista que enumerar a relação dos tabus do fogo dará sua interpretação. Um traço quero avivar pela sua alta significação religiosa. O Barão de Studart registou-o: – "Quando alguém muda de uma casa para outra a primeira coisa que deve enviar é um pouco de sal e ao entrar na casa pisar com o pé direito e tratará de fazer logo o fogo". Fazer logo o fogo na nova casa era instalar a família, recompô-la no ninho. Entrar com o pé direito era dever igualmente religioso, atraindo os bons augúrios. Em Roma, nos dias de festim, um escravo ficava especialmente encarregado de gritar aos convidados que entravam: – *Dextro pede!* Com o pé direito!... (*Satyricon*, XXX).

As lâmpadas ardiam eternamente nos templos gregos de Minerva. Iavé recomendara semelhantemente a Moisés: – "O fogo arderá continuamente sobre o altar; não se apagará!" (*Levítico*, VI, 13). É a Fé, a presença espiritual dos fiéis. A chama tranquila da lâmpada do Santíssimo ilumina, em todas as horas, todas as Igrejas católicas do mundo.

Os psicanalistas encontram no fogo um sentido nítido de sexualismo. No respeito as chamas vêem pirofobia. As chamas de Vesta estão ligadas a esperma, urina, recalques. Não posso julgar. Não é apenas na Religião que precisamos de fé. Quando Fedro pergunta a Sócrates se acredita mesmo que o vento Boreas tenha raptado a ninfa Orítia do Ilissus, o filósofo explica que a negação da lenda determinará a criação imediata de outra, a lenda da explicação nova, trabalho racional mas sempre parcialmente lógico. Haverá perpetuamente substituições na escala da credibilidade.

Tudo quanto sabemos do culto do fogo entre Gregos e Romanos, no plano dos Penates, Lares, Égides, é justamente contrário às conclusões freudianas. Eram abundantes e poderosos os deuses protetores da força fecundante, da renovação, conservação, perpetuidade da espécie. Os menores gestos e atos estavam ligados aos deuses que tinham nomes, regras, limites de jurisdição. Os cultos de Deméter, Cibele, Afrodite, Falo, as dionisíacas, lupercais, orgiásticas, contentavam até o infinito a mobilidade greco-romana. Chantepie de La Caussave escreveu: – "É impossível fixar o número das divindades que contavam os *Indigitamenta*. Cada estado particular, cada ação, cada momento duma ação, cada classe de objetos tinha o seu espírito especial. Usener inventou a palavra *Sondergotter* para designar esta multidão de seres que, sendo na origem potências divinas especiais, tomavam depois a forma de noções genéricas. Ambroch vê nos nomes que as fórmulas de orações empregavam a designação das faculdades ou das funções divinas às quais se recorria em casos determinados" (*História das Religiões*, 728-729, Lisboa, 1940).

O fogo materializou-se em Vesta, a chama viva e pura, intocável, inconspurcável, sem mancha e sem pecado. Fustel de Coulanges resumiu a doutrina: – "Mais tarde ainda, quando se fez deste mito do fogo sagrado a grande Vesta, Vesta foi a deusa virgem. Ela não representa no mundo nem a fecundidade nem o poderio. Ela foi a Ordem, mas não a Ordem rigorosa, abstrata, matemática, a lei imperiosa e fatal, *anagké*, que se sente logo nos fenômenos de natureza física. Ela foi a Ordem Moral. Representavam-na como uma espécie de Alma Universal que regulava os movimentos diversos do mundo como a Alma humana põe a disciplina entre os nossos órgãos" (*La Cité Antique*, 29, ed. Hachette, Paris, 1912). Guardada pelas Vestais do rito exigente, a chama era um símbolo de vida eterna em sua essência, sem a imagem nem a ideia funcional dos órgãos ou das ações genesíacas, atributos de outros deuses e expostos noutros ritos. A imagem do fogo era da Virtude, a força pura, alimentadora poderosa pela sua própria imaculabilidade. Esses elementos viveram, séculos e séculos, como atos do culto diário, primeira e última cerimônia na residência dos gregos e dos romanos. Diluíram-se entre os povos romanizados e continuam, característicos e indisfarçáveis, na vida cotidiana no interior e no litoral do Brasil.

Entre os indígenas tupis não há tradição do culto ígneo ao deduzir-se do material conhecido. Há um vago objeto luminoso que vai passando e assombrando mas sem constituir finalidade oblacional. "Há também outros, máxime nas praias, que vivem a maior parte do tempo junto do mar e dos rios, e são chamados *baetatá*, que quer dizer "coisa de fogo", o que é o mesmo como se dissesse "o que é todo fogo". Não se vê outra coisa senão um facho cintilante correndo daqui para ali; acomete rapidamente os índios e mata-os, como os "curupiras"; o que seja isto, ainda não se sabe com certeza", Joseph de Anchieta, *Cartas*, X (Ed. Civ. Bras., 128-129, Rio de Janeiro, 1933). É registo de maio de 1560 em São Vicente. O primeiro, cronologicamente, em que aparece o fogo-fátuo, batatá, boitatá, batatão (ver *Geografia dos Mitos Brasileiros*, 121, Ed. Itatiaia-Edusp, Belo Horizonte, 1983). Não foi possível decidir-se o estudioso sobre a verídica tradução, vinda de *mboi-tatá*, cobra de fogo, ou *mbai, tatá*, coisa de fogo. Convencional é a dedução dada pelo General Couto de Magalhães ao Boitatá: – "O *Mboitatá* é o gênio que protege os campos contra aqueles que os incendeiam; como a palavra o diz *Mboitatá* é cobra de fogo; as tradições figuram-na como uma pequena serpente de fogo que de ordinário reside n'água. Às vezes transforma-se em um grosso madeiro em brasa, denominado *Méuan*, que faz morrer por combustão aquele que incendeia inutilmente os campos", *O Selvagem*, 87, Ed. Itatiaia-Edusp, 1975.

Na maioria dos casos, o Fogo era conhecido e ciumentamente guardado por um animal ou ave, urubu, maracanã, raposa, jacaré, onça, macaco e alguém teve a felicidade de roubar, auxiliado por bichos, levando o lume para casa. Na classificação de Walter Hough (*Fire Origin Myths of the New World*, Anais do XX Cont. Int. Amér., I, 181, Rio de Janeiro, 1924) o processo do furto, "Raptorical Myths", é uma das classes. Constitui, para mim, o tipo mais comum na indiária brasileira. Walter Hough lembra que *the theft episode is almost universal*. Creio ser o mais conhecido, provindo de um elemento clássico do mito de Prometeu, raptor do fogo do Céu e o trazendo aos homens dentro de um bastão oco.

De importância excepcional, diferindo dos tipos comuns da origem do Fogo, é uma lenda colhida por Brandão de Amorim, um *Tatá iypyrungaua* onde o lume é diretamente dado por um ente sobrenatural, chamado *Tatá Iara*, senhor do Fogo. Brandão de Amorim infelizmente não localizou a lenda (*opus cit.*, 341) no labirinto potamológico do Amazonas. Uns pescadores adormeceram pela madrugada quando mariscavam no rio graças a uma aragem tépida e agradável que ao mesmo tempo assou o pescado. Na noite seguinte, vigilantes, viram sair das águas um rapaz misterioso, cercado de um halo luminoso. Estava despido e um dos pescadores atirou-lhe em cima o seu cueio (tanga). O rapaz desapareceu e o cueio ficou ardendo, espalhando calor. Os pescadores alimentaram a chama com madeira seca e assim levaram o fogo para a aldeia. Denominaram-no Mãe do Quente, Saku Manha. No outro dia conseguiram arrastar o próprio Tatá Iara, senhor do Fogo, que ensinou como conservar e servir-se das chamas e das brasas para os alimentos. Anunciou a vinda do Filho do Sol, Kuarasy (Coaraci) Raíra, que realmente desceu do Céu para anunciar os Costumes Novos, o culto do Sol. Assim a Mãe do Fogo, Tatá Manha, ficou entre os indígenas.

A 1º de março em Roma era a festa do Fogo Novo. Todos os fogos eram extintos e renovados inteiramente sem que se aproveitasse material semicombusto. No Sábado da Aleluia há, na Igreja Católica, a bênção do Fogo Novo. Os Caxinauás, indígenas da família Pana, do Rio Ibuaçu, afluente do Muru em Tarauacá, no Acre, conhecem esse fogo-novo que para eles é dia de grande festa, comida, dança, dia de furar o lóbulo da orelha, asa do nariz e lábio inferior para os enfeites de pedra. J. Capistrano de Abreu (*Rã-Txa Hu-Ni-Ku-I*, 110, 112, Ed. Soe. Capistrano de Abreu, Rio de Janeiro, 1941) divulgou: – "Fogo novo façamos! Nosso fogo velho ruim está, apagai! fogo novo façamos! amanhã fogo novo façamos! fogo velho nos matar pode, fogo velho ruim é! etc. etc.".

No Rio Grande do Sul nenhum gaúcho faz seu fogo sobre os restos de um fogo morto, deixado por outro tropeiro. Se o fizer terá todas as adversidades, desgraças, furores da sorte[17]. Ao romano não era permitido aproveitar os resíduos do fogo velho no dia 1º de março. Limpava-se o fogão, o altar larário, e em material completamente novo, madeira, óleos, reacendia-se o lume. Essa mesma abusão contra o fogo-velho ocorre no México[18].

Esses hábitos vão prolongando no tempo, através de idades e civilizações, mentalidades e interpretações, o mito de Prometeu, o deus sacrificado, o primeiro que trouxe o fogo do Céu para aquecer e clarear a caverna dos homens tristes...

---

[17] Roque Calage, "As nossas lendas", in *Antologia do Folclore Brasileiro*, 450 [Edição atual – 6. ed. São Paulo: Global, 2004. v. 2. (N.E.)], *Dicionário do Folclore Brasileiro*, verbete "Fogo morto" [Edição atual – 12. ed. São Paulo: Global, 2012. (N.E.)].

[18] ... *la diosa* (Titna Nihi, Diosa Abuela) *no admite que se use um tizon que haya servido con anterioridad*", Virginia Rodriguez Rivera, *Revista Hispánica Moderna*, ano XI, n. 1-2, 174, New York, 1945. É tradição religiosa dos indígenas Mixtecos no México.

Limentinus

A Vingl-un Rosado

... et visitabo super omnem qui arroganter ingreditur super limen in die illa.

Sofônias, 1, 9.

*N*as cidades desaparecem rapidamente certas tradições das soleiras das portas e a série de defesas que elas possuíam e em certas regiões do Brasil ainda possuem no espírito do povo. Nenhuma significação terá a soleira, coberta com o pequeno tapete e onde era comum ser o hóspede recebido, nos arranha-céus ou nos hotéis.

Prendia-se à soleira, à pedra da entrada, a fileira de superstições vivas. Ninguém a pisava sem descobrir-se porque ali começava realmente o domínio doméstico, o reinado caseiro. Não se podia varrer o lixo sobre a pedra da soleira nem escarrar-se nos seus limites. Ali enterrava-se o umbigo das crianças recém-nascidas para que fossem amigas do lar e inimigas de vadiagens e passeios longes. As simpatias do plano mágico eram guardadas sob a pedra. Para o dono da casa deixar de beber ou de jogar baralho, abandonar os hábitos andejos, o lugar privilegiado para ocultar-se a muamba era na soleira. As primeiras unhas cortadas ao filhinho, o primeiro cabelo aparado à filha iam para a soleira. No Rio Grande do Sul o primeiro dentinho da criança atira-se ao telhado e o segundo esconde-se sob o batente do limiar. A ponta da cauda do cachorro fujão, do gato devoto de visitas longínquas, ficavam na soleira como garantias da inabalável fidelidade localista. As pragas irrogadas nesse local, ao meio-dia, são quase fatais.

Era um lugar quase privativo dos donos da casa para assentar-se e conversar com quem estivesse do lado de fora, no alpendre ou latada. Certas posições estavam proibidas. Com os pés na soleira ninguém devia ter as mãos tocando os dois umbrais. No rebordo da pedra não se limpava o calçado nem a faca era afiada. As defumações começavam pela porta da rua mas realmente da soleira. Ali ficava a dona da casa para receber a visita ou a mãe para abraçar o filho depois do batizado, ouvindo a madrinha dizer: – Aqui lhe trago este cristão que levei pagão! Da soleira, juntos, e não do alpendre ou da janela, os recém-casados agradeciam as despedidas dos convidados que se retiravam da festa nupcial.

Era também uma espécie de "podium", lugar sagrado de mando, sede da dignidade senhorial, a honra da casa. As frases mais impressionantes de valentia e destemor eram: – Abanei-lhe os queixos na soleira da casa! Disse-lhe o que muito bem quis na soleira da casa! Falara do próprio trono do inimigo, da cátedra adversa, num desafio que todo o sertão compreendia muito bem.

Não se confunda a superstição da soleira com as tradições da porta da rua, dos umbrais e verga superior. Todas essas partes tiveram seus elementos de respeito coletivo, direitos consuetudinários, típicos, intransferíveis, característicos. Depois da escura camarinha onde as moças dormiam, o lugar mais defendido era a soleira da porta, cercada por uma veneração misteriosa e vaga.

Dedicava-se à soleira uma quase universalidade supersticiosa. Os indus do Kurmi faziam-na morada de Lakshmi, deusa da Riqueza. Os Romanos entregavam-na aos cuidados de um casal divino, os deuses Limentinus e Limentina, de *limen-liminis*, limiar, lumiar, soleira.

Em Portugal, na região de Santo Tirso, Minho, o batizado começava na soleira da porta da igreja. "As cerimônias começavam no limiar da porta principal. Somente depois de o sacerdote proferir a seguinte oração: – *Aeternam ac justissiman...* e de lhe colocar a ponta esquerda da estola sobre a cabeça é que ela transpõe a entrada e segue até à pia batismal", A. Lima Carneiro ("Notas sobre o batizado em Areias", *Douro Litoral*, IX, 39, Porto, 1944). No cerimonial do culto dos Gêmeos, "Marassas", no Haiti e Daomé, faz-se uma pequena escavação na soleira da porta para receber as ofertas (Price Mars, "Culte des Marassas", *Afroamerica*, I, 44, México, 1945).

Em Roma a soleira era ainda, e muito especialmente, consagrada a Vesta, *rem Vestae id est numini castissimo, consecratam*, como escrevia Varrão. Uma das obrigações do costume, verdadeiro tabu intocável, era a soleira na liturgia matrimonial romana. Os pés da noiva, ao entrar na casa do noivo, não deviam por consideração alguma roçar ao menos pela soleira. Em Roma e na Grécia a noiva era arrebatada nos braços do noivo e assim passava sobre a pedra do lumiar onde viviam espíritos benfazejos e área protegida pela santidade castíssima de Vesta. Num epitalâmio de Catulo há alusão à praxe sagrada: – (LXI):

> *Transfer omine cum bono*
> *Limen aureolos pedes,*
> *Rasilemque subi forem.*
> *Io Rymen Hymenaee io.*
> *Io Hymen Hymenaee.*

Tanto no *pompé* grego como no *deductio in domum* romano o pé da recém-casada não tocava pelo limiar de sua nova residência. Esse costume, legítimo direito consuetudinário matrimonial, ocorria igualmente na Rússia, na Escócia, na Islândia e ainda permanece em muitos locais desses países. Frazer dedicou um inteiro capítulo ao assunto no seu *Le Folklore dans l'Ancien Testament* e dele são algumas das informações subsequentes.

Frazer regista a santidade da soleira em muitas paragens do mundo. Os negros Uatavetas do leste africano enterram no limiar da porta os seus mortos assim como os natimortos entre os habitantes de Bilaspur na Índia, no Hissar, Distrito do Pendjab, os Kangra na Índia Setentrional assim como na África Central. No Baluchistão, em Méherdedh (Síria), entre os Coptas do Egito, nos Bambara do alto Níger, oferecem sacrifícios de aves à soleira, banhando a pedra com o sangue dos voláteis ou de ovelhas. As noivas são acompanhadas pelos padrinhos armados para que os espectros da soleira não atemorizem a nova senhora.

Tanto na Alemanha como no Brasil recomenda-se que o novo proprietário ou inquilino pise com o pé direito fortemente a soleira sob pena de ficar muito pouco tempo na casa[19]. Na Lituânia enterrava-se uma cruz de madeira ao construir-se um edifício. Guardando a tradição romana (*Tácito, Histórias, IV, LIII*) ainda deitamos moedas e documentos numa caixa quando da "primeira pedra" nas construções.

Na écloga VIII Vergílio alude à soleira, *limine*, utilizada na prática da feitiçaria. Ali o cantor enterrara objetos de uso confiados por Dáfnis e este seria obrigado pela força mágica a regressar. Não poderia afastar-se por

---

[19] Falando sobre os africanos "Papel" da Guiné Portuguesa, Landerset Simões informa: – "Se vai habitar a casa que construiu, come no limiar da porta, com os parentes mais próximos, de comida cozinhada para esse efeito e de mãos ligadas às da sua mulher entra de costas na palhota", *Babel Negra*, 64, Etnografia, Arte e Cultura dos indígenas da Guiné, Porto, s.d.

muito tempo da soleira sob a qual estavam ocultas coisas suas, preso pelo liame invisível do *totum ex parte*.

> *Has olim exuvias mihi perfidus ille reliquit,*
> *Pignora cara sui: quae nunc ego limine in ipso,*
> *Terra tibi mando: debent haec pignora Daphnim.*
> *Ducite ab urbe domum, mea carmina, ducite Daphnim.*

O velho Professor José Pedro Soares, em fins do século XVIII, traduziu em oitava rima:

> *Aquele infiel, mais duro do que o ferro,*
> *Me deixou noutro tempo os seus vestidos,*
> *Despojos seus, os quais agora enterro*
> *No limiar da porta aqui metidos:*
> *Eu tos dedico, ó Terra, e senão erro,*
> *Que a Dáfnis me trarão, são meus sentidos,*
> *Encanta, canto meu, e traze em fim,*
> *A Dáfnis da cidade traze a mim.*

No canto XXII da *Odisseia*, Ulisses, com o invencível arco na mão, diante dos assombrados candidatos à Penélope, inicia o combate moral atravessando a sala e ocupando a soleira da porta principal. Homero, com esse pormenor, fixa a importância mágica, tradicional e popular da pedra da soleira, entrada e sede de encantos.

Era para os Gregos, como continua sendo nos nossos dias, o limiar como indicado aos feitiços de fixação amorosa. Nos idílios de Teócrito (IIº, Magas ou Feiticeiras) a esquecida amante manda que o fiel Testiles vá esfregar a soleira da casa de Délfis com os filtros encantados.

Em Portugal há uma interessante cerimônia que Jaime Lopes Dias fixou, *Etnografia da Beira*, III, 167: – "Realizado um casamento, se os noivos vão viver com os pais, antes que entrem em casa estendem uma toalha na soleira da porta, ajoelham-se e pedem-lhes licença para entrar. Os pais dão a licença pedida e abençoam o novo casal (Roda. Oleiros)".

Maspero conta que nos sepultamentos egípcios a múmia se detinha um instante na soleira da porta do túmulo onde ia ficar para sempre. Dali despedia-se da família, da comitiva dos amigos, da presença dos escravos e familiares, tomando posse da *casa eterna* ("Lectures Historiques").

Fácil é compreender porque a soleira é sagrada e escolhida para guardar amuletos e feitiços retentores. Sente-se, vendo-a venerada há tantos séculos e por tantas raças diversas, que conserva ainda superstição nas choupanas e casas-grandes do interior do Brasil vinda das fontes clássicas, obstinadas e velhas na memória dos homens[20].

---

[20] – Frazer cita os Gardiens du Seuil no Antigo Testamento. Encontrei *Janitores Templi*, II. *Reis*, XXIII, 4, *Janitores*, idem, XXV, 18, *Custodes Vestibuli*, Jeremias, LII, 24. Porteiros do Templo, Porteiros, Guardas do Vestíbulo não são *Guardas da Soleira*. Por esta razão não os citei.

EM LOUVOR DE JANUS

Ao Cónego Jorge O'Grady de Paiva

Eu sou a porta!
Ego sun ostium!

João, X, 9.

 Os romanos dedicavam à porta de entrada quatro divindades. Janus presidia a todo conjunto, *janua*. Fórculos protegia as folhas-de-madeira, os lados, batentes, *fores*. Limentinus defendia a soleira, *limen*. A deusa Cardea ou Carna, cuja festa ocorria no primeiro das calendas de junho, encarregava-se dos gonzos, *cardines*, origem da palavra "cardeal".
 Não é estranho que a porta fosse um motivo religioso, tema de respeito, deixando nas superstições esparsas no espírito popular os vestígios da veneração desaparecida. Quatro deuses assim reunidos constituíam sede digna de saudações e de suspeitas de encanto. Mesmo vagas e difíceis de compreensão as superstições vivem, aqui e além, denunciando o prestígio da porta entre os povos latinos.
 Ainda, no Portugal velho, dizia-se "doar porta cerrada" significando o legado total de tudo quanto se encontrasse de portas a dentro. Era a imagem do total, iniciada pela entrada.
 A porta era a ideia de forças. A frase de Jesus Cristo a Simão Bar Jonas é significativa e expressa o valor verbal há vinte séculos – *aedificabo ecclesiam mean, et portae inferi non praevalebunt adversus eam, Mateus*, XVI, 18. Edificarei a minha Igreja e as portas do Inferno não prevalecerão contra ela!... As portas do inferno como impressão viva de grandeza adversa só serão entendidas no plano da imaginação religiosa de outrora. Ninguém sentia a extensão da palavra ardente do salmista (*Salmo* XXIV, 9): – Levantai, ó portas, as vossas cabeças, levantai-vos entradas eternas, e entrará o Rei da Glória!

Não era a porta apenas o lugar de entrada mas um local cheio de encantamentos e de forças de possível atuação benéfica ou maléfica. Janus, Fórculos, Limentinus e a esposa Limentina, mais a deusa Carna ou Cardea já justificariam a importância, mas havia ainda a consagração da soleira à onipoderosa e castíssima Vesta além do início do domínio doméstico, determinando a proteção dos Lares, Penates, Égides etc. Para entrar ou sair o romano cuidava de um pequeno mas indispensável cerimonial, entrando sempre com o pé direito, *dextro pede*, talqualmente gritava o escravo designado para tais avisos aos convidados distraídos. Essas e outras fórmulas afastavam o fascínio, o feitiço astral irradiante. Assim a porta tinha seus amuletos interiores e exteriores destinados a afastar e contra-atacar os inimigos invisíveis que ousassem aproximar-se. Desenhos de sinais de Salomão, cruzes, estrelas de cinco raios, aparecem ainda nas portas portuguesas da região do Douro-e-Minho observados pelo Senhor Armando de Matos ("O valor etnográfico das portas", *Douro-Litoral*, II, Porto, 1940). Nas brasileiras, mesmo nos apartamentos nos arranha-céus, aparecem figas de madeira, ferraduras, estrelas, cruzes de pau negro, estampas de São Jorge, de São Miguel, de São Sebastião.

Teófilo Braga (*O Povo Português* etc. II, 107) expôs elementos da sobrevivência temática: – "Nas superstições para uma pessoa se tornar querida, e obter de outra tudo quanto quiser, a porta da casa é o principal lugar onde os filtros adquirem mais poder. Em Luis de la Penha, a Oração de Portal-Portalejo / aqui me cruso e omilho, devia ser dita pela pessoa que 'hade estar á couceira da porta em pé; e no portal da casa onde isto se fizer hade ter entrado por ele a pessoa que quizerem fazer o que quizerem'. A Porta Dourada, a que alude Gil Vicente, pertence ao culto da prostituição sagrada, à entrada das cidades, onde as mulheres se entregavam aos estrangeiros. Em uma outra superstição para 'obrigarem alguém a vir para junto de outrém' a fórmula devia ser dita com a porta aberta. Na Ordenação Manuelina também se proíbe cortar cobro em limiar da porta. Sentir bater a porta com o pé é sinal de presente".

Como os soberanos orientais davam as audiências coletivas à porta do palácio, quase sempre uma porta do serralho, guardamos as denominações de Porta de Ouro para o governo dos Aquemênidas na Pérsia e de Sublime Porta para a administração turca. A Sublime Porta era realmente a *Bab-í humaiun*, segunda porta do harém.

Não foi possível fazer desaparecer algumas superstições ligadas à porta. Não se abre uma porta aos repelões ou com o pé. Não se deve bater com o pé na porta, repetindo-se o golpe. Não se blasfema ou pragueja entre os umbrais. Os atos têm uma repercussão prolongada e misteriosa quando realizados ao abrir da porta. A honra da casa está na sua porta. Os insultos ou elogios escritos na folha da porta têm uma significação decisiva. Uma das maiores violências é a porta untada com matérias fecais. Na Idade Média e mesmo no período da Renascença o desafio ao fidalgo ausente era feito pregando-se à sua porta uma luva do desafiante.

Plauto (*Mercator*, ato II, cena 3) dizia: – Não preciso que as minhas portas se cubram de elogios escritos a carvão; *Impleantur maoe foreis elogiorum carbonibus*.

Na construção dos templos era extremamente honroso quem "fechava a Igreja", dando-lhe as portas.

A imagem da porta não é apenas a entrada nobre mas também a defesa. *Janua coeli*, porta do céu, é um dos títulos de Nossa Senhora na sua ladainha.

Em Roma todas as portas abriam para dentro, como atualmente, exceto a de Valérius Publícola, quatro vezes cônsul, no Monte Palatino, em recompensa aos seus serviços à república depois da expulsão dos Tarquínios. Plutarco ("Publicola", XXIV) cita a homenagem, ressaltando a originalidade mas informando: – "Dizem que antigamente todas as casas se abriam assim na Grécia e no enredo das comédias desse tempo aqueles que queriam sair batiam do lado de dentro na porta a fim de avisar aos transeuntes ou às pessoas que estivessem paradas diante da casa para que se afastassem evitando ser empurradas".

Narcisus ou o tabu do reflexo

A Gonçalves Fernandes

... *De quo consultus, an esset
Tempora maturae visurus longa senectae,
Fatidicus vates:* – *"Si se non viderit"* – *inquit.*

Ovídio, *"Métamorphoses"*, III, VI.

Narcisus, filho da ninfa Liríope e do Rio Céfiso, na Beócia, era o mais lindo adolescente da região. Liríope consultou o cego Tirésias, que podia ver o Futuro, se o filho chegaria a ser velho. O vidente respondeu: – *Si se non viderit* (Ovídio, III, VI), se não se vir. Um dia, voltando da casa, sedento, Narcisus curvou-se para beber numa fonte. Viu sua imagem refletida na limpidez d'água. Apaixonou-se por si mesmo. Recusou alimentar-se e morreu, vítima do amor impossível, mirando-se n'água quieta. Foi para o Inferno e lá ainda se revê nas águas escuras do Stix. No lugar do seu corpo, nasceu a flor que lhe herdou o nome bonito, o narciso branco, com a mancha dourada ou rubra no centro.

Frazer opina que a lenda do auto-amoroso é posterior ao verdadeiro mito. Narcisus morreu por ter visto sua imagem n'água da fonte Téspias. Acreditava-se que os espíritos das águas levassem para o abismo os reflexos ou as almas dos que se olhavam na superfície e os corpos, privados do elemento vital, sucumbiam. Um vestígio possível, creio eu, é o idílio XIII, *Hylas*, de Teócrito, onde o herói é arrebatado pelas ninfas de uma fonte na Propôntida quando ia buscar água para os Argonautas. Narcisus enlangueceu, perdendo o sabor dos alimentos, bebidas, divertimentos. Morreu por ter violado o Tabu do Reflexo.

Uma das mais antigas crenças primitivas, ainda viva e com poderosos vestígios no espírito popular do Brasil, é esse tabu do reflexo. A imagem reproduzida n'água ou na superfície polida dos espelhos tem uma impressão de sobrenaturalidade e de mistério. A duplicação parece materializar-se e um "alter ego", um outro-eu, olha o companheiro distante no fundo da água imóvel. Os povos mais velhos, em sua maioria, acreditavam que a Alma, princípio divino e motor da vida, impulsivo do movimento e da vontade, podia ficar, inteira e real, no reflexo exterior. A imagem era uma projeção completa, uma materialização, impalpável mas visível da Alma humana. Não era o "duplo" mas a própria alma que abandonara o corpo e o olhava, como que independente dele.

Havia proibição de olhar-se n'água viva em quase todas as paragens do mundo. Na Grécia, a lenda beociana de Narcisus é expressiva. Mesmo sonhar que se tinha avistado na face das águas era agouro sinistro, conforme registou Artemidoro. A mesma proibição corria nas terras das Índias e estava nas Leis de Manu, no "Mânava-drama-drama-çâstra" cuja antiguidade fabulosa é impossível calcular. Assim, negros d'África do Sul e do Norte, homens da Melanésia, Astecas do México, europeus ibéricos, conservam, como os brasileiros atuais, a superstição do reflexo, que se poderia denominar "Complexus de Narcisus" na acepção etnográfica e não psicanalítica do vocábulo.

A imagem n'água é uma alma disponível às forças do Mal. Pode ser mutilada, prisioneira, transportada, ferida. Instintivamente o homem primitivo defendia aquela estranha reprodução do seu físico, temendo a agressão dos inimigos armados com a força irresistível da Magia.

No Brasil, em noite de São João ou Ano-Bom, quem não se vir n'água é porque morrerá. Studart informava: – "Em noite de São João põe-se uma bacia ou tijela com água e olha-se para dentro: se não vê a figura é que se morrerá nesse mesmo ano. Outros fazem a experiência olhando para o fundo de uma cacimba". Gonçalves Fernandes registou outra modalidade: – "Faz mal olhar o rosto refletido n'água de fundo de cacimba, o diabo pode levar a alma da pessoa para as profundezas do inferno".

A relação do reflexo no espelho é identicamente a mesma e com maior intensidade supersticiosa. Criança que se olha no espelho custa a falar. Espelho quebrado é anúncio de morte. Quem se mira em espelho de noite pode ver o demônio. Quando há morto em casa cobrem-se os espelhos de negro durante três dias, como ocorre na Europa (Inglaterra, Alemanha, Bélgica, Escócia), entre os Muçulmanos sumitas de Bombaim, os Raskolniks eslavos etc.

Na noite de Santa Luzia, 13 de dezembro, a moça que deseje conhecer o seu futuro esposo reza a "Salve-Rainha" até o "nos mostrai" (*ad nos converte*) e com uma vela acesa na mão vai mirar-se, sozinha, num espelho.

O noivo aparecerá por detrás delas. Na noite de São Silvestre havia a mesma tradição na Rússia. A consulente levava duas velas acesas nas extremidades das mãos estendidas em cruz.

O reflexo do espelho é força defensiva, repelindo, afastando, contrariando a magia inimiga. Os espelhos espalham-se em trajes, altares, móveis, decorações, como amuletos poderosos e em qualquer parte do mundo os encontramos. Estão nos templos chineses e nas capelas católicas, na sala de visita burguesa e na indumentária de aparato dos Bumba meu Boi, Maracatus e Congos do Nordeste brasileiro.

Naturalmente a sombra do corpo vivo é parte dele e suscetível de todas as suas virtudes, poderes e perigos. Quem brinca com a sombra, assombra-se. A alma e a sombra tinham a mesma denominação em Roma, "umbra" e significava o espírito do morto vivendo no reino de Plutão, o reino das sombras. Pisar na sombra de alguém é agouro por toda Europa e se passou a superstição para o continente americano. A sombra podia ser comprada, como o diabo a comprou ao velho Peter Schlemihl. Os feiticeiros da Oceania podem raptá-la e ter domínio sobre o corpo de quem a perdeu.

A fixação da imagem nas câmaras fotográficas determinaria o mesmo perigo alucinante. Negros e indígenas fugiam espavoridos ante a máquina fotográfica dos exploradores que queriam roubar-lhes a alma, presa na imagem imóvel. Os Batas da Sumatra resistiam a von Bremer como os Canelas do Brasil a Simpson ou os Peles-Vermelhas norte-americanos ao Príncipe de Wied-Neuwied. Mais fácil, inicialmente, era Martim Johnson fotografar um leão do que um negro n'África. Gonçalves Fernandes nunca obteve consentimento do velho Adão, o poderoso Babalorixá do Recife, para deixar-se fotografar. Frazer relacionou muitos povos fiéis a esse pavor defensivo pela imagem. Os indígenas do Rio Uaupés (Rio Negro, Amazonas) afirmavam que o Conde Ermano Stradelli era "Mayura Raíra", filho da serpente, podendo multiplicar os homens apenas batendo com as mãos... no trabalho fotográfico de revelar as chapas impressionadas. Cada chapa, cada fotografia, era uma vida independente, solitária, livre da inicial prisioneira do "branco".

Se é possível a Alma projetar-se na Sombra e aparecer aos nossos olhos no reflexo do espelho ou das águas quando estamos conscientes e aptos a produzir uma reação que a retenha no nosso interior, imagine-se para o povo o perigo do homem adormecido, sem ação, abandonado ao Desconhecido, às forças inimigas!... A alma aproveita essas horas de liberdade e deixa a sua morada para viajar, livremente, amplamente, por todos os recantos do mundo. Por isso quando acordamos há uma vaga impressão de regresso, de chegada da romaria, sensível até numa espécie de fadiga.

Aparece aí a tarefa do Anjo da Guarda, defendendo a alma vagabunda e viajeira sem o controle da nossa vontade racional. Quem dorme com sede arrisca-se a ter a alma afogada num poço, rio ou cacimba onde irá, infalivelmente, procurar beber água. Há no Brasil sertanejo, todo o cuidado para com a pessoa adormecida porque está sem a alma. Ninguém o acordará bruscamente temendo que a alma não tenha tempo de voltar e o despertado morra. Acorda-se devagar, dando tempo ao regresso da alma. Essa tradição ocorre em quase todos os povos primitivos (Frazer, *Rameau d'Or*, I, 193).

Evita-se o perigo da alma não reconhecer, não identificar o corpo em que vive. A brincadeira de pintar, disfarçar caricaturalmente quem dorme, é um perigo. A alma ao voltar não reconhece a morada e passa adiante, vagando. O homem não acordará mais. E vigia-se para que o dormente não conserve os braços abertos ou cruzados sobre o peito. A alma regressando não pode entrar porque não lhe é permitido atravessar o santo sinal da cruz feito pelos braços de quem dorme.

No Sul do Brasil, no mito da Mãe do Ouro, esta arrebata a alma das moças que dormem e fá-las dançar a noite inteira nas festas maravilhosas nos palácios no fundo das lagoas e dos rios. Pela manhã a moça desperta exausta e perfeitamente ignorante da orgia de que participou (*Geografia dos Mitos Brasileiros*, 271, Itatiaia, 1983[*]).

Essa alma viajante, *external soul*, é uma consequência da concepção do espírito vivo no reflexo. É uma reminiscência inteira e fiel do amor desesperado de Narcisus à sua imagem resplandecente no espelho da fonte de Téspias...

---

[*] Edição atual – 5. ed. São Paulo: Global, 2022. (N.E.)

Nomem, Numen

A René Ribeiro

> *Incapaz de distinguir claramente as palavras das coisas, o selvagem crê geralmente que o liame criado entre um nome e a pessoa ou a coisa que ele designa não é um fio puramente imaterial e convencional mas um verdadeiro fio, no sentido material, e por consequência pode ser exercida sobre um homem uma influência mágica por intermédio do seu nome como por intermédio dos seus cabelos, de suas unhas etc. Os Arianos acreditavam que o nome era uma parte do indivíduo que o usava e parece mesmo que o haviam identificado com a alma ou com o sopro vital.*
>
> J. G. Frazer, "Le Rameau d'Or", I, 330-331, Paris, 1903.

> *... e tinha um nome escrito, que ninguém sabia, senão ele mesmo.*
>
> Apocalipse de S. João, XIX, 12.

O nome é a essência da coisa, do objeto denominado. Sua exclusão extingue a coisa. Nada pode existir sem o nome porque o nome é a forma e a substância vital. No plano utilitário as coisas só existem pelo nome. Não houve tradição mais poderosa, mais antiga e mais atual, que esta, escondida nos usos e costumes contemporâneos mais visível e identificável na mais rápida pesquisa indagadora.

O nome inicia a existência religiosa e civil da criatura. O pagão é apenas uma perspectiva de direitos até que lhe imponham o nome. Mesmo antes da oficialização, registo civil e batismo, há necessidade de um nome convencional para que as bruxas não o matem, sugando-lhe o sangue no escuro da noite. Em Portugal as crianças não batizadas são chamadas Custódio ou Inácio.

Conhecer o nome de alguém, usá-lo, é dispor da pessoa, participando-lhe da vida mais íntima. Não há tabu mais universal e velho que o tabu do nome. Não dizem o nome pessoal para que a magia inimiga não se apodere desse elemento e possa escravizar quem o usa. Na Austrália e em Madagascar, o nome individual é *fady*, tabu, para tribos inteiras. Diz-se nome convencional, apelido, empréstimo que pode ser substituído depressa e sem consequência. Cada vez que pronunciamos o nosso nome perdemos uma parte da sua energia mágica. Vamos gastando perdulariamente essa riqueza espiritual, enfraquecendo-nos, como doidos. Frazer alinha dezenas de povos que guardam ciumentamente o segredo do próprio nome, indígenas da Colômbia britânica, Apaches norte-americanos, os Abipones da América do Sul, Motos e Motos-Motos da Nova Guiné, Waruas que Cameron visitou n'África. Há uma bibliografia extensa.

O nosso nome é o nosso tabu imediato. Não o amamos ouvir-lhe a menção pura e simples sem títulos, cumprimentos, antelóquios sociais, aristocráticos, funcionais, nobiliárquicos, todos reduzíveis à fórmula excusativa para distanciar o nome da pronúncia inteira e clara. Devemos obrigatoriamente dizer o "senhor", dizermo-nos "doutor" (douto) e receber como oferendas naturais ao tabu os tratamentos de *the honorable, his honor, his most gracious Magesty, the royal hihness, his grace, right reverend, very reverend, venerable, Vossa Majestade, Vossa Santidade, Vossa Beatitude, Vossa Eminência, Vossa Alteza Sereníssima, Vossa Alteza Eminentíssima, Durchlaucht, Hoch und Wohlgeboren, Vossa Excelência, Vossa Senhoria, Vossa Mercê*, além dos superlativos. São tratamentos que os séculos capitalizaram em nossa compreensão e há sobre qualquer um deles uma longa história e as necessárias legislações. De real, íntimo, secreto, é o horror à violação do tabu. Ninguém deseja ouvir o nome gritado sem um halo de cerimônia que é uma satisfação tabuística o que julgamos dever à vaidade da nobreza de sangue e de função administrativa.

Quando uma criança ou um popular pronuncia o nome de homem poderoso sem antecedê-lo pelos títulos que o defendem do contato verbal, dizemos: – *você o trata pelo nome?* O nome é sagrado, poderoso, como os perigos das coisas imateriais e captáveis pela magia adversária. Sentimos que o nome é a pessoa inteira e total. Escrevê-lo nos lugares repugnantes é uma injúria. As mulheres desprezadas fazem tatuar o nome do ingrato no calcanhar, sofrendo o peso do corpo, exposto à poeira e à humilhação. Esse costume ainda vivo no baixo meretrício diz o poder do nome. No calcanhar, oprimido, machucado, violentado, está o homem odiado e não apenas as letras do nome.

Todos os deuses orientais não confidenciaram o nome verdadeiro aos seus fiéis. Moisés morreu sem saber como se chamava realmente Iavé.

Maomé ensinava que Alá possuía cem nomes mas só sabiam noventa e nove. "A Alá pertencem também noventa e nove nomes fulgurantes, dispersos no *Alcorão* e nos hádices, e que se recitam ao tocar as contas do rosário muçulmano: um centésimo é inefável e misterioso – ignorado dos homens" (Eduardo Dias, *Árabes e Muçulmanos*, I, 38, Lisboa, 1940). Tratamos nós a Primeira Pessoa da Trindade com vários nomes porque não lhe sabemos o único. Chamamo-lo Omnipotente, Altíssimo, Santíssimo, simples funções, atos, gestos. Na essência, ignoramos.

O *Jus Pontificul* proibia dar aos deuses romanos seus verdadeiros nomes. Ignorava-se quem era o legítimo e oficial defensor divino da cidade de Roma. Guardava-se o segredo para que as forças inimigas não trabalhassem para seduzir e obter a proteção do guardião supremo. A própria Roma tinha outro nome, nome secreto que somente os altos sacerdotes conheciam. Tanto os romanos como os outros povos faziam promessas aos deuses protetores do inimigo, tentando obter-lhes a simpatia e a adesão prestigiosa. Todos os sumo sacerdotes gregos e romanos tinham nomes sagrados que era defeso saber. Sabiam os companheiros de culto mas não podiam divulgar. Quando alguém o pronunciava, era castigado severamente.

A mudança do nome dos soberanos e supremos sacerdotes tem muitas explicações históricas e políticas. Se olharmos pelo ângulo da defesa ao tabu do nome teremos uma interpretação pelo menos tão poderosa quanto as demais e um pouco adiante na lógica. A mudança do nome era a divisão nos dois planos da vida. O nome novo presidiria a fase segunda, nome oficial, proclamado, aceito. O anterior devia desaparecer e semelha muito a uma pilhéria citar-se como se chamava o Papa quando era Cardeal. Citar-se naturalmente não é tanto, mas se o fizermos num tom também oficial, irritará. Lembro-me da repulsa católica quando a imprensa comunista de Moscou chamava ao Papa Pio XII *il signor Pacelli*.

O poder do nome atua na presença mágica. O nome, apenas a força do nome, liga-se a um sem número de superstições. Teófilo Braga (*O Povo Português* etc. II, 40, segs.) informa: – "Para o povo invocar *Santa Bárbara! São Jerônimo!* livra das trovoadas; *S. Braz!* livra de morrer engasgado. Vendo-se desfilar um meteoro, diz-se: *Senhora da Guia*! E quando se tem uma agonia, um susto grita-se por *Jesus!* A *nómina* resulta da crença no poder do nome, o qual se traz escrito em uma bolsinha ao pescoço. A superstição no poder dos nomes (*nomen, numen*) aparece condenada nas Constituições Sinodais de Lamego: – "E finalmente se pode pôr exemplo na missa que se manda dizer com certo número de candeias; e que não haja de ter mais ou menos; ou que há de ser dita por clérigo que se chame

João, ou de outro certo nome. O nome de Bento é também posto a criança que pelo fato do nascimento pode ser lobisomem; a criança enquanto não é batizada chama-se sempre Custódio, para o diabo não se apossar da sua alma; para que as sementeiras sejam fecundas devem ser lançadas à terra as primeiras sementes por uma moça chamada Maria; as pessoas que passam uma criança pela fenda do carvalho cerquinho para a curarem da hérnia, para que a cura seja eficaz devem chamar-se João e Maria".

Pronunciando palavras que julgam desrespeitosas, os sertanejos de todo Brasil escusam a citação com os *com licença da palavra, com perdão da palavra, desculpe a má palavra*, como o lavrador francês diria *sauf votre respect* e o cidadão romano o *Ignoscet mihi genius tuus*. Curioso é lembrar que, descrevendo lutas, ferimentos ou moléstias, o homem do interior localizando a ferida, golpe, úlcera, chaga, num determinado lugar no seu próprio corpo, não esquece de dizer o *lá nele*, afastando o poder do nome, capacíssimo de conduzir o ferimento para o mesmo local indicado na evocação. Em Roma o gesto era acompanhado da frase: – *Salvum sit, quod tango*, com idêntica finalidade de afastar o malefício do sítio tocado no corpo do narrador.

Frazer cita longamente as populações indígenas do mundo que evitam pronunciar ou não pronunciam o nome dos mortos. Uns obedecem a prazos. Outros, perpetuamente. Tribos australianas, Albaneses do Cáucaso, homens da Patagônia, Califórnia, Oregon, Goajiros da Colômbia, Samoiedas da Sibéria, Mongóis da Tartária, Ainos do Japão, Wakambas d'África Central, gente de Bornéu, Nicobar, Tasmânia, Tuaregues do Saara, cinquenta outros conservam a tradição. Mudam o nome de todas as coisas que o morto conheceu, das coisas usadas por ele, ou dos homens da família ou da aldeia. Há muitas formas de ludibriar a perversidade do morto que, atraído pelo seu nome pronunciado, voltará, cheio de força malévola. Se voltasse, mesmo sem ser chamado, não poderia identificar ninguém. Tudo estava de nome novo, desconhecido para ele. Certo é que a razão maior é o pavor do espírito do morto. O nome o faria regressar, infalivelmente.

Um vestígio no Brasil é a notória dispensa inconsciente de citar-se pelo nome uma pessoa morta. Diz-se *o morto, o falecido, o defunto*. As viúvas falam do *meu finado, o meu defunto, o meu falecido*. Afonso Arinos contou a João Luso a história de umas velhas mineiras que lamentavam sempre a morte do irmão, chamado por elas *o falecido*. E tão habituadas estavam que iam narrando: – "O falecido era muito extravagante. O falecido comia de tudo, saía com qualquer tempo, não se tratava... Quantas vezes nós lhe dissemos: – 'Olhe, falecido, você um dia, se arrepende...'" (*Orações e Palestras*, 189, ed. José Olympio, Rio de Janeiro, 1941).

Esse tabu do nome, tão complexo e variado entre "os nossos contemporâneos primitivos" como disse George Peter Murdock, determinando vocabulários especiais ou multiplicação da linguagem por gestos, *sign language, o manual concepts* de Cushing, amplia-se com as convenções familiares, sogra e genro, filho e avô, sogro e nora, intervindo a poderosa influência religiosa (tribo, sib, clã) e sexual.

A força materializadora do nome obrigava a não mencionar certas moléstias apavorantes para não atraí-las. A Sífilis era "doença do mundo" e as enfermidades nas partes pudendas possuíam sinonímia abundante, suscetível de provar a imaginação e técnica expositiva do povo. E certas úlceras, inflamações dolorosas, à enunciação do nome seguia-se a persignação anuladora.

Quando se diz a *zipla*, erisipela, conclui-se: – *ave-maria! ave-maria...*

Ao passar o torvelinho, redemoinho, gritava-se: – *aqui tem Maria*; a presença de alguém com o nome de Nossa Senhora afasta para longe o vento rodador. As reses sofrendo de verrugas curam-se mudando-lhes o nome para "figueira". A vaca figueira, o touro figueira, o boi figueira saram em menos de sete dias. As mães de muita prole suspendem a continuação batizando o caçula com o nome de Geraldo, Teófilo, Nonato. O sétimo filho homem será lobisomem e a sétima filha numa série de mulheres bruxa no Brasil e hirã em Portugal se o irmão mais velho ou a primogênita não levar o último gênito à pia batismal, "dando-lhe nome". O nome de Manuel, Luiz de França ou dos doze apóstolos (que viram a Cristo) são padrinhos das crianças nas famílias que perdem muitos filhos. Esses santos fazem "engrossar o pescoço", resistindo e vivendo. As promessas de nome são infinitas e diárias.

Há mesmo homenagem ao Nome. A cidade portuguesa de Macau é historicamente a Cidade do Nome de Deus desde fins do século XVI. Há dias votivos ao Santíssimo Nome de Jesus, 2 de janeiro, Doce Nome de Maria, 31 de agosto, e Santíssimo Nome de Maria, 12 de setembro.

O nome fez os deuses. O nome provocou a necessidade da personificação das virtudes, vícios, funções divinas. A Boa Fé, Inveja, Fama, Calúnia, Justiça, Prudência, Fome, Sabedoria, Gratidão, Amizade, Saúde, Volúpia, Pobreza, Virtude, Persuasão, Piedade, cem outras foram materializadas.

Os atributos e funções divinas são personificadas comumente nas invocações, especialmente à Mãe de Deus e às inumeráveis formas de Jesus Cristo, Senhor da Boa Morte, do Bom Fim, do Monte, da Pedra etc.

Identicamente ocorria na Grécia, Roma e Egito com a interminável sinonímia dos seus oragos. Amom-Ra tinha 75 nomes, Dionísio 96, Osíris 100, Astarté 300, Siva 1008, Ísis 10.000! As invocações de Júpiter, Apolo, Vênus, Diana, o Sol, a Lua, eram imensuráveis.

O nome, o poder do vocativo, levou Max Müller a criar a teoria mitológica como uma deturpação da linguagem, o vocábulo determinava a ideia de um ser caracterizado e decorrentemente iam surgindo atributos e efeitos. "*La mythologie est simplement une phase, et une phase inévitable dans le développement du langage, le langage étant pris dans son véritable sens, non seulement comme symbole extérieur de la pensée, mais comme le seul moyen de lui donner un corps. Tandis que le langage traverse cette phase particulière, toute autre chose peut devenir de la mythologie*", ensinava Max Muller (*Essais sur la Mythologie Comparée*, 209, Paris, 1874).

"O Senhor apagará o seu nome de debaixo do céu!", ameaça o *Deuteronômio*, XXIX, 20, recordando a tradição egípcia de "matar o nome" do faraó ou do príncipe condenado fazendo-o raspar dos monumentos.

Quando Manué, pai de Sansão, pergunta ao Anjo do Senhor pelo seu nome tem uma resposta sibilina: *Cur quaeris nomen meun, quod est mirabile?* (*Juízes*, XIII, 18). Por que perguntas assim pelo meu nome, que é maravilhoso?

E nada de mais expressivo existe que essa resposta do Anjo do Senhor. O nome é maravilhoso, *est mirabile*.

Ôrai
....

A Getúlio César

Deus vos salve, relógio
Que, andando atrasado,
Serviu de sinal
Ao Verbo encarnado.

Ofício da Imaculada Conceição da Virgem Maria.

(Hino da Véspera)

Ôrai, Hora, Horae, Horas, as três estações gregas, as vinte e quatro horas do dia e da noite, filhas de Cronus, o Tempo, sempre tiveram respeito para com o espírito dos homens de outrora. Dividiam a luz e as trevas com as gradações de penumbra. Assistiam aos mistérios, aos encantamentos, ao nascer e morrer de todas as coisas deste mundo. Tudo tem sua hora!... Boa hora, má hora, são os quadros normais da atividade humana. Vinte séculos caíram sobre as devoções greco-romanas às Ôrai mas os vestígios resistiram e são reconhecíveis nos dias contemporâneos.

Não sei como os negros sudaneses e bantus denominavam suas horas e quais as superstições ligadas a elas. Os indígenas da raça Tupi tinham longa nomenclatura denominativa da espécie.

O Dia era *ara*, dia, tempo, mundo, claridade, época, ocasião, de *ar*, nascer, vir, ocorrer. Manhã provinha de *coen*, começo do dia, aurora, *co ê*, ei-la surde, ei-la surge, ou o ser *sáe*, emerge. Noite era *pituna*, de *pi*, interior, espaço, fundo, e *tun*, negro. É a lição de Batista Caetano de Almeida Nogueira.

As saudações eram: – *Iané coéma*, nossa manhã, bom-dia! até a tarde dizia-se *Iané ara*, nosso dia. Boa-tarde era *Iané caruca*, nossa tarde. Boa-noite, *Iané pituna*, nossa noite.

Pituna diz-se do escurecer, *Pituna ieráme*, quase noite, à meia-noite, *pisaié*. *Pituna uaçu*, noite-grande, noite alta, escura, indefinida, serve de expressão genérica. *Pituna pucu*, noite comprida, noite estirada, segue da meia-noite até os primeiros sinais da madrugada, os clarões iniciais e vagos. Vem *Coéma-etê*, manhã verdadeira, madrugada alta, *Coéma-piranga*, manhã vermelha, aurora, *Coéma-reté*, manhã-feita, manhã-muita, primeiras horas do dia, *Coéma-uaçu*, manhã grande, divisões que estão habitualmente contidas na frase *Coéma-pucu*, manhã comprida, até meio-dia, horário de pesca e caça para os homens e de trabalhos na roça para as mulheres. É o que sei no assunto, lido em Batista Caetano e Ermano Stradelli.

O Grego inventou o mito de Alectrion, o companheiro de Marte, encarregado de vigiar e guardar os seus encontros com a deusa Vênus. Alectrion descuidou-se e o Sol avistou os dois amantes, indo denunciá-los a Vulcano, marido enganado. Seguiu-se uma série de escândalos e, ao final, Marte transformou o falso sentinela em galo. Por isso o Galo canta estridentemente durante a noite, anunciando a aproximação do Sol, lembrado do castigo e da perdida dignidade custodial.

O canto do galo é a divisão mais universal. Dividia a noite grega e passou para Roma. Para os Romanos *noctis septem tempora sunt*. Eram o *crepusculum*, *Fax*, quando as luzes se acendiam; *concubium*, hora de dormir, *quo nos quieti damus*, a noite alta, *nox intempesta*, seguindo-se o *gallicinium*, quando o galo canta, e *conticinium*, quando ele cessa o canto, finalmente *aurora, tempus quod ante solen est*. Literariamente dizem *antelucem*, quando a manhã bruxuleia, *ad meridiem, meridiem*, perto do meio-dia e meio-dia etc.

Mesmo no Tibete a noite se divide em quatro jornadas: – Nyima, Tsen ou Gongmo, a noite, Chake-tangno, primeiro canto do galo, Chake-nyepa, segundo canto do galo. Nenhuma surpresa causará recordando-se a popularidade do galo como *time keeper* na Ásia clássica. Jesus Cristo anunciou as três negativas de Simão Bar Jonas, o apóstolo Pedro, antes de o galo cantar, *antequam gallus cantet* (Mateus, XXVI, 34, Marcos, XIV, 30, Lucas, XXII, 34).

A mais completa série de nomes dados às horas, mais ou menos geral no Brasil, foi enviada pelo Professor Raimundo Guerra ao Professor José Saturnino que incluiu no 2º volume da sua *Língua Portuguesa* (p. 197-198, Natal, 1942):

Uma hora da madrugada	Primeiro canto do galo
Duas horas da madrugada	Segundo canto do galo
Três horas	Madrugada
Quatro horas	Madrugadinha ou amiudar do galo
Cinco horas	Quebrar da barra

Seis horas	Sol fora
Sete horas	Uma braça de Sol
Oito horas	Sol alto
Nove horas	Hora do almoço
Dez horas	Almoço tarde
Onze horas	Perto do Meio-Dia
Doze horas	Pino ou Pingo do Meio-Dia
Treze horas	Pender do Sol
Quatorze horas	Viração da tarde
Quinze horas	Tarde cedo
Dezesseis horas	Tardinha
Dezessete horas	Roda do Sol para se pôr
Dezoito horas	Pôr-do-Sol
Dezenove horas	Aos cafuis
Vinte horas	Boca da noite
Vinte e uma horas	Tarde da noite
Vinte e duas horas	Hora de visagem
Vinte e três horas	Perto da Meia-Noite
Vinte e quatro horas	Meia-Noite.

Dissemos ainda "Sol-se-pôr" em vez do "Pôr-do-Sol". Reaparece a secular expressão "aos cafuses" e no quebrar da barra lembra o inglês *"at break of day"*.

As horas canônicas usam os nomes romanos para as várias tarefas durante as vinte e quatro horas no coro, cantando em salmodia. Matinas e laudes depois da meia-noite, Prima às seis da manhã, Terça às nove horas, Sexta ao meio-dia, noa ou Nona às quinze, Véspera à tarde e Completas à noite.

No tocante às superstições diz-se em Portugal *horas abertas*, horas sem defesas, tempo em que as forças do Mal estão livres de reação maior, aos quatro períodos do dia, Meio-Dia, Meia-Noite e os crepúsculos vespertino e matutino. Surgem nessas horas os fantasmas, animais encantados, pavores, formas assombrosas e vagas que o canto do galo dissipa. Nos crepúsculos portugueses passam a galinha com os pintos, a porca dos sete leitões, a ovelha, a moura, o tardo, a coisa-ruim, a zorra de Odeloca berrando. Ao meio-dia é a hora do diabo à solta, dos Encantados em São Miguel, do Pretinho do Barrete Vermelho em Lagos e Estombar, dos Rosemunhos (redemoinhos) na Vila Nova d'Anços, do Homem das sete dentaduras no Cerro Vermelho (Algarves), dos demônios meridianos. À meia-noite vê a Velha da Égua Branca e o Homem do Chapéu de Ferro nas aldeias algarvinas. As bruxas reúnem-se às terças e sextas-feiras sob a presidência do Demônio. O lobisomem cumpre seu fado nas quartas e sextas, depois das dez horas. No Brasil, a noite do Lobisomem é a noite da quinta para a sexta-feira.

Há as horas sagradas e definitivas para orações e remédios. Ao meio-dia os anjos do Céu estão todos cantando louvores a Deus. Ao findar a hora, terminando o coro, cantam o *amém* final. Coincidindo a praga ou a oração terrenas com o *amém* dos anjos tudo ocorrerá como se pediu, infalivelmente. Praga do meio-dia, dita na soleira da porta, é de um poder assombroso. É a mais forte e a mais séria. Dificilmente deixa de *pegar*, de realizar-se.

As orações nesta hora são poderosas. A "magnífica" (Magnificat), o Ofício de Nossa Senhora, as Forças do Credo, o terço, rezados a esta hora conseguem milagres. Muitas e muitas pessoas preferem a madrugada para orar. Talvez pela sugestão da primeira hora canônica de matinas e laudes esse momento é ainda muito popular nas famílias tradicionais. No sertão rezam as velhas senhoras pela madrugada, quando os galos amiúdam os cantos. Há horas melhores para Deus escutar o pedido. Antes de o Sol nascer, com sinais de dia no horizonte, as rezas são de efeito prodigioso. Mantém-se a tradição de orar com velas acesas, apagando-se a lâmpada elétrica. Muita luz dispersa a atenção e a penumbra concentra o pensamento.

A Morte prefere visitar os doentes nessas horas abertas, especialmente nos dois crepúsculos. Quando o Sol nasce ou morre são as horas da Morte. A estatística indicará a mais alta percentagem nesse horário, explicável pelo desequilíbrio da temperatura, com influência decisiva na pressão cardíaca, estudada na meteorologia médica.

No vocabulário popular português do século XV era corrente a *enorabuena* e *aramá*, hora-buena e hora-má, prognósticos de viva tradição coletiva que tão vivos reaparecem nas comédias de Gil Vicente. Guardamos apenas a invocação da Boa Hora como prenúncio de feliz parto e há mesmo Nossa Senhora da Boa Hora para esse mister.

As horas prestigiosas são as ímpares. *Numero deus impare gaudet*, informa Vergílio, Écloga VIII, 75. Excetuam-se as horas abertas que são pares.

Jardim de Adônis

A Antônio José Gonçalves de Melo, neto

Porquanto te esqueceste do Deus da tua salvação... pelo que bem plantarás plantas formosas, e as cercarás de sarmentos estranhos. E no dia em que as plantares, as farás crescer, e pela manhã farás que a tua semente brote.

Isaías, XVII, 10-11.

A tradição das festas de São João está intimamente ligada aos ciclos da vida vegetal, crescimento e fecundação. As plantas são anunciadoras da fidelidade amorosa ou do próximo casamento. Todas as perguntas vão sendo respondidas pela situação dos vegetais na manhã de 25 de junho ou ao cair desta noite. Coincide o solstício de verão europeu e de inverno no Brasil com o São João.

*Todas as ervas são bentas
Na manhã de São João!*

Em Portugal as superstições joaninas são incontáveis, referentes às plantas, às raízes, às sementes. O azevinho borrifado de vinho é amuleto. O funcho, rosmaninho, alecrim, sabugueiro livram do raio quando colhidos na manhã oblacional do Precursor. De sete em sete anos a boliana (valeriana) floresce pelo São João e essa flor é quase um talismã. O feto-real ("Osmunda regalis", Lineu) é dessa espécie mágica. A colheita das uvas propicia messe milagrosa. As alcachofras são passadas no calor das fogueiras e atiradas para o telhado. Se reverdecem ou não na manhã subsequente prognosticam o estado afetivo de quem mereceu a consulta, felicidade ou desgraça. Identicamente pratica-se com a erva-pinheira. Dois juncos iguais são cortados, representando os namorados. Postos ao sereno, crescerão durante a noite e o mais alentado dirá quem mais ama.

No Brasil plantam, três dias ou mais antes do São João, cabeças de alho num vaso, com terra bem estrumada e úmida. Na manhã do dia de São João quantas cabeças hajam brotado quantos anos de espera para casar. Semeiam cevada, coentro, arroz em latinhas especiais, abundantemente regadas e cuidadas. Verifica-se se aparece a plantinha à superfície ou se os grãos do milho rebentaram. Auguram sim ou não, no caso de fecundidade ou esterilidade. O milho colhido na manhã de São João se o número de espigas é par quer dizer que "sim" e ímpar quer dizer "não". Não posso, apesar de filho de região devota ao santo primo de Nosso Senhor, citar nem mesmo a metade das tradições alusivas às plantas augurais. O altar é enfeitado com flores e ramos naturais. Todas as plantas e cereais de rápido nascimento são plantados para oferecimento ao Santo. Especialmente o milho é de aproveitamento vasto na alimentação típica desse mês, mês do São João, como já o chamavam as Ordenações do Reino.

Muito curiosa essa moldura vegetal ao redor do santo austero e gritador de penitência. As explosões de alegria, as fogueiras, os bailes públicos, as danças de roda, os cantos, os foguetes, girândolas, morteiros e garruchas disparadas em homenagem ao santo grave e áspero, dizem que se dera um processo convergente e mais um culto original ao eremita que comia gafanhotos e vestia pele de camelo. Espera-se, inconscientemente, que o santo ouça o estrépito da sua comemoração tempestuosa de luzes, sonoridade, fartura e esperança de felicidade material, imediata e lógica. A versão popular é que o santo dorme e não verá do alto do céu a sua festa trovejante. Todas as cantigas terminam:

> *Acorda, João!*
> *Acorda, João!*
> *João está dormindo,*
> *Não acorda não!...*

E há mesmo esse diálogo, entre o Precursor e Santa Isabel:

> *– Minha mãe, quando é meu dia?*
> *– Meu filho, já se passou!*
> *– Uma noite tão bonita*
> *Minha mãe não me acordou?*

Cantamos, em Portugal e Brasil:

> *Se São João soubesse*
> *Quando era o seu dia,*
> *Descia do Céu à terra*
> *Com prazer e alegria!*

> *Acorda! João!*
> *Acorda! João!*
> *João está dormindo!*
> *Não acorda não!...*

Jaime Lopes Dias, *Etnografia da Beira*, VI, 81, Lisboa, 1942, regista:

> *São João pediu à Virgem*
> *Que o não adormecesse,*
> *Que queria ver, no seu dia,*
> *O Sol quando nascesse.*

> *São João se adormeceu*
> *No colo da sua tia.*
> *– Acorda, João, acorda*
> *Que amanhã é o teu dia!*

Dizia-se mesmo que o Mundo acabaria em fogo quando o dia de São João coincidisse com a festa de *Corpus Christi*. Era a cabeça de João no Corpo de Deus. Houve essa coincidência em 1943 e o Mundo, infelizmente, continuou.

Sente-se, evidentemente, que a vontade popular é despertar São João do seu sono misterioso e fatal. Acordá-lo para que participe da alegria coletiva e *"desça do Céu à terra, com prazer e alegria"*, como propõe a cantiga.

Tem sido a festa mais popular no Brasil. Cento e dezoito paróquias têm São João como patrono, fora capelas e oratórios privados. Frei Vicente do Salvador, escrevendo em 1627, já informava sobre o prestígio da festa no espírito dos indígenas: – "Só acodem todos com muita vontade nas festas em que há alguma cerimônia, porque são mui amigos de novidades, como dia de São João Batista, por causa das fogueiras e capelas" (cap. XXXIX, 393).

Esse despertar do adormecido santo sugere uma ressurreição.

Além de Portugal, noutros países europeus permanece a mesma tradição de cultivar plantas de crescimento rápido para fins semirreligiosos e populares.

Na Baviera a safra de linho é anunciada pelo estado de três sementes plantadas nos últimos dias do Carnaval. Na Sardenha semeiam o trigo e a cevada no fim de maio para que nasça em junho, figurando na festa dos Compadres e Comadres de São João. O mesmo ocorre na Sicília durante a Quaresma e na Toscana para a Sexta-Feira Santa com essas plantas nascidas durante três ou quatro dias são levadas para ornamentar o Santo Sepulcro.

Esse costume, que é uma "constante" no São João brasileiro e português, aparece, como vimos figurando noutras épocas, Quaresma, Semana Santa, Ano-Novo, na Península Italiana e nas ilhas da Sardenha e Sicília. No antigo Condado Venesino e Avignon pela Itália os judeus costumam plantar o trigo candial, a cevada, as alfaces, o funcho e diversas espécies de flores antes das festas do Ano-Novo israelita, o Hosch Hoschana (setembro-outubro) para as festas subsequentes até o Dia do Perdão, Yom Kippur e Festa dos Tabernáculos, até Hoschana Rabba, como elemento ornamental embora contrariado pelos velhos rabinos. Como há na Itália a mesma tradição aplicada à Semana Santa, ao São João e mesmo a toda época quaresmal, não se acertou se o costume judaico seria a culturação local ou reminiscência de algum culto trazido do Oriente pelo contato com Assírios e Babilônios.

Que culto seria este em que o plantio de cereais e flores constituía elemento característico? Era o culto de Adônis, o namorado sírio de Astarté-Afrodite, vitimado pelo Javali do Líbano, transformação do próprio Marte, ciumento da deusa sensível. Adônis era equivalente ao Tamuz de Babilônia. Morto pelo animal furioso, sepultado com o pranto das mulheres, numa procissão infindável, ressuscitava glorioso, símbolo vegetal da vida, sob a terra na semente e ao sol com a flor e o fruto.

O profeta Ezequiel VIII, 14, conta ter visto, na visão do templo, as mulheres assentadas chorando a Tamuz, irritando o purista e ortodoxo pregador. Havia, pois, a presença do culto no amálgama religioso israelita e contra essa intrusão Ezequiel erguia o indignado protesto. Isaías citara, como projeção litúrgica de Damasco, o plantio das sementes de nascimento rápido e o interesse pela novidade, esquecidos os homens do ciumento Jeová que os tirara do Egito.

O culto de Adônis na Síria era popular e realizado com pompa. Simulavam o velório fúnebre e o corpo era levado processionalmente à praia e lançado ao mar, cercado de flores e plantas decorativas. Personificava a vegetação, ensinava Frazer como Dionísius na Grécia, Tamuz na Babilônia, Átis na Frígia, Osíris no Egito. Era festa do fim do verão. Os sírios plantavam sementes e dias depois as plantas novas eram depositadas no féretro do deus assassinado e o acompanhavam para o mar e para a ressurreição. Denominavam essas plantas e essas flores "Jardins de Adônis". Luciano de Samósata, *Da Deusa da Síria*, descreve o cerimonial que resumimos acima. A devoção passou para a Grécia e tornou-se ritual em Atenas. Plutarco recorda que era tida por mau augúrio a partida da esquadra de Alcibíades para a Sicília quando em Atenas as mulheres choravam a morte de Adônis (*Alcibíades*, XXII, *Nícias*, XIX). Aristófanes em duas cenas da *Lisistrata* menciona as lamentações de Adônis ateniense. O culto prestado pelos gregos emigrou para Roma e os romanos espalharam-no igualmente.

O mês de Tamuz corresponde mais ou menos a junho, mês de São João, ou fins deste e começo de julho. De qualquer maneira coincide com o solstício de verão europeu, justificando o processo das sementes nos Jardins de Adônis tão popularizados.

Os judeus europeus ficaram fiéis a essa tradição. Nunca a oficializaram, mas não foi possível aos rabinos fazê-la desaparecer no cerimonial das sinagogas. Os estudos mais recentes positivam a presença popular no culto judaico: C. Roth, "Folklore of the Ghetto", *The Folk-Lore*, LIX, 78-79, Londres, 1948, A. Neppi-Modona, "I Giardini di Adone, in un usanza degli Ebrei d'Italia", *Bylichnis*, 118, 1923, I. Levi, "Jardins d'Adonis, les Kapparot et Roch Haschana", *Revue des Études Juives*, LXI, 201 etc.

Através dos portugueses os jardins de Adônis vieram para o Brasil já incluídos no ciclo de São João e continuam reverdecendo e florindo cada ano...

A CARNE DA CORUJA ADIVINHA

A Lindolfo Gomes

Na Fazenda Logradouro, Município de Augusto Severo, no Rio Grande do Norte, vivi muito tempo. Era casa de José Cornélio Fernandes Pimenta, irmão da minha mãe, o meu tio Zumba. Foi uma escola de vida sertaneja em sua legitimidade. Ano de 1912. Uma vez os primos insistiam para que eu os acompanhasse a um baile de rifa de porco na Ubaeira, alguns quilômetros da fazenda. Teimei em não ir, dizendo que havia de chover. E andei farejando os ares ante o riso de todos os rapazes, entendidos nos sinais anunciadores da água do céu.

Foram sozinhos. Minutos depois desabou um brusco pé-d'água. Durou pouco tempo a nuvem. Os primos voltaram molhados e furiosos. E um deles, tirando o paletó encharcado, apostrofava-me: – Você comeu carne de coruja para adivinhar? Estava um tempo seco, seguro, sol forte e cair um aguaceiro destes? Só se você comeu carne de coruja, adivinhão!

Trinta e seis anos rolaram sobre esse episódio. Meus primos viveram, amaram e morreram na ignorância absoluta dos livros que me apaixonaram. Tiveram uma impressão vaga de religiões de Roma e da Grécia e nunca ouviram falar em Folclore. A frase referente à carne da coruja não a aprenderam lendo, nem da voz do mestre-escola da vila. Trouxeram na memória esse conhecimento impreciso e teimoso, jamais verificado e experimentado pessoalmente ou em gente amiga. Dizia-se que a carne da coruja fazia adivinhar. Como eu dissera que chovia, e realmente choveu, a explicação simples seria da carne da coruja, alusão risonha a uma tradição popular, vinda de ano a ano, geração a geração, velho a velho.

Agora é que sei que meu primo Políbio estava divulgando um elemento clássico e mais de vinte vezes secular. O que chamamos agouro, do *augurium* romano, provém de *augur, avis*, ave. O auspício é a forma contrata de *avis--specio* – "eu vejo a ave". As aves anunciavam o futuro com a maneira de voar, alimentar-se, cantar, apresentar-se deste ou daquele lado, com maior ou menor número de companheiros. Havia em Roma o colégio sagrado dos Áugures, *Augures Publici Populi Romani Quiritium*, encarregado de informar ao governo, antes de todas as cerimônias ou reuniões, se havia um mau ou um bom auspício, deduzido pelo exame das aves que voavam livres ou que estavam presas. Uma guerra, uma expedição, uma sessão do Senado, uma festa pública interrompiam-se imediatamente se o Áugure chegasse declarando ter notado um sinal nefasto no voo de certas aves.

Nada podia ser iniciado pelo romano sem a prévia consulta às aves. O que denominamos hoje *Inauguração*, e que é sempre festivo, quer dizer apenas consultar ou tomar augúrios às aves, *In-Augurare*. O verbo latino *Inauguro* era tido por Cícero como significando apenas *adivinhar*.

As aves eram dedicadas aos Deuses. O mocho era pertencente a Minerva, deusa da Sabedoria, padroeira de Atenas. Ainda atualmente as escolas de Filosofia usam, na sua maioria, o mocho como símbolo da deusa dos olhos claros, dona da cultura helênica. O corvo era de Apolo, o nume das Artes, da Música. O abutre era de Marte, deus da guerra. A águia era título de Júpiter, Pai dos Deuses, senhor do raio, rei do Olimpo. O pombo era da corte de Vênus como a pega era de Baco.

As aves de prea ou as noturnas tinham história ligada aos deuses e o povo lhe dava créditos de mistérios. Deviam saber muito, porque voavam alto, tinham força nas garras possantes ou viam durante as horas da noite, assistindo o que se passava durante o sono dos homens mortais.

No sertão do Nordeste brasileiro afirma-se que o gavião, o caracará e outras aves de rapina adivinham o caçador e voam sempre que alguém se aproxima armado, jamais o fazendo se o viajante está com as mãos desocupadas. As corujas dizem com seu canto triste a vizinhança da morte implacável, "rasgando-mortalha" (Strix) para os moribundos. A coruja, núncia da Morte, devia naturalmente saber de muito do que se ignora. Comer-lhe a carne é participar-lhe dos poderes augurais, os valores de previsão, o dom da presciência. Jeová proibia comer a coruja. *Deuteronômio*, XIV, 16. Não conhecia eu essa tradição no folclore português. As virtudes e defeitos transmitirem-se pelo alimento pertencem aos mitos universais, dando a fórmula da Couvade que é uma dessas expressões mais sugestivas. Os indígenas brasileiros tinham muitas superstições ligadas às corujas, jucurutus, murucututus, suidaras, tuidaras etc. A ideia da profecia pela degustação da coruja não podia ser ameríndia pelo menos dentro do documentário conhecido por mim. Liguei-o ao europeu, especialmente aos processos dos Áugures de Roma e demais tradições de ornitomancia religiosa.

Há poucos dias foi possível aclarar-se completamente o assunto. Quando visitei Portugal tive a honra de conhecer no Porto Dona Hermínia Basto, viúva do grande estudioso do folclore Dr. Cláudio Basto e sua colaboradora eminente. A Dra. Hermínia Basto teve a bondade de enviar para mim uma coleção da revista *Portvcale*, publicação erudita que o marido dirigira. No núm. 12, novembro-dezembro de 1929, encontrei num pequeno estudo do Professor Dr. J. J. Nunes, *Uma Velha Crença*, o tema excelentemente fixado embora sem notícias brasileiras na espécie.

Por este meio vim a conhecer uma *cantiga de amigo* do *Cancioneiro da Vaticana*, versos do trovador Estevão Coelho, da primeira metade do século XIV, em que a superstição aparece, clara e própria. Uma moça canta versos de amor e alguém que a ouve cantar anuncia-lhe o fervor da paixão, denunciado pela maneira de entoar a cantiga. A "dona" declara que o interruptor adivinhou por ter comido carne de avintor, abutre.

> *Sedia la fremosa seu sirgo lavrando*
> *sa voz manselinha fremoso cantando*
> *cantigas d'amigo.*
>
> *– Por Deus de cruz, dona, sei eu que avedes*
> *amor mui coitado, que tan ben dizedes*
> *cantigas d'amigo.*
>
> *– Avintor comeste, que adevinhades.*

O ilustre filólogo escreve: – "... *digo eu que, segundo informação obtida, perdura ainda entre o povo a crença de que por meio idêntico se pode adivinhar o futuro, a única diferença está em que, em vez do abutre, figura agora o mocho e velho*". É o que diz a cantiga de seiscentos anos. Adivinhava quem comia carne de avintor, abutre, depois do mocho velho e, no Brasil, da coruja.

Mastigar folhas de loureiro, árvore de Apolo, era receber inspiração poética ou profética. Poetas e sibilas mastigavam longamente essas folhas, *laurumque momordit*, esperando o entusiasmo literário ou o prognóstico sagrado (Juvenal, Tíbulo, Marcial). Não seria absurdo que a carne do mocho, consagrado a Minerva, produzisse também oráculos.

Essa é a história viva da frase do meu primo, numa tarde de chuva, há trinta e seis anos, numa fazenda pobre, no alto sertão do Rio Grande do Norte...

História de uma estória

A Manuel Diegues Júnior

– Je raconte une histoire pour les gens d'ici.
Henri Béraud, "Le Bois du Templier Pendu".

Vou contar uma estória de sapo. O sapo é esperto. De uma feita o homem agarrou o sapo e levou-o para os filhos brincarem. Os meninos judiaram muito tempo e, quando se fartaram, resolveram matar o sapo. Como haviam de fazer?
– Vamos jogar o sapo nos espinhos!
– Espinho não fura meu couro – dizia o sapo.
– Vamos queimar o sapo!
– Eu no fogo estou em casa.
– Vamos sacudir ele nas pedras!
– Pedra não mata sapo.
– Vamos furar de faca!
– Faca não atravessa.
– Vamos botar o sapo dentro da lagoa!
Aí o sapo ficou triste e começou a pedir, com voz de choro:
– Me bote no fogo! Me bote no fogo! N'água eu me afogo! N'água eu me afogo!
– Vamos para a lagoa – gritaram os meninos.
Foram, pegaram o sapo por uma perna e, *t'xim bum*, rebolaram lá no meio. O sapo mergulhou, veio em cima d'água, gritando satisfeito:
– Eu sou bicho d'água! Eu sou bicho d'água!
Por isso, quando vemos alguém recusar o que mais gosta, dizemos:
– É sapo com medo d'água!...

Esta estória foi contada por Dona Ana Maria da Câmara Cascudo, minha Mãe. Publiquei-a no *Contos Tradicionais do Brasil*, 247 (ed. Americ-Edit, Rio de Janeiro, 1946)*.

Minha mãe, sendo sertaneja, não conhece episódios figurando o Jabuti. Os heróis são a Raposa e o Macaco, espertíssimos. Há versão em que o sapo é substituído pelo cágado.

A origem parece-me africana. É um *ngateletele* de Angola, *Mutu ni Mbaxi*, o Homem e a Tartaruga, publicado por Heli Chatelain no *Folk-Tales of Angola*, XVII, ouvido em Mbaka, divulgando-o com o original qui-bundo. Diz assim:

– Deixem-me falar da tartaruga de Koka.

Um homem, Lubi-la-Suku, apanhou uma tartaruga no bosque e levou-a para a aldeia. Disseram-lhe: – Vamos matá-la! – Outras pessoas opinavam: – Como vamos matar a isto? – Responderam: – Vamos cortá-la com machados! A tartaruga respondeu dizendo:

Tartaruga de Koka
E machado de Koka;
Machado não me mata absolutamente!

O povo diz: – Com que vamos matar a tartaruga? Outros dizem: – Vamos matá-la com pedras. A tartaruga começa a ter pavor e pensa: "Vou indo para a morte". Mas responde por sua boca:

Tartaruga de Koka,
E pedras de Koka;
Pedras não me matam absolutamente!

O povo diz: – Vamos atirá-la no fogo! A tartaruga responde:

Tartaruga de Koka
E fogo de Koka;
Fogo não me mata absolutamente!
Meu casco
Parece uma pedra;
Não lhe é possível
Pegar fogo!

O povo diz: – Nós vamos matá-la com facas! A tartaruga responde:

---
* Edição atual: 13. ed. São Paulo: Global, 2004. (N.E.)

> *Tartaruga de Koka*
> *E facas de Koka;*
> *Facas não me podem matar absolutamente.*

O povo diz: – E agora, companheiros, que vamos fazer para matá-la? – Outros dizem: – Vamos atirar seu casco no fundo d'água! – A tartaruga diz: – *Aiuê!* Assim me matarão! Que poderei fazer? – O povo responde: – Vamos fazer assim! Encontramos um meio para matá-la!

Carregaram-na. Chegaram com ela a um rio. Atiraram-na ao fundo. A tartaruga mergulha. Volta à tona. E nadando e cantando:

> *N'água! Na minha casa!*
> *Mu menia, mu embu dietu!*

O povo disse: – O' tartaruga! enganaste-nos a todos. Nós íamos matar-te com machados e disseste que os machados não te matavam absolutamente. Dissemos que te íamos jogar n'água e gritaste: – Eu vou indo para a morte. – Nós fomos, jogamos-te n'água mas te salvamos.

Assim foi porque pensavam matar a tartaruga n'água e o povo levou-a para esse fim mas ela é astuta. Fim. *Mahezu*.

Heli Chatelain explicou os mistérios da incolumidade da pequena tartaruga terrestre. Ela era de Koka e *ku-koka* é verbo arrastar-se, talqualmente uma tartaruga no solo. O machado é também Koka porque *tu-koka* é ainda derrubar, abater a árvore e só possível com o machado. Vem daí a conecção da tartaruga com o machado e a impossibilidade de este fazer-lhe mal. A pedra semelha a carapaça do quelônio e são aliados naturais e o fogo não tem efeito contra as pedras. Essa exegese que devia ser contada pelos escravos negros desapareceu na tradição mestiça e o conto é transmitido sem a sua parte secreta de interpretação indispensável aos "corpus" das estórias africanas. A pequena *mbaxi* do planalto de Malange é um personagem invencível, como a irmã Terrapin dos *"folk-tales"* das velhas plantações algodoeiras sulistas nos Estados Unidos.

Na África os negros Xoxa Kafir têm estória igual. Com processo idêntico a tartaruga foge dos macacos. Nas Bahamas há uma variante onde o B'Rabbit (coelho) escapa aos inimigos pela mesma maneira.

Joel Chandler Harris que reuniu os contos populares negros norte-americanos com a *genuine flavor of the old plantation* registou dois episódios na edição de 1880 do *Uncle Remus, his Songs and his Sayings*. A Raposa prende o Coelho por meio de um boneco de breu (*tar-baby*). O coelho suplica que a raposa o enforque, o afogue, o esfole mas não o atire no meio do mato, *brier-patch*, porque infalivelmente morrerá. Brer Fox, a raposa, cumpre exatamente quanto o fino Brer Rabbit sugeriu. Atira-o para o matagal onde o coelho desaparece, livre e feliz (IV, *how Mr. Rabbit was too sharp for Mr. Fox*). No segundo, XII, *Mr. Fox tackles old man Tarrypin*, semelhantemente a tartaruga (Brer Tarrypin) é atirada num lago a fim de ser afogada, como se convenceu o Brer Fox.

O conto que Heli Chatelain ouviu em Angola reproduz-se nas Bahamas, no sul dos Estados Unidos e no Brasil, na população mestiça. A tartaruga africana, angolesa e entre os Xoxa Kabir, passa a ser o Coelho nas Bahamas e na versão IV de Chandler Harris. O coelho é herói popularíssimo na África também, mas não conheço versão onde ele tenha substituído a tartaruga entre os negros. Podia o conto ter vindo para as Bahamas e Estados Unidos na variante do coelho, personagem querida aos Maputos de Moçambique. Não é possível dizer se a transformação norte-americana e nas Bahamas é local ou apenas mantido o tipo emigrado da África.

Ultimamente lendo o *Boletim do Museu Nacional* (XIV-XVII, 262-265) encontrei um longo artigo do explorador Max Schmidt, "Resultados da minha expedição bienal a Mato Grosso" e neste um conto registado entre os Pareci, indígenas aruacos do Mato Grosso. O conto desses aruacos é uma convergência de muitos episódios, numa espécie de *stromation*, tapetinho de temas da literatura oral. Mas é preciso pela identificação da projeção negra entre os indígenas brasileiros do Brasil central. É preciso um contato prolongado e uma confiança poderosa para que um indígena possa assimilar uma estória contada por um estrangeiro e incorporá-la ao seu patrimônio tradicional de contos. O material que o Sr. Max Schmidt recolheu é muito mais sugestivo e probante que flechas, arpões, tangas de pena ou de missanga e vale tanto quanto uma tonelada de cerâmica. É um documento vivo e indicador da mentalidade constante, antiga e atual, do indígena. Nenhum objeto material consegue essa informação conjunta.

Transcrevendo o conto na parte essencial, verdadeira poranduba, deixa acompanhar igualmente o idioma pareci, para um melhor confronto.

Sini – Da onça
itiani – filho
ene – ele
zanihikoahita – estava passeando
ikure – a tartaruga
aná – para

hikoa – chegou
ikunahitaza – ele estava jogando bola
azinehine – ele pediu:
nihazanatia – joga
numaini – para mim

hihcirene – a bola
eraza – para
nahasahalisa – experimentar
hiheirane – a bola
koko – tio
ikure – tartaruga
maisano – não
nosai – meu sobrinho
zoloseire – de pedra
nuheirani – (é) minha bola
uira – se não
ehoka – quebra
hiseuri – tua cabeça
maisano – não
koko – tio
masemanehalihina – ele (filho da onça) estava tremendo (de impaciência).
zanatia – Ele jogou
enumana – para ele
tehina – ele correu
alahaguahana
haira – bola
escuiri – sua cabeça
ehoka – quebrou
nali – Então
ikure – a tartaruga
holokene – cozinhou ele
hasi (r) ta – um assobio
ana – para
aisoahisene – recolheu (um osso)
nali – então,
makihinaza – de tarde
sini – a Onça (velha)
tauitihihina – procurando
haisani – seu filho
ikissi – rastro
ihina – seguindo
zani – foi

hikoahana – Chegando
ikure – tartaruga
ana – para
azihanine – pergunta ela:
zoana – Como é,
nonahai – meu cunhado,
maisa – não
ali – para aqui
hikoatiaka? – chegou ele? (o filho)
maisa – Não
monohai – meu cunhado
maisa – não
hikoatiaka – chegou ele
ueiie – Bem
hiyakai – conta,
nonohai – meu cunhado,
uira – se não
nazanatia – eu jogo
hiso – você
mase – no campo.
maisia – Não
nonohai – meu cunhado,
hamasereia – teu campo ficaria limpo,
makuare – sem caça ficaria,
hiyera – eis, morrerias;
maisa – não
nonohai – meu cunhado,
ueiiye – bem
hiakai – conta
uira – se não
aliaza – neste pilão
natahatia – eu soco
hiso – você
nohai – meu cunhado.
maisia – Não,
nohai – meu cunhado,
hinosinia – teu pilão
motukuasa – se romperia;

hinaka – de fome
hivuailhini – você morreria.
maisa – Não
nonohai – meu cunhado,
ueiy – bem
hiyaikai – conta
uiara – se não
aliaza – nesta
oniza – água
nozanatia – jogo
hiso – você.
ase – É frio!
tihia – frio!
nohai – meu cunhado.
nali – Então

sini – a onça
gulatiá – carregou
ikure – a tartaruga;
zanatine – jogou ela
oniza – na água.
nali – Então
imahotia – ela atravessou para
oni – da água
halakua – outro lado
aiiokolehetia – Ela gritou de alegria
eko – Eu
neiaza – mesmo
ntaiota – eu
manisa – comi (ele).

O resto da estória é o castigo para a tartaruga. Do osso do filho da onça fez um *hamivua* (assobio) que fazia *fui-fui* alegremente. O *zoho* (lagarto) ouviu a música e tanto suplicou para experimentar o assobio que a *ikure* (tartaruga) consentiu. O *zoho* fugiu com o assobio. A perdiz (*kozie*) percebeu os sons do assobio e por sua vez pediu ao lagarto para tocar. O lagarto emprestou-o e a perdiz disparou numa carreira veloz, perseguida pelo *zoho* que não sabendo atravessar água afogou-se (*kiana oni*, virou a água). A perdiz ficou dona do assobio.

O assobio, pífano, flauta feita com o osso do inimigo vencido, é elemento universal nas estórias populares. A presença entre Romanos (tíbia), africanos (Blaise Cendrars, *Ant. Negre*, 90-III) e indígenas brasileiros (Couto de Magalhães, Ch. Fred. Hartt, Sílvio Romero, C. Tastevin) da flauta de osso e suas estórias sucessivas de furtos impossibilitam a precisão da origem. O que me parece fixar nitidamente o *ngateletele* africano (conheço contos desse tema entre os Ba-ronga de Moçambique e negros de Mbaka em Angola) é a sequência lógica com que a tartaruga se defende da morte, ligando-se a todos os elementos pelos fios mágicos de uma conecção vital. Mesmo desaparecendo a explicação desse respeito entre a tartaruga e os instrumentos que deviam dar-lhe a morte, a estória aparece sem lógica mas sugestiva e cheia de humor contagiante. Não se sabe porque o espinho não furará o couro do sapo (versão contada por minha mãe) ou a impossibilidade de o fogo não torrar a carapaça da tartaruguinha imperturbável. O essencial é a presença da coragem, a serenidade impassível, a confiança na série de soluções que a libertará do suplício e do extermínio.

Creio que as respostas dadas pelo sapo ao homem, do coelho à raposa, na variante de Chandler Harris, são aplicações da sucessão lógica africana noutro plano de raciocínio: sugerindo que havia apenas um meio de morte para ela e que este consistia justamente na solução de liberdade, atirar o sapo n'água ou o coelho no matagal. Essa lógica por exclusão foi vitoriosa.

Não é possível ainda afirmar que a tartaruga tão simpática nas estórias indígenas do extremo norte brasileiro, indispensável nas narrativas das aldeias, seja uma influência africana. Tanto na África como no Brasil havia o ciclo temático da tartaruga terrestre, o invencido jabuti. Se os escravos africanos, sudaneses e bantus, tivessem trazido o ciclo da tartaruga para o Brasil não o teriam confinado ao Amazonas-Pará e parte do Mato Grosso e sim, e muito especialmente, às regiões onde a cultura do açúcar imobilizou grandes massas de milhares e milhares de negros. E não encontramos essa tartaruga, como não encontramos a aranha ou o coelho, tão fáceis e comuns nos contos populares dessas extensas zonas brasileiras, Bahia, Pernambuco, Rio de Janeiro e Minas Gerais. A sentença humana e natural é admitir a coexistência, a convergência posterior de temas menores, acessoriais que figuram junto de outros personagens, macaco, sapo, coelho etc.

O que sempre causará encanto aos nossos olhos pesquisadores é a viagem desses temas através de continentes, raças e momentos de História. A pequena *mbaxi* do Planalto de Malange, o coelho da Geórgia, o sapo do Nordeste brasileiro, a *ikure* dos Pareci de Utiariti no Mato Grosso, a tartaruga astuta vencendo os "*baboons*" sul-africanos, fundem-se na mesma lição e num exemplo único de elogio à sagacidade indomável e à inteligência invencível.

"The dancing gang" no Brasil

A Sebastião Fernandes

O botânico George Gardner que esteve no Brasil de julho de 1836 a junho de 1841 passou a Noite do Natal no ano de sua chegada na fazenda do seu patrício March, na Serra dos Órgãos. Ficou encantado com a hospedagem e com as festas populares. Especialmente registou uma dança realizada pelos escravos, espécie de entremez simples mas de natural beleza movimentada e sugestiva. Não deu nome ao bailado, verdadeira dança-dramática, mas a conhecemos graças à sua admiração.

Assim falou Gardner: – "Uma das melhores (danças) era uma espécie de dança dramática, de que aqui vai uma descrição. Ao pé da porta de uma casa pertencente a um padre um rapaz começa a dançar e tocar viola, uma espécie de guitarra. O padre ouve o ruído e manda um dos criados verificar o que é. Este encontra o músico dançando ao som do próprio instrumento e diz-lhe que foi mandado por seu amo indagar por que assim o perturbou. O músico declara que não está perturbando quem quer que seja, mas apenas ensaiando uma nova dança da Bahia, que viu o outro dia no 'Diário'. O criado pergunta-lhe se é boa: 'Oh! muito boa!', diz-lhe o outro. 'Quer experimentá-la?' O criado bate palmas, brada e entra imediatamente na dança, exclamando: – 'O Padre que vá dormir!' A coisa se repete até que os domésticos do padre, homens, mulheres e crianças, estão todos dançando em círculo diante da casa. Por fim de tudo, o suposto padre aparece em pessoa, furioso, vestido de um grande poncho, chapéu preto de abas largas e uma máscara de longas barbas. Pergunta a causa do ruído que, segundo diz, o impede de saborear o seu jantar. O músico diz o mesmo que já dissera aos criados e, depois de muita instância, persuade-o de entrar também na dança. O padre dança com tanto ardor como qualquer dos outros: mas, quando lhe parece oportuno, puxa um chicote que trouxera escondido debaixo do poncho e, zurzindo-os um por um, os põe todos para fora e acaba-se o espetáculo" (*Viagens no Brasil*, p. 37, Itatiaia, Edusp, 1975).

Essa dança parece-me nascida na Fazenda March. Jamais tive outra notícia sua ou deparei rasto na tradição brasileira. Creio que foi criada no local, ensaiada pelos escravos ladinos e representada na Noite do Natal com todo entusiasmo coreográfico.

Criada, ensaiada, devia ter sido, mas não inventada, imaginada. Havia uma fonte popular aproveitada pelo autor anônimo do entremez. Essa fonte é uma estória tradicional, contada e recontada ainda recentemente. Há mesmo registo fiel, comprovante indiscutível, o volume de João da Silva Campos, "Contos e Fábulas Populares da Bahia", publicado pelo Professor Basílio de Magalhães com extenso estudo preliminar, em 1928 (ed. Quaresma, Rio de Janeiro, com outra edição em 1939, *Boletim do Instituto Histórico*) sob o título geral "O Folclore no Brasil".

Os contos são XXX, *O Beija-Flor*, e XXXI, *O Beija-Florzinho*. No primeiro há a estória de uma moça muito bonita que o pai trazia escondida para que não fosse namorada. Um dia a escrava foi buscar água e ficou absorvida pelo canto de um beija-flor. Foram vindo todas as escravas e iam ficando embevecidas com o passarinho. Finalmente veio a mãe da moça e depois ela mesma. Assim que o beija-flor a viu, agarrou-a e desapareceu com ela. É um conto misterioso e sente-se que o beija-flor seria um dos namorados que ficara sob aquele encanto para arrebatar a moça ao pai feroz. O elemento de fixação é o canto. Todos quanto o ouviram sofreram irresistível domínio.

O conto imediato é justamente a dança que George Gardner assistiu em 1836. É o motivo da dança, o tema na literatura oral brasileira em princípios do século XIX.

Preparam a festa de casamento numa residência. Uma escrava vai buscar água na fonte e encontra um beija-flor cantando num galho:

> *Helena, calena,*
> *Do papo lundu,*
> *Cajila, muquila,*
> *Zengue-zengue-zengue...*
> *Tuíte...*

A negra parou e começou imediatamente a dançar, esquecida do que viera fazer. Outra escrava foi buscar a companheira. Assim que esta, dançando sempre, avistou-a, cantou também:

> *Parceira de minh'alma,*
> *Venha ver zizi cantar,*
> *Quindaí,*
> *Quindaí.*

E a segunda negra meteu-se animadamente na dança. Foram vindo as demais negras e depois a primeira moça da família, logo saudada pelas dançarinas irresistíveis:

> *Sinhá moça de minh'alma,*
> *Venha ver zizi cantar,*
> *Quindaí,*
> *Quindaí.*

E vieram as outras moças: – *Minha mana de minh'alma...* e o bailado envolveu a todas. Até a senhora, a sinhá-velha, dona da casa, apareceu para verificar a razão do sucessivo desaparecimento da escravaria e das filhas. As moças cantaram, acesas na dança: – *Mamãezinha de minh'alma...* E a mamãezinha meteu-se automaticamente na farândola. O dono da casa, assombrado com o encanto do seu povo, agarrou de um manguá (chibata feita com uma correia) e foi à fonte pesquisar. Vendo-o de longe, a mulher cantou:

> *Meu marido de minh'alma*
> *Venha ver zizi cantar,*
> *Quindaí,*
> *Quindaí.*

O marido entrou por sua vez para a roda bailarina, surrando valentemente quem ia encontrando mas sem deixar de cantar:

> *Minha mulher de minh'alma*
> *Prove lá deste manguá!*
> *Quindaí,*
> *Quindaí.*

E no meio da pancadaria o beija-flor, que não cessara de cantar, fechou o bico e voou, temendo receber sua percentagem de manguá. Acabou-se...

Um velho soldado da Polícia de Minas Gerais contou ao Prof. Lindolfo Gomes uma variante, *Quem Cai na Dança Não se Alembra de Mais Nada*.

Um capitão amigo da disciplina soube que os soldados do seu destacamento estavam dançando cateretê e mandou sua ordenança buscar a soldadesca. A ordenança foi e meteu-se no baile. O capitão foi mandando sucessivamente o cabo, o furriel, o sargento, o alferes e o tenente e todos aderiam ao requebrado do samba. O capitão, furioso, foi pessoalmente prender o pessoal. Mas, vendo as mulatas, ouvindo o violeiro, sentindo o sapateado, pulou no cateretê como sapo pula n'água. No outro dia, quando o tenente perguntou quantas cadeias daria para os soldados, o capitão respondeu: – *Deixa disso, tenente. Quem cai na dança, não se alembra de mais nada* (*Contos Populares*, I, 96, São Paulo, sem data).

O tema é velho e muito conhecido pela população de cor da Jamaica, Bahamas, Libéria e, como estamos vendo, no Brasil do sul, do centro e do norte. Gardner encontrou-o no Rio de Janeiro, Silva Campos na Bahia, Lindolfo Gomes em Minas Gerais. Dasent denominou *The Dancing Gang*, o bando, o grupo dançante, como características do enredo.

Elsie Clews Parsons, *Folk-Lore of the Antilles, French and English* (II°, 32, 314, New York, 1936) registou versões de Guadalupe e Antibes. Na versão francesa de Guadalupe o tema é completo. A Torti (tartaruga) cantando apenas:

> *Wai main nin man qwendé.*
> *Main ni man qwendé.*
> *Pas qui pas ca*
> *Qwendé,*

obrigou toda a gente a dançar, velhos, moços, meninos, até o vigário que ia celebrar *la petite messe* ouviu a cantiga e bailou como um desesperado. Pelas dez horas da manhã, o baile durara toda a noite, a Torti pulou para o mar, despedindo: – *Au revoir, Misieu!, Mesdames!* dando o baile por terminado, libertando-os da força coerciva do ritmo...

A Sra. Elsie Clews Parsons indicou bibliografia, exceto brasileira, informando a presença do tema entre os Vei estudados por Basset, entre os Bushman por Honey, entre os Kabilas por Rivière e entre os Iorubas por Frobenius. Inquestionavelmente o *Dancing Gang* é conhecido na África e podia ter vindo com a escravaria, coincidindo sua presença com as áreas ibero-americanas de núcleos negros.

Os elementos do conto, os *folk-motiv*, são comuns às várias literaturas espalhadas, impossibilitando decisão sobre sua procedência regular. O canto do pássaro que faz esquecer séculos como se fossem minutos é espalhadíssimo. A série dos instrumentos que obrigam a dançar é uma "constante" na literatura oral do mundo. No meu *Contos Tradicionais do Brasil* registo o violino e a gaita ("Princesa de Bambaluá", 41, "Couro de Piolho", 136) e o Professor Aurélio M. Espinosa divulga extensa bibliografia sobre esses instrumentos irresistíveis, *"La gaita que hacía a todos bailar"*, *Cuentos Populares Españoles*, IIIº, 93, Madrid, 1947. Constituem elementos catalogados pelo Professor Stith Thompson, *Motiv-Index of Folk-Literature*, IIº, 201, Bloomington, 1933, D1415, *a magic fiddle that compels people to dance* e que está nas histórias portuguesas com a "Gaita milagrosa", recolhida por Antônio Xavier de Ataíde Oliveira, *Contos Tradicionais do Algarve*, IIº, 343, Porto, 1905. No VII do *Contos Populares do Brasil* de Sílvio Romero é uma viola.

No registo de Gardner e na estória de Silva Campos, ouvida no recôncavo da Bahia, encontramos o desenlace cômico final. Nos outros exemplos o canto ou som de instrumento mágico vai prendendo as figuras para finalidade sentimental. A intenção satírica do chicote ou do manguá, anulando os efeitos maviosos, será modificação imposta pelo espírito negro, do africano escravo, incluindo a chibata como elemento decisivo para um "finale" ao bailado, como tantas vezes ocorria com a brutalidade do feitor? A presença indiscutida do tema na África e sua repercussão nas populações negras ou mestiças insulares e continentais da América é um argumento poderoso. A coincidência e simultaneidade do tema na África e Europa talvez indiquem uma origem comum oriental, a explicação confusa e clássica.

Para nós o assunto é simples e concluído. A dança que o botânico George Gardner aplaudiu nos arredores do Rio de Janeiro em dezembro de 1836 nasceu de uma estória popular que era conhecida nas zonas africanas exportadoras das "peças" escravas, continuando viva na memória coletiva brasileira.

O VOTO DE IDOMENEU

A Daniel Pereira

– Vês o túmulo de Idomeneu de Cnosso!

Antologia Grega, Epigramas Funerários, 322.

Idomeneu, rei de Creta, filho de Deucalião e neto do segundo Minos, acompanhou os Gregos contra Troia. Homero, *Ilíada*, II, na versão reboante de Manuel Odorico Mendes, informa que

> *Fuscos oitenta cascos, das famosas*
> *Licto, Mileto, Ricios, Festo e Cnosso,*
> *Da murada Gortina, alva Licasto,*
> *Na hecatompola Creta abastecidos,*
> *Anima Idomeneu de invicta lança...*

Com essa esquadra de oitenta naus Idomeneu bateu-se e carregou butin troiano, largando para a ilha natal. Uma tempestade envolveu os navios furiosamente e o rei cretense prometeu a Netuno, se conseguisse ancorar em salvamento, imolar o primeiro ser vivo que avistasse na praia de Creta. Jamais lhe passou pela cabeça que o mais curioso cidadão cretense fosse justamente o filho que o esperava, alvoroçado de alegria. Venceu o fervor religioso o amor paterno e Idomeneu tentou cumprir a oblação. Discutem os historiadores e mitógrafos se o sacrifício realizou-se. Dizem que o povo arrebatou a vítima às mãos cruéis do pai e rei e obrigou este a exilar-se. Idomeneu retirou-se para a grande Hespéria, nome velho da Itália, e fundou Salento, tendo honras heroicas ao falecer.

Certamente Abraão em Jeová Jireh, Jefte em Mispa, Meandro em Pessinonte, Agamenon em Áulis não atirariam a primeira pedra no Rei Idomeneu. Todos sacrificaram ou tentaram sacrificar os próprios filhos.

Aqui, se me permitem, lembro que os cretenses daquele tempo tinham fama atroz de mentirosos. Mentiroso como um cretense era proverbial, *Tam mendax quam Creta*, poetava Lucano na *Farsalia*, VIII, v-872. Mostravam eles nada mais e nada menos que o túmulo de Zeus. "Aqui jaz o grande Zan, que chamam Zeus". Zan é o nome dório de Zeus. A Antologia Grega (n. 746) conservou esse epitáfio que divertiu a antiguidade clássica. Dezenas de epigramas comentam a sepultura divina e a surpresa da morte do pai do Olimpo. Quem conhece a justiça dos cretenses?, perguntava outro epigrama grego (n. 654). O que pode surpreender no país dos cretenses mentirosos que possuem a sepultura de Zeus?, zombava um terceiro epigrama (n. 275). Calímaco, no *Hino a Zeus*, apostrofava: – "São os cretenses sempre mentirosos, ó Soberano, que construíram um sepulcro para ti!" Diodoro da Sicília não refere à tragédia da promessa e naturalmente o exílio subsequente não é mencionado. Declara, como quem narra história indiscutida: – "Com oitenta navios acompanharam (Idomeneu e seu primo Mérion) Agamenon contra Troia, e regressaram felizmente à pátria, recebendo após a morte sepultura magnífica e honras imortais. Mostram em Cnosso seus túmulos com esta inscrição: – "Viandante, tu vês aqui o túmulo de Idomeneu de Cnosso, e eu, Mérion, filho de Molus, repouso perto dele". Os cretenses o honraram com sacrifícios como heróis famosos e nos momentos de perigo de guerra invocam seu socorro" (*História*, V, LXXIX).

Na literatura tradicional, apesar do registo de Homero, a fama de Idomeneu é de ter morto ou tentado matar a um filho no holocausto. Mas o rei não ofereceu o filho, como Agamenon a Ifigênia ou Abraão a Isaac. Usou a fórmula indeterminada de dedicar a Netuno o primeiro ser vivo que visse na praia. Semelhantemente só ocorre na promessa de Jefto a Jeová. "E Jefto votou um voto ao Senhor, e disse: Se totalmente deres os filhos de Amon na minha mão; aquilo que saindo da porta de minha casa, me sair ao encontro, voltando eu dos filhos de Amon em paz, isto será do Senhor, e o oferecerei em holocausto", *Juízes*, XI, 30-31. Ao chegar em Mispa, vitorioso, o general israelita encontrou-se, saindo ao seu encontro com adufes e danças, sua filha única. Viveu ela ainda dois meses pelos montes, com as companheiras, chorando a sua virgindade, e "tornou para seu pai, o qual cumpriu nela o seu voto, que tinha votado" (idem, v. 39).

Na literatura oral proponho que se denomine Voto de Idomeneu ao tema da promessa indefinida e que se tornou universal possivelmente mais conhecida com facilidade nos contos populares latino-americanos. Prometeu ele a vida de quem primeiro encontrasse na praia como Jafte dera a Jeová a existência de quem fosse primeiro ao seu encontro quando voltasse para casa vitorioso dos Amonitas.

A indeterminação da vítima, pondo a escolha ao arbítrio da divindade, seria de poderosa expressão oblacional. E o tema ficou como um dos elementos sugestivos nas nossas estórias populares, velhas de séculos.

Sílvio Romero, *Contos Populares do Brasil*, registou-os em dois episódios, XXXII, *O Sarjatário*, em que a "voz" pede ao pescador: – "Se me deres a primeira coisa que avistares quando chegares em tua casa, eu te darei muito peixe"; e XXXVIII, *O Careca*, em que outra "voz" diz no fundo do rio: – "Se me deres o que de novo encontrares em casa, eu te darei muito peixe". Em ambos os casos a ideia do pescador era encontrar um cachorrinho habitual ou outra cria da cachorra que esperava tê-los.

Na coleção dos contos de Silva Campos, o LXVIII, *Biacão*, possui o tema. "Se quiseres pegar muito peixe, promete dar-me a primeira coisa que avistares na porta da tua casa." O pescador aceitou pensando no papagaio empoleirado na sua gaiola.

Na versão brasileira de *A Bela e a Fera*, ouvida pelo Professor Lindolfo Gomes em Cataguases, Minas Gerais (*Contos Populares*, II, 61) consta a ocorrência: – "Não; leve a flor, mas com a condição de trazer-me aqui a primeira criatura que avistar em sua casa, quando chegar".

No *Contos Tradicionais do Algarve*, II, Francisco Xavier de Oliveira Ataíde registou quatro variantes temáticas. No conto 286, *O Príncipe Lagarto* diz ao lenhador: – "Leva este dinheiro, e traze-me a primeira pessoa que encontrares no caminho". No *Estrela da Aurora*, n. 333, um grande peixe fala ao pescador: – "Deixa-me e lança as tuas redes novamente e será feliz. Não voltes ao mar enquanto não me trouxeres o primeiro ser animado, que hoje encontrarás quando voltares para casa". No *João Parvo*, n. 341, repete-se o assunto, pedindo o peixe arrastado pela rede do pescador: – "Não me mates que te dou três barcos de prata e ouro se me trouxeres a primeira coisa animada que encontrares até chegar à tua casa". No *Branca Flor*, n. 360, o lavrador que procura a junta de bois perdida ouve a proposta do cavaleiro misterioso: – "Dares-me o primeiro ser vivo, que encontres à tarde, quando recolhas à casa com os teus bois". O lavrador pensou numa cachorrinha e aceitou o contrato.

Uma das coleções de contos populares, destinados à infância, mais espalhadas e lidas no Brasil era a denominada *História da Avozinha*, (1896), reunida por Figueiredo Pimentel (1869-1914). Dois contos repetem a proposta do encantado. No *Moço Pelado* um peixe fala ao pescador infeliz: – "Inácio Peroba, se prometeres trazer-me, o que encontrares quando chegares a casa, lança as redes n'água". Inácio Peroba estava convencido de encontrar-se com a cachorrinha Mimosa e concordou. Também no *O Peixe Encantado* a voz pede: – "Roberto, terás muito peixe, se me prometes trazer o que avistares, assim que chegares a casa".

Numa versão que conheço do *Moço Pelado* o peixe de ouro pede ao pescador: – "os primeiros olhos que avistares em casa" e estes foram justamente os do filhinho recém-nascido. Olhos valiam como sinônimo de vida, a pessoa física.

A promessa de Jafte é voto de batalha e a de Idomeneu é de tempestade, de perigo no mar. O mar é a "constante" de todos os episódios, exceto no conto português da *Branca Flor*.

Na ideia do "primeiro" como objeto de privilégio para o sacrifício convergirão exigências sagradas e tradicionais. O Antigo Testamento registra a vontade de Jeová expressa a Moisés como sendo de sua propriedade os primogênitos humanos e bestiais assim como as premissas dos primeiros frutos: *Êxodo*, XIII, 2, XXIII, 19, XXXIV, 19 e 26, *Levítico*, XXVII, 26, *Números*, VIII, 16, *Deuteronômio*, XIV, 21. O "primeiro" nascido ou visto seria sempre digno da oferenda divina.

O Voto de Idomeneu reúne, na literatura oral, esses elementos, constituindo um tema perfeitamente identificável e nítido, merecendo classificação pelas suas características e unidades da ação, através das variantes que conhecemos em Portugal e Brasil.

Superstições da saliva

A Armando de Carvalho

A saliva vem do latim *sal, salis*, do grego *als*, sal. *Vos estis sal terrae*, disse Jesus Cristo aos Apóstolos (Mateus, V, 13) e sempre se referiu ao sal em linguagem simbólica, Marcos, IX, 49, Lucas, XIV, 34. O sal é a conservação, a durabilidade. Com o sangue e o hálito resume a vida humana na tradição popular universal.

Em todos os fabulários do mundo a saliva é um elemento capaz de representar ou substituir o ente humano. É conhecida a estória brasileira em que a mãe, retirando-se de casa, deixa a saliva para responder por ela às perguntas capciosas do "bicho" noturno.

Entre os Naúas foi com a saliva que concebeu Xquiq. Numa lenda, que Barbosa Rodrigues recolheu no Rio Negro sobre a gênese do Serpentário, *mboia-assu*, encontramos a Cobra Grande nascendo de uma sorva. *Cuna utilis*, onde havia um cabelo humano. A Mãe, para livrar-se do monstro, deixou-o subir a uma sorveira e colocou-lhe a extremidade da cauda numa casca de sorva, cheia de saliva. Fugiu a Mãe e a Cobra Grande gritava por ela, *Ce manha! Ce manha!* minha mãe, minha mãe, e a saliva respondia *uh! uh!...* Não encontrando sua mãe o Serpentário procurou-a no rio e depois subiu para o Céu! Aí brilha com suas estrelas radiantes.

Brandão de Amorim registou, na tradição guerreira de Buopé, o grande chefe do Rio Uaupés, afluente do Rio Negro, Amazonas, o episódio em que o herói enchia de saliva um funil de folhas e o lançava ao rio. "*Assim fazia para chamar nova gente para este por meio de sua pajeçagem.*"

Nos Evangelhos ocorre a saliva em várias passagens como veículo terapêutico. Para curar o surdo-mudo de Decápolis, Jesus Cristo tocou-lhe, com os dedos untados de saliva, nos ouvidos e na língua, Marcos, VII, 33. O cego de Betzaida recuperou a visão pelo mesmo modo, Marcos, IX, 23. Um cego de nascença teve igual processo. Apenas Jesus molhou com a saliva um pouco de areia, João IX, 6. Eis porque, na cerimônia do batizado católico, o sacerdote toca, com os dedos ensalivados, os ouvidos do catecúmeno, dizendo: – *Ephpheta, quod est, adaperire*. O verbo *ephpheta* corresponde ao latino *aperio*, abrir.

Para o Oriente, a saliva aplicada por homem predestinado curava a cegueira e a mudez. Suetônio, Vespasiano, VII, 416, Tácito, Histórico, livro IX, LXXXI, 308, contam o mesmo caso. Vespasiano foi procurado por um cego em Alexandria dizendo ter sonhado que recuperaria a visão se o Imperador tocasse seus olhos com saliva. Vespasiano recalcitrou para terminar submetendo-se ao desejo e assistiu, surpreso, ao milagre ou à dissimulação vitoriosa do egípcio.

Entre os habitantes do interior do Brasil a superstição se mantém segura e natural. O automatismo do gesto evidencia sua ancestralidade no espírito coletivo. No sertão nordestino, centenas de vezes, assisti as cenas rituais que se seguiam a simples emissão do escarro. Cobriam-no imediatamente de areia. Se o cuspe ficasse exposto o Demônio podia tomar a forma de uma mosca e *fazer mal*. Esse Demônio-Mosca é uma reminiscência de Baalzebut, ídolo lavado com sangue das oferendas e constantemente coberto de moscas. É o *Fly-God* dos folcloristas ingleses e norte-americanos.

Entre os Hiperbóreos, convenção que abrange os povos que moram ao norte do 55º paralelo, a saliva tem a mesma superstição. Para eles, a saliva está tão impregnada da personalidade humana e a identificam de tal forma que não há melhor intérprete nem mais legítima projeção individual.

Lubbock, "L'Homme Préhistorique", II, 170, informa que eles se julgam insultados quando se lhes recusam os pedaços de carne, pacientemente lambidos e saturados de saliva, oferecidos aos hóspedes de distinção.

Tanto a saliva é uma das melhores expressões do indivíduo, podendo conter parte essencialíssima do espírito vital, que, entre os indígenas das Ilhas Marquesas, quando o feiticeiro consegue obter um pouco de saliva de alguém e o guarda num pedaço de papel ou de folha, é a própria vida e alma do paciente que estão em perigo, escreve o Padre Matias Gracia, "Lettres sur les Iles Marquises" (Sébillot, "Le Folk-Lore", 250). Mediante ofertas e dádivas, o feiticeiro livra o doente ou o ameaçado duma morte inevitável. A cerimônia consiste no feiticeiro apanhar no ar o gênio que preside a moléstia e o prender na mesma folha ou no fragmento de papel em que se contém a saliva.

Um Pai de Terreiro do Rio de Janeiro confidenciou a João do Rio que era possível matar alguém com um pouco de saliva. *"Para matar, ainda há outros processos. O malandrão Bonifácio da Piedade acaba com um cidadão pacato apenas com cuspo, sobejos e treze orações"*, Religiões do Rio, 54-55.

Entre os africanos, as estórias populares que Callaway recolheu, coincidem com as nossas, onde a saliva fala e revela a verdade. O respeito é idêntico. Henrique de Carvalho, "Etnografia e história tradicional dos povos de Lunda", Lisboa, registou fatos que evidenciam uma continuidade supersticiosa entre os Lundas de Angola como Callaway observara entre os Zulus e Cafres. "*Um dos modos de manifestarem respeito pelos superiores consiste em não cuspirem diante dele ou em o fazerem com recato. Os de Lubuco não cospem diante de ninguém, e, se algum Bangala ou Quimbare o faz embora cubra com terra o lugar onde cuspiu, diz na língua do país: – Não é bom deitar cuspo na terra. Nos sobados de Malange e dali até o Suango, se o potentado cuspir, um dos rapazes de serviço que estiverem ao seu lado imediatamente apanha uma pitada de terra para tapar o cuspo. Os de Cassange e mesmo de Andala Quissúa são mais cuidadosos; abrem uma cova pequena, envolvem o cuspo na terra, deitam-no nessa cova, tapam-na bem, e depois nivelam o terreno com as mãos, para se não conhecer. Entre os Quiocos, o indivíduo que quer cuspir afasta a terra com a mão direita um pouco para cada lado, cospe no centro e em seguida torna a juntar a terra com a mão. Tudo isto é feito rapidamente, e não incomoda ninguém!*"

Os exploradores portugueses que atravessaram a África descrevem, minuciosamente, o mesmo ato. Serpa Pinto, "Como eu atravessei África" e a expedição Capelo-Ivens, "De Bengala às terras de Iacca", narram as cerimônias com que eram recebidos pelos Sobas e Régulos africanos, a presença inevitável de um servo encarregado de receber o jato de saliva e ocultá-lo.

Nos encantamentos e esconjures da Grécia e Roma, a saliva fazia parte indispensável. Tíbulo, na segunda Elegia, refere-se ao costume de escarrar três vezes, *Numero Deus impar gaudet*, dizia Virgílio, para afastar o malefício: – *tu n'auras qu'à chanter trois fois et cracher ensuite trois fois.* E, ao final da elegia: – *Enfants et jeunes gens se pressaient autour de lui, et chacun de cracher dans son sein.*

Plínio consagrou à saliva todo um livro, o XXVIII, na sua *História Natural*, indicando os remédios e as ocorrências da saliva na farmacopeia do seu tempo e especialmente nos processos da magia.

Era herança grega. Nos idílios de Teócrito, o VI, entre Dáfnis e Dametas, este termina o canto dizendo: – *Pour n'être pas victime d'un mauvais sort, j'ai craché trois fois dans mon sein, comme la vieille Cotytaris m'a appris à le faire.*

François Barbier resume algumas superstições da saliva na Grécia, anotando o idílio VI de Teócrito. São igualmente registadas na *História Natural* de Plínio, livros XXVI e XXVIII: – *L'action de cracher était regardée comme un préservatif contre la mauvaise fortune et les maléfices. On crachait trois fois dans son sein pour demander grâce aux dieux d'une pensée présomptueuse et détourner leur colére. Si l'on crache dans sa main, aprés avoir frappé quelqu'un, la personne maltraitée ne ressent plus aucune douleur. Dans l'application des remédes, on accroit l'efficacite de ceuxci en crachant trois fois. De même il est bon de cracher trois fois, quand on regarde un enfant endormi, de peur de le fasciner. Enfin c'était un préservatif contre les sortilèges que de cracher dans son urine après l'avoir rendue, on dans son soulier droit avant de le mettre.*

O mesmo regista Pérsio, sátira segunda: – *Voyez-vous cette grand'mère ou cette tante maternelle, qui craint le ciel, tirer en enfant du berceau, promener le doigt infâme sur le front, sur les petites lévres humides, et purifier le nouveau-né avec la salive lustrale? c'est que le préservatif est certain contre les mauvais regards.*

Misturar areia e saliva para fins terapêuticos era corrente na universalidade das superstições há dois mil anos.

O cego que Jesus Cristo curou teve seu cronista em S. João, IX, 6: – *Haec cum dixisset, espuit in terram, et fecit lutum exsputo, et linivit lutum super oculos ejus.*

Há o mesmo, para fins personalíssimos e carnais, no *Satyricon*, de Petrônio, capítulo CXXXI: – *Mox turbatum sputo pulverem medio sustulit digito...* A massa de saliva e areia foi passada na testa do consulente da feiticeira Procelenos, apesar da repugnância deste.

Um poeta, contemporâneo de Petrônio, Lucano, no livro IX da "Farsália", evoca o povo misterioso dos Psilos, invulneráveis ao veneno das serpentes. O processo do Psilo, que acompanhava a legião romana para tratar dos soldados que alguma cobra picasse, é o mesmo dos nossos dias nos altos sertões do Brasil, orações, sucção, saliva e muita fé.

A saliva do Psilo, posta ao redor da picada, fazia o veneno recuar.

*Nam primum tacta designat membra saliva,
Que cohibet virus.*

M. H. Durand, anotador da "Farsália", ed. Garnier, Paris, sem data, 438, comentando os Psilos, informa: – *"Ancien peuple de la Lybie, voisin des Nasamons et des Garamantes, au sud de la Grande Syrte, dont ils étaient séparés par un vaste désert: le désert de Sort. On ignore néanmoins leur véritable situation. On dit, ainsi que le raconte le poete, qu'invulnérables eux-mêmes, ils savaient guérir par leur salive ou par le simple attouchement la morsure des serpents".*

Entre os Bororos Orarimugudoges, de Mato Grosso, o Bari, feiticeiro médico, cospe na boca do animal reservado ao *maeréboe*, espírito, abatido pelo caçador, a fim de que todos o possam comer. A força religiosa do Bari pode anular a proibição ritual pela emissão da saliva, escreve o Padre Antônio Colbacchini, I *Bororos Orientali Orarimugudoge del Mato Grosso, Brasile*, 84.

Os curandeiros sertanejos do Nordeste brasileiro cospem na boca do animal mordido pela cobra e o salvam. Em Augusto Severo, Rio Grande do Norte, o negro Antônio Gambeu era famoso por essa especialidade.

Entre os indígenas Cunas do Panamá, anota Erland Nordeskiold, que a saliva do Néle, feiticeiro, é específico para o desenvolvimento da memória. *Si un des élèves du Néle a de la peine à apprendre des chansons, il reçoit une médecine dans laquelle entre un peu de la salive du maitre; Faiseurs de Miracles et Voyants Chez les Indiens Cuna*, sep. Revista do Instituto de Etnologia, tomo II (Universidad Nacional de Tucumán, Argentina, 1932).

No *Miroir du Monde*, de Burnetto Latini, verdadeira enciclopédia miraculosa do século XIII, avisa-se que a saliva do homem em jejum mata imediatamente a serpente mais venenosa. A tradição se mantém inalterável na Península Ibérica de onde a recebemos. Era a *saliva en ayunas* antídoto e cicatrizante europeu e também neutralizante do mau-olhado. J. D. Rolleston, um mestre do folclore inglês, registou: *"The treatment, like the prophylaxis of the effects of the Evil Eye consists to a large extent in the use of saliva, especially fasting saliva, which is projected on to the face, chest or clothes of the child to be protected". The Folklore of Children's Diseases* (The Folk-Lore, LIV, 292). Inseparável do sertanejo atual é a confiança no *cuspe em jejum* talqualmente ocorria na Europa do século XIII.

Compreende-se que o africano dissesse ao Major Henrique de Carvalho: *não é bom deitar cuspo na terra* se a superstição era tão espalhada e poderosa.

Barléu narrando os costumes dos negritos do século XVII em Elmina (Guiné) informa: – "Em certas partes adoram o Sol, a Lua e a Terra. Cuspir nesta é pecado para eles", *Res Brasiliae* (trad. brasileira de Cláudio Brandão, 69, Rio de Janeiro, 1940).

Se pensarmos que a saliva é a materialização do sopro, do hálito, e este é a força inicial, criadora da vida pela vontade divina, tudo está explicado em seus resguardos e respeitos pelos "primitivos" de todos os tempos. O Homem vivera pelo sopro divino nas suas narinas. *Formavit igitur Dominus Deos hominem de limo terrae, et inspiravit in faciem ejus spiraculum vitae, et homo in animam viventem*. E formou o Senhor Deus o homem do pó da terra, e soprou em seus narizes o fôlego da vida; e foi feito o homem uma alma vivente, *Gênesis*, II, 7. Deus transmite pelo sopro a vida, num ato soberano de sua vontade. O profeta Eliseu ressuscitou o filho da Sunamita soprando-lhe na boca. A criança espirrou sete vezes e abriu os olhos; *et oscitavit puer septies, aperuitque oculos*, II, *Reis*, IV, 35.

O soberano Inca não cuspia no solo. Um oficial recebia no ar a saliva sagrada do Filho do Sol. Na mitologia oceânica o homem é a saliva do Deus: Roland B. Dixon, *Oceanica Mythology*, 59. Entre os indonésios o Mar é formado pelo escarro dos gigantes, informa De Vries.

Cuspir é afastar o malefício. Responde o homem do povo como seus irmãos da Grécia e Roma. À vista de qualquer imagem repugnante ou de suspeitosa fonte perversa, cospe-se longe. O médico Braz Luís de Abreu, no século XVIII, registara o costume persistente. Para evitar o mau-olhado dizia-se uma frase evocatória qualquer, Benza-o Deus, Agouro para cima do teu couro etc. *"Ou também cuspir logo fora; porque tinha para si, que o cuspo tinha a virtude para impedir toda a fascinação ou natural, ou Mágica"*, *Portugal Medico, ou Monarchia Medico Lusitana*, 625, Coimbra, 1726.

O cuspo mata. Denunciando a feiticeira Ana Jacome, informava Isabel Antunes a 29 de outubro de 1593, em Olinda, que estava recém-parida, deitada na sua cama, com a filhinha perto e tendo uma mulatinha de três anos próxima. Chegara Ana Jacome dizendo à mulatinha: – "Vós afilhada vivestes e a minha filha morreu". E acabando estas palavras cuspiu três vezes com a boca, lançando cuspinho fora por cima da dita mulatinha e por cima da cama toda e acabando de cuspir disse: – "ora ficai-vos!", e se saiu pela porta fora, e logo em se ela saindo pela porta fora, logo ela denunciante começou a ter febre e frio, e o mesmo começou também a ter febre e frio a dita mulatinha de que depois disso alguns dias estiveram doentes e logo tanto que se a dita Ana Jacome saiu pela porta fora a dita sua criança pagã que até então estivera sempre sã e lhe tomava bem a mama começou de chorar alto, e acudindo à criança a acharam embruxada com a boca chupada em ambos os cantos tendo em cada canto da boca uma nódoa negra com sinal de dentada e assim mais nas virilhas em cada uma outra chupadura e nódoa negra, e nunca mais lhe tomou a mama, nem pode levar pela boca coisa alguma e logo a batizaram em casa, e chorando continuou até que não pode mais abrir a boca e no dia seguinte morreu que ela denunciante parira no sábado, e o dito caso aconteceu a quinta-feira seguinte pela manhã e a criança morreu logo a sexta-feira logo pela manhã, *Primeira Visitação do Santo Ofício às Partes do Brasil, Denunciações de Pernambuco, 1593-1595*, 26-26, São Paulo, 1929.

Não apenas fixamos que a lei da participação de Levy-Bruhl ou de uma mentalidade pré-lógica indicasse essa percepção do *primitivo*, prolongada em Gregos e Romanos, pela totalidade de suas faculdades fisiopsicológicas, admitindo uma continuidade no princípio vital nas partes mesmo separadas do todo. Essa noção do Todo persiste no Homem e as superstições atualizam a existência da crença, visível no elo perdido do respeito que restou de todo cerimonial, outrora homogêneo. "Não é bom a saliva deitada na terra" ou o simples "faz mal" do sertanejo do Brasil constituem depoimentos nítidos de que a mentalidade está resistindo ao Tempo, esquecida de sua justificação sagrada, de sua ritualística, de todo cerimonial que ambientaria o gesto proibido.

Pé direito!

A Adauto da Câmara

His repleti voluptatibus, quum conaremur in triclinium intrare, exclamavit unus ex pueris, qui super hoc officium erat positus: –
Dextro Pede!

Petrônio, Satyricon, XXX.

Dificilmente haverá outra superstição de maior universalidade que a valorização simbólica do lado direito e do lado esquerdo do homem.

Sabemos todos nós que o Direito é a razão, a lógica, a justiça, o bem, a bondade, a compreensão. A esquerda é a violência, a injustiça, a inabilidade, o agouro. Do lado direito todos os objetos e entes dão fortuna, anunciam felicidade, prognosticam vitórias. Do lado esquerdo é a desgraça, o infortúnio, a miséria, a calamidade. Direito, dextro, destra, destreza. Esquerda, sinistra, sinistro, catástrofes, perigos, danos, perdas, ruína. Havia um verbo expressivo, esquerdear, valendo discordar, desavir, contrariar, esquerdear do parecer, do juízo, da sentença.

Lembra um estudioso português, o Dr. Joaquim Rodrigues dos Santos Júnior, da Universidade do Porto: – "É sobejamente conhecida a significação supersticiosa que o povo dá aos diferentes lados, direito, esquerdo, frente ou dianteira e atrás. O lado direito é o lado da força, é o lado bom e forte. O lado esquerdo é o lado mau e fraco. Para diante é o futuro. Para trás o passado" (Nótula sobre o arremesso dos dentes, Trabalhos da Sociedade Portuguesa de Antropologia e Etnologia, vol. V, fasc. IV, 7, Porto, 1932).

O lado direito é o lado nobre. Dar a direita, sentar-se à direita, ficar à direita, é uma posição de honra. Neste caso, de protocolo e casuística diplomática contemporânea, o lado esquerdo não é desonroso mas é inferior. Um cuidado na constituição das presidências é a escolha dos que se vão sentar à direita do presidente da sessão.

Os da direita são, politicamente, os que defendem a tradição, a continuidade, a permanência. Os da esquerda proclamam a necessidade de uma interrupção no ciclo da civilização, criando-se noutra concepção de Estado, outra sociedade.

Jesus Cristo anunciava que no Dia de Juízo salvar-se-iam os que estivessem à sua direita. O evangelista Mateus, XXV, 34 e 41, desenha o quadro: – "Então dirá o Rei aos que estiverem à sua direita: Vinde, benditos de meu Pai, possuí por herança o reino, que, desde a fundação do mundo, vos está preparado... Então dirá também aos que estiverem à sua esquerda: – Apartai-vos de mim, malditos, para o fogo eterno, preparado para o diabo e seus anjos! Não é possível duas interpretações sobre a concepção que Jesus Cristo possuía da dignidade simbólica do lado direito e subalternidade criminosa do lado esquerdo.

No Gólgota há três cruzes. Jesus Cristo fica no meio. Os dois ladrões crucificados com ele, falam. Um o insulta e o outro o adora. Os quatro evangelistas não dizem a posição do agressor e do convertido. A tradição oral deduz que o ladrão redimido, aquele que companhará Cristo ao Paraíso, só poderá ser o que morreu na direita do Divino Mestre. Assim aparece um nome, Dimsas, Dismas, Dimas para o arrependido e um título, o Bom Ladrão, citado no Martirológio Romano a 23 de março.

Em Roma e Grécia o bom augúrio vinha da direita. As aves voando ou paradas nas árvores à direita do viajante, os espirros em que o nariz se inclinava para a direita, os estalos nos móveis, animais correndo, panos esvoaçando, sendo à direita traziam segurança, alegria, serenidade. À esquerda apavoravam. Procuravam os templos para evitar a má sorte, purificando-se, oferecendo sacrifícios.

Pela direita de Remus e de Romulus voaram os abutres do Aventino e do Palatino, segundo Denis d'Helicarnasse, fixando onde Roma nasceria. Suetônio fala das atrapalhações do Imperador Augusto quando calçava o sapato esquerdo no pé direito (*Augusto*, XCII). Toda a antiguidade clássica teve o respeito pavoroso entre a destra e a sinistra.

Para nós, a esquerda, canha, canhota, canestra, seestro, eram sinônimos desgraçados da má sorte, do sinistro futuro. As velhas cantigas dos Cancioneiros registam a crendice que se manteve em toda força supersticiosa. No Cancioneiro do Vaticano, cantiga 601 por exemplo, fala no agoureiro *corvo seestro*, arauto desventurado, espalhando infelicidades. Homem esquerdo, posição esquerda, olhar esquerdo, dizem o inverso moral do homem direito, da posição direita, do olhar direito.

Os documentos mais antigos dizem que o pé direito prenuncia marcha feliz. Todo o cuidado em entrar ou sair com o pé direito. A recomendação do porteiro romano no banquete de Trimalchion no tempo de Nero vive em nós todos, moradores de New York, Paris, Londres, Roma, Rio de Janeiro, Buenos Aires, Lisboa ou Madrid, *destro pede...*

Alberto Santos Dumont (1873-1932), o inventor da dirigibilidade dos balões e o criador do aeroplano, flor de cultura, planejou e construiu uma casa em Petrópolis, Estado do Rio de Janeiro, onde residiu a partir de 1918. O chalé, *A Encantada*, na Rua do Riachuelo, 22, tem duas escadas onde só é possível subir-se e descer-se iniciando a marcha com o pé direito.

O lado direito é o lado da varonilidade. É o lado direito o formador dos homens. O lado esquerdo pertence às mulheres[21]. Nas superstições populares de Portugal, muitas correntes no Brasil, reaparecem essas tradições milenárias.

Escreve Cláudio Basto[22]: – "Se a criança, no útero, mexer mais para o lado direito, é rapaz; se mexer mais para o lado esquerdo é rapariga... Há opiniões, nos livros de velha medicina, que se relacionam com crenças referidas. Supôs-se já que o útero estava dividido em parte direita e parte esquerda, e que naquela se gerava o macho e nesta a fêmea (cfr. Antônio Ferreira, *Luz Verdadeira*, 4ª ed. Lisboa, 1705, p. 26)... Observa-se com que pé a grávida costuma principiar a subir uma escada: se for com o direito, nascerá um rapaz; se for com o esquerdo, nascerá uma rapariga. Em vez de se fazer esta observação ao subir, pode-se fazer ao descer a escada (*O Positivismo*, III, 160, J. Leite de Vasconcelos, *Tradições Populares de Portugal*, 201). Noutros países, é a mesma coisa ou quase. Em Andaluzia: *"Para averiguar el sexo futuro se observará..., en el momento de subir el primer peldaño de una escalera, el pié que acostumbra à levantar primero la que vaya á ser madre; si és el derecho será niño, si el izquierdo será niña"* (*Biblioteca de las Trad. Pop. Españolas*, I, 283). Em Lausana: *"Pour savoir si tu auras un garçon ou une fille, monte sur une échelle: si tu mets le pied gauche ou sommet ce sera une fille, ce sera un garçon si c'est le pied droit"*

---

[21] Luís de Hoyos Sáinz e Nieves de Hoyos Sancho informam no *Manual de Folklore* (E. Revista de Occidente, 239, Madrid, 1947): *Es muy general el creer que cuando la embarazada echa a andar con el pie derecho, necerá nino y si lo hace con el izquierdo, nina; lo mismo que si la madre nota que el feto se inclina al lado derecho, será nino, â si al izquierdo, nina.*

[22] Cláudio Basto, *Determinismo e Previsão do Sexo*, sep. *Aguia*, n. 7, vol. XXII, Porto, 1923. Devo o meu exemplar à bondade da Dra. Hermínia Basto, viúva do escritor.

(*Schweizer Volkskunde, Korrespondezblatt der Schweizer. Geselschaft für Volkskunde*, II, 71). Eis ainda uma variante: Conhecemos se uma grávida "alcançou" rapaz ou rapariga, conforme ela deitar primeiro o pé direito ou o esquerdo quando se levantar (*Revista de Guimarães*, IV, 190). Compare-se: "*Il y a encore un autre signe pour savoir si c'est un garçon: il faut prendre garde si la femme remue toujours de pied droit le premier*" (*Les Admirables Secrets d'Alberto le Grand, Lyon*, 1768, apud *Revista de Guimarães*, IV, 190)... Pergunta-se de repente à mulher grávida, sem que ela perceba a intenção: – Que tem nessa mão? – Se ela mostrar a mão direita, nascerá uma rapaz; se mostrar a esquerda, rapariga"[23].

Qual seria a origem dessa tradição? Quatro séculos antes de Cristo era essa informação já popular, já velha e registada, garantida, indicada pelo Pai da Medicina, Hipócrates.

Um luminar moderno, o grande Gregório Marañon, de Madrid, colheu nas obras de Hipócrates as observações relacionadas com sintomas endócrinos. Entre as assertivas, denunciando a intuição genial de realidade pouco conhecida, a intersexualidade neurilateral, três vezes cita a feminilidade do lado esquerdo do corpo e a masculinidade do lado direito, talqualmente a proclama o povo.

Num estudo sobre "*Una interpretación hipocratica de intersexualidad*"[24] o Professor Dr. Gregório Marañon esclarece o assunto. Hipócrates registara nos seus "Aforismos": – Os fetos masculinos estão principalmente na direita e os femininos na esquerda (Aforisma V, 48). Numa mulher grávida de dois gêmeos, se uma das mamas enfraquece, ela abortará de um ou de outro fetus: do rapaz se é do lado direito, da menina se for a mama esquerda (Aforismo V, 38).

No tempo, este documento é o mais antigo credenciando uma crença contemporaneamente viva e poderosa na memória coletiva.

O Professor Marañon ensina: – *Estos hechos, considerados como absurdos, tienen, no obstante, una plena justificación. En efecto, yo he demonstrado la frequencia con que en los estados intersexuales los signos femeninos aparecen de preferencia en el lado izquierdo y los masculinos, de pre-*

---

[23] Um outro folclorista português, também médico, o Dr. Joaquim Rodrigues dos Santos Júnior, da Universidade do Porto, regista numa observação de Moncorvo e Castelo Branco, freguesia do concelho de Mogadouro, onde a mão direita indica o sexo feminino, *Notas de Medicina Popular Transmontana*, 14, Porto, 1929.

[24] Publicado no *Archivos de Medicina Legal e Identificação*, n. 15, janeiro de 1938, Rio de Janeiro.

ferencia, en el lado derecho. Por ejemplo, la ginecomastia es frecuente en diferentes estados patologicos y en gran numero de niños adolescentes: pués bien, muchas veces la mama izquierda está mas desarrollada que la derecha; y cuando la ginecomastia es unilateral, suele aparecer en el todo lado izquierdo. He descrito también casos de hirsutismo viril en mujeres con predominio del velo en el lado derecho; de feminizacion de la cadera izquierda il no de la derecha en el hombre etc.

Pero es mas: hay sabemos que en ciertas especies de aves, la hembra tiene un ovario con fuertes elementos masculinos; y este ovario es, siempre, el derecho. Y, por ultimo, Zingue ha demostrado que en los casos de hermafroditismo llamado alterante, es decir, con ovario en un lado y testiculo en el otro, el ovario está casi constantemente en el lado izquierdo y el testiculo en el derecho. No es este momento de interpretar los hechos citados. Pero su realidad es indudable. En la mayoria de los casos, y en estas especies, la gonada derecha, en el macho, es mas puramente masculina; y en la hembra, menos puramente femenina. En cambio, el testiculo izquierdo es mas debil en el macho; y el ovario izquierdo mas energico en la hembra. En soma de la mitad correspondente a cada una de las gonadas, recibe, enconsecuencia, un matiz sexual mas femenino o mas masculino, que la mitad opuesta, sobre todo en los estados sexualmente anormales en los intersexuales, en los que estas diferencias latentes se hacen manifiestas. Aun cuando los dos primeros aforismos que hemos copiado no sean, en la practica, exactos, es indudable que corresponden a la idea de la masculinidad del lado derecho, verdad a la que Hipocrates llegó, aun que partiendo de hechos quizá no enteramente ciertos. Este es uno de los privilegios del genio; y quizá, de los que mas claramente lo caracterizan.

Outra observação de Hipócrates era relativa às mulheres do país dos Sauromatas, informava que elas não têm o seio direito, porque as mães o queimavam na adolescência. A força e abundância dos humores espalhavam-se na espádua e braço direito, robustecendo-o, isto é, masculinizando-o.

O Professor Marañon continua: – *En cuanto al tercer texto copiado, sua interes es aun mayor. Segun Hipocrates, estas mujeres de los Sauromatas, que viviam al lado del Mar Negro, eram muy viriles, montaban a caballo e, cabalgando, lanzaban el javelot a sus enemigos. Para masculinizar aun mas el brazo derecho, el activo es para lo que se les atrofiaba, por medio de la cauterizacion de la mama de este lado. La explicación es, desde luego, inaceptable; pero la idea responde al pensamiento moderno de la oposicion entre la maternidad, función femenina, y la atuación social, función viril. La extirpación de la mama, simbolo de la maternidad, equi-*

valdria a reforzar los caracteres viriles de estas amazonas. Y precisamente, las del lado masculino, el derecho, despojandole del organo representativo de su feminidad, el seno. Poderia presentar otros muchos comentarios como el que acabo de hacer. Basta el solo para demonstrar, una vez mas, que de la obra efimera de los medicos, solo perdura lo que tiene de naturalista. Y este espiritu naturalista es el que, por desgracia, no tiene la Medicina Moderna.

A mão esquerda é feminina, defensiva, auxiliar, coadjuvadora. Segura o escudo, prende a bainha do gládio, guarda o globo de ouro nas coroações majestáticas, eleva o arco. A mão direita brande a espada, arrancando-a da cinta, ostenta o cetro, dirige a flecha, a clava, o arpão, a chave abridora, a ordem de comando, a bênção apostolical.

No *Eclesiastes*, X, 2, o Rei Salomão é mais explícito: *O coração do sábio está a sua dextra; mas o coração do tolo está à sua esquerda*. Não escolhera outra, do próprio Deus Omnipotente, o poeta Antero de Quental, como eterno pouso ao seu inquieto coração:

*Na mão de Deus, na sua mão direita,
Descansou afinal meu coração.*

Sentindo-se morrer em Roncevales, Rolando, o Roldão imortal das cantorias populares, presta a Deus que o receberá como a um gentil-homem, sobrinho de imperador e cavaleiro de Fé, sua derradeira homenagem. Descalça a luva da mão direita e estende-a na direção do céu. A "Chanson de Roland" continua cantado:

*Son dextre gant il a vers Dieu tendu,
Les anges du ciel descendent à lui.*

O Professor A. Childe[25] liga a função da linguagem ao movimento do braço, e particularmente ao braço direito na generalidade humana. Lembra o erudito mestre que Van Bardeleben, no Congresso dos Anatomistas em Bruxelas, evidenciou serem os Hylobatas (Gibbon) e os Satyrus (Orang) direitos, e os Gorilas e Troglodytas (Chimpanzé) esquerdos. O Homem da Capela dos Santos, no pleistoceno médio, era direito e usava de linguagem articulada rudimentar.

---

[25] A. Childe, *Etude Philologique Sur les Noms du "Chien" de l'Antiquite' Jusqu'a nos Jours*. Arquivos do Museu Nacional, vol. XXXIX, Rio de Janeiro, 1940.

Como a localização dos centros diversos da linguagem está no hemisfério esquerdo do cérebro que é sensivelmente mais desenvolvido que o direito, pergunta-se se os movimentos tornaram-se mais fortes, mais numerosos do lado direito graças à predominância do hemisfério esquerdo, ou se a predominância dos movimentos do braço e da mão direita determinaram o aumento de volume do hemisfério esquerdo?

Crê o Professor Childe que as artérias nascendo da subclavicular esquerda expliquem como a alimentação da parte superior do tronco, que lhe depende, seja a menos rica em sangue arterial no fim da evolução embriogenária e que assim seja facilitada indiretamente uma predominância das partes homólogas do lado direito. E é lógico que o lado mais forte seja instintivamente aquele que tende a produzir maior uso, acrescendo esse exercício à sua natural vantagem e é o que deve ocorrer com o homem e os animais que possuem o membro superior livre, como os antropoides. Nesses, como se compreende em razão da cruzada correspondência com o córtex cerebral, o hemisfério esquerdo, correspondente ao lado direito nos entes normais, deve ter-se desenvolvido com ligeira vantagem. O Professor Childe explica a localização da linguagem no lado esquerdo do hemisfério cerebral pelos movimentos do braço direito. Lembra que a movimentação dos braços é natural mesmo sem necessidade mímica, na elocução de uma frase qualquer, pouco longa ou mesmo pouco animada, e é tanto mais irreprimível nos estados emocionais, porque, mecanicamente, facilita o jogo dos órgãos respiratórios que concorrem poderosamente para a emissão dos sons. E quando, para precisar esses gestos, o indivíduo os acompanha de gritos determinativos, tentativas de radicais convencionais, uma associação cortical se forma entre o gesto descritivo, a sua significação, e o grito emocional que o acompanha. É o braço direito que trabalha para a elaboração desses gestos e é lógico ser do seu lado que a associação se forme.

O resumo da teoria do Professor Alberto Childe indica que uma mutação criara uma espécie nova que, em consequência de lutas novas, encontrou-se mais ricamente dotada que as precedentes no ponto de vista das faculdades de receptividade, sensações e, portanto, de psiquismo. A mímica se aperfeiçoou e completou pela onomatopeia, pela expressão e trocas de psiquismo mútuos, e como estas funções tomaram caráter verdadeiramente particular na espécie humana crescendo entre elas, desenvolveram-se por sua vez a predominância do braço direito na mímica, e por via associativa contemporânea, o centro cortical esquerdo da imitação articulada, sempre associado a esta mímica.

Juntemos a essa disposição fisiológica a milenar disposição dos objetos que devem ser manipulados com a mão direita e a velha superstição da esquerda representar a inversão do *direito*.

Mão direita e pé direito são felicidades instintivas na marcha. *Dios le dé a vuesa merced buena manderecho*, dizia Don Quijote (II, LXII) ou, *Dájate de esas sandices y vamos con pie derecho a entrar en nuestro lugar* (II, LXXII).

Por tantos imperativos, remotos e presentes, vivas razões de costume, instinto e educação, comandava o cubiculário de Trimalchion que os convivas entrassem com o pé direito, *destro pede*!

E nós continuamos obedecendo...

VELÓRIO DE ANJINHO

A Luís Heitor

"No Ceará ainda se usa, em alguns pontos do centro, uma espécie de velório por morte de crianças, anjinhos, como chamam. Consiste em dar tiros de pistolas e roqueiras, e cantar rezas e poesias na ocasião de levar para o cemitério o anjinho." É um registo de Sílvio Romero, *Cantos Populares do Brasil*, XI, Rio de Janeiro, 1897.

Juvenal Galeno (1836-1931) assistira no Ceará aos velórios de anjinhos e registou mesmo os versos cantados diante do pequenino féretro, durante a noite. Publicou-o no seu *Lendas e Canções Populares*, 1859-1865, XXVIII. Há uma segunda edição em 1892, Fortaleza.

É a única documentação poética que conheço.

Nós que somos cantadores
Da função junto à viola,
Enquanto dançam, cantemos
Ao soar da castanhola;

Louvemos da casa o dono,
Cantemos nosso louvor,
A quem mandou um anjinho
Para os pés do Redentor.

– Para os pés do Redentor,
Por seu pai e mãe pedir;
Como são eles ditosos,
E mais serão no porvir;

Por isso agora se inflama,
Nesta função o meu estro;
Haja aluá e aguardente,
Ai, senão, senão não presto!

– Ai, senão, senão não presto,
Não é zombaria, não,
A roqueira não estoura,
Sem carrego, e sem tição;

Por isso sou atendido,
Já sou outro, a voz se afina;
Vivam os pais do belo anjinho,
Enfeitado de bonina.

– Enfeitado de bonina,
O anjo pra o céu subiu,
Um adeus dizendo ao mundo,
Quando a morrer se sorriu!

Por isso agora a louvamos
Nesta tão bela função,
Enquanto na igreja o sino
Toca o bom do sacristão.

– Toca o bom do sacristão,
É o sinal da alegria,
De Jesus foi para o seio,
O anjinho neste dia.

Por isso o louvo contente,
Contigo, meu companheiro
Enquanto lá toca o sino,
Dança o povo no terreiro.

– Dança o povo no terreiro,
Onde corre a viração,
Pois o riso e f'lecidade
Têm aqui habitação;

*Por isso agora louvamos,
Ao som da corda dourada,
Do anjo o pai venturoso.
Do anjo a mãe estimada.*

*– Do anjo a mãe estimada,
Ouça atenta o meu dizer;
Como a rola vi seu filho
Voar ao céu com prazer;*

*Por isso cantando eu louvo
O anjinho que fugiu
Deste vale só de prantos,
Onde a dor talvez sentiu.*

*– Onde a dor talvez sentiu,
Senti-la não pode mais,
Na terra passou ligeiro,
Qual brisa nos laranjais;*

*Por isso louvando, eu digo
Da viola ao camarada:
Brademos três vezes: – vivam
Os donos desta morada!*

*– Os donos desta morada,
Pai e mãe do belo anjinho,
Que por entre frescas flores
Voou como um passarinho;*

*Por isso meu camarada
Brademos na ocasião:
Salve o anjo, os donos vivam
Desta casa e da função...*

A criança morta, o anjinho, é posto no seu caixão azul, coberto de flores e fica sobre uma mesa, não numa alcova, mas na sala principal onde os amigos da família permanecem até a hora do enterro. Durante a "guarda" ocorria o debate poético de cantadores, glosando ao divino a passagem do menino para a corte dos anjos de Deus. Vez por outra estrondava a roqueira no terreiro. E gritava-se "Viva o anjo!". Circulavam bebidas de fabricação doméstica, o aluá de milho ou de abacaxi, o vinho de caju ou de jenipapo, a cachaça com casca de laranja, o café bem forte. As comidas eram secas, especialmente doces tradicionais. Nada de garfo e faca. Era bem uma refeição fúnebre, rápida, silenciosa, contrita.

Na Argentina o *Velório del Angelito* é ainda mais surpreendente. O Sr. Félix Coluccio evocou-o: – "*Es costumbre que aun hoy se practica en el interior de nuestro pais, especialmente en el norte y noroeste, la que consiste en que cuando fallece algún niño, los padres, si sus medios lo permitem, celebran en su homenaje una reunión a la que concurren todos los vecinos, amén de los parientes del muerto. Reunidos todos y amenizados por el tradicional bombo sonador, violines, guitarras y cajas, se realiza el baile que se conoce con el nombre de* Baile del Angelito. *Allí no debía faltar durante la noche, el café con caña, el aguardiente hervido con tala o poleo silvestre, numerosas vasijas con aloja de algarroba blanca debidamente fermentada para reavivar el espíritu pesaroso de los abribulado padres del angelito. Al primer canto del gallo, o sea las doce de la noche, el padrino y la madrina comenzaban la primera danza, acto en el cual uno de ellos al compás de los acordes del arpa o guitarra bailaba balanceando en brazos el féretro, que después de breves minutos era pasado em brazos del padrino, quien después de unas bonitas mudanzas y zapateos, al compás de la música terminaba la despedida del ahijado. Seguidamente retumbaba en el silencio de la noche el repiqueto del bombo, y al amanecer se entonaban alguns salmos o cantos propios del lugar para hacer volar al angelito, el cual terminaba lleno de danzas mímicas, lamentos y cantos. Además al mismo tiempo debían arrojar al aire muchas docenas de cohetes, teniendo muy en cuenta de no quemar el ala del inocente párvulo, que volaba buscando el seno de la gloria. Cuando al dia seguinte se vuelve del 'campo santo', los acompañantes son nuevamente cumplimentados con pastelitos fritos, y muy especialmente con aloja y poleo hervido con aguardiente, degenerando pronto la reunión en orgia y ésta no pocas veces en pendencia con heridos mas o menos graves. Saubidet anota en su 'Vocabulario Criollo', que 'el angelito se prestaba como atención entre vecinos para continuar su velorio en otros ranchos, lo que daba lugar a reuniones y fiestas'*", Dicionario Folklorico Argentino, 191-192, Buenos Aires, 1948.

Em Portugal havia o mesmo costume. Teófilo Braga informa: – "Na Ilha da Madeira, nos Lourais, pequenas povoações do concelho da Calheta, quando morre alguma criança amortalham-na de branco, com laços de fita, colocam-na sobre uma mesa, e convidam os vizinhos para virem *dançar ao anjinho*, tocando viola e bailando até ao outro dia, em que levam a criança a enterrar. O Dr. Matos e Moura, descrevendo o fato extraordinário das *despenadeiras* de Nisa, fala também da satisfação com que ficam naquela vila quando morrem os filhos em qualquer família", *O Povo Português nos seus Costumes, Crenças e Tradições*, I, 214, Lisboa, 1885.

Identicamente ocorre no Chile. Escreve Julio Vicuña Cifuentes: – "*En los* Velorios de Angelitos, *delante del pequeno altar en que está el cadáver de la criatura, vestida con sus mejores galas de viva, entre flores, velas y tules, el bardo popular templa la guitarra y entona cantares que nada muestran de afectivos ni de sentimentales. Cierto es que de esto tiene en parte la culpa la creencia, tan extendida en el pueblo, de que a los niños no se les debe llorar, 'porque es quitarles la gloria'; pero de todas suertes, entre no llorar y decir coplas como estas, hay cierat distancia que solo puede salvar la índole despreocupada y sarcástica de una clase social:*

> *Qué glorioso el angelito*
> *que está sentado en ese alto!*
> *No se descuiden con él*
> *y vaya a pegar un salto.*
>
> *Qué glorioso el angelito,*
> *cara de animal vacuno,*
> *que abajo tiene dos dientes*
> *y arriba no tiene ni uno!*
>
> *Qué glorioso el angelito*
> *que se va para los cielos!*
> *Atrás va el padre y la madre*
> *a atajarle con los perros.*
>
> *Qué glorioso el angelito*
> *que del cielo va en camino,*
> *tan distinto de su padre,*
> *tan parecido al padrino!*

No creáis, señores, que selecciono los ejemplos para corroborar un prejuicio; tomo la nota general y me desentiende un poco de las excepciones, que nada prueban" (*He Dicho*, 42-43, Santiago, Chile, 1926).

"Sete vezes fui casada..."

Por todo o Nordeste do Brasil conhecemos uma quadrinha popular que assim diz:

> *Sete vezes fui casada,*
> *Sete homens conheci;*
> *E juro por fé de Cristo,*
> *Inda estou como nasci!...*

Juvenal Lamartine, deputado federal, senador da República, governador do Estado do Rio Grande do Norte, é um grande conhecedor do sertão, e apaixonado pelo seu folclore. Disse-me ele uma variante:

> *Fui casada sete vezes*
> *Sete homens conheci;*
> *Posso ser examinada,*
> *Estou virgem como nasci!*

Outra variante encontrei no *Cancioneiro Guasca*, de J. Simões Lopes Neto (Ed. Echenique, Pelotas, 1917, 106). É a versão do Rio Grande do Sul:

> *Sete anos fui casado,*
> *Sete esposas possuí,*
> *Pois eu dou por juramento*
> *Qu'inda estou como nasci...*

Certo a substituição do sexo é uma modificação efêmera porque o verso sempre faz uma mulher falar e não um homem. Em Portugal corre o mesmo motivo, registado por Fernando de Castro Pires de Lima, *Cantares do Minho*, Barcelos, 1937, 13, n. 287:

Sete vezes fui casada,
Sete homens arrecebi;
Para te falar verdade
Inda estou como nasci...

Para não estender a documentação folclórica os exemplos provam a divulgação do tema no Nordeste e Sul do Brasil e em Portugal.

A quadrinha se tem prestado aos remoques obscenos que apenas explicam uma réplica sexual desnecessária. A curiosidade é o motivo central, a mulher que sete vezes casou e continua virgem. Não conheço versos historiando a misteriosa façanha. Qualquer estudioso notaria que o verso fixava um episódio tradicional, um trecho mais expressivo, valendo o centro de interesse sedutor para a pesquisa subsequente.

Que mulher teria casado sete vezes, continuando virgem?

Houve, certamente, essa história que motivou o assunto ainda popular nos nossos dias. É a história de Sara, filha de Raguel, de Ecbatana, setecentos anos antes de Cristo.

É um dos livros do Velho Testamento, o Livro de Tobias. O Tobias moço foi o oitavo marido de quem desposara sete homens consecutivamente.

Tobias é da tribo de Neftali, varão piedoso e probo. No cativeiro das duas tribos, foi levado para Assíria pelo Rei Salmanasar que se tornou seu amigo e protetor. Residindo em Nínive, Tobias auxiliava seus irmãos, confortando-os com palavras e esmolas e mesmo emprestando dez talentos de prata, que o rei lhe dera, a um conterrâneo asfixiado pelas dívidas, Gabélus. Morrendo Salmanasar, seu sucessor Senaxéribe, tornou-se odioso pela violência e Tobias ocultou-se para não ser assassinado por ordem do rei. Quando Senaxéribe morreu, a paz voltou e Tobias recomeçou em sua missão de caridade. A característica de Tobias era o cuidado de sepultar os mortos. Abandonava uma festa doméstica para esconder um cadáver e dar sepultura condigna. Essa tarefa distinguia-o aos olhos de todos como de alta importância religiosa.

Casado com Ana, Tobias deu seu nome ao filho único, igual em virtudes e atos. Anos depois, voltando de um enterro, Tobias velho adormeceu ao pé de muro e o esterco caindo de um ninho de andorinha cegou-o. Não se desesperou, seguindo em orações contritas. Pobre, o velho lembrou-se da dívida dos dez talentos que emprestara a Gabélus. Mandou que o filho fosse a Rages, a Ecbatana na Média[26]. Um seu companheiro de

---

[26] Segundo o Abade J. B. Glaire, *Sainte Bible*, II, 148, nota, Paris, 1873. Fillion *Sainte Bible*, III, 339, nota, Paris 1929, diz que Rages ficava a dez dias de viagem ao nordeste de Ecbatana, o que me parece mais lógico (cap. IX, de Tobias).

jornada é homem moço, forte, dizendo-se israelita, de nome Azarias, filho de Ananias. Azarias quer dizer "auxílio de Deus" e Ananias "Deus é propício". São nomes bem simbólicos para o desconhecido que era realmente o anjo Rafael, um dos sete que estão na presença do Omnipotente.

Sabia-se em Nínive que Raguel, morador em Rages, tinha uma linda filha, Sara, e esta já se casara sete vezes sem consumar o matrimônio. Os sete maridos tinham sido mortos, na mesma noite de núpcias, pelo demônio Asmodeu que estava habitando o corpo de Sara.

Esse Asmodeu que se apaixonara por Sara e não permitia noivado merece uma apresentação. Seu nome é Aschmedai. Personalizava o amor impuro, o instinto voluptuoso, o espírito sensual. Para certos exegetas talmúdicos Asmodeu tivera o atrevimento de tentar a Eva, transformando-se em serpente. No Inferno tem outro nome. Conhecem-no por Samael. Superintende casas de jogo e, no domínio da Magia, diz-se que ensina coisas maravilhosas aos seus devotos.

Ensina a geometria, aritmética, artes mecânicas e também o meio de tornar alguém invisível. Foi um grande adversário do Rei Salomão que o derrotou várias vezes. Há quem adiante conversa erudita sobre Asmodeu, indicando-o como sendo o mesmo demônio da sensualidade no *Avesta*. Asmodeu seria apenas denominação hebraica de *Ashama Daeva*, o demônio da impureza carnal entre os Persas. Era esse Asmodeu o apaixonado de Sara e o matador dos sete noivos nas sete noites nupciais.

Podia, claramente, a jovem e linda Sara dizer o versinho:

Fui casada sete vezes
Sete homens conheci...
E juro por fé de Cristo;
Estou virgem como nasci!...

Jesus Cristo havia de nascer sete séculos depois.

Segue o resto do conto bíblico. Viajam Tobias e Azarias que é o anjo Rafael. Na primeira hospedaria, à margem do Tigres, Tobias vai lavar os pés na água corrente e um grande peixe o ataca. Assombra-se o rapaz mas o companheiro comanda. Tobias arrasta o peixe para a margem, mata-o, retira-lhe o coração, o fígado e fel. Comem peixe assado e salgam o restante para a Viagem. Chegando em Ecbatana hospedam-se na casa de Raguel que chora de alegria reconhecendo o filho do seu primo Tobias. O rapaz, antes de aceitar o agasalho, pede a mão de Sara, segundo conselho de Azarias. Raguel assombra-se com a pretensão e conta a desgraça dos sete maridos de sua filha. Tobias teima e Sara lhe é dada em casamento. Durante a noite, Tobias queima uma parte do fígado do peixe nos carvões ardentes e Asmodeu, não podendo suportar o exorcismo, foge, sendo arrebatado pelo anjo do Senhor que o acorrenta e o leva para os desertos do alto Egito. Três noites Tobias e Sara oraram. Logo na primeira manhã o servo de Raguel cavara o túmulo do oitavo marido da jovem senhora, certo do seu falecimento. Mas Tobias estava são e bem-casado com Sara que não mais podia cantar o versinho dedicado aos sete maridos pretéritos.

Enquanto dura o festim, Azarias vai cobrar os sete talentos de Gabélus que os paga e vem visitar, com presentes, o filho do seu amigo. Voltam todos, com camelos e vacas, servos e bagagens, a caminho de Nínive onde o velho Tobias chora a ausência do filho e Ana vai, todas as tardes, esperá-lo debaixo duma árvore na curva da estrada. Num crepúsculo todos se encontram. O cão de Tobias na frente, abanicando a cauda, anuncia a chegada do amo. Alegria de Tobias e Ana. Por conselho do companheiro, o jovem Tobias unta os olhos de seu pai com o fel do peixe e o velho recupera a visão. Hino de louvor. Querem dar a metade de tudo ao prestimoso Azarias mas este recusa e identifica-se. É Rafael, anjo do Senhor, diante do trono resplandecente, conduziu as virtudes diárias do velho Tobias, suas esmolas e a caridade de sepultar aos mortos. Representa a gratidão divina. Desapareceu Rafael, deixando seus amigos com a face em terra durante três horas, bendizendo ao Senhor. Tobias morreu com cento e dois anos, vendo a felicidade ao redor de sua casa, o filho Tobias e seus sete netos homens. Tobias moço, deixou Nínive e foi residir com o sogro Raguel em Ecbatana. Herdou tudo. Veio morrer com idade tão longa que via a quinta geração, em paz e abundância, mais moço que seu Pai porque faleceu com noventa e nove anos. Essa é a história do Livro de Tobias. O Omnipotente permitiu a paixão de Asmodeu pela beleza de Sara e a morte sucessiva dos sete maridos justamente para dar tempo à vinda predestinada do jovem Tobias, caminhando de Nínive para Ecbatana, acompanhado pelo anjo Rafael.

O assunto do versinho popular é um elemento bíblico de setecentos anos. Não ficou sem uma prodigiosa presença temática na literatura oral. Sugere dois ciclos que possuem bibliografia erudita e vasta.

– Ciclo do Morto Agradecido.
– Ciclo da Noiva Encantada.

O Morto Agradecido é a gratidão sobrenatural do defunto cujo corpo foi resgatado e sepultado pelo personagem da história. O herói encontrou um cadáver abandonado aos cães ou sendo surrado. Explicam que é a lei local relativa aos devedores que morrem insolventes. O herói paga as dívidas do morto e o sepulta honradamente. Daí em diante é auxiliado maravilhosamente por um desconhecido, ou por um animal, e vence todas as dificuldades. No final, o amigo misterioso declara ser a alma do morto de quem ele se apiedara, dando enterramento.

É o assunto de Calderón de la Barca e de Lope de Vega, *El Mejor Amigo el Muerto*, dramatizando o motivo de popular simpatia, nas duas peças famosas.

Esse ciclo do *Grateful Dead* tem seus pesquisadores eminentes e o estudo alcança o complexo jurídico da privação da sepultura para determinadas espécies de crimes. Na Grécia e em Roma os traidores eram atirados fora dos muros da cidade sem os direitos sagrados ao último repouso. Condenar alguém a não possuir túmulo era sentenciar a eternidade de um castigo terrível, o mais assombroso da antiguidade clássica. O cadáver sem sepulcro obrigava a perambulação do espírito sem pausa, perseguido pelas fúrias. Em vez de ser um elemento de proteção, incluído entre os deuses Lares, defensor da casa e da família, tornava-se a alma errante, o fantasma aterrador, semeando medo, espalhando desgraças. Era a obrigação suprema do homem religioso enterrar os mortos. Também constituía defesa social, livrando-se de um espantoso ente feito de maldade e de ódio. A sepultura ou a fogueira na incineração ritual, eram indispensáveis para que a alma do homem cumprisse seu destino melhor. Sem as honras fúnebres o espírito seria um demônio.

Por isso, vencido e moribundo, Heitor suplica ao inflexível Aquiles a honra suprema das honras religiosas. Morrendo, o herói troiano geme seu lamento:

> *Balbuciante o herói: – Por teus joelhos*
> *E por teus genitores, eu te obsecro,*
> *Não deixes animal dilacerar-me:*
> *Bronze e ouro aceites que meu pai te oferte*
> *E minha augusta mãe; Teucros e Teucras*
> *Ah! dêem meu corpo à fúnebre fogueira!*

Aquiles não cede porque essa é a sua vingança incomparável. Castigará Heitor, vingando Patroclo, por toda a eternidade. O cadáver do guerreiro troiano amarrado ao carro do vencedor é arrastado, três vezes, ao redor do túmulo do morto Patroclo. Todos esses últimos cantos da *Ilíada*, XXII, XXIII e XXIV, evocam a disputa dos deuses no Olimpo, agora uma outra guerra de eloquência, para que Heitor receba as honras de um homem morto pela sagrada *Ílion*. Juno e Netuno se opõem aos deuses que propõem a Mercúrio o furto do cadáver. Júpiter decide que a ninfa Tétis anuncie ao filho, ao divo Aquiles, a decisão omnipotente, a entrega do corpo de Heitor ao Rei Príamo, seu Pai. Resgatado o cadáver, Heitor recebe as honras de Troia. Nem mesmo a fúria divina do Peleu irresistível superou a tradição do último repouso aos despojos do morto.

Não havia ameaça mais assustadora que desejar ao corpo o dilaceramento por animais, o abandono, a ausência da sepultura. Compreende-se o voto de incrível violência perpétua, gritando-se que o guerreiro caia ferido de morte e não tenha sepultura. Não é assim que lemos na *Eneida* (IV, 620): – *Sed cadat ante diem, mediâque inhumatus arenâ...*?

Compreende-se também a benemerência de Tobias sepultando, infatigavelmente, todos os mortos que encontrava, abandonados, esquecidos, anônimos, na terra do exílio, ao redor da soberba Nínive.

Qual é a literatura popular que não possua um conto do Morto Agradecido?

Sílvio Romero, *Contos Populares do Brasil*, recolheu em Sergipe, a *Raposinha*, onde o morto, que teve seu enterramento pago pelo Príncipe, ajuda-o vencer sob a forma ágil de uma raposa. Ao final, explica-se: – *Eu sou a alma daquele homem que estava apanhando de cacete depois de morto e de que você pagou as dívidas...* Era o mesmo que Bertúccio de Trino ouvira do cavaleiro que o fizera vencedor na escolha da princesa de Novara: *E sappi ch'io sono il spirito di colui che fu ucciso dai ladroni ed a cui desti onorevol sepoltura*, no conto de Straparola, segundo da décima das *Piacevoli Notti*, vividas na primeira metade do séc. XVI.

E é também o Morto Agradecido o nosso popular e secular *João de Calais*. Ao findar, o fantasma bondoso que tudo realizou pelo herói, apresenta-se: – *Eu fui mandado pelo Altíssimo, para te dar o galardão do benefício que fizeste àquele miserável, cujo corpo achaste dilacerado dos cães...*

Na *Lei das Doze Tábuas*, Roma permitia ao credor a posse do cadáver do devedor. Ainda em 1789 na França existia uma "Ordennance" de 1670 que admitia processar-se e executar-se a sentença, inclusive de forca e degolamento, ao cadáver. No Brasil Holandês ocorreu episódio típico dessa legislação.

Em julho de 1642 um judeu endividado, Moisés Abendana, enforcou-se, deixando os credores furiosos. A Câmara de Escabinos do Recife proibiu o enterro do judeu e mandou expor o cadáver numa forca. Para que cessasse esse furioso castigo *post-mortem* um grupo de judeus recorreu ao Conde Maurício de Nassau, responsabilizando-se pela dívida dos 12.000 florins do morto e enforcado. Quem conta documentadamente o caso é o

Sr. José Antônio Gonçalves de Melo Neto. *Tempo dos Flamengos*, 304-5 (Ed. José Olympio, Rio de Janeiro, 1947).

O anjo Rafael personalizava a gratidão dos mortos que o velho Tobias sepultara. Pagava-se ao jovem Tobias e em última análise ao credor, doando-lhe a luz dos olhos. É sempre o *Grateful Dead* numa sublimação *a lo divino*.

O ciclo da *Noiva Encantada* é certamente mais vasto ainda. A princesa casará com o seu salvador, vencendo-lhe o encanto que a transformou em animal ou árvore, pedra ou monstro inanimado. Não haverá coleção de contos sem abundantes exemplos da série. A linda Sara estava com o pior encantamento, a presença de Asmodeu no espírito, *com o diabo no corpo*, como diz a imagem popular.

Três livros, entre cinquenta, darão ao leitor curioso uma ideia da vastidão do assunto e da riqueza bibliográfica do seu estudo. Sven Liljeblad, *Die Tobiasgeschichte und Andere Marchen Mit Toten Helfern* (Lund, 1927), Gordon Hall Gerould, *The Grateful Dead* (Londres, 1908) e Aurelio M. Espinosa, *Cuentos Populares Españoles*, III, Madrid, 1947, análises, confrontos e comentários e centenas de variantes europeias, americanas, asiáticas, africanas.

Dariam esses volumes a paisagem desdobrada nas perspectivas infinitas de elaboração popular e utilização literária, as presenças dos incontáveis tipos por todos os recantos do Mundo e a seriedade com que foram examinados e registados pela mão magistral desses estudiosos.

Não se pense que Tobias e Sara determinaram os dois ciclos que, separados ou coexistentes, vivem pelas mais distantes memórias da terra. O anônimo e longínquo redator do *Livro de Tobias* usou, para fins apologéticos e morais, do material popular de uma tradição bem velha e naturalmente prestigiosa pela facilidade da compreensão ambiente em sua dispersão catequética. Diz-se apenas que o episódio bíblico de Tobias foi um dos elementos mais antigos, auxiliando pela convergência a difusão do tema a todos simpático, defesa dos mortos e vitória do esforço pelo amor. Não é possível pensar-se numa influência do *Livro de Tobias* no direito consuetudinário e mesmo no *Jus Pontificum* romano. O motivo do Morto Agradecido já está citado em Cícero (*De Divinatione*, I, 27).

Pretende-se neste registo tão-somente alinhar na documentação do duplo tema que constitui o complexo temático de Tobias os elementos brasileiros constantes de um versinho simples e poderoso na fixação de uma das características do *Liber Tobiae*, os sete maridos da virgem, de Ecbatana, tão diversa das aventuras de uma outra, a donzela Alaciel, noiva do Rei de Gerbe, de quem Boccaccio escreve a odisseia picaresca (*Decamerone*, II, 7).

A discussão da autoria do *Liber Tobiae* concede ao próprio personagem a iniciativa da história, obedecendo ordens do anjo Rafael;... *vos autem benedicite Deum, et narrate omnia mirabilia ejus* (XII, 20). L. CL. Fillion afirma: *Or il est tout naturel de supposer que cette recommandation fut religieusement executée* (*La Sainte Bible, Commentée d'après la Vulgate*, III, 334, Paris, 1929). A impressão do livro, que Fillion denomina *charmant et populaire*, dirá mesmo de sua divulgação oriental, os mistérios dos demônios íncubos, enamorados das criaturas humanas, ciumentos da rivalidade terrena e fisiológica.

Certo o autor da história reavivava uma tradição conhecida na Média e Pérsia, de origem possivelmente indu, utilizada como documentário catequístico para a demonstração da fidelidade hebraica a Iavé.

A quadrinha simples que ainda se diz pelo norte e sul do Brasil e no verde e alegre Minho de Portugal, dará a presença de um elemento surpreendente dessa espantosa vitalidade do temário popular, viajando incessantemente através de todos os séculos, na retentiva milagrosa da memória humana.

Nota – No *Cinco Livros do Povo*, VI "João de Calais" [Edição atual – 3. ed. (Fac-similada). João Pessoa: Editora Universitária UFPB, 1994. (N.E.)], estudei demoradamente os temas da Esposa Resgatada, Morto Agradecido, Privação da Sepultura por dívidas etc.

Adivinhas de São João

I — O Nome no Papel

O Barão de Studart estudando os "usos e superstições cearenses" registou: – "Em noites de São João escrevem-se em papelitos os nomes de várias pessoas, enrolam-se os papelitos e os põem numa vasilha com água; o papel que amanhecer desenrolado indicará o nome da noiva ou noivo" (*Antologia do Folclore Brasileiro*, 302, nº 60[*]). Em Portugal semelhantemente anotou Jaime Lopes Dias, *Etnografia da Beira*, I, 190 (Lisboa, 1944).

Há variantes. Os nomes são escritos em botes de papel que, abertos, revelam o futuro. Os naviozinhos encalham diante do nome dos Estados escritos ao redor da vasilha, indicando de onde será o noivo ou onde residirá.

A origem dessa adivinhação é o oráculo dos deuses Pálices, nos arredores da Vila de Palika, na Sicília.

Romanos e Gregos acreditavam que Júpiter, pai dos deuses, tivera um casal de gêmeos da ninfa Tália. Outros dizem ter sido o pai o deus Vulcano e a mãe a ninfa Etna. Temendo o ciúme de Juno, Tália pedira a Júpiter uma morada indevassável e ficou vivendo debaixo da terra, com os dois filhos.

Não há muita notícia sobre a vida e façanhas dos manos Pálices mas existiu, séculos e séculos em Roma, a tradição de que os dois subdeuses davam aviso do futuro quando consultados em sua morada misteriosa.

Havia, perto do templo aos Pálices, um lago quente, d'água borbulhante, sulfurosa, sempre cheio e jamais transbordando. Da Grécia e de toda Península Itálica vinham os devotos saber as respostas do oráculo que era tido em alto respeito.

---

[*] Edição atual – 6. ed. São Paulo: Global, 2004. v. 2. "Guilherme Studart – Usos e superstições cearenses", item 60. (N.E.)

O templo tinha direito de asilo inviolável mesmo para os escravos fugidos aos seus senhores, como ocorria no lago de Nemi com a deusa Diana.

E como os Pálices transmitiam seu oráculo?

Da mesma forma que as moças e moços consultam a São João, enrolando papel em fitas, botinhos ou bolinhas, com os nomes que o acaso descobrirá.

Os consulentes aos Pálices escreviam suas consultas, pedidos ou súplicas, em fórmulas que enrolavam e atiravam dentro do lago sulfuroso. O oráculo respondia, desvendando o futuro, conforme a fórmula ficasse. Sobrenadando, descendo ao fundo, abrindo-se, conservando-se fechado, inutilizando-se, eram outras tantas e diversas maneiras indicadas pelos deuses, dando solução. Todas as posições das fórmulas, por mais estranhas ou naturais que fossem, tinham explicação, tradução, interpretação, recebida pelos gregos e romanos como uma resposta pessoal e direta dos filhos de Júpiter, ou de Vulcano.

Desaparecidos os oráculos com o advento do Cristianismo os processos de consulta mantiveram-se no espírito do povo e passaram, de geração em geração, adaptados aos folguedos mas sempre, como uma revivescência típica, no sentido da revelação divina e sobrenatural.

De Roma espalharam-se pelo mundo com os legionários que acreditavam e foram à Península Ibérica, Espanha e Portugal, fontes da tradição em toda América de fala espanhola, e Brasil.

Assim a bolinha, o botezinho ou a tira de papel com os nomes, que aparecerão abertos ou fechados na vasilha cheia d'água, representam os elementos de uma consulta aos deuses Pálices há mais de vinte séculos...

II — O Anel no Copo

O Barão de Studart informa doutra adivinhação no Ceará, conhecida por todo o Nordeste e provavelmente no Sul do Brasil.

"Em noite de São João passa-se sobre a fogueira um copo contendo água, mete-se no copo sem que atinja a água um anel de aliança preso por um fio, e fica-se a segurar no fio; tantas são as pancadas dadas pelo anel nas paredes do copo quantos os anos que o experimentador terá de esperar pelo casamento" (*Antologia do Folclore Brasileiro*, 302, nº 67[*]).

---

[*] Edição atual – 6. ed. São Paulo: Global, 2004. v. 2. "Guilherme Studart – Usos e superstições cearenses", item 67. (N.E.)

No ano 374 o Imperador Valente (328-378) mandou matar todos os homens cujos nomes começassem por *Theod*. Essa matança inacreditável teve uma causa singular. Não havia conspiração nem guerra civil.

Motivou o massacre dos *Theod* uma simples adivinhação. Justamente a adivinhação do anel preso a um fio e batendo num copo, como fazemos na noite de São João.

Um historiador da época, Amiano Marcelino, cronista fiel do século IV, narra na sua *Rerum Gestarum Libri* XXXI, um episódio ocorrido nos últimos quatro anos do reinado do Imperador Valente.

Dois astrólogos, Hilórico e Patrício, foram presos sob acusação de haver conhecido, por meio mágico, o nome do sucessor de Valente. Os Juízes interrogaram longamente e os dois astrólogos confessaram como tinham obtido o nome do futuro imperador.

"Magníficos juízes, sob auspícios negros, e em imitação da trípode de Delfos, fizemos uma mesa pequena, de rama de oliveira. Colocamos essa mesa no centro de uma sala purificada pelos perfumes de incensos da Arábia, e depois colocamos sobre ela uma vasilha redonda, composta de diversos metais, ao redor da qual estavam gravadas, em intervalos regulares, as vinte e quatro letras do alfabeto. Um homem vestido de linho com um gorro branco na cabeça, levando na mão um molho de verbena, planta própria para os auspícios, rezou ao espírito que preside ao conhecimento do porvir; depois, pegando num anel, que pendia de um fio, consagrado segundo as regras da magia, manteve-o sobre a vasilha circular. O anel, depois de oscilar, foi e tocou primeiro uma letra, depois outra, e assim foi soletrando resposta em verso, perfeita na prosódia. Perguntamos ao espírito o nome da pessoa a quem o destino chamaria para sucessor no trono do Império. O anel tocou sucessivamente as letras T.H.E.O.D. Nós pensamos em Theodoro. E um dos espectadores pronunciou esta frase: – Não é preciso mais..."

Adianto que Hilórico e Patrício foram cortados em pedaços e o Imperador condenou à morte todos os vassalos com nome começando pelas letras anunciadas pelo anel. Os dois astrólogos prediseram que o imperador sofreria muito antes de morrer.

Combatendo os Gotas, o Imperador Valente foi derrotado e ocultou-se numa choupana. Os Gotas incendiaram o abrigo imperial e Valente morreu queimado. Sucedeu-o no trono o seu sobrinho Graciano. Como o Império era imenso, Graciano entregou o Oriente ao jovem Conde Theodosio. Não era Theodoro mas tinha as cinco primeiras letras indicadas pela adivinhação que custara a vida aos dois astrólogos.

Não é preciso mais para evidenciar-se da antiguidade desse processo e de sua origem oriental, falando o futuro pelas oscilações de um anel, preso a um fio sobre a boca dum copo...

III — A Clara do Ovo

Pereira da Costa, no "Folclore Pernambucano", cita uma das nossas mais populares adivinhações sanjoaninas.

"De todas essas adivinhações, tem, porém, muita voga, pelo maravilhoso dos seus proclamados prodígios, a do ovo feita à tardinha, e que consiste em deitar-se a clara dentro de um copo com água até o meio, coberto com um lenço branco, tendo sobre o mesmo uma tesoura aberta, em forma de cruz, e um rosário bento, para ver-se depois de meia-noite a sorte da pessoa, segundo a imagem que a clara representar no fundo do copo. Por exemplo: se for um navio, viagem próxima; e se for uma igreja, o suspirado casamento".

Num delicioso livro, escrito nos últimos anos do Império, J. M. Cardoso de Oliveira regista: – "As moças passavam em cruz sobre as brasas copos cheios d'água, dentro dos quais quebravam ovos, e iam expô-los ao sereno: de manhã os examinariam: e conforme às posições tomadas pela clara e gema, formando mais ou menos aproximadamente uma igreja, um navio, uma joia, significariam: casamento, viagem, riqueza, e assim por diante" (*Dois Metros e Cinco*, 512, Rio, 1909).

O mesmo em Portugal. "À mesma hora, as raparigas quebram um ovo para dentro de água contida num copo de vidro, confiadas em que pela manhã aparecerá representada na clara do ovo uma figura que denunciará a profissão do marido que lhe está destinado: Jaime Lopes Dias, *Etnografia da Beira*, Vol. VI, 79, Lisboa, 1942, idem vol. I, 190, Lisboa, 1944, 2ª ed.

O Barão de Studart: – "Em noite de São João põe-se um pouco da clara de ovo num copo contendo água; no dia seguinte aparece uma igreja (casamento) ou um navio (viagem próxima) etc. etc." (*Antologia do Folclore Brasileiro*, 302, nº 66[*]).

Também há variantes em que empregaram a cera de espermacete. Acende-se a vela e deixa-se ir caindo num prato com água os pingos da cera que formarão letras ou configurarão imagens do futuro, igreja, navio, armas (luta) caixão de defunto (morte), ave (notícias agradáveis), círculos (dinheiro) etc. É a velha quiromancia.

---

[*] Edição atual – 6. ed. São Paulo: Global, 2004. v. 2. "Guilherme Studart – Usos e superstições cearenses", item 66. (N.E.)

Usam-se na Espanha, segundo Guichot, na França, registado por Sébillot e no Chile nas pesquisas de Julio Vicuña Cifuentes.

Vem a adivinhação das consultas domésticas augurais desde Roma Republicana, séculos antes de Cristo. Derramava-se chumbo derretido num vaso e observava-se a forma tomada pela massa ao resfriar-se. Modificou-se para o uso da clara de ovo mais divulgada.

O Professor Nicola Borrelli alude a esse processo no seu estudo sobre *La Lecanomanzia in Campana*: ... *Alludo al bicchieri d'acqua in cui, nella notte di S. Giovanni, si versa l'albume d'unovo o il piombo liquefatto, traendone vaticinii"* – (*Ethnos*, Febbraio, 1922, 7, Nápoles).

Nalgumas partes da América espanhola emprega-se ainda o chumbo como se fazia na velha Roma. Na Argentina, informam Rafael Jijena Sanchez e Bruno Jacovella: – *El Dia de San Juan se derrama plomo derretido en una vasija com agua; según las formas que toma el plomo, se desprende lo que se desea saber, Las Supersticiones*, 125, Buenos Aires, 1939.

Brasil, Portugal, Roma, tal é o caminho dessa adivinhação secular...

IV — O Sonho da Ceia

Gastão de Bettancourt, o grande estudioso português da cultura brasileira, no seu *Três Santos de Junho do Folclore Brasileiro* (Ed. Agir, Rio de Janeiro, 1947, p. 126-7) cita o *Topadas*, do Sr. Paula Machado (Rio, 1933, p. 183) onde se encontra o registo duma adivinhação conhecida pelo Brasil e vez por outra realizada. Chama-a "mesa posta", que é a que mais preocupa a mocidade, nas noites de São João. Uma pequena mesa, forrada com uma toalha bem limpa, com talheres, pratos e copos para duas pessoas. Duas velas acesas à cabeceira da mesa, junto da qual fica a cama, onde deve dormir a pessoa que faz a adivinhação. O que tiver de suceder aparecerá em sonho, cujo cenário é a mesa. Quando a moça, que faz a adivinhação, tiver de se casar, aparecerá à mesa, fazendo refeição ao lado do noivo.

O Barão de Studart (*Antologia do Folclore Brasileiro*, 302, nº 63[*]), dando como condição normal o jejum durante o dia, regista a mesma adivinhação assim como Amadeu Amaral (*Tradições Populares*, 400, São Paulo, 1948) sem aludir, porém, as orações, jejum e outra qualquer cerimônia preparatória. "Há outra maneira de vir a conhecer o futuro marido. É menos fácil que a anterior, mas de resultados muito seguros. Consiste essa experiência no seguinte: no dia de São João deve a jovem guardar

---

[*] Edição atual – 6. ed. São Paulo: Global, 2004. v. 2. "Guilherme Studart – Usos e superstições cearenses", item 63. (N.E.)

um bocado de todo alimento que tomar nas diversas refeições, arranjando, assim um pratinho que é posto sobre uma mesa. Indo deitar-se, sonhará a moça com o homem com que um dia se deverá unir pelo matrimônio. E verá distintamente o rosto do rapaz, de maneira a reconhecê-lo, mais tarde, no seu prometido".

A oração é a "Salve-Rainha" até *nos mostrai...* Daí em diante a moça não deve mais falar sob pena de quebrar o encanto, ou a força da oração sugestiva.

Na França, na Alemanha, na Itália, na Rússia a mesma tradição aparece nos estudos do folclore. Na Rússia denominam a esse encantamento *Gadanie'du Couvert.* Na noite de S. Tomé, 21 de dezembro, ou de Sto. André, 30 de novembro, véspera do Ano-Novo ou noite de Natal são as datas preferidas. P. Saintyves reuniu uma excelente documentação sobre o assunto no *Les Contes de Perrault et les Récits Paraléles* (Paris, 1923). Em todas há o elemento do segredo, como ocorre no Brasil. A moça jamais deverá dizer ao marido que o viu em sonhos, trazido pela força do encantamento, sob pena de o amor transformar-se em ódio mortal.

A origem dessa adivinhação é a oferta de alimentos aos deuses, como depois se fez oblações de iguarias às Fadas, cerimônia de alto poder evocatório.

Nada agradava mais aos deuses que essas oferendas de alimentos, alusivos à sua humanização simbólica. Eram o *Lectisternio*, cerimônia em que as imagens dos deuses ficavam colocadas nos leitos e servida lauta refeição.

A cerimônia era rara e só a realizavam quando de grandes calamidades públicas em Roma. O mais antigo ocorreu em Roma no ano de 356 antes de Cristo.

Ofertas de alimentos aos deuses e aos mortos pertenciam às obrigações religiosas de quase todas as religiões.

A fonte originária do banquete noturno, a um noivo fantasma que será entrevisto em sonho, provirá dessa tradição...

V — *A Sombra n'Água e no Espelho*

É superstição muito espalhada no mundo a de considerar-se mau agouro o não ver-se a figura refletida n'água parada. O dia ou a noite para essa consulta é a data oblacional do Precursor. N'água duma vasilha qualquer ou um rio, açude ou lago, curvam-se os consulentes procurando divisar as feições retratadas no espelho reluzente. Não podendo identificar-se, não verá outro São João!... Está condenado à morte.

Não é preciso lembrar que essa tradição recebemos da Europa que a conhece e pratica há séculos e séculos.

Outro processo, ligado identicamente ao reflexo da figura humana, é com o espelho, olhando à meia-noite com uma vela na mão e rezando-se a "Salve-Rainha" para mostrar o futuro noivo ou a noiva futura. Ou o espelho é deixado no telhado, depois de ter passado rapidamente pelas chamas da fogueira de São João, e consultado no meio-dia seguinte ou na meia-noite imediata. As datas naturalmente variam... São a do São João para nós mas na Europa fazem a consulta na noite do Natal, Ano-Bom, Santa Luzia (13 de dezembro) etc. É um dos populares oráculos para desvendar matrimônio.

Gregos e Romanos conheciam e usavam ambos os processos. O de pôr água numa vasilha e procurar mirar-se, dizia-se *Lecanomancia*. O do espelho era *Catoptromancia*.

Não há lugar no Brasil onde não existam episódios narrados como verídicos sucedidos quando da consulta ao espelho ou às águas imotas num São João.

A explicação dei-a quando estudei *Narcisus ou o Tabu do Reflexo*.

Tinham os primitivos, como os contemporâneos, a noção da alma exterior, desligada, independente do corpo físico. Essa alma podia, durante o sono, êxtase ou em gestos premunitórios, deslocar-se e materializar-se aos olhos do próprio portador. Ainda há um vestígio curioso dessa superstição nas orações populares em que se pede ao Anjo da Guarda que defenda a nossa alma enquanto estamos adormecidos para que ela não sofra nas mãos inimigas. Todos os mágicos antigos acreditavam ter o poder de aprisionar a alma fora do corpo e dirigi-la como uma serva. Alcancei no sertão (como há em muitas paragens do mundo europeu) o cuidado de não deixar alguém dormindo com os braços em cruz porque a alma não podia entrar. Ninguém pintava uma pessoa adormecida porque a alma, voltando do passeio, podia não reconhecer o corpo e ir-se embora. Não era aconselhado acordar-se o dorminhoco bruscamente porque talvez a alma, estando longe, não tivesse tempo de alcançar a morada e era morte na certa.

A alma é a sombra, o reflexo n'água e nas lâminas brilhantes, espelho, armas, vidro. *Umbra* em latim era alma e era sombra. E noutros idiomas igualmente.

Se olhamos um espelho ou água quieta e não nos vemos é porque nossa alma está ausente, abandonou-nos ou nos abandonará, fatalmente.

Daí o pavor quando não há o reflexo. E daí o verdadeiro tabu do reflexo para os povos antigos, como elementos vivos na civilização contemporânea. Por isso também é o espelho arma defensiva colocada em toda a parte para afastar malefícios. Os demônios temem olhar-se nos espelhos. O que julgamos simples enfeite e mera decoração são as formas defensivas mágicas. Em Portugal ainda há espelhos nos altares de certas capelas antigas, como na China e no Japão aparecem abundantemente nos templos com a mesma finalidade.

É a concepção primitiva da alma-reflexo que ainda vive naqueles que se amedrontam não vendo a sombra na água viva ou na lâmina dos espelhos.

VI — O Primeiro Nome na Voz do Acaso

Ninguém ignora que uma adivinhação popularíssima para saber-se o nome do futuro marido ou da futura mulher pode ser feita na noite de São João.

Põe-se água na boca e fica-se por detrás duma porta. Ou numa janela. O primeiro nome de homem que for ouvido é justamente o nome do futuro marido. Coloca-se uma moeda na fogueira e pela manhã, retirando-a do braseiro, dá-se de esmola ao primeiro pedinte. Pergunte-se o nome. Coincidirá com o do futuro noivo.

Não apenas essa adivinhação está registada na maioria absoluta dos folcloristas brasileiros assim como nos romances de costume, antigos ou modernos.

Não é tradição brasileira mas europeia e velhíssima. Espalha-se pela Península Ibérica, Itália, França, Bélgica, norte e leste da Europa etc. Possui uma área vastíssima de fixação e uso.

Nessa adivinhação estão dois elementos religiosos que se reuniram. Ouvir o nome pronunciado na rua, casualmente, e ser o da "primeira pessoa" que pedir a esmola.

Ter as vozes da rua como resposta a uma consulta feita mentalmente é uma reminiscência do oráculo do deus Hermes em Acaia. Consultavam ao deus, com muitas orações, e dizia-se a pergunta ao ouvido do ídolo. Depois o consulente cobria a cabeça com um manto e deixava o templo. No adro, retirava o manto da cabeça e as primeiras palavras que ouvisse era a resposta de Hermes, a solução enviada pelo deus nas vozes do acaso.

Daí talvez, como pensava Martins Sarmento, provirá o *Vox Populi, Vox Dei*, voz do povo, voz de Deus.

Esse costume supersticioso não desapareceu como forma regular de consulta. O Barão de Studart e Getúlio César presenciaram-no no Ceará e eu no Recife. Teófilo Braga e J. Leite de Vasconcelos em Portugal, Arruda Furtado nos Açores, Raffaele Castelli na Sicília e Dom Francisco Manuel de Melo o citava, deliciosamente, no seu *Relógios Falantes*, no século XVII, ocorrido em Lisboa.

Com ou sem água na boca a consulta às vozes é uma presença do oráculo de Hermes em Acaia, na Grécia.

O *primeiro*, primeiro filho, primeiro nome, primeiro fruto, pertence a uma classe sagrada, o primogênito, posse normal, em muitas religiões, do próprio Deus. Jeová declarou peremptoriamente que lhe pertenciam os primeiros frutos, humanos e vegetais (*Êxodo*, XIII, 2, XXIII, 19, XXXIV, 19, 29, *Levítico*, XXVII, 26, *Números*, VIII, 16, *Deuteronômio*, XIV, 21).

Na tradição popular e clássica o *Primeiro* é o fator decisivo na escolha suprema. Idomeneu promete sacrificar o "primeiro" ser vivo que avistasse nas praias de Creta. Jefto promete imolar a Jeová aquilo que "primeiro" saísse ao seu encontro na porta da casa. Nos contos populares é de fácil encontro os votos de dar os primeiros olhos, o primeiro fôlego, a primeira coisa, deparada no caminho. Sempre o primeiro, a inicial poderosa de força mágica.

Reúnem-se evidentemente a tradição da consulta às vozes com a superstição milenar do *Primeiro* para, numa noite festiva, dar a resposta de São João à curiosidade amorosa de uma esperança moça...

VII — *Com os Vegetais*

Todos os folcloristas brasileiros têm registado entre as adivinhações da véspera e noite de São João aquelas que se relacionam com vegetais de rápido crescimento.

Sabemos que o alho se planta na véspera para verificar-se ao meio-dia seguinte se grelou. Então a resposta à consulta é um "sim". Se estiver como dantes é um "não". O mesmo com grãos de milho. Galhos verdes passados às chamas da fogueira são atirados para o telhado. Se estiverem verdes no dia imediato, sim; murchos, São João envia uma negativa. Para saber do maior amor entre namorados deixam n'água, ao relento, duas hastes iguais no tamanho. Na manhã seguinte a que tiver aumentado corresponderá ao maior apaixonado. Três folhas são dispostas em lugares diferentes, distanciados uns dos outros. Dirão das datas do casamento. A folha mais verde anuncia o matrimônio e a demora regular-se-á pela situação em que foram encontradas. Se a folha verde está mais próxima de quem a escondeu, breve será o casamento. A segunda e terceira mostram os anos de esperança. Há, neste critério, um número infinito de adivinhações.

Noutras, a pergunta não será respondida pela planta crescendo, mas conforme sua cor. Em plena treva da noite tira-se uma folha a um arbusto. Se a folha estiver verde o noivo será jovem; se murcha, o prometido terá idade madura; se a folha é seca, será um velho. Busca-se colher uma pimenta no escuro. Se a tirar verde, noivo moço. Pimenta vermelha, noivo além dos trinta anos. Fácil é a interpretação dessas últimas, alusivas ao desenvolvimento e maturidade humana e vegetal.

Nas tradições orais sobre o patriarca São José há uma lenda em que os sacerdotes devendo escolher um esposo para a Virgem Maria mandaram que todos levassem seus bastões para o altar e na manhã seguinte o escolhido teria o bastão com flores vivas. Nos chamados "Evangélicos apócrifos", "História de José o Carpinteiro" e "História da Natividade de Maria", esse episódio do bastão que floresce está registado.

Vez por outra as adivinhações são empregadas como processos divinatórios, pura sugestão de feitiçaria e catimbó citadino. Há mesmo uma citação histórica na vida do caudilho argentino Juan Facundo Quiroga. Para descobrir quem fizera um furto, reúne os soldados e distribui varinhas do mesmo tamanho e anuncia: – "Aquil cuya varita amanezca mañana más grande que las demás, ése es el ladrón!" Na manhã seguinte uma das varinhas estava menor, indicando o ladrão que a cortara, temendo que crescesse; Sarmiento, "*Facundo*" (segunda parte, cap. I).

Por associação de ideias a imagem do desenvolvimento está ligada à do sucesso, da amplitude, da vitória. Uma planta que nasce é uma afirmativa de vida natural, esperança de continuidade e multiplicação. Sem que se pretenda outra explicação seria bastante a mera ligação entre os fenômenos naturais da mocidade e do crescimento para identificá-los na imaginação popular.

Embora diversificados pelas várias regiões do mundo esses processos convergem para os cultos agrários, as cerimônias feitas por quase todos os povos da terra para que não diminuíssem a força germinativa das sementes, o curso da seiva e a maturidade normal na frutificação.

Se ainda vemos crepitar as fogueiras de São João como sobrevivências legítimas do culto solar, significando um sacrifício para que o sol, então no solstício, não desfaleça e volte a aquecer a vida vegetal indispensável à humanidade, outros tantos vestígios resistiram e estão nossos contemporâneos, vindos da antiguidade mais remota e misteriosa.

Em quase todo o Brasil há sempre um devoto de São João que atravessa com os pés descalços as brasas da fogueira, vagarosa e indenemente. Não era um elemento característico do culto da deusa Ferônia? Não existe ainda na Europa, Ásia e Oceania? Não representa um vestígio positivo dos cultos agrários?

Sob muitos aspectos estudei essa tradição e julgo-a um elemento típico do culto sírio de Adônis, morto por um javali no Líbano. Era chorado estridentemente e plantavam flores e cereais de crescimento rápido para enfeitar o ataúde do deus que ressuscitava depois. Esse culto de Adônis projetou-se para os hebreus e há a informação do profeta Ezequiel (VIII, 14), na visão do templo: Luciano de Samosata (*A Deusa da Síria*), Plutarco

(Alcibíades, XXII, Nícias, XIX) e mesmo Aristófanes em "Lisistrata" mencionam partes do culto.

O mês em que Adônis era festejado é o mês de Tamuz, correspondendo mais ou menos ao nosso junho. De qualquer maneira coincide com o solstício de verão na Europa, justificando o processo das sementes nos chamados Jardins de Adônis tão popularizados em Espanha, Portugal, França, Itália e no culto judaico, embora nesta parte contrariado pela austeridade da doutrina rabínica.

Essas nossas adivinhações são reminiscências vivas, indiscutíveis e verdadeiras dos cultos agrários, em convergência para uma tradição cristã.

Amansando a Fera

A Sílvio Júlio

Now go thy ways; thou hast tam'd a curst shrew.

Shakespeare, "The Taming of the Shrew". V.I.

Aqueles que conheceram meu pai recordarão o esplêndido conversador que ele era. O vocabulário expressivo, a gesticulação viva, sublinhada pela malícia dos olhos azuis, as várias inflexões da voz, a imperturbabilidade nos momentos hilariantes, faziam-no ouvido onde começasse a evocar um fato antigo ou uma anedota do seu tempo.

Fui, desde menino, um seu ouvinte assíduo e depois perguntador insaciável pelas informações curiosas que sempre sabia dizer. Sem as cores que ele dava, na voz, no olhar e no gesto, lembro esta história, contada deliciosamente, e mesmo batizada com o título – A regra se bota na boca do saco...

Um rapaz rico e bem-educado apaixonou-se por uma moça bonita, mas de um mau gênio feroz. Todos os namorados desistiam de uma esposa intratável, arrebatada e voluntariosa como aquela. O rapaz teimou e foi pedir-lhe a mão ao pai. O velho, confidencialmente, explicou que a filha era inteiramente semelhante à mãe. Cheia de caprichos, de vontades, de má-criações insuportáveis. No mais, excelente dona de casa, prendada, honesta e mesmo amando muito o noivo. Se quisesse casar daria muita honra mas avisava-o que a filha era uma cobra, cobra bonita mas cobra verdadeira. O rapaz declarou-se satisfeito e o casamento realizou-se com festas. A residência do noivo era fora da cidade e para lá seguiram os dois.

Deitaram-se os noivos e o recém-casado gritou, da cama, que o candeeiro se apagasse logo e logo. Como a luz continuasse, o rapaz puxou de um revólver e despedaçou o candeeiro a tiros. Lá para meia-noite o galo começou cantando. O rapaz levantou-se, saiu e voltou com o galo atravessado numa espada. Dormiram o resto da noite. Isto é, o rapaz pode ter dormido. A noiva tremeu a noite inteira, apavorada com o temperamento colérico do marido. Pela manhã tudo quanto o marido pediu foi feito com rapidez e alegria. Os pais da noiva visitando-a, ficaram assombrados com o milagre. A cobra era um anjo do céu.

O sogro pediu, em segredo, ao genro, explicação sobre a vitória. O rapaz narrou o que fizera. O velho deliberou imitá-lo.

Deitando-se com a velha mandou que o candeeiro se apagasse. A velha desatou a rir, chamando-o maluco. O homem quis atirar de revólver mas a mulher arrebatou-lhe a arma da mão, com decisão e força. O galo começou a cantar. Voltou o velho a mandar que se calasse. Nova mangação da velha. Levantou-se o velho, mas a esposa, barrando-lhe a saída da porta, declarou: – Deixe de tanta tolice... A regra se bota na boca do saco. Mata-se o galo na primeira noite e não no fim da vida! E o velho continuou sendo submisso vassalo...

É uma das estórias mais conhecidas e velhas, com variantes incontáveis. O assunto é sugestivo e há sempre curiosidade para saber-se como o marido conseguiu dominar o mau gênio da mulher, amansar a cobra. Com as adaptações e modificações locais, convergências, ampliações e simplificações, a história vai atravessando séculos.

O escritor João Vasconcelos incluiu no seu *História do Gama* (Recife, Ed. Tradição, 1945) uma variante, "O marido de D. Glorinha". A moça impulsiva, fazendo quanto sonhava, casou com Albuquerque, de fala mansa e modos gentis. Na viagem para a casa a moça quis obrigá-lo a mudar as montadas. O marido apeou-se, desencilhou o cavalo em que a mulher ia, afastou-o com um tiro de revolver e, abanando o rebenque no rosto da esposa, explicou, sem alterar a voz: – "Agora, Glorinha, se não quiser que eu lhe corte todinha com este chicote, bote o silhão na cabeça e vamos embora. – Ela viu que obedecia ou o rebenque cantava no couro dela. Não sei o que pensou naquele instante, mas abaixou-se, apanhou o silhão e saiu andando devagar. Só se viu o choro abafado dela e os passos do cavalo do Cel. Albuquerque. Foi assim que ela entrou no Capão de Seva, para gozar uma lua de mel que só findou com a morte dele".

Duas outras variantes aqui citadas são do Ceará e da Paraíba (cidade de Sousa).

Variante de Fortaleza, Ceará. Moça rica, bonita, honesta, de terrível mau gênio. Um rapaz noivo e, apesar de avisado pelo próprio futuro sogro, casa. Na ida para casa matou um cachorro a tiro porque o cão saiu ladrando. Em casa quebrou a jarra dizendo ter a água um sabor esquisito. Mandou o candeeiro apagar-se e rebentou-o. Pala madrugada matou o galo que cantava. A moça, aterrorizada, julgando-o de temperamento feroz, jurou obediência e submissão, sendo uma esposa admirável.

Versão da Paraíba, cidade de Sousa. Na ida para casa o noivo cortou o rabo do cavalo porque este o tocou na bota. Matou um cachorro porque ladrou e um gato porque miou. Matou também o galo. A noiva tornou-se simples e entendendo-o por um mero aceno num lar sem discussões.

Versão da cidade do Natal, Rio Grande do Norte. Na ida para casa, com a mulher na garupa, corta a cauda do cavalo porque esta lhe bateu na bota. Matou o cachorro porque se ergueu para saudá-lo. Matou o galo com um espeto. Pela manhã achou a comida salgada e quebrou tudo, pratos, copos, rasgando toalha, guardanapos, espatifando a mesa. Repetiu a cena ao jantar e à ceia. Só permitiu que a mulher se alimentasse no outro dia, dizendo a comida indigna da consorte. Impressionada com a impulsividade do marido a moça tornou-se uma serva apaixonada num lar tranquilo. São esses os elementos da comédia de Shakespeare. "*The Taming of the Shrew*", louça partida, comida inutilizada, sob pretexto de maior homenagem à pobre Shrew, Katharina.

Cláudio Basto, que tantas saudades deixou aos estudiosos do folclore português e brasileiro, publicou um estudo sobre "A teimosia das mulheres nos contos populares" (*Brasília*, II, 194, Coimbra, 1943) registando algumas variantes desse tema. Nas três histórias que fixou o elemento intimidante é o noivo quebrar o candeeiro atirando com uma bota ou disparando tiros.

A versão de Celórico de Basto bastará para o exemplo em Portugal. "Um rapaz queria casar com uma rapariga, e foi pedi-la ao pai. O pai disse ao rapaz que a rapariga tinha um grande defeito: era teimosa.

– Não faz mal, eu caso na mesma – disse o rapaz.

Casaram. E na noite do casamento ele levou para a cama um revólver. Depois de deitado, diz o rapaz para a luz:

– Apaga-te, luz!

E a luz, claro, não se apagava.

– Apaga-te, luz! – mandou ele, e assim muitas vezes, sem que a luz se apagasse.

– Ai, tu não te apagas? – E vai ele deu-lhe um tiro, e apagou-a dizendo:

– Para os teimosos, é um tiro.
E a mulher viu aquilo, e nunca mais tornou a teimar."

Francisco Xavier d'Ataíde Oliveira já registara exemplos portugueses no seu *Contos Tradicionais do Algarve*, "A Preguiçosa" (vol. I, n. 70, Tavira, 1900), onde o marido faz trabalhar a mulher negando-lhe alimento, e "A mulher má" (vol, II. n. 432, Porto, 1905) que é a versão típica do tema. O marido parte o candeeiro a tiros, partiu a porta a machadadas porque não fechara quando lhe deu ordem e matou a égua porque não passara por determinado lugar. O sogro quis imitá-lo sendo ridicularizado pela mulher, "burro velho não tem andadura".

Não se trata, evidentemente, do Ciclo da Mulher Teimosa, estudado no Brasil por João Ribeiro ("O Folclore", XXXVI, A Mulher Porfiosa, Rio de Janeiro, 1919), Gustavo Barroso ("O Sertão e o Mundo", Ciclo da Mulher Teimosa, 143, Rio de Janeiro, 1923) e também um estudinho meu, "A Mulher do Piolho" ("Contos Tradicionais do Brasil", 306, Rio de Janeiro, 1946[*]) e em Portugal por Cláudio Basto e Alfredo Apell, "A mulher teimosa", "Contos Populares Russos", 339, Lisboa, 1920. Corresponde ao Mt-1365 de Aarne-Thompson, *The Obstinate Wife*.

Não se identifica igualmente com a "Mulher curiosa" em que a teimosia decorre desse vício. É a história da mulher que quer obrigar ao marido confiar-lhe um segredo (entender a linguagem dos animais) e que lhe custaria a vida a confidência. Esse tema está no *Mil e Uma Noites*, na primeira estória que o vizir conta à filha, Scheherazada, e também em Straparola, *Le* XIII *Piacevoli Notte*, Notte-12, Favola-III, com Federico di Puzzuolo e de quem não encontrei variante no Brasil. Conheço a portuguesa no "Os contos de Antônio Botto" ("A linguagem dos animais", 168, Porto, 1942). É o Mt-670 de Aarne-Thompson. *The Animal Languages*, sabido em Angola (Heli Chatelain, "Folk-Tales of Angola", XXXIX), na Costa do Ouro, na Jamaica, na Suécia, Finlândia, Rússia, Estônia (Antti Aarne, 108).

Outra série refere-se à Princesa Desdenhosa que o rei obriga a casar-se com um pastor, fazendo este sua educação de trabalho, resignação e obediência, revelando-se depois ser um rico conde ou príncipe. É o meu "Conde Pastor" ("Contos Tradicionais do Brasil", 208), o "Conde de Paris" na coleção de Adolfo Coelho ("Contos Populares Portugueses", XXX), o Mt-900 de Aarne-Thompson, King Thrushbeard, muito popular na Europa

---

[*] Edição atual – 13. ed. São Paulo: Global, 2004. (N.E.)

e que Ernst Philippson estudou os contos-tipos ("Der Marchentypus von Konig Drosselbart", FFC, vol. XIV, tomo-50, Helsinki, 1923) e que ainda figura em Giambattista Basile, "Pentamerone", 10 diversão do IV$^{\underline{o}}$ dia, onde a princesa castigada é Conziela, filha do rei de Solcolungo e casada com o rei do Belpaese, disfarçado em jardineiro (vol. II, ed. do Professor N. M. Penzar, Londres, 1932); série que os americanos e ingleses denominam *The Shrewish Wife is Reformed*. E também é assunto registado pelos irmãos Grimm.

O ciclo das variantes citadas por mim, da estória narrada por meu pai e as versões de Natal, Fortaleza e Sousa, pertence ao Mt-901 de Aarne-Thompson, com o mesmo título da comédia de Shakespeare, *The Taming of the Shrew*, amansando a víbora educando a mulher mandona.

Esse é o assunto do conto-432 de Ataíde Oliveira, ouvido no Algarve, da Fábula segunda da VIII noite de Straparola, entre Pisardo e Spinella, do exemplo XXXV do Infante Dom Juan Manuel no *Libro de los Ejemplos del Conde Lucanor e de Patronio*, terminado em 1335, treze anos antes do falecimento do autor. O Professor Stith Thompson, da Universidade de Indiana, indica a bibliografia dos grandes pesquisadores da novelística, Wesselski, van de Hagen, Kohler (na edição do Professor Bolte), Hanna Lindberg e o encontro do tema entre os índios Zunis pelo Professor Franz Boas. Di Niscia estudou a tese no *La Bisbetica Domata Dello Shakespeare* ("Miscellanea, Nuziale Percopo-Luciano", Nápoles, 1903). O Professor Aurélio M. Espinosa recolheu versão em Zamora, "La Mujer mandona", com longa bibliografia no seu *Contos Populares Españoles*, II, 351, Madrid, 1947. O conto está no vol. I$^{\underline{o}}$, n. 91, 164, Madrid, 1946.

A mais antiga redação que conheço é a de Dom Juan Manuel (1282--1348). O noivo mata o cão, o gato e o cavalo aos quais pedira água para lavar aos mãos. A mulher intimidou-se e ficou submissa. O sogro, sabendo do processo, quis imitar o genro e matou um galo. Diz-lhe a velha: – *A la fe, don fulano, tarde vos acordastes, ca ya non vos valdría nada si matássedes cient caballos, que ante lo hobiérades a começar, ca ya bien nos conoscemos!*

Talqualmente sucedeu ao velho brasileiro quando quis sacrificar o galo para impor-se à consorte valentona.

Não há nesse ciclo grandes trabalhos para a mulher nem a competente sova de pau que o Rei Salomão aconselhou ao marido José, infeliz pelo gênio altaneiro da esposa (Boccaccio, *Decamerone*, Novela IX da décima jornada). No conto de Straparola, Pisardo mata apenas o cavalo, assombrando Spinella. Silvério quis imitá-lo para amedrontar Fiorella, mas inutilmente, como o velho sogro em Dom Juan Manuel e na versão de meu pai. Não aparece nas variantes brasileiras a morte do cavalo.

    Certo é que a estória veio com os colonos portugueses nas primeiras manhãs do século XVI para o Brasil, já transformada em facécia para narrar ao serão e rir. Não é possível que as fontes impressas que conhecemos sejam as responsáveis por essa popularidade tão contínua e viva na memória do povo. É de prever que a história, existindo como facécia, tenha resistido ao mesmo tempo que sua fixação literária em Dom Juan Manuel, nos novelistas italianos do Renascimento e mesmo dando motivo a uma comédia menor de Shakespeare.

Aí vai o Laurindo!...

A Aprígio Câmara

Laurindo Rabelo, 1826-1864, poeta, orador, satírico, "foi o talento mais espontâneo que tem existido no Brasil", escreveu Sílvio Romero. Era de raça cigana. Formou-se em Medicina. Foi médico do Exército, professor do curso anexo à Escola Militar do Rio de Janeiro. Era improvisador poderoso, inesgotável de rimas, graças, feitiços, conversador incomparável. Popular e querido, boêmio nato, tinha o nome de "Poeta Lagartixa". Ainda contam anedotas do Laurindo ou atribuídas à sua verve.

Cid Franco conta uma dessas estórias no seu "Histórias Brasileiras para a Juventude" (Liv. Martins, São Paulo, 1942, p. 156 e segs.).

"O seu talento de poeta repentista era uma das atrações nas festas familiares. Os convidados formavam roda para ouvi-lo. Ao se organizar uma festa, alguém lembrou: – Devemos convidar o Laurindo.

Outra pessoa da família objetou: – Agora não é possível. A roupa dele está num estado deplorável.

Realizou-se a festa sem a presença de Laurindo.

Tempos depois, quando o poeta Lagartixa estava de roupa nova, a mesma família o convidou para um sarau. Laurindo aceitou o convite. No dia da festa, os donos da casa e os convidados contavam pilhérias do improvisador, que deveria chegar de um momento para outro. Mas o tempo ia passando e o repentista não aparecia.

– Então, o Laurindo vem ou não vem? – perguntava-se, com ansiedade.

– Vem, sim. Ele chega sempre atrasado.

Quando toda gente já estava cansada de esperar, alguém bateu à porta.

– É ele! É ele!

Correram todos para recebê-lo. Mas – oh! decepção! – não era o número principal da festa. Era um carregador.

– Boa noite. Eu vim trazer este embrulho e um bilhete.

Quando o dono da casa abriu o bilhete, leu com surpresa estas palavras:

– "Aí vai o Laurindo!"

Abriu-se depois o embrulho: – era uma roupa nova.

Entendera Laurindo Rabelo dar a lição aos amigos da roupa vistosa e nova. O poeta com seu traje surrado não podia impressionar mesmo com o fogo de vista do seu espírito esfuziante.

A roupa era o homem que se convidara.

Todos nós temos episódios a contar referentes à exigência de roupas protocolares, desobedecida por filósofos e poetas alheios aos rigorismos obrigacionais da etiqueta.

Um grande advogado brasileiro, Dr. Cândido de Oliveira Filho, evoca uma dessas exigências. "Calor de rachar... Metido num belo terno de brim branco, baratíssimo naquele tempo, dirigi-me, em janeiro de 1901, à Corte de Apelação, situada no edifício referido, a fim de sustentar, perante as Câmaras Reunidas, os embargos de nulidade e infringentes do julgado por meu Pai opostos a uma decisão da Câmara Civil da mesma Corte. Ciente da minha missão, o presidente, Desembargador Rodrigues (Antônio Joaquim Rodrigues), mandou prevenir-me que, com as vestes que eu trazia, o terno de brim branco, não poderia conceder-me a palavra. Pedi, então, fosse o julgamento adiado, o que foi deferido. Na sessão seguinte, compareci ao Tribunal vestido de sobrecasaca escura, cartola e luvas, traje muito usado naquela época", *Curiosidades Judiciárias*, II, 395, Rio de Janeiro, 1949.

Lembro a indumentária do foro da Inglaterra, a obrigatoriedade da cabeleira encanudada mesmo durante o verão londrino.

No Brasil, até 1907, os funcionários do Ministério da Justiça e Negócios Interiores não podiam comparecer ao emprego com roupas claras e sim sempre de negro ou escuro-fechado. O Ministro que interrompeu essa penitência foi o Dr. Augusto Tavares de Lira, autorizando o uso de traje mais lógico com a temperatura do Rio de Janeiro (*A República*, Natal, 12-3-1907).

Nunca senti mais esse antagonismo entre a convenção e a natureza como no desembarque do então Príncipe de Gales, hoje Duque de Windsor, no Rio de Janeiro. Sua Alteza vestia uma farda branca, folgada e cômoda, própria para o clima. O Presidente Getúlio Vargas, Ministros de Estado e Corpo Diplomático derretiam-se literalmente dentro do chapéu alto, fraque preto e calças de casimira listradas, com as luvas de couro na mão e o lenço na outra, obedientes ao protocolo secular e fingidamente insensíveis aos 36° à sombra...

Fraque, sobrecasaca, cartola no Rio de Janeiro, na rua, em dezembro--janeiro, é ato expressivo do heroísmo. É uma verdadeira prova de fogo, ordálio, uma dança com armadura de aço em cima das brasas duma fogueira...

Na sua marcha, desde o saião de peles de animais aos fardões de grande gala, o Homem tem atravessado muita convenção, desmanchando-a e substituindo-a por outra, tão exigente e feroz quanto a inicial. Jesus Cristo conta numa parábola um Rei que encontra na sua festa um homem sem a veste de rigor. Pergunta porque está ali sem o traje nupcial, *quomodo huc intrásti non habens vestem nuptialem* e manda amarrá-lo e atirá-lo às trevas exteriores onde haverá pranto e ranger de dentes (*Mateus*, XXII, 12, 13). O homem fora convidado, mas expulso por não trazer o vestuário protocolar.

As revoluções mais radicais têm destronado os reis e invertido a posição das camadas sociais. Nenhuma simplificou o delírio do homem pelas complicações da indumentária e sua inenarrável significação de autoridade. Quem já pertenceu a uma missão oficial no exterior sabe da lista cuidadosa que o cerimonial exige em matéria de trajes, com o horário, ocasião e momento do seu indispensável uso. Qualquer negligência, desobediência, rebeldia ou esquecimento é punível no mesmo código daquele rei que mandou amarrar o convidado e atirá-lo às trevas exteriores, com pranto e ranger de dentes.

Laurindo Rabelo estava apenas cumprindo, nas inversões dos valores reais, um protocolo. Valia a roupa e não ele. Fosse a roupa nova fazer as pilhérias e beber o vinho na festa.

Curioso é o episódio do Poeta Lagartixa constituir um elo brasileiro numa cadeia de temas de grande âmbito na literatura oral europeia. Em Portugal corria, em fins do século XIX, um adágio alusivo:

Comei mangas aqui
A vós honram não a mi

estudado eruditamente por Adolfo Coelho no prefácio do seu *Contos Populares Portugueses* (Lisboa, 1879, XXII).

O conto já não mais o ouvira Adolfo Coelho nem o conheço eu nas coleções posteriores de Consiglieri Pedroso, Tomas Pires, Ataíde de Oliveira, Teófilo Braga, Fernando de Castro Pires de Lima etc.

Para Adolfo Coelho o adágio citado "é o último vestígio dum conto que ainda não encontramos na tradição portuguesa"[27] mas que é conhecido doutros países e sobre o qual R. Kohler deu ricas indicações no *Jahrbuch Fur Rom. Und Engl. Literatur*, XII, 351 e XIV, 425. O Papa Inocêncio III no seu livro de *Contemptu Mundi Sive de Miseria Humanae Conditions* deu a seguinte versão transcrita por Kohler: – *Cum quidam philosophus in habitu conteptibili principes aulem adisset et diu pulsans non fuisset admissus, sed quotiens tentasset ingredi, toties contegisset eum repelli, mutavit habitum, e assumpsit ornatum. Tune ad primam vocem aditus patuir venienti. Qui procedens ad principem, pallium, quod gestabat coepit venerabiliter osculari. Super quo princeps admirans, quare hoc ageret, exquisivit, Philosophus respondit: Honorantem me honoro, quia quod virtus non potuit, vestis obtinuit.*

"Pitré, *Fiabe, Novelle e Racconti Popolari Siciliane*", CXC, 8, oferece uma versão popular que se aproxima mais da que supõe o nosso adágio. Giufà, que como pateta não era convidado por ninguém, é vestido luxuosamente pela mãe. Convidam-no para a mesa onde o tinham antes repelido e ele ia comendo e metendo comer nas vestes, dizendo: *Mangiati, rubbiceddi miei, cá vuatri fustivu 'mmitati!"*

O Papa Inocêncio III, Papa em 1198, falecido a 17 de julho de 1216, devia já ter encontrado a anedota popular no século XII, quando escreveu seu livro, citado no trecho por Reinhold Kohler no "Anuário da Literatura Românica e Inglesa".

No *Orto do Sposo*, manuscrito do século XIV, de Frei Hemenegildo de Tancos, do mosteiro de Alcobaça, fl. 142 verso, regista-se a mesma história, possivelmente tradução feita pelo frade do *exemplo* dado por Inocêncio III. Teófilo Braga (*Contos Tradicionais do Povo Português*, II, 27, segunda edição, Lisboa, 1915) divulgou-a com o título "As vestiduras honradas":

"Donde aconteceo que huum filosofo chegou ao paaço d'huum principe en vestidura vil e nunca o leixarom entrar dentro, pero o provou muytas vezes. Entom elle vistyose em outra vestidura fremosa, e logo o leixarim entrar. E quando chegou ante o princepe começou de beijar a sua vestidura meesma que ele trazia e fezlhe reverença. E o princepe se maravilhou

---

[27] Certo é que o adágio era citado independentemente do conto. Na coleção de refrões do Marquês de Santilhana, de fins do séc. XV e publicada em Sevilha a 3 de novembro de 1508, consta o adágio: *Comet, Manga; Que Por Vos Me Façen Honra: in Refranero Espanol* (que o reproduz) 142, Buenos Aires, 1942. Pedro Chaves inclui o refrão no seu *Rifoneiro Português*, num. 533, *Comei Mangas Aqui, Que A Vós Honram e Não a Mim*, 2ª ed., p. 121. Porto, sem data.

d'esto. E perguntou porque o fazia. E o filosofo respondeo: – Eu honrro aquella que me honrrou; porque aquillo que a virtude nom pode fazer gaanhou a vestedura.

E esto he grande vaidade dar a honrra pella vestedura a qual honrra he devida aa virtude".

Não pude consultar diretamente o *Jahrbuch* de Kohler, tomos XII e XIV, mas verifiquei em Stith Thompson, *Motif-Index of Folk-Literature* (Vol. IV, 137, Bloomington, Indiana, 1934) o "motivo" Jl 561.3, *Welcome to the clothes*, de assunto idêntico. Igualmente o homem foi esquecido num banquete por estar com o traje pobre. Retirou-se para trocá-lo por vestes ricas e foi homenageado. Comei meu traje, dizia, porque sois vós o homenageado. Resume o Professor Stith Thompson: *A man at a banquet is neglected because of his poor clothes. He changes clothes, return, and is honored. "Feed my clothes", he says, "for it is they are welcomed".*

A bibliografia indicada é Pauli, na edição que o Professor Bolte dirigiu, Wesselski no "Hodscha Nasreddin", um estudo de Stanislau Prato e Herbert, no III° do seu "Catalogue of Romances". Reunindo-se estas às indicações de Reinhold Kohler o episódio terá seu ponto máximo de explanação erudita.

A anedota espalhou-se facilmente e corria no século XIV como tendo sido vivida por Dante. Apesar de sua austeridade e ascetismo, Dante possuiu um ciclo anedótico na Península Itálica, aparecendo faceto e de respostas graciosas e felizes. Giovanni Sercambi (1347-1424) incluíra na sua "Scelta di Curiosità" a estória. Li apenas o resumo que dela fez o Professor D. P. Rotunda (*Motif-Index of the Italian Novella in Prosa*, Bloomington, 1942). Dante voltando ao banquete bem-vestido recebe as homenagens que lhe tinham sido recusadas. Esfregando na roupa os pratos servidos, explicava: – *You have honored my robe, not me...*

Esses rigores tabuísticos de roupagens protocolares vivem deliciosamente num *cuento* breve do Duque de Frias, Dom Bernardino Fernandez de Velasco, (1701-1769).

"Es Arequipa una ciudad de gran pobreza, en el Peru, y de tal vanidad en sus vecinos, que por ella se dice aquel proverbio: 'De dones, pendones, y muchachos sin calzones'. Sucedio que, llegando a apearse en la posada cierto religioso grave, vió un muzuelo hecho andrajos; dijole: – Ah, mancebo! Tenme est estribo.

Respondióle, enfurecido: – Ah, padre! Sabe que habla con don N. de tal y tal? – arrojandole millones de apellidos.

A que dijo el religioso:

– *Pues, señor don fulano de tal y tal y tal: Vuestra Merced se vista como se llama, o se llame como se viste!"* (*Cuentos Viejos de La Vieja España*, dirigido por D. Federico Carlos Sainz de Robles, 930, Madrid, 1943).

A mais antiga menção de homem expulso de festa por não estar vestido convenientemente é a parábola de Jesus Cristo, citada no Evangelho de Mateus, escrito no ano 40. A pompa assíria, medo-persa, babilônia, egípcia trouxe-nos essa herança que se continua no tempo, implacavelmente.

Certa ou não, a anedota de Laurindo Rabelo tem raízes profundas e seculares...

Os grous de Ibicus voam em português...

Les crimes secrets on les dieux pour témoins.

Voltaire.

A morte de Ibicus e o episódio dos grous que indicaram seus assassinos, muito mais notícia mereceram que o poeta e seus sete livros de hinos sagrados e de cantos líricos. Conhecemos apenas fragmentos dos seus versos e estes não o distinguem da classe dos poetas menores, em segundo grau.

Só sabemos de sua vida por citações poéticas, séculos posteriores à sua tragédia. Nascera em Régio, na Magna Grécia. Viveu na corte de Polícrates, tirano de Samos. Teria inventado um instrumento de cordas, o sambuco. Já velho, caiu nas mãos de uns salteadores que o levaram para uma ilha deserta, matando-o para roubar. Antes de morrer, o poeta avistou os grous que voavam e pediu-lhes que fossem testemunhas e vingadores do seu sacrifício. Os ladrões riam daquela delegação singular. Enterraram Ibicus na praia e fugiram.

Anos depois estavam num anfiteatro em Corinto quando os grous esvoaçaram sobre a assistência. Os assassinos, incontidamente, disseram: – Lá vão as testemunhas e vingadores de Ibicus! – Ouviram os vizinhos estas palavras irônicas e, como o desaparecimento do poeta era um mistério, atinaram que ali estavam cúmplices de sua morte. Presos, interrogados, confessaram tudo e foram executados. Os grous tinham, verdadeiramente, sido testemunhas e vingadores do poeta, cumprindo o mandato. Esta história é do século VI antes de Cristo.

Quinhentos anos depois, um poeta elegante, Antipatro de Sidon (118--100 antes de Cristo), improvisador que mereceria, duzentos anos depois, os elogios de Cícero, escreveu sobre a morte de Ibicus um epigrama fúnebre que se divulgou. Veio aos nossos dias e é de fácil encontro na antologia Grega. Traduzo-o da versão francesa de Maurice Rat[28]:

> Ibicus, os bandidos te assassinaram, depois de te haverem levado para a praia selvagem e deserta de uma ilha; mas imploraste de um bando de grous que voavam não longe da cena sinistra desse morticínio, e não gritaste em vão um apelo. Por teus gritos é que a vingativa Erinia puniu teu assassinato nas terras de Sísifo. Oh bando cúpido de facínoras! como não tivestes receio da cólera dos deuses? Egisto, que outrora matou o cantor de Clitemnestra, não escapou igualmente ao olhar das Eumenides das negras vestes!...

De tradições populares e orais teria Antipatro Sidônio recolhido o tema do seu epigrama e não este constituir fonte originária na memória coletiva. Creio que da Itália Grega, o episódio irradiou-se para o Mediterrâneo, para o mundo árabe, e por intermédio deste aos negros africanos. Assim Talbot ouviu-o entre os Ekói e a Sra. Marta W. Bechwith na Jamaica, Callaway entre os Zulus, Juond entre os Tonga, Jacottet entre os Bassutos. Vitor C. Chauvin recenseia-o na "Bibliographie des ouvrages arabes publiés dans l'Europe chretienne de 1810 a 1885", VII, 146-147.

René Basset, "Mille et un Contes, Récits & Légendes Arabes", II, 381-382, Paris, 1924, regista a bibliografia oriental do conto que ele transcreve na versão de Ah' med el Qalyoubi ("Naouâdir", 36). Um curdo estava na mesa com um emir e vendo duas perdizes assadas começa a rir. Perguntada a razão do riso, conta que matara um mercador e este pedira a duas perdizes que testemunhassem sua morte e a identidade do assassino. O emir mandou imediatamente cortar a cabeça do curdo.

Os pesquisadores da Novelística deparam Ibicus suplicando vingança aos seus grous por todas as regiões da Europa. Reinhold Kohler, Wilhelm Hertz, Alfon Hika, Theodor Zachariae fizeram, em língua alemã, ampla colheita que se completou com o Bolte e Polivka nos comentários e variantes aos contos populares dos irmãos Grimm, IIº, 532. Figura necessariamente nos sermonários da Idade Média e dos mais antigos e melhores espécimens e o *Scala Celi*, do dominicano Johannes Gobi Junior, dos finais do século XIII pois há cópias manuscritas datadas de 1301.

---

[28] *Anthologie Grecque*, Èpigrammes Funéraires et Èpigrammes Descriptives, Traduction nouvelle de Maurice Rat, IIº, 187, n. 745, Lib. Garnier, Paris, sem data.

O nome de Ibicus desapareceu nas versões populares, sendo o protagonista um viajante católico entre bárbaros ou um negociante judeu entre cristãos infiéis. A tradição de Corinto, com a indicação dos culpados pelo aparecimento dos grous manteve-se sempre. Ibicus, que era citado como um personagem mítico, esfumado no tempo, determinara mesmo uma comparação sugestiva, uma imagem verbal, *Arkaióteros Ibycon*, mais antigo que Ibicus, significando a remota existência do herói trágico.

Uma convergência católica é a lenda de São Meinrad, ermitão de Einsiedeln, assassinado pelos ladrões Hetal e Galswerd que foram perseguidos por dois corvos até Zurique e aí presos e executados. *Corvi delictum produnt*, dizia-se.

Tornam-se mais vivas duas variantes da anedota. Os matadores denunciam-se vendo as aves testemunhas do assassinato, ou o bandido confessa o crime ouvindo o rumor do ar contido numa víscera da perdiz, servida por ele ou na sua presença. Os grous passam a ser corvos, como na versão de São Meinrad, ou perdizes. As duas versões sobrevivem paralelas e correntes.

Paul Sébillot ("Le Folk-lore de France", III, "La Faune et la Flore", 211-212) recolheu as duas variantes. Na primeira é um judeu assassinado pelo servo que um amigo mandara para acompanhá-lo e defendê-lo. Na hora da morte o israelita vê as perdizes e anuncia que elas denunciarão o crime. Dias depois o criado está cortando perdizes assadas para o amo quando a bexiga de uma dessas aves rebenta, assobiando. O criminoso empalidece e confessa o que praticara.

É justamente a versão que o *Scala Celi* conservou. O judeu avisa ao cristão assaltante que as perdizes próximas falarão do crime. Tempos depois o cristão está assando perdizes e o rumor escapado das vísceras da perdiz recorda-lhe as últimas palavras do judeu. Confessa que o matou.

Noutra variante que Sébillot colheu na Normandia, Pousias, negociante de manteiga de Vire, sendo assassinado, gritou para os corvos que voavam: – Tomo-vos por testemunhas da minha morte! Anos depois, assistindo a uma execução, os bandidos viram os corvos voando e um deles não se conteve, dizendo, em voz alta: – Olhem as testemunhas de Pousias! Os outros concordaram: – Sim, são elas! – Ouvidos, foram presos e tudo contaram do assassinato.

É a versão clássica, o episódio dos grous de Ibicus no teatro de Corinto.

Para não citar a bibliografia acima, lembro um registo africano dos grous de Ibicus. Louis Jacolliot teve-o dos negros sudaneses ("Viagem aos países misteriosos", trad. A. Mascarenhas, 115-117, Lisboa, 1912) em que as perdizes são o elemento denunciante:

"Um dia, um enviado do Rei de Douma (Daomé) apresentou-se na corte de Hodé Iébu, onde foi recebido com honra e lhe serviram de comer. Entre as iguarias estavam duas perdizes cozidas. O mensageiro ao vê-las perturbou-se e recusou-se a comer desse prato. Espantado o soba pelo que via, perguntou-lhe o motivo porque rejeitava as tiboubas (perdizes). O homem balbuciou algumas palavras, parecendo estar sob o peso de um profundo terror e recusou explicar-se. – Que fechem este homem, disse o soba; debaixo disto esconde-se algum mistério, e eu quero conhecê-lo. Pressinto que os deuses me enviaram algum grande criminoso para que eu lhe faça justiça. – Queixar-me-ei ao meu soberano, disse o enviado com altivez. – Por mais poderoso que ele seja, replicou o soba, não te virá arrancar das minhas mãos. Vamos! Que o encarcerem já, e que ninguém lhe dê de comer, se acaso ele teimar em não dizer o motivo por que recusou provar as perdizes que lhe mandei servir. – Apesar dos seus protestos o enviado do Daomé foi encarcerado imediatamente e alguns soldados foram colocados de sentinela no lugar onde ele estava encerrado, para que ninguém pudesse transgredir as ordens do soba. Logo no segundo dia a resistência do mensageiro foi vencida. Pediu de comer e declarou que apenas tivesse aplacado a fome, contaria ao rei a sua história. – Seja – respondeu Oba-Ochoué – mas previno-te de que, se hesitares em falar quando estiveres bem farto de comer, mandar-te-ei cortar a cabeça. – O daomeano comeu e bebeu à sua vontade, e contou o seguinte: – Outrora eu era um ladrão de estrada. Um dia estava à espera dos viandantes numa passagem muito frequentada, vi passar um mercador montado numa mula, levando um saco com dinheiro. Obriguei-o a parar, e dispunha-me a matá-lo, quando ele me disse: – Não é o teu fim roubares-me este dinheiro? – Certamente, respondi eu. – Neste caso, guarda a mula e o saco que ela traz, e deixa-me partir. – Impossível, meu caro. Tu irias denunciar-me à aldeia vizinha e voltarias com todos os habitantes para me prenderem. – E agarrei-o por um braço para o matar. – Juro por meu pai que não te denunciarei. – É inútil. Preciso que morras. – Insistes então nessa ideia? – Sim, e vais morrer já. – Deixa-me ao menos dirigir uma oração aos deuses. – Dirige tua oração, mas despacha-te. – O mercador começou a rezar. Porém, como prolongasse a tal oração a fim de ganhar tempo, resolvi agarrá-lo pelo pescoço. – Eu te suplico por tua mãe, que me deixes ir em paz. – Não te canses. Morres imediatamente. – Em seguida olhou em derredor de si, e vendo duas perdizes, gritou de repente dirigindo-se a estas aves: – Tiroubas! sede testemunhas de que morro sem motivo, e sede as minhas vingadoras. – Pus-me a rir desta singular exclamação, matei o homem, e levei comigo a mula e o dinheiro. Ora, estas duas perdizes recordam-me essa triste aventura. Agora que já te contei tudo, e que a minha missão está acabada, deixa-me voltar para junto do rei meu amo. – Estas palavras acabam de pronunciar a tua sentença de morte – gritou o soba com voz trêmula de raiva. – Não se dirá que o pobre mercador invocou em vão o testemunho das tiroubas. – E depois de um sinal feito ao executor, que acompanha o rei para toda a parte, um alfange se levantou e rapidamente caiu sobre a cabeça do daomeano, a qual rolou no pó. O rei Iebu encerrou-a depois num odre e enviou-a ao rei do Daomé, mandando-lhe dizer que, quando tornasse a enviar-lhe assassinos e ladrões como mensageiros, lhes faria ter a mesma sorte…" A história foi narrada por um chefe negro, Obi-Tchadé, como ocorrida na Nigéria.

Não é raro encontrar-se nos contos populares a presença de aves denunciadoras de crimes. Antti Aarne cita na Estônia e Finlândia os pássaros que indicam o lugar onde enterraram um assassinado; Mt. 781, *The*

Princess who Murdered her Child (Aarne-Thompson, "The Types of the Folk Tale", 122, Helsinki, 1928) e o Prof. Stith Thompson constituiu com o assunto o tema B131.1, *Bird reveals murder* ("Motif-Index of Folk-Literature", I, 300, Bloomington, 1932).

O elemento denunciador sendo as perdizes mortas e servidas à mesa é a variante única que conheço na bibliografia dos contos e exemplos em Portugal. Num manuscrito do século XV, existente na Biblioteca de Viena, está o episódio, transcrito, com outros, na Revista Lusitana, VIII, 136, e reproduzido por Teófilo Braga no "Contos Tradicionais do Povo Português", segunda edição, IIº, 31 (Lisboa, 1915).

"Hun judeu queria passar pela terra de hum rey com muytos haveres que comsiguo levava; e rogou a el-rey que lhe desse hun de sua casa que o acompanhasse seguro, ataa que passasse seu reyno. Elrey lhe deu hun seu scudeyro, do qual se fiava muyto, e mandoulhe que acompanhasse este judeu bem fielmente, ataa que passasse em salvo fora de sua terra.

E quando este judeu foy em hun mato, o escudeiro tirou fora de sua espada para o matar e roubar-lhe seu haver, e ho judeu lhe disse:

– Nom me mates, porque se me matas, aquellas perdizes que estam em aquella arvor te acusarom a teu senhor, e mandar-te-ha matar.

O escudeyro escarneceo do que o judeu dizia e matou-o, e tomou-lhe todo haver que comsigo levava.

E d'aly a pouco tempo presentarom a este rey perdizes, sendo a jantar. Este seu scudeyro cortava ante ell, e como a Deus prouve começou este escudeyro de ryr, e non se pedia teer nem fartar de ryr. Elrey sendo aa mesa nom lhe disse nada, e depoys que jantou chamou-o de parte, e por que rira tam fortemente aa mesa, que lhe dissesse a verdade. Ho escudeyro nom lh'o queria dizer que se temia. Elrey antre afaagos e ameaças soube d'elle a verdade em como matara aquell judeu e lhe tomara todo seu aver, e como o judeu, antes que o matasse, lhe dissera que as perdizes que estavam na arvor o acusariam a ell, e que o mandaria matar. Elrey tomou d'elo gram nojo porque amava muyto o escudeyro:

– Por certo as perdizes te accusarom!

Depoys ouve conselho com seus conselheyros:

– O que merece este escudeyro?

E acudiram todos, que morresse na forca.

E assy foy o escudeyro enforcado pelo mal que fizera".

É o tema do *Scala Celi*, idêntico à estória que Facolliot ouvira aos negros Iébus.

No Brasil não li o episódio nas coleções mais conhecidas de contos populares, Sílvio Romero, Lindolfo Gomes, Silva Campos, nos três volumes de Figueiredo Pimentel. A menção única fê-la Alberto Faria ("Aérides", 209-212, Rio de Janeiro, 1918, "Natureza Denunciante"). Traduziu o epigrama de Antipatro de Sidon, resumiu os dois contos de Paul Sébillot assim como um outro de Christoph van Schmid, *Der Haushahn*, vertido para o português pelo Sr. Cândido Jucá.

Dois ladrões noturnos assaltando um moleiro assustam-se com o imprevisto cantar de um galo. Lutam e matam o moleiro e, três anos depois, num quarto de hospedaria, ouvem o galo cantar e comentam, em voz alta, o assassinato do moleiro. São ouvidos do quarto vizinho e na manhã seguinte estão presos. Nenhum episódio é recordado no ciclo dos grous de Ibicus. O moleiro do conto alemão de von Schmid não faz apelo algum ao galo.

Minha mãe contava sempre um exemplo que intitulava "As testemunhas de Valdivino". Dizia ter ouvido ainda menina e ser conhecido pelo agreste e sertão do Rio Grande do Norte. Divulguei-o em janeiro de 1939[29].

No *Contos Tradicionais do Brasil* (Americ-Edit, Rio de Janeiro, 1946, 379[*]) dei-lhe forma definitiva:

"Dizem que um homem chamado Valdivino atravessava uma mata quando foi assaltado por dois ladrões que lhe tomaram todo dinheiro que conduzia. Depois resolveram matá-lo para que o roubo ficasse impune. Debalde rogou o assaltado que poupassem sua vida mas os ladrões riam. Valdivino, erguendo o olhar, viu duas garças que passavam voando. Disse então:

– Garças, sede as testemunhas de Valdivino!

Os bandidos assassinaram Valdivino e enterraram.

Anos depois estavam os dois ladrões conversando numa roda de amigos, na cidade próxima. Era de tarde e duas garças voavam. Um deles, distraidamente, exclamou:

– Lá vão as testemunhas de Valdivino!

---

[29] O nome de Valdivino deve ter ocorrido pela associação de ideia com o personagem do velho romance *O Marquês de Mantua*, pertencente ao ciclo de Carlos Magno. Valdivino, sobrinho do Marquês, foi assassinado traiçoeiramente numa floresta; Almeida Garret, *Obras Completas*, I, 509, Lisboa, 1904, *Baldouinos* nas versões castelhanas, *Cancioneiro de Romances impreso en Amberes sin ano*, edição facsimilada e dirigida por R. Menéndez Pidal, 29-54, Madrid, 1945.

[*] Edição atual – 13. ed. São Paulo: Global, 2004. (N.E.)

Os amigos que sabiam do desaparecimento de Valdivino, cercaram os dois ladrões de perguntas e eles acabaram confessando o crime. Foram presos e condenados".[30]

O Padre Celestino de Barros Pereira, salesiano, deu-me outra versão, ouvida por ele em Pajeú, no sertão de Pernambuco.

"Um grupo de caçadores profissionais tomou-se de antipatia por um companheiro, por ser naturalmente mais hábil na pontaria e feliz na caça. Deliberaram então matá-lo quando estivessem no meio da floresta. Chegada a oportunidade lançaram-se contra o companheiro e não deram ouvidos às suas súplicas. Vendo-se perdido, o caçador avistou uma arara pousada num galho de árvore e falou-lhe: – Arara, seja minha testemunha! Os caçadores mataram-no, sepultando-o no mato para que ninguém soubesse. Aos membros da família que perguntavam pelo caçador desaparecido respondiam que deixara o grupo, indo para lugar ignorado. Os anos foram passando.

Numa tarde os caçadores conversavam quando uma arara voou e pousou numa árvore próxima ao grupo. Um dos assassinos, não se contendo, disse: – Olha ali a testemunha de fulano! Que tolice! Arara é testemunha de alguém?...

Um soldado atravessava a rua e ouviu a conversa, indo contá-la no quartel. Acharam o assunto esquisito e o delegado mandou prender todos os caçadores. Apertando o interrogatório veio a saber da verdade e os assassinos foram condenados".

Os grous de Ibicus não são perdizes nem corvos mas garças (Ardeidas) e araras (Psitacidas) conforme o litoral-agreste e o sertão. As duas variantes brasileiras que colhi estão diretamente articuladas ao arquétipo de Corinto, poetizado por Antipatro Sidônio, no século VI antes de Cristo.

Há outra série de variantes que, mantendo o assunto, substitui o testemunho das aves pela Lua e as Estrelas.

Veríssimo de Melo[31] divulgou uma pesquisa que amplia o ciclo de Ibicus com a menção dos astros.

"É muito conhecida a história do homem que matou outro numa mata, noite de lua. O assassino agiu satisfeito, porque só a lua assistira ao crime.

---

[30] *As Testemunhas de Valdivino*, Diário de Notícias, Rio de Janeiro, 15-1-1939, registado pelo Prof. Ralph Steele Boggs no *Publications on Latin American Folclore in* 1939 no *Hand-Book of Latin American Studies For* 1939 (Harvard University Press). O Prof. Stith Thompson citou-o no seu *The Folktale*, 137, nota-20 (The Dryen Press, New York, 1946). Repeti o episódio no *Contos Tradicionais do Brasil*, 379, Americ-Edit. Rio de Janeiro, 1946. [Edição atual – 13. ed. São Paulo: Global, 2004. (N.E.)].

[31] Veríssimo de Melo. *O Testemunho da Lua e das Estrelas*, Diário de Pernambuco, Recife, 8-8-1948.

Nunca seria descoberto o criminoso. Anos depois casou ele com uma moça muito bonita. Viviam felizes. Mas, quando o assassino olhava para a lua, sentia um remorso tremendo e dizia à mulher: – Todas as vezes que vejo a lua tenho vontade de te contar um segredo! – A mulher pedia insistentemente para que contasse, mas ele sempre se esquivava, com medo. Um dia afinal, resolveu confiar tudo à mulher. E descreveu o crime bárbaro que só a lua presenciara. A esposa admirou-se muito e no dia seguinte contou o fato à mãe, pedindo segredo. A velha passou-o logo no bico da vizinha, também pedindo segredo, e a história espalhou-se rapidamente, chegando por fim ao conhecimento da polícia. O assassino foi preso e castigado".

O Sr. Garibaldi Romano contou-me uma variante desta história: Quando a mulher soube do segredo ficou horrorizada, porque a vítima era o seu próprio irmão.

Agora relendo um inquérito sobre histórias de Trancoso, que fiz com os alunos da Escola Industrial de Natal, encontro uma outra versão, cujas testemunhas foram as estrelas. Foi nosso informante o garoto José Messias do Lago, de 13 anos, aluno da 1ª série B, e nós a resumimos assim: "Um caixeiro transportava charutos para uma mercearia e passava por um lugar muito escuro, à noite. Certa ocasião dois ladrões o agarraram e disseram: – Se não nos der charutos para fumarmos até o amanhecer nós o matamos. O caixeiro pediu que não fizessem aquilo. Tivessem pena dele. Era pobre, tinha filhos e os charutos não eram dele e sim do patrão. Antes de terminar de falar tombava no chão com uma punhalada traiçoeira. Mas, antes de morrer, falou: – Tomo por minhas testemunhas as estrelas!

No dia seguinte, à noitinha, os ladrões chegaram numa mercearia (onde trabalhara o caixeiro assassinado) e começaram a beber. Já bastante embriagados, um dos ladrões olhou para o céu estrelado e disse: – Lá está a testemunha do caixeiro.

O dono da mercearia ouviu e começou a prestar atenção à conversa. Puxou por ele e finalmente soube de tudo. Mandou chamar a polícia, por um empregado, e os ladrões foram presos imediatamente. As estrelas, únicas testemunhas, haviam descoberto o crime".

O tema-cíclico da "Natureza Denunciante" tem o seu símbolo na anedota das orelhas do Rei Midas (Ovídio, "Metamorfoses", XI, IV e Virgílio "Eneida", III, 22). Mas o elemento característico é ao apelo da vítima no momento da morte. O testemunho das estrelas é mais típico que o da Lua, testemunha ocasional e que agiu sem delegação expressa.

O Professor Stith Thompson fixou *The Cranes of Ibycus* na sua admirável sistematização dos motivos da literatura oral tradicional sob a indicação N271.3 ("Motif-Index of Folk-Literature", V, 70, Bloomington, 1935), com as fontes alemãs, Bolte e Polivka, Zachariae, Hertz, Kohler (na edição do Professor Bolte) e a bibliografia árabe de Chauvin.

Em 1928 a Dra. Minnie Louella Carter escreveu a tese para doutoramento em Filosofia na Universidade de Chicago sobre o *Scala Celi, Studies in the Scala Celi of Johannes Gobii Junior*, analisando as origens dos exemplos, verificando a informação erudita, biográfica etc. usando o processo Aarne-Thompson. Resume no nº 7800: *– Jew tells Christian who is about to murder him that partridges will sing of murder. Christian is roasting partridges and at sizzling sound remenbers words of Jew, and confesses murder* [32].

A bibliografia é igualmente alemã, Bolte e Polivka, Hilka, Hertz, Kohler, e a indicação dos livros árabes de Chauvin.

Não são, evidentemente, conhecidos os exemplos dos grous de Ibicus na língua portuguesa. Ignoro as referências na bibliografia castelhana[33].

No Brasil, dou o meu testemunho que o episódio está na literatura oral, por todo o Nordeste do país, fiel à fonte clássica que credenciou o epigrama funerário de Antipatro Sidônio.

---

[32] A tese da Dra. Minnie Louella Carter não foi impressa. Possuo o original graças à bondade da autora.

[33] No *El Palacio Confuso*, de Lope de Vega o personagem Varlouento diz: *Nosotros, estando en pie, / oyentes grullas seremos*; ed. do Instituto de las Espanas en los Estados Unidos, New York, 1939, anotada pelo Professor Charles Henry Stevens que, p. 102, cita o *Silva de Varia Lecion*, de Pedro Mejía, (ed. 1603, 1ª parte, cap. V, 28-29); *Dessa manera se burlaron los otros que robaron y mataron a Ibuco poeta que auiento muerto en un campo yermo, do nadie lo pudo ver, quando lo tenian para matar, passaron a caso unas grullas por el ayre bolando, y el poeta alçando los ojos dixo: Vosotras grullas me sereyes testigo de lo que estos me hazen...*

Descalça-te! A terra é sagrada...

> *solve calceamentum de pedibus tuis locus enim, in quo stas, terra sancta est.*
>
> Êxodo, III, 5, Josué, V, 16, Atos, VII, 33.

*–D*escalça-te! Retira dos teus pés o calçado porque o lugar onde está é terra sagrada! Era Jeová dirigindo a Moisés a primeira recomendação litúrgica ouvida por um condutor de povos. A sarça ardia sem consumir-se. Moisés descalçou-se para atender ao imperativo. Depois é que o Senhor Deus lhe deu a missão de levar o povo eleito da terra do Egito para Canaã.

O pé descalço era uma homenagem. Homenagem de humildade e de obediência. O costume já era assim pelos reinos poderosos da Assíria, Pérsia, Babilônia. No Egito ninguém se aproximava do Faraó com os pés calçados.

Una, o ministro omnipotente de Meri-Râ-Papi, da sexta dinastia, elefantina, teve a maior das distinções possíveis, a mais surpreendente que um vassalo podia, vaidosamente, sonhar. O Faraó permitiu-lhe conservar calçadas as suas sandálias no palácio real e até na própria presença divina do Rei.

Essa tradição é um elemento característico para a religião de Maomé. Todos os fiéis descalçam-se para entrar e orar nas mesquitas. Em treze séculos muito cerimonial desaparece ou se transforma. A obrigação de descalçar-se tem sido imutável por todo o mundo muçulmano.

Na reação cristã houve reforma de hábitos e protocolos. Mas ainda existe na liturgia católica um ato religioso em que os oficiantes funcionam com os pés nus. No ofício da manhã, na Sexta-Feira da Paixão, depois das preces litânicas que se seguem ao canto da paixão ("Passio"), o padre e os ministros que o acompanham descalçam-se para a adoração da cruz.

A rubrica do Missal Romano explica: – *Postea sacerdos solus portat Crucen ad locum ant Altare praeparatum, et genuflexus ibi demeam locat: mox depositis calceamentis, accedit ad adorandam Crucem, ter genua flectens antiquam eam desosculatem"* (*Missalae Romanum*, Feria VI in

Parasceve, Ed. Pustet, 1907). Mesmo quando oficia o Bispo, nesta altura, *manipulum et calceos deponet* para ir adorar a Cruz (*Maretti Caeremoniale Pro Functionibus Pontificalibus Herdomadare Maiores*, 132, Ed. Marietti, Turim, 1924).

Um dos maiores liturgistas do século, o Cardeal Alfredo Ildefonso Schuster, beneditino do Monte Cassino, arcebispo de Milão, ensina: "*L'Adorazione della santa Croce se compie dal clero, senza scarpe, il che ci ricorda l'antico rito che prescriveva in questo giorno al Papa e ai cardinali di prender parte a piedi scalzi alla processione stazionale*" (Cardeal A. I. Schuster, O.S.B., *Liber Sacramentorum*, Vol. III, 223, Ed. Marietti, Turim, 1933).

Nenhum de nós deixou de ver, nos países católicos, homens e mulheres acompanhando procissões com os pés descalços em satisfação de promessa ou penitência. Na procissão do Encontro, na primeira sexta-feira antes da Sexta-Feira da Paixão, é de fácil encontro essa tradição. Nas peregrinações e romarias em Portugal e Espanha os que acompanham sem sapatos, por devoção, são incontáveis. Não houve ideia mais viva de reforma purificadora que denominar aos Carmelitas "descalços" embora se refira à ausência das meias nas alpercatas.

Mandando Moisés descalçar-se, para dar uma visão assombrosa do lugar sagrado, Jeová empregou indicação corrente e popular no Egito, empregando sugestão material e visível para alcançar o invisível e o abstrato, talqualmente realiza a liturgia maravilhosa da Igreja Católica. Doutra forma, Moisés não compreenderia.

As sandálias eram conhecidas no Egito desde a IV dinastia. Um faraó da VI autorizando o Ministro Una a calçar-se na presença do Rei já mostra o alcance do costume e sua significação. Quando Jeová falou a Moisés no Horeb reinava Ménefta, da XIX dinastia, filho de Ramsés II. O fato de estar calçado ou descalço na presença do Faraó, ser divino, possuía vasto entendimento para o povo, sabendo todos a distinção entre as duas atitudes.

As fórmulas de respeito e adoração mais antigas estão fixadas nas pedras, nas ruínas dos templos, dos palácios, das sepulturas, dos hinários historiando as façanhas guerreiras ou as oblações religiosas. A mão ao peito, as palmas voltadas para o Deus ou para o Rei, a prosternação, a posição ajoelhada, os braços cruzados, são as mais conhecidas. De joelhos eram os soberanos assírios e babilônios servidos, como tantos príncipes no Renascimento. De joelhos são certas audiências papais. De joelhos sobem os vinte e oito degraus de mármore da Scala Santa, a escada do pretório de Pilatos, conduzida para Roma. O pé descalço é, possivelmente, a forma mais antiga de materializar o respeito, a submissão, a obediência notória.

A terra, Gaia, Telus, Titéia, Cibele, a *kthón*, mãe dos deuses, mantenedora da vida organizada, era, em última análise, tudo para os antigos. Os deuses que viviam debaixo da terra ou dirigiam a força da fecundação, da germinação, da conservação da existência vegetal e animal, eram decisivos e oraculares. Orientavam as águas, o movimento do mar, guardando os ventos nas cavernas, o voo das aves, a migração dos peixes, os animais, o alimento vegetal. Perséfona e Cibele traduzem bem o mito quando Plutão arrebatou a primeira e a segunda não manteve a regularidade das estações climatéricas no plano da vida vegetal. Homens e deuses iam sucumbindo. Foi preciso arranjar-se uma fórmula de conciliação. E por isto a vida continuou.

Para a terra iam, como ainda vão, os primeiros goles do vinho bebido. E as ideias supremas de Pátria estão intrinsecamente ligadas à imagem material da terra.

Quem já assistiu às funções dos Candomblés na Bahia, das Macumbas no Rio de Janeiro, dos Xangôs em Maceió e Recife, viu a estranha saudação indispensável que todos fazem na entrada do barracão festivo. Grandes e pequenos titulados da seita, desde o Babalorixá à Mãe de Santo, ogãs, as filhas de santo e filhos, os devotos e admiradores, todos tocam o solo com os dedos da mão direita e alguns levam-na à fronte. Quando um filho de santo, no ritmo dos cantos e dança votiva ao seu Orixá, recebe o padroeiro, entrando em transe, *sentando o santo*, estrebuchando desordenadamente, um dos primeiros cuidados dos companheiros é descalçá-lo, fazendo-o pisar diretamente o chão do terreiro.

A Terra dá força no seu contato poderoso, estabelecendo misteriosa comunicação magnética, animando e fortalecendo.

No mito de Anteu, filho da Terra e de Netuno, há o símbolo mais visível dessa irradiante energia invencível. Três vezes Hércules atirou o gigante ao solo, fulminantemente. Três vezes a mãe Terra restituiu-lhe as forças para reenfrentar o semideus. Hércules, para matar Anteu, ergueu-o no ar, sufocando-o. Não podendo pisar o solo, o gigante sucumbiu.

Esta não é, visivelmente, a explicação atual da intimativa de Jeová no Horeb. Ligam-se os fios sutis e perfeitos da unidade. O que os soberanos exigiam era, descalçando-se o vassalo, atitude desigual ante o poder real. A sola do sapato interrompia a comunicação, isolando o homem, como fazendo-o escapar à jurisdição divina do Rei, senhor da terra e dono dos poderes. Calçar-se, com sua autorização, era estabelecer um nível mais próximo à grandeza da majestade. Os pés nus nivelavam todos, pondo-os dentro da vontade espantosa dos deuses ctonianos, na terra sagrada.

Presença de Muta

Os Romanos tinham um dia dedicado à deusa do Silêncio, Lara, Muta ou Tácita, três nomes distintos da mesma entidade, festejada a 18 de fevereiro, XII das Kalendas de Março. Não era apenas uma cerimônia dedicada aos mortos ou aos Lares mas à deusa que personalizava o elemento indispensável aos ritos sagrados de todas as religiões do mundo. Seria a forma inicial da oração, o silêncio do homem primitivo olhando o céu estrelado ou a lua cheia, de luz suave e recordadora.

O sertanejo brasileiro afirma que silêncio é resposta e em certas ocasiões não é possível melhor nem mais eloquente.

Certamente o meu neto poderia saber se Horus é Harpócrates ou Harpócrates é Horus, também presidindo o silêncio da liturgia egípcia ou grega. Essencial é apenas lembrar que o Silêncio materializou-se em ídolo e mereceu culto, dia oblacional e várias lendas etiológicas, justificando-lhe a veneração antiga.

A superstição, que é uma sobrevivência do rito desaparecido, mantém sua presença, a presença da imposição do Silêncio, como condição indispensável em certos atos da vida brasileira.

Como não é mais possível averiguar se os ameríndios tinham a sua Muta ou Tácita ou se os negros africanos sudaneses e bantus davam culto a um Harpócrates, a origem das crendices sobre o Silêncio deveremos procurá-la na cabeça do colono europeu.

No sertão de outrora as refeições eram quase silenciosas. Não havia conversa e apenas a troca de palavras necessárias, estritamente necessárias. Era ato semirreligioso e Jesus Cristo estava presidindo a refeição. A mesa é para comer e não para falar. Falava-se depois, no alpendre.

Nas horas abertas, pino do meio-dia, meia-noite, às Trindades, não se falava porque os anjos estavam cantando no céu. Falava-se mentalmente, rezando ou formulando pragas que, coincidindo com os "améns" dos coros celestiais seriam infalivelmente realizadas.

No preparo de determinados remédios fortes, sete-massas por exemplo, o manipulador guardava silêncio. Em quarto de quem tivesse tomado purga, de jalapa, pinhão ou cabacinho, o silêncio era obrigação normal. Nas visitas de pêsames, antes dos sete dias, abraçava-se a família enlutada, e toda a gente sentava-se, sizuda, olhando uns para os outros. Naturalmente quando se fazia "quarto a defunto", na vigília diante do cadáver, o silêncio era protocolar e lógico.

As pessoas mordidas de cobra eram proibidas de ouvir as vozes de estranho e de ver mulher. Mesmo as pessoas de casa falavam o menos possível. E o "mordido", de cabeça amarrada, meias brancas, ficava imóvel, como um fiel devoto da deusa Tácita. Lembro aqui que a cabeça amarrada, com ou sem utilidade, era característica do homem doente em Roma. O primeiro cuidado ao enfermo romano era amarrar-lhe a cabeça com um pano branco. A cabeça amarrada era, no velho sertão, um dogma poderoso.

Desenterrar botijas, dinheiro escondido dado por alma do outro mundo em sonho, só era viável a operação processada em profundo silêncio. Falou, perdeu o contato mágico e o tesouro jamais seria encontrado. Estudando o folclore nos antigos monumentos do Egito, o Sr. L. V. Grinsell (*Folclore*, LVIII, 4º, 352) informa identicamente sobre o método de exumar as riquezas que os reis fantasmas possuem em Karnak. *The treasure may be obtained from the boat by anyone who does not break silence while doing so; but if he makes any sound, the boat vanishes*. O tesouro é conduzido numa embarcação suntuosa, emergindo do Lago Sagrado. Ao menor rumor verbal, tudo se dissipa no ar como fumaça.

Nos banhos de cheiro, feitos com o cozimento de sete ou nove ervas aromáticas, não se fala nem se canta sob pena de perder o poder de profilaxia mágica. Na maioria das adivinhações da noite de São João o silêncio é exigido. Os devotos que passam e repassam a fogueira de São João com os pés desnudos, fazem o ordálio em silêncio. Falando, quebra o encanto e queimar-se-ão dolorosamente. Atravessa-se água-viva em silêncio.

Na transferência de moléstias às árvores o silêncio é condição essencial como o não olhar para trás, vendo a árvore onde se deixou, com o fio, rosário, trapos, a doença transferida totalmente.

Nas viagens noturnas, a cavalo, ia-se calado normalmente. A explicação que me deram é simples: – *É melhor...* E deve ser.

Também recordo o singular processo de acompanhar a procissão sem dizer uma palavra. Era um suplício para os conversadores e uma surpresa para os amigos que ficavam com as perguntas sem respostas. Havia devoção de assistir-se missa em silêncio em dias determinados ou na festa oblacional do santo preferido.

Citando as promessas mais conhecidas no norte de Portugal, *Tradições Populares de Santo Tirso*, 228, Porto, 1948, o Dr. Augusto César Pires de Lima informa: – "Entre as promessas mais vulgares figuram: ir-se amortalhado com uma vela na mão, deixando depois a mortalha na capela; percorrer um certo espaço de joelhos; dar algumas voltas à capela, *e ir de casa à romaria sem falar*... Daí a frase irônica dirigida a pessoas pouco expansivas: – Aquela prometeu a romaria sem fala!..."

Todas ou quase todas as adivinhações na noite de São João obrigavam ao silêncio. Em silêncio punham a clara de ovo no copo d'água, em silêncio plantavam os três caroços de milho, em silêncio mirava-se o espelho, em silêncio procurava-se tirar uma folha de um arbusto no escuro. Quem fazia o sonho da ceia de São João, rezava a "Salve-Rainha" até o *nos mostrai* e guardava silêncio completo por diante. Se falasse, a oração era ineficaz para provocar a visão do futuro marido durante o sono.

A regra era comer-se em silêncio. Num conto velhíssimo, o tema dos grous de Ibicus, na versão portuguesa do *Fabulário Português*, do século XV, o Rei não pode conversar porque está à mesa. *Elrey seendo aa mesa nhom lhe disse nada, e depoys que jantou chamou-o...*

Há muitos outros vestígios mas esses elementos que mencionei bastarão para uma reverência brasileira à taciturna Muta.

2
Superstições e Costumes

AS SEREIAS NA CASA DE DEUS

Na Igreja de São Francisco (1779), em João Pessoa, na Paraíba, seis ou oito sereias são motivos decorativos. Duas nas bases das colunas da capela do Santíssimo Sacramento e duas no altar-mor. Aí estão elas com a cabeleira em concha, o cinto venusino abaixo dos seios, uma volta de flores na altura do ventre e o longo corpo ictiforme volteando como ornamento e moldura.

Que estão fazendo estas sereias, símbolo da sedução irresistível, sugestão carnal endoidecendo jangadeiros e pescadores, incluídas aos pés do altar católico, criadas, desde meados do século XVIII, para viver numa casa de Nosso Senhor?

Sei muito bem que elas estão noutras igrejas. Vivem muito tranquilamente em capelas e matrizes lindas de Portugal, Travanca, Cabeça Santa, Rio Mau, Águas Santas.

Um estudioso do assunto, o Sr. Armando de Mattos, analisou esta ornamentação em Travanca: – "Do tipo misto ou híbrido, encontramos neste valioso templo uma das mais abundantes representações em Portugal, embora os exemplares não sejam numerosos. Refiro-me às sereias, apresentadas em três variantes: como é corrente encontrá-las; segurando a cauda com a mão esquerda e tendo ou não, na direita, um peixe; e, ainda, com a curiosidade de terem duas caudas e estarem cruzadas" (*Douro Litoral*, IV, 73, Porto, 1949).

As sereias paraibanas são diferentes. Mão direita à cinta, elegantemente, e a sinistra fingindo suster o rebordo trabalhado em relevo de cornija. Nem peixes nem duas caudas. Vi as sereias de Travanca, esculpidas na pedra, segurando a cauda e também um peixe.

Não conheço exemplos brasileiros além do paraibano.

Nessa matéria ornamental, os homens da Idade Média povoaram de assombro as catedrais. Não apenas as figuras incontáveis do Velho e Novo Testamento, incluindo o Apocalipse alucinador; também surge a fauna monstruosa que deve existir no inferno, e vinda dos livros de viagens, as histórias de povos estranhos e aterradores. Mas as sereias têm um passado muito suspeito e dificilmente existirá para elas uma credencial desculpadora.

A sabedoria da Igreja amansou essas feras e levou-as, como Noé, para a barca da piedade cristã. Lenta, tranquilamente, os costumes foram sendo substituídos. Os templos olímpicos receberam a presença dos Santos. As festas populares, porque eram populares e velhas, mereceram os cuidados dos Papas, despindo-as atentamente do elemento pagão e dando-lhes as cores serenas da catolicidade.

Numa carta famosa do Papa Gregório Magno (IX, 71), o Santo Pontífice estuda a questão do paganismo na Grã-Bretanha e dá solução psicologicamente maravilhosa. Manda conservar os templos e retirar os ídolos. Os templos passavam a ser igrejas. Substitui pelas festas dos Mártires as datas em que o povo corria a esses lugares para repastos coletivos. Podiam todos comer, moderadamente, dirigindo-se a outros seres, limpos do feio pecado da luxúria. Não era possível apagar tradições seculares com uma imposição. Não era crível subir-se a lugar elevado aos saltos. Teríamos de ir lentamente, passo a passo. Assim falava São Gregório Magno, Bispo de Roma, Vigário do Cristo.

E, assim, muito documento cheirando ao pecado pagão ficou asilado nas naves cristãs, escondido, e veio atravessando tempo e cuidados até nossos dias. Quem olhou devagar as catedrais góticas da França e Alemanha e mesmo as igrejas românticas de Portugal e Espanha, deparou muito motivo de arrepiar a pudicícia devota. Assim, ninguém intimou a sereia de São Francisco a desenroscar a cauda e remergulhar no Rio Paraíba, caminho de Cabedelo, ganhando o Atlântico. As sereias foram ficando, e ficaram.

Ficaram na sua forma pós-clássica de semipeixe, porque as verdadeiras eram semiaves. Com asas é que elas cantaram para tentar Ulisses, que tapou com cera os ouvidos insensíveis ao canto mágico (*Odisseia*, XII).

As sereias da Igreja de São Francisco, na capital paraibana, dizem, com sua amável presença, missão mais antiga e, possivelmente, a mais litúrgica entre as representações fúnebres dos gregos.

Estavam as sereias ligadas ao culto dos mortos e lembravam as falas silenciosas e ciciadas das sombras. Os túmulos gregos eram ornados com estelas de sereias. A sereia sepulcral era tão comum e típica como o cipreste votivo. Estavam citadas nos epitáfios, nos epigramas funerários, nas súplicas desesperadas.

Eurípides em *Helena*, 412 anos antes de Cristo, faz sua heroína, prisioneira no Egito (a Helena de Eurípides jamais esteve em Troia), exclamar, patética: – "Virgens aladas! Filhas da Terra, oh! Sereias! Socorrei-me, acompanhando meus gemidos com a flauta líbia ou a sírinx, a fim de que vossas lágrimas respondam aos meus males, vossos sofrimentos se unam às minhas dores, vossas lamentações às minhas lamentações! E que os vossos fúnebres cantos reunidos desçam até Prosérpina, na sua morada tenebrosa, como uma oferenda àqueles que não vivem mais!"

A sereia, mãe-dágua, batismo ameríndio de *Iara*, não teria jamais esta função e não a sabemos senhora destes atributos lúgubres e pacificantes. Os indígenas brasileiros não conheciam, antes do Descobrimento, a figura da sereia, a Iara literária, exportação mediterrânea através do português. Esta, povoando os rios amazônicos, é imagem do pecado, matando no amor. Não podiam aparecer num templo católico e decorar a capela do Santíssimo Sacramento. A outra sereia, símbolo dos mortos, é que orna o altar-mor e capela do Santíssimo, em João Pessoa.

Nos túmulos de Sófocles e de Isócrates as estátuas das sereias velavam, simbolicamente, na missão benévola e generosa de intercessoras junto aos deuses do Inferno helênico.

Um epigrama fúnebre de Mnasalces de Sicione, três séculos antes de Cristo, dedicado ao túmulo de uma virgem, é delicadamente expressivo: – "Ah! Ah! Graciosa Cleo, pensamos em tua consternada juventude, cujo ramo brilhante se rompeu. Dilacerando nossas faces, choramos sobre teu túmulo, onde se erguem, sobre a pedra, as estátuas das nossas sereias!"

Esta sereia funérea, guarda dos mortos, chorando sobre as sepulturas, é a explicação vocacional e clássica das quatro sereias da Igreja de São Francisco, em João Pessoa.

Uma poetisa grega, rival de Safo na beleza e força do verso, Erina, escreveu um pequenino epigrama sobre o monumento funerário de uma sua amiga e compatrícia, falecida logo depois do casamento:

"Estelas e vós, minhas sereias, e tu, urna funérea, que conténs as leves cinzas do Hades, dizei um cordial adeus àqueles que passam perto do meu sepulcro, sejam meus compatriotas ou pertençam às outras cidades; dizei também que este túmulo guarda uma jovem esposa, e que meu pai me chamava Báucis. Que eles saibam que eu era de Tenos e que Erina, minha patrícia, gravou esta inscrição sobre meu túmulo!"

Saberia o escultor a lição simbólica das sereias quando as deixou na Igreja de São Francisco, na antiga Filipeia nordestina? A Igreja, datando de 1779, habitada pelos frades franciscanos, manteve as sereias como ornamentação tolerada, apesar de sua fama luxuriante, ou a permanência era um sinal da compreensão erudita?

Dificilmente encontro na ornamentação de uma igreja brasileira símbolo tão antigo e emocional. As guardiãs de Sófocles e de Isócrates, evocadas nos doces poemas fúnebres de Mnasalces de Sicione e de Erina de Tenos, continuam, ornamentais e graves, num templo católico, recordando a Morte, e não sugerindo a alegria dos sentidos despertados com sua oferta amorosa.

A BRUXA E A TESOURA ABERTA

Debaixo do colchão do recém-nascido, e mesmo na cama onde está a mãe, põe-se uma tesoura de aço, aberta, para afugentar as bruxas que vêm durante a noite sugar o sangue da criança.

É um costume de Portugal que se espalhou no Brasil. Há igualmente na Espanha, França, Bulgária, Romênia, Grécia etc.

O aço amedronta os maus espíritos e fá-los fugir imediatamente de sua presença mágica.

A tesoura é, por vezes, substituída por uma faca, simples lâmina de aço, um pedaço de foice cegadeira, um punhal. O essencial é que o aço esteja à vista, a lâmina, desembainhada, ou a tesoura, de pontas abertas, em posição de cortar. As bruxas, apavoradas, desaparecem como fumaça.

Para os espíritos malignos que andam à noite, as forças adversas, obscuras e poderosas, a lâmina de aço é um amuleto defensivo de poder irresistível. Um amigo meu, infelizmente já morto, Antônio Fasanaro, filho de italiano e nascido no Brasil, meu contemporâneo na Faculdade de Direito do Recife, era, apesar de viajado e lido, jornalista e poeta, muito supersticioso e fiel aos mistérios que aprendera a sentir em suas estadas na Itália paterna.

Uma vez hospedei-o em nossa casa no Tirol, arrabalde de Natal, e Fasanaro ficou agasalhado num grande salão onde estava a biblioteca. Antes de ir dormir, levava invariavelmente para o salão, desembainhado, um espadim da Marinha Imperial, que depois ofereci ao nosso Instituto Histórico, e punha-o sobre a mesa. Não o tocava mais. O espadim ficava velando, como uma sentinela, pela tranquilidade do sono confiado à sua guarda tradicional.

– Para que você quer esse espadim, Fasanaro?
– Para afastar os maus espíritos! – respondia, imperturbável.

A simplificação do uso, com o passar dos tempos, reduz a tesoura a uma única das pernas e a lâmina a uma agulha grande, de aço, reluzente.

A crença universal é que os maus espíritos podem ser feridos, pelo ferro aguçado ou o aço heroico, em golpe atirado a esmo. Mesmo invisíveis, são atingidos e se afastam. Groot viu na China imperial, durante o verão, os guerreiros jogando as armas em gestos violentos, espadas, lanças, dardos, contra os demônios semeadores da fome e da peste.

Em quase todas as paragens do mundo, ligado ao ciclo da natalidade há o costume de o pai defender a mulher e o filho, sacudindo golpes ao redor da cama. Seria uma dessas cerimônias a dança guerreira dos Curetes rodeando o berço de Júpiter infante, ou Dioniso menino. Aquele bailado de espadas na mão significaria uma defesa contra os seres malévolos e terríveis, ciumentos e perseguidores dos deuses.

A espada, o punhal, qualquer arma, qualquer lâmina evocará, simbolicamente, a presença do guerreiro disposto a manejá-la contra o espírito do mal. Bastará que a bruxa perceba um desses instrumentos, para deduzir que sua presença está sendo aguardada com uma recepção atrevida e feroz. E fugirá do alcance dessas ameaças. Daí, logicamente, tornar-se suficiente uma tesoura, objeto caseiro, mas de possível agressão, uma lâmina de aço, isolada, para afastar a bruxa de sua missão hematófaga. A arma anuncia o guerreiro...

O afastamento da bruxa não se verifica pelo rumor, pelo som, mas pela presença de uma arma, aparente ou real.

Qual será a origem dessa tradição, vinda de ato em ato, de povo em povo, até a tesoura aberta dos nossos sertões e da Península Ibérica, como ainda da França, Itália, Bulgária, Romênia, Grécia, Ásia e África?

Não haverá, certamente, um ponto único de irradiação. Limito-me a sugerir um dos mais antigos e em situação de poder difundir-se pela Europa inteira, e daí ao continente americano.

Em Roma, quando a jovem mãe recebia o seu filho, temia o marido que Silvanus, lúbrico e afoito, lhe fizesse violência. Tratando-se de um deus, a fórmula para defender a esposa consistia em pedir o auxílio de outros deuses. Instalava-se em casa um leito-altar dedicado aos deuses Picumnus e Pilumnus, irmãos inseparáveis e poderosos. Eram deuses dos Rútulos, que os Latinos tinham absorvido em conquista. Protegiam a agricultura, o campo cultivado e sua produção. Decorrentemente, eram defensores da vida organizada, da existência iniciante. Pilumnus inventara o processo de pisar o trigo e Picumnus fora o primeiro a estrumar as searas e tivera nome de "Sterquilinius". Ficavam encarregados de vigiar a mãe e o filho durante as horas tranquilas da noite. *Ac diis coniugalibus Pilumno ac Picumno in aedibus lectus sternebatur.*

Picumnus e Pilumnus eram representados por uma acha de ferro, uma mão de pilão ou almofariz, um picão de cavar etc. Esses instrumentos proclamavam a visita material dos dois deuses agrários. Silvanus contentava-se em ver de longe os símbolos da presença divina. Desaparecia imediatamente, respeitando o sossego da mãe e do filho.

Na distância do Tempo, a bruxa repete a retirada estratégica de Silvanus, desde que põe os olhos vesgos na tesoura aberta ou na lâmina de aço, guarda da criança que ela procurava.

Essa parece ser, incontestavelmente, a origem da crendice que está resistindo nos vários continentes e ilhas do mundo...

A noite do furto tradicional

Ainda resiste, pelo Norte do Brasil, a tradição de furtar aves domésticas na noite de Sexta-Feira da Paixão para Sábado da Aleluia. Não apenas aves, mas também porcos e carneiros novos. Galinhas, patos, perus, gansos, guinés são saboreados num almoço, no sábado ou no domingo da Ressurreição. Vezes convidam o ex-proprietário das aves para participar do ágape. Era, outrora, costume espalhado em todo o Brasil e não desapareceu no território nacional. Durante essa noite os galinheiros mais povoados são defendidos ciumentamente. Os ladrões pertencem às classes sociais mais ou menos altas. Raro será o estudante, por esse Nordeste e Norte brasileiro, que não haja feito parte de um desses *comandos*.

Há um anedotário vasto em qualquer parte dessas atividades. Há uns quinze anos passados (estou escrevendo em março de 1953), um Chefe de Polícia, em Natal, fiscalizava o policiamento na noite clássica e, numa rua mais deserta, esbarrou com um rapaz que lhe entregou imediatamente duas galinhas dizendo: – "Guarde estas, enquanto eu vou buscar as outras!"… Tinha-o tomado por um dos colegas. Ficou o Chefe de Polícia cúmplice e atrapalhadíssimo…

Na Praia da Redinha, do outro lado do Potengi, um grupo de rapazes elegeu dois deles para buscar um carneiro gordo, pertencente a um cidadão seríssimo. Para evitar que o animal berrasse, levaram uma colcha de flanela. Com mil precauções e cuidados conseguiram atingir o quintal escolhido e, divisado o vulto da vítima, caíram sobre ele, enrolando-o na colcha e regressando, através de mil peripécias. Chegados ao quartel-general desenrolaram a colcha e, em vez do carneiro, encontraram o cachorro de guarda, furioso, indignado com o tratamento recebido. Foi preciso outra turma refazer o caminho e ir buscar o carneiro condenado, e somente depois puseram em liberdade o desmoralizado vigia.

Nas duas primeiras décadas do século XX, o furto na noite citada era ato indispensável e comentadíssima no dia seguinte a situação dos ex-donos. Falou-se muito, em 1943, do furto dos perus de um eminente natalense, justamente na madrugada do dia em que ofereceria um almoço ao General Gustavo Cordeiro de Faria, domingo da Ressurreição. O general, comendo peixe em vez dos perus, dizia aos convivas: – Eu só queria saber aonde estão comendo os perus, para ir ajudá-los!...

O Senador Pedro Velho de Albuquerque Maranhão, 1856-1907, o organizador do Rio Grande do Norte no regime republicano, ficou sem perus num Sábado da Aleluia. O Maestro Joaquim Cipião, 1867-1947, irmão do Senador e um dos conspiradores da batida ao galinheiro fraternal, contou-me que Pedro Velho tanto buscou, que acabou localizando o lugar do almoço. Quando os rapazes estavam à mesa, apareceu um cabo de polícia com o recado: – "O Senador Pedro Velho mandou dizer que mandassem a parte dele..." Os rapazes mandaram. Só assim Pedro Velho almoçou peru.

No Estado de São Paulo denominam "Dia da Malvadeza" essa data, que lá ocorre na Quinta-Feira Maior, na região de Jundiaí, Campinas e Indaiatuba.

Luís Martins, *Cultura Política*, 12, conta o fato: – "O que achei de estranho e absolutamente novo foi o *Dia da Malvadeza*. Na Quinta-Feira Santa, quando vai começando a anoitecer, os administradores das fazendas percorrem inquietos todos os estábulos, currais, pastos, depósitos, granjas, tulhas, casas de máquinas, galinheiros e cevas. Sentinelas são colocadas nas porteiras, reforçadas com cadeados. Até muito tarde se passa num estado de sobreaviso, atento ao menor ruído suspeito de cavalgata ou latido de cão. E mesmo já na cama, os responsáveis pela fazenda não se entregam ao mesmo sono tranquilo e pesado das outras noites serenas. É que a Quinta-Feira Santa é o dia consagrado à *Malvadeza*. Nessa noite, bando de foliões que ficaram até tarde contando "causo" à luz do luar magnífico e bebericando pinga sem cessar, gozam do estranho direito, consagrado pelo uso e pela tradição de poder impunemente praticar toda sorte de estrepolia e brincadeiras de mau gosto que lhes passem pela cabeça. E vão correndo as fazendas, os sítios, as colônias, numa fúria de devastação, que só não se realiza, se há gente suspeitosa acordada, que lhes atrapalhe os desígnios, revelando a vigília com um tiro de alerta dado para o alto, a fim de lhes mostrar que há pessoas de guarda. Os praticantes das malvadezas são os próprios colonos das outras fazendas, conhecidos e amigos das vítimas. Mesmo que estas cheguem a saber da autoria das devastações, não se zangam porque os outros estão apenas no uso de um divertimento que eles próprios muitas vezes reprovam, mas que não chega a constituir uma coisa condenável... É verdade que as pessoas mais sérias e trabalhadoras não se entregam a estes gracejos, e falam com certo desprezo dos outros, vadios e boêmios pouco merecedores de consideração. Mas, às vezes, até fazendeiros há no meio dos grupos devastadores. Que fazem eles? Tudo que lhes passa pela cabeça esquentada de álcool, tudo que dê maçada e mesmo prejuízo aos outros. Abrem porteiras, soltando o gado, assustam os animais, arrastam carroças para longe, amarram latas velhas nos rabos dos burros, que se tornam endiabrados, roubam frutas, quebram instrumentos, inutilizam serviço feito. Seja dito, a bem da verdade, que raríssimas vezes estragam as plantações, num respeito instintivo pelas dificuldades comuns a todos os que vivem das dádivas da terra. No dia seguinte é uma balbúrdia na fazenda ou no sítio. Vai-se tirar leite da vaca – que é da vaca? Vai-se selar o cavalo para sair – onde foi parar o cavalo? As porteiras estão todas abertas, o gado está longe, espalhado pelas plantações, os animais foram espantados com barulhos insólitos para fazendas muito distantes, tudo está difícil e complicado. Têm de sair empregados a pé procurando tudo por toda parte, perdendo o dia inteiro em reparar os prejuízos da Malvadeza".

Essa liberdade durante a Quaresma ocorre noutros países e com modalidade diversa entre nós. A liberdade durante o Entrudo, a tradição, que julgo desaparecida, de fazer o maior barulho possível com todos os objetos de copa e cozinha, quando se despediam as famílias que haviam assistido ao Carnaval na residência dos amigos (Henry Koster); a Serração da Velha, tão popular e horrível; os testamentos dos Judas, onde os nomes de autoridades e ricos proprietários locais eram zombados cruelmente, ainda denunciam os velhos costumes portugueses de *chorar o entrudo*, satirizando pelas ruas os mais poderosos da vila ou cidade; ou a *cacada* ou *caqueirada*, que era o jogar-se para dentro das casas abertas trastes, panelas, cestos, potes de barro, latas velhas, aos gritos e aos apupos. Recordam a liberdade romana durante as Lupercais em fevereiro, as Hilárias em abril, e as Saturnálias em dezembro.

São sempre atos coletivos nas proximidades ou mesmo no ciclo dos equinócios de verão ou inverno, invertidas as estações para a América austral.

Frazer e Mannhardt documentaram essas cerimônias como vestígios de cultos agrários, propiciando o fim do frio que mata as seáras, ou a vinda do calor fecundante, expulsão dos demônios inimigos da colheita, final da época de alimentação restrita etc. Todos os elementos contrários são materializados numa figura que sucumbe, dando o nosso Judas no Sábado da Aleluia, queimado, rasgado, atirado ao rio, depois de um simulacro de julgamento inflexível.

Na Quinta-Feira Santa ou Sexta-Feira da Paixão, véspera e dia da morte da divindade, haverá essa liberdade absoluta de ação, índice da expansão dos sofrimentos, da amargura contra o Desconhecido, o *fatum*, a lei obscura e fatal. A morte do rei ou do potentado implica a cessação dos seus direitos de propriedade, no modo de pensar popular. Bem de defunto é de todos. Na Costa de Escravos, Lagos, Daomé etc. quando o rei morria, durante os dois primeiros dias ou no espaço de uma noite ou de um dia os bandos depredavam tudo, queimando, matando, trucidando, gritando e chorando a morte do soberano, até que fosse aclamado o substituto e, com ele, o aparecimento da Ordem.

Escrevendo sobre o Natal Português, informa o Sr. Afonso Duarte: – "Nesta noite sagrada toda a vigilância é pouca, para que não levem para o fogo do adro tudo o que possa arder: peças de mobília, os balcões das casas, os terrados dos lavradores, os tapumes e silvados dos pátios e quintais. Uma vez que o roubo entrou no adro, o proprietário perde-lhe todos os direitos" (*O Ciclo do Natal na Literatura Oral Portuguesa*, Barcelos, 1937).

Também na festa de São Nicolau, 6 de dezembro, desconhecia-se em Portugal o direito de propriedade (Teófilo Braga. *O Povo Português*, II, Lisboa, 1885): – ... "os devotos do Santo, por onde quer que passem, agarram em quanto podem, e que julgam próprio para figurar na santa fogueira. Canastras, cadeiras, bancos, barrotes, tudo, enfim, que encontram pelas portas e a que possam deitar a mão, lá vai para a festa".

Na Bolívia, como repercussão natural do costume que se derrama por toda a América, há a *Kjespiche*, estudada por Víctor Varas Reyes (*Huiñaypacha*, Cochabamba, 1947): – "En Viernes Santo, los dueños tienen que cuidar sus propriedades y sembrados, porque, como está muerto el Señor y no puede ver ni saber nada, los rateros hacen su recorrido, estudiando dónde pudieran maniobrar com mayor provecho. A la costumbre de robar en este dia en son de juego o travessura, se llama *kjespiche*".

Em Roma houve o costume de saquear o palácio imperial quando morria o Imperador. O costume continuou como tradição e, por falecimento de papas, cardeais, arcebispos e bispos, o povo invadia suas residências, despojando-as do que podia carregar. O Papa João IX, no Concílio de Ravena, em 898, proibiu esse ato, sob pena de excomunhão.

São estas as fontes do Dia do Furto Tradicional, talqualmente ainda vemos no Nordeste do Brasil.

A origem provirá naturalmente da ideia de que a morte da autoridade suprema, rei, soba, chefe, anula o direito da propriedade privada e a torna comum. Não mais havendo o Poder, representado pela pessoa física do chefe, desaparecem os vínculos parciais que abrangem o conjunto jurídico da posse, o respeito de todos para o direito de um só. Como o chefe é a força coesiva e coerciva, todos os liames estão soltos e livres com a sua morte. Assim, o povo invadia e saqueava os palácios dos bispos, cardeais e papas quando do falecimento dessas autoridades religiosas. E na África o direito do mais forte exercia sua violência bestial nos três primeiros dias após o falecimento real.

Na Sexta-Feira da Paixão, quando Jesus Cristo está morto e simbolicamente encerrado no túmulo, a liberdade é positivamente mais ampla e lógica...

O vínculo obrigacional pela alimentação em comum

Andei pesquisando a simbologia da alimentação como elemento de fixação. Comer estabelece um vínculo obrigacional que outrora possuía significação sagrada. Certos vestígios denunciam como era poderosa a tradição. No *Anúbis e Outros Ensaios*, "Perséfona e os sete bagos da romã", divulgo o que me foi possível, na espécie, reunir.

Ainda dizemos *comer no mesmo prato* como significação de igualdade, hábitos e gostos idênticos. O cúmulo da ingratidão é *comer e cuspir no prato*.

De comer juntos o pão veio o "companheiro": *cum panis* (com o pão) com a sinonímia francesa de *compagnon, compaing, compain, copain, copin*.

A Professora Ester Panetta, da Universidade de Roma, conhecedora dos segredos folclóricos e etnográficos da antiga África Italiana, registou semelhantemente o costume na Líbia: – *Un comune cibo stabilisce un legame indissolubile, un AHD "patto" che implica una maledizione condizionata in caso di trasgressione* (*Forme e Soggetti Della Letteratura Popolare Libica*, 81, nota-4, Milão, 1943).

No tempo de Dante, em Florença, havia um costume de alta expressão no assunto. Se o assassino pudesse comer uma sopa de pão e vinho sobre o túmulo de sua vítima, dentro dos nove dias posteriores ao crime, a família do morto não podia exercer vingança nenhuma. Daí a guarda vigilante ao redor do sepulcro, evitando a realização da singular refeição. Dante alude a esse costume no Canto XXXIII do *Purgatório*, terceto-12.

Num conto árabe do *Mil Noites e Uma Noite* (Victor Chauvin, *Bibliographie des Ouvrages Arabes*, VI, 195-196, Liège, 1902, um trabalhador, que a miséria obriga a seguir um grupo de ladrões que assalta o tesouro do rei, vê na escuridão um objeto branco que pensa ser uma joia. Toca-o com a língua e reconhece ser um bloco de sal. O sal é símbolo da convivência, da hospitalidade, é um alimento. Por esse simples gesto o trabalhador considera-se ligado ao rei pelo vínculo da hospedagem e obriga os ladrões a deixarem o tesouro intacto.

No encontro de Kaesong, em julho de 1951, entre os americanos e coreanos do sul com os coreanos do norte e chineses, havia na sala da conferência, numa mesa, frutos e bebidas. Os jornais salientavam que os americanos e coreanos do sul nada aceitavam. Não se come com o inimigo. A comida é um pacto, uma aliança tácita de cordialidade afetuosa.

COMER SAL

> ... em toda a tua oferta oferecerás sal.
>
> Levítico, II, 13.

*P*ara conhecer-se bem a uma pessoa, é preciso comer sal com ela durante algum tempo. Quando ouvimos elogios ao bom humor de alguém, reaparece o conselho: – Coma sal com ele...

Sal é o alimento, a convivência, a memória.

Assim pensava el-rei Dom Duarte no *Leal Conselheiro*, examinando no capítulo XIX *a razom por que dizem que se deve comer huù moyo de sal com algù pessoa até que o conheçam*.

Um moio de sal regula sessenta alqueires. Exigirá muito tempo para a consumação regular e normal. Os franceses dizem: – *Pour bien connaître un homme, il faut avoir mangé un muid de sel avec lui*. O *muid*, do latim *modius*, mesma raiz de moio, media em Paris também o sal. Um *muid* valia duzentos e quarenta litros de sal.

A imagem continuou em Portugal e Brasil. "Não te deves fiar senão daquele com quem já comeste um moio de sal" (Pedro Chaves, *Rifoneiro Português*, 265, Ed. Domingos Barreira, 2ª ed., Porto, s.d.).

Significa a conservação, a permanência, a fidelidade e, nesta acepção, Jesus Cristo comparou os Apóstolos, *Vos estis sal terrae* (Mateus, V, 13) e sempre aludiu ao sal na intenção simbólica (Marcos, IX, 49; Lucas, XIV, 34).

É a síntese, a sabedoria. *Accipe sal sapientiae; propitiatio sit tibi in vitam aeternam*, diz o sacerdote na cerimônia do batismo católico.

É o vínculo, a comunidade. Quando perguntam aos negros de Angola se são cristãos respondem: *Didimungua*, comi sal. O afilhado é filho do sal, *mon'a mungua*. O padrinho é pai do sal, *tat'a mungua*, e a madrinha, mãe do sal, *man'a mungua*. Os que se batizaram ao mesmo tempo são irmãos do sal, *pange a mungua*.

Comer sal estabelecia o liame indissolúvel. Reum Beelteem, o escriba Samsaí e demais conselheiros de Artaxerxes, Rei da Pérsia, escreveram uma carta denunciando os Judeus que reerguiam o templo em Jerusalém. A melhor credencial para a confiança do Rei era uma recordação ritualística da convivência no Palácio distante. *Nos autem memores salis quod in palatio comedimus*, nós recordamos o sal que comemos em Palácio. Não precisava invocar maior nem mais poderosa sanção. Artaxerxes mandou suspender as obras do Templo (Esdras, IV, 14 e segs.).

Era símbolo da amizade. Derramá-lo seria o abandono, o repúdio, a traição. Leonardo da Vinci, no quadro da Santa Ceia, pintou o saleiro derramado diante de Judas, o falso apóstolo de Cristo.

Era a oferta ritual aos deuses da Grécia e de Roma. Também vale a graça, o espírito, a frase astuciosa, o sabor capitoso da boa palestra. Ter sal, não ter sal, dizem dos valores presentes ou ausentes na conversação.

Nesse plano, os clássicos romanos o empregava, Cícero, Horácio, Cornélio. Era a condenação cobrir-se de sal o chão das casas dos condenados. Assim, foi salgado o chão das residências de Tiradentes, no Brasil, e do Duque de Aveiro, em Lisboa. Em Belém, arredores de Lisboa, o título perdurou, marcando o antigo palácio derrubado, "chão salgado".

Os "zumbis" do Haiti são mortos animados de vida artificial, trabalhando sem pausa para o amo que os enfeitiçou. Não provam sal. Se o fizerem, sentirão a morte e regressarão todos ao cemitério.

Em Portugal, o sal espalhado à porta da rapariga rival faz com que o namorado não a possa ver jamais.

No tempo do profeta Ezequiel, seis séculos antes de Cristo, usava-se esfregar os recém-nascidos com o sal (XVI, 4); e o Dr. Ernest Jones mostrou a extensão universal dessa tradição imemorial, de que o *sal sapientiae* do batismo católico é uma sobrevivência (*Folk-Lore*, LIV, 290, Londres).

É indispensável nos feitiços das macumbas, dos candomblés e dos catimbós (Luís da Câmara Cascudo, *Meléagro*, 112-115, Agir, Rio de Janeiro, 1951).

O "*salarium*" era a quantia em dinheiro paga ao soldado romano, destinada à compra do sal indispensável na alimentação. Passou a significar o pagamento ajustado e obrigatório de todo trabalho. Os vocábulos provindos de salário (*salary, saleire*, salário), salariar, salariado, assalariar, assalariado, vêm do substantivo "sal", todo-poderoso.

Por todo o Oriente a tradição do "sal da hospitalidade" é dever sagrado. Provar o sal, a comida salgada em casa de alguém, estabelece o liame obrigacional do hóspede para com o anfitrião. É um pacto, um *ahd*. Numa estória do *Mil Noites e Uma Noite* (Victor Chauvin, *Bibliographie des*

Ouvrages Arabes, VI, 195-196, Liège, 1902), um trabalhador, obrigado pela miséria, acompanha um grupo de ladrões que assalta o tesouro do rei. Vendo, na escuridão, brilhar um objeto branco que ele julga uma joia, toca-o com a língua e reconhece ser um bloco de sal. Tendo provado o sal do rei, o trabalhador considera-se imediatamente hóspede, ligado ao rei pelo vínculo da hospitalidade que o sal determina. Reage contra os companheiros e obriga-os a abandonar o roubo, salvando o tesouro real. Depois de outras peripécias, o trabalhador, "hóspede do rei", confessa ao soberano o que fizera e é nomeado Tesoureiro.

Tal é a simbologia do sal.

A DEFESA MÁGICA DO ESPELHO

Um dos elementos característicos na indumentária dos nossos autos tradicionais, *Bumba Meu Boi, Congos*, vezes no *Caboclinhos*, é o espelho: espelho pequeno, pedaços de espelhos, espalhados pelo tórax, ombros e, especialmente, pelo chapéu. Num *Reisado* a que assisti em Maceió, janeiro de 1952, a prodigalidade de espelhinhos atingia o infinito. Havia chapéus imensos, pesando mais de três quilos, cobertos com centenas e centenas de espelhinhos. E as figuras traziam espelhos semeados pela roupa, cintilhando lindamente.

Os *Galantes* e as *Damas* (denominações que já ocorriam nos desfiles da procissão de *Corpus Christi*, na Lisboa do século XVIII) reluzem, cheios de espelhos. Os chapéus, de formas variadas, em tipo de mitra, de touca, de tiara, são preferencialmente os lugares para o brilho múltiplo dos espelhos.

Em Portugal o uso é idêntico. O espelho é indispensável em muitíssimos bailados e "festadas"; na "Mouriscada", nos desfiles das "cargas" votivas aos santos, nos cortejos de "prendas", os espelhos fazem abundante presença. Outrora eram muito populares espelhinhos nos chapéus de uso diário, como aquele encantador "chapéu de lavradeira rica, com espelho", vindo de Fajozes, que está no Museu Etnográfico-Agrícola da Vila do Conde. Identicamente, pela Espanha se verifica o mesmo, não mais nos trajes habituais, mas surgindo como elemento ornamental em determinadas danças.

Pela África inteira o espelho é dominador. Raro será o negro bailarino que não o traga. Vezes um espelho mediano, dois mesmo, pendentes da cintura, um de cada lado. Na Guiné Portuguesa o espelho é a decoração mais encontrada entre homens e mulheres. A mais popular e querida pelos africanos.

Os espelhos derramam-se pelo mundo. Nos templos búdicos da China e Índia eles reluziam nos altares. O Sr. Armando de Matos, eminente paleógrafo português, disse-me ter encontrado um espelho ornando um altar de uma capela católica em Portugal.

Nos candomblés há Dadá, orixá sudanês, protetor dos vegetais no Brasil ou "*dios de los niños recién nacidos*" em Cuba (Fernando Ortiz).

Representam-no com uma capa, recoberta de búzios brancos, e no centro dois espelhinhos. Nina Rodrigues informa que a morte estava próxima para aqueles que não se vissem no espelho de Dadá. E a imagem refletida não é do indivíduo, e sim a sua alma...

Os estudos de Frazer, Rank, Freud, Jung sobre as representações e equivalências da alma, espírito, sopro vital, evidenciaram a existência universal desse complexo etnográfico e religioso. O reflexo da imagem é a alma, o outro-eu, o duplo, passível de perigos e acidentes como o próprio corpo físico. Não avistar a imagem pessoal no espelho é denúncia indiscutível de que a alma está condenada a desaparecer.

Uma das tradições populares no Brasil e em Portugal é justamente procurar ver-se n'água parada, na noite de São João. Deolindo Lima, poeta, amador teatral muito estimado em Natal, avisou-me que não assistiria a outro São João, porque não se vira n'água de uma bacia posta para essa experiência. Faleceu, efetivamente, em abril de 1944, dois meses antes do São João.

É o mesmo complexo da sombra, projeção da personalidade humana, figurando, para os primitivos, e mesmo os primitivos contemporâneos, como o espírito da vida, a alma enfim.

Daí uma série de superstições. Não se fala diante do espelho. Não se deve olhar o espelho durante a noite. Menino que faz careta ao espelho assombrar-se-á infalivelmente. Quando alguém morre, cobre-se o espelho na primeira semana do falecimento. Quando um espelho se parte inexplicavelmente, anuncia morte em pessoa da casa. O grande espelho do *hall* do Duque de Morny fendeu-se de alto a baixo sem explicação. O Duque morreu logo depois. Em Paris comentava-se o fato como uma credencial à velhíssima superstição.

O espelho é amuleto defensivo porque repele, devolve à força inicial os maus eflúvios, as emanações sutis do quebranto, do mau-olhado, o *evil eye*, a "jettature". Martim de Arles conta que as mães supersticiosas colocavam pedaços de espelhos nos ombros dos filhos, livrando-os desta forma dos olhares maus das mulheres invejosas.

No Novo México, o basilisco, ave que mata com o olhar, sucumbia fatalmente, se pusessem um espelho no seu ninho. Vendo-o, recebia ele mesmo a fulminação e morria.

As razões mágicas foram lentamente desaparecendo da memória coletiva, mas o objeto continuou em pleno prestígio no campo ornamental. Não teriam, remotamente, outra finalidade os grandes espelhos nos salões das residências ricas. Eram os contrachoques aos poderes invisíveis dos entes maléficos. Simultaneamente, o espelho responde pela missão vaidosa de refletir as reais metafóricas belezas demoradas ante sua lisa superfície. Essa propriedade, sozinha, garante-lhe a perpetuidade no uso e abuso humano. Em muitos pontos estava enganado Sêneca, quando pensava que o espelho fora inventado para que o homem se conhecesse. *Inventa sunt specula, ut homo ipse se nascerei...*

Creio que é para disfarçá-lo melhor.

BODOQUE

Creio que a maioria dos meninos dos sertões e zonas suburbanas viveram a idade do bodoque. Era a primeira arma manejada pelas mãos infantis, dando as alegrias instintivas e bárbaras de abater caça, pequenos roedores, aves, grandes borboletas, lagartixas e calangos. Cedeu ultimamente na concorrência depredadora da funda, baladeira, atiradeira, seta, estilingue, porque o bodoque exige maior tempo para sua fabricação e é indústria de artesanato, jamais industrializada em série e oferecido à venda nos armazéns. Vinha de outros meninos, mais habilidosos e velhos, ou mesmo fruto dos ócios domingueiros dos membros da família.

A rapidez de sua difusão entre os indígenas, especialmente as crianças, fê-lo passar por elemento local, trabalho ameríndio, anterior à presença do europeu. Como quinze a vinte tribos indígenas empregavam o bodoque, com familiaridade que dava suspeita de velho contato etnográfico, tiveram-no por arma local e pré-colombiana.

Há poucos anos é que Erland Nordenskiold indicou sua procedência alienígena e subsequente adaptação sul-americana (*Eine Geographische und Ethnographische Analyse der Materiellen Kultor Zweier Indianerstämme in El Gran Chaco*, Südamerica, Göteborg, 1918, 50-53), dando informação bem sucinta da origem e modificações, mas negando qualquer procedência ameraba ao *tonkugelbogen, arc-á-balle* ou *Pellet bow*, dada inicialmente como uma combinação da funda e do arco (*Eine Kombination der Schleuder und des Bogens ist der Tonkugelbogen*).

O romano conheceu-o como o *arcus balista*, de onde o francês fez *Arbalète e Baleste* e os castelhanos e portugueses, *balhesta, balesta e besta*. Atiravam setas e também balas de barro ou de chumbo. Eram estas as *bestas de bodoque* ou *bestas de pelouro* ou *de escorpião*. O bodoque era justamente *la pelota de barro para tirar con la ballesta*. Era a denominação árabe, *bondok*, dada aos projéteis atirados pelas balestas ou bestas de bodoque.

Quando o Brasil foi encontrado, apenas dois anos antes (1498) a besta de bodoque fora retirada do uso militar obrigatório. Não desaparecera, por toda a Península, como arma tradicional, mas a pólvora e as armas curtas começavam a dominar, vitoriosamente, pela relativa eficiência. O bodoque passara, em Portugal, a batizar a arma e não mais o projétil. De sua expansão na América espanhola basta a informação de Gomara sobre os indígenas de Cumaná, na Venezuela: – *"Aprenden de niños, hombres y mujeres, a tirar al blanco con bodoques de tierra, madera y cera"*.

Passa o bodoque lentamente a ser arma de meninos, indispensável para o adestramento dos futuros guerreiros.

Em 1815, o Príncipe de Wied-Neuwied elogia a habilidade das crianças botocudas no uso do *bodoc* ou *baducca*. "Os homens são em geral bons caçadores e habituados ao uso da espingarda; os meninos têm ótima pontaria com os pequenos arcos feitos da madeira do 'airi', chamados 'bodoque'. Este arco tem duas cordas separadas por duas pecinhas de madeira: no meio, as cordas se unem por intermédio de uma espécie de malha, onde se coloca a bola de barro (pelota) ou uma pequena pedra redonda. A corda e o projétil são esticados para trás pelo polegar e o indicador da mão direita, soltando-se depois repentinamente, para arremessar o projétil. Já o Sr. Langsdorff havia mencionado tal tipo de arco, visto por ele em Santa Catarina; encontramo-lo em todo esse litoral e, no Rio Doce, até os adultos o empregam contra os Botocudos, quando não têm armas de fogo. São os índios extraordinariamente destros nessa maneira de caçar, podendo abater um pequeno pássaro a grande distância; e o que é mais, até borboletas pousadas nas flores, como Langsdorff relata. Azara, na sua descrição do Paraguai, conta que naquele país eles arremessam, com tais arcos, vários projéteis ao mesmo tempo" (*Viagem ao Brasil*, 66-67).

Uma reminiscência da fidelidade vocabular é que *bodocada* é o tiro do bodoque, a percussão da pedra, e não o arco ou a arma em conjunto.

Não o foram portugueses e castelhanos buscar fora da Península, e sim o obtiveram nas lutas com os Mouros, durante séculos. E conservaram-lhe o nome que resistiu.

É o bodoque o velho arco de pelouro, cujo desaparecimento gradual lamentava Garcia de Resende na *Miscelânea*:

> *Vimos tanto costumar*
> *todos arcos de pelouros,*
> *tanto com eles folgar*
> *nas cidades, hortas, mar,*
> *como agora com tesouros;*
> *não havia homem algum*
> *que se contentasse de um,*
> *havia deles mil tendas,*
> *muitas compras, muitas vendas,*
> *agora não vemos nenhum.*

A queixa do poeta do século XVI era infundada. O arco de pelouro desapareceu, mas o bodoque continua...

Influência Africana na Lúdica Infantil Brasileira

Não sei, francamente, da influência real do elemento negro-africano na lúdica infantil brasileira. A primeira razão é desconhecer os brinquedos legitimamente africanos, não aqueles do século XIX, mas os de outrora. Com centenas e centenas de anos de contato europeu, o menino africano tem brinquedos copiados de Paris e Londres. Há, entretanto, brinquedos eternos e que existem em qualquer idade de cultura e situação racial. As bolas, as pequenas armas para fingir caçadas e pescarias, ossos imitando animais, danças de roda, criação de aves, insetos grandes (besouros, borboletas) amarrados e obrigados a locomover-se, corridas, luta de corpo, saltos de altura e distância etc. nasceram em todos os países e desde tempo imemorial.

As crianças africanas do século XVI e subsequentes foram trazidas para o Brasil com as mães escravizadas. Aqui teriam ambiente para repetir as brincadeiras do continente negro, ou adotavam as locais, mais fáceis e vividas por todos os outros meninos?

Raro, muito em raro, é o registro do viajante europeu sobre o brinquedo do menino africano. Preocupam-se todos em fixar aspectos sociais, soberanos, corte, protocolo, superstições, produtos, escravaria, guerras, ângulos antropométricos, religiões. Quem se vai preocupar em ver como brincava o negrinho? E como ele gastava e ocupava o *seu* tempo é ausência nos grandes livros, mesmo nos espantosos, escritos por Frobenius. Interessavam-se todos pelo homem adulto e seu tempo e representação.

Creio que a criança africana no Brasil aceitou depressa a lúdica que o ambiente lhe permitia. Serviu-se do material mais próximo e não sabemos se, neste particular, conservou a técnica africana para a sua vadiação. Na literatura oral é que não se verificou essa renúncia. O papel da mãe negra foi transmitir ao filho as estórias de sua terra, os cantos, o respeito aos deuses e aos animais encantados. Essa cultura oral ficou espalhada, diluída, difundida no cenário que a envolvia, mas resistiu ao tempo, dando sabor aos elementos posteriormente conhecidos, um sabor de minoria, mas de valor mais forte que o da massa majoritária. Assim como canela em mingau. O menino africano deve ter brincado com o menino branco e mestiço da Casa-Grande, das vilas e povoações servidas pela escravaria. Mas guardou a estória negra. Max Müller notara que os contos infantis são a última coisa que um povo empresta a outro.

De um brinquedo popular no Brasil só tenho lido em fontes africanas. É a espingarda de talo de bananeira. Cortam uma série de incisões no talo da bananeira, deixando os fragmentos presos por uma parte. Levantam todos esses pedaços, seguros pelas bases, e passam rapidamente a mão ao longo da haste, fazendo-os cair. Caem com um ruído seco e tanto mais uníssono quanto mais veloz é o golpe que os tombou quase ao mesmo instante. No brinquedo de guerra era a espingarda de bananeira uma das armas favoritas. Em Portugal existe o brinquedo, feito com uma cana onde se metem entalhes, presos por um fio. O atrito do polegar não os faz cair, mas provoca um som monótono. Chamam-no "grilo". É o mesmo processo da espingarda, mas já complicado e fora do seu destino[34].

Meu avô materno, nascido em 1825, brincava com a espingarda de bananeira. Conheci três ex-escravos: Silvana, que me deu a solfa e letra de uma dança publicada por mim (*Vaqueiros e Cantadores*, 158[*]); Fabião Hermenegildo Ferreira da Rocha, 1848-1928, Fabião das Queimadas, cantador famoso e que, trabalhando nos dias santos e feriados, comprara sua *carta da liberdade*, alforriara sua mãe e uma sobrinha com quem casara; e, em 1942, uma velha, já imóvel no seu catre, moradora na Casa-Grande do Coronel Filipe Ferreira, de Mangabeira, Município de Arez, no Rio Grande do Norte. Foram informadores excelentes sobre alimentação, divertimentos, economia privada etc. Dos três, apenas Silvana fora liberta no 13 de maio (1888). Os dois outros eram forros anteriores a 1880.

Todos afirmaram a popularidade da espingarda de bananeira, não tão prestigiosa quanto o bodoque, mas objeto querido de todos os moleques no brinquedo *das guerras*.

---

[34] *Jeux d'enfants. – Ils se taillent des fusils dans les tiges des feuilles des bananes. On pratique plusieurs incisions dans cette tige, et lorsqu'on ferme les clapets ainsi ouverts, on produit un bruit qui resssemble ou chargement d'un fusil.* Albini, *Les Upotos*, Ethnographie Congolaise, M. Lindeman, *Bulletin de la Société Royale Belge de Géographie,* 30éme année, Bruxelas, 1906, n. I, p. 29. O mesmo brinquedo do Congo Belga existe na Guiné, Congo e Angola, antigos domínios de Portugal.
Sobre o brinquedo português *Grilo*, ver Augusto C. Pires de Lima, *Jogos e Canções Infantis*, 149, Porto, 1943.

[*] Edição atual – São Paulo: Global, 2005. (N.E.)

O brinquedo do negrinho dependia da natureza do trabalho dos pais, especialmente das mães. Se acompanhavam os pais ao eito do canavial ou da roçaria, cedo participavam das tarefas comuns, arrancando ervas, plantando maniva, juntando bagaço de cana na bagaceira para ser arrastado, quebrando milho, colhendo feijão, descascando-o, tirando o capulho do algodão etc. Se as mães eram mucamas da Casa-Grande ou destinadas aos serviços dos amos, lavagem, engomagem de roupa, fazer rendas, bordar, cozinhar, encarregadas da capoeira, então o negrinho passava a pajear o senhor-moço, companheiro nas brincadeiras.

De qualquer forma, a brincadeira era a mesma de qualquer menino do campo, branco ou preto: atirar de bodoque nos lagartos e aves, trepar-se nas árvores para saquear os frutos verdes ou *de vez*, banhos nas represas, açudes ou rios, corridas em cavalo de pau, papagaios de papel, coleção de pedras coloridas, insetos, caixinhas, pegar camaleões ou tijuaçus, tonteando-os a pedradas.

De tipicamente africano, nada. Mas haverá mesmo alguma coisa de típico, exceto o material, nos jogos infantis na África? Lá como aqui fariam o mesmo. Apenas guardaria o menino branco as posições de comando, de decisão, de arbítrio. O negrinho obedecia. Obedecia e mandava, sugerindo, excitando, criando a insinuação que o livrava da responsabilidade, quando realizada a travessura em que se confessaria, candidamente, coato e obrigado a seguir seu jovem amo.

Nos brinquedos nas fazendas, área maior no interior do Brasil, o centro de interesse era o gado e todos possuíam gadaria, simples ossinhos, guardados nos currais de gravetos e pastando nos campos do faz de conta.

Além do moleque-favorito, mais obediente ou mais imaginoso, o essencial lúdico era o grupo, mais apto para os jogos de conjunto, absorventes, intermináveis e ginásticos. Estes jogos eram europeus, trazidos pelos portugueses.

Naturalmente, havia a sedutora, esfuziante e sonora alegria negra. *Só o negro e o alemão sabem rir*, afirmava Ehrenreich, alemão seríssimo e de pouco riso, a dar-se crédito às impressões de Karl von den Steinen, seu companheiro e chefe nas explorações do Xingu.

As negrinhas que brincavam com a moça branca estavam separadas da tropa macha. *Não dava certo* juntá-los. As meninas não brincavam longe dos olhos maternos. Ficavam por perto, na mesma sala grande ou alpendre, com suas bonecas de pano, *bruxas*, como as chamávamos no Nordeste. Tinha a boneca maior interesse que o jogo masculino. Obrigava a enxoval, mobília, relações sociais com outras bonecas. Setor poderoso era brincar de dona de casa, criando as bonecas como crianças, ou transformando-as em senhoras-donas, e elas, as proprietárias, em servas e intérpretes. Vinham as necessidades vitais, alimentação, vestuário, festas, doenças, tratamentos, viagens, visitas, passar o dia etc.

Eram épocas de aprendizagem para o serviço a sério posterior. Ficavam as negrinhas como satélites dos motivos de trabalho doméstico da Casa-Grande, a cuja sombra haviam de viver, amar e morrer.

Todos esses motivos eram da família branca. Nem uma escravinha representava papel de dona de casa, senhora branca, tendo bonecas e preocupações de mando. Eram criadas, amas, serviçais, rezadeiras. Viviam, por antecipação, o papel servil.

A África, evidentemente, não estava presente senão no corpo dos seus netos, servindo aos brancos, como no anúncio simbólico do Maracatu pernambucano, no verso de Jaime Griz:

> *Ô! senhô!*
> *Ô! senhô!*
> *Preto Cambinda chegou!*
> *Ô! senhô!*
> *Ô! senhô!*
> *Preto Cambinda chegou!*

Vestígios contemporâneos do casamento por captura

R. Westermarck, na "História del Matrimonio" (Ed. Americana, Buenos Aires, s.d. [1946]), estudou longamente o casamento por meio do rapto da noiva. O professor de Sociologia da Universidade de Helsinki era, no assunto, o mais bem-informado dos pesquisadores. O costume não era universal, mas espalhadíssimo e milenar. Resistiu, séculos e séculos, na Europa. Primeiro, na forma primária e literal do roubo à força. Depois, vivo nos elementos de fingida resistência feminina. Assim Grécia e Roma usaram tantíssimo tempo da fórmula que os povos germânicos defendiam sua conservação.

Certo é índice de exogamia, embora endogâmicos tivessem o furto da noiva como tradição tribal. Pelo continente americano, missionários e viajantes registaram centenas de exemplos até meados do século XIX.

Na África, era um costume normal em áreas enormes. A compra da esposa veio posteriormente como dulcificação da conquista de outrora, fraudando ao pai da noiva, que pela filha receberia compensações materiais.

Em Portugal vivem ainda elementos recordadores do noivado por captura. J. Leite de Vasconcelos (*Tradições Populares de Portugal*, 220, 222 etc. Porto, 1882) regista que em Jarmelo "vai o noivo com os seus parentes e convidados buscar a noiva à casa, onde os parentes e amigos desta mostram resistência em a deixar sair". Na Beira Alta a noiva é defendida pelas patrulhas do noivo e a sua, do assalto dos vizinhos que a pretendem roubar, lembrança das tentativas de recuperação da donzela arrebatada.

É uma lembrança nítida da *quâm-fang*, a conquista da mulher, como chamavam os velhos noruegueses.

Entre os povos cavaleiros, o rapto da moça determinava a perseguição para a retomada e represália. Era uma galopada furiosa, através da noite, em busca do valente atrevido e sua presa feminina.

Esta *brût-loufti*, "la course après la fiancée", ainda tem no Brasil do Nordeste seus elementos característicos, vivos e teimosos depois de séculos e modificações nos usos e costumes.

No Ceará a denominam corrida do chapéu. Voltando da igreja, depois do casamento religioso, os noivos adiantam os cavalos e disparam correndo, perseguidos pelos convidados, que tudo fazem para arrebatar-lhes os chapéus.

Juvenal Galeno (*Cenas Populares*, 156, Ceará, 1902) alude a esse costume: "Eu e a Francisquinha, a pedido do Meneses, saímos a campo para nos tirarem o chapéu; e então os camaradas viram-se doidos, meninos. Eu no russo, e ela num castanho corredor, empurramo-nos na vargem, velozes como o pensamento; e a outra gente atrás, pega não pega, e sem poderem pegar-nos. Depois, quando estávamos cansados da brincadeira, deixamo-nos agarrar...

– Quem tirou o chapéu da noiva?

– Foi o Meneses; e o meu, o João da Baixa d'Areia. Nunca me ri tanto em dias da vida".

Na Paraíba, nas ribeiras do Rio do Peixe e Piancó, informava-me o saudoso Simplício Cascudo, o chapéu da noiva é substituído por um lenço que ela leva na mão, agitando-o, enquanto o cavalo voa no tabuleiro seguido pelos cavaleiros entusiasmados.

No Rio Grande do Norte, praias do norte, municípios do Ceará-Mirim e Macaíba especialmente, há a corrida do anel.

Kerginaldo Cavalcanti (*Contos do Agreste*, 87-89, Natal, 1914) registou a corrida do anel entre a cidade de Macaíba e a povoação do Poço Limpo, assistida por ele, que tomou parte do folguedo velho.

"Deixamos a Macaíba com a alegria n'alma, desejosos de ver surgir a ampla 'estrada do fio' para darmos lugar à tradicional corrida do anel.

Ajustados os cavaleiros, eles emparelharam-se na estrada e o Targino, designado para correr com o anel, encaminhou-se para a noiva fazendo caracolar o belo animal.

Chegando, apeou-se e, tomando a aliança da noiva, abraçou-a, e dum salto montou-se e meteu as esporas no seu árdego cavalo que se lançou numa carreira desenfreada. Ao tomar-nos umas vinte e cinco braças de dianteira, nós partimos no encalce em toda disparada; as esporas riscavam sem cessar os cavalos e os gritos de estímulo para ainda mais os fazerem correr eram incessantes.

Era uma corrida brutal!... O Simeão em cima do russo, fora quem levara vantagem e o seu cavalo esguio e forte devorava o espaço, com a velocidade de seta. Dos dois corredores, em breve, uma distância de duas braças os separava; o Targino esporeava e chicoteava o cavalo sem piedade e o Simeão descarregava com violência a grossa chibata que empunhava.

Cinco minutos mais e os dois cavaleiros se acharam lado a lado; o Simeão estirou o braço para receber o anel, o Targino quis passá-lo para a outra mão, não o fez com a precisa habilidade, perdeu o equilíbrio e precipitou-se no espaço.

Targino, levantando-se vermelho, indignado, entregou o anel ao Simeão, que prosseguiu vitorioso a carreira infernal. Corremos assim sem descanso até às várzeas do Potengi, onde o Simeão, sem competidor, pode-se dizer, fez moderar o cavalo e dirigiu-se à casa do Nequinho a pedir água. Ali paramos todos e de tão penosa jornada descansamos.

Depois de um quarto de hora, tornamos a montar e o Targino foi substituído pelo Cabecinha, que ocupava um cavalo alazão, gordo e bemfeito.

E de novo a carreira começou com os mesmos transportes e emoções. O cavalo do Simeão era inconteste o melhor, não houve quem dele se aproximasse e, a oitenta braças dos demais cavaleiros, ele ufano gritava com entusiasmo. Assim passamos a Saúna, avistamos a Boa Vista, e as casas do Poço Limpo nos apareceram com os matutos à porta, esperando ver a nossa passagem e o campeão vitorioso".

A noiva que leva o chapéu, no Ceará, e o lenço, na Paraíba, é aqui substituída pelo anel da aliança, melhor símbolo do novo estado, representação típica de sua pessoa.

É legitimamente, *la course après la fiancée*, nas praias e sertões do Norte brasileiro.

Será, visível, um elemento contemporâneo sobrevivente da tradição milenar do casamento por captura.

O "CHEIRO", CARÍCIA NORDESTINA

Ainda é vulgar entre o povo do Nordeste brasileiro dizer-se *cheiro* em vez de beijo. O "cheiro" é uma aspiração delicada junto à epiderme da pessoa amada, crianças em maioria. As narinas sorvem o odor que parece ao enamorado perfume indizível. As mães humildes pedem sempre aos filhinhos o "cheiro" tradicional. *Dê cá um cheirinho p'ra mamãe!... Um cheiro, filhinho, para mamãe.*

Naturalmente, gente grande não desaprende a técnica e apenas muda a orientação. *Eu ainda dou um cheiro no cangote daquela malvada...*

Pereira da Costa, *Vocabulário Pernambucano*, explica no verbete "Cheiro": – "Cheirar carinhosamente a alguém: Dar um cheiro". "Recebe somente um cheiro / no cogote extraordinário, / Pelo teu aniversário." (*Jornal do Recife*, nº 205, 1912). "Deram um punhado de abraços e *cheiros*, em Arlequim, e se foram na maciota." (Idem, nº 50, 1914.)

Moraes não registou. No *Pequeno Dicionário Brasileiro da Língua Portuguesa*, segunda edição, 1939, está: "Cheiro (Bras. Nordeste) – Aspiração voluptuosa". Qual será a origem desse cheiro popular no Nordeste brasileiro?

O beijo é asiático. Veio com os cultos orgiásticos de Vênus. Da Fenícia para Pafos e Citera. Chipre e Citera foram os santuários irradiadores para a Grécia. A Fenícia espalhara a sua Astarte lunar para as ilhas, Ásia Menor, Mar Negro. O beijo popularizou-se devagar. Como cortesia ou homenagem, divulgou-se com a conquista macedônica. Os macedônios de Alexandre Magno estavam devotos do cerimonial persa.

Da Grécia o beijo viajou para Roma, onde foi um soberano. Maior documentação poética despertou o beijo entre os romanos do que entre os gregos. Não existe poema na Grécia como este "Ad Lesbiam", de Caio Valério Catulo, nascido em Verona no ano 87 antes de Cristo e falecido depois de 47:

Da mi basia mille, deinde centum;
Dein mille altera, dein secunda centum;
Dein usque altera mille, deinde centum;
Dein cum milia multa fecerimus,
Conturbabimus illa, ne sciamus,
Aut ne quis malus invidere possit,
Cum tantum sciat esse basiorum.

"Dá-me mil beijos, em seguida cem, depois mil outros, depois outros cem, ainda mil, ainda cem; então, depois de milhares de beijos dados e recebidos, confundimos tão bem o número que, ignorada dos invejosos e de nós mesmos a conta exata dos beijos, não possa excitar sua inveja."

Não teve o *philema* grego o prestígio do *osculum* romano.

De sua velhice como saudação, há o gesto de Judas beijando Jesus Cristo no horto de Getsêmani.

Não sei se os negros africanos conheciam o beijo. Creio que não antes dos árabes ou os negros setentrionais, pela expansão de Cartago e das águias de Roma.

O indígena brasileiro não beijava. Langsdorff ensinava que o tambetá, o adorno labial, impossibilitava o ósculo. Dezenas e dezenas de povos não sabiam o que era o beijo, no Taiti, Nova Zelândia; papuas, tasmanianos, os aranda do centro da Austrália, os "semang" da Península Malaia, os hotentotes namáquas da África Sul-Ocidental.

O maori da Nova Zelândia esfrega o nariz no nariz da namorada. A moça aino do Norte do Japão dá dentadinhas amorosas nos dedos, braço, orelha e lábios do seu noivo ou candidato.

No nheengatu não há correspondência verbal para o beijo. Stradelli escreveu *Piteresaua*, que é verdadeiramente *chupamento*, ato, ação de sorver, chupar, de *pitera*, chupar (Batista Caetano de Almeida Nogueira). Nos vocabulários recentes há *Pitera* nas duas acepções, chupar e beijar (Tastevin). Podia existir o *cheiro* entre os tupis mas não encontro rasto em livro e conversa. A sinonímia da "boa língua" não permite a suposição. O tupi conhecia como sinônimos de cheirar ou especificações do cheiro, odor, o *cetum*, *sakena*, genéricos a *catinga*, cheiro de seres animados, o *pixé*, dando a sensação enjoativa, repugnante, o *inema*, o mau olor, o fedor, de podre. Como afago, nada se diz.

Se não tivemos o cheiro cariciante dos indígenas nem dos negros africanos (ignorando se usavam o beijo antes dos árabes), resta o português como portador do mimo.

Há, entretanto, dois povos que empregam o *cheiro*, a aspiração, como uma meiguice. Há o esquimó, cheirando a moça e vice-versa, como carícia. Assim registou mrs. R. E. Peary no *My Artic Journal* (New York, 1893). E há o chinês.

Não traria o português o uso desse dengue dos Inuit das margens da América Ártica ou da Groenlândia. Lógico é que o fizesse dos chineses, povo muito seu conhecido e frequentado, desde o século XVI.

Há um depoimento vivo do velho Wenceslau de Moraes, o solitário de Tokushima, apaixonado pelo Japão, devoto do Oriente, onde ficou e morreu. Wenceslau de Moraes foi o Lafcadio Hearn de Portugal.

Wenceslau de Moraes regista em *Traços do Oriente* (19-21, Lisboa, 1895) a origem do "cheiro": – "os chineses não dão beijos... Não dão beijos, ou dão-nos de uma maneira muito diferente da nossa, sem o uso dos lábios, mas aproximando a fronte, o nariz, do objeto amado, e aspirando detidamente... O china beija o filhinho tenro, beija a face pálida da esposa, como ele e nós beijamos as flores, aspirando-lhes o perfume; a assimilação é graciosa... Tendo agora por conhecida, e é coisa que não se contesta, a extrema agudeza olfativa dos chineses (os negociantes cheiram as moedas de ouro que julgam falsas, e assim conhecem o grau maior ou menor da liga de cobre), podemos talvez conceber uma vaga ideia do prazer da mãe, respirando sobre a carne fresca do filho um ambiente que ela não confunde com outro; o prazer do mandarim apaixonado, conquistando à brisa o perfume de uns cabelos negros, que ele aprendeu a adorar".

Não sei de outra fonte e de outro povo para a presença do cheiro dengoso do Nordeste. Não creio forçar a lógica etnográfica imaginar que o português, tradicional sabedor e vivedor na terra sagrada da China mandarina, tenha reunido aos múltiplos e sabidos processos de acariciar mais esta forma delicada e voluptuosa do beijo sem lábios.

Resta-me saber é se o português, que trouxe esta carícia chinesa para o Nordeste do Brasil, deixou o *cheiro* nalgum recanto de Portugal.

Vassoura

Naturalmente, a vassoura é de uso universal e os indígenas a conheciam antes que os portugueses trouxessem de outros e diversos tipos. Há várias plantas (Malváceas, *Sida acuta, Burm*, Escrofulariáceas e Rubiáceas) chamadas vassoura, vassourinha-de-botão, vassourinha-de-varrer, ou simplesmente vassourinha, já denunciando velho e secular emprego na espécie. O simples molho de folhas ásperas, amarrado com cipó, parece de área geográfica extensíssima pelo mundo e uma forma primitiva do modelo que se pode ver em qualquer ponto da terra e em qualquer museu etnográfico europeu.

Os Romanos tinham a *scopae* e os varredores eram os *scoparii*. Nos templos, a função não era humilhante e mesmo constituía um título, o *neocorus*, aparecendo com uma *scopa* bem semelhante às nossas contemporâneas vassouras banais.

Os Faunos e Silvanos eram o terror das crianças gregas e romanas e também das parturientes, sempre temerosas de um assalto do brutal semideus silvestre. Afugentavam Faunos e Silvanos de junto dos leitos das jovens mães com objetos de ferro, lâminas cortantes e utensílios de lavoura, podões, tesouras etc. dedicados aos deuses Picumnus e Pilumnus, inseparáveis e poderosos. E para afastar Silvanos e Faunos do pavor infantil? Havia duas maneiras. Acender as lâmpadas, ou colocar a vassoura atrás da porta.

Ainda hoje é superstição tradicional em todo Brasil pôr uma vassoura, com o cabo para baixo, detrás da porta, na doce intenção de a visita demorada e monótona lembrar-se de fazer as despedidas e ir-se embora...

A vassoura, tornada indispensável e familiar, participa de várias crendices e constitui um dos objetos mais típicos da casa. Nas mudanças de residência, a primeira varredura deve ser feita com vassoura velha, segundo uns, para continuar o equilíbrio anterior, ou com vassoura nova para iniciar vida nova, segundo outros. Já inútil, a vassoura deve ser queimada, e não lançada ao lixo, para não levar a felicidade da casa. Rasgam-na cuidadosamente antes de queimá-la, para que nenhum fragmento possa tornar-se elemento de feitiçaria, porque a vassoura pode ser um ótimo material contra a família que a possuía, desde que um macumbeiro competente a consiga apanhar.

A vassoura nova começa seu serviço pelos aposentos interiores, e jamais pela calçada ou sala de entrada ou de estar.

Deve ser guardada na posição vertical. Encontrando-a deitada, depressa recolocam-na direita, sob pena de atrasar o dono da casa. Não é prudente emprestar-se vassoura já servida, porque carrega a boa sorte ou parte dela.

A vassoura feita com determinados arbustos afugenta parasitos e sevandijas importunos. Vassoura deitada é desgraça chamada. Surra com vassoura seca o corpo. A primeira vassourada de vassoura nova pertence a mulher velha e nunca a gente nova.

Se um feiticeiro encontrar uma vassoura meio queimada e souber quem foi seu proprietário, poderá determinar grandes males. A vassoura vale tanto quanto uma peça de roupa individual.

O cabo da vassoura é cheio de mistérios. Os meninos não podem fazer do cabo da vassoura cavalo, porque não serão bons donos de casa. As meninas de forma alguma devem montar e correr no cabo de vassoura, porque não serão felizes. No Yorkshire *she will be a mother before she is a wife* (Edwin and Mona A. Radford, *Enciclopedia of Superstitions*, 50, New York, 1949).

As feiticeiras da Idade Média e mesmo até meados do século XVIII viajavam pelos ares cavalgando as vassouras. Decorrentemente, a vassoura se tornou, na Europa, um amuleto contra o poder maléfico das feiticeiras e era aconselhado deixar-se uma vassoura detrás da porta, sinal infalível para a defesa da residência de qualquer possibilidade de aproximação malévola.

Não tivemos no Brasil a tradição do *sabbat*, a reunião das feiticeiras sob a presidência de Satanás em pessoa, transformado em bode gigantesco. A noite de 1º de maio, a noite de Walpurgis, derramava-se pela Europa como uma onda de medo incontido. As feiticeiras, untadas com os óleos satânicos e montadas nos cabos de vassoura, corriam ao *sabbat*. A vassoura tornou-se suspeita e, por ambivalência, protetora da casa contra a presença da feiticeira que a usara.

A vassoura tem seu horário de uso. Não se varre casa durante a noite para não expulsar a tranquilidade ou incomodar as "santas almas" que porventura estejam percorrendo os lugares onde estiveram quando tinham forma corpórea. Nem se varre o lixo para a rua, e sim de fora para dentro, queimando-se ou enterrando-se, nas vilas onde não há serviço municipal recolhedor.

Cachorro que apanha pancada de vassoura fica mofino (covarde) e o gato, ladrão.

A ideia de que a vassoura pode varrer *tudo*, inclusive as coisas abstratas – felicidade, tranquilidade, bem-estar, saúde, boa sorte – atinge o amor também. Rapaz ou moça cujos pés foram varridos não conseguirão casar-se.

J. G. Frazer (*Le Rameau d'Or*, II, 235, trad. Stièbel e Toutain, Paris, 1908) informa que as sacerdotisas dos Daiaks, em Bornéu, fazem expulsar o infortúnio das casas, varrendo-as com vassouras feitas com certas plantas, aspergindo água de arroz e sangue. O lixo é colocado numa casinha de bonecas, feitas de bambu, posta na corrente de um rio.

O Brasil é o único país católico do mundo a possuir uma curiosa invocação de *Nossa Senhora da Vassoura*. O Sr. L. Gonzaga dos Reis, no seu estudo *Alto Parnaíba*, na Revista do Instituto Histórico e Geográfico do Maranhão (nº 3, 67-68, agosto de 1951, São Luís), escreve que em Jurubeba, povoado do Distrito de Angico, Alto Parnaíba, Maranhão, um cartaz-reclame do preparado farmacêutico "A Saúde da Mulher", representando uma enfermeira vassourando remédios inúteis, mereceu popularidade e subsequente veneração popular, sendo chamada *Nossa Senhora da Vassoura*; será a padroeira da nova capela em construção. Vassoura todos os males e contrariedades. Era um desenho de Raul Pederneiras, ilustrando um produto de Daudt, Oliveira & Cia., do Rio de Janeiro, e teve anúncio luminoso na Avenida Rio Branco, muitos anos, sendo um dos primeiros no gênero, na antiga capital federal, nos fins do terceiro lustro do século XX.

O guarda-sol

Meu tio Antônio Nicácio Fernandes Pimenta, irmão de minha mãe, dizia-me que o primeiro dinheiro gasto por um escravo, depois de alforriar-se, era comprar sapatos e um guarda-sol.

O sapato era quase sempre trazido na mão, porque raramente lhe cabia nos pés. Metia-o à entrada da rua e, logo que fosse possível, arrancava-o com um suspiro de alívio. Era, entretanto, uma distinção marcante, e para ele indispensável, do seu novo estado. Os sapatos duravam a vida inteira. Ficavam para os descendentes. Era o famoso sapato-defunto, jamais ajeitado às plantas do possuidor.

O guarda-sol era insígnia de mando, sinal de classe elevada e usado somente pelos homens livres, financeiramente abastados. Um escravinho acompanhava a família do senhor carregando o guarda-chuva, orgulhoso da missão, como se conduzisse objeto sagrado. Escravo não tinha direito de usar guarda-sol.

Certo, esta proibição não existia realmente e o não uso se devia à penúria do escravo e à inutilidade de defender sua pele dos ardores solares ou do açoite das chuvas. Já estava habituado.

Alforriado, o ex-escravo comparecia à missa dominical com os pés calçados e o guarda-sol, fechado, debaixo do braço ou empunhado solenemente, como um bastão litúrgico.

O número de pessoas que usam o guarda-sol fechado, perfeitamente inútil sob o sol irradiante, é bem grande e notório por este Brasil. Tenho-os visto por quase todo o Brasil, esses cidadãos suantes e resfolegantes, com o guarda-sol fechado e seguro como elemento religioso, intocável aos olhos profanos.

Era a *umbella* ou *umbraculum* dos romanos, *skiádeion* dos gregos. Destinava-se a proteger contra o sol, projetando uma pequena sombra, *umbra*, e mesmo o nome, *umbella*, é pequena sombra, em grego e latim. Não há alusão clássica ao *guarda-chuva*, título do guarda-sol, na Espanha, "paraguas"; na Alemanha, "Regenschirm"; na França, "parapluie". Os portugueses e nós dizemos guarda-sol, guarda-chuva, chapéu de sol, chapéu de chuva e, para guarda-sóis femininos, sombrinha, correspondendo ao *sunshade* inglês, popularmente *umbrella*.

Naturalmente, todos sabem que o *umbraculum* romano está registado em Ovídio (*Fastos*, II, 311, *Arte Am.*, II, 209-210); Marcial (*Epigramas*, XIV, 28); Tíbulo (*Elegias*, II, 5,95); Amiano Marcelino (*História*, XXVIII, 4); e a *umbella* em Marcial (*Epigramas*, XI, 73-76) e em Juvenal (*Sátiras*, IX, 50). Era o *Saíaban* dos persas, estendido sobre a cabeça imóvel dos seus soberanos ornamentais.

Tê-lo-ia inventado a própria Palas Atena, que recebia em Atenas, a 12 de Skirophorión, o quente junho, uma festa processional, onde apareciam os guarda-sóis votivos, abertos, de pano branco. Era a Skirophória.

Onze séculos antes de Cristo já os chineses o usavam. Foram exportados para Singapura, Java, Samatra, Malaia, Burma. Foram ao Japão. Era nome real o "condutor da umbela". Um rajá, Chhatrapati, tinha esta denominação sonora porque traduzia justamente "Senhor da Umbela". Ainda é um dos títulos oficiais do Imperador do Japão.

Parece que se perdeu o uso na Europa, e apenas no século XIV reaparece em Florença o guarda-sol, comprado em Bizâncio. Surge nos quadros, nas porcelanas, nos préstitos policolores. Há sempre um servo para conduzi-lo sobre a cabeça do imperador ou do doge, do membro da senhoria, do senador imponente. É um atributo dos reis... No brasão dos doges havia a umbela.

Os portugueses trouxeram-no das Índias. João de Barros (*Décadas*, III, X) descreve-o em Cananor, em 1526. Espalha-se pela África negra, branco, amarelo e rubro, propriedade dos régulos, enorme, abrigando quase todo o séquito, guardando o rei e suas mulheres enfeitadas, os fiéis guarda-costas.

Está na França, na Itália, na Inglaterra, no século XVIII. O primeiro inglês usualmente inseparável de um guarda-chuva foi Jonas Hanway (1712-1786). Chamavam-no "Roundel". Foram seus fabricantes prestigiosos.

Marco Polo dizia de sua presença na corte do Kublai Kan. Séculos depois, em 1856, Sir Richard Francis Burton, que fora cônsul da Inglaterra em Santos, vê o guarda-sol triunfal na Índia, na Abissínia, entre os árabes ilustres de Meca e de Senaa, com suas umbelas de cetim vermelho, como os imperadores de Marrocos, reis da Argélia e de Túnis.

Fora objeto sagrado, atributo de Afrodite, de Eros, Deméter e Prosérpina, acompanhando os cortejos, cobrindo as estátuas processionais, ritualmente.

De onde viera o guarda-sol? Da Mesopotâmia, informa Penzer, de onde fui tirar muitas destas notícias. Era emblema da realeza para Babilônios e Assírios. Os relevos da Nimrud Gallery ou da Nineveh Gallery, no Museu Britânico, guardam os relevos testemunhais.

Quem não recorda a majestade de Assurnasirpal no seu carro, com a umbela fiel? E os Faraós são inseparáveis das umbelas que anunciam a visão divina do filho dos deuses egípcios.

Significa o firmamento. O universo. O sol. Por isso, nos cortejos, quase nunca está parado, mas circularmente cintila, repetindo o curso dos astros no infinito.

É o elemento que distingue a Rainha dos Maracatus pernambucanos no Recife. Leão Coroado, Elefante, Cabinda Velha, com as filas ruidosas, dançarinas, guerreiros, fidalgos, guardas, as damas com as Bonecas do Passo que conquistam palmas e moedas, têm os guarda-sóis redondos, vermelhos, com franjas ou guizos, como os que surgem nos pagodes de Burma, rodando sempre, seguindo a Rainha, imitando o sol radioso na noite tropical do Nordeste.

Abre-se, em seda bordada a ouro, nas capelas, matrizes, catedrais, na Basílica de São Pedro, em Roma, acólito típico da liturgia católica irresistível. Quando vem o Santíssimo Sacramento, a umbela está desdobrada, numa homenagem inarredável, defendendo Cristo-Hóstia até o altar iluminado para o cerimonial da bênção apostolical.

Nas saídas da Extrema-Unção, no *Nosso Pai Fora*, levados aos enfermos, o sacerdote é coberto pela umbela, guarda-sol vermelho, pobre ou rico, presente sem dispensa do auxílio.

Por isso o chapéu de sol aberto dentro de casa é agouro. Está chamando a Morte para seu dono. Sugere sua posição a cena triste do derradeiro Sacramento ministrado aos vivos e fiéis cristãos.

Pode desaparecer a crença, mas fica a superstição obstinada. Na Inglaterra, *to open an umbrella into the house will bring bad luck*.

Folha de lótus resguardou o descanso do Buda. Esteve com o Grão-Lama no Tibete. Com os deuses gregos e latinos, nas procissões eleusinas e na Skirophória. Com os imperadores, faraós, rajás, magnatas e régulos. Segue as rainhas, as dogaresas, os ministros de Estado, os presidentes, as mulheres bonitas e os homens feios e tementes do sol e da chuva. Teve todos os feitios, trajes, decorações, destinos. Serviu aos deuses, aos reis, aos guerreiros, aos chefes, aos sacerdotes, aos negociantes. Viajou no carro de Senaqueribe, em Nínive. Com Nabucodonosor, em Babilônia. Nas Panateneias de Atenas. Nas Florálias de Roma.

Não se separava de D. Pedro II, do Brasil, e de Neville Chamberlain da Grã-Bretanha.

Os portugueses foram-no buscar às Índias, e antes da segunda metade do século XVII está no Brasil. São falados nos inventários paulistas os chapéus de sol de Francisco de Proença, Antônio Bicudo de Brito e Antônio Leite Falcão.

Está em todas as mãos, com todos os preços, servindo para o sol e para a chuva, para arma e para bengala, para coisa alguma e para dar um ar bonacheirão de simplicidade e de acolhimento. Há caríssimos, presentes que jamais serão úteis. Há paupérrimos e diários no uso. Não tem idade e continua contemporâneo.

Vale sempre o elogio de Marcial (*Epigramas*, XIV, xxviii):
Accipe quae nimios vincant umbracula soles,
Sit licet et ventus, te tua vela tegent.

O indígena no brinquedo do menino brasileiro

Os nossos cronistas coloniais não encontravam necessidade de registar como o piá indígena se divertia. Há uma ou outra notinha displicente e sempre misturada com o grosso das informações adultas.

O Padre Fernão Cardim, escrevendo antes de 1601, informa sobre os bailos e cantos indígenas: *Ainda que são malencólicos, têm seus jogos, principalmente os meninos, muitos vários e graciosos, em os quais arremedão muitos gêneros de pássaros, e com tanta festa e ordem que não há mais que pedir, e os meninos são alegres e dados a folgar e folgão com muita quietação e amizade, que entre êles não se ouvem nomes ruins, nem pulhas, nem chamarem nomes aos pais e mães, e raramente quando jogão se desconcertão, nem se desavêm por coisa alguma, e raramente dão uns nos outros, nem pelejão; logo de pequeninos os ensinão os pais a bailar e cantar e seus bailos não são diferenças de mudanças, mas é um contínuo bater de pés estando quedos, ou andando ao redor e meneando o corpo e cabeça; e tudo fazem por tal compasso, com tanta serenidade, ao som de um cascavel feito ao modo dos que usão os meninos em Espanha, com muitas pedrinhas dentro ou umas certas sementes de que também fazem muito boas contas, e assim bailão cantando justamente, porque não fazem uma coisa sem outra, e têm tal compasso e ordem, que às vêzes cem homens bailando e cantando em carreira, enfiados uns detráz dos outros, acabão todos juntamente uma pancada, como se estivessem todos em um lugar.*

Dança de homem é a mesma do curumim.

Em qualquer registo dos séculos XVI, XVII sabe-se que os meninos indígenas brincavam, logo cedo, com arcos, flechas, tacapes, propulsores, enfim o arsenal guerreiro dos pais. O divertimento lógico era imitar a gente grande, caçando pequenos animais, abatendo aves, tentando pescar de todas as maneiras, inclusive flechando a sombra do peixe n'água tranquila. Seria uma visível atividade utilitária, animada pelo pai, formando o futuro caçador e pescador. Não teria a expressão íntima do *ludus*, a plenitude livre e radiosa da vadiação brasileira, a fuga para o campo em dia de sabatina, a improvisação de ocupações triviais e deliciosas para ocupar o tempo furtado ao dever adiado.

As crianças indígenas não eram castigadas, afirmam. Logo, pouco lhes restava do proibido, do defeso, do faz-mal, centros de interesses de encanto inesgotável.

As meninas ainda gaguejavam e já fiavam o algodão, o tucum, descascavam a mandioca, o aipim, os carás, cozinhavam, ajudando na roça, trazendo sua carguinha, jacá com milho, a enfiada de peixinhos fáceis de pegar (e não de pescar) como piabas, moreias, certos bagres, o barro para a mamãe oleira, com ervas, galhos, raízes e areias que davam quase anilinas. E mexiam as panelas, pilavam, sessavam, vigiavam a cocção de certas bebidas gostosas e de fatura lenta.

Teriam brinquedos? Karl von den Steinen encontrou bonecas de barro, pesadonas, de argila, para as meninas mais crescidas, nas margens do Kulisehu. Mas teriam tempo para fazê-las viver? Havia bonecas de palha, de um palmo de tamanho, mas seriam também para enfeitar a cabeça dos homens e, empoleiradas no alto de um pau, anunciar a próxima festa na aldeia.

Os Auetö tinham bolas de borracha maciça. Para crianças ou para jogo de adultos, os forçudos Auetö tupi? Também bolas de palha de milho entre os caraíbas Bakairi, as mesmas que o Príncipe Wied-Neuwied viu entre os Botocudos da Bahia, jogadas em roda, feitas do couro da preguiça (Bradipódida): *todo o grupo, muitas vezes numeroso, se distribui em círculo, cada um jogando a bola para outro, sem deixar que caia ao chão.*

Karl von den Steinen menciona piões feitos de amendoins (Arachis) verdes. Rodavam pelo impulso na haste transversal, cuja extremidade se alongava. Correspondiam à nossa carrapeta. O pião é inseparável do cordel.

Creio que o divertimento absorvente do curumim era imitar gente grande, caçando, pescando, carregando coisas, flechando visagens, dando carreiras, lutando com os colegas. Não seria para ele a boneca de argila ou a bola de palha de milho conglobada.

Entre meninos e meninas, o divertimento central era ajudar a tarefa dos pais. Há diferença psicológica essencial entre o *obrigatório* e o *permitido*. Trabalhar na cozinha ou na roça indígena, ao lado das mulheres adultas e das cunhãs formadas, seria uma alegria sempre nova para as pequenas, fazendo de conta que eram úteis e até indispensáveis.

Mesmo o minucioso Koch-Grünberg não conseguiu recensear maior número de brinquedos entre Caraíbas e Aruacos. Para os Tupis, sabemos que eram mínimos e as pequeninas armas constituíam a atração geral e normal da criança.

Não há notícia de bailados de roda privativos desta idade. Dançam os bailos dos pais, que ensinam logo com prazer.

O jesuíta tomou conta do menino e fê-lo representar melhor sua vida indígena.

As cerimônias guerreiras passaram a constituir cenas festivas de recepção cordial. Representadas por crianças, não tinham a belicosidade assustadora dos guerreiros profissionais. Naquela jornada de 1583-84-85, o Padre Fernão Cardim vai registando o novo protocolo infantil:

"Os curumis sc. meninos, com muitos molhos de frechas levantadas para cima, faziam seu motim de guerra e davam sua grita, e pintados de várias cores, nuzinhos, vinham com as mãos levantadas receber a bênção do padre, dizendo em português:

"Louvado seja Jesus Cristo!"

Foi o padre recebido dos índios com uma dança mui graciosa de meninos todos empenados, com seus diademas na cabeça, e outros atavios das mesmas penas, que os faziam mui lustrosos, e faziam suas mudanças, e invenções mui graciosas... Iam conosco alguns sessenta meninos nuzinhos, como costumam. Pelo caminho fizeram grande festa ao padre, umas vezes o cercavam outras o cativavam, outras arremedavam pássaros muito ao natural; no rio fizeram muitos jogos ainda mais graciosos, e têm eles nágua muita graça em qualquer coisa que fazem...

... era para ver uma dança de meninos índios, o mais velho seria de oito anos, todos nuzinhos, pintados de certas cores aprazíveis, com seus cascavéis nos pés, e braços, pernas, cinta e cabeças com várias invenções de diademas de penas, colares e braceletes. Parece-me que, se os viram nesse reino, que andaram todo o dia atrás deles; foi a mais aprazível dança que destes meninos cá vi... E para remate: – Têm muitos jogos a seu modo, que fazem com muita mais festa e alegria que os meninos portugueses. Nestes jogos arremedam vários pássaros, cobras, e outros animais, etc. os jogos são mui graciosos, e desenfadadiços, nem há entre eles desavença, nem queixumes, pelejas, nem se ouvem pulhas, ou nomes ruins e desonestos. Todos trazem seus arcos e frechas, e não lhes escapa passarinho, nem peixe nágua, que não frechem, pescam bem a linhas, e são pacientíssimos em esperar..."

Creio que não há outro nem melhor depoimento sobre a criança indígena do século XVI. Não havia, pelo exposto, brinquedo sem utilidade e as ocupações e formalidades paternas davam exemplo e sequência às atividades dos filhos.

Num ou noutro menino, desta ou daquela raça, surgiam invenções que encontramos nas crianças do interior. Aprisionar borboletas e insetos, prendendo-os num cordel (fio de palmeira, outrora) e fazer voar seus xerimbabos numa ilusão de liberdade.

Essa participação do curumim na vida prática provinha da economia indígena. Livre era a caça e livre a pesca. Os frutos pertenciam a quem os colhesse. O piá tinha as tentações naturais de apropriar-se dos elementos da alimentação e bastar-se, num inconsciente estado de autarquia. Podia, brincando, ter sua refeição. Tal não era o ambiente para o pequeno escravo das fazendas, engenhos de açúcar, cidades e vilas, fiscalizado, vigiado, olhado como *peça*, bicho solto mas em propriedade alheia, cuidada com olhos ciumentos e castigadores para qualquer apropriação indébita. Por isso o negrinho teria sido maior e melhor vadio, inventador de brincadeiras que não atingissem o domínio público e, se o fizesse de modo prudente e com a desculpa de acompanhar o senhor-moço, responsável pela sugestão, apresentava as desculpas naturais da coação legítima. Não podendo criar o seu mundo na atividade, como o curumim ameríndio, o pretinho tornou-se o colaborador, insinuando, excitando, com as lábias irresistíveis da tentação. É depoimento de quem tanto brincou com netos de escravos, companheiros incomparáveis da conspiração, estudo e técnica da travessura e os melhores autoadvogados, inocentes e seduzidos confessos, nos momentos de responsabilidade, de tomada de contas.

O indígena quase nada trouxe para o brinquedo do menino brasileiro. Ignoramos as repercussões de sua companhia junto às crianças filhas dos colonos aos quais servia como escravo ou semiescravo. Nada sabemos das relações entre os piás indígenas e os meninos brancos. Dos negrinhos, temos multidão documentar.

Um brinquedo, entretanto, devemos ao indígena. *A Peteca*. Sei muito bem que gregos e romanos a usavam e os portugueses tinham a pela quando vieram para o Brasil. Tinha os usos e abusos variados da *pila* romana. Devemos ao indígena o nome e a forma e, para nós do Nordeste, o tipo genérico, feito com palha de milho, redonda, achatada, bem justa à palma da mão, para ser atirada às palmadas repetidas para o alto, sem cair, jogo individual, perdendo aquele que a deixa tocar o chão.

Karl von den Steinen a viu entre os Bororos, chamada *papa*, de palha de milho, enfeitada com uma vistosa pena de arara. Mas as velhas eram exclusivamente de palha, com a decoração apenas de um chumaço da própria palha, arranjada em froco ou laço pimpão.

Virá de *peteg*, bater, e Batista Caetano de Almeida Nogueira julgava o verbo onomatopaico. Teodoro Sampaio não discute. "Peteca, ger. supino de *peteg*, bater, dar golpe; peteca é, pois, a batida, tangida, a pela". Gonçalves Dias estendia-se: – "Encontramos esta expressão em algumas frases, no sentido de bater, *Coba-peteca*, bater no rosto, esbofetear; *nana peteca*, lavar roupa, mas lavar batendo, e não somente esfregando. Daqui vem chamar-se *peteca* a espécie de voltante ou *supapo*, feito de folhas de milho, que as crianças lançam ao ar com a palma da mão. Daqui, por fim, se originou a frase, hoje vulgar, *fazer peteca de alguém*".

A *pila* romana, pela, é sempre redonda, esferoidal ou geoide. A peteca é arredondada e chata. O jogo difere do jogo da bola. A peteca é atirada para o alto, aparada e reatirada quantas vezes possa o jogador. Perde quem a deixar cair. Vezes, quando se joga em grupo, depois de um certo número, no mínimo dez vezes, de batidas, endereça-se uma para o companheiro mais próximo ou outro qualquer. O Príncipe Wied-Neuwied assistiu aos Botocudos baianos numa dessas disputas, com uma bola feita do couro da preguiça. Não era, pois, a legítima peteca. Seria o mesmo jogo de Nasícaa ou de Hálio e Laodamante, filhos de Alcínoo, rei dos Feácios (Homero, *Odisseia*, VI e VIII), a primeira atirando o ligeiro balão a suas companheiras de banho, os dois outros, em jogo acrobático.

A volante de que falava Gonçalves Dias é a peteca francesa, jogada com raqueta e não com a mão nua.

Stradelli informa que *brincadeira*, *brincar* e *brinquedo*, em nheengatu, diz-se *Musaraingáua*, *Musarain* e *Musaraintáua*. Provirá de *sarain*, esquecido e *mu*, prefixo verbal que torna o verbo transitivo. *Musarain* é realmente "fazer esquecer". O sufixo *táua* vale terra, lugar. *Musaraintáua*, terra, lugar, canto onde se faz o esquecimento, onde nos esquecemos. É um bom sinônimo de passatempo, de recreação (recriação), de divertimento. Não se liga ao objeto material provocador, o que dizemos brinquedo, peça material e função ao mesmo tempo. Os vocabulários indígenas são quase omissos nos verbetes referentes aos brinquedos, para o que usamos, confusamente, de *iocus* e de *ludus*.

Doces de tabuleiro

A história da cozinha brasileira – elementos indígenas, portugueses, africanos, o que nos veio da França, a presença do Oriente por intermédio de Portugal e da Espanha, molhos, condutos, aparelhagem doméstica, superstições relativas à alimentação, dietas, tabus, condimentos, alguns com intenção mágica, como me informou um observador excelente, o Sr. José Pires d'Oliveira, de São Paulo – é assunto merecedor de inquéritos e de sistemáticas para o quadro realístico de nossa Etnografia tradicional. As modificações locais, os cardápios de sobremesa, a carta dos alimentos servidos nas festas velhas, batizado, aniversário, casamento, nos vários pontos do Brasil e de acordo com os recursos peculiares às diversas regiões, enfim a Geografia Culinária do Brasil está esperando que alguém cumpra o seu dever.

Os estudos de Manuel Querino, Sodré Viana, Bernardino José de Sousa bem valem reedição. Há um ensaio de Nina Rodrigues, escrito no Maranhão e publicado em 1888, sobre o *Regime Alimentar no Norte do Brasil*. Sobre o extremo norte há um outro de Araújo Sima, que não pude consultar. Gilberto Freyre examinou os doces da Casa-Grande (*Açúcar*, Ed. José Olympio, 1939). O interesse científico pela alimentação determinou uma série de monografias e livros, fixando espécies e sugerindo padrões. O Sr. A. J. de Sampaio publicou *Alimentação Sertaneja e do Interior da Amazônia* (Brasiliana, 238). Hildegardes Viana, uma deliciosa *Cozinha Bahiana* (Bahia, 1955). Há, realmente, uma bibliografia volumosa, mas essencialmente ligada à Nutrologia e à Dietologia. Os etnógrafos ainda não tiveram interesse positivo por esse campo gostoso e essencial.

Aos etnógrafos não apareceu sedução maior para uma tentativa de sistematização, pesquisas nas regiões naturais, riscando as características locais, lindando as fronteiras das *contiguidades*, Extremo Norte, Nordeste, Leste, Centro, Sul, fixando as áreas de certos alimentos típicos, condutos, temperos, horários de refeições etc. Há um material extenso e já divulgado, mas esparso, espalhado, difuso, pedindo coordenação clara e certa.

Decorrentemente, estudando os bolos e os doces, os triviais e os festivos, havia ocasião de examinar a ciência do papel-recortado, segredo de senhoras-amas de filha-família, com certos tipos conservados como um direito autoral de grupos seletos. Modelos que são obras de arte, reminiscências puras de exemplos vindos de Portugal. Verdadeira renda de papel enfeitando bandejas, bolos redondos, caixas poligonais, cestas, cartuchos com farinha de castanha, farinha de milho, castanhas cobertas com açúcar. Possuo uma pequena coleção desses papéis recortados. Algumas peças têm mais de cem anos. São dignos de uma observação pública, como fizeram os portugueses em 1936, na Exposição de Arte Popular, em Lisboa.

Em Portugal, esses assuntos estão apaixonando etnógrafos e artistas. O Sr. Emanuel Ribeiro publicou, em 1928, *O Que é Doce Nunca Amargou* e *A Arte do Papel Recortado em Portugal*, 1933. Conheço a monografia do Sr. Castro e Brito sobre a *Doçaria de Beja na Tradição Provincial*, e a do Sr. Guilherme Cardim – *Cozinha Portuguesa e Pratos Regionais* – com um plano simples de instalação de hotéis típicos e estalagens de cunho tradicionalista, excelente ambientação para turismo e análise etnográfica.

Fomos logo indústria do açúcar ao amanhecer para o mundo. O carro de bois gemeu pelo Recôncavo Baiano, trazendo canas para as moendas verticais. Assim nas várzeas ao redor de Olinda. Os poetas da Holanda, glorificando a conquista, deram o título sugestivo de *Suikerland*, terra do açúcar à região onde a Geoctroyerd Westindische Companie chantara sua bandeira de posse. Cem anos depois no outro engraçadíssimo *Anatômico Jocoso*, a genealogia de uma *sécia* entroncava, simbolicamente, com um fidalgo brasileiro *chamado D. Açúcar, homem de grande engenho, inventor de várias gulodices*.

Muito doce não se popularizou no Brasil pela dificuldade de sua fabricação. Pelo tempo que tomava. Ficou sendo como vestido novo para dia de festa. Esse doce aparecia nas bandejas enfeitadas, nas tardes de Natal, para a Ceia, ou para a Semana Santa, quando, ainda alcancei, havia o hábito de *pedir-se o jejum* em versos para a consoada.

As mulheres pobres faziam doces pobres, bem simples, rápidos, de vendagem quase imediata. Havia uma intuição psicológica sobre as simpatias do mercado consumidor e uma obediência rigorosa às praxes. Certos doces só podiam aparecer em certas épocas. Doce seco, pela Noite de Festa; filhós, pelo Carnaval; canjica, pelo São João. Não digam que a produção do milho força sua entrada nas mesas. Tem-se milho quase o ano inteiro. Mas canjica, pamonha, só tem graça, *só senta*, pelo São João.

Os doces de tabuleiro são como uma *constante* etnográfica. Indicam a democratização, o coletivismo de certas fórmulas antigamente dedicadas às festas aristocráticas ou mundanas, *beijos, raivas, sequilhos, alfenins, suspiros*. Outros que vieram do povo, sem especiaria, como a cocada, cuscuz, farinha de castanha ou de milho, puxa-puxa feito de mel de engenho. Outros foram experiências, golpes de gênio que conseguiram vitória para todos os sabores.

Os dois elementos predominantes na doçaria nacional foram estranhos à terra brasileira. O coco, asiático, e o açúcar, vindo das ilhas, sinônimo da Madeira. A mão da mulher branca iniciou a maravilha das combinações, fazendo valer os recursos do Brasil ainda bravio. Adoçou a castanha, descascou o abacaxi, utilizou o milho. A mestiça, a bá, a mucama continuaram o reinado. Tinham sido alunas.

Mas não houve o aproveitamento de todas as frutas. Algumas continuaram arredadas dos requintes e amaciamentos. Permanecem insubmissas a Pedro Álvares Cabral e seus sucessores. O ingá, o jatobá, o guajiru, ubaia, camboim, maçaranduba, jabuticabas, juá, cajaranas só permitem aproximação respeitando-se-lhes a personalidade do século XVI. Se mereceram exame, foram reprovadas por inadaptação subsequente.

Os doces de tabuleiro são, pelo Nordeste, denominados *engodos*, isto é, enganos. Enganavam ou adiavam a fome.

O tabuleiro tem suas "constantes" através do tempo. Conserva sua iluminação própria. Uma lamparina de querosene, gás, como dizem na cidade do Natal. Com toda a iluminação elétrica, alto-falantes gritando, automóveis, rádios, os tabuleiros acendem a fila trêmula daquelas luzes vermelhas, enroladas de fumaça. Era assim durante as Santas Missões de Frei Serafim de Catânia, em 1843. Nada mudaram.

A mulher que faz a *venda*, sinônimo de tabuleiro de doces, guarda uma lâmpada unicamente para sair à noite, nas *festas*, com a *luz*. Não serve para outro mister em casa. É um pormenor que se tornou maquinal pela antiguidade. Tabuleiro com toalha branca, os bolos e doces colocados em fileiras, os que *melam*, longe dos *secos*. Num ângulo, a lamparina. Acendem a luz como num cerimonial, iniciando o *mercado*. Primeira venda sempre a dinheiro, *para não atrasar*. Dinheiro chama dinheiro.

Só ultimamente encontrei frutas vendidas à noite. Frutas, só durante o dia eram expostas. No máximo, até a tarde. Mas as frutas compradas de noite são *parede* para beber-se aguardente. Um gole e uma dentada equilibram.

Lembro apenas esses doces pobres e populares, outrora vendidos a vintém. Ainda estão resistindo nos tabuleiros, oferecidos nas noites de Novena da Padroeira.

Na cidade do Natal, na festa de Nossa Senhora da Apresentação; em João Pessoa, na festa de Nossa Senhora das Neves; no Recife, na festa do Poço da Panela; na festa de Nossa Senhora de Nazaré, em Belém do Pará; na novena do Senhor do Bom Fim, na Bahia, o campo está virgem, cutucando o apetite alheio. Duram esses doces porque têm o seu humilde mercado consumidor, teimoso na predileção secular. O moleque, já dizendo *nô-bom alô mai frende*, tira o remastigado chiclé da boca e volta aos velhos doces, que seu avô também comeu na mesma época e feição.

Tapioca: tipáca, apertado, espremido. De goma, seca ou com leite de coco e açúcar branco. Ambos os tipos envolvidos em folhas de bananeira. Há uma abundante referência nos cronistas coloniais. Lógico é que o indígena, criador da tapioca, nunca utilizara o açúcar nem a canela, decorativa e saborosa. Uma modificação do mestiço brasileiro é a tapioca de coco, leite do coco sem açúcar. É prato do almoço sertanejo e, outrora, indispensável nas cidades do norte, pela manhã e na ceia. Ceia às seis horas da tarde, quando o sino batia as Trindades.

Beiju: mbeiú, meiú, contraído, compacto, enrolado, conjunto. De goma de mandioca, mais grossa. Com leite de coco, beiju de coco; sem coco, beiju de goma. O tupi conhecia também o beijuaçu, grandão, para distribuição nas rodas guerreiras ou beberronas; beijucica, enroladinho, também chamado *punho* ou *crespo*, delicadíssimo; beijuquira, com mistura do sumo ou mesmo pedaços de uma fruta, só usado ainda no Amazonas e interior do Pará; beijuticanga, torrado duas vezes, sequinho, para gente doente ou muito enjoada de gosto. Devia saboreá-la o tuixáua que fosse grã-fino.

Pamonha: pomong, pegajoso, viscoso, úmido. É uma das tradicionais *comidas de milho* rituais nas festas de São João a São Pedro e São Paulo. Creio ser aperfeiçoamento mestiço, pela aplicação do leite de coco, inseparável, e açúcar. Apresentado com a embalagem da folha de bananeira ou do próprio milho. O indígena não a podia ter conhecido como a saboreamos atualmente.

Canjica: canji, mole, *acanji*, grão mole cozido. A primeira comida de milho. No Norte é uma papa de milho verde, leve, substancial, enfeitada com desenhos de canela. Confundida no Sul com o *mungunzá* ou *mugunzá*, com ou sem carne, de origem africana, comida diária para a escravaria que trabalhava nos eitos dos canaviais. Os sertanejos comem o mugunzá com carne de gado ou carneiro, com ossos, no almoço.

Alfenim: al-fenie, do árabe, valendo "o que é branco", alvo. Massa de açúcar branco, uma das gulodices orientais. Em Portugal, já era popularíssima em fins do século XV e princípios do XVI. Citado em Gil Vicente, Jorge Ferreira e Antônio Preste. Era um doce fino, sem as complicações portuguesas e brasileiras, onde tomou formas humanas, de animais, flores, objetos de uso, vasos, cachimbos, estrelas. Sempre com pequeninos desenhos vermelhos. É açúcar e água, apenas. Passa-se goma nas mãos na hora de *puxar o fio no ponto do alfenim*. De sua fragilidade e mimo restou a comparação *melindroso como alfenim*. Pertenceu à doçaria dos conventos, ofertado nos outeiros e nas festas de recebimento nas *grades*, nos abadessados portugueses no século XVIII.

Doce Seco: a casca e a farinha da mandioca, fina, feito angu, seca, com outra porção de farinha *para abrir o ponto*. A espécie, recheio, é feita de farinha de mandioca, sessada em peneira fina, gengibre, argelim, castanha de caju, pimenta-do-reino, cravo, erva-doce, mel de rapadura. É um dos doces típicos na Noite de Festa, Dia do Natal, São João, São Pedro, Ano-Novo.

Beijos: coco ralado, açúcar, ovos. A graça especial é a variedade dos invólucros. Pertenceu à doçaria dos conventos fidalgos de Portugal.

Sequilho: outro doce português, secular e fidalgo. No Brasil democratizou-se. E privativo do povo, ignorado pelos paladares requintados. Formas redondas e chatas. Goma, açúcar, coco. Massa fina. Quase nenhuma transformação dos tipos velhíssimos para os atuais.

Raiva: docinho freirático, cheirando a Odivelas e D. João V. Pequenino, arredondado, fácil de mastigar, desfazendo-se na boca. Goma, leite de coco, puro, sem água, açúcar. Fogo brando. Esfriando, ornamentam-no com leves toques de gema de ovo cru.

Filhós: já registados no século XIV. Popularíssimos em Portugal. Doce do Carnaval. Filinto Elísio, exilado num Paris melancólico de 1808, lamentava-se, vendo o Carnaval francês: – "Um dia de Comadres, sem filhoses!" Servidos sob polvilho de açúcar. Nalguns pontos do Brasil obriga à calda de açúcar.

Cuscuz: do árabe, iguaria de milho, de arroz, etc. Também de goma de mandioca, para nós, brasileiros. De goma, leva açúcar. Há leite de coco, prendendo a massa e dando sabor. Vezes põem açúcar nesse leite. Era o pão nosso cotidiano para funcionários públicos e caixeiros do comércio provinciano, até a primeira década do século XX, pelas terras amáveis do Nordeste. O pão era para gente mais dinheirosa.

Quem trouxe o cuscuz para o Brasil foi o negro africano.

Suspiro: clara de ovo, açúcar branco, pingos de limão. Docinho protocolar para peraltas e sécias sob El-Rei D. José e a Senhora Dona Maria I. Doce de grades, freirático, romântico, sentimental. No Brasil há de muitos volumes, até enormes, obstinadamente ótimos. Merengues na Espanha e fala castelhana.

Pé de Moleque: espécie de bolo preto português. Moraes não lhe abriu o Dicionário, como fez para outros doces, todos devorados no seu engenho pernambucano.

O Conde d'Aurora fez-me comer, no Porto, um pé de moleque feito pela esposa, fiel à receita levada do Brasil por um dos antepassados, Lavradio, vice-rei no século XVII.

Cocada: nome *copyright by Portugal*. Doce de coco com rapadura, ponto grosso. Cocada-escura, cocada de moleque, bruta, dando sede, fazendo divina toda água. O mais popular de todos os doces populares do Nordeste.

Arroz-Doce: mandado de Portugal. Popular na Europa. Pudim de arroz na Inglaterra. Desenhos de canela em cima. Confeitos da mesma massa, furtados pelos meninos da casa.

Farinha de Castanha: os cronistas do Brasil menino registaram a predileção do indígena pelo caju e pela castanha. Marcgrave discorda, informando que a castanha era preferida. Comiam-na de mil jeitos, inclusive pilada como farinha. Não havia açúcar. Quando este apareceu, o engodo nasceu no tempo do Caramuru. E é nosso contemporâneo.

Estes são os doces de tabuleiro para público mirim e guaçu, ao lado do rolete de cana, mole e doce, próprio para dentadura de elefante; farinha de milho, indigesta como um relatório; toras de abacaxi; garapa de cana, doce ou picada (azeda).

Os xaropes de frutas, com água gelada, são nalgumas bocas saudosistas denominados *Capilé*.

Resta evocar o imperturbável *godero*, espiando, sem-dinheiro, com a boca cheia d'água, goderando um alma caridosa. Vez por outra ganha, milagrosamente, um doce enjeitado e pago. Passa a noite rondando os tabuleiros, interessado, fiscalizando trocos e dando palpites dispensáveis. Não furta. É candidato a suplência de gerente. Não há tabuleiro sem godero, um ou vários. Vou citar Horácio: *Tempus fugit*. E cito o Povo:

> *Godero me disse*
> *Que goderasse;*
> *Comesse o dos outros*
> *E o meu guardasse...*

Mijar na cova

Uma das supremas ameaças populares é prometer urinar sobre o túmulo de alguém. "Hei de mijar em cima da cova daquele peste..." "Deixa estar, desgraçado, que ainda hei de mijar na sua cova!..."

O poeta Freire Ribeiro contou-me em Aracaju, abril de 1951, ter assistido, no cemitério local, a uma velha urinar em cima da sepultura do marido, vociferando: – Não te dizia que havia de mijar na tua cova? Prometido é devido!...

Em Natal, no enterro de figura ilustre, em janeiro de 1901, um homem tentava urinar no túmulo que se fechava. Declarara tratar-se de inimigo e de haver prometido essa vingança. Repelido aos safanões, foi preso sem que efetivasse o ato. É uma estória que me contou Fausto Leiros, sabedor das tradições da cidade.

Leonardo Mota, *No Tempo de Lampião*, 201, cita a tradição teimosa e velha. "Foi no Icó. Uma cachaceira se intrigou com uma vizinha e, num dia de raiva, gritou: – Deixa-te estar, diaba, que eu muito breve tenho fé em Deus que hei de mijar na tua cova! – Apois, minha gente, não é que uma semana mais tarde a vizinha da cachaceira adoeceu e morreu de verdade? Sem nenhum respeito pela defunta, a velha da praga se gabava: – Eu não te dizia, diaba, eu não te dizia que eu ainda havera de mijar na tua cova? E é amenhã de menhã, quando acabarem de te enterrar!"

O Sr. José Aoem Estigarribia Menescal registou "A vingança de Sebastião de Freitas Costa" (*Boletim Bibliográfico*, nº 20, Mossoró, 1950). Inimizado Sebastião com o seu genro Ricarte Francisco Normandia Imbiriba, jurou cumprir a promessa popular. "Anos depois falecia Ricarte Francisco Normandia Imbiriba. Sebastião viaja a Apodi e visita o cemitério, onde pede para lhe ensinarem a cova do genro. Sem pronunciar sequer uma palavra, urina em cima da mesma. Era a sua grande vingança."

Oliveira Lima, *Memórias*, 24, narra o seguinte fato que lhe fora contado pelo próprio autor, Teófilo Braga, depois Presidente da República Portuguesa. Concorrera duas vezes à cadeira de Literatura, no Curso

Superior de Letras, em Lisboa, sem que fosse provido. "Da terceira vez que entrou em concurso, não podendo deixar de ser classificado, procurou o Ministro do Reino, era Antônio Rodrigues Sampaio, o poderoso jornalista do "Espectro" e da "Revolução de Setembro", e disse-lhe: – "Olhe, se eu desta vez não for nomeado, deixo-me de mais estudos, dedico a minha vida a atacá-lo e injuriá-lo e, depois do sr. morrer, ainda lhe vou mijar sobre a cova". Sampaio apenas respondeu: – "Não ponha mais na carta; está nomeado".

Eça de Queiroz, num versinho satírico (Antônio Cabral, *Eça de Queiroz*, 242), alude à tradição:

> *Na sua campa suspiram os ventos*
> *E um cravo ri.*
> *Caminheiro, detém teus passos lentos*
> *E mija aqui...*

O Oriente mantém o respeito e a identidade da ameaça. Mesmo nos fabulários reaparece o elemento.

Numa estória do lobo e da raposa, tendo esta conseguido atrair o adversário para um fosso, zomba de suas súplicas, insultando-o: – "Muere, pues, maldito! Te prometo mearme en tu tumba, y bailar con todos los zorros sobre la tierra que te cubra!" (*El Libro de las Mil Noches y Una Noche*, J. C. Mardrus, VI, trad. de Vicente Blasco Ibáñez).

O gesto, visivelmente ligado à ideia do sacrilégio e do insulto, envolve o sentido de violação da terra sagrada dos mortos, molhando-a com as excreções humanas.

Na sátira primeira de Aulo Pérsio Flaco, falecido em Roma no ano de 64, com 28 anos, há um indício. Pérsio lembra que se poderá evitar a deposição de imundícies, desenhando duas serpentes, signo larário, com a inscrição: – *Pueri, Sacer Est Locus: Extra Meite...* (O lugar é sagrado: meninos, ide mijar lá fora.)

Teócrito evoca a proibição de poluir-se com urina os rios correntes, as fontes, o recinto dos templos, o fogo do lar. O direito passou a Roma, que o estendeu às estátuas dos imperadores. *Damnati sunt eo tempore qui urinam eo loco fecerunt, in quo statuae & imagines erant principis.*

Imagine-se a micção nos túmulos, centros vivos de devoção total! O culto aos mortos era o decisivo elemento religioso na Grécia e em Roma. A sepultura, casa do defunto, merecia os cuidados, festas, jogos, banquetes propiciatórios, em ciclo intérmino. Sem túmulo, o espírito do morto passaria à classe dos entes agressivos, de infindável perversidade, espalhando dificuldades aos vivos.

Uma das precauções para evitar a injúria da urina na cova era a inscrição: *Hospes. Ad. Hunc. Tumulum. Ne. Meias. Ossa, Precantur. Tecta. Hominis.*

A injúria ao sepulcro teria repercussão profunda sobre o morto. Muito mais intensa que se ele vivesse, porque agora a agressão cairia com efeito religioso, interrompendo o sentimento do "sagrado" e do "inviolável" que a tumba significava para os gregos e romanos.

Se era um sacrilégio o ato desrespeitoso a uma efígie do imperador, chegando, sob Tibério, o cuidado de ninguém levar anéis ou moedas com a face imperial indo às latrinas, crime punível com a pena capital, assim como pronunciar seu divino nome nesses lugares, a sepultura estava tocada com todos os poderes da Morte e muito maior o castigo ao criminoso e sempre o sofrimento ao espírito do defunto, incapaz de defesa eficiente a essa agressão anônima. Daí o número de inscrição suplicando o respeito: *ad hunc tumulum ne meias, ossa precantur tecta hominis...*

Seria em Roma, republicana ou imperial, a suprema ameaça mijar na cova, como ainda o é nos sertões do Brasil contemporâneo.

Caretas

A careta é a primeira arma defensiva infantil. Naturalmente, o homem usou-a com a finalidade de afastar o inimigo fingindo-se mais feio, mais terrível e com a mutação fisionômica que podia ser tomada como ameaçante agressividade de irresistível efeito.

Como as caretas são sempre intencionais, exceto as reflexas de dor, surpresa, alegria, trazem a impressão consciente da vontade criadora, impondo-lhes uma mensagem, uma determinada e séria missão, comunicante e pessoal.

Nós a chamamos cara-pequena, *cara-êta*, carinha, cara transformada em suas proporções e linhas normais. Não é o momo, que poderá ser feito com o auxílio dos dedos e mãos. Nem a visagem, que já se presta a outras definições alarmantes para os etnógrafos ortodoxos e ciumentos das fronteiras clássicas. Essencial é, aqui, dar depoimento sobre a careta e seu valor etnográfico, tal e qual deduzo e penso.

A careta criou a máscara. Não creio que a máscara tivesse inicialmente senão a função de amedrontar, de espalhar o pavor, elemento sagrado. Como ela independe dos recursos materiais de folhas e limos, como ocorria fartamente nas primeiras festas dionisíacas, a careta inicia, sozinha, a determinação do assombro pela mudança do rosto normal. Seria possível explicar-se a rapidez da mutação pela presença mágica de força poderosa, invisível e desconhecida. Assim, muito tempo depois, a pitonisa de Delfos fazia caretas, estrebuchando sobre a trípode sagrada, anunciando a visita de Apolo. Todos os *mestres* no Catimbó, quando *acostam*, obrigam seus intérpretes a mudar a fisionomia, numa careta que é a representação do possuidor do Além. Semelhantemente, os orixás mudam as caras de seus *cavalos*, de suas *filhas* e sacerdotisas, quando descem possuindo-lhes o espírito para a fabulação e o bailado. A careta, com essas custódias, com esses documentos antigos e contemporâneos, verificáveis os últimos nos Catimbós e nos Candomblés, é realmente uma *presença*.

No cotidiano, é simulação, fingimento, disfarce, talqualmente a máscara, ambas com a intenção aterradora, mesmo inconsciente.

O romano fez questão de fixar essa aproximação da máscara com a fisionomia, denominando-a *persona*, em grego *prósopon*, guardando-se para as máscaras que amedrontavam as crianças o nome de *mormolikeîon*. Esta última é uma reminiscência da função mítica da careta, espalhar o pavor.

A máscara, nascida nas festas rústicas de Dioniso, foi a careta tornada permanente, durável, estática.

Mandar uma criança imitar uma determinada pessoa é fazê-la improvisar uma máscara, personalizando o homenageado. O traço físico predominante se reflete imediatamente na retentiva infantil e a careta projeta, informe, a impressão transfigurada do modelo adulto.

Mas onde a careta mantém sua potencialidade mágica primitiva é como defesa individual de posse, legítima ou não, da criança. Nada podendo usar de decisivo para repelir o adversário cobiçoso, o menino reage fazendo uma careta, instintiva, espontânea, naturalmente, como empregando a única e verdadeira arma que sua inteligência lhe oferece prontamente. O recurso de cobrir o objeto ameaçado com as mãos e chorar alto já é, para mim, um apelo ao socorro doméstico, ligado ao alarma sonoro do choro. É outro escalão perspectivo nas conquistas do auxílio estranhos às suas possibilidades defensivas.

Pela vida fora a criança recorre à careta como estímulo para sua coragem, excitação à luta, intimidação do adversário. E, durante anos, terá a careta como um ato de provocação, um desafio pronto e mudo, desdenhoso e superior.

A careta é, popularmente, o grande recurso cômico, provocador da hilaridade. É a técnica dos Birico, Mateus e Catirina do Bumba meu Boi, assim como o Velho ou o Bedegueba em certos Pastoris. Nos antigos Bumba meu Boi havia um companheiro do vaqueiro Birico, o Lalaia, famoso pelas caretas inesgotáveis, destinadas ao público miúdo do folguedo.

Essa careta para rir, feita por um quase profissional na espécie, recorda os careteiros de Roma, os saniões, *sanniones*, cuja especialidade era fazer caretas diante de um público compreensivo e aplaudidor. O sanião proviria do etrusco *sanna*, careta, evidenciando a antiguidade do uso intencional para fins hilariantes, correspondente ao italiano contemporâneo, *zanni*, nome dado a essa classe de bufões. Os gregos tinham no burlesco *mokós* o irmão gêmeo do *sannio* romano. Deste *mokós* veio o latino *mococus* e o francês *moquer, moqueur, moquerie* (H. Roux Ainé).

Aperto de mão

*D*urante o regime de Mussolini, lia-se em todas as repartições públicas de Itália, e mesmo nas Embaixadas e Consulados, o aviso que o aperto de mão fora abolido e devia-se saudar "romanamente". Tenho a impressão de que *il Duce* viveu e morreu ignorando que a verdadeira saudação romana não era o braço erguido na diagonal, mas o simples aperto de mão. Aquela saudação que o Fascio reviveu aparecera no Império e, bem possivelmente, no domínio militar, depois da morte do Imperador Nero, o último dos Júlios. Roma clássica ignorou-o. Entretanto, *sono abolite le strette di mano; si saluta romanamente!* Pois sim.

O apertar de mão é a saudação mais usada e conhecida no mundo. Era tradicional entre os Gregos no tempo de Homero. Na *Ilíada*, canto X, Ulisses e Diomedes, voltando do ataque noturno ao acampamento dos Trácios, são recebidos com apertos de mão: – "*Mal acabava, / Desmontam-se eles; de alegria todos. / Estreitadas as destras, os saúdam*" – traduz Manuel Odorico Mendes.

Tornou-se não apenas um cumprimento, mas também gesto final de pacto, firmação de tratado, signo de firmeza. *Cedo fortunatam manum*, diz Plauto.

Quando os Hircânios deputaram embaixadores junto ao Rei Ciro, oferecendo aliança contra os Assírios, conta Xenofonte (*Ciropedia*, II), declararam ao persa: – *Et tendez-nous la main, afin que nous portions à nos compatriotes ces gages de votre parole* (tradução de Gail).

Dar a mão direita, *dextram dare*, era para os Persas juramento inviolável. Quando Artaxerxes marchava contra o Egito, Tenes, Rei de Sidon, mandou Thessálion, seu ministro, entender-se com o soberano persa, oferecendo apoio. Artaxerxes aceitou, mas, ouvindo Thessálion pedir-lhe a mão direita como sinal de garantia, irou-se e mandou-o decapitar. Indo para o suplício, Thessálion declarou que o Rei de Sidon, seu senhor, nada faria, se o Persa não lhe desse a confiança. Artaxerxes libertou-o: *fit relâcher Thessálion et lui donna la main droite. C'est là chez, les Perses, la signe d'une foi inviolable* (Diodoro da Sicília, XVIII do livro XVI, tradução de Ferd. Hoefer).

Era a paz, a compreensão, o entendimento. O general romano Corbulão e Tiridate, Rei dos Partas, terminam a guerra apertando as mãos, *dextram miscuere* (Tácito, *Anais*, XV, 28).

Em Roma, era gesto banal e comum de saudação, e o poeta Marco Valério Marcial, falecido nos primeiros anos do século II da era Cristã, alude frequentemente ao costume:

> *"Vicinus meus est, manuque tangi*
> *De mostris Novius potest fenestris".*

Era o poeta Marcial vizinho de Nóvio, podendo apertar-lhe a mão de uma para outra janela, tão próximo viviam.

"Basia das aliis, aliis das, Posthume, dextram", assim ironizava ele nos *Epigramas*, livros I, LXXXVI, e II, XXI.

Aristófanes faz o avarento Estrepsíades dar a mão direita ao filho Fidípides como juramento de fé (*Nuvens*, 81).

Popularmente, em Roma saudava-se erguendo apenas o dedo indicador, *digitus salutaris*. Ainda resiste, espalhado pela Europa e América. A Princesa Bibesco, estudando o Rei Carol da Romênia (1839-1914), recordava que o fundador da dinastia real romena estendia apenas um dedo para saudar certas pessoas. Parecia um hábito pessoal do rei, mas estava ligado a uma saudação milenar. *La première fois que j'ai vu le roi Carol, il me tendit seulement un doigt. C'était sa manière de dire bonjour aux enfants, aux personnes de peu importance, et, aussi, aux personnes importantes qu'il n'estimait guère, ou par du tout* (Une vocation de Roi, Revue Hebdomadaire, 21, Paris, maio, 1930).

Esse indicador em saudação é mais resistente do que se pensa. Julguei-o inicialmente uma forma abreviada da continência militar, mas sua sobrevivência demonstrou-me tratar-se do gesto romano, muito preferido pelo Imperador Augusto. Diariamente vejo repetir-se. As sociedades maçônicas, dos ritos vermelho (escocês) ou azul (francês) empregam-no, desde o grau de "Mestre", para cumprimentar os "irmãos" nos lugares públicos. Naturalmente, o aperto de mão veio para o Brasil colonial com os portugueses. Indígenas e africanos não sabiam desse gesto como saudação.

Durante séculos e séculos, só os homens podiam trocar essa saudação. Homem não apertava mão de mulher senão na intimidade mais absoluta. E entre mulheres a saudação era o beijo.

Mesmo no século XIX a tradição era a vênia, a curvatura, de um ao outro. Ao correr dos séculos XVII e XVIII, pegar na mão de mulher só podia acontecer nos raros momentos da dança. Fora disso, era profundamente comprometedor e proibido.

O ciúme em Portugal e Espanha impedia que uma mulher desse a mão ao amigo para o aperto que se tornou protocolar.

> *No quiero que a misa vayas,*
> *Ni que a la puerta te asomes,*
> *Ni tomes agua bendita,*
> *Ni des la mano a los hombres!*

Uma reminiscência desse hábito vive nas regras do bom-tom cerimonioso, lembrando que não devemos ter a iniciativa de estender a mão às senhoras, e sim aguardar que delas parta o gesto cordial.

O velho Professor Panqueca (Joaquim Lourival Soares da Câmara, 1849-1926), sabedor minucioso das estórias populares e das tradições sociais do Nordeste, dizia-me que, no tempo do imperador, ninguém saudava uma senhora apertando-lhe a mão. Curvava-se e a dama baixava a cabeça. Nada mais. Mesmo nas apresentações, o cavalheiro fazia a mesura ritual e a dama curvava a cabeça. Mão na mão é que não.

As raras senhoras apresentadas ao vice-rei do Brasil na cidade do Salvador, ou mesmo no Rio de Janeiro, recebiam a vênia de Sua Excelência e a retribuíam. Agarrar na mão e estreitá-la era quase uma imoralidade. Ainda durante o tempo do Rei Velho (D. João VI), o uso não se divulgou. Havia o beija-mão real. E era bastante.

No período regencial, especialmente com a expansão da "moda francesa", o aperto de mão foi aparecendo e fazendo-se presente na Corte, tentando popularidade. Mesmo assim toda gente antiga reagia contra o costume novo, que cheirava a um atrevimento inaudito.

Aí, à roda do movimento pela Maioridade (1840), é que o aperto de mão foi dominando e assumindo ares oficiais. Aperto de mão de homem para mulher, de cavalheiro para senhora, como saudação normal, possível, permitida. Frei Miguel do Sacramento Lopes Gama, 1791-1852, egresso beneditino, letrado, culto, jornalista, pregador, deputado geral, diretor da Academia de Olinda, no seu periódico "*O Carapuceiro*", número 59, de 22 de outubro de 1842, ainda esbravejava furioso contra a moda que se ia alastrando na cidade do Recife:

Já se vai pegando o uso
De muita satisfação,
D'homens saudarem senhoras
Com apertinhos de mão!

Em outubro de 1842 o aperto de mão entre homem e mulher era novidade alarmante na cidade do Recife.

O derramamento do costume verificar-se-ia nas últimas décadas do século XIX. Assim mesmo, o povo, a arraia-miúda, não valoriza o aperto de mão como índice cordial. Prefere a batida no ombro ou no peito, de homem a homem, acompanhada de frases afetuosas ou de insultuoso afeto.

Nas minhas pesquisas nas praias e locais de reunião popular, bem raramente vejo um recém-chegado apertar a mão dos camaradas presentes. Na hora da saída, despede-se com ditos humorísticos ou comuns.

Um gesto velho e popularíssimo é o abraço simplificado, reduzido a uma leve e rápida pressão nos deltoides ou bíceps.

As moças beijam-se no ar, na altura das faces. O batom não permite o beijo direto, sob pena de vestígios.

Recusar o aperto de mão, deixar a mão alheia estendida, é ofensa grave e que tem determinado mortes. Apertar a mão de "todo o mundo" é denúncia de técnica democrática eleitoral. Índice de seleção, de saber eleger relações, preferências dignas: – "Sei a quem aperto a mão. Não dou a mão a toda gente".

Andar de roda

Quando eu era menino, em São José de Mipibu, aparecia sempre em nossa casa a velha Buna, encarquilhada, recurvada, vacilante nas pernas, mas conversando desembaraçadamente e prestando-se a fazer pequenos serviços domésticos. Minha grande curiosidade era ver, em certos dias, a velha Buna ir rezar no cruzeiro diante da Matriz. Rezava andando em redor da cruz, sem parar, balbuciando sua oração fiel. Depois parava, persignava-se olhando para o frontão da igreja e voltava para casa, trôpega, curvada, humilde. Nunca lhe perguntei a razão daquela reza em passo circular e nem mesmo tinha idade para fazê-lo. Mas a imagem ficou para sempre na memória.

A marcha descrevendo um círculo é de alta expressão simbólica e participa, há milênios, da liturgia popular em quase todos os recantos do mundo.

Há procissão religiosa ao redor de uma praça, volteando igreja ou capela, ou dentro de um pátio interno ou claustro conventual. Chamava-se rasoura, e Pereira da Costa ainda a presenciou diante da Igreja do Carmo, no Recife, em 1915.

Durante as festas de São João, circulava-se cantando versos alusivos em volta de árvores ornamentadas ou postes, os mastros do São João, decorados festivamente. À roda da fogueira acesa na tarde de 23 de junho rodava-se, cantando, para a direita e para a esquerda, um bailarico vivíssimo. No cerimonial de tomar-se compadre ou comadre, casamento ou noivado, na noite do São João, a posição dos dois figurantes é circumambulando a coivara votiva e dizendo em voz alta a fórmula consagradora, e só se reunindo para o abraço final.

Lembro-me do cortejo dos antigos casamentos no sertão do Nordeste. Os recém-casados vindos das fazendas, com os padrinhos e convidados, todos a cavalo, deixando a igreja, faziam uma volta à praça.

Nas promessas populares aos Santos Cruzeiros, chantados diante das igrejas, os terços, ladainhas e demais orações eram rezados andando ao redor deles, assim como na Santa Coluna, lugares onde quase sempre tinha existido o Pelourinho.

Os exorcismos e rezas fortes, altos segredos das velhas rezadeiras, tinham maior eficácia quando ditos em andamento circulatório. Rezando diante das crianças doentes, ou da rede do enfermo adulto, a velha das rezas o fazia em círculo, ininterruptamente, até findar a oração.

Uma das rezas fortes de prestígio era a oração dos quatro cantos da casa, que se rezava caminhando junto à parede interna do quarto principal ou da sala.

As variantes correm pelo mundo. Os marinheiros de Audierne, Finisterra, salvos dum naufrágio, fazem sete vezes a volta da Igreja de Santa Evette. Na Ilha de Batz, na costa bretã da Mancha, quando não se tem notícia de um barco de pesca, nove viúvas, fazendo durante nove dias consecutivos volta à igreja, oram em silêncio. Nesse espaço de tempo sabe-se do destino do navio.

Da espantosa velhice do costume há a recomendação de Numa, segundo Rei de Roma, ordenando aos sacerdotes que orassem aos deuses andando circularmente, imitando o movimento do Universo (Plutarco, *Numa*, XIX; Camilo, VI).

Para conjurar a cólera dos deuses e nas horas de perigo coletivo, realizava-se em Roma o *Amburbiale Sacrum*, com todos os colégios sacerdotais e seguido pelo povo. O *Amburbium* era uma procissão penitencial, levando as vítimas que seriam imoladas, *amburbiales hostiae*, em lenta marcha, fazendo-se o círculo da cidade. Servius define: – *Sicut Amburbale, vel Amburbium, que urbem circuit et ambit victima*. Ou, no dicionário de Samuel Pitiscus (I, Paris, 1766): – *On la nommoit ainsi, parce qu'on conduisoit, autour de la Ville, une victime à laquelle on donnoit le nom d'Amburbialis, des mots* Ambire Urbem.

Na Grécia, poucos dias depois de nascer a criança, confundindo-se com a dação do nome, havia a *Anfidromia*, em que o recém-nascido fazia volta ao fogo do lar. Penzer, citando Brand, Borlase e Martin, lembra que nas Western Islands a purificação mágica do filho e da jovem mãe verificava-se volteando-se uma chama ao derredor do leito de ambos.

Os peregrinos cristãos ao Santo Sepulcro, em Jerusalém, usam por vezes circular a sepultura de Jesus Cristo. Os muçulmanos obedecem a esse cerimonial, rodeando e rezando sete vezes a Kaaba em Meca. Chama-se a *tawaf*.

Na Índia a circum-ambulação é sagrada e consta do código de Manu, que recomendava à noiva fazer três vezes a volta à lareira do seu novo lar. Essa obrigação de dar volta em torno de um objeto sagrado diz-se "Pradakshina".

Anotando o *Katha Sarit Sagara*, de Somadeva, N. M. Penzer (*The Ocean of Story*, I, 190-193, Londres, 1924) identificou o "Pradakshina" hindu com o "Deisul" na Irlanda, "Deazil" dos velhos Highlanders, e informa ser tradição corrente na Grécia, Roma, Egito, Japão, Tibete e China etc. Celtas e Teutões conheciam e praticavam a circum-ambulação.

No Bom Jesus do Monte, em Braga, Portugal, sobre um penedo há a estátua equestre de São Longuinhos desde 1821. A menina solteira que lhe fizer três vezes e em silêncio a volta, casará dentro de um ano.

As orações em movimento, mesmo retilíneo, têm mais força irradiante. Em círculo são poderosas, porque realizam o símbolo do Infinito, repetindo, como pensava o Rei Numa, o movimento dos astros.

Tudo isto, sem saber, guiava a oração à roda do cruzeiro, feita pela velha Buna nas tardes tranquilas de São José de Mipibu.

Rasto

O rasto é uma permanente do indivíduo. Participa indissoluvelmente do conjunto físico. Feitiços, muambas, coisa-feita podem ser feitos no rasto e atuam eficazmente sobre a pessoa. A frase *pisar no rasto*, significando comumente obediência cega, cumprimento fiel da ordem, "seguir o trilho", "ir no fio", dirá diversamente nos assuntos de magia e no mundo da superstição.

Acompanhar as pegadas de alguém, pondo o pé direito no rasto esquerdo e vice-versa, é *atrasar* o outro, dificultar-lhe negócio, plano, vida, saúde.

Da antiguidade dessa superstição, basta a citação de Luciano de Samósata, *Dialogues des Courtisanes*, IV, no segundo século da era cristã. A jovem Báquis explica a sua vitória contra a concorrente Fébis: – *"C'était d'observer la trace des pas de cette fille, des les effacer en posant le pied droit où elle avait posé le gauche, et le pied gauche sur la trace de son pied droit, et de dire en même temps* – Je marche sur toi, je suis audessus de toi. *J'ai fait tout ce qu'elle m'avait prescrit"*.

Mijar no rasto do inimigo é atrapalhar-lhe por muito tempo os desejos.

A areia do rasto é elemento para obter resultados contra o desafeto ou alcançar interesse, simpatia, amor. Em Portugal, J. Leite de Vasconcelos, *Tradições Populares de Portugal*, 304, informa: – "As feiticeiras adivinham. Quando querem enfeitiçar alguém, apanham com uma moeda de três vinténs em prata (dinheiro de cruzes) a terra da pegada do pé esquerdo da tal pessoa, e com a terra *encanham* a pessoa, que por isso fica muito magra, fraca, doente etc. (isto é, *encanhada*, Vila Real). As feiticeiras, quando querem enfeitiçar alguém, apanham a terra da pegada do pé direito (sic), atam-na num pano e depois atiram-na à cova de um defunto; quando o defunto estiver desgastado, morre a pessoa (Guimarães)".

Há o poderoso *chá de rasto*, infalível nas hemorragias. Getúlio César, *Crendices do Nordeste*, 173-4, regista: – "Em caso de hemorragia produzida por um ferimento qualquer, aconselham fazer uso de *chá de rasto* como específico. O chá é feito assim: – O doente anda sete passadas, uma pessoa apanha a terra calcada pelos pés do ferido e com ela faz um chá com água fervendo e dá ao paciente para beber".

O sal na feitiçaria é um ulcerante. Colocar sal no rasto é provocar feridas no autor das pegadas.

Atravessar o rasto com uma cruz, riscada em todo o comprimento, perturbará o desenvolvimento de qualquer empresa, deixando-a ficar na situação em que se encontrava quando o sinal foi feito. O contra-ataque é apagar o rasto com folha verde. Outro qualquer material é contraproducente.

Apagar o rasto é fazer esquecer quem o produziu. Por isso o poeta Juvenal Galeno, 1836-1931, sabedor da tradição, versejava na "Despedida";

"E de mim se esqueçam logo...
Meu rasto varram no chão!"

Varrer o rasto é expulsar da memória. Era a forma clássica de *matar o nome*, retirando-o dos túmulos e dos monumentos, castigo tremendo que apavorava os Faraós. *O Senhor apagará o seu nome de debaixo do céu*, ameaçava o *Deuteronômio* (XXIX, 20). Raspavam no Egito o nome dos Faraós condenados, depois da morte, à execração pública.

Sem o rasto não era possível a orientação primitiva nos longos caminhos. Perder o rasto era desorientar-se fatalmente. Karl von den Steinen viu numa aldeia de Bororos, numa marcha de enterro, o indígena que *arrastava uma folha de palmeira, a fim de apagar o rasto e dificultar aos mortos o regresso à aldeia.* (*Entre os Aborígines do Brasil Central*, 646.)

Minha ama, Bemvenuta de Araújo, cujas estórias, que me contou na meninice, reapareceram em *Contos Tradicionais do Brasil*[*], proibiu que fosse pisando uns rastos humanos na praia do mar: —"Mas, por quê?" – "Faz mal! Não se sabe se era gente boa..." Podia ser rasto de gente ruim e o contágio trar-me-ia a maldade, impressa na pegada inominada.

Só muito depois é que vim a saber da poderosa magia do *totum ex parte...*

---

[*] Edição atual – 13. ed. São Paulo: Global, 2004. (N.E.)

Castanhola

O Dicionário do Dr. Frei Domingos Vieira informa que "castanhola" ou "castanheta" é o som que se dá com os dedos maior e polegar, apertando um contra a cabeça do outro, e soltando com força contra a raiz do polegar. Provirá da semelhança do ruído do instrumento musical espanhol que tem o mesmo nome. E o instrumento se parece com uma castanha.

Recebemos o gesto de Portugal e lá, como aqui, serve de acompanhamento a certas danças, ritmando-as e animando-as. O mesmo nas terras de Espanha, usa-se o castanholar, dar castanholas com os dedos.

No diário é comum, a castanhola de dedos é sinal de pouco-caso, significando o nenhum valimento da coisa que a provocou. – Ora! – e estala-se a castanhola. Não é preciso mais nada.

Repetindo-se, chama-se a atenção de alguém. Vale um *hêureka*! – Achei, finalmente! – Nas cerimônias da Maçonaria é aplaudir: "muito bem, bravos, apoiado!" Em Fortaleza é muito comum a castanhola como aplauso, valendo as palmas, especialmente nos discursos e conferências.

A. Mitton regista sua versão na França: – *Faire claquer le pouce sur le majeur ou sur l'annulaire* significando: *Pour appeler quelqu'un. Par extension, geste qu'on fait lorsqu'on recherche une chose, par exemple, un mot, une solution.*

Aprendemos o gesto pelo seu uso frequente e visível. É o que se chamaria uma *constante*.

Era desta forma, em Roma, que Délia chamava o poeta Tíbulo:

...... reseret modo Delia postes,
Et vocet ad digiti me taciturna sonum.

(*Elegias*, I, segunda). Era a fórmula de chamar o escravo, o *digiti crepantis signa* de Martial (*Epigramas*, III, LXXXII), o *crepitu digitorum* (idem, XIV, CXIX) o significativo rumor do polegar e do médio, tão comum aos beberrões pedindo o auxílio dos fâmulos (idem, VI, LXXXIX). Assim, no

Satyricon (XXVII) Trimalcião *digitos concrepuit* pedindo o vaso indispensável, quando estava jogando a pela, *ludentem pila*. A aristocracia romana e mesmo os libertos imponentes e ricos afetavam jamais dirigir a palavra aos servos. O liberto Palas, acusado de conspirar contra Nero, defendia-se afirmando só lhes falar pelos gestos da cabeça e da mão, *nisi nutu aut manu* (Tácito, *Anais*, XIII, xxiii).

Para que os estudantes estivessem atentos, dava o mestre castanholas sem perder o ar de circunspecção doutoral. São Jerônimo recorda o *Duobus digitulis concrepabat, hoc signo ad audiendum discipulos provocans* (*Epist. ad Rust*). Quase com as mesmas palavras de Frei Domingos Vieira, Ovídio (Fast., V, 433) registara: – *Signaque dat digitis medio cum pollice junctis*.

Mas o *digitis concrepare*, o *digitorum percussio*, de Cícero, valia expressamente a negação de qualquer valor ao assunto que o havia determinado. Barré informa que o autor, pronunciando o *Hujus non faciam* de uma comédia de Terêncio (*Adelfos*) devia castanholar os dedos, dando a tradução verídica do "não farei caso algum".

A mais antiga menção do gesto diário e banal vem dos registos dos escritores no tempo de Alexandre Magno, recordando o hipotético Sardanapalo, Rei da Assíria, que teria subido ao trono em 836 antes de Cristo. Ateneu, VIII, 3, 10, *Banquete dos Sofistas*, fixou a tradição que encontrara em Alexandria, no terceiro século da era cristã.

Sardanapalo deixara, não longe da Vila de Anquíale, na Trácia, sua estátua em mármore, fazendo com os dedos da mão direita a nossa castanhola de pouco-caso. E havia no pedestal esta inscrição em grego:

"Eu, Sardanapalo, filho de Anacindaraxe, construí Anquíale e Tarso em um dia. Comei, bebei, diverti-vos. Tudo o mais não vale isto…" "Isto" era a castanhola de dedos…

Aristóteles dizia que este era epitáfio de porqueiro e não de um rei. Mas a tradição, velha de quase três mil anos, guardou o gesto com a mesma tradução dos nossos dias.

Alguns jogos infantis no Brasil

Dizemos no Brasil "brinquedo" e "brincadeira" na mesma acepção. Brinquedo é também objeto com que se brinca. "Jogo", no plano do *ludus*, é uma imposição pedagógica que vai avançando devagar, através de gerações novas, alunas de cursos primários. Há vinte anos jogo era sinônimo de passatempo com baralho, bolas, dados. Já estavam confundidos quase na literatura do século XVI, e Gil Vicente empregava "jogar" e "brincar" na mesma identificação divertida.

Nos domínios da psicologia, da dinâmica fisiológica, memória, inteligência, raciocínio, vontade, virtudes de honra, disciplina, lealdade, obediência às regras, a brincadeira é o processo iniciador do menino. Ensina-lhe as primeiras normas da vida, acomoda-o na sociedade, revela-lhe os princípios vivos do homem, sacode-lhe os músculos, desenvolve-lhe o sistema nervoso, acentua-lhe a decisão, a rapidez do conhecimento, põe-lhe ao alcance o direito do comando, da improvisação, da criação mental.

Já tanta gente ilustre escreveu sobre o brinquedo, valorizando o jogo infantil, ensinando aos grandes a respeitá-lo e facilitá-lo ao menino, futuro grande, que se formou um novo conceito ao redor da brincadeira e de sua valorização. A velha, clássica e sisuda impressão do brinquedo ser uma inútil vadiagem, deseducadora e palerma, evapora-se lentamente.

No brinquedo material, o objeto de brincar, a utilidade pedagógica não é menor nem menos preciosa. Espécie de lâmpada de Aladino, o brinquedo se transforma nas mãos da criança numa diversidade incontável, imprevista e maravilhosa. Esse poder de a inteligência infantil materializar a imaginação no imediatismo da forma sensível será tanto mais ajustador do menino no mundo social, quanto mais espontâneas tenham sido as aproximações entre a criança e o seu universo pequenino.

Num livro de Monteiro Lobato, uma criança entre um sabugo de milho e um Polichinelo para brincar, escolhe o sabugo. Polichinelo é Polichinelo sempre. Sabugo pode ser rei, rainha, máquina, casa, moça, avião, carro e também Polichinelo. A criança estava apenas elegendo a massa plástica, apta a receber forma e nome de suas mãos. O Marechal Bugeaud perguntava a um pequeno Príncipe d'Orleans qual presente preferia para a Páscoa: um general bordado de ouro, ou um colibri numa caixa doirada, cantando duas valsas e uma canção patriótica? O pequeno Orleans respondeu, coerente: – *Je préférerais un petit cochon de bois peint en rouge avec un sifflet dans le ventre*. É uma estória contada por Loys Brueyre.

Se este é o ângulo para a educação física pela rítmica, estimulando o companheirismo, a solidariedade, o movimento harmônico de conjunto, para o folclore há outra campanha. É a utilização das velhas brincadeiras tradicionais nos programas da ginástica escolar moderna, sob o critério da seleção e do aproveitamento de seus elementos dinâmicos. Se esses jogos vieram atravessando os séculos, resistindo, defendidos e guardados pelo povo para seus filhos, provam claramente uma vitalidade real e um poder quase mágico (não dando ao brinquedo o sentido mágico de Frobenius) de adaptação e de conservação na simpatia infantil.

Ninguém aposenta a cabra-cega, o chicote-queimado, a dona de calçada, a galinha gorda dentro d'água, a série de brincadeiras para todas as idades, desde o *pinicainho para barra de vinte e cinco* até as jornadas cantadas e dialogadas da *La Condessa*, de que João Ribeiro estudou uma variante.

O estudo da antiguidade dos jogos infantis, origem, viagens, áreas geográficas do conhecimento, processos de escolha inicial, final, evolução, está apaixonando professores do campo e da cidade. Há também para o folclore a linha melódica, a rítmica, adaptações, características, sobrevivências. Para a dinâmica calistênica, os vários tipos de marcha, o desenho das figuras fixadas no jogo, saltos, carreiras, pulos, aceleramentos, fórmulas de substituições nos extremos ou meios, círculos, paralelos, fileiras, enfim a plenitude sugestiva do jogo-motor na escala das gradações, são dados essenciais. Para o educador, todos esses aspectos são faces do mesmo tema, apreciações naturais, ricas, inesgotavelmente utilizáveis.

Quais os jogos que divertem o menino brasileiro? Os atuais e vivos, brincados pelos ricos e pelos pobres, em todos os recantos do território nacional? Os vindos de Portugal, que são quase universais. Os africanos, que desconhecemos. Os de possível fonte ameríndia. São de número sem fim. As músicas. As fórmulas de escolha que iniciam a brincadeira. Jogos de mão. Parados ou em movimento geral. Rondas. Parlendas. Mnemonias, que são cantigas com ou sem sentido, para decorar números, nomes e datas. Enredo das brincadeiras dialogadas. Estas, em parte mais alta e final, representadas por meninas que se fazem de senhoras, mães, princesas, com pedido de casamento, amor, matrimônio, vinda de cavaleiros, quase orçando pelo limite do teatro infantil, um teatro de mímica espontânea e poderosa, em que todos nós fomos personagens, atores e atrizes, sinceríssimos.

Alguma coisa registei em *Literatura Oral*[*] (cap. II, nº 2) e nos vários verbetes do *Dicionário do Folclore Brasileiro*[**].

Uma impressão do brinquedo no tempo só se dará pela pesquisa. Há brinquedos de 10.000 anos. E alguns mais antigos. O pião rodador, puxado a cordel, *strombos* grego, *turbo* romano, é encontrado nos túmulos mais velhos de Micenas, na quinta e nona Troia, e continuam presentes, vistos em qualquer local, na mesma função que lhe davam escravos númidas e gladiadores, crianças de Atenas e de Roma, há mais de cinquenta séculos.

Um dos brinquedos ginásticos mais populares do meu tempo de colégio era uma luta, um duelo, onde cada lutador enfrentava seu adversário trepado nos ombros de um colega. Vencia quem fizesse desequilibrar o antagonista. Nunca esquecerei a surpresa quando vi o meu jogo de menino repetido num altorrelevo egípcio, de alta antiguidade, como jogo tradicional nas terras do delta.

No *Onomastikón* de Júlio Pólux, mestre do Imperador Cômodo, alude-se frequentemente a brincadeiras que são contemporâneas no Brasil dos nossos dias.

> *Sed ludere par, impar, astragalorum*
> *multitudine manibus concepta divinationem...*

Par e Ímpar é o que chamamos no Norte *Sapatinho de judeu*. Uma moeda ou pedrinha oculta na mão fechada e a pergunta: – "Sapatinho de judeu?" Responde-se, escolhendo: – "Mão de baixo (ou de cima) quero eu!". Diz o outro: – "Mão de cima (a que não foi indicada) não dou eu!" Ganha, se a mão escolhida contiver a moeda. É ainda uma das fórmulas de escolha. Diz-se na América Latina *Pares y Nones*.

Os meninos de Roma brincavam também o *Sum Sub Luna* que o castelhano denomina *Sonsuluna* e o ibero-americano *Frio y Caliente*. Quem não o conhece no Brasil? O objeto escondido é denunciado pela temperatura na relação da proximidade. Quem se apropínqua *está quente*. Quem está longe, *está frio, frio-frio, gelado...*

Não era popularíssimo em Roma e Grécia o *Musca Aenea* ou *Khalke Muia*? É a nossa cabra-cega, *galina ciega* dos castelhanos. *Juguemos a la*

---

[*] Edição atual – 2. ed. São Paulo: Global, 2006. (N.E.)
[**] Edição atual – 12. ed. São Paulo: Global, 2012. (N.E.)

galina ciega, escreveu Lope de Vega no *Adonis y Venus* (ato segundo). Em Portugal cita-se a cabra-cega. No *Auto del Nascimento de Cristo y Edicto del Imperador Augusto César*, de Francisco Rodrigues Lobo, no século XVII, o camponês Mendo, crédulo e simples, e o pastor Fábio dizem: –

> *Sea mucho en ora buena*
> *Y qual hade ser el juego?*

E Mendo:

> *Eu só sei a cabra-cega*
> *E mais o escondoirelo!*

Esse *Escondoirelo* é o nosso brinquedo de esconder, o *cache-cache* francês, esconde-esconde no Nordeste brasileiro. Os gregos tinham três tipos desse jogo. O *Apodidraskínda* em que um menino fica com os olhos fechados, até que todos se escondam, e vai então procurá-los nos seus esconderijos. A *Myia Kalké* ou "mosca de bronze" é jogada amarrando-se os olhos a um dos participantes, que vai perseguir, tateando, os companheiros, até que apanha seu substituto. A *Muinda* é a perseguição com os olhos fechados. Esta semelha o *colin-maillard*.

Cara ou Cunha, revirando a moedinha? *Cara y cruz* na Espanha. Em Roma era o *Caput Aut Navia*, jogando-se a moeda que tinha Jano de um lado e uma nau no anverso.

Atirar pedra, de pontaria, para acertar num alvo? *Efetínda* grega.

E o *Epostrakismós*, que consistia em jogar pedras para que resvalassem na superfície d'água, tocando-a mais de uma vez? E as pedras atiradas para um fosso, visando a alcançar uma escavação, "cafunar castanhas" atual, o popular gude, não era o romano e grego *Esbothyn*?

Escolher um chefe para o brinquedo, eleger o rei, *Basilínda* milenar.

Brincar de roda, *Catenas Ludunt*.

Gregos e romanos saltavam na corda, usavam o *Ioiô*, o papagaio de papel, o botão com cordel para fazê-lo girar, *bufa-gatos* no norte de Portugal, *coupeur d'air* na França, *Rhombus*; galopavam montados num pau fingindo cavalo, o *Equitare in Arundine* ou *Cálamon Peribênai*; o joão-galamastro, arre-burrinho português era o *Oscillatio*, e era usual o balanço, balouço, *escarpolette* francesa, figurando mesmo nas festas sagradas da Aiosa.

As bolas, pelas, esferas, com dezenas de formas e tamanhos, eram tradicionais, jogadas com o pé ou a mão, individual ou em grupo. Conheciam as bolinhas de vidro, *Pila Vitrea*. A boneca, sem idade, era a *Pupa*, com mobília e arranjos domésticos. O fantoche, com movimentos dados pela mão, joão-redondo, joão-minhoca, e mamulengo, era o *Pupazzi* e as marionetes, *Igmagule, Neuróspaton*.

O cabo de guerra, com um grupo puxando em cada extremidade? Era *Helkystínda*, inseparável dos ginásios nas horas de palestras, exercício físico de adestramento.

Até o menineiro bater na bochecha cheia de ar, provocando um estampido, era jogo greco-romano, o *Stloppus*.

Em 1746 depararam nas ruínas de Herculano uma preciosidade. Eram quatro monocromias. Ernest Breton afirma a quarta ser *les plus admirable de tous, et peutêtre la plus pure de toutes les peintures antiques parvenues jusqu'à nous*. Assina-a *Aléxandros, Athenaîos, Égraphen*; Alexandre, ateniense, pintou. Está no Museu de Nápoles. Duas deusas jogam pedrinhas e três outras assistem, Latona (Aeto), Aglaia, Níobe, Febe e Hiléria. Era jogo com várias pedrinhas e aqui com cinco, *pentalizonte*, substituídas as pedrinhas pelos ossinhos, *estragalorum, Talus* entre os Romanos. Quem não o conhece no Brasil?

Era tão comum na Grécia que se fez motivo de arte e conhecemos uma linda jogadora no "astragalizonte" de Pólicles, duzentos anos antes de Cristo, e que estava, em 1939, no Museu de Berlim. Havia um quadro de Polignote representando os dois filhos de pandora, Camiro e Clítio, jogando ossinhos. Em Portugal chamam-no *pedrinhas, bato, pedras, chocos, jogas, telhas, bodelha, chinas*, como na Espanha. As deusas estavam jogando o *Pentalia*. Na Inglaterra, *knucklebones*.

Uma variante, dita em Roma *Taba* ou, melhor, *Talus*, muito popular entre soldados e que os legionários espalharam por todos os domínios, é ainda o jogo da *Taba* ou *Tava*, no Rio Grande do Sul e nas terras ibero-americanas.

Tinham as crianças romanas e gregas carrinhos, *Plostellum, Chiramaxium*, animais de ossos, madeira, bronze, barro cozido, sobre rodas, para serem puxados por um cordel, enxovais, inclusive de cozinha, para bonecas. Divertiam-se fazendo castelos na areia das margens dos rios ou do mar, erguendo-os e destruindo-os, talqualmente lembra Homero, *Ilíada*, XV, 363; casinhas de ramos e barro, saudosamente recordadas por Horácio (*Sátiras*, II, 3), o *simulacra domuum* de Sêneca; esculpiam animais e homens na argila, cera, casca de árvore ou miolo de pão (Luciano de Samósata, *O Sonho*). Podiam zombar pondo a língua de fora, imitando as orelhas do asno, fazendo com o braço o movimento do pescoço da cegonha, pregando um rabo de pano nas pessoas graves que lá iam, ilustres, sem atentar no ridículo da *cauda trahat* (Horácio, *Sátiras*, II, 3; Pérsio, *Sátiras*, I, 58-60).

As cantigas-brinquedo como *Pinicainho da Barra de Vinte e Cinco, Vilão do Cabo, Varre Varre Esta Casinha, La Condessa, Seu Pai Matou Porco?, Quatro-Cantos, Dona-Sancha*, são anteriores ao século XVI.

A reunião dos jogos e brinquedos infantis num ensaio de confronto seria tarefa maravilhosa de beleza e utilidade. Beleza de trabalho humano e sensível, uma viagem na alegria infantil durante séculos. Alegria de pesquisar, cotejar, deduzir, descrever o movimento, a força, o ímpeto desses jogos perpétuos, mantidos pelo homem na sua memória menina, repetidos, como que ressuscitados, quando a idade atinge a área deliciosa da agilidade e do arrojo juvenil.

E ainda haveria o consolo de uma aproximação espiritual com a criança que vive em nós, *the imperishable Child*, da qual falava Menéndez y Pelayo, afirmando que *todo hombre tiene horas de niño, y desgraciado del que nos las tenga...*

Promessa de jantar aos cachorros

*T*odos nós, católicos, sabemos que muitos Santos de especial predileção popular têm animais como companheiros. São Lázaro e São Roque, por exemplo, têm cães. Os dois cachorros são inseparáveis dos dois grandes oragos, nas boas horas do Paraíso e nos momentos cruéis da provação terrena.

São Lázaro e São Roque são defensores contra lepra, úlceras, feridas, dermatoses e mais agonias da pele humana.

Cremos nós, o povo, que o melhor caminho é ainda o agrado. E nada poderá agradar melhor ao Santo que uma carícia ao seu cachorro fidelíssimo. A carícia lógica e natural para um cão será um bom prato de carne, ou um osso substancial. Não o podemos comparar ao afago, bem inferior para a espécie raciocinadora da "gens" canina. E mesmo "sapiens"...

Qualquer livrinho velho recordará que os Deuses, quando eram Deuses, possuíam seus animais votivos, recebendo-os em sacrifício. Também esses animais, pertencentes simbolicamente aos Deuses, tinham tratamento especial e eram alimentados com abundância e respeito.

Oferecer alimentação aos Deuses foi certamente uma das mais antigas formas de oblação. Na Grécia e em Roma, havendo calamidade incessante, um grande e supremo remédio era oferecer um banquete aos Deuses e Deusas. Estendiam dentro ou nos átrios dos templos os leitos ou os assentos, e traziam as imagens ou representações, para que participassem da refeição. Era o Lectistérnio ou o Selistérnio, em Roma, ou a Teoxênia grega. Ainda hoje, nos cultos africanos dos Iorubanos, vivos e poderosos no Brasil (Bahia, Recife, Rio de Janeiro etc.), os Deuses negros, os Orixás, recebem comida votiva e própria para cada um, e nos dias distintos. Jamais um Babalorixá, Mestre ou Pai de Terreiro, enganar-se-á, dando a Xangô o que é devido a Iemanjá, ou a Ogum o que pertence a Nansburucu.

O Zeus olímpico lembrava em Homero (*Ilíada*, IV, 48-49) a alegria de ver o altar cheio de libações e olente gordura. Em Hesíodo, Zeus lamenta haver cedido aos devotos a parte mais suculenta das oferendas (*Teogonia*, 535 etc.).

Pelo Norte do Brasil (Ceará, Piauí, Maranhão) havia e continua havendo a tradição de oferecer um jantar aos cachorros em homenagem a São Lázaro ou a São Roque. É promessa que se cumpre, rigorosamente, quando o Santo atende às súplicas e cura uma úlcera reimosa ou obstinada em supurar e doer.

O mais antigo registo fê-lo Rodrigues de Carvalho, *Cancioneiro do Norte*, com o título de "Promessa a São Lázaro":

> "Esta promessa consiste no que vou relatar: Sarada a ferida, a pessoa prepara um grande jantar, como se fora para pessoas distintas; mesa, toalha, copos, talheres, enfim nada é esquecido, assim como as melhores iguarias, doces de diversas frutas e bebidas de diversas qualidades, sobressaindo, entre todos, o aluá. Depois de estar tudo pronto, manda convidar os vizinhos e seus cachorros. Chegados ao local onde está preparado o jantar, assentam-se à mesa... os cachorros, sendo servidos com toda a etiqueta por seus próprios donos. Depois que os tais convivas acabam de comer e que nada mais desejam é que as pessoas convidadas sentam-se à mesa, para fazerem por sua vez uma larga refeição. À noite os convidados se reúnem no terreiro da casa com os conhecidos da vizinhança para o samba e para a bebedeira, que deve durar até o amanhecer. Esta é uma entre as muitas excentricidades do povo de Uruburetama (Ceará), segundo fui informado; verdade é que não se sabe onde teve origem. Em São Francisco foi onde se tornou mais comum este uso, havendo pessoas que celebram esta festa anualmente, e só por devoção".

O São Francisco, citado por Rodrigues de Carvalho, corresponde ao atual Município de Itapagé, no Ceará.

Getúlio César fixou a devoção curiosa em Amarração, no Piauí. No seu *Crendices do Nordeste* narra o episódio. Denomina-o "Mesa de São Lázaro":

> "Dessas abusões está cheio o nosso Brasil. Em Amarração, Piauí, foi-me dado presenciar um jantar deveras extravagante. Uma senhora, adoecendo de uma ferida, depois de grandes lutas para obter a cura, lembrou-se, um dia, de recorrer a São Lázaro e São Roque, prometendo aos mesmos santos um lauto jantar aos cachorros da redondeza, caso ficasse curada. Tempos depois, verificando-se a cura, efetuou ela o pagamento da promessa. Uma tarde, em frente da casa, com o terreiro varrido, uma grande toalha estendida sobre o mesmo e orlada de pratos cheios de carne, chegaram os inúmeros convidados, dando início ao banquete solene. Mas, em meio da festa, o jantar degenerou em tremenda luta entre os comensais, querendo uns abocanhar os outros, e assim foi-se em estilhaços a maioria dos pratos. A festa, depois de afastados os cães, prolongou-se até alta madrugada, em remexidas contradanças, ao som de afinada sanfona".

Astolfo Serra registou semelhantemente o fato no Maranhão, no seu *Terra Enfeitada e Rica*. É também "Mesa de São Lázaro":

> "Para curar feridas brabas, doenças da pele, ou para livrar-se a gente delas, São Lázaro existe no céu, manda, na terra, os seus amigos, os cachorros, lamber feridas e curá-las com a saliva canina. O cão tornou-se por isso o animal sagrado de São Lázaro, como já o fora de São Bernardo. A fé arde sincera nessas almas ingênuas e as promessas são cumpridas à risca, com toda a solenidade possível. Em que consistem? Nas mesas de São Lázaro. É um acontecimento na localidade. Convidão-se todos os cães da redondeza. Nesse dia cachorro passa bem. Ninguém lhes dá pancada. São lavados com sabão. Penteados. Enfeitados com laços de fita ao pescoço. À hora da ceia, os donos trazem os animais para a promessa. No chão varrido, põe-se uma toalha de mesa bem engomada; pratos limpos são também postos ali. E a melhor comida, o melhor quitute são colocados nos pratos para os cães. Não falta o vinho tinto, nem o doce especial para a sobremesa. O beneficiado pelo milagre, o que recebeu a graça do Santo, vem também comer com os cachorros e a ceia, assim, se inicia por entre a gula brutal da canzoada e por entre as músicas que acompanham a festa alegremente. O fim de toda essa festa é sempre uma briga medonha de cachorros, que devoram tudo e espatifam os pratos, mas nem por isso deixam os donos da festa de se sentirem satisfeitos. Depois que os cães devoram a ceia é que o povo começa a tomar parte no jantar, comendo, ao menos intencionalmente, com a canzoada".

Nenhum outro companheiro de santo mereceu essa homenagem gastronômica. O cavalo branco do prestigiadíssimo São Jorge está inteiramente arredado das promessas.

Certo, na "mesa de São Lázaro", sente-se que o cão é um agente curativo e, há dezenas de séculos, cita-se a função terapêutica de sua língua. Mas os doentes pagam a promessa aos cachorros da intervenção direta dos oragos. O cão não chega, na maioria dos casos, a usar do seu processo. Deve-se juntar à ideia da companhia ao santo a tradição milenar que haloa o animal, história complexa em tantas religiões, dando o cão como espírito dedicado, amigo dos deuses, um legítimo "candidato à Humanidade", como dizia Michelet.

Companheiro de São Lázaro e São Roque, naturalmente quem maltrata ou mata um cão deve uma alma aos seus santos protetores.

O Sr. Daniel Gouveia, no *Folclore Brasileiro*, informa:

> "Não se deve cuspir nos cães, porque depois de nossa morte, na longa travessia que se fará até chegar à casa de São Miguel, onde serão julgadas as nossas almas, sentimos uma grande sede e neste longo percurso só encontraremos a casa de São Lázaro; aí, se não cuspimos nos cães, somos servidos com água boa e fria, e, ao contrário, somos acossados por dentadas implacáveis..."

Não cabe aqui tratar do cão (*Dicionário do Folclore Brasileiro*, 152--153, Instituto Nacional do Livro, Rio de Janeiro, 1954; *Anúbis e Outros Ensaios, Anúbis, ou o culto do Morto; A viagem para o outro mundo*, 24,

Edições "O Cruzeiro", Rio de Janeiro, 1951). Estudei o assunto do Cão e sua presença na cultura etnográfica. Nas "promessas", o cão é, apenas, uma projeção da fidelidade devota ao santo que possibilita o milagre. A promessa não é feita ao cachorro e sim a São Lázaro ou a São Roque. Paga-se, materialmente, dando de comer aos cães, em dia escolhido e votivo, e com esmerada cerimônia culinária.

Não conheço em Portugal ou na Espanha, fontes ricas de nossa Etnografia e do nosso folclore brasileiro, alguma reminiscência no sentido da promessa religiosa paga a um animal. Nem existe a tradição para o Sul nem para o Centro do Brasil. Aparecendo em alguma dessas regiões, deduzir-se-á que um nordestino foi o portador da crendice.

Barco de São Benedito

*N*a cidade de Barra, Espírito Santo, há uma festa curiosa dedicada a São Benedito. Estudou-a Guilherme Santos Neves. "A festa é uma procissão, mas procissão diferente, sem santo nem andor, a não ser a bandeira verde de São Benedito, conduzida por três moças da Serra. Milhares e milhares de pessoas, homens e mulheres, velhos, moços e crianças, em grande parte descalços, de vela na mão, segurando uma corda de longo comprimento, no cabo da qual se prende um enorme barco de dois mastros, todo enfeitado de bandeirolas de papel de seda, e a ostentar na proa outra bandeira com a efígie de São Benedito. Na popa, a bandeira brasileira. O barco, armado sobre um carro de bois de duas rodas, conduz, deitado ao longo do convés, o *mastro* consagrado ao santo. Na canga do carro, à frente do barco, apinham-se seis a oito devotos, a cumprir penosa promessa. Estes é que, de fato, num esforço tremendo que lhes entumece os músculos, puxam e conduzem o grande barco. Atrás, e ao lado deste, segurando-o com as mãos, outros muitos devotos do santo. Na *esteira* da embarcação, a charanga desenvolve o seu repertório, ao som do qual dançam, desenfreadamente, durante todo o desfile, grupos de homens e moleques. Essa dança, isolada ou aos pares, deve ser uma forma de reverência ao santo do dia, espécie de homenagem contrita, como aquela do pobre jogral de Nossa Senhora" (*Folclore*, nº 3, Vitória, Nov.-Dez., 1949). Este mastro é levado até o pátio diante da Matriz e ali chantado, com a bandeirola verde do santo, sob aplausos, cantos, gritos e a trovoada dos foguetes estalantes.

É, do meu conhecimento, a única festa religiosa de caráter popular onde ocorre o barco, sem que o santo seja protetor dos navegantes e nele viaje materialmente.

A menção histórica mais antiga do barco processional no Brasil registou o Padre Fernão Cardim, narrando a festa de Santa Úrsula e das Onze Mil Virgens na cidade do Salvador, a 21 de outubro de 1584. São Benedito ainda estava vivo. Faleceria cinco anos depois.

Informa Fernão Cardim: – "Saiu na procissão uma nau a vela, por terra, mui formosa, toda embandeirada, cheia de estandartes, e dentro dela iam as

Onze Mil Virgens ricamente vestidas, celebrando seu triunfo. De algumas janelas falaram a cidade, colégio, e uns anjos todos mui ricamente vestidos. Da nau se dispararam alguns tiros d'arcabuzes, e o dia dantes houve danças e outras invenções devotas e curiosas. À tarde se celebrou o martírio dentro da mesma nau, desceu uma nuvem dos Céus, e os mesmos anjos lhe fizeram um devoto enterramento; a obra foi devota e alegre, concorreu toda a cidade por haver jubileu e pregação (*Tratados da Terra e Gente do Brasil*).

As Onze Mil Virgens foram navegantes. Para São Benedito é que houve convergência local, pois não é festejado desta forma noutra paragem do mundo católico. A barca aparece nas procissões portuguesas, brasileiras, espanholas, italianas, no caráter de *ex-voto*, reminiscência de naufrágio, pequenina embarcação conduzida pelos sobreviventes. Assim vemos nas festas do Bom Jesus do Bonfim, na cidade do Salvador, e Nossa Senhora de Nazaré, em Belém do Pará. Na Itália, onde os estudou Raffaele Corso, os carros votivos e triunfais têm significação religiosa (ligada à navegação dos oragos) ou direitos comunais, rememorando vitórias guerreiras. Alguns são naviformes.

Alguns etnógrafos se assombram quando ligamos o milênio aos fatos contemporâneos. O "desafio" sertanejo que recebemos de Portugal é descendente direto do Canto Amebeu, já secular no tempo de Teócrito, trezentos anos antes de Cristo. O carro de bois de rodas maciças, idêntico aos 100.000 que gemem nas estradas do sertão brasileiro, era o mesmo que C. Leonardo Woolley constatou em Ur, na Caldeia, trinta e cinco séculos antes que Jesus Cristo nascesse. Berloques e pendentes, que vemos presentemente nas moças das nossas cidades, são irmãos, de pai e mãe, dos amuletos em osso, pedra, chifre, marfim, deparados nos períodos antecedentes ao Neolítico, no epipaleolítico. Inteira e completamente semelhantes. São objetos recolhidos aos museus, fotografados, identificados, catalogados. Não há negativa possível.

No *Anúbis e Outros Ensaios*[*] dediquei-me a mostrar antiguidades assustadoras de gestos e hábitos dos nossos dias. Mesmo assim, recebemos com desconfiança as novidades arcaicas. Nos domínios da mímica, verificar-se-á a espantosa velhice dos nossos acenos convencionais.

O Barco de São Benedito, no Espírito Santo, é uma dessas presenças fabulosas.

Já vimos uma barca processional em 1584. Como teria começado a tradição que se firma na cidade da Barra, sem o santo, sem andor e apenas com um mastro?

Naturalmente, a barca simbólica veio de Portugal, ligada ao culto popular dos oragos protetores de viagens. Outrora, todos os deuses dedi-

---

[*] 1ª parte deste volume. (N.E.)

cados à navegação tinham festas parecidas e recebiam promessas e ofertas. O homem quase nada mudou pelo lado de dentro.

A deusa egípcia "Ísis tinha, na sua evocação de protetora das jornadas marítimas, o título de Pelágia e na sua procissão aparecia a barca arrastada pelos devotos, especialmente na Ilha de Faros, tão fiel à deusa que esta também se chamava Fária. É, como se sabe, a origem do "farol", por ter sido aceso na Ilha de Faros, perto de Alexandria, o mais antigo de que há notícia do mundo.

No carro-barca ia Ísis Pelágia, e não um símbolo ou objeto votivo como no carro-barca do São Benedito capixaba. O culto de Ísis Pelágia derramou-se por todo o Mediterrâneo e influiu decididamente para a mais tradicional, pomposa e querida festa das comemorações populares da Grécia, a *Panathénaia* anual, em Atenas.

O carro-barco de Ísis Pelágia determinou o aparecimento do carro-barco de Atena-Minerva. Era um carro em forma de navio, munido de um mastro, com uma verga. O peplo sagrado, que ia ser entregue à deusa, fingia de vela. Não havia representação material além da oferta. O povo, inicialmente, impelia o carro. Depois surgiram animais e, finalmente, um maquinismo propulsor de que não há pormenor. Do Ceramico, no lugar Leokórion, até o Pelasgikón, na estrada da Acrópole, onde se detinha a barca, o cortejo entrava, processionalmente, pelos Propileus.

Não há testemunho da presença de carro em desfile processional anterior a Ísis Pelágia em Alexandria e, subsequentemente, Palas Atena na Grécia. Ambos tinham forma de barco e eram característicos da solenidade, participando entusiasticamente o povo, puxando, cantando, homenageando seus deuses daquele tempo passado.

É óbvio que o carro-nave surgiu de cultos marítimos do Mediterrâneo e constituiu elemento posterior noutras festas pagãs, nas áreas de sua influência.

A Igreja Católica, realmente "católica", universal, acolheu todos os povos e todos os ritos, desde que não violentassem a pureza dos dogmas essenciais. O carro processional, como tantíssimos outros elementos milenares, veio na onda com os primeiros fiéis, convertidos à Boa Nova, fiéis da região onde a barca era tradicional.

Não cabe aqui fixar a importância do barco, barca de São Pedro, nave, naveta, na maravilhosa simbologia cristã. Contento-me em aproximar o carro-barco de São Benedito com o carro-barca de Ísis Pelágia e o carro-barco panatenéico das festas gregas. Na *Puxada do Mastro*, na Barra, Espírito Santo, o carro-barco é indispensável e nenhum outro elemento, pela sua expressão, encontro em qualquer região do Brasil ou da Península Ibérica, caminho natural e lógico desse ritual popular que só resistiu no Espírito Santo.

O símbolo respeitoso de não olhar

Ainda nas duas primeiras décadas do século XX, no sertão do Nordeste, uma condição ritual de respeito era o falar com a vista baixa, sem fitar o interlocutor, digno do acatamento pela idade ou situação social.

Nos colégios, especialmente os femininos, recomendavam os olhos modestos, timidamente postos no chão, durante a conversa com gente superior.

Era tradição velha. Luís XIV perguntou o nome de um soldado que ousara olhá-lo durante a revista. Trazido à presença do rei e perguntado o nome, o homem respondeu habilmente: – "Chamam-me o Águia, porque posso olhar o Sol!" Luís XIV ficou encantado.

Toda a gente sabe que não olhar o rosto do soberano, durante os minutos de audiência, era dever milenar. Possivelmente, a influência seria do Oriente, Bizâncio, onde o "Basileus" não podia ser objeto direto do olhar vassalo. No Egito, Pérsia, Assíria, Caldeia, posição rojante do súdito evitava o sacrilégio de olhar os olhos do rei semidivino. Os reis guerreiros e conquistadores tiveram, com o contato dos acampamentos e das batalhas, o dever de humanizar-se. Mesmo assim, falava-se ao imperador com a cabeça humildemente voltada para o solo. Átila, Gengis-Khan, Tamarlão, Saladino, reis de espada na mão, eram olhados de perto pelos seus companheiros de luta, mas, em palácio, o cerimonial mudava a posição. Nada de fitar o rei. Atrevimento. Rebeldia. Profanação.

Quando eu era estudante no Colégio Diocesano Santo Antônio, anunciou-se uma visita do Bispo de Natal, Dom Joaquim Antônio de Almeida. O nosso professor, Monsenhor Alfredo Pegado, uma das criaturas mais simples e bondosas que Deus permitiu andar no mundo, advertiu-nos, risonho mas decidido: – Olhem para o senhor bispo, mas não fiquem com os olhos pregados nele. É uma falta de respeito...

E assim foi feito, mais ou menos.

Depois li que Moisés, vendo a sarça arder sem consumir-se, chamado nominalmente por Deus, aproximou-se, ouvindo a recomendação de tirar os sapatos, porque a terra que pisava era sagrada[35]; e quando Iavé disse quem era, *Moisés encobriu o seu rosto, porque temeu olhar para Deus* (*Êxodo*, III, 6). Muito depois, dadas as tábuas da Lei, provada a fidelidade do guia do povo de Israel, é que o *Senhor falava a Moisés cara a cara, como qualquer fala com o seu amigo* (*Êxodo*, XXXIII, 11).

Ainda hoje, em qualquer parte do mundo, o olhar fixo sobre alguém é um desafio. Para os valentões existe a pergunta clássica: – Nunca me viu? Quer tirar meu retrato?

Na própria tradição católica, decorrentemente universal, curva-se a cabeça, em atitude reverente de submissão, no momento da elevação da hóstia. Raríssimos acompanham com o olhar o movimento ascensional das mãos do sacerdote mostrando aos fiéis a partícula consagrada.

O gesto de Moisés (*Abscondit Moyses faciem suam: non enim audebat aspicere contra Deum, Êxodo*, III, 6) seria uma possível repetição automática do cerimonial egípcio (Ebers, Rawlinson, Brugsch). Moisés nascera no Egito e tinha 80 anos. Estaria habituado, até a medula, com as exigências da etiqueta faraônica.

Qualquer livro de viajante, na África dos séculos XVIII e XIX, regista a obrigação do negro prosternar-se aos pés do seu rei e não olhar para os olhos majestáticos. Certamente a influência árabe reforçara, se não determinara, a fórmula submissa de deitar-se por terra, para saudar o soberano.

Entre os indígenas brasileiros não havia esta tradição. Não tinham reis que exigissem o protocolo rojante. Os chefes militares, tuxáuas, nunca pensaram nesse ponto cerimoniático. Os primitivos são mais humanos. Quando a civilização se "aperfeiçoa" e sublima é que o cerimonial afasta o rei do seu povo. Nas organizações tribais americanas não havia a prostração do súdito. Com os reinos suntuosos do Peru e do México, Incas, Maias, Aztecas, houve a necessidade dessas regras que divinizavam o rei impassível, filho do Sol, talqualmente o velho Faraó, filho de Âmon-Ra.

No Brasil indígena, o código das cerimônias não incluía a prosternação ritual, e todos podiam espetar no tuxáua, chefe militar, ou no pajé, chefe religioso, médico e senhor dos ritos, a liberdade dos olhares plebeus[36].

---

[35] No *Anúbis e outros ensaios*, XXX [1ª parte deste volume. (N.E.)], estudo essa recomendação de descalçar-se pisando terra sagrada.

[36] Não chamo ao feiticeiro-médico (todo feiticeiro é médico popular no mundo) de *xamam* (shamam), por achar o vocábulo dispensável e intruso na americanística. Nunca tivemos *xamans* no continente americano. É uma simples convenção erudita e perfeitamente inútil. De pleno acordo estou com Oswaldo Morales Patiño; *V Congresso Histórico Municipal Interamericano*, tomo I, 133, Ciudad Trujillo, 1952.

O que nos resta no Brasil do interior, e mesmo espécimes em filas e cidades do litoral, será herança europeia legítima, trazida pelo português e pelo espanhol.

Digo uma herança da Europa, porque não seria de esperar uma presença da obrigação de não olhar, existente em complexos sociais mais elevados, entre os indígenas brasileiros, e que esta fórmula influísse nos costumes contemporâneos, ou de bem pouco tempo dominantes.

Entre os Xibxas ou Muíscas da Nova Granada (Colúmbia), no planalto da Cundinamarca, os reis temporais, o de Mequetá (Funza) e o de Hunsa (Tunja), eram chamados Zipa. *Em presença do Zipa os homens voltavam-lhe as costas em sinal de respeito* (Júlio Trajano de Moura, Do Homem Americano, 673).

Voltavam as costas, certamente para não olhar a majestade onipotente do poderoso Zipa.

No Brasil colonial reaparece este símbolo. O Padre Fernão Cardim, em 1584, no seu Do Princípio e Origem dos Índios do Brasil e de Seus Costumes, Adoração e Cerimônias (ed. J. Leite, Rio de Janeiro, 1925, 167), regista entre a indiada de raça tupi: – "Todos andam nus, assim homens como mulheres, e não têm gênero nenhum de vestido, e por nenhum caso *verecundant*; antes, nesta parte, pela grande honestidade e modéstia que entre si guardam e *quando algum homem fala com mulher, vira-lhe as costas*".

A Dra. Emília Snethlage, naturalista alemã que dirigia a secção zoológica do Museu Goeldi, em Belém do Pará, deparou essa saudação reversa no Rio Curuá, afluente do Iriri (e este, do Xingu) em 1909, entre os tupis Xipaia. Snethlage subira o Xingu, passando-se para o Iriri, e deste para o Curuá, até a maloca do xipaia Manuelzinho, após dezoito cachoeiras. Daí, com quatro indígenas curuaés e três mulheres, viajou a pé, de 28 de agosto a 5 de setembro, até encontrar o Jamauxim, afluente da margem direita do Tapajós. Desceu em canoa quinze dias, antes de encontrar os primeiros seringueiros. Verificara a inexistência de uma ligação hidrográfica entre o Xingu e o Tapajós, pisando terra que nenhum branco alcançara.

Ela própria narrará a saudação curiosa dos Xipaia (*A travessia entre o Xingu e o Tapajós*, Boletim do Museu Goeldi, vol. VII, 63-64, Pará, 1913): – "À boca do Curuá ouvimos que os índios já estavam ali, havia mais de uma semana, esperando pela chegada do coronel ("coronel" da Guarda Nacional, Ernesto Acioli). O seu acampamento achou-se numa praia, no meio do Iriri, em frente da casa. Tinham feito uma barraca primitiva de folhas de palmeira e passavam o tempo pescando, caçando e comendo, como pudemos bem observar da margem alta do rio. Alguns deles estavam na beira quando descemos da canoa.

Um xipaia magnífico, cujo adorno rico de pérolas indicava o homem de importância, saudou o coronel com um aperto de mão silencioso, sem tomar notícia de qualquer outra pessoa presente. Seguiu-nos até a casa e ficou perto, olhando sempre, mas sem falar ou mostrar uma curiosidade demasiada. Pouco depois apareceram os dois índios, que tinham acompanhado o coronel em qualidade de caçadores e pescadores, e então tivemos o espetáculo interessante da saudação cerimoniosa que se trocou entre eles e o seu patrício selvagem.

O primeiro que veio foi Ain, um moço xipaia bem parecido, dum tipo quase europeu, alçado ainda pelas roupas de seringueiro e pelos cabelos curtos, mas índio verdadeiro, pelas maneiras silenciosas e formais. Ele passou perto do xipaia do mato, aparentemente sem vê-lo, e ficou em pé alguns passos em frente dele, mas sem voltar-se, *mostrando-lhe as costas.* Trocou-se uma conversação entre os dois, sendo o bugre (é este o nome que os seringueiros dão aos índios selvagens) o primeiro a falar, pronunciando em voz indiferente uma sucessão de frases breves, aparentemente perguntas e informações, a cada uma das quais Ain respondia com uns monossílabos: *ne-ne, a* etc. Tendo isto continuado algum tempo, Ain falava e o selvagem dava respostas monossilábicas. Durante todo o tempo os dois não mudaram de posição. *Ain ficou sempre com as costas voltadas ao outro,* e os dois olhavam o horizonte com um ar preocupado. Não obstante esta indiferença aparente, o todo me fez uma impressão de cortesia e formalidade completas, muito surpreendentes em selvagens que costumamos considerar como pouco mais adiantados que os animais.

Pouco depois chegou o velho Paidé, um juruna simpático, muito amigo do coronel. Ele assentou-se perto de nós; *o bugre virou-se logo de maneira a mostrar-lhe as costas* e, agora, repetiu-se a mesma cerimônia, somente com a diferença do juruna ser, desta vez, o primeiro a falar, em sua qualidade de mais velho e, por conseguinte, mais importante".

Está evidente que esses indígenas dos séculos XVI e XX não tomavam esta posição por timidez ou acanhamento. Trata-se claramente de obediência a um imperativo tradicional de cortesia, indispensável no contato entre homens de categorias diversas.

Numa visita, em 1946, ao interior do Estado, conversei com muitos estudantes dos Grupos Escolares sertanejos. Muitos meninos, embora desembaraçados e respondendo facilmente às perguntas, evitavam olhar-me de face e, se o faziam, desviavam logo o olhar. Muitos tomavam mesmo uma atitude típica, semivoltados para o interlocutor, quase de lado.

Há uma crendice popular para evitar o olhar fixo. Explica-se que quem olha demoradamente absorve a *sustança*, a força, a energia da vítima. No sertão nordestino, nos momentos das refeições, não se olha para quem come, porque o alimento perde sua vitalidade. Há poucos dias (junho de 1954), uma nossa empregada, nascida no interior do Ceará-Mirim, enxotava o meu "basset" que estava olhando para mim ao jantar, aguardando um pedaço: – *Saia daí, Gibi, você está tirando as forças do comer.*

Resumindo tudo, não vamos dizer que o gesto seja uma presença do símbolo respeitoso de não olhar, através de séculos e séculos, desde os sumérios até a criadinha do Ceará-Mirim. Certo é que a soma desses elementos expostos documenta a espantosa antiguidade de um costume, o mesmo, desde época remotíssima, existente não apenas nas civilizações longínquas da Ásia e África, como na Europa clássica e na América pré-colombiana.

Os reis negros da Costa de Escravos não podiam ser vistos quando se alimentavam. Não será apenas o tabu da alimentação real, mas a perda da energia nutritiva do cibo, desviada pelo olhar vassalo.

Para o conselho prudente de evitar demonstração demasiado velha de costumes contemporâneos, existe esta documentação irresponsível. O hábito atual possui elementos do cerimonial de outrora, e a timidez ou o *trac* dariam soluções diversas. Inibiriam a voz, confundindo gestos, dificultando a expressão, mas nunca a determinação de uma atitude que é justamente típica, como obrigação de cerimonial esquecido em seu complexo, mas vivo em parte.

Tanto os tupinambás do Padre Fernão Cardim, em 1584, como os Xipaias de Emília Snethlage, em 1909, uns no território baiano e outros no Curuá, repetiam o protocolo dos Zipas muíscas da Cundinamarca. Era sequência lógica de um respeito na permanência de sua atuação.

Os outros motivos seriam vestígios da praxe milenar que fora quase geral na Europa. As modificações posteriores em uso, costume e educação dissiparam muito do complexo social, mas não puderam apagar de todo a visão clara do passado símbolo.

Vive ainda o respeito à Face Augusta do Superior. O olhar demorado é uma profanação. *Abscondidt Moyses faciem suam: non enim audebat aspicere contra Deum.* Antes de Moisés, o Egito e o milênio...

Cabelo solto

Descrevendo ao embevecido Dom Quixote de la Mancha a falsa visita que fizera a Dulcina del Toboso, Sancho Panza não esquece o pormenor dos cabelos soltos.

Los cabellos sueltos por las espaldas, que son otros tantos rayos del sol que andam jugando con el viento (IIa, cap. X).

Era a característica das donzelas.

Nenhuma dama casada, no sertão e cidades menores, até a primeira década do século XX, tinha o atrevimento de mostrar-se com a cabeleira em liberdade. Mesmo depois do banho, os cabelos ficavam, até enxugar, sobre a toalha felpuda. E a dona não aparecia a ninguém fora do âmbito puramente doméstico. Significaria qualquer coisa de impudico, anunciando leviandade manifesta.

Indispensável para a mulher casada conservar o cabelo preso, puxado para trás e terminado em *cocó, totó*, que os romanos já denominavam *tutulos*. E a imagem de Camões no *Filodemo – Dama que nunca espalhou cabelos ao vento*, referindo-se às honradas.

Em qualquer idade, exigia a tradição inexorável que o cabelo estivesse amarrado, penteado, enfim sujeito.

Daí a infinidade de pentes e marrafas para manter a cabeleira feminina em ordem, com suas ondulações, voltas e ondas. Marrafas de marfim, tartaruga, chifre, de relevos, enfeites, desenhos geométricos, disfarçaram a escravidão constante. Havia de grandes dimensões, fincadas na parte posterior do cabelo, erguendo-se como uma torre. Era o *Trepa-Moleque* ou o *Tapa-Cristo*, assim chamado porque, atrás dela um devoto na missa dominical não avistava Nosso Senhor, nem mesmo na hora da Elevação. Correspondiam às *peinetas* espanholas, ainda vivas e lindas. A diferença é que a peineta é mais leve, trabalhada em desbaste, e o *Trepa-Moleque* era mais maciço, pesado, inteiriço. As famílias ricas, de fazendeiros e senhores de engenho, tinham verdadeiras joias em forma de marrafas, ornadas de ouro e mesmo com diamantes. Tudo para prender a cabeleira e defender-se, ciumentamente, a visão pública de um cabelo esvoaçando, perturbador.

O cabelo solto ou preso, conforme fosse de casada ou solteira, já constituía ordenação no século XIII. No foral da Vila de Santa Cruz da Ponte do Sabor, dado pelo Rei D. Sancho II, no ano de 1225, guardado na Câmara de Moncorvo, estabelecia-se a diferença que Frei Joaquim de Santa Rosa de Viterbo (*Elucidário*, I, 152) comentou, explicando o costume já tradicional há 733 anos:

"Para inteligência deste foral se há-de advertir e notar que havia muita diferença de uma mulher *andar com touca, ou em cabelo*: do primeiro modo andavam as viúvas, com a cabeça coberta, assim como as casadas andavam com ela descoberta, mas com os cabelos atados, ou anelados; porém as donzelas, e solteiras, e que ainda estavam debaixo de pátrio poder, e geralmente todas as que não eram casadas, andavam com a cabeça descoberta, e os cabelos soltos e compridos. E destas se dizia: ficar ou estar em cabelo: *Remanere aut esse in capillo*. Se alguma viúva, pois, de cabelo curto e *coberto com touca*, ou alguma solteira *em cabelo comprido e cabeça descoberta* fosse violentada por alguém, e ela nomeando o agressor viesse dentro de três dias clamando pela rua contra ele, este seria obrigado a defender-se desta calúnia com doze testemunhas contestes, que depusessem pela sua inocência etc.".

Essa distinção, de efeito processual em 1225, entre a mulher *mancipia in capillo auto cum touca*, ficou nos costumes portugueses e resistiu no Brasil, até quase nossos dias.

Naturalmente, a simbologia jurídica indicava a sujeição feminina ao marido pelo cabelo amarrado, e a liberdade das donzelas, pela cabeleira livre de prisão.

A excitação sexual despertada pelos cabelos esparsos era uma "constante" que o tempo, fazendo-os banais pela vulgaridade, anulou.

Todos os estudiosos do Oriente observaram a sedução do árabe pela cabeleira feminina e o grande número de poemas que ela provocou.

Falando sobre os beduínos, Eduardo Dias (*Árabes e Muçulmanos*, III, 79-80, Lisboa, 1940) fixou esta tentação: – "A perspectiva de uma festa, seja qual for o seu pretexto, torna-os inquietos, febris, o olhar brilhante que traduz ansiedade, quase angústia. Não é, porém, a festa, a quebra efêmera da monotonia habitual da vida, que os excita. É que as mulheres dançam – *e terão os cabelos desfeitos*. Eles vêem frequentemente as mulheres, que não usam véu e trabalham livremente. Mas a simples evocação dos cabelos soltos, que elas só apresentam nas danças, emociona-os tanto como a nudez integral. E o fato é de tal importância, que uma oração junto da mulher quando desfaz as tranças é nula – "Põe os anjos em fuga"...

> *Como um negro e sombrio firmamento,*
> *Sobre mim desenrola teu cabelo...*

cantava Castro Alves em São Paulo, agosto de 1868, fiel ao modelo erótico que o Oriente espalhara como um perfume entontecedor.

Gregos e romanos não podiam ter determinado a cabeleira sedutora nem elevada a Musa. Era símbolo de força, de encanto, de beleza, sem as exigências da prisão e livramento. Um sacrifício da cabeleira feminina valia muito para os Deuses e a da Rainha Berenice, posta no céu como uma constelação, dizia da expressão mirífica.

Por onde passou, o árabe foi deixando o ciúme, a reclusão, a moldura do amor tormentoso para a mulher, o suplício da paixão vivida de desconfiança e distância, solidão e amargura, a fidelidade pelo enclausuramento, o mundo artificial do harém, rico e oco.

Não foram gregos e romanos, mesmo ciumentos os segundos com a técnica da segregação feminina, os autores do cabelo solto e da cabeleira liberta, solta pelas espáduas, brincando com o vento, como afirmava Sancho Panza ter visto o que nunca avistara. Gregos e romanos tiveram o culto das mulheres amorosas e livres, dissipadoras de fortunas, vivas em todos os grandes poetas, padecedores da indiferença depois que o ouro desaparecera.

O cabelo solto significava a tentação mágica, a vida irresistível, o rio do apelo inarredável: –

> *Na torrente caudal de seus cabelos negros*
> *Alegre eu embarquei da vida a rubra flor.*

Depois veio a cabeleira cortada, atrevida, desafiante, democrática, mais perfumada e multíplice que as antigas, intérminas e florestais. Clareou-se o que o poeta Ferreira Itajubá dizia ser a *escuridão polar do teu cabelo*. E dos velhos tabus, da pragmática asfixiante, dos cuidados ciosos, restam os documentos, olhados sem rir e sem chorar.

FERRADURA

Nas eleições inglesas de maio de 1955, o ex-Primeiro Ministro Clement Attlee, chefe do Partido Trabalhista britânico, foi várias vezes fotografado (em Stevenage, por exemplo) agitando no ar uma grande ferradura, para dar sorte aos seus candidatos. Era um gesto que todos os ingleses compreendiam. Os aplausos valiam risonha e notória aprovação.

No mastro real de *Victory* o Almirante Nelson fez cravar uma ferradura. O Rei Eduardo VII da Inglaterra tinha especial predileção pelo seu alfinete de gravata em forma de ferradura. Identicamente, o elegantíssimo Paul Deschanel, Presidente da República Francesa.

Anéis, brincos, broches, alfinetes, com pequeninas ferraduras de pedras preciosas, ou simplesmente em ouro, platina, esmalte, são de encontro vulgar na Europa e Estados Unidos. Um tanto menos pela América Latina, embora conhecidos e usados. Não é possível uma casa de joias sem esses objetos. Há sempre um mercado para eles.

Há uma justificativa, parcialmente lógica, que indica a predileção pelos cavalos de corrida, como simbolizada pela ferradura artística, mimo de bom gosto europeu. A velha tradição aristocrática da *Horsiness*, profunda afeição pelos cavalos, é e era uma constante social na Europa, especialmente na Inglaterra, França, Alemanha, no desaparecido Império Austro-Húngaro, na Rússia dos Romanov, Polônia, Itália, Espanha, Portugal, como os airosos Marialvas. A *Horsemanship* constituía um alto índice de educação fidalga, inseparável e fiel a todo homem de *bom-sangue*, sangue-azul, *vieille roche, nobility and gentry*. A herança consagradora da fidalguia, o *Cavalheiro*, homem nobre, vinha legitimamente do *Cavaleiro*, por saber cavalgar toda sela de cavalo.

Como todos os cavalos de *stada*, de cavalariça, de rédea e honra, eram ferrados, natural que a ferradura fosse um signo notório e comum dessa dedicação na heráldica da simpatia.

Mas na Europa a ferradura é uma superstição eminentemente popular e espalhada entre criaturas distanciadas e bem pouco afeitas à equitação e convívio do *horseman*.

No sertão do Nordeste brasileiro, região de pecuária, não há pela ferradura a confiança profunda de outras regiões. É que o cavalo sertanejo não usa ferraduras.

Onde o cavalo ferrado é uma constante, a ferradura é um amuleto.

Para todo o Continente americano é uma superstição emigrada da Europa, e não encontro vestígios seguros senão nos princípios do século XIX. E começa nas cidades, pelo elemento europeu, irradiando-se para os bairros afastados e ganhando, posteriormente, o interior.

Na segunda metade do século XIX sabia-se, no Brasil, que a ferradura afugentava o mau-olhado e atraía felicidade. Felicidade em forma genérica. Não dava para ganhar no jogo e conquistar amores, como a figa, o uirapuru, as imagens minúsculas de Santo Onofre ou Sant'Antônio de Lisboa. Era como o *sino-salomão*, a hexalfa, estrela de seis raios, feita com dois triângulos, um para cima e outro para baixo, menos agente que defensiva. Enfim, amuleto, e não talismã.

A área de domínio da superstição é a Europa e cidades americanas, com maior percentagem; centro e sul-americanas, em menor número.

Discute-se se a ferradura é oriental ou gaulesa. De qualquer forma, os documentos mais antigos são à roda do século V depois de Cristo, quando a onda da cavalaria "bárbara" alagou o Império Romano, oscilante pelos cupins da indisciplina e burocracia devastadora.

Parece-me, entretanto, que o foco originário estaria entre França-Inglaterra, onde ainda presentemente a superstição é mais intensa. *The belief in the luck of the horseshoe is still one of the most prevalent in the country to-day*, informam Edwin e Mona A. Radford (*Encyclopedia of Superstitions*, New York, 1949), referindo-se à Grã-Bretanha.

A exigência é a mesma. A ferradura deve ser encontrada na rua. Não comprada, roubada ou dada. Deve ser pregada no dintel da porta, com as pontas para cima. Prendem-na no balcão, soleira da porta, prateleiras de mercadorias. O lugar clássico é a porta, no cimo, como um brasão de boa-fortuna.

A superstição teria maior propagação entre marinheiros do Mar do Norte, pescadores etc. Figura popularmente entre os barcos da Bretanha, Guernesey, Inglaterra, Báltico, dissipando nevoeiros e afastando tempestades, garantindo ao navio uma navegação segura e regular. Daí teria partido sua velocidade inicial. Assim como a ferradura assegura ao animal a marcha equilibrada e certa, posta num barco dará a certeza de uma travessia magnífica, sem transtornos atmosféricos. *A horseshoe nailed to the mast of a fishing smack will protect it from storms*. Era sua principal virtude. Por isso Nelson pregou uma ferradura no mastro grande de sua nau-almirante.

Hindus e chineses não tiveram a crendice. Quando aparece, é influência estrangeira. Nem houve superstição da ferradura na Antiguidade. Ligá-la aos toucados de Ísis ou forma dos templos de Rajputana, à letra ômega, signo feminino da geração, é versão erudita, complicando simplicidades intuitivas. Gregos e romanos ignoraram qualquer registo ligado à ferradura. Gubernatis, estudando o cavalo, não a cita (*Zoological Mythologie*, 1º, cap. II, Londres, 1872). Não podia ter ido à Grã-Bretanha pelo romano, porque no tempo da colonização os cavalos não eram ferrados. Receberam ferradura na era cristã. Havia a tradição sagrada do *Clavus*, o prego. Mas isto é outra estória.

Na Inglaterra seria São Dunstan o criador da superstição. O santo era ferreiro e Satanás, para zombar, veio procurá-lo, pedindo que ferrasse uma das suas patas. São Dunstan reconheceu-o. Amarrou-o ao muro e ferrou-o com tanta rudeza que o Diabo, aos berros, prometeu jamais aproximar-se do local onde visse uma ferradura. Difícil conciliar a lenda com a História. São Dunstan nunca foi ferreiro. Fidalgo, criado na corte do Rei Atelstan, eleito Abade de Glastonbury, Bispo de Worcester em 959, Arcepispo de Canterbury em 961, conselheiro dos reis, nunca pegou num martelo durante sua santa vida, 925-995.

Os estudiosos da magia explicam o poder da ferradura no fato de as forças demoníacas operarem em círculo, ao redor do centro do objeto seduzido. Na ferradura, o encantamento diabólico se interrompe nas extremidades do tacão e é obrigado a retroceder, sem eficiência alguma. Um voto afetuoso na Inglaterra é desejar que a ferradura nunca possa ser arrancada da soleira da casa. *That the horseshoe may never be pulled from your threshold.*

A função supersticiosa nascera, possivelmente, pela comparação. A ferradura dará ao animal firmeza, estabilidade e ritmo no passo. Decorrentemente, onde estivesse manteria a presença desses elementos de segurança, equilíbrio inalterável, solidez, tranquilidade. Com a ferradura na porta, ou noutro local, andariam negócios e pretensões, talqualmente o animal com ela nos cascos. Proteção, defesa, conforto. Na França, Inglaterra, Itália, Península Ibérica, acredita-se firmemente que a ferradura, encontrada por acaso, seja uma oferta do Destino favorável. E a confiança, sinônimo da esperança, explica, às vezes, o milagre do êxito.

Deixar o copo vazio

*E*m qualquer festa íntima, deixar o copo sem esgotar-lhe o conteúdo é um sinal de pouca solidariedade aos amigos, índice de indiferença ao ambiente, de não estar satisfeito com a convivência.

Não estar bebendo, não acompanhar os pares é um afastamento notório. Vale uma opinião. Não está gostando. Pode beber devagar, mas beber. O liame ocasional do grupo se rompe com o abstêmio. É, intimamente, um intruso. Um desmancha-prazer, pondo gelo no fogo e areia no creme. Não se compreende que alguém, não querendo ou não podendo beber, vá para a companhia dos que bebem, interromper a corrente da comunicabilidade, animada, estabelecer uma triste solução de continuidade na efervescência verbal.

O Com. C.C.D. da Marinha de Guerra, grande amigo meu, estava em Estocolmo, numa roda onde dormitava um velho Comodoro inglês, lento degustador do seu uísque. Lá para as tantas, reparando que C.C.D. ficara na terceira dose e nesta se eternizava, perguntou, risonho e lento: – *What Navy you have?* Deduzia a eficiência da Marinha brasileira pela parcimônia do seu oficial. O uísque seria um avaliador pela revelação da resistência e conservação do aprumo. O copo meio-cheio do C.C.D. desajustava o Comodoro.

Nas cervejarias alemãs, especialmente bávaras, há um costume antiquíssimo de obrigar o consumidor a pagar toda uma "rodada" de chopes quando, inadvertidamente, fecha a tampa metálica do copo, havendo ainda cerveja.

Nos intermináveis almoços domingueiros, nas velhas residências de alegres anfitriões de outrora, havia o "regulamento" de derramar na cabeça do retardatário o vinho deixado, depois da sobremesa, quando vinha o café, e era a hora do licor ou do conhaque. Fui testemunha de um destes castigos, em 1925, no Recife.

O protocolo exigia que, na última saúde, os copos ficassem limpos. A ordem era enxugar o copo. O líquido abandonado na saudação contava-se como dias a menos na existência do homenageado. Era uma descortesia flagrante ao dono da casa. Tratando-se de saúde ao belo sexo, comentava-se a impolidez de deixar o copo cheio. No sertão avisava-se, prudentemente: – É para ver o fundo do copo!...

Naturalmente, beber todo o líquido de uma vez era uma distinção no momento das saudações. Ainda há o comando terrível de "fundo branco!", impondo repor o copo na mesa sem uma gota. Quem não obedece tem uma gargalhada coletiva de reprovação e protesto. O Touring Club de Natal consignou esta penitência nos seus estatutos.

Entre as incontáveis cantigas de beber, uma das mais populares declara no seu refrão imperioso:

> *Se és covarde,*
> *Saia da mesa,*
> *Que a nossa empresa*
> *Requer valor!...*

Ou bebe ou sai! Curioso é que, há vinte séculos passados, na Roma de Cícero, havia a mesma imposição: – *Aut Bibat, Aut Abeat!...* Com alguma indignação, valendo o elogio da virtude, Cícero regista o dito nas suas *Tusculanas*, V, 41, 118.

O banquete grego, festa ao herói, aniversário, regresso de viagem, tinha uma divisão clássica. A primeira parte era o *Deîpnon*, quase sem beber, conversa grave. No tempo de Plutarco, meu informador, já se bebia no *Deîpnon*. Pouco, mas bebia-se. A segunda parte era o *Sympósion*. Os convidados mais prudentes retiravam-se, mulheres, filhos maiores. Fazia-se a libação. Elegiam o *Simposiarca*, rei do festim. Começava a festa ruidosa, com bailarinas, acrobatas, cantoras, pantomimas. Bebia-se demasiado. O simposiarca marcava o número de copos que deviam ser deglutidos por cada conviva. Quem não satisfizesse o ritual, era castigado. Uma das penas ou exibições era beber um vaso de vinho sem tomar fôlego, *Amystì* ou *Apneystì Pínen*, correspondendo ao "fundo branco", ao "copo limpo" contemporâneos. Quem adormecesse sem ter engolido sua parte, sofria a salsa e restos de vitualhas em cima. Era o *Eólokrasia*. Ainda se usa presentemente, segundo informação de autoridades na espécie. O crime era deixar o copo, *patella, poculum, ríton*, sem esgotar o vinho.

Existiam as saudações que cada convidado deveria erguer aos companheiros. Moda grega passou a Roma e se dizia *Graeco More Bibere*. Quem não assistiu, no Brasil, a essa sobrevivência? Saúdes e saúdes, com dever expresso de beber?

Platão, *Banquete*, conta que Sócrates e Alcibíades, apesar de avinhados suficientemente, beberam, de uma vez, mais de dois litros de vinho, oito cótilos, continuando o debate filosófico.

O dever de deixar o copo vazio vinha de exigência sagrada. A oferenda a Zeus Sóter, Dioniso, Palas Atena, Apolo, não podia ficar pela metade, e ser absorvida totalmente pelo devoto era dever. Abandonar, intacto, o resto da oferenda seria sacrilégio, afronta aos deus. Aplicando-se ao amigo, a relação psicológica era idêntica. Esvaziar o copo estava na razão direta da amizade ao homenageado.

Outro elemento explicador era o ríton, o copo em forma de chifre, em barro, prata, ouro, usadíssimo nos simpósios. O ríton não tinha base sustentadora. Só podia equilibrar-se emborcado pela extremidade superior. Cheio, era impossível. O conviva estava obrigado a esgotá-lo, para depor o ríton na mesa.

A "mocidade transviada" daquele tempo, os *Kômos*, adorava o ríton, alguns deliciosamente esculpidos com cenas dionisíacas, paisagens, figuras humanas e animais sagrados. Quem segurasse um ríton, estava certo de só podê-lo recolocar sem uma gota de vinho.

Era o mesmo que ocorria com as "tamboladeiras" paulistas, tão citadas nos inventários e testamentos de São Paulo no século XVII e imediato. Era um copo que terminava por uma bola. Voltando à bandeja, devia ser de boca para baixo. Enchendo-o, o processo único era esvaziá-lo. Não havia meio-termo. Uma saudação com tamboladeira era repetir-se um *amystízein* grego, ir ao final sem remissão e desculpa.

Há trinta séculos e mais, os gregos, na alegria do simpósio, gritavam: – *Amystì! Amystì!* Hoje ainda se diz a mesma exigência amável. Deixar o copo vazio, em homenagem à deusa Amizade.

TREZE À MESA

Até poucos anos era impossível treze pessoas a uma mesa. Está visivelmente diminuindo o respeito ao número fatídico, mas a tradição ainda é poderosa e vasta por todo o mundo cristão.

Hotéis na França, Inglaterra, Itália, não tinham o 13 na relação dos apartamentos. Era o 12-A ou 12-bis. Assim, nos teatros e cinemas as poltronas ignoravam o 13. Edwin e Mona A. Radford (*Encyclopedia of Superstitions*, New York, 1949) informam que, na Inglaterra, uma mulher sucumbiu de colapso cardíaco, por ter visto o 13 como número de sua residência. *The superstitions exists all through Europe. It is impossible in any French city or town to find a house numbered thirteen.*

Está marcado na suspeição popular. Excluem as crianças nascidas no dia 13, porque estas serão felizes. O 13 será propício, servindo de amuleto. Há, como todos devem ter visto, medalhas de ouro com o 13 em negro, verdadeiras mascotes.

Em astrologia e cabala é algarismo funesto, condenado, índice do Mal. Os estudiosos da numerologia afirmam que o mesmo 13, *três mais um, igual a quatro*, significa desgraça, fatalidade, pobreza, decadência.

Naturalmente, reagem contra a crendice e existem muitos *Clube dos Treze* espalhados no mundo, combatendo o pavor velho. O *Thirteen Club*, inglês ou norte-americano, não conseguiu maiores vitórias no plano coletivo. Reúnem-se em festas e viagens no dia sinistro, especialmente na *sexta-feira 13*. O menor contratempo é explicado como castigo natural ao sacrilégio.

A imagem popular é que o dia 13 é o *dia do contra*, dia do *tudo às avessas*, dia do *pé esquerdo*. Desaconselhadas formalmente reuniões, jornadas, festas, casamento, noivado, batizado, compromissos. Euclides da Cunha, em *Os Sertões*, lembra que a primeira coluna militar que seguiu para Canudos, a combater os jagunços de Antônio Conselheiro, saiu do Juazeiro no dia 12 de novembro, à noite, *para não sair a 13*. "E ia combater o fanatismo", conclui o autor.

No Catimbó, é dia de *fumaça às esquerdas*, para o mal, perseguições, violências, amores ensopados de crime.

Onde o algarismo mantém seu misterioso prestígio é no número de convidados para refeições. Treze pessoas à mesa figura como um dos acontecimentos desagradáveis.

O Ministro Oliveira Lima (1867-1928) contou-me que, num jantar íntimo em Bruxelas, um dos convivas saiu à procura de amigo para evitar o 13 sinistro, enquanto os doze diplomatas esperavam.

No Porto, em Portugal, outubro de 1947, num jantar cordial com jornalistas e professores da Universidade, verificou-se sermos treze. Um dos convidados serviu-se numa mesinha ao lado, para evitar a fatalidade. O mesmo ocorreu em Beriz, onde, com o escritor Gastão de Bettancourt, assistimos a episódio idêntico. Uma das senhoritas retirou-se da mesa comum e ficou separada durante a refeição. O mesmo presenciei em Vigo, em Montevidéu, no Rio de Janeiro, no Recife.

Treze pessoas na mesma refeição provocarão infelicidades para o anfitrião ou sua família. Dentro de um ano morrerá um dos treze companheiros. Morrerá o que primeiro deixar a mesa ou o último a levantar-se. O primeiro é o mais indicado para sofrer as consequências da superstição. Há uma fórmula de heroísmo: – erguem-se todos ao mesmo tempo. A Morte terá a dificuldade da escolha entre os abnegados.

A explicação clássica é constituir uma tradição da *Ceia Larga*, na Quinta-Feira Maior, em que Jesus Cristo reuniu os doze discípulos para comemorar a Páscoa, fazendo a última refeição em comum e dando as derradeiras orientações. Eram treze à mesa. Judas de Iscariote, o traidor, foi o primeiro a deixar os companheiros e retirar-se (*João*, XIII, 30). E suicidou-se (*Mateus*, XXVII, 5). Morreu antes do Mestre.

Daí em diante, numa viva recordação da divina tragédia, treze pessoas à mesa evocam o destino inevitável da Morte. Atraem o infortúnio.

Os cristãos tiveram o cuidado de evitar a repetição que lembrava o doloroso evento.

Uma das devoções populares é a "trezena", treze dias de orações. No Brasil, são tradicionais as trezenas de Santo Antônio. É um contra-ataque religioso ao 13 maléfico. Santo Antônio de Lisboa faleceu a 13 de junho de 1231.

Muito comum, de meados do século XVI em diante, nas comédias espanholas e uso português, a frase – *Estou nos meus treze* – valendo dizer: estou teimando, insistindo, numa obstinação inarredável. Não a li ainda em fonte brasileira.

Radford, citando o "Gentleman's Magazine" de 1798, crê o fundamento da crendice nos cálculos das sociedades de seguro de vida que verificaram a morte de um indivíduo, sempre ou quase sempre o décimo terceiro, tomado indiscriminadamente num grupo humano.

Na lenda escandinava de Balder, o mais sábio e querido dos deuses, ocorre o número 13 como maléfico. Os doze deuses, reunidos no Asgard, divertiam-se atirando toda sorte de objetos em Balder, que era invulnerável. Loki, entidade astuciosa e inimiga, compareceu, perfazendo o décimo terceiro, e induziu a Hoder, Hoor, irmão de Balder e deus da guerra, que era cego, a atirar um ramo de visco (*Viscum album*), a única planta que não prometera a Friga, mãe do herói, respeitar a vida do filho. Atingido pelo visco, Balder caiu morto.

Parece ser uma influência visível do Cristianismo. Jan de Vries (*The Problem of Loki*, Helsinki, 1933) mostrou a presença cristã nessa tradição nítida escandinava.

Creio que a superstição do "*Treze à Mesa*" decorre da última ceia de Jesus Cristo. É o mais antigo fato concreto e total, de interpretação insofismável.

Havia, muitos séculos antes do nascimento de Cristo, a suspeita, reserva e repugnância relativa ao algarismo 13 mesmo ligado ao dia.

Nommsen não encontrou um só decreto em Roma datado do dia 13. A exclusão sistemática é visivelmente deliberada.

Hesíodo, fins do IX e princípios do VII séculos antes da era cristã, em *Os Trabalhos e os Dias* (Tradução de Henri Joseph Guillaume Patin, 1793-1876), aconselhava: "*Evita para semear o décimo terceiro dia; escolhe-o, de preferência, para plantar*".

Salomon Reinach (in Saglio) informa que *le treizième jour du mois fût dejà évité par les anciens, en qualité de* Trithé *de la seconde décade*.

Falta-nos conhecer a origem documental da superstição. Ignoramos a razão que obrigava os antigos, no mínimo mil anos antes de Jesus Cristo nascer, a evitar o dia 13.

Linguagem do pigarro e da tosse

Tossir, pigarrear, assoar-se para chamar a atenção de alguém é fórmula largamente espalhada pelo mundo. Sua aplicação internacional garante-lhe a comunicabilidade interpretativa. Os interessados compreendem exatamente o recado, em qualquer paragem da terra. Seja qual for a nacionalidade do pigarreador, o sinal gutural leva a mensagem significativa, facilmente traduzível para todos os idiomas, letrados, classe, idade e nível de cultura.

O pigarro tem mais antiguidade no plano autoritário. Partindo de pais e chefes, assume valores inauditos de admoestação, desapoio, índices preventivos para mudar a direção da conversa, não insistir num ângulo de observação, ou evidenciar a inoportunidade dos reparos expendidos. Há pigarros que salvam situações e outros que condenam, irremissivelmente, o desavisado conservador. Alguns valem misericordiosos gritos de alarma: Cuidado! Não fale neste assunto!

O pigarro paterno ou magistral, arauto das reprimendas e ajustes, dispensáveis e humilhantes? O pigarro clássico do General Pinheiro Machado (1852-1915), dominador no Senado, sacudindo a atenção correligionária para a votação decisiva, é inesquecível. A tosse miúda e baixa de Afonso Pena (1847-1909), Presidente da República, quando discordava. O pigarro alto e sonoro do Marechal Deodoro da Fonseca (1827-1892), o Proclamador da República, zangado. A tosse artificial do Imperador D. Pedro II, entremeando os *já sei, já sei*, índice de que a resposta não o agradara, era citada por todos os frequentadores do Palácio de São Cristóvão. O pigarro lento e meditativo de Rui Barbosa ouvindo informações que o impressionavam. Foram, pigarros e tosses, tiques característicos desses homens famosos, associados às reações psicológicas inevitáveis.

Eram manifestações denunciadoras de processos íntimos, estados interiores que se revelavam nessas marcas, conscientes ou inconscientes, de reprovação, aceitação, comando.

Naturalmente, o pigarro e a tosse têm conteúdo etnográfico, quando intencionais. Valem, então, uma linguagem, porque há verdadeiros diálogos através de pigarros. Ainda constitui um poderoso fixador de interesses no plano da sinalação amorosa. É um insubstituível proclamador da presença enamorada. Muito mais popular que o assobio. Pigarrear, tossir, fingir assoar-se à porta da namorada, é um dos mais claros informadores da coordenada topográfica. "Estou aqui! Olhe eu aqui!" – dizem tosse, pigarro, assoamento.

Difícil deparar uma criatura humana que não tenha escarrado e tossido com intenção amorosa, intercâmbio sem palavras, mas cheio de intenções radicais.

O Padre Domingos Caldas Barbosa, na sua *Viola do Lereno*, traduzindo para os peraltas e sécias de Lisboa de D. Maria Primeira a *Doçura de Amor*, não esqueceu, nas últimas décadas do século XVIII, de indicar o *assoar-se a tempo* como inseparável de um bom código de namoro fidalgo:

> *Um ir ver-me da janela*
> *Com um modo curioso,*
> *E então assoar-se a tempo*
> *É bem bom, é bem gostoso.*

O Sr. Júlio Dantas, recenseando as técnicas da conquista erótica em *O Amor em Portugal no Século XVIII*, incluiu no "Namoro de Estafermo e de Estaca", o indispensável pigarro, chamando-o "escarrinho". Denominou-o a mais viva, a mais eloquente, a mais característica expressão da ternura portuguesa nos séculos XVII e XVIII: *o escarrinho*!

"A primeira coisa que a faceira tinha de aprender bem, era responder com elegância ao 'escarrinho'". Era um requinte do bom-tom fazer-se de resfriado. "O namoro de estafermo, quanto mais assoado mais fidalgo, quanto mais constipado mais distinto", informa o Sr. Júlio Dantas. Lembra que o Padre José Agostinho, no seu poema "Besta Esfolada", falava dos peraltas "que apanhavam a cacimba e o relento da noite debaixo das janelas da amada até ao despontar da estrela de alva, e não levavam para casa senão um escarrinho".

Era o mesmo na Espanha aristocrática de Filipe V, neto de Luís XIV. O Barão de Montesquieu, na LXXVIII das *Lettres Personnes*, em 1715, registara: – "*Ils sont des premiers hommes du monde pour mourir de langueur sous la fenêtre de leurs maîtresses; et tout Espagnol qui n'est pas enrhumé ne saurait passer pour galant*".

Era parte essencial no armorial da paixão típica do *hidalgo* espanhol escarrar e tossir debaixo das janelas do seu amor.

Era tradução do sentimento, exteriorização apaixonada, obediência ao protocolo, comprovação dalta finura e graça em matéria de conquista.

Pelo pigarro aferia-se o conhecimento erótico do enamorado e sua disposição positiva na prática amatória.

Para a resistência do uso na Europa e América, é de deduzir-se tempo para sua criação e possibilidade de origem comum na irradiação.

Tito Mácio Plauto (250-184 a.C.) parece ser o mais antigo registo. Na sua comédia *Asinária*, III ato, o Parasito redige para Diábolo uma longa lista de obrigações que a moça Filênio deverá cumprir. São exigências meticulosas de ciumento recato. Entre estas, versos 773-777, há a precaução prudente de Filênio não tossir de determinada forma nem assoar-se conforme sua vontade, porque estes gestos poderão ter duplo sentido, para outro namorado.

> *Forte si tussir obcoepsit, ne sic tussiat,*
> *Ct quoiquam linguam in tussiendo proferat.*
> *Quod illa autem simulet, quasi gravedo profluat,*
> *Hoc ne sic faciat; tu labellum abstergeas*
> *Potius, quam quoiquam savium faciat palam.*

É realmente viva suspeita da existência e uso destes sinais na Roma de Catão e quando o cartaginês Aníbal ainda era uma ameaça.

O pigarro como expressão de autoridade, de poder social, era comum em Roma. Noutra comédia de Plauto, *Persa*, do ano 174 antes de Cristo, há uma menção nítida. O escravo Sagarístio (ato II, cena V), fingindo-se pessoa de importância, diz: – *Magnifice conscreabor!* Vale como se dissesse: – "Escarremos com majestade!" O tradutor Naudet escreveu: – *Toussons comme un personnage important!*

Aulo Albio Tíbulo, contemporâneo do Imperador Augusto, *Elegia* VI do I livro, evoca o rapaz apaixonado rondando a casa do seu amor, passando, fingindo afastar-se e voltando, *tossindo cem vezes diante da porta.*

> *Et simulat transire domum, mox deinde recurrit*
> *Solus, et ante ipsas exscreat usque fores.*

É uma pequenina documentação que evidencia a contemporaneidade do milênio na linguagem vulgar da tosse e do pigarro.

Passar debaixo da escada

Do meu tempo de estudante de Medicina, no Rio de Janeiro, uma das recordações maiores, pela variedade e riqueza das figuras conhecidas, nascia da Livraria Garnier, na Rua do Ouvidor, ainda com as três cadeiras junto ao alto contador, fiéis à Era do Bom Ladrão Garnier.

Um dos frequentadores assíduos era o poeta gaúcho Múcio Scévola Lopes Teixeira, sexagenário, cabeleira grisalha, gordo, lento, escanhoado, de monóculo difícil e uma cabeça de galo na gravata escura, à moda do Duque de Luynes. Fora parnasiano, simbolista, realista, romântico, lírico, regionalista, amigo pessoal do Imperador D. Pedro II, hóspede do Palácio de São Cristóvão, soldado contra os "Muckers" fanáticos, quando moço, orador, jornalista, familiar dos nomes decisivos da literatura no momento. O objeto da minha curiosidade e teimosa admiração era o Barão Ergonte, o Mago, estudioso da Magia Branca, sabedor dos segredos teúrgicos, Príncipe da Rosa Cruz, o "Sar" Peladan brasileiro. Ninguém levava mais a sério do que eu as profecias e entrevistas dadas por Múcio Teixeira, na sua encarnação hierofântica de Barão Ergonte, *sub septem palmarum lentus in umbra*.

Fui um ouvinte deslumbrado e, decorrentemente, acompanhante orgulhoso quando o deparava. Lia muito mais esses assuntos que a anatomia de Testtut. Monsenhor Alfredo Pegado, Vigário-Geral do bispado, muito amigo da minha família, avisou a meu pai que eu estudava feitiçaria no Rio de Janeiro. Monsenhor Pegado, que fora meu professor de Matemática, contava-me depois a denúncia, rindo, deliciado.

O Barão Ergonte explicava muita coisa diária e dizia-me avistar o lado obscuro e eterno dos fatos, que os olhares humanos não localizam. Como alguém que descrevesse a face noturna da lua, ignorada e glacial em seu negro mistério.

Uma tarde vínhamos do Largo de São Francisco e, numa calçada, já na Ouvidor, atravessava-se uma escada aberta. O Barão Ergonte puxou-me vivamente e juntos evitamos o obstáculo. Até à Garnier ensinou-me a compreender e respeitar o encontro, sinistro e poderoso, com uma escada aberta.

Afonso Lopes de Almeida (*O Gênio Rebelado*, 27, Rio, 1923) informa:
– *Joaquim Nabuco não era supersticioso. Mas não passava por debaixo de uma escada.*

Nem o Barão do Rio Branco. Nem o Dr. João Pessoa, Presidente da Paraíba, Ministro do Supremo Tribunal Militar.

O Barão Ergonte não estava, evidentemente, sozinho em suas reservas e evitações cabalísticas.

A escada aberta representa a tríade, trimúrti, o triângulo, síntese das forças invencíveis da terra e do céu. A trindade, egípcia, hindu, cristã, esquematiza-se em forma triangular, valendo o número Três, perfeito e mágico, resumo positivo de todas as potências, grandeza masculina, feminina e força central, aproximadora e realizadora.

Desfiava a nomenclatura dos deuses do Egito, da Pérsia, da Índia, de três em três, os maiores, decisivos, senhores de todos os comandos. Passava pela trindade católica e acabava no triângulo maçônico.

O símbolo mais poderoso em magia, supremo na mística cabalística, é o selo ou signo do Rei Salomão, o Pantaclo (com seis raios, feito com dois triângulos enlaçados) ou o Pentagrama, Estrela dos Magos, Sinal do Verbo Divino, com cinco raios. A escada, em sua modéstia utilitária, é uma materialização real desse valor desmesurado.

Atravessá-lo, vará-lo, passar por baixo, é desafiá-lo, desrespeitá-lo. O castigo é fatal. Passando-se muitas vezes, imagine-se, acumula-se a punição, que virá redobrada e cruel.

Haverá perdão unicamente para o ignorante. Quem não sabe, quase não peca. Pecado é a consciência do ato proibido. Assim, com outras palavras e mesmo espírito, doutrinava-me o saudoso Barão Ergonte (1857-1928).

Quase me convencia de ser a superstição uma legítima defesa inconsciente.

Nos meus inquéritos sobre superstições, notei que a de passar debaixo de uma escada não é muito espalhada e temida. Vive nos espíritos letrados, gente que leu livro e lê jornal. Não se tornou crendice brasileira. Não alcançou o interior do país. O sertão desconhece. Quem teme passar debaixo da escada é homem de paletó e gravata, de certa cultura, funcionários públicos, jornalistas, viajantes comerciais. Nunca encontrei um operário pedreiro que evitasse ou soubesse da proibição.

É uma superstição de letrado, de erudição especulativa, essencialmente viva na Europa e América do Norte, nas cidades maiores. No campo existem outras mais divulgadas e habituais.

Na França, Bélgica, Holanda, Península Ibérica, Itália, passar debaixo de uma escada é atrair a pena do enforcamento.

A escada sugere o cadafalso, o estrado do patíbulo.

Radford regista que *in Holland the superstition says that to pass under a ladder is to make sure you will be hanged*.

José A. Sánchez Pérez noticia a defesa para as moças. *Hay muchas jóvenes solteras que creen que si passan por debajo de una escalera no se casarán y tendrán mala suerte* (*Supersticiones Españolas*, 120, Madrid, 1948).

Identicamente, em Portugal.

No Brasil não conseguiu a escada chegar a constituir ameaça às noivas, com espaçamento do matrimônio.

Num serviço de retalhamento em nossa casa, no Tirol, quando meu pai vivia, notei que se arredava de uma escada de pedreiro, encostada à parede. Era meia novidade para mim.

– Por que não passa da escada, meu pai?

– O "mestre" é velho e pode largar uma telha em cima da minha cabeça!...

Esta precaução não se incluía na relação doutrinária do meu saudoso Barão Ergonte.

Tropeçar na soleira da porta

*T*ropeçar na soleira da residência, entrando e, especialmente, saindo, era um agouro temível.

O simples ato de tropeçar constitui um anúncio de possível anormalidade.

A tradição comum é que há dinheiro, botija enterrada no local onde houve o tropeço. Deve forçosamente haver qualquer coisa no ponto exato onde se topou. O acaso do choque denuncia a previsão misteriosa.

Tropeçar é um recado confuso e real do Destino. A questão é saber traduzir a mensagem silenciosa e ajustar a conduta às necessidades da evitação. Evitar o quê? Não se sabe, mas qualquer coisa deve ser evitada ou procurada. A mais antiga interpretação é abster-se de fazer trabalhos responsáveis, notadamente o que seria realizado quando se tropeçou. Não vá! – avisa a topada.

Urbano Hermilo de Melo (1856-1923), o clássico Secretário da Polícia em Natal, acontecendo-lhe bater com o pé no batente da casa, entrava e, nesse dia, ninguém o arrancava dos cômodos. Convencera-se de que tudo correria às avessas. Recebera um sinal do Além para que se defendesse da má sorte naquelas vinte e quatro horas. Obedecer era seu dever. Não havia Governador do Estado ou Chefe de Polícia com autoridade capaz de demovê-lo a deslocar-se. Na manhã seguinte é que voltaria ao emprego, tranquilo.

Francisco Gomes de Albuquerque e Silva (1858-1931), o velho Chico Bilro, sabedor das tradições da cidade, conversador delicioso, desempoeirado e afoito, tinha respeitoso cuidado com o bater do pé no limiar caseiro. Era indiscutível aviso de contrariedade e qualquer pretensão resultaria ao contrário do desejo. Contava um número interminável de casos fundamentadores da superstição. Não corria a trancar-se como Urbano Hermilo, mas era incapaz de qualquer negócio. Adiava os compromissos. Tinha atenção máxima em atravessar as ruas, desconfiado, suspicaz, aterrado.

A soleira era sagrada. Os romanos confiavam-na a um casal de deuses, Limentino e Limentina, de *limen-liminis*, limiar. Ali começava o domínio familiar. Ainda era consagrada a Vesta. Para os hindus do Kurmi, é a morada de Lakshmi, deusa da Riqueza. No culto dos gêmeos, no Daomé e no Haiti, os "marassas", a soleira é quase um altar. Os negros Uatavetas do leste africano sepultam seus mortos no limiar, assim como os natimortos no Bilaspur, no Hissar, entre os Kangra na Índia do Norte, África Central. No Beluschistão, em Meherdeh (Síria), Coptas egípcias, negros Bambaras do alto Nilo oferecem sacrifícios de aves à soleira, banhando a pedra com o sangue dos voláteis e ovelhas. Na "casa-nova" dos Papéis da Guiné Portuguesa, a primeira refeição é comida na soleira, antes da ocupação.

É o lugar dos encantamentos, dos filtros, deposição de feitiços, amuletos, muambas. Virgílio (égloga VIII) e Teócrito (idílio II) documentam a antiguidade da crendice tão viva no Brasil.

Na Grécia e em Roma a soleira figurava como local de misterioso poder propiciatório, durante a cerimônia matrimonial. A noiva não devia tocá-la com os pés. Seria carregada nos braços do noivo. Era uso na Rússia, Islândia, Escócia e ainda permanece nos Estados Unidos. Num epitalâmio de Catulo (*In Nuptias Iuliae et Manlii*) recomenda-se: – "Que teus lindos pés não toquem a soleira! Na *Cásina*, de Plauto, o escravo aconselha a desposada: – *Sensim super adtolle limen pedes, nova nupta!* Tanto na *Pompé* grega como na *Deductio in Domum* romana, a noiva não punha o pé no limiar, sob pena de infelicidades conjugais. No mínimo, esterilidade, a maldição suprema para uma matrona romana (*Anúbis e Outros Ensaios*).

Fácil é deduzir a intocabilidade do limiar para o romano.

Valério Máximo, I, IV, *De Auspiciis*, conta que Tibério Graco, saindo de casa, topetou o pé na soleira, deslocando um dedo, *Nam ianua egressus, ita pedem offendit, ut digitus ei deceteretur...* Não aceitou o presságio e morreu desastradamente.

Tíbulo, livro I, elegia III, lembrava-se que durante a jornada, quantas vezes estremecia, recordando-se de haver chocado o pé contra a porta!...

> *O quoties ingressus iter, mihi tristia dixi*
> *Offensum in porta signa dedisse pedem!*

Ovídio, *Amores*, livro I, elegia XII, lamenta ter recebido resposta negativa da sua amada, justificando-a por ter Nape chocado o pé contra a soleira. Prognóstico fatal. "Doravante, diz a Nape, quando fores enviada a qualquer parte, cuida de sair prudentemente e, sobretudo, andar com os pés mais altos, afastando o agouro".

Tudo proviera porque *ad limen digitos restitit icta Nape.*

Compreende-se com que emoção o Carino da comédia *O Mercador*, de Plauto, despede-se da soleira, pela última vez pisada, ao retirar-se da casa paterna: –

Limen superum inferumque, salve, simul autem vale.
Huc hodie postremum extollo mea domo patria pedem.

Todos esses preceitos viveram dezenas de séculos e foram com os legionários romanos para suas conquistas. Espanhóis e portugueses receberam a veneração da soleira bem antes do nascimento de Cristo, e as populações criadas no âmbito da colonização de Roma ficaram com esses elementos como respeitos naturais e próprios, vindos na manhã da cultura imperial. Sem que aprendam nos livros, decoram nos exemplos humanos, na contaminação incessante da tradição inapagável e contínua. Desaparece aqui, resiste além teimosa, segura, sensível e constante, num e noutro ato de obediência popular.

Na comédia *La Lena* (1602), do Capitão D. Afonso Velázquez de Velasco, julgada por Menéndez y Pelayo *la mejor comedia en prosa que autor español compuzo a fines del siglo XVI* (ato 1º, cena V), a proxeneta Lena diz ao bacharel Inocêncio, que recomendara: – *Otra vez mira con qué pie entrais en casas ajenas*, a explicação completa: – *A la fe, no quedó por esso, pues en lunes meti el derecho, sin tocar al lumbral de la puerta.*

O supersticioso sertanejo voltava para casa, abandonando qualquer pretensão, se desse uma topada com o pé esquerdo.

Não há culpa de que viva em nós a lembrança viva das proibições inconscientes.

O COCOROTE

Cocorote é um golpe na cabeça com as articulações dos dedos, especialmente do médio. Diz-se, também, cocre e cascudo. Em Portugal, é carolo.

Beaurepaire Rohan crê originar-se o cocorote de *cocuruto*, o cimo da cabeça, onde ele é comumente aplicado. A fonte do vocábulo será "coco", sinônimo popular de cabeça.

O carolo português provinha possivelmente de "carola", cabeça. Na primeira metade do século XVI, Jorge Ferreira de Vasconcelos, *Aulegrafia*, ato IV, cena 5, cita: – "soltão a carola a esperanças".

Diz-se, em Portugal, carolo a batida de uma bola na outra.

Era o castigo das crianças traquinas e dos pequenos escravos teimosos. Substituía a palmatória, nas velhas aulas de outrora, ficando entre esta e o beliscão alertador.

Tem ainda sua popularidade funcional por toda parte. Curioso é que Antônio de Moraes Silva (1764-1824), vivendo no Recife, senhor do Engenho Novo de Muribeca, em Jaboatão, dono de escravos, não haja incluído o cocorote nas três edições do seu *Dicionário* (1789, 1813, 1823) publicadas durante sua vida, nem o cocre. Registou o português "carolo", "golpe na cabeça com pau, ou dedos fechados". Carolo nunca foi conhecido pelo povo brasileiro como cocre e cocorote. Não é possível que o velho Moraes não o haja empregado na cabeça dos escravinhos e recebido quando criança.

Alguns dos professores primários tinham fama de possuir dedo de ferro para o cocorote, e unha de aço para o beliscão.

Um dos homens de maior força física em Pernambuco foi o velho Siqueira Barbudo, Joaquim Salvador Pessoa Siqueira Cavalcanti, 1820-1906, amigo íntimo, inseparável correligionário de José Mariano Carneiro da Cunha (1850-1912). O velho Siqueira Barbudo partia um coco com um cocorote.

Não haja admiração excepcional, porque Suetônio informa que o Imperador Tibério feria, com o cocorote, a cabeça de uma criança e mesmo de um adolescente, *caput pueri vel etiam adulescentis talitro vulneraret* (Suetônio, *Tibério*, LXVIII).

Creio que o *talitrum* romano corresponde ao nosso cocorote.

É verdade que muitos dicionários latinos traduzem o *talitrum* como sendo o piparote.

Que é o piparote? Projeção do dedo médio apoiado no polegar, distendido brusca e violentamente. O piparote, mesmo do Imperador Tibério e de Siqueira Barbudo, não daria para fender o coco ou ferir a cabeça de um rapaz. O cocorote, sim, tem elementos mecânicos para tal proeza.

No *Satyricon*, de Tito Petrônio Árbiter, há uma cena de cólera entre Encolpio e Gíton. *Ego, durante adhuc iracundia, non continui manum, sedo caput miserantis stricto acutoque articulo percussi. Et ille flens quidem consedit in lecto.*

Gíton chorando e Encolpio zangado tiveram, em M. Hérguin de Guerle, a seguinte tradução francesa:

Mon ressentiment n'était pas encore apaisé, et, pour punir Gíton de sa pitié hors de saison, je ne pus m'empêcher de lui donner sur la tête une chiquenaude bien appliquée. Le pauvre enfant, fondant en larmes, alla se jeter sur le lit.

Nada tenho com a versão parafraseada. Meu interesse é a *chiquenaude*, que não parece responder exatamente ao texto petroniano.

J. N. M. de Guerle, anotador do *Satyricon* (Edição Garnier, Paris, sem data), informa tratar-se do *talitrum* romano, irmão xipófago do francês *chiquenaude*.

Gonçalo de Salas e Burmann traduziam, em vez do *chiquenaude*, o grego *kóndylos* que, segundo Mr. de Guerle, *signifique un coup de poing*. O anotador desconfiou da correspondência, porque Gíton, com dezesseis anos, não ia chorar por uma *chiquenaude*.

Que é *chiquenaude*? É o piparote.

No *Larousse*: – *Chiquenaude. Coup appliqué avec le doigt du millieu, bandé contre le pouce, puis détendu brusquement.*

O *articulo percussi* de Petrônio é simplesmente pancada com uma articulação, nó do dedo, côndilo. Na *chiquenaude* não intervém articulação alguma. O golpe é dado com a falangeta do médio.

O *kóngylos* grego é apenas a eminência articular de um osso e não *coup de poing* que vale a punhada, murro, batida de mão fechada.

O piparote, a *chiquenaude*, não determinaria choro, mesmo para o afeminado Gíton. Nem jamais piparote constituiu castigo em qualquer parte do mundo.

O *caput miserantis stricto acutoque articulo percussi* é legitimamente o cocorote, o cocre, o cascudo, o carolo de Portugal, dado com as articulações digitais na cabeça do lindo Gíton, *mignon* da segunda metade do primeiro século da era cristã.

Como J. N. M. de Guerle identificou o *articulo percussi* com o *talitrum* e Suetônio o emprega falando da força que o Imperador Tibério tinha nos dedos, *caput pueri vel etiam adulescentis talitro vulneraret*, parece-me claro que o *talitrum* é o cocorote legitimíssimo.

Acresce que o *talitrum* era, em Roma, o castigo de escravos e crianças, coincidindo perfeitamente com seu uso nos povos latinos.

Assim, o mais antigo cocorote, cocre, cascudo, cocada, citado é aquele que bateu na cabeça de Gíton, capítulo XCVI do *Satyricon*, quando o Imperador Nero era senhor do mundo...

Um rito Fúnebre judaico

*P*ara a realização dos inquéritos apuradores da ortodoxia popular, a Santa Inquisição possuía o monitório, que era a instrução essencial. O mais antigo monitório foi escrito por Dom Diogo da Silva, Bispo de Ceuta, Confessor del-Rei Nosso Senhor (era D. João III), seu conselheiro e Inquisidor-Mor dos Reinos e Senhorios de Portugal. Datado de Évora, 8 de novembro de 1536. Publicou-o J. Capistrano de Abreu em *Confissões da Bahia*, 1591-92, edição de 1935, Rio de Janeiro.

Uma preocupação obsidiante era verificar a presença de atos típicos do culto judaico na vida normal portuguesa do século XVI.

O monitório insiste em perguntar "se virão, ou ouvirão, ou sabem algumas pessoas" tenazmente sobre os resquícios obstinados da obediência à Lei Velha, dada por Iavé a Moisés, no Sinai.

E fixa os pormenores, citando costumes denunciadores da impenitência heterodoxa (p. XXXII).

"Item, se por morte dalguns, ou dalgumas, comerão ou comem em mesas baxas, comendo pescado, ovos, e azeitonas, por amargura, e que estão detras da porta, por dó, quando algum ou algua morre, e que banhão os defuntos, e lhes lanção cauções de lenço, amortalhandoos com camisa comprida, pondolhe em cima hua mortalha dobrada, à maneira de cappa, enterrandoos em terra virgem, e em covas muyto fundas, chorandoos, com suas literias cantando, como fazem os Judeos, e pondo-lhes na boca hu grão de aljofar ou dinheiro douro, ou prata, dizendo que he para pagar a primeira pousada, cortando-lhes as unhas, e guardandoas, derramando e mandando derramar agoa dos cantaros, e potes, quando algum, ou algua morre, dizendo, que as almas dos defuntos se vem ahy banhar ou que o Anjo percutiente, lavou a espada na agoa."

Uma confissão legitima as suspeitas do licenciado Heitor Furtado de Mendonça, Deputado do Santo Ofício na Primeira Visitação às partes do Brasil.

Dona Custódia de Faria, de 23 anos de idade, casada com Bernardo Pimentel de Almeida, confessa a 31 de janeiro de 1592, na cidade do

Salvador. Ressaltam-se o imediato interesse do Inquisidor e o envolvimento em suas perguntas insinuantes:

"... e confessando se disse que averá dous annos logo nos comenos que ella casou sendo já casada com o ditto seu marido lhe morreo em casa hum escravo seu e nesse dia veio ter aí sua mai Breatriz Antunes e lhe ensinou que lançasse a agoa fora que avia em casa porque era bom pera os parentes do morto que ficavão vivos sem lhe declarar mais nada senão somente sua avoo della confessante lhe insinara tambem isto a qual sendo moça aprendera isto no reino de huã cristãa velha.

e que ella confessante lançou aquella vez e mandou lançar fora toda a agua de casa simplexmente sem entender que era cerimonia de judeus e sem má tenção e da culpa que nisto tem assim fazer a dicta ceremonia exterior sem tenção interior roim pede misericordia e perdão por que ela he mui boa critãa

e sendo perguntada quanto tempo ha que sua mai lhe começou a insinar a lei de Moisés e as ceremonias della respondeo que sua mai, não lhe nomeou lei de Moisés nem suas ceremonias e lhe parece e assim o tem por certo que sua mai he boa cristãa e lhe insinou a dicta cousa de botar agoa fora tambem simplesmente sen saber que era ceremonia judaica

perguntada se quando sua avoo Ana Rõiz ensinou a sua mai que isto era da lei dos judeus, se estava ella comfessante presente, respondeu que não sabe mais que dizer lhe sua mai que a dicta sua avoo lhe insinara isto mas que não sabe se lhe declarou logo ser ceremonia judaica, nem se lho não declarou".

D. Custódia de Faria tinha razão de ficar apavorada. O marido, Bernardo Pimentel de Almeida, era senhor do engenho de que era lavrador João Rodrigues Palha, pai de Frei Vicente do Salvador, futuro primeiro historiador do Brasil, como identificou Capistrano. Casada, rica, feliz, viu a mãe e a avó, com 80 anos, correrem à mesa confessória, ansiosas de salvação.

D. Beatriz Antunes, mãe de D. Custódia, confessa no mesmo dia e confirma os mesmos pecados israelitas:

"e confessando sse dixe que averá vinte e nove ou trinta annos que he casada e que de então pera cá lhe tem acontecido as cousas seguintes s [cilicet] quando em casa lhe morria alguem lançava e mandava lançar fora toda agoa de casa e isto lhe conteceo por dezesete ou dezoito vezes pouco mais ou menos,".

Veio D. Ana Rodrigues, cristã nova de Covilhã, viúva de Heitor Antunes, já defunto. Disse ter oitenta anos. E informou:

"e que averá trinta e cinco anos que estando ella na Sertam lhe morreu hu filho per nome Antão e depois que morreo lançou a mãodou lançar agoa fora dos potes agoa que estava em casa fora...

a qual (*uma sua comadre, cristã velha, Inês Roiz, parteira, que lhe ensinara estas cousas*) lhe dixe tambem que era bom botar a agoa fora quando alguem morria por que lavavam a espada do sangue nella e perguntada que espada ou que sangue era esse respondeo que não lhe lembra que a ditta parteira lhe declarasse mais".

A filha Beatriz e a neta Custódia escaparam com vida. A velha Ana Roiz foi para a fogueira. Capistrano escreve, consolando-se e consolando-nos: "– Esperemos fosse garroteada antes da cremação".

O Reverendo Rosalino da Costa Lima é pastor evangélico em Gravatá, Pernambuco. Nasceu na Bahia, Manga, Município de Serrinha. Vive há muitos anos no interior de Pernambuco e reuniu uma pequena série de *Superstições e Crendices* que vai publicar, tendo a bondade de enviar os originais, para que eu lesse. Não localiza sua colheita, baianos e pernambucanos os elementos coletados. É uma safra pequenina, mas substancial e curiosa. Entre outras registadas pelo Reverendo Costa Lima, há esta:

"Quando morre uma pessoa, costuma-se jogar fora toda água das vasilhas, para que a alma não se utilize dela tomando banho... e fazendo das suas."

Dos depoimentos confessionais de Custódia, Beatriz e Ana, janeiro de 1592, para esse momento, 366 anos se passaram no Brasil. As modificações são inevitáveis e, acima de tudo, a explicação do sentido temático, que o povo não pode conservar no tempo. Continua o gesto, mas a justificativa vai mudando, adaptando-se e mesmo desaparecendo. O gesto é que segue sua existência milenar, independendo da credencial doutrinária.

Parece-me suficientemente demonstrada a existência desse rito funerário de origem judaica nos costumes do Brasil contemporâneo.

A Luz trêmuLa

*M*usa, canta o sertão de 1910 e as velhas fazendas de gado onde vivi, iniciando, sem saber, o curso da Etnografia tradicional do Brasil.

O lampião de querosene clareava em vermelho o cupiá, sala da frente onde os homens podiam reunir-se e conversar, pórtico. Nas camarinhas, gineceu clássico, aglomerava-se mulherio palrante e sussurrante, na eterna confidência ciciada. Na cozinha, ao derredor do lume, estávamos nós, meninos ouvindo estórias de Trancoso, à luz rubra da grande lamparina de flandres, enferrujada e saudosa. Junho, chuvisco de anúncio que o mês de São João daria safra de milho, aragem noturna zumbindo nos marmeleiros, mugido no curral, bufos afrodisíacos dos bodes ornamentais, balido de ovelhas distantes. No alto céu, o Carreiro de Santiago, estrada das almas, atravessando, lado a lado, o firmamento fulgurante.

Vez por outra, a chama de ouro oscilava, tremendo ao sopro de invisível vento misterioso. Vezes o morrão estalava, esturrando. A voz da narradora de encantos, Xerazade matuta, sustinha o fio da evocação, erguia a mão seca, persignando-se.

– Que foi, tia Lica?
– Passou uma alma!...

Em certas tardes aparecia, montado no jumento Catolé, o velho Simão Justino, vago parente de todas as famílias locais. Magro, pálido, olhos claros, barba falhada e bigode impossível, vestido com o amplo chambre tradicional, recebia presentes, falando em parábolas e citando o *Lunário Perpétuo*. Reunia toda a sedução das lendas, das coisas inexplicadas, valorizando-as pela linguagem sibilina, estranha, ensopada de cabalismos, que seduzia a imaginação sertaneja.

Riscando no ar um desenho que ninguém entendia, dava explicações mais complicadas que os próprios enigmas.

– Todas as coisas deste mundo falam, mas ninguém compreende!, afirmava, olhando um ponto no espaço distante.

Simão Justino, fantasma vivo, assombro dos arredores. Transformava-se em ema, peru, gavião, raposa. Aves, animais, árvores, pedras falavam para ele num código de que era o único a possuir a chave decifradora. Todas as coisas falam! Diziam que Simão Gondim era doido varrido. A Etnografia, a Paleontologia, a Antropologia Cultural dão toda razão ao desaparecido oráculo do animismo norte-rio-grandense nas estradas fulvas do oeste.

A luz dançando sem motivo é mensagem do além-mundo. Bom ou mau agouro? Depende da versão dada. É, afirmam, um recado autêntico das almas interessadas na tranquilidade dos entes queridos que deixaram na terra.

No Rio Grande do Sul é o espírito de Generoso, o responsável pelo bailado luminoso. Era Angoera, indígena dos Sete Povos das Missões, batizado pelos jesuítas e que levara para o outro mundo sua buliçosa alegria, Simões Lopes Neto (1865-1916) informa que Generoso, vendo a família gaúcha rodeando a candeia, na noite fria, *"soprava devagarzinho sobre a chama da luz fazendo-a requebrar-se e balançar-se, que era para a sombra das couzas também mudar de estar quieta"*. Estava dizendo alguma coisa aos amigos.

Ninguém acredita que a chama se mexa unicamente pelo impulso da viração. Alguém está, bem próximo, bafejando intencionalmente um aviso, uma lembrança, um sinal preventivo. Felizes os que compreendem a missiva da luz trêmula. E quando o morrão crepita, audível, repetidamente, é indiscutível a tentativa de comunicação. No mínimo, é uma denúncia de que o espectro perpassa pela sala, visitando os lugares em que, outrora, viveu. Ou, mais prosaicamente, mudança de tempo; vai chover, ou limpar o horizonte pela ventania. Documentadamente, para o povo, a luz ocilante é um dos telégrafos do além-túmulo. Funciona visivelmente para os que o sabem ler.

É uma presença da Héstia grega, da Vesta romana. A chama era uma representação da deusa refulgente. Foi o último templo que se fechou na Roma pagã. O lume divino apagou-se em 394, sob o Imperador Teodósio, sessenta e um anos depois do Concílio de Niceia. Discreta, clandestinamente, o culto resistiu e veio vencendo tempo, até sua dispersão no campo das superstições universais ligadas ao fogo, fogão, sol, cor vermelha, flama, brasa.

A lâmpada, lucerna, tinha tradição de ser uma divindade, concedendo respostas às perguntas pelos presságios. Asclepíades de Samos, poeta que figura na *Coroa*, antologia de poemas reunidos por Meléagro no início do primeiro século da era cristã, dirigindo-se à sua lucerna, diz: – *Ó lâmpada, se tu és uma divindade, castiga a enganadora*!

Marcus Angentarius, contemporâneo do Imperador Calígula, num epigrama feliz, alude aos estalidos da lâmpada como anúncios do futuro: – *Eis que crepitaste três vezes, lucerna querida*! *Será que anuncias a vinda da linda Antígona*? (Ovídio, *Epístolas*, XIX, Hero a Leandro) regista a crendice tão popular em Grécia e Roma: – "A lâmpada a cuja luz eu escrevia crepitou, e este sinal é um augúrio favorável!"

> *Interea lumen, posito nam scribimus illo,*
> *Sternuit, et nobis prospera signa dedit.*

O sertanejo diz inalteravelmente que a candeia *espirrou*, quando esta estala o morrão. Ovídio, numa distância de quase vinte séculos, emprega o mesmo vocábulo, *sternuit*, "espirrou", traduzido pelo Professor V.H. Chappuyzi como a *scintillé*. Já em meados do século XVIII, Dom Domingos de Loreto Couto incluía o *espirrar o morrão da candeia* como superstição brasileira bem velha (*Antologia do Folclore Brasileiro*, 54[*]).

Como previsão meteorológica, Lúcio Apuleio menciona a observação nas suas *Metamorfoses*, II. Cem anos antes, Virgílio (*Geórgica*, I, 390-392) anotara que, espirrando o azeite na candeia, o tempo mudaria. Aqui, ao contrário de Chappuyzi, que traduziu *sternuit* por *a scintillé*, o grave Manuel Odorico Mendes entendeu o *scintillare oleoum* como *espirrando o azeite na caieda*. Chappuyzi e Odorico Mendes nunca tiveram tempo de estudar folclore, observar costumes coletivos. Não podiam saber da existência do *scintillare oleoum* na superstição popular contemporânea. É quando a luz inexplicavelmente se alteia, num clarão mais vivo. Vale, tanto quanto o súbito crepitar, um alarma das forças invisíveis.

Tia Lica nunca poderia adivinhar que, fazendo o sinal da cruz para a luz trêmula da lamparina, numa fazenda sertaneja no interior do Rio Grande do Norte, repetia o gesto cristão sobre um resto de culto da mais antiga religião do mundo.

---

[*] Edição atual – 9. ed. São Paulo: Global, 2004. v. 1. "Domingos de Loreto Couto – Principais superstições setecentistas no Brasil." (N.E.)

Virgindade

A virgindade explicava nas estórias populares e na tradição mágica a força irresistível e os atos sobre-humanos de valentia.

A memória de Roma regista o episódio de Cláudia Quinta, sacerdotisa de Vesta.

Acusada de haver traído seu voto de castidade, a vestal ia sofrer processo que findaria na morte ritual, sepultada viva. Por esse tempo, 217 antes de Cristo, Aníbal devastava a Itália e a sibila de Cumes aconselhou a vinda da pedra negra de Pessinonte, na Ásia Menor, tombada do céu e considerada como a viva encarnação de Cibele. O barco que trouxe a pedra negra encalhou no Rio Tibre e os augúrios anunciaram que uma virgem arrastaria a embarcação da lama e a poria a nado. Cláudia Quinta invocou a deusa e, diante de todo o povo romano, amarrou o rostro do navio com o seu cinto de vestal e puxou-o, desencalhando-o facilmente. Era a prova divina da sua pureza. No Capitólio havia um baixo-relevo recordando o acontecimento.

Diante da donzela raro era o poder mágico operante. O unicórnio feroz desarmava a cólera bruta e dormia no seu regaço. Um dos mais poderosos elixires da Longa Vida, em 1558, citado e feito em Milão, era composto com o hábito e transpiração de cinco virgens. A virgem não podia sofrer pena máxima em Roma. O carrasco devia violá-la, como sucedeu à filha de Sejano (Suetônio, *Tibério*, LXI; Tácito, *Anais*, V, IX). As secreções de mulheres virgens eram vendidas como remédio.

Há muita fórmula terapêutica em Portugal e Brasil em que intervém uma Maria Virgem. Faz desaparecer os lobinhos (quistos), mordendo-os, ou impigens, tocando-as com o polegar. Cura os herniados crianças, fazendo-os passar através de uma árvore fendida, ou de um junco partido, e recebidos por um João ou um Manuel igualmente em estado donzel.

Nas ventanias tempestuosas, é uso gritar-se: – "Aqui tem Maria" e o vento muda a direção ou amainece. Para cessar a chuva contínua, atira-se farinha seca ao telhado, mas é uma virgem que o deve fazer.

Usado pela donzela, o diamante duplica o fulgor. Só a virgem acendia e guardava o fogo sagrado de Vesta em Roma. Na Índia, crê-se que o canto da virgem adormeça o próprio elefante selvagem (*Somadeva*, Katha Sarit Sagara, III, 172, ed. Penzer, Londres, 1925).

Nas *Ordenações do Reino* proibia-se penhorar *as donas nem donzelas os panos de seu corpo, nem cama* (Liv. III, tít. 100, § 2).

Os Tupinambás do Pará expunham as moças, como prova de castidade, às serpentes do lago do Juá, acima de Santarém. "A serpente começava a boiar e a cantar até avistar a moça, e, ou recebia os presentes, se a moça estava efetivamente virgem, e nesse caso percorria o lago cantando suavemente, o que fazia adormecer os peixes, e dava lugar a que os viajantes fizessem provisão para a viagem; ou, no caso contrário, devorava a moça, dando roncos medonhos." (Couto de Magalhães, *O Selvagem*, 145, ed. 1876, Rio de Janeiro.)

O sangue da virgem era o banho que curava a lepra. A lepra era doença do sangue, na impressão popular, até hoje mantida. O sangue virgem é o supremo remédio. Já o mencionavam os velhos romances medievais, evocando a superstição obstinada. Sessenta donzelas foram sacrificadas, escorrendo sangue numa escudela de prata, para que uma velha dona se curasse de sua gravidade, narra-se na *Demanda do Santo Graal* (II, LXII, 436, Rio de Janeiro, 1944). Não é raro o encontro, nos registos policiais, de morféticos assassinos de moças e crianças, para banhar-se no sangue purificador. O sangue ou o fígado eram preferidos. O fígado gerava o sangue novo, indispensável à cura (Luís da Câmara Cascudo, *Geografia dos Mitos Brasileiros*, O Papa-Figo, 278, Rio de Janeiro, 1947[*]).

As virgens criadoras tiveram o culto mais profundo e natural. Era o poder para a Vida e sempre o potencial mais puro. Nari dos indus, Muta-Ísis dos egípcios, Atar dos árabes, Astoret dos fenícios, Afrodite-Anadiômene dos gregos, Vesta dos romanos, Luonotar dos finlandeses, Herta dos germanos, Dea dos gauleses, Iza dos japoneses, Ina dos oceânicos foram reverenciadas nessa invocação espontânea e poderosa.

A potência física para a resistência ao combate, o valor inesgotável, ausência de medo, a clara alegria incomparável dos heróis, a valentia inexpugnável são emanações da virgindade. O herói-virgem era o invencível, dominador de dragões e vencedor de gigantes. O condestável Dom Nuno Álvares Pereira queria conservar-se virgem, para que sua força continuasse miraculosa. Na *Crônica do Condestabre de Portugal Dom Nuno Álvares*

---

[*] Edição atual – 3. ed. São Paulo: Global, 2002. (N.E.)

Pereira (cap. IV, 9, ed. 1911) conta-se: – "... havia grã sabor e usava muito de ouvir e leer livros de estórias: especialmente usava mais leer a estória de Galaaz, em que se continha a soma da Távola Redonda: e porque em ela achava que per virtude da virgindade, que em êle houve e em que perseverou, Galaaz acabara muitos grandes e notáveis feitos, que outros nom poderom acabar, desejava muito de o parecer em algũa guisa".

A virgindade concedia o dom da pureza e dava a energia perene, soberana para todas as coisas. A tradição das virgens fortes, a *Virgo Potens* irresistível, terá maior área de influência religiosa que outro qualquer elemento temático, no mundo do passado histórico.

A crença popular transforma um tanto a razão da teologia católica. A virgindade é o estado natural mais próximo de Deus, porque conserva a incolumidade da graça original intacta e sem a participação terrena do pecado, que é um desfalcador de energia. É o guerreiro sem medo, porque não tem mácula. A virgem, decorrentemente, será portadora de uma espécie de santidade *in fieri*, em potencial, numa fase latente que se transformará em ação maravilhosa, porque é impelida por força sobre-humana e pura.

O tabu da virgindade não podia ser integralmente compreendido por Sigmund Freud (*Obras Completas*, IX, *Vida sexual y neurosis*, III, Iº, Barcelona, 1948), explicado sumariamente pelo horror da efusão de sangue e pelo temor a todo ato inicial, talvez o segundo mais poderoso que o primeiro, para os povos rudimentares, constituintes da argumentação freudiana. Escapou a Freud a representação mágica da virgindade como detentora fiel de um poder energético superior aos demais no complexo social. O respeito à virgem ainda perdura como um testemunho dessa herança milenar. O Cristianismo, naturalmente, sublimou esse estado com a santificação da castidade, viva em Jesus Cristo e operante no seu clero digno do título. Mas o colégio das Vestais, sozinho, responderia pela expressão indizível dessa compreensão entre os Romanos. Os poderes e direitos tidos como inerentes às Vestais, quase no nível imperial, a presença divina irradiante de suas pessoas testificam que a Virgem era portadora de uma essência espiritual diversa e superior a todos os colégios sacerdotais de Roma. Não mais explicamos o heroísmo masculino como consequência da castidade, infelizmente, mas a Virgindade continua, através de uma literatura opaca e cruel em seu ataque, resistindo e dominando.

CARREGAR A SELA

Quando andei pesquisando o motivo de *The Taming of the Shrew* de Shakespeare, reuni alguma documentação brasileira sobre o tema velho do marido que domina a mulher insubmissa e bravia. Versões impressas e orais foram compendiadas (*Anúbis e Outros Ensaios**).

Uma das mais típicas retirei-a de *Histórias do Gama* (Recife, 1945, "O marido de D. Glorinha") que o autor, o lúcido Sr. João Vasconcelos, posteriormente afirmou-me tratar-se de caso real, ouvido por ele de pessoa da família, vinda da região onde o episódio ocorrera.

O marido de D. Glorinha, menina rica, imperiosa e arrebatada, depois de pacientemente suportar todos os impulsos da jovem esposa, obrigou-a a acompanhá-lo para sua fazenda, a pé, carregando às costas a sela do cavalo que ele afugentara com um tiro de revólver.

A escolha do castigo é que merece comentário. O Coronel Albuquerque conheceria algum caso em Pernambuco que lhe tivesse sugerido repeti-lo? Carregar a sela é a maior humilhação para um vaqueiro. A mais negra profecia que se faz, no sertão nordestino, dos futuros préstimos de um cavalo é dizer ao dono: "– Você vai voltar carregando a sela!" ... É a sentença para um animal imprestável. Vai "fracatear", esgotar-se antes do tempo, "abrir dos peitos", deixando o proprietário a pé. E, mal dos males, obrigado a trazer a sela, para não abandoná-la no meio do caminho.

Havia também carregar a sela como penitência em procissões e castigo imposto aos valentões vencidos.

Jesuíno Brilhante, o cangaceiro gentil-homem, espécie matuta do Robin Hood, defensor de fracos, obrigara a um desses brigões de feira a desmontar-se e levar a sela, com todos os arreios, às costas, até dentro da povoação do Patu, no Rio Grande do Norte.

Uma alusão sente-se no rifão sobre o cavalo alazão: – "Quem confia em alazão, fica com a sela na mão".

---

* 1ª parte deste volume. (N.E.)

De onde teria vindo essa estranha condição, tornada e tida como fórmula punitiva?

Viterbo (*Elucidário*, I, 80) no verbete "angueiras" informa que *Angárias* são toda e qualquer violência, vexação, injúria ou tristeza. E conclui:

"Finalmente, chamaram 'angárias' em França e Alemanha ao afrontoso castigo, que aos réus dos grandes crimes se dava: que era *levarem às costas* os nobres, um cão, e *os peões, a sela de um cavalo*; e deste modo andavam expostos à vergonha, de terra em terra, de condado em condado".

A notícia de Frei Joaquim de Santa Rosa de Viterbo não se ajusta à informação de um estudioso da Idade Média, Jacques Albin Simon Collin de Plancy, no seu *Dictionaire Féodal* (2º, 17, Paris, 1819).

Collin de Plancy escreve sobre as duas espécies de *Amende Honorable*, a anterior, *Amende d'Argent*, satisfeita com dinheiro, e a *Honorable*, que impunha situações vexatórias, de caráter ignominioso. Datava da primeira dinastia dos reis de França, os Merovíngios, Vº ao VIIIº século.

Un Français, convaincu de quelque crime considérable, était condamné, sous nos premiers rois, à parcourir une distance marquée, nu en chemise, portant un chien ou une selle de cheval sur ses épaules. C'est de là que vient, dit-on, la coutume de faire "amende honorable" en chemise, avec quelque "decoration" ignominuese.

Não faz distinção entre fidalgo e camponês nas *amendes*. Podia o primeiro levar a sela aos ombros e mais significadamente, por se tratar de objeto típico da nobre cavalaria.

Transportar a sela seria, evidentemente, a redução do cavaleiro à condição animal. Suportar nos lombos o assento onde o fidalgo cavalga a montada, era degradação notória, anulação de todos os direitos, mais humilhante que uma exposição no pelourinho. Não havia de valer, moralmente, a mesma coisa para o peão, o lavrador, o camponês que, mesmo usando o cavalo, não o tinha como indispensável ao próprio estado social.

Por isso uma imagem popular nordestina fixa o opróbrio dos cavalos fujões, covardes e espantadiços: – *correr com a sela*, deixando o cavaleiro desarmado da andadura.

Ainda vive no sertão, no interior do Brasil, de toda América, como uma fidelidade ao título vindo de Espanha e Portugal, o nome de *Cavalo de Sela*. É a nobreza do animal de transporte individual, unicamente dedicado ao serviço de conduzir o senhor. Fazia parte da família, na aristocracia rural, cheio de mimos, regalias e distinções.

Não era a raça, cor da pelagem, excelência de marchas que o podiam distinguir dos demais equinos. A diferença residia na ostentação da sela, a sela bordada a retrós ou fio de ouro, estrelada de moedas reluzentes, espécie de trono portátil onde pompeava a glória senhorial.

A sela, com o tempo, dava comodidades indizíveis ao cavaleiro. "Toma o jeito do dono", diziam os antigos.

Os três amores do homem do campo eram o cavalo, arma e mulher.

O sinal de posse efetiva no dorso do cavalo de confiança era a sela, privativa, ciumentamente guardada para seu uso exclusivo, feita sob encomenda, decorada com os primores do seu gosto.

Mas todos esses pormenores valorizavam na sela o esplendor do cavaleiro. O trono não é rei, o rei é que é o trono.

Já vimos que o castigo de carregar a sela só podia partir de uma idade histórica onde o cavalo fosse o elemento essencial de uma classe. Não podia haver cavaleiro sem cavalo, e cavalo sem sela.

O cavalo não podia ser vendido ou empenhado. Valia o mesmo que as armas.

No *Código Afonsino*, livro I, título 63, § 28, está a ordenação proibitiva. No foral dos Templários à Vila de Tomar, em 1162, está a obrigação da Ordem dar outro cavalo ao cavaleiro que perder o seu.

Um cavaleiro a pé e carregando aos ombros a sela é castigo de tão viva e notável significação, que dispensa comentário. E a simplicidade do ato era entendida e ampliada pelo povo vilão.

Mais humilhante só havia a cerimônia de quebrar a espora. Mas "carregar a sela", se não fosse inferno, era, positivamente, purgatório.

Apontar e mostrar o dedo

O industrial Aristófanes Fernandes e Silva contou-me que, numa de suas campanhas políticas, no Município de Santana do Matos, no Rio Grande do Norte, um dos oradores correligionários terminara sua objurgatória, referindo-se ao prefeito municipal, dizendo: – "E para o prefeito, está aqui para ele!..." E estendeu o dedo médio, na hilaridade da assistência.

Há centenas de gestos que valem linguagem sonora. Leonardo da Vinci aconselhava aprender com os mudos a ciência dos gestos expressivos. O aspecto mais surpreendente é que certos gestos significam a mesma ideia, materializam o mesmo pensamento, nas regiões mais distantes e diversas do mundo. A linguagem não conseguiu esta universalidade.

Num desafio famoso, aqui pelo Nordeste, entre os cantadores João Melquíades da Silva e Claudino Roseira, ambos falecidos, disse o primeiro:

Eu não canto perguntando,
Porque já fiz meu estudo,
Do que existe no mundo
Eu já conheço de tudo,
Conheço a vista de cego,
Sei da linguagem do mudo.

Melquíades, surpreendido, perguntou:

Roseira, não desembeste
Que eu corro e lhe pego,
Bote estilo em seu cantar
Que seu direito eu não nego,
Como é a língua do mudo?
Qual é a vista do cego?

E a resposta do velho Claudino Roseira:

> *Melquíades, você não pode*
> *Comigo em cantoria,*
> *Vista de cego é a vara*
> *Puxada na mão do guia.*
> *Língua de mudo é aceno,*
> *O que você não sabia.*

É uma herança milenar que aprendemos na cotidianidade do convívio. O apontar com o dedo, apontado a dedo, é a indicação de popularidade, boa ou má. É uma indicação da curiosidade pública, identificando o portador da notoriedade, agradável ou molesta. Quem acampou, acidentalmente, por perto de ás de futebol ou astro de cinema e rádio, sabe dessa repetida técnica de glorificação popular.

O dedo naturalmente escolhido, num uso incrivelmente milenar, é o indicador, *index*, clássico para essa função.

Ninon de Lenclos (1620-1705), velha e trôpega, queixava-se de ninguém parar na rua e mostrá-la com o dedo em Paris, como era usual no tempo de sua perturbadora mocidade.

É uma honra indiscutível. Aulo Pérsio Flaco, 34-62 anos da era Cristã, confessava a alegria de ser indicado com o dedo nas ruas e ouvir dizer: – É ele!

At pulchrum est digito mostrari et dicier: Hic Est! (*Sátira*, I, v-28).

Quinto Horácio Flaco, seu glorioso contemporâneo, suplicava na Ode III, livro IV, à Musa Melpômene, a graça de ser distinguido pela mesma maneira que Pérsio louvava:

> *Totum muneris hoc tui est,*
> *Quod monstror digito praetereuntium.*

Não é preciso melhor depoimento valorizador da indicação digital.

Havia e há quem dispense essa glória, cujo ápice é o dedo indicador. Quem não inclua no patrimônio de sua vaidade essa exigência, ou a tenha como inferior ao próprio mérito.

Juvenal (*Sátira* X, v-52-53) alude a um desses homens superiores:

> .... *Cum Fortunae ipse minaci*
> *Mandaret laqueum, mediumque ostenderet unguem.*

Desprezando as ameaças da Fortuna, ousava desafiá-la e zombá-la, apontando-a com a unha, o dedo consagrador que passava a ser pejorativo.

Esse gesto é justamente aquele que Aristófanes Fernandes e Silva evocava.

O indicador é glória. Estender outro dedo é zombaria, opróbrio, obscenidade. O dedo malévolo é o médio. Pérsio o denomina *infami digito* (*Sátira* II, v-33). Era o dedo com que as feiticeiras misturavam as essências mágicas. *Mox turbatum sputo pulverem medio sustulit digito*, descreve Petrônio (*Satyricon*, cap. CXXXI). Com poeira e saliva, a velha romana fez o unguento que passou na testa do herói petroniano, usando o dedo médio. Significa o membro viril.

Marco Valério Marcial, o adulador de Domiciano, poeta poderoso e desigual, registador da vida de Roma em sua normalidade realística, no livro II de *Epigramas*, nº XXVIII, contra Sextilo, cita o gesto deste, mostrando-lhe o dedo médio como resposta às suas malícias, *digitum porrigito medium*. E no livro VI, epigrama LXX, a Marciano, lembra que este zombava do dedo impudico, signo obsceno: – *Ostendit digitum, sed impudicum.*

Anterior a todos esses era Plauto, o raro informador das minudências do povo de Roma. Na comédia *Psêudolo*, ato IV, há uma cena típica do costume.

Quando Hárpax procura Bálio, alugador de prostitutas, está com ele Simão. Ouvindo o recado de Hárpax, Simão informa, decisivo: Ó homem da clâmide, defende-te dessa funesta aventura. Mostra-lhe o dedo! É um prostituidor! *Atque in hunc intende digitum: hic leno est.*

Plauto morreu em Roma, já velho, 184 anos antes de Cristo.

O gesto continua contemporâneo.

POSIÇÕES PARA ORAR

Juvenal Lamartine de Faria (1874-1956), deputado, senador, governador do Rio Grande do Norte, sabia contar deliciosamente as estórias do sertão de Seridó, onde nascera e fora Juiz de Direito. Narrava-me a vida sugestiva de Tomás Francês, Tomás Lopes de Araújo, neto materno de Tomás de Araújo Pereira, que fora o primeiro presidente da Província. Tomás Francês estivera na França e passara sua vida em lutas locais, derribando gado e trabalhando pouco. Um seu desafeto, jurado de morte, conseguiu aprender uma oração forte para ficar invisível. Devia rezar com o pé direito em cima do pé esquerdo e com os braços abertos. Avistando, uma boca de noite, o vulto ameaçador de Tomás Francês, pôs o pé na posição recomendada, abriu os braços em cruz e começou a oração. Terminou-a no outro mundo.

Na *Tragedia Policiana*, do "bachiller" Sebastián Fernández, impressa em Toledo, 1547, divulgada e reimpressa por Menéndez y Pelayo em *Origenes de la Novela*, XVIº ato, Claudina ensina a Silvanico um processo mágico para conquistar amores, onde aparece a exigência. *Pondrás tu pie derecho sobre su pie yzquierdo, e con tu mano derecha la toca la parte del corazon*, salienta a mestra em feitiçarias.

Certas orações demoníacas, como a da *Cabra Preta* ou o *Credo às Avessas*, devem ser recitadas sem interrupção e gaguejo e com o pé direito em cima do esquerdo. Os mestres do Catimbó explicam que, nessa posição e com os braços estendidos horizontalmente, o homem dá a imagem de uma ave, impressão de voo, subida, elevação. Perdendo parte da base de sustentação, fica mais leve, maneiro, ajudando a força da fórmula.

Estudei a chamada "circum-ambulação", orações rezadas andando-se circularmente. Assim ordenara o Rei Numa Pompílio em Roma, para que os sacerdotes imitassem o movimento dos astros. Era o *Amburbiale Sacrum* ao redor de Roma, nas horas de calamidade pública. A anfidromia, volta do recém-nascido ao fogo do lar. A *pradakshina* dos hindus, a noiva circulando derredor da lareira. A rasoura, procissão em volta da Praça de

N. Sra. do Carmo, no Recife. Orações em redor do Santo Sepulcro em Jerusalém. A *tawaf* dos muçulmanos, sete voltas à Caaba em Meca. Volteios às praças, igrejas, cruzeiros, postes de São João, fogueiras votivas. É uma obrigação constante do código de Manu e ainda vi a velha Buna, em São José de Mipibu, no Rio Grande do Norte, orando e rodeando, com passos trôpegos, o cruzeiro diante da Matriz.

Deve ainda existir a oração dos quatro cantos da casa, que era rezada percorrendo-se os extremos internos da residência. Era reza pacificadora, para expulsar os demônios da inquietação e desconfiança doméstica.

Nas *Confissões da Bahia* (Rio, 1935, 48-49) há uma confissão de Paula de Siqueira, cristã velha, de 40 anos, nascida em Lisboa, datada de 20 de agosto de 1591, com uma dessas orações ambulatórias:

"outrossim huã molher per nome Breatiz de Sampaio molher de Jorge de Magalhais morador em Matoim lhe ensinou huãs palavras que avia de dizer andando em cruz atravessando a casa de quanto em quanto das quais lhe não lembra nem usou dellas dizendo-lhe que faria com ellas ao ditto seu marido Antônio de Faria que fosse muito seu amigo declarando lhe mais quando lhas ensinou que ella tivera dous maridos e que lhe erão tão obedientes que se algum ora pelleijavão ella lhes mandava que lhe viessem beijar o pé e elles lho beijavão e hum dos dittos maridos he ho que ella agora tem Jorge de Magalhais".

A *consulta às vozes* (*Anúbis e Outros Ensaios, Hermes em Acaia ou a consulta às vozes**) só pode ser feita em lugar público e movimentado. A resposta é dada por uma frase ocasional, ouvida por quem rezou a oração, resposta anônima, vinda do meio do povo. Creio ter evidenciado como é antiga, divulgada e contemporânea a superstição.

As *forças do Credo* têm poder duplicado, se é dita a reza persignando-se continuamente. *O Rosário das Chagas* não pode sofrer solução de continuidade, porque será sacrilégio. Será rezado sem deter-se o devoto e, especialmente, sem enganar-se ou errar. Neste caso, é anúncio de que não será ouvida a súplica. Do terceiro engano em diante, subentende-se a decisão negativa do orago.

No *Canto das Excelências* também existe a obrigação de ser ininterrupta, seguida e certa a declaração sonora. Getúlio César (*Crendices do Nordeste*, 142, Rio, 1941) explica: "Retirando-se o cadáver para o enterro, no momento em que estão cantando uma *excelença*, as cantadeiras acompanham o cortejo até terminá-la, porque, dizem, Nossa Senhora se ajoelha para só se

---

* 1ª parte deste volume. (N.E.)

levantar quando terminam, e, não sendo terminada, ela ficará de joelhos e o espírito, devido a esse desrespeito, não ganhará a salvação".

Ramón Menéndez Pidal (*El Romanceiro*, 124, Madrid) informa que certos romances de origem bíblica, cantados em Marrocos, não podem ser interrompidos... *cuando se principian a cantar es obligatoria acabarlos*. Não é fora de propósito que Engênio d'Ors, em matéria estética, falava na *santa continuidad*.

Havia orações com os olhos fechados. O *Rosário das Alvíssaras*, rezado outrora na noite da Sexta-feira da Paixão para o Sábado da Aleluia, justamente à meia-noite, pedindo-se alvíssaras a Nossa Senhora, pela ressurreição do seu Divino Filho, era uma destas. Hoje, rezam na noite do Sábado para o Domingo da Ressurreição. À meia-noite, os ponteiros do relógio de mãos postas, pedia-se à Virgem Mãe a alvíssima merecida no anúncio.

Nos domínios do Catimbó há formalidades estupefacientes. A *Oração das Estrelas* (*Meléagro*, Rio, 1951) é irresistível, se for recitada deitado, olhando as estrelas. A *Oração do Meio-Dia*, de pé, ao sol, longe de qualquer sombra, porque esta "faz quebrar as forças". A *Oração dos Sete Caboclos*, dizem-na andando e voltando de costas. Incluía-as no *Meléagro*, cap. XIII, com algumas notas e comentários, provocados pelas pesquisas.

Nenhuma dessas posições é permitida ou aconselhada pela liturgia católica, e não há sacerdote que as aprove em conteúdo e atitude votiva.

A superstição quase sempre é vestígio de culto desaparecido. Nessas formas de orar, devem estar resquícios de cerimonial defunto, mantendo a floração marginal dos gestos destinados à evitação do pavor divino.

SAIA NA CABEÇA

O sertanejo denomina *gente de saia na cabeça* as famílias andejas, de hábitos errantes, visitando ininterruptamente a parentela em lugares distantes. Diz-se igualmente *gente de trouxa na cabeça*, significando a facilidade com que se desloca duma para outra parte, com a reduzida bagagem, bem cômoda de transportar.

"Saia na cabeça" é também a mulher casada que não para em casa, sempre conversando na vizinhança, parecendo nada ter que fazer ou cuidar.

Pôr a parte traseira da saia como manto para cobrir a cabeça, é costume velho, do tempo em que as saias eram compridas. Substituía o raro e caro guarda-sol nas caminhadas longas, vencendo a luminosa poeira do verão tropical.

Muitas vezes encontrei as sertanejas pobres em caminho para a missa dominical ou feiras semanais, reguardando-se do sol com as saias cobrindo a cabeça. Prudentemente precaviam-se, verificando a posição da saia-branca e mais a *nágua, enágua*, vezes mais de uma, *au temps jadis*.

Teófilo Braga (*O Povo Português nos seus Costumes, Crenças e Tradições*, I, 203, Lisboa, 1885) informa que as carpideiras do Suajo, Arcos, eram "mulheres com a saia pela cabeça". Não sei se alude ao gesto ou à situação de pobreza de quem chorava, por dinheiro, defunto alheio.

A imagem era antiga e Cervantes de Saavedra a põe na boca eloquente de Teresa Panza, *Don Quijote*, II, V: – *Ayer no se hartaba de estirar de un copo de estopa, e iba a misa cubierta la cabeza con la falda de la saya, en lugar de manto, y va hoy con verdugado, con broches y con entono, como si no la conociésemos*.

Ainda em Portugal contemporâneo, na região beiroa, informa Jaime Lopes Dias (*Etnografia da Beira*, 224, Lisboa, 1954), é sinal de luto: "Em muitas povoações da Beira Baixa as mulheres põem a saia pela cabeça no período de luto pesado. É a manifestação pública do seu desgosto. (Monfortinho, Rosmaninhal, Salvaterra, Segura, Zabreira etc.)".

Há uma reminiscência do uso entre os pescadores da Póvoa. A. Santos Graça (*O Poveiro*, 182, Póvoa de Varzim, 1932) escreve sobre o luto: "As mulheres trazem na cabeça um lenço preto, puxado para a frente, e põem a saia dos ombros à cabeça, como os homens fazem ao gabão".

Cobrir a cabeça é gesto milenar de respeito, de compostura religiosa. Em Grécia e Roma, os sacerdotes oficiam velados. São Paulo recomenda que apenas as mulheres tenham a cabeça coberta (I. *Coríntios*, 11). Os judeus ortodoxos oram nas sinagogas, cobertos. E todos os muçulmanos, na imobilidade dos turbantes. O poveiro em Portugal, enlutado, cobre a cabeça com o paletó.

Henrique Castriciano (1874-1947) viu em 1909, no Egito, as mulheres felás, trabalhando ao sol, com as saias na cabeça.

René Basset, *Mille et un Contes, Récits & Légendes Arabes*, I, 1358, Paris, 1924, contando as estórias de Baihas, de Maidáni, *Kitâb el Amthâl*, I, 133, 2º, 135, e outras fontes árabes, narra que o herói, vendo a noiva de um inimigo, assassino do seu irmão, *il releva son vêtement par derrière et s'en couvrit la tête*.

Certamente, o costume divulgou-se para a Europa com as Cruzadas.

Há uma anedota de Etienne de Bourbon, no século XIII, na França, e outra de Poggio, no século XV, na Itália, com alusões humorísticas ao gesto. Etienne de Bourbon (nº 272) e Poggio (nº 136) contam que a mulher censurada, por estar em público com a cabeça descoberta e os cabelos expostos, levantou a barra da saia e cobriu a cabeça, deixando nua boa parte do corpo. *Rebuke for going with naked head in public. The woman rebuked has lost her hair in sickness. Forthwith she covers up her head with her dress and exposes her body*. Poggio, nº 136; Etienne de Bourbon, nº 275; D. P. Rotunda, *Motif-Index of the Italian Novella in Prose*, Indiana University Publications, Bloomington, 1942, (p-79).

A anedota continua corrente e viva na Europa.

No país valão, entre as gentes *wallons* que se estendem pela França (Norte, Aisne, Ardennes), Bélgica (partes de Flandres, Limburgo, quase todo o Hainaut), Luxemburgo, e ainda Liège e Namur, e na Prússia Renana e Malmedy, conta-se a estória talqualmente sabemos.

George Laport, *Les Contes Populaires Wallons*, FF. Communications, 94, 101, vol. XXXVII, 1, Helsinki, 1932, registou-a. *La famille de copères en pélérinage: Une famille de copères va en pélérinage à Onhaye. La femme porte son petit enfant à califourchon sur sons dos. L'enfant se laisse descendre et sa mére en le remontant, retrousse ses jupes. Les passants rient et la femme furieuse apostrophe son mari qui marche derrière elle: – Je croyais que tu avais promis le pélérinage ainsi, répond le copère*. É uma anedota de Neffe-Dinant.

Com o título "A Promessa", o Sr. Gustavo Barroso, sob pseudônimo "João do Norte" (*Casa de Maribondo*, 145-147, São Paulo, 1921), divulgou uma versão brasileira. Pulquéria, casada com Joaquim Bento, vai pagar promessa a São Francisco do Canindé, no Ceará. "Caminharam. O sol foi subindo no horizonte e esquentando. A Pulquéria começou a sentir um pouco de dor de cabeça. Resolveu cobri-la. Apanhou, conforme é costume no sertão, a parte posterior da saia, levantou-a e colocou-a sobre os cabelos. Mas em vez de apanhar somente a saia do vestido, na atarantação e pressa da caminhada, pegou a anágua, a própria camisa, ficando pelas costas inteiramente despida. Ele olhava aquilo silencioso, como quem nada tem que ver com a vida do outro".

Em Canindé os meninos vaiam a mulher e esta, compondo-se, interpela o marido, indignada: – "Joaquim Bento, meu marido perante Deus, como é que você me viu com as vergonhas de fora desde a umarizeira da Volta Grande, onde alevantei a saia, até aqui, e não me disse nada? Por que foi que você fez isso, Joaquim Bento?" – "Pulquéria, respondeu ele, ingenuamente, eu cuidei que essa história de amostrar as vergonhas também fizesse parte da promessa".

Sabor d'água e cheiro da terra

René Basset, *Mille et un Contes, Récits & Légendes Arabes*, II, 481, Paris, 1926, resume um conto popular no Oriente Médio, corrente em sua literatura oral e que Ahmed el Ibchihi e Rat registaram. Chama-se a "Ilusão salutar".

Sabur-dzul-Actâf, prisioneiro no país dos Cristãos (Rum), adoecera de saudades. A filha do rei, apaixonada por ele, perguntou: Que desejas?

– Um gole d'água do Rio Tigre (Ed Didjlah) e o odor da terra de Istakhr!, respondeu o guerreiro.

Dias depois a princesa trouxe água e terra e disse: Aqui tens água do Tigre e terra do teu país!

Sabur-dzul-Actâf bebeu água do Tigre e aspirou o cheiro da terra Istakhr. E ficou bom.

O Reverendo Rosalino da Costa Lima, pastor evangélico em Gravatá, Pernambuco, enviou para que eu lesse uma coleção de *Superstições e Crendices* por ele colhidas nos sertões pernambucanos e na Bahia.

Uma tradição fixa o elemento religioso que René Basset divulgara. Tornou-se fórmula profilática, recomendada pela oralidade anônima da precaução terapêutica.

"Quando uma pessoa pretende mudar de uma terra para outra, leva um pouco de areia para beber com água, a fim de evitar as doenças próprias da nova terra para onde emigrou."

3.
Religião no povo

Introíto

*E*sse depoimento resulta de quarenta anos de pesquisa discreta e contínua. Até 1925 olhando sem ver, guardado pelo subconsciente. Depois, intencional e deliberado. A observação direta incidia sobre o normalismo nordestino. Das regiões setentrionais, centrais e sulistas, a informação viera de amigos locais e fortuitas passagens. Os livros complementaram sem que determinassem conclusões. Via o Homem no Homem e não o Homem no Livro, como dizia Stendhal. As viagens permitiram material de confronto, com ou sem endosso e aval. Evitei o fatal reflexo condicionado do "efeito" literário. Idem, a nomenclatura convencional apavorante, com o pedantismo decorativo da falsa penetração psicológica.

Não exponho superstições, bruxarias, amuleto, magia. A Fé no plano teratológico, a Esperança sádica ou masoquista, os plágios do Exotismo imaginário, anomalismo de invenção pessoal, não tiveram passe-livre nessa exposição clara e simples do antigo quotidiano reverente a Deus. Nenhuma concessão ao sensacionalismo ocasional ou exibição bibliográfica. Interessava o Espírito Divino nas entidades grupais dentro da Igreja ou fora dela. O Comportamento exprimindo a convicção íntima de uma ortodoxia hereditária. Em verdade vos digo que a Imaginação não participa da minha narrativa.

Jamais existiu um autor que não estivesse convencido da indispensabilidade valiosa da sua elaboração. Mesmo a sociologia dos grilos e o dinamismo caudal nas lagartixas merecem registos transcendentes.

A paisagem humana que estudei e vivi desgasta-se rapidamente no incessante atrito dos interesses de ajustamento social e criação técnica. Não creio que os basaltos da mentalidade popular desapareçam. A nivelação horizontaliza as saliências na unidade do imperativo jurídico. A natureza específica dos terrenos não se modifica. Pelo lado de dentro, o Homem não muda. As alucinantes funções do século XX, o *Século Ofegante*, não determinaram novos órgãos de adaptação funcional. Verão que a Astronáutica não alterará a fisiologia dos seus pilotos. Um deles já conduziu no bolso uma figa da Bahia, legitimíssima.

As Culturas não são símbolos da serpente mordendo a cauda, como ensinaram Spengler e Toynbee, mas uma espiral, movimento de rotação ascendente ao redor do foco originário. Diagonais ou perpendiculares sobre o plano imóvel da linha primária. Quando caem, quando regridem, voltam relativamente à última forma. Gustavo Freytag dizia que a alma do Povo não se civilizava. Vamos dizer que muda de trajes e de instrumentos de trabalho. Ante as provocações naturais, reagem como reagiam os antepassados; com a mesma contração fisionômica, os mesmos gestos, as mesmas interjeições. O Homem voltando da Lua agradece e aplaude como faziam em Babilônia. É a lição biológica. O celacanto, um crossopterígio que nada no canal de Moçambique, vive há trinta mil séculos, imutavelmente fiel à ecologia devoniana. Quando o desenho esgota a receptividade inspiradora, torna-se esquemático, estilizado, essencial. Volta ao Paleolítico, num regresso vertical. Há quem discorde. Lembraria Boucher de Perthes em 1863: – *La verité est une si bonne chose qu'on pent bien l'acheter, mêne au prix de son amour-propre.*

* * *

Minha avó materna e suas irmãs, Guilhermina e Naninha, beata da Casa de Caridade de Santa Fé, na Paraíba, faleceram em nossa Casa nonagenárias. Juntas, contavam 277 anos vividos. Eram dos sertões do Rio Grande do Norte e Paraíba, vindas para Natal depois de 1918, ano em que iniciei as curiosidades na Cultura Popular. Foram as minhas Camenas inesgotáveis. As duas casadas e a donzela anciã documentaram a Religião doméstica e numa congregação matuta e privada, passando fome por amor a Deus e ao "Meu Pai Padre Ibiapina", fundador da colmeia de orações em cima dos lajedos paraibanos de Bananeiras, estudado em relevo por Celso Mariz.

Do Parnaíba ao Real, as vozes populares não emudeceram para mim. Já escrevendo em jornais, residi um ano na cidade do Salvador, calouro de Medicina. Fiquei com a faculdade íntima de medir a expansão imaginativa subsequente nas informações depois de 1918, referentes à Bahia. Cursando Direito no Recife, 1924-1928, não frequentei "Sociedade" mas conheci a mentalidade pernambucana porque a capital era o vértice da convergência humana do interior. Paraíba e Rio Grande do Norte, ninho familiar desde o século XVIII, participam *da massa do sangue*.

Insisto num pormenor justificador. Mesmo no Rio de Janeiro, 1919-1922, o meu interesse estava na Cultura anônima e não nas festas da então *High Life*. Amigos e livros trouxeram complementos ao material da construção, mesmo contemporâneo. Fui fiel ao conselho de Hart: – saber perguntar sem sugerir resposta. Por esse método foi possível escrever *Jangada* (1957)* e *Rede de Dormir* (1959)**, ouvindo o ensino tranquilo dos mestres analfabetos.

Não é fácil conquistar confiança à gente do Povo sem a prévia criação de um clima de crédito pessoal. Ocorre semelhantemente nos fundamentos de qualquer população no Mundo. Não deixam de responder, mas a resposta é uma instintiva e hábil defesa ao que não lhes convinha divulgar. Disfarce e normalmente inverdade astuciosa. Notadamente os assuntos reservados da prática religiosa, questão de vida e morte pela represália sobrenatural à delação sacrílega, recorre-se a uma informação duvidosa. Assim, pela África, é de mais relativa autenticidade o livro escrito pelo nativo que as revelações estupefacientes obtidas por estrangeiros ao ambiente. Na África o investigador *branco* está convencido que o preto não ousará enganá-lo. Pois sim.

Minha ama de criação, Benvenuta de Araújo, Utinha, grande narradora de estórias, muito religiosa na ortodoxia popular, acreditava piamente nas Orações-Fortes e tinha velhas amigas rezadeiras que prestaram à minha infância desvelada e fabulosa assistência: (*Tradição, Ciência do Povo*, VIII, São Paulo, 1971***). Ficaram frequentando nossa casa, "tirando esmola", e a última mestra a falecer, Sinhá Xaninha, alcançou-me quase bacharel em Direito. Essas rezadeiras tinham pavor ao Catimbó (Umbanda não havia nessa época em Natal), e pertenciam a nobre estirpe das "mulheres de virtude", terapeutas das famílias graves, inseparáveis dos terços, ladainhas e largo santoral católico. Recordo que Santa Teresa de Jesus quebrou o braço esquerdo numa queda em Ávila, dezembro de 1577. A Priora de Medina enviou uma Curandeira que a tratou. A Santa informou ao Padre Gracián, maio de 1578: – *Parece que quedo curada*, agradecendo a intervenção da *curandera:* – *lo hizo muy bien la Priora de Medina en enviarla*. Esse prestígio continua persistente e vivo boa em plano de aceitação. D. Frei João de S. Joseph Queiroz, 4º Bispo do Grão-Pará, escrevia em março de 1760: – "Julgo ser melhor curar-se a gente com um tapuia do sertão, que observa a natureza com mais desembaraço instinto e com mais evidente felicidade". Foi prelado inteligente, irônico e desenvolto, merecendo de Camilo Castelo Branco a publicação das *Memórias* em 1868. Essa atração pela Medicina inicial é mais sedutora que intrinsecamente idônea. Psicoterapia invencível. Geracina, antiga empregada de meus pais, atendia

---

* Edição atual – 2. ed. São Paulo: Global, 2002. (N.E.)
** Edição atual – 2. ed. São Paulo: Global, 2003. (N.E.)
*** Edição atual – 2. ed. São Paulo: Global, 2013. (N.E.)

consultas de *altivosas criaturas*, como dizia o poeta Lourival Açucena. Roma viveu sem médicos seis séculos, informa-me o naturalista Plínio. O médico era a tradição.

Lógico que registasse unicamente os atos populares influídos pelo credo católico. Não havendo a *intenção* religiosa, excluía-se da colheita. Era, como todo culto, menos oblação pura que súplica interessada em proveito material. Os processos rogativos são o que se afastavam da rígida ortodoxia teológica e litúrgica sem que perdessem o sentido inflexível da sinceridade vocacional. O ritual revelava apenas uma obediência à Fé antepassada.

Os preceitos pragmáticos das *minhas* Almas do Outro Mundo incidem contrariamente às lições de Mestres europeus, acatados nesses contactos, ingleses, alemães, franceses, italianos, escrevendo outrora em latim e dando itinerário ao Sobrenatural. Todos esses sábios das Ciências Ocultas jamais conviveram com pessoal e longamente com o Povo. Escreveram em seus escritórios e, anos e anos depois, o reflexo das afirmativas puramente individuais repercutia no Povo que as ignorava. As asserções, quando oralmente citadas, são precedidas das ressalvas *dizem, falam, contam*, denúncias da não integração no patrimônio circulante. As almas não protestam, e as "informações" figurarão na classe de "normalidades", para o público leitor, nunca incluindo Povo, prudentemente analfabeto. É o processo ampliador da Filosofia Hindu, elaborada na Europa, e que só existiu realmente na cabeça dos escritores. Relativamente às almas e crenças populares, esse acervo de patranhas intelectuais é justamente o que constitui a *Ciência* para os letrados, do terceiro andar para cima, bem longe do solo das verificações vulgares e reais.

Assim, paralela à Ciência oficial resiste uma *Gaya Scienza* anônima e penetrante. Águas das mesmas fontes, correndo diversas pela diferenciação dos níveis nos terrenos atravessados. O cliente permanece fiel a ambas as crenças, fazendo-as convergir para a unidade do interesse individual.

Como a matéria-prima trabalhada não foi o livro, mas a informação pessoal, é natural a divergência e mesmo o antagonismo entre as afirmativas referentes à interpretação humana. A média foi obtida na constância das alterações noticiosas. As velhas rezadeiras, Xaninha, Geracina, Inacinha, não criavam a legislação mas a jurisprudência. Não se portavam com a imutabilidade da produção vegetal. A jaqueira poderia dar mamão ou mangas sem, substancialmente, modificar-se na seiva circulante. Eram honestos mais variáveis oráculos. O Espírito sopra onde quer!

A Religião no Povo continua guardando a colaboração dos milênios. Retira do culto ortodoxo os elementos adaptáveis à devoção tradicional sob a superintendência da Fé. Esses matutos, sertanejos, caipiras, tabaréus, homens do Povo Brasileiro, tão desajeitados e concordantes, são categorias indeformáveis na intimidade profunda do Entendimento. Como o carvoeiro que respondeu ao Padre Tostado, acreditam na Igreja a coincidência com os dogmas da convicção pessoal.

No preamar editorial não se increspará em vaga essa leve ondulação na superfície letrada. Não a evitei por convencer-me de sua utilidade. É uma informação autêntica sobre aspecto raramente fixado em pormenor e jamais em conjunto. A oportunidade do préstimo inevitável responderá a próxima pergunta, quando a Psicologia Coletiva for matéria básica na sistemática sociológica sem a protofonia da Improvisação e arabescos da dedução ilocável e fantasista.

Para obter quanto essa indagação recolheu, em espírito e verdade, vivi a curiosidade na convivência e não a convivência na curiosidade.

Natal, julho de 1972
Luís da Câmara Cascudo

Religião no povo

– Tu és mestre em Israel e não sabes isto?
João, 3, 10

A Religião Católica planta-se no Brasil no primeiro terço do século XVI. Começara a terra sendo Ilha de *Vera Cruz* e Terra *Santa Cruz*, crismado em Brasil, *pau de tingir panos*, indignando o cronista João de Barros, meu Donatário. Os indígenas não tinham culto organizado e menos ainda hierarquia, ritual, teogonia. Conheciam uma doutrina vaga, intermitente, meteorológica, intimidante.

Creio que as noções indecisas de Paraíso, Dilúvio, compensações extraterrenas, foram repercussões catequéticas e bem pouco produto nativo. O Pajé era curador de males e ludicamente sacerdote porque a Medicina, em todos os tempos e lugares, foi intervenção sobrenatural através de processos mágicos, exceto aplicações do trivial com a flora do campo, jamais plantada intencionalmente no Brasil. Os entes malévolos eram torturantes e afastados pelas dádivas dispostas nas matas e lugares desertos. Ao fim do século XVI, os missionários dominavam, mantidos pelo poder militar do colonizador. O vício maior da antropofagia foi pecado mais resistente, perpetrado às ocultas sempre que houvesse oportunidade e material devorável. Como ocorreu aos judeus com a carne de porco, comendo-a escondidos. O Pajé não tinha uma teologia de oposição e, para o Brasil central e amazônico, os animais haviam ensinado o uso do fogo, da lavoura, utensílios domésticos e cerâmica. A conversão significaria deserção militar e aliança com o inimigo, sem que envolvesse atitude heterodoxa. O indígena voltava às práticas tribais mesmo depois de longos anos cristãos. Os missionários contemporâneos contam muitos exemplos desses regressos às alegrias primárias da maloca. As raras narrativas de vidas piedosas entre os aborígines são argumentos apologéticos. O indígena não deu um Santo e nem promete.

Com a diluvial escravatura africana a visão é idêntica. Sudaneses e bantos possuíam terapêuticas permitidas pelos seus deuses nada exigentes no rigorismo cerimonial, inversos aos muçulmanos ciumentos de Alá. Guardavam segredos miríficos unicamente na base do Animismo natural. Os elementos possuíam forças para o Bem e o Mal sem que uma potência superior presidisse o feitio do conjunto destinado ao amor e à Morte. Os orixás sudaneses tiveram livre trânsito nos finais do século XIX, pouco antes da manumissão dos seus devotos em potencial. Notável o silêncio das divindades bantas. Antes, já em estertores do século XVII, na cidade do Salvador viviam atos fugazes e ameaçantes do feitiço, talvez acrescido pelo bruxedo europeu, com imitações de uso e crença. A catequese para o negro fora sumária, distraída, desinteressada das reais conquistas da alma. A finalidade era manter o corpo obediente e produtor. Alma, seria necessidade do homem branco. Unicamente a escravaria contagiada pelo Islã deu trabalho a disciplinar-se nos eitos e bagaceiras ao derredor do Recôncavo baiano. As multidões pretas empurradas para a mineração em Minas Gerais, zonas do ouro e diamantes, canaviais do Norte, cafezais paulistas, poderiam reagir à fome e maus-tratos. Jamais à violação de crenças negras, diluídas no maquinalismo diário. Mesma situação em Pernambuco, depois no Rio de Janeiro e São Paulo. Indígenas e negros não defenderam os santos do seu sangue e cor. Não houve mártires da Fé, esculpidos em bronze e ébano. Mantiveram as defesas mágicas e não os atos pragmáticos do culto tribal. Distinga-se a revivescência sudanesa como atividade religiosa, notadamente complementar às práticas da liturgia branca, ao terminar o século XIX. A África reforçava a memória dos seus exilados filhos nas vitaminas das remessas incessantes. O indígena sofreu o ataque maciço da catequese e fiscalização repressiva por todos os recantos de sua geografia residencial. Seria a sensibilidade africana, e não ameríndia, a detentora mais decisiva do catecismo cristão. Ainda agora, na África, o Catolicismo avança com desoladora lentidão. Os "fiéis" são meras ilhas heroicas no oceano, maometano, em constante preamar. Tal não ocorreu no "degredo" brasileiro.

* * *

O português quinhentista foi base e cúpula dos fundamentos religiosos no Brasil. Português que ficara na "Terra Santa Cruz pouco sabida", semeando os pecados da luxúria, credulidade, devotamente, alegria de cama e boca. Influência não muito sensível do catequista severo, tenaz, infatigável na castidade miraculosa, e projeção impetuosa do colono, minhoto, transmontano, beirão, embaixador legítimo do Homem autêntico de Portugal, na eternidade das sucessões intactas, teimoso, cúpido, desleixado, obstinado espalhador do sacramento da espécie nos ventres submissos, comprados na Guiné ou caçados nos matos e rechãs, raízes do brasileiro analfabeto, sabidinho, normal. Doutrinação infiltrante do sacerdote secular, impudico, cínico, ávido, generoso, natural, e não de Nóbrega, Anchieta, Navarro, anjos obstinados do puro Céu inaciano. Como esses portugueses entendiam e viviam a Fé, talqualmente sente e vive o brasileiro do Povo, contemporâneo e viril. Não é hipócrita, dissimulado, sonso, mas exerce a notoriedade pecadora e o jubiloso exercício dos vícios históricos. Não poderia improvisar uma casuística protetora nem resguardar a contemporaneidade mental se não possuísse a pragmática instintiva de uma Lógica milenar, racional, corrente e movente em quatorze séculos convictos. Fixo, desde o início do ciclo de adaptação cristã às manifestações fiéis aos cultos politeístas autorizados pelo Papa Gregócio Magno (590-609), dada ainda no século VI. Enfrentando o problema da resistência pagã aos nascentes dogmas da Cristandade, o arguto Pontífice dedicou à nova Fé que se destinara aos Deuses gregos, romanos e orientais. África setentrional e Ásia Menor. Lembro a ambivalência poderosa de duas presenças seculares na Península Ibérica – o latitudinarismo de Roma e a intolerância moura. Quando o Brasil apareceu no derradeiro ano de século XV, o português, mareante e conquistador, era mosaico residual das religiões de que fora servidor, mantido sob o esmalte unificador do Catolicismo. No Brasil ainda recolheu as achegas feiticeiras dos *Brasis* e das *Peças* do Congo e Guiné. Respeitoso cumpridor dos deveres de "bom cristão", pai de mulatos e mamelucos, com um ecumenismo sexual e culinário, valorizou pelo uso todos os sabores tropicais. Ficou fiel ao Deus que o batizara em Portugal e, como o distante avô romano, reservou um altar oculto para a desconfiada crença nos divinos assombros das negras e cunhãs temerosas de tempestades e rumores insólitos no escurão da noite equinocial. Fácil é saber no que acredita e bem difícil precisar no que não crê. Essa coexistência explica a plasticidade sentimental brasileira, disponível às tentações do Recentismo sem íntimo abandono às crenças da tradição sem idade. "O brasileiro é de entusiasmo e não de perseverança", anotou o Imperador D. Pedro II. Esqueceu a perseverança ao consuetudinário, equivalente a uma lei de gravidade no plano da harmonia social. Essa função espontânea da dupla nacionalidade espiritual, reverente aos mistérios trazidos no sangue e deparados no clima habitado, sincera e natural, liberta-o dos casos de consciência e das angústias da Incredulidade.

* * *

Volto ao século VI, o século das escaramuças teológicas. Maniqueus, arianos, eutiquianos, monofisitas, origenianos, nestorianos, donatistas, promoviam inteligência, ambições, popularidades de fumaça luminosa. É o século da codificação jurídica, Imperador Justiniano, *Institutas, Digesto, Novelas*, unidade efêmera do Império, Aya Sophia, Boécio, artífice da consolação filosófica, o último romano, comentador de Aristóteles, admiração de Santo Tomás de Aquino. Bizâncio governando Europa e Papado. Com desigual pegada passam em Roma quatorze Papas, doze canonizados, alguns com santidade discutível. É a real ponte para a Era Medieval: (*The Gateway to the Midle Age*, 1938, de E. Shipley Duckett) e W. P. Ker evidencia seu prolongamento temático pela Idade Média e mesmo Renascência: (*The Dark Ages*, 1904). Gregório Magno encerrando o VI e iniciando a centúria subsequente, letrado e hábil, evitou maior problema em massa humana, transformando os templos em igrejas e as festas dionisíacas nos ágapes fraternais, sem derrubá-los nem proibi-las. Não era o *nihil obstat* canônico mas a cristianização dos saldos pagãos pelo contágio sagrado. Resultaria uma absorção sem assimilamento descaracterizador. Os elementos heterogêneos conservar-se-iam incrustados no âmago da memória coletiva sem dissolver-se. Perfeitamente identificáveis, 1.400 anos depois. As controvérsias heterodoxas haviam desviado o interesse vigilante do Pontificado sobre as sobrevivências e continuidades do culto popular aos deuses mortos. Gregório Magno antecipou a política de Catarina de Médicis: – *Ce n'est pas tout de tailler, il faut recoudre*. "Não se sobe a montanha aos saltos mas vagarosamente", explicava. Dessa época o neocristão permitiu-se entender a Jesus Cristo como sucessor e não usurpador dos antigos deuses. Adverso, não diverso, recebendo legalmente quanto se daria outrora aos "Olímpicos".

* * *

Nosso patrício não nasceu na maloca indígena, machamba negra, ou casa portuguesa. Nasceu no Brasil e seu clima, até a morte, é a língua portuguesa e nesta o conteúdo patrimonial hereditário, predispondo, sugerindo, motivando. Apesar das negativas, mais retóricas e demagógicas que realísticas, o português não está apenas no sangue e na voz mas constituindo uma permanente motora no mecanismo da mentalidade popular. Essa conclusão só se torna evidente no brasileiro convivendo no interior de Portugal, preferencialmente no norte, nas vilas, aldeias, granjas, conversando com os personagens de Gil Vicente, contemporâneos.

Portugal do interior e Brasil sertanejo, matuto, vaqueiro, cantador, tangerino, lavrador. Regiões mantidas longe, demograficamente, do litoral urbano pelas estradas paralelas e não perpendiculares à costa. Esse isolamento feriu-se de morte pelas rodovias de penetração, levando cheiro do

Mar às caatingas. A cidade industrial polarizou a sedução irresistível contra a "labuta do Campo", gado e plantio. Mesmo rompida a ampola, a essência evola-se lentamente, possibilitando uma visão pretérita e atual, a grave Wesensschau alemã.

G. M. Trevelyan explica a Idade Média terminando no século XVIII. O Brasil das Capitanias e do Governo Geral veio, pelo *hinterland*, abalar-se com os estampidos da Conflagração Europeia. A parte mental, percentagem vultosa nos usos e costumes, notadamente religiosos, resiste como penedos n'água corrente, modificando a forma exterior pelo atrito mas não a substância íntima.

* * *

A catequese cristã infiltrou-se na mentalidade brasileira nas manhãs do século XVI e segue marcha sem solução de continuidade. O curso complementar ministrou-o, através do Tempo, a cultura popular, oral e anônima, modeladora do homem coletivo e do homem particular em sua silenciosa meditação. Cultura com as disponibilidades aglutinadas desde o século VI, rede de afluentes sem pausa na caudal da sensibilidade determinante da ação. Esse corpo doutrinário é inalterável e resiste aos sucessivos reajustamentos modernizantes. Parecerá sacrílega outra hermenêutica. Não litúrgica, transformável, mas dogmática, inabalável. A razão é o *sempre foi assim*! Ensino da santa Tradição, origem do Costume, intérprete da Lei. *Consuetudo est optima legum interpres: Código Canônico*, Tit. II, 29. O Povo tudo ouve e vê, mas dificilmente muda o que julga sagrado e certo por ter sido *Ciência dos Antigos*, a voz dos Antepassados impecáveis. Na intimidade do pensamento, raciocina como o bisavô, embora manobrando mastodontes motorizados, comendo de lata, bebendo venenos destilados, envergando camisa vermelha e calça verde. A defesa instintiva respondendo perguntas hábeis sobre sua religião, é concordar, confirmar, esgueirando sorrisos astutos. Nada de comprometer-se. Identicamente aos pretos africanos e aos nossos indígenas impassíveis, atendendo sábios de kodak e gravador. "Para o preto a confidência é um sacrilégio!", dizia-me em Luanda o etnógrafo José Redinha. A confissão também não é fácil ao *scholar*. Há quem não acredite. Adiante!

* * *

A toponímia testifica a devoção assinalada em milhares e milhares de acidentes geográficos, ilhas, enseadas e cabos, rios e serras, planícies e chapadões, povoados, fazendas de gado, propriedades agrícolas, engenhos de açúcar, usinas, fábricas. 3.191 paróquias, 860 municípios, não citando distritos e antigos nomes substituídos pela bajulação corográfica, ficam o santoral católico, e também Papas e Frades vulgarizados na simpatia. 4.051 denominações provindas de atos da administração eclesiástica e civil permanecem lembrando a imorredora Fé ancestral. Mesmo o "Padre Eterno" não foi esquecido para titular de Divinópolis em Goiás. O santo do dia batizava os descobrimentos náuticos. Impunha o onomástico aos recém-nascidos. O Imperador D. Pedro II chamava-se Bibliano pelo 2 de dezembro. O Duque de Caxias, Luís, de 25 de agosto, honra de São Luís, Rei de França. A Igreja festeja especificamente o "Dia do Santíssimo Nome de Jesus", 2 de janeiro. Santo Nome de Deus de Macau batiza terra portuguesa na China. Incluindo quantos topônimos aludam a "Santo", além da pessoa, ou outra evocação piedosa, o Céu será o limite. Invocações de Nossa Senhora, Trindade, Santa Cruz, Cruz, Cruzeiro, Paraísos e os Paraisópolis e Paraisolândias? Lembro apenas os Montes. Monte do Carmo, município em Goiás; Monte Carmelo em Minas Gerais; Monte Alverne, onde São Francisco recebeu os estigmas, é distrito no Rio Grande do Sul; Monte Horebe, Moisés vendo a sarça ardente, município na Paraíba; Monte Nebo, onde Moisés faleceu, município no Ceará; Monte Santo, sinônimo do Céu, segundo Nossa Senhora ao Papa João XXII, distrito e municípios em Goiás, Bahia e Minas Gerais; Monte Sião, Monte Sinai, flamejante cenário para a entrega das tábuas da Lei por Iavé a Moisés, denunciam a passagem do Espírito.

Lamentável a velha nomenclatura brasileira, dando fisionomia viva ao Mundo rural, ir desaparecendo, desalojada de seus nichos por uma toponomástica artificial ou funcionalmente louvadora e sucessiva pelo descrédito das égides renováveis na camararia homenagem em que o Povo é indiferente e estranho. Insensível e melancólica é essa mentalidade oportunista e fanática do transitório e do ocasional, apagando os vestígios do devotamento de gerações respeitosas ao clima social em que viveram seus antepassados.

* * *

Jesus Cristo é verdadeiro Deus em serviço e permanente auxílio ao verdadeiro Homem. Este tem sempre a iniciativa justa do comando generoso, dando forma útil à força divina em potencial. Essa é a hipótese popular. As soluções positivas são inevitavelmente humanas e compreensivas. Os segredos impenetráveis da Sabedoria Altíssima pertencem ao Deus Pai, Padre Eterno, Pai do Céu, impenetrável, misterioso, enigmático. É para ser obedecido e não entendido. Jesus Cristo, seu Bento *Filho* é o delegado, plenipotenciário, representante para a Humanidade. O título *Nosso Senhor* refere-se a Jesus Cristo, julgando em primeira e última entrância, irrecorrível. Nossa Senhora pode tudo porque é Mãe de Deus e este não recusará atender a quem o trouxe nove meses no ventre. O Espírito Santo tem poder individual, independente de Jesus Cristo mas não contra ele, apenas inferior ao Deus Padre, criador do Céu e da Terra. É pessoa da Santíssima Trindade. Age pela presença ou projeção, porque jamais falou aos homens. Não permite muita intimidade aos seus devotos, que o reverenciam, com reserva discreta, sob feitio columbiforme, e não humano, como em Portugal (Beira Baixa, Santarém, Portalegre). Não tenho notícia de culto prestado pelo Povo ao Padre Eterno, exigente, áspero, sobretudo distante. Preferem dirigir-se às entidades habituadas *ao trato* dos pecadores, próximos, vivendo no oratório ao alcance da súplica.

A natureza humana de Jesus Cristo é a básica, orientadora e ativa. Vive essencialmente do plano da Paternidade, com a energia, severidade, decisão, autoridade da grandeza paterna nas dimensões antigas e não comprimidas nas limitações contemporâneas. A mentalidade do Deus-Filho depende do grupo étnico que o adora. A universalidade do julgamento unânime, imutabilidade do divino critério nas supremas sentenças, é uma afirmativa que a Teologia Popular ignora. É mais do que Juiz. Pode ter violências, arrebatamentos, injustiças como todos os Pais ante culpa grave, ou teimosa, do filho em idade de juízo. Mas, sente-se o Pai mesmo durante a punição. Não dá de mais nem de menos. Na conta.

Entre os homens e mulheres em que vivi e o pequeno Mundo investigado, as penas no Inferno são temporárias, alteráveis pela misericórdia, compaixão, piedade do Pai ao ver o continuário suplício de um filho por ele próprio condenado a ser entregue ao Demônio cruel, que se vinga no Homem a obra de Deus. As torturas do Inferno, no plano eterno, são inadmissíveis na sensibilidade coletiva e vulgar. "Deus castiga mas não para sempre!" No Inferno ninguém "melhora" e o castigo é uma fórmula de reabilitação. O Inferno não podia ser concebido pela Divindade. É uma criação humana, punidora da desobediência do infinitamente pequeno ao incomensurável Infinito. Mesmo que Deus lançasse seus filhos no azeite fervente e nas chamas sem fim, Nossa Senhora interromperia o martírio inominável. Todos compreendem e justificam a pena de Morte, mas repelem horrorizados os tormentos, o jogo lento, implacável sadismo do sofrimento provocado, minucioso, tranquilo, sobre a carne viva de uma criatura humana. Admitem a forca de Tiradentes mas não as tenazes de Antônio José, o Judeu. Galés perpétua. Não torrar em fogo lento, como quem assa perdiz. Ouvindo o relato, a velha Geracina concluiu: – "Isto tudo é invenção contra Nosso Senhor!" Contra, e não em serviço de Deus. Assim, a heterodoxia popular não compreende a eternidade dos castigos sobrenaturais. Ainda existem os herdeiros do primeiro crime mas o grande criminoso inicial não morreu na fogueira nem sua esposa se estorceu no cavalete. A Morte é solução primária, instintiva, natural. A Tortura é conquista do Progresso. "Técnica" da Sabedoria humana, requintando no Tempo. Esse complexo reprovador não é evitação ao domínio da Dor que tudo deforma, mas uma defesa da personalidade moral da Criatura, viva no seu corpo físico, à imagem e semelhança de Deus. A face, os órgãos sexuais, a barba, o bigode, intocáveis no gesto desrespeitoso, zombeteiro, provocador. Uma punhalada é uma agressão. Mão na cara, ofensa indelével. Rosto, imagem da "Face divina" esbofeteada no ultraje sacrílego. Distância incrível entre uma cacetada e um pontapé. É possível as pazes com quem agrediu mas não com quem humilhou. Os patriotas italianos e franceses rapavam o cabelo das mulheres que haviam "confraternizado" com os soldados alemães. Todos esses elementos têm raízes religiosas, tornadas atributos sociais, mantidos no uso sem conhecimento das fontes imóveis onde nasce a seiva mantenedora.

À minha convivência revelava-se a profunda humanização divina. O Deus presente, lógico, harmonioso, dissipador das angústias metafísicas, Porta, Caminho, Luz, para o trânsito no Mundo. Voltando do alto sertão para a cidade, curumim-açu de quinze anos sadios, fui um tanto *revenant* para as leituras piedosas, exaltadoras e publicitárias de uma Divindade que sentira familiar, simples, persuasiva, sem aquele estrondoso e confuso aparato da convicção "demonstrável". Deixara *Ele* roteiro para acompanhá-lo e os livros em seu louvor atordoavam-me dos 25 aos 73 anos, bem vividos. O clima popular, até certo nível, continua respirado por mim. Não impressão, mas reminiscência.

Quanto afirmara o insuspeito Salomão Reinach da vida primitiva da Humanidade, aplico ao meu Povo: – "em tudo que não seja exclusivamente animal, é religiosa".

Animal será sinônimo de "fisiológica". Religiosa, entreligada aos circunstantes e continuada dos antepassados. Às vezes divergente ao uso contemporâneo sem que constituísse oposição e repúdio premeditados, mas índice consuetudinário de perseverança na tradição. Não duvido que a geração dos meus netos constate unicamente as relíquias informes do que encontrei ainda unidades coesas e coerentes. Sugiro, então, não achar estranha a Fé alheia. Não fiz patrimônio dessas investigações anotando respostas mas memorizando confidências.

* * *

Configurando um "Clima religioso" representando-o numa sucessão de atos litúrgicos, sem uma aproximação psicológica mais ampla, daria reportagem, incompleta e feliz. Assistência, frequência, participação notória na Igreja, incidem na desconfiança popular. *Homem rezadô não presta e nem prestô!* A religiosidade era um sentimento, expressão na mentalidade e não na constante prática de oração e sacramento. *Reza de homem é o bom proceder!* Raras missas, confissão na "desobriga" quaresmal, não dever-promessa, o Sinal da Cruz ao acordar, comer e dormir, abençoar os filhos, *salvar* na porta da Igreja, respeitar o Santo Nome, tal era o regime daqueles varões de plantação e gado. O mau desejo "ao Próximo", dizer nome feio, embriagar-se *de contínuo*, faltar com o necessário em casa, descuidar da "obrigação" (família dependente), seriam culpas sociais e não pecados a Deus.

* * *

O *Pobre* não perdera a dignidade humana. O Mendigo, humilhado e suspeito, é um produto urbano. Pelo interior viviam os paupérrimos, ajudados pelos vizinhos, mas tendo um roçadinho. Não pediam: – *tiravam esmolas*, preferencialmente às sextas-feiras quando apareciam, arrastando os pés, no círculo da coleta. O quinhão devido estava semanalmente reservado. Havia adventícios, itinerantes, gente de arribada, descendo cabeça abaixo para o inesgotável litoral. Deixar de atendê-los na coincidência das refeições seria *correr com Nosso Senhor*! Negar um punhado de farinha, naco de carne-seca, uma "sede d'água", provocavam comentários desagradáveis na vizinhança. Corria uma tradição, contada por minha avó paterna em Souza, Paraíba, registrada com o título: – *O Prato de Feijão Verde*, típico no julgamento sertanejo de 1910. Era *de lei* dar o jejum da Paixão e uma lembrança pela Festa, Natal. Na cidade não pode haver convivência com os mendigos. Recebem e partem, com alívio para os que ficam. Para o Sertão o Pobre era conhecido antigo, vivendo no clima comum. Chegava, pedia, abancava-se. Se mulher, mergulhava na cozinha. Conversa, opinião, debate, notícia. Recebida a quota, oculta logo, erguia o sujo saco ao ombro curvo, dando a mão, despedindo-se. Como ao mendigo espanhol, davam os direitos da personalidade que a miséria não extinguira.

* * *

Certos padroeiros determinam grandes concentrações populares em suas "festas". Devoção-herança, curiosidade contagiante, maquinalismo, sugestão lúdica, atração turística subsequente. Nossa Senhora de Nazaré em Belém do Pará, São Francisco em Canindé, Ceará; Senhor do Bonfim e Bom Jesus da Lapa na Bahia; Nossa Senhora da Penha em Vitória (Espírito Santo), Rio de Janeiro e cidade de São Paulo; Bom Jesus de Pirapora e Nossa Senhora Aparecida em São Paulo, são as culminâncias. Cada capital tem suas devoções tradicionais, coincidentes com os oragos: – Santos Reis em Natal, Penha no Recife, Conceição da Praia no Salvador, Navegantes em Porto Alegre, exemplificam. Na procissão de Nossa Senhora de Nazaré, 100.000 pessoas acompanham a berlinda conduzindo a imagem. Comemoram o episódio de D. Fuas Roupinho, ocorrido em 14 de setembro de 1182 na orla do monte na portuguesa Nazaré, onde não o representam. Documentário expressivo é a *Casa dos Milagres*, com os incontáveis "ex-votos". Assistindo o Natal em Roma de 1580, Montaigne anotava: – *Ces cérémonies semblent être plus magnifiques que dévotieuses.* As nossas demonstram mais expressões públicas da Fé que um culto íntimo. A festa da Penha no Rio de Janeiro, passado o período em que foi arraial do Minho, *festada* legítima, constituiu, muitos anos, a mais viva atração para a então Capital Federal por ser, não um motivo de reverência religiosa, mas o campo experimental das músicas do futuro Carnaval.

Pra ver a minha Santa Padroeira
Eu vou à Penha de qualquer maneira.

Cantavam Ary Barroso e Noel Rosa.

A persistência da religião católica atravessou todas as camadas da sobrevivência politeísta e da superstição da magia terapêutica. Inesquecida para pretos e portugueses, não tenho maiores notícias dessa fidelidade relativamente aos indígenas, batizados e doutrinados mesmo presentemente nas Missões, Prelazias e Prefeituras Apostólicas, vivendo nas sedes ou nas aldeias próximas, ao alcance do sino. Os negros deixaram depoimento afirmativo de impressionante significação. Há documento histórico positivando a livre permanência cristã no espírito dos pretos escravos. Em 1795, o Capitão-General de Mato Grosso, Melo Pereira e Cáceres, mandou uma expedição militar ao Rio Guaporé e afluentes, destruir quilombos e prender seus fugitivos moradores, evadidos dos serviços de mineração. Vieram prisioneiros escravos, mulheres Cabixés indígenas e descendentes crianças dos quilombolas, os clássicos Caborés, falando português e *sabem alguma doutrina cristã que aprenderam com os negros*. Nas aldeias longínquas, ocultos nas matas anônimas, momentaneamente independentes, sem coação, ameaça, imposição, haviam transmitido o catecismo dos Santos brancos e não as lembranças dos orixás sudaneses ou dos ilum dos bantos. João Emanuel Pohl (*Viagem ao Interior do Brasil*, 1837)*, refere-se em 1819 a um quilombo existente nos arredores de Caldas Velhas em Goiás: – "A três dias de viagem daqui, acha-se um refúgio dos negros escravos fugidos de São Paulo os quais erigiram um verdadeiro arraial, fortificado com pontes e fojos. O número deles é tão considerável, que se evita agredi-los. Têm eles consigo um sacerdote que aprisionaram e que tem de celebrar o serviço religioso. Os arredores desse arraial chamado Quilombo, devem ser auríferos e esses negros fazem comércio com Cuiabá". *Belive it or not*. Pohl registou a fama corrente em Goiás. Mesmo no quilombo de Palmares no século XVII, as denominações quimbundas disfarçavam organização de influência reinol. Contemporaneamente no Salvador e Recife, Pais, Mães de Terreiro, Babalorixás, fazem questão de sepultura e exéquias católicas. Céu do Padre Eterno e não de Olurum. *A Santidade*, de indígenas e negros no século XVI, fora uma contrafação do cerimonial católico. Seriam, evidentemente, as impressões mais sedutoras e poderosas para a imitação. A imitação é uma homenagem. A presença do sacerdote prisioneiro entre os escravos evadidos de São Paulo, arregimentados em Goiás, é uma vitória catequista. Essa indispensabilidade da liturgia cristã entre quilombolas positiva surpreendente projeção religiosa. Com as garantias atuais os "terreiros" não dispensam as efígies católicas.

* * *

Os primeiros brasileiros foram baianos e nasceram provavelmente ao derredor de Porto Seguro no primeiro semestre de 1501. Filhos das acolhedoras tupiniquins com os degredados Afonso Ribeiro e João de Tomar, e dos dois grumetes inominados que fugiram, furtando um esquife da nau capitânia, na véspera da partida de Pedro Álvares Cabral, noite de 1º de maio de 1500. Esses dois rapazes foram os primeiros emigrantes voluntários que a Vera Cruz recebeu. Em 1502 desembarca numa ilha austral o exilado Cosme Fernandes Pessoa, futuro "Bacharel de Cananeia", com vários genros em 1525. Seguem-se João Ramalho e Antônio Rodrigues nas terras que seriam São Paulo. Na Bahia naufraga Diogo Álvares, o "Caramuru", com antecedente e confuso itinerário. A navegação oficial e clandestina durante a primeira metade do século XVI revelava cristãos no seio da indiada. A viagem de Cristóvão Jacques em 1516 denuncia o volume dos núcleos

---

* Edição Brasileira da Itatiaia – Edusp – 1976 – Coleção Reconquista do Brasil, volume nº 14. (N.E.)

exploradores do pau-brasil, provocando a repressão portuguesa. Nesse ano alude-se a Pero Capico, capitão de *uma das Capitanias* existentes no senhorio d'El-Rei, no vivo Pernambuco.

Minha tentação não é o povoamento do Brasil mas a presença de religiosos entre brasileiros. Desde quando houve essa assistência? Em 1503 Porto Seguro é uma povoação e aí aparecem dois franciscanos construindo igreja, simples capela rústica. Dois anos depois os indígenas mataram os dois frades e alguns portugueses. Agressão espontânea ou represália? Em 1515 um frade italiano afogou-se em um rio da região, criando o topônimo "Rio do Frade". O Padre Manuel da Nóbrega informava existir, janeiro de 1550, em Porto Seguro e Ilhéus, gente batizada por *certos Padres que mandou a boa memória d'El-Rei D. Manuel a este país*. D. Manuel falecera em dezembro de 1521, dia de Santa Luzia. Mandara sacerdotes possivelmente durante a campanha inicial e positiva pelo *uti possidetis*, em que ele e o sucessor se empenharam. Em 1533 Martim Afonso de Souza deixa em São Vicente seu delegado, o possível Vigário Gonçalo Monteiro que seria a batina inicial naquela paisagem. O adelantado Álvaro Núñez Cabeza de Vaca encontra em princípios de 1541 dois franciscanos espanhóis, Frei Afonso Lebrum e Frei Bernardo de Armenta, missionando em Santa Catarina, sobreviventes de um naufrágio. Os frades acompanharam o adelantado ao Paraguai mas "é certo que depois voltaram a Santa Catariana", anota Rafael M. Galanti. Em Assunção, informa Southey, existia "uma récua indigna de frades". Os 7 ou 8 "frades de hábitos brancos", franceses que Anchieta cita no Rio de Janeiro de 1560 ou 61, dispersaram-se na morte, hostilizados pelos calvinistas.

Já seriam numerosos quando os Jesuítas chegaram em março de 1549, com o Governador-Geral Tomé de Souza, e mais o vigário da futura matriz, Padre Manuel Lourenço, raramente lembrado. Nóbrega e Anchieta dizem muito mal do clero secular da Bahia e Pernambuco, *tendo mais ofício de Demônios que de clérigos*. A descendência mestiça avultava-se, transbordante, informando Nóbrega a D. João III que o *sertão está cheio de filhos de cristãos, grandes e pequenos, machos e fêmeas, conviverem e se criarem nos costumes do Gentio*. Ao primeiro Bispo, D. Pedro Fernandes Sardinha, interessava somente os portugueses, não considerando os indígenas ovelhas do seu rebanho e nem mesmo dignos da piedade divina. Nóbrega interpretava o massacre do prelado como castigo à sua indiferença, sacrificado pelos Caetés que desprezara converter.

O clima verídico era bem diverso. O Bispo recusara enfrentar a expansão temperamental dos colonos, amando contemporizar. Em julho de 1552 escrevia a El-Rei "que nos princípios muitas más cousas se hão de dissimular que castigar maiormente em terra tão nova". Em abril de 1555 o Governador D. Duarte da Costa, ignorando a opinião episcopal, insistia na mesma doutrina: – "porque terra tão nova como esta e tão minguada de cousas necessárias é digna de muitos perdões e mercês para se acrescentar e por neste caso não haver partes". O critério era revelar culpas, apagar denúncias, perdoar delitos graves quando os réus prestassem serviços úteis à coletividade. O uxoricida Jacome Pinheiro, condenado às galés perpétuas, homiziou-se na igreja dos Jesuítas e estes o casaram com uma indígena cristã, pedindo o Governador que D. João III o perdoe. O pedreiro Nuno Garcia, assassino, degradado, trabalhou gratuitamente nas construções jesuíticas. Suplica-se liberação total. Na ermida jesuíta de Nossa Senhora da Escada, Itacaranha, oculta-se o sádico e opulento Sebastião da Ponte, defendido como uma joia e finalmente esquecido pelo Rei no Limoeiro em Lisboa. João Perez, o Gago, de São Vicente, matou escravos com açoites mas oferece rasgar uma estrada segura em local pantanoso, de meia dúzia de léguas. Perdão para ele, Alteza Real! O degradado Cristóvão Caldeira promete construir duas pontes de pedra e cal em Santos, substituindo as de madeira que a maré anualmente derrubava. Pelo "enobrecimento da dita vila, quitasse o dito degredo de Bertioga". Não era essa a moral prática e menos a Justiça de Deus derramada pelos missionários e pregadores ardentes, mas a lógica utilitária falava outra linguagem fora do púlpito e altar.

Na criação das Capitanias Hereditárias é óbvio que os donatários acompanhados pela família trouxessem capelães, padres seculares, servindo de Curas, realizando "desobrigas" nas povoações próximas, *binando* sem autorização episcopal. Na Capitania de Pernambuco, já em 1535 construíam a capela dos Santos Cosme e Damião em Igaraçu, em louvor de vitória contra um assalto potiguaré (Potiguar). Em 1536 na futura Salvador, Nossa Senhora da Graça teria ermida de taipa, testemunho do sonho da Paraguaçu. Nas Cartas de Doação, D. João III exalçava a necessidade de *celebrar o culto e Ofícios Divinos, e se exaltar a nossa Santa Fé Católica*. A Capela, crismada em igreja, com ou sem serventuário legítimo, seria um dos atos subsequentes à posse da terra, repelindo a mosquete os donos dela, de flecha e tacape. São Pedro Gonçalvez, o "Corpo-Santo, *Santelmo*, possuía em 1548 Capela na aldeia de pescadores que era o Recife. Tornada matriz soberba, veio a 1913, quando a destruíram. As paróquias foram criações posteriores, exigindo residente idôneo. Surgiram no último quartel do século quando funcionava a Vara Eclesiástica, com o seu vigário privativo, fiscalizando a regularidade dos serviços respectivos. Há registo da freguesia do Salvador em Olinda, 1540, criada pelo prelado da Funchal. Em 1551 o Papa Júlio III criou o

Bispado do Brasil, sufragâneo de Funchal, na Madeira. Arcebispado em 1676, pelo Papa Inocêncio IX. Inícios rutilantes da mineração brasileira. O Brasil estava suficientemente servido pelo clero regular e secular, com as hierarquias subsequentes. Não evoco alguns frades largando o altar pelas Minas, almejando os dois tesouros. Da terra e do Céu.

O século XVI instalou as Ordens básicas do Brasil cristão. Jesuítas em 1549. Beneditinos com os mosteiros, de São Sebastião na Bahia (1581), Mont'Serrat no Rio de Janeiro (1590), São Bento em Olinda (1592), Assunção em São Paulo (1598). Os Franciscanos pregam no Porto Seguro de 1503. Os Carmelitas estão no Recife em 1580, convento em Olinda (1583) e em 1589 também no Sul do país. Os Capuchinhos aparecem no século imediato. Em 1612 vivem no Maranhão, França Equinocial, e em 1659 erguem um modesto "hospício" no Rio de Janeiro. São as colunas do fogo missionário na imensidade brasileira.

Os padres seculares desse XVI deixaram depoimentos nas denúncias e confissões ao Santo Ofício. Foram execrados pelos catequistas e amicíssimos do Povo ao qual pertenciam em ação e reação. Nenhuma discrepância no comportamento nem exceção no raciocínio. Adoravam o conviva das bodas de Caná, criando vinho, e punham-se distantes do pregador nas sinagogas, impondo restrições e sacrifícios. Simplificavam o problema do ajustamento tropical justificando a servidão compulsória e vitalícia do indígena e depois da farta utilização africana, afirmando que a amásia não se libertava moralmente pelo parto de filho do colono e a criança seria escrava do pai, sem direitos do sangue. Espalhavam do púlpito e na convivência as garantias teológicas à continuidade dominadora. A recíproca ajustava-se perfeita. O colono defendia os privilégios eclesiásticos porque eram refúgios aos seus excessos, abrigando-se à sombra protetora para a serena impunidade. Ultrapassando o equinócio, desaparecia a responsabilidade pelo pecado, sinônimo de crime nas Ordenações do Reino. A sociedade urbana constituía unidade na defesa dos direitos próprios e exigências aos deveres alheios. As lutas no foro, funcionários nativos e reinóis, famulagem do Governador e do Bispo, traficantes e fiscais, não afetavam a solidariedade natural, profunda e lógica. Os sacerdotes seculares não iam às Missões. Ficavam no ritmo embalador da rede sesteira. Missa rápida, sossego, vênias nas ruas, talher nas famílias abastadas, jogando o xadrez e truco nas tardes lentas e ceias de garfo e colher. "Mais querençoso de ajuntar fazenda que inclinado às coisas da Igreja", como escrevia o Bispo Sardinha a D. João III. A sotaina ganhava autoridade pelo divino contacto mas o seu portador sofria as mesmas dificuldades prosaicas do colono civil, igualmente apaixonado nas rivalidades grupais, mexericos dos Paços, a mulata sestrosa e nédia, os *sobrinhos* opilados. Às vezes era proprietário ou sócio de engenhocas, pingando aguardente, ou criando gado e cabras para vender. Não entrava nas estúrdias noturnas mas mantinha tafulagem privada, sabida e comum. Quem não vigariava ou exercia dignidade prebendada, emprego na Cúria, avulsão folgada, disputava capelania nos Engenhos de açúcar no Recôncavo baiano ou ao redor de Olinda, no rumo de Iguaraçu, Cabo, Ipojuca, Goiana, nos vales pernambucanos. O Jesuíta Fernão Cardim elogiava o bom-passar dos capelães dos Engenhos na Bahia de 1583. Cinquenta mil réis anuais e refeições na interminável mesa senhorial. Um desembargador percebia trinta mil réis. Luiz de Camões tivera quinze, em 1572, depois de publicar *Os Lusíadas*.

As Ordens regulares afastavam-se um tanto pelo recato, severidade, disciplina quanto a fraqueza da carne permitisse. A nitidez doutrinária impossibilitava maiores e notórios entendimentos, concessões, alianças. Ninguém seria mais admirado e menos querido que o Padre Antônio Vieira.

* * *

O Brasil não conheceu a fauna bulhenta dos frades foliões, bebedores enamorados e sereneiros, como pululavam em Portugal. Menos ainda os conventos de freiras amorosas em trezentos anos sentimentais. Não vimos outeiros nem serenins. Nem chichisbéus nem freiráticos. Inversamente, no Brasil, os frades não se confundiram demasiado na convivência vulgar, mesmo possuindo os constantes medulares versos, mulher e Política. O clero secular em Portugal é que não se dissolveu nos costumes, salvo os abades pratriarcais e prolíferos criadores de uma literatura lúdica e lúbrica, e também artífices da tranquilidade nas aldeias. Não vimos a participação letrada, unitária e teimosa, impenetrável às influências estrangeiras no feitio de Filinto Elísio e de José Agostinho de Macedo. No Brasil retirando um raro Frei Caneca, é o presbítero de São Pedro e solidário intelectual e mártir de revoluções e eloquências liberais. Deles parte uma mística de ação, imposta pela personalidade irresistível, Padre Ibiapina, Padre Cícero, Padre João Maria. O frade não se tornou íntimo porque o homem do interior não os conheceu pastoreando a freguesia, mas tempestuosos e ameaçadores nas Santas Missões, bradadas pelos apocalípticos Capuchinhos. Serão, para o Povo os videntes, profetas natos, sabedores do futuro, Frei Vital de Frascarolo, Frei Serafim de Catania, adivinhando pecados e "obrando milagres". O prestígio do grosseiro burel deslumbrava. Com o hábito de monge é que se imortalizou

"São João Maria", abstêmio e ascético, dominador popular por Santa Catarina e Paraná, possibilitando a falsa ressurreição no aventureiro Miguel Lucena da Boaventura, o "Monge José Maria", morrendo em combate aguerrido e afoito, seguido pela multidão fanática, pronta ao sacrifício. De túnica talar, voz cavernosa, frugal e sibilino, Antônio Conselheiro, o "Bom Jesus Conselheiro", abriu um capítulo emocional e bravio em Canudos e na História do Brasil.

No comum e natural, a confissão não interrompia os vícios que possuíam uma lógica custodiante. Jamais, entre o homem ou a mulher do Povo, apareceu caso de consciência e dolorosos escrúpulos limitadores do saboroso acesso aos frutos vedados.

O Santo Ofício, que se arrastou à primeira década do século XIX, policiava, de fogo e poltro, o matriz heterodoxo mas nunca morigerou costumes habituais, tolerados o Clero, Nobreza e Povo. O judeu Antônio José da Silva foi queimado vivo em Lisboa, em outubro de 1737 sob D. João V, prevaricador profissional contra quase todos os mandamentos da Lei de Deus. Por escândalos e crimes nenhum fidalgo foi às fogueiras purificadoras, passando pelo prévio purgatório das sevícias torturantes. Gostaria de saber que pecado capital ignorou o Senhor Dom Francisco, irmão d'El-Rei, magnata sádico de Queluz, onde morreu de indigestão, como o Imperador Cláudio, menos cruel que o espantoso Infante, assassino onipotente e esquizofrênico, cujo espectro vagueia pelas alamedas do seu lindo Paço, gemendo tardias contrições.

Sem a intervenção minuciosa e suspicaz do clero na vida mental, lenta e coerente, do Povo, foi possível a manutenção da herança intocada de receitas e conceitos para julgar as ocorrências do quotidiano. Essencial ao equilíbrio estável era a satisfação notória dos deveres cristãos, as "obrigações" ao culto, e não a vivência doutrinal cristã. O entendimento popular não sente incompatibilidade alguma entre seu pensamento aferidor das coisas e a consciência do Catecismo, vagamente pressentido e venerado em potencial. Evita a exibição ante o ministro sagrado que executa outro processo aliciante da Divindade. Quanto pensa e pratica fora natural e lícito. Assim, conserva, intatos, os Santos dispensados do Calendário, alguns de inarredável predileção.

Abre um sorriso superior às justificações da Santa Sé Apostólica para a sua supressão dos oragos, cuja autenticidade o Espírito Santo outrora garantiu aos Pontífices promulgadores dos dias votivos. O Santo nunca existiu mas os devotos não abandonam a posição reverencial ante o altar deserto que a Fé continua iluminando.

Na Guiné ainda os pretos madeireiros pedem perdão às grandes árvores que derrubam. Esse respeito, através da disciplina que o leva à obediência, no homem *qualumque* brasileiro reveste-se de um exterior indiferente e maquinal porque a submissão não inclui a percepção do motivo. Apenas reponta uma curta frase de humor irônico, libertando-se da solidariedade ao ato que executa. "Só peço a Santo velho! Gente nova não me conhece!" Replica à portuguesa: – "A Santo que não conheço, nem rezo nem ofereço!"

Os alemães dizem que as águas profundas são calmas. Na proporção que subimos para as camadas superiores na superfície social, as águas da Fé refervem na inquieta mobilidade, dóceis aos ventos de todas as seduções contraditórias. Para o Povo o Sobrenatural é lógico pela simples evidência, explicando-se pelo próprio mistério impenetrável às argúcias da curiosidade humana. Ao contrário dos Intelectuais, o popular não se interessa pela explicação ao fenômeno mas unicamente por sua interpretação. Tem a intuição do silêncio impassível a todas as perguntas, infalíveis e inúteis. Esse capital defendia a invasão dos anseios revolucionários no plano religioso. Uma densidade mental impossibilitando a penetração remodeladora. Assim, as modas modificavam dificilmente as velhas preferências, quando na sociedade urbana as predileções eram instantâneas e sucessivas. A visível preponderância de cores e feitos "modernos" avança lenta e custosamente no interior do país, independendo do fator financeiro na aquisição. A sedução se exerce pela gente nova, desarmada das razões antigas, tornando-se afluentes do Comum. O Povo não sofre angústia metafísica, não por julgar inacessível o conhecimento das origens, mas simplesmente por *já saber*. Não o *porquê*, mas *para que* utilitário. Deus nem sempre permite entender-se no primarismo da nossa captação intelectiva. Augusto Comte renunciou ao itinerário abstrato às fontes especulativas, e o Povo também. Apenas, porque herdou a *Ciência dos Antigos*. A Pura Verdade pertence a Deus! Contente-se o Homem com as laboriosas inutilidades pesquisadoras, como desejava Lessing.

* * *

A presença portuguesa no Brasil não motivou a indolência luxuriosa, violência cruel, cupidez bárbara, "constantes" na paisagem humana da Índia. As campanhas missionárias não tiveram inferiores catequistas entre os hindus aos destinados ao Brasil, onde nenhum deles alcançou o altar. Para as Índias correram as exaltações, poemas, obstinada e contemporânea simpatia ao espetáculo de sua História movimentada e bravia. Com todos os requintes da euforia declamatória e os ciúmes consagradores da devoção patriótica, Goa e seu pequenino Mundo não conservariam a fidelidade mental aos dominadores de quase cinco séculos. Em percentagem avultada o goense foi português na estatística. Costumes, devoção, linguagem, seriam legítimas defesas à repressão lusitana. Sempre predominou o Induísmo (Vaishnavas, Sivaitas, Saktos) sobre o Catolicismo, além do terebrante Islamismo. Goa, Damão, Diu, dissolveram o português como o guarani paraguaio ao espanhol. No Brasil o escravo africano não ofereceu resistência. A pouca densidade cultural aborígine deixou-se impregnar pelo colonizador. Os próximos 100.000.000 de vozes mantendo o idioma na América Austral, pulverizam toda retórica adversa. Quando, de 1583 a 1590, o jesuíta Fernão Cardim visita o Brasil amanhecendo, de Olinda a Piratininga, reencontra Portugal na alimentação, costume, e mesmo na mentalidade popular nascente. Depara o que não veria na Índia, os Santos no Povo e a Fé nas almas. Esse inalterável matiz cristão possuirá no Brasil sua máxima intensidade, como não se verificaria, ainda hoje, pelas Províncias Ultramarinas, incluindo Macau e Timor. Nenhum desses povos nascera depois da vinda do colonizador, como o brasileiro de 1501, cujas mães amerabas e pais portugueses assistiram juntos a Missa de Porto Seguro, rezada por franciscano, antes que os filhos fossem gerados.

 O fator demográfico na Índia seria favorável a cristianização eficiente, dada a reduzida superfície geográfica e alta espessura populacional, facilitando a dispersão do ensino doutrinário. No Brasil, a imensidão territorial compensaria a rarefação cultural, permitindo a penetração catequista no nevoeiro das religiões locais. Os africanos, vindos para o cativeiro, atravessavam o mesmo estágio de indecisão e vaguidade quanto às doutrinas crismadas em superstições negras. Excetuavam os pretos islamizados, Malés, Malinkes, Mandingas, ficando surdos às pregações e guardando as lições maometanas, para uso discreto e contínuo. Mandinga e mandingueiro ficaram sinônimos brasileiros de bruxedo e feiticeiro.

 Goa possui cem igrejas e mais de cinquenta conventos e fora designada a *Roma do Oriente*. "Quem viu Goa não precisa de ver Lisboa!" *The most sumptuous city ever built by Europeans in the East*, quando deixou de ser portuguesa (dezembro de 1961, 451 anos de posse, 4.250 K totais, os católicos eram, realmente, minoritários. Sua população multifária apresentava uma coesão insuspeitada, pensando-se nas várias origens religiosas, mas extratificadas pelo Tempo. A conversão molhara apenas os telhados e fachadas expostos à curiosidade fiscalizante dos novos dominadores. Lembrava a multidão de japoneses e chineses batizados por São Francisco Xavier e desaparecidos como névoa ao sol. O brasileiro do século XVI não tivera antecedentes que se confundissem aos preceitos católicos, como incas e astecas. Quando o hindu reunia as várias interpretações e ritos, o brasileiro apenas superpunha, através de gerações, as modificações doutrinárias que a santa Sé Apostólica ia comunicando aos fiéis. A heterodoxia popular no Brasil é uma sobrevivência vertical. No hindu seria a horizontalidade dos cultos, teimosos nos resíduos mnemônicos. Observo apenas que o homem do Povo reside no mesmo edifício religioso mas recusa instalar-se nos andares superiores contemporâneos, litúrgicos e dogmáticos. Não renova seu mobiliário intelectual por achá-lo confortável e recordador do uso antepassado e familiar. Essencialmente, é um católico muito lento em atualizar-se.

* * *

O velho Clero fora outra base de sustentação conservadora. A Teologia do Seminário evaporara-se no desuso e jamais tivera caso de consciência para esclarecer e desatar dificuldades dialéticas. Quando possível empurravam um sobrinho para *os estudos*, sonhando fazê-lo colega no sacerdócio. O Padre Brito Guerra, Senador do Império, ordenou quase uma dezena. Esses padres detestavam cismas, abstrações, sonhos misteriosos, misticismo, *cavilações* femininas. O Padre João Maria, que os natalenses canonizaram, indignava-se com as orações intermináveis das beatas depois da Missa. Mandava Zé de Titia fechar as portas da Matriz. "Vão p'ra casa! Fazer café p'ros seus maridos!" Às meninas langues e suspirosas, de muita medalhinha no busto empinado, resumia: – "Deixa depantim, menina! Você precisa é casar!" A *vocação* religiosa, notadamente para as devotinhas, era motivo sagrado e prudente, digno de exame e vagar. Não "fez" nem uma freira. Dizia uma temeridade concordar-se com as confidências alvoroçadas da nubilidade impaciente. Casto e frugal, compreendia o sexo e o estômago, como São Goar, que suspendera sua capa num raio do Sol. Foram os ditadores da tranquilidade, desmoralizando o Diabo pela zombaria às tentações. Monsenhor Joaquim Honório, de Macau, a quem uma mulher dissera ter visto Nossa Senhora, explicou: – "Isso é porque você está sofrendo do estômago!" Tinham pavor do fanatismo, escrúpulos, exageros, visões. Num Retiro do Clero em Natal, debatia-se a questão castidade sacerdotal. Perguntava-se que faria o padre encontrando no seu aposento, altas horas calmas, uma donzela ardente, apaixonada, desnuda? O Padre Afonso Lopes Ribeiro respondeu, sincero: – "Ah, Senhor Bispo! Essa felicidade não é para o Padre Afonso!" Tempos depois, agosto de 1912, D. Joaquim, I Bispo de Natal, suspendeu-o de ordens, mas o sucessor, Dr. Antônio dos Santos Cabral, restituiu-lhe a dignidade, nomeou-o vigário de Areia Branca, em 1918, onde era estimadíssimo.

A cultura era dada pela leitura do Breviário, que alguns diziam "Longiário". No mais, bom senso, simplicidade e sobretudo o conhecimento admirável do ambiente humano, entendendo-o e fazendo-se entender. D. José Tomás, I Bispo de Aracaju, teimando legalizar a vida conjugal de um fazendeiro, procurou-o, numa visita pastoral, e soube que se ausentara. O prelado, certificando-se que uma pegada no terreno pertencia ao dono da casa, curvou-se, fez o sinal da cruz, resmungando latim. Voltando-se para a reverente senhora, informou-a: – "Diga ao seu marido que ele está casado pelo rasto! Vá receber as santas bênçãos, amanhã!" Foi embora, e o fazendeiro, crente nos exorcismos a distância, não duvidou do vínculo, indo com a mulher receber as bênçãos que foram realmente o matrimônio. Em que *Ordo Divini Officii* D. José Tomás aprendera a "casar pelo rasto?" Certo é que terminara um mancebio ostensivo.

Era um encanto ver esses antigos vigários escutando os entusiasmos dos seminaristas ou a superior sapiência dos jovens sacerdotes recém-ordenados, "pingando óleo", dizia Monsenhor Alfredo Pegado, o veterano Vigário Geral de Natal. Possuíam uma "Fé de carvoeiro", veneração pelo Papa e respeitosa distância ao Senhor Bispo. Na face litúrgica, cumpriam as instruções modificadoras, mas a Fé palpitava, poderosa e muda, na mesma ortodoxia popular, a do seu tempo de menino, aprendida com os pais. O Padre Manuel Paulino, do Caicó, afirmava, solene: – "Minha batina não peca!" Naturalmente por não vesti-la nas repetidas proezas *pro salute*. Com seus pecados tropicais e masculinos, ressalvando os cautos ou castos, esses Padres eram exemplares de honestidade, desinteresse, lealdade, limpos de ambição e ganância. Morreram, pelo Brasil imenso, pobres. Viveram livres dos crimes contra o Espírito Santo. Estavam permanentemente sentindo a presença de Deus. Voavam sobre todas as dúvidas e tentações heterodoxas. Não mais distinguiam as características heréticas nem a essência capciosa de suas doutrinas. No princípio era a Fé, e não o Verbo! Sobre essa Fé a Igreja fora edificada. Eloquência, razão, o derrame da memória erudita, jamais substituiriam o incomparável fundamento. Amas-me? Apascenta minhas ovelhas! Pedro dormira na vigília e negara na prova mas não duvidava do Cristo, Filho do Deus Vivo! Inútil prever as modalidades interpretativas da Justiça divina. O Padre Pinto (José Antônio da Silva Pinto), vigário de Augusto Severo, lento, gordo, sereno, escrevendo versos e compondo solfa de modinhas líricas, afirmava: – "Nem os anjos sabem a escrituração do Céu!" Se não crer, nada verá. *The doors are closed!*, disse Rudyard Kipling a Gustavo Barroso. Como Eduardo Prado, os velhos padres pensavam que Deus tudo perde em clareza posto em retórica. Atualizar esses últimos contemporâneos de Leão XIII e Pio X seria esvaziá-los de toda substância íntima, enchendo-os de vaporações fosforescentes e sedutoras sem as esperanças da continuidade.

"Mais uma palavrinha!", como prolongava a alocução o I Bispo de Mossoró, D. Jaime de Barros Câmara, terceiro Cardeal-Arcebispo do Rio de Janeiro. Esses sacerdotes tiveram influência sobre os paroquianos das cidades pequenas, vilas e povoados com capela e desobriga pelo Natal e Quaresma. Foram as gerações da unidade e da síntese, sucedidas pelos algebristas da divisão e da análise.

* * *

Um elemento poderoso para essa persistência mental cristã era a longa residência dos vigários nas sedes de seus ministérios. Os nomes tornavam-se inseparáveis das denominações paroquiais como títulos de nobreza. Meio século de permanência conquistava uma conterraneidade pelo *Jus soli*. Tinham casado a metade da população e batizado os sobrevindos. Era *Padrinho Vigário ou Compadre Vigário* para toda a gente. Possuíam uma pequena propriedade agrícola, o *sítio do Vigário* ajudada por todos. Os rendimentos do altar e da estola não garantiriam a manutenção decente. *O sítio* proporcionava víveres. Figurava como lei sagrada a *lembrança* de todos os produtos da terra, infalivelmente enviada. Na *ferra*, o bezerro, mantas de carne-seca, queijos, farinha nas "desmanchas", milho, rapadura, fumo de corda para o *torrado*, rapé complementar à digestão vigarial. Pelo Natal, *as festas*. Vez por outra, sapatos de fivela, batina nova, chapéu redondo com borlas, presente dos compadres ricos voltando da "praça", a capital. Com ou sem, quase sempre com família, "sinhá Rita do Vigário", constituíam autoridade soberana, indiscutida, irrecorrível, mantendo por ação catalítica a unidade do culto na região fiel. Era o diapasão normal soando pelo interior do Brasil inteiro. A multiplicação das paróquias e o decréscimo sacerdotal, insuficiente para o divino serviço, modificaram o clima estável das vitaliciedades resignadas. As novas gerações locais, aciduladas pela educação, viagens (as rodovias para o litoral), os adventícios fixados nas vilas ou fazendas dos arredores, alteravam a temperatura, influindo na mentalidade dos neossacerdotes desajudados da iniciação na paciência.

Instalavam construções, institutos catitas, técnicas modernizantes e desfiguradoras das velhas matrizes, arrasadoras dos altares venerandos e feios, Santos bonitos e recentes, elegâncias ornanentais, Congressos Eucarísticos, publicidade, água viva perturbando a tranquilidade do antigo poço, imóvel e satisfatório ao consumo das almas. Apareceu a classificação econômica das freguesias, boas ou más, relativamente aos proveitos do titular. Os recém-nomeados, em larga percentagem, consideravam-se em trânsito, sonhando, de galho em galho, aninhar-se na fruteira de Capital, com emprego estadual ou federal, capelão indiferente de Missas maquinais, servo de Deus em serviço de César. Partia-se o fio da tradição irrecuperável. A sucessão incessante dos pastores anoitecia a disciplina visual do rebanho, incapaz de fixar estima e confiança nos párocos mutáveis como glórias de jornal. Antigamente os vigários faziam a paróquia, longa e lentamente, com esperança e tenacidade infatigáveis como abelhas ao cortiço. Não aguardavam o *prato feito*, como em restaurante *self-service*. Alcançavam a indisputável autoridade pela convivência familiar através das décadas vagarosas, figura inseparável em todos os momentos festivos ou trágicos. Foram entidades estáveis como um acidente geográfico. Contemporaneamente passaram à classe vulgar dos funcionários transferíveis, como o delegado de Política, Coletor, Telegrafista.

Não me refiro às famílias das cidades e zonas suburbanas, vivendo no encontro das águas remoinhadas da renovação turbulenta, nas camadas superiores à média social. Mantêm uma Fé intermitente e *cocktail*, variada e capitosa em que a prática consiste em curiosidade e movimento empurrado pelos derradeiros impulsos do Hábito, com bem pouca consciência volitiva. As criaturas complementares da cidade, as mais afeitas às tarefas sem interesse na valorização publicitária, funcionalismo de pequena categoria, vendedores ambulantes, carroceiros, carregadores, engraxates, criadagem confusa das cozinhas hoteleiras, operários não especializados, no fundo das oficinas, garagens, tipografias, as últimas empregadas domésticas, ainda nascidas depois de 1920, enfim Povo, representam a legitimidade das crenças tradicionais na circulação policolor e deformante da Cidade Grande. Há, naturalmente, sedução de Umbanda e Feitiço, nivelando-se nesse ângulo com a *Gente-Bem* das recepções lindas e dos agrados pérfidos.

É preciso muita urgência em concluir para indicar-se unidade cristã nas Cidades e mesmo maioria real. Exceto Londres, onde o *common sense* afoga as exceções excêntricas do *gin and wise*, não há cidade na Europa com uma distinção característica no nível da Fé. São todas *mixed-pickles*, incluindo Roma com anedotário anticlerical superior ao de Paris romântica.

Madrid roja e Lisboa carbonária. Para o interior desses países, o observador tranquilo depara o mesmo sentimento espiritual antigo, cauto, dissimulado, firme no solidarismo recatado e íntimo, talqualmente ocorre no Brasil. É preciso lembrar que Jerusalém não é católica nem Constantinópolis maometana. Não creio nas estatísticas religiosas de New York, Moscou e Pequim, como desconfio dos resultados obtidos no Rio de Janeiro, Buenos Aires e Santiago. Não terei semelhante impressão referindo-me ao lavrador, artesão, criador de gado ao derredor dessas cidades. Respeitarei a discordância, mas não a sinceridade.

A convivência concordante garantia a unanimidade, comprovando a opinião da *brave dame de province*, amiga de François de Witt-Guizot *Je ne discute jamais qu'avec des gens de mon opinion*. O homem do Povo é, naturalmente, discutidor, exceto nos assuntos da Fé religiosa. O íntimo e profundo oratório mental é devoção pessoal e solitária. Não faz procissão ou debate literário, dando moldura às ideias da sala de visitas. As "Santas Missões" sopravam as brasas do culto, brasas inapagadas no borralho do Tempo.

Lógico que a convivência, multiplicada pela facilidade das comunicações motorizadas, dará fim a essa atmosfera secular. Será um *morrer devagar* como o Rei D. Sebastião em Alcácer-Quibir. Convivência mais exterior que doméstica. Ocupações, trabalhos, preocupações variadas que o Deus Progresso carrega no seu manto despótico, impondo a indispensabilidade das técnicas de produção, dissipando o Tempo vagaroso. Sobretudo, revelando processos novos de recreação, diversões, divertimentos na sociedade que nasce das horas disponíveis das tarefas grupais e comuns. O sacerdócio familiar iniciando o culto da Tradição dispersa-se nos miúdos encargos renumeradores da energia. Os assuntos são outros. No leito manso do córrego sertanejo passa o impulso denunciador das marés irresistíveis, empurradas pelo oceano das cidades distantes e poderosas.

Tomar bênção

No meu tempo de menino tomava-se a bênção matinal e noturna aos pais, avós, tios, primos dos pais, padrinhos, professores, sacerdotes, e a qualquer velho respeitável. Também aos visitantes ilustres. Pedia-se a bênção pela manhã e ao dormir: (*Números*, VI, 24-27). "Aquilo é tão ruim que o Pai negou-lhe a bênção!" Excomungado doméstico. A poetisa Estela Griz Ferreira, esposa do poeta Ascenso Ferreira, nova e bonita, surpreendia-se no sertão de Pernambuco vendo os moços trabalhadores rurais, robustos e sadios, pedirem-lhe a bênção vespertina, como a uma matrona. Não fora hábito privativo de submissão escrava mas uma tradição, imemorial e comovente, derramada pelos portugueses em todos os lares do Brasil. A dádiva da bênção, em nome de Deus, estabelecia um liame do solidarismo familiar e sagrado. Filho de bênção, o afortunado. Amaldiçoado, sem a bênção dos pais. Voto de felicidade. Respeito. Proteção. Confiança. *Bene-dicere*, bem-dizer. Havia uma bênção augural para todas as coisas e entes. *Benedicite, ommes bestiae et pecore, Domino*! Casas novas. Engenhos de açúcar. Estabelecimento comercial. Lugares mal-assombrados. Exorcismos. Expulsão do Demônio e da Desgraça. Os negros velhos, cativos ou alforriados, abençoavam os netos brancos do antigo Senhor. As Mães Pretas eram indispensáveis no gesto propicial. "Redenção de Cam", o quadro de Modesto Brocos (1895).

O arcaico *Bendição* mantém-se na prosódia oxítona e popular e não no paroxítono letrado e rico. "Dindinha, bote-me sua bênção!" Meus filhos já não me pedem a bênção e os netos ignoram o gesto, breve e lindo. Encanto para mim ver a jovem Maria Claudina, de Capela, no Ceará-Mirim, mãe de quatro filhos, estendendo a mão para minha mulher, pedindo a "santa bênção". Dáhlia é sua madrinha de fogueira, no rito festivo do São João Matuto. Era reconhecimento de autoridade moral, de quem se recebia o salvo-conduto diário. "Não tomar a bênção a ninguém" valia pregão de independência selvagem, liberdade despeada de todas as travas disciplinares, divinas e humanas.

> Eu tando determinado
> Não respeito nem o Cão!
> Levo onça no sopapo
> E tigre no empurrão.
> Não dou boa-noite a velho
> Nem peço a ninguém bênção!
>
> Pois eu vou no meio do Vento
> Sem saber pra onde vai;
> Desço na força do raio
> Sem saber adonde cai!
> Não faço festa a vigário
> Nem tomo a bença a meu Pai!

Aos descuidados da vida prática e alheios às responsabilidades da família, prognosticavam: – "Aquele acaba tomando bença a cavalo e chamando bode "meu tio!"

O complemento instintivo da bênção era pousar a mão na cabeça do abençoado infantil. A bênção seca e distante destinava-se aos adultos. Parecia uma carícia mas tinha outras raízes históricas. Provocou a frase *Passar a mão pela cabeça*, valendo a intenção da desculpa, perdão, relevar vício, defeito ou mesmo crime. Como se o gesto tivesse a faculdade do apagamento, olvido, absolvição de todas as culpas. É, sem que o Povo conserve a justificação milenária, um ato de remissão, misericórdia, inculpamento. É a bênção dos avós.

Era a bênção dos israelitas, dos Patriarcas e Apóstolos, do Velho Testamento. Fórmula sem idade que os hebreus aceitaram e continuam praticando, considerada nos períodos dominadores da Santa Inquisição, índice de obediência à Lei Velha de Moisés. No *Monitorio do Inquisitor Geral* (Dom Diogo da Sylva, Bispo de Ceuta, Évora, 1536), mandava-se investigar *se os pais deitam a bênção aos filhos, pondo-lhes as mãos sobre a cabeça, abaixando-lhe pelo rosto abaixo sem fazer o sinal da Cruz, à forma, e modo judaico*. Assim em 1859, o poeta Frederico Mistral viu ser abençoado o banqueiro Moisés Millaud: – *s'incliner devant son père qui, lui imposant les mains à la façon des patriarches, lui donna sa benédiction*.

Num relevo em marfim existente na Biblioteca Nacional de Paris, vê-se o próprio Jesus Cristo abençoando dessa forma ao Imperador do Oriente, Romano IV Diógenes e sua esposa Eudóxia, em 1067.

A cerimônia da imposição da mão conservava-se no processo litúrgico católico em sua legitimidade tradicional. No diaconato, o Bispo punha a mão direita (mão de bênção e do anel episcopal, já existente no ano de 610) na cabeça do ordinando, dizendo em latim velho: – "Recebei o Espírito Santo. Ele será vossa força para resistir ao Demônio e suas tentações. *In nomine Domine*". Na ordenação do presbítero a cena se repetia mas em silêncio. Todos os sacerdotes estendiam a mão na direção da cabeça do novo companheiro a quem o prelado impunha a mão ungida. Na sagração dos Bispos ainda reaparecia imposição da mão. A frase é rápida, de impressionante energia. "Recebei o Espírito Santo!" O sagrante e seu assistentes impunham as mãos sobre a cabeça do novo Bispo. Era a transmissão da graça sacramental da Ordem Divina.

Ignoro se o Concílio II Vaticano modificou o cerimonial.

Inicialmente em Jerusalém a eleição sagrada procedia-se por escrutínios ou sortes. Assim fora eleito o primeiro apóstolo após a morte de Jesus Cristo. "E lançando-lhes sortes, saiu a sorte sobre Matias. E por voto comum foi contado com os onze apóstolos": (*Atos dos Apóstolos*, I, 26). Mas os sete primeiros diáconos foram sagrados pela imposição das mãos. "E os apresentaram ante os apóstolos, e estes orando, lhe impuseram as mãos": (*Atos dos Apóstolos*, 6, 6). Paulo e Barnabé da mesma forma mereceram os títulos apostólicos. "Então, jejuando e orando, e pondo sobre eles as mãos, os despediram: (*Atos*, 13, 3). Paulo lembra imperiosamente a fórmula: – "Não desprezes o dom que há em ti, o qual te foi dado por profecia, com a imposição das mãos do presbítero": *I Epístola a Timóteo*, 4, 14. "Por cujo motivo te lembro que despertes o dom de Deus que existe em ti pela imposição das minhas mãos": *II Epístola a Timóteo*, 1, 6. E a doutrina seria explicitamente resumida na *Epístola aos Hebreus*, 6, 2. "E da doutrina dos batismos, e da imposição das mãos, e da ressurreição dos mortos, e do juízo eterno". Era a comunicação habitual do Espírito Santo: *Atos*, 8, 17, 9, 17, 19, 6.

Na Igreja de Santa Maria Novella em Florença, parcialmente decorada por Giotto na Porta de Ouro, como a denominou John Ruskin (*As Manhães em Florença*, XXIV) há o quadro onde um Anjo põe as mãos sobre as cabeças de duas figuras próximas. Ruskin interpreta: – "A ideia da atitude do Anjo pousando suas mãos sobre as duas cabeças (como faz o Bispo no ato da Confirmação) expressa uma bênção e testifica a intervenção divina nesse encontro".

Assim a divina Matelda abençoou Dante Alighieri no Purgatório (XXXI, 100-102) antes de mergulhá-lo nas águas do Letes, o rio do Esquecimento.

É a imagem popular da Aprovação. Gil Vicente, *Farsa dos Físicos*, 1519, recorda:

Sobre vos pongo la mano
Como diz el Evangelio.

A mais intensa divulgação da bênção ocorreria nos 348 anos da escravidão africana no Brasil. Os trabalhadores brancos não pediam a bênção ao Patrão, como era de praxe nos escravos de todos os tamanhos e sexos. Exigia-se o gesto da Cruz sobre o rebanho servil nos encontros matinais e ao anoitecer. As gerações rurais subsequentes mantiveram o uso pacificante que não seria habitual nas cidades e vilas populosas, exceto nas áreas familiares. O Amo era um sacerdote doméstico como em Roma o Pai de Família. Prendia-o ao cativo o liame religioso do solidarismo cristão. Patrão, patrono, protetor, defensor. O etmo era *Pater*, Pai. *Amo* sempre significou *Senhor*, num conteúdo de império inexorável, onde o escravo punha uma gota intencional de ternura, com o possessivo – *Meu Amo*!

O Professor Luís Soares (1889-1967), diretor dos Escoteiros do Alecrim em Natal, andava invariavelmente fardado, ostentando alamares, placas, laços, as incontáveis condecorações de sua benemerência cívica. Indo ao quartel da Polícia Militar o sentinela, recruta sertanejo, tomando-o por uma altíssima autoridade de não prevista hierarquia, desconhecendo a correspondente continência, perfilou-se, passou o fuzil para o braço esquerdo, estirou o direito, e pediu a bênção! Não era possível saudação mais respeitosa.

Santas almas benditas

É a grande devoção popular brasileira na indizível atração do mistério vivo, ambivalência de amor e medo, proximidade e distância. Para o Povo a alma é uma invisível contiguidade humana, inseparável da terra pelo hábito e fora dela pela destinação mortal. Todos serão quanto elas representam. Um espírito incorpóreo com funções orgânicas, audição, voz, tato, visão, memória, raciocínio. Não possuirá autonomia ambulatória. Cumprirá determinações de Deus, realizando missões penitenciais entre os Vivos no plano da mortificação reparadora. Quando seja percebida, está autorizada a fazer-se sentir pelos humanos. *Hoc quod mortui viventibus apparent, qualitercum que... contigit per specialem Dei dispensationem*, adverte Santo Tomás de Aquino. Mas essa advertência não ocorre ao pensamento popular. A alma aparece quando quer, talqualmente um lêmure em Roma. Ostenta forma humana, vaporosa, espessa, fumo branco, transparente, indecisamente luminoso, de contorno definido e normal. As de aspecto monstruoso são mandatárias do Diabo. Deus não concebe monstros.

Quando cumprindo penitência as almas podem tomar aparência animal. Cavalos, éguas, bois, expandem em relinchos e mugidos autênticos as culpas antigas. No cemitério do Ceará-Mirim uma autoritária e sádica senhora de Engenho carpe seus orgulhos no feitio de urubu melancólico, vigiando a própria sepultura. Até as pedras da estrada alojam almas em obrigação sentencial. Topando-as, não devemos praguejar, duplicando-lhes a mágoa. As almas brasileiras não tomam formas vegetais, como na Antiguidade grega, latina, e ainda tradição na Itália, que Dante Alighieri registou: (*Inferno*, XIII). Sendo espíritos que habitaram corpos batizados, distanciam-se das Hamadríadas e Meliastai, vivas nos carvalhos e freixos. As grandes árvores de ampla e densa fronde hospedam "almas em pena" mas não se confundem com os espíritos sentenciados.

O XV Concílio Ecumênico, de Vienne, França, 1311-1312, presidido pelo Papa Clemente V (o Concílio que dissolveu os Templários), no decreto de 6 de maio de 1312, definiu ter a alma racional unicamente a forma humana. Declarava heréticos os que a figurassem *non sit forma corporis humani*.

Não seria ortodoxo admiti-las na configuração irracional, como o Povo acreditava. Seis séculos e meio depois, apesar do anátema conciliário, o Povo continua pensando como pensava antes da decisão unânime da Igreja sob o pontificado de Bertrand de Got, 188 anos antes do Brasil nascer.

Essa heterodoxia morfológica é uma continuidade imutável na lógica coletiva, aplicando-a como expressão de castigo aos portadores de culpas graves. As almas que estão no Inferno não cumprem penitência nesse Mundo. Condenadas por toda Eternidade sem fim aos suplícios perpétuos por sentença definitiva, irrecorrível, jamais abandonarão os recintos torturantes. O Demônio não tem poder de retirá-las, mesmo momentaneamente, *della cittá dolente* onde não haverá esperanças redentoras *tra la perduta gente*. As aparições que assombram os Viventes são egressas do Purgatório, excitando piedade, provocando orações pacificantes, ou sugerindo, pelo sofrimento exposto, a contrição corretora da conduta. Além de cumprir penas decretadas pela Divina Justiça. São as "Almas sofredoras", perturbando a tranquila continuidade pecadora dos Vivos. Há outra classe de aparições turbulentas e agressivas, predicando ameaças, numa intolerância bárbara de danados. São os "Espíritos malfazejos", errantes, desesperados porque não subiram aos Céus nem desceram ao Purgatório. Porque os corpos estejam insepultos ou em razões que o Povo desconhece e a Teologia ignora, ficam vagando pelos recantos onde viveram, numa temerosa irradiação de tremuras e calefrios circunjacentes. Incluamos no bando sinistro os Amaldiçoados cujo cadáver seca sem putrefazer-se, e os Excomungados, espalhando o famoso *ar* contaminador de infelicidade, viajando em nuvem pesada, escura, a pouca altura da terra, perfeitamente identificada pelos sertanejos como pregoeiras de desgraça, inverno escasso, secas intérminas, epidemias, lutas sangrentas. Devem indicar onde enterraram dinheiro, pedir perdão de ofensas, injustiças reais, mentiras prejudiciais ao próximo. Almas serenas, *per specialem Dei dispensationem*, parecem residir nas antigas residências, lugares preferidos, mesmo em ruínas: (*Sociologia do Açúcar*, "Fantasma de Engenho", IAA, 1971) não acusando sofrimento, como o Cardeal Wolsey em Hampton-Court. Ver "Almas", no *Dicionário do Folclore Brasileiro*[*].

A presença da alma do Outro Mundo exala um frio intenso, às vezes com chamas nos pés e nas mãos. A voz é invariavelmente fanhosa, peculiaridade de todos os entes sobrenaturais, incluindo os animais encantados. A "Visagem" é de cor branca, outra constante universal, nas visões solitárias ou processionais: (*Dante Alighieri e A Tradição Popular no Brasil*, "Procissões

---

[*] Edição atual – 12. ed. São Paulo: Global, 2012. (N.E.)

das Almas", Pontifícia Universidade Católica, Porto Alegre, 1963). O distinguido pela visita espectral poderá afastá-la esconjurando-a, benzendo-se ininterruptamente: – "Longe de mim sete palmos! Credo em Cruz, Nome de Jesus!" Credo rezado fazendo-se sem parar o "Sinal da Cruz". Sete palmos é a profundidade das covas sepulcrais. É uma intimativa para o espírito regressar ao cemitério. Admitindo aproximação, *invoca*, ou requer, tarando a alma já visível, pedindo que se individualize na multidão inominada e eterna:

> *Alma que a Deus busqueis,*
> *Que nesse Mundo quereis?*
> *Se vindes por bem, dizei,*
> *Que de mim tudo tereis.*
> *Oração e acolhimento*
> *No Santíssimo Sacramento.*

Outra fórmula de invocação ou "requerer":

> *Alma pra Deus querida,*
> *Na terra serás servida,*
> *De orações socorrida,*
> *Terás no Céu a guarida,*
> *Sossego de tua vida.*
> *Paz eterna e alegria,*
> *Padre-Nosso, Ave-Maria!*

Os Deuses oraculares comunicavam em versos. Assim o nosso Povo dirige-se ao Senhor na intenção mágica do ritmo. Na Provença, conta Mistral, era mais simples o inicial apelo às aparições:

> *Si tu es bonne âme, parle-moi!*
> *Si tu es mauvaise, disparais!*

Para exorcismar a "visagem" exibe-se o pequenino crucifixo do terço, improvisa-se a cruz com os polegares ou indicadores, cruza-se os braços sobre o peito, conservando as mãos abertas, mãos do Crucificado. O mais primário e simples dos esconjuros é fechar os olhos, suspendendo a comunicação magnética com o assombro. A insólita figura não projeta a impressão da forma perturbadora na percepção humana, desequilibrando-a pela visão da inopinada anomalia. As posições exorcizantes reforçam-se com o "Creio em Deus Padre" em voz alta. Alma não ousa falar, interrompendo oração. Algumas dissipam-se, ouvindo preces. Ou dizem seu recado com entonação humilde e suave. A reza estabelece a jurisdição divina, tornando subalternas todas as intervenções, mesmo extraterrenas. Se o cristão orou antes de adormecer, está defendido dos Demônios sem sono. O Padre Dr. Ibiapina contava que o Diabo fora tentar a dois viajantes que dormiam no mato. Voltando sem sucesso, explicava ao companheiro Lusbel: – "Estão dormindo mas bem selados!" O selo inviolável fora a prece. E preciso que a alma seja portadora de mensagem legítima para que desempenhe a missão depois de ouvir orações que a deveriam afastar.

Velho amigo dos devotos das almas, falastrões e gabarolas ou reservados e discretos, jamais consegui obter uma simples fórmula de *invocar* o Espírito, chamá-lo à fala, atraí-lo à comunicação, a reprovada *consulta aos Mortos*, proibida por Moisés: (*Deuteronômio*, 18-11). Em Portugal imprimiram algumas, reveladas nos processos do Santo Ofício e que não me parecem haver emigrado para o Brasil. Provocar a vinda "material" do Espírito, dizem ser operação perigosa e que raros ousavam praticar sem arriscar-se a uma crise espasmódica de terror. As mais antigas e reputadas rezadeiras negavam exercer a sinistra especialidade da bruxa de Endor. A velha Bibi, Luísa Freire (1870-1953), 38 anos em nossa casa: (ver introdução às *Trinta Estórias Brasileiras*, prefácio de Fernando de Castro Pires de Lima, Portucalense Editora, Porto, 1955, Portugal), não era rezadeira mas da intimidade de certas profissionais. Explicou que o risco de invocar Espírito estava em provocar o "seguimento", determinando a mediunidade compulsória "sem termo de medida". A invocadora "acabava variando o juízo, e correndo doidinha", como sucedera à velha Inacinha Assunção.

* * *

A partir do século IX as indulgências foram sendo aplicadas aos mortos, intensificando-se nas centúrias imediatas, atingindo pleno desenvolvimento no século XIV. Em 1322 o Papa João XXII pela bula *Sacratissimo uti Culmini* divulgou haver Nossa Senhora lhe aparecido para comunicar a salvação das almas que em vida tivessem pertencido à Ordem de Nossa Senhora do Carmo ou à Confraria do Santo Escapulário do Carmo retirando-as do Purgatório no sábado imediato ao do falecimento. É o *Privilégio Sabatino* que se espalhou como uma promessa de esperança sobrenatural. Os Carmelitas foram encarregados de difundir a devoção. No século XV firmou-se a tradição das "Missas Gregorianas", instituídas pelo Papa São Gregório Magno (590-604), onde cada missa em altar privilegiado valia 30 em benefício das almas sofredoras. O século XVI, inicial na História do Brasil, seria o século em que as almas mudariam o destino da Europa. A venda das indulgências plenárias na Alemanha precipitou a rebelião luterana da Reforma. É a fase do Concílio de Trento dogmatizando a existência purgatorial que a Igreja Oriental engava e Lutero escarnecia, reafirmando o poder dos sufrágios. Reza dos vivos ajuda a salvar a alma dos mortos! Ao findar os cem anos, quinhentistas surgiram na Espanha galega e Portugal o painel das "alminhas" do ar livre, suplicando piedade. Do século posterior é a *Missa das Almas pela madrugada*. As orações públicas nas aldeias portuguesas, *ementando* as almas, atraía devotos para rezar cantando. Já em 1549 os Jesuítas percorriam a cidade do Salvador e os aldeamentos indígenas "encomendando as almas" durante a noite ao som de campainhas alertadoras, como fizera em Penafiel o ferreiro Afonso Fernandez Barbuz, em 1227. Os meninos indígenas, escreveu o Padre Fernão Cardim na Bahia de 1584, "cantam à noite a doutrina pelas ruas, e encomendam as almas do Purgatório". "Doutrina" é o Catecismo.

As Missas gregorianas, a pintura rústica das "alminhas", o Privilégio Sabatino, não tiveram expansão brasileira pelos sertões. Mas, já no século XVII, as Confrarias das Almas existiam e ardia a santa veneração por Nossa Senhora do Carmo e São Miguel, "pastor das almas", pesando-lhes as culpas na implacável balança. No município Almas, em Goiás, São Miguel é titular, e mais em quinze paróquias. São Miguel e Almas. São Miguel das Almas. Na Igreja de Santo Antão, em Évora, está o quadro de Jerônimo Corte-Real, em que São Miguel anima para a salvação as almas que se estorcem nas chamas: (Flávio Ribeiro, *Painéis do Purgatório*, Matosinhos, 1959). Novembro é o mês das Almas. Pela Europa a devoção à "Missa das Almas" é de retribuição generosa. Um conto dos Irmãos Grimm, *Die drei Spinnerinnen*, "As Três Fiandeiras" tem variantes incontáveis pelo Mundo: *Contos Tradicionais do Brasil*, Rio de Janeiro (3ª ed., 1967*). A "missa das Almas" é assistida pelos fantasmas. Às vezes pelos Mortos, reduzidos a esqueletos.

As almas do Purgatório são poderosas intercessoras, virtude que assombraria Dante Alighieri e os teólogos do século XIII. Dirigem elas súplicas a Deus em benefício de pecadores ainda com carne de Adão. Dante ignorou a reverência às *Santas Almas do Purgatório*, com seus devotos pelo Mundo católico, devotos pedindo e não dando sufrágios. Santo Tomás de Aquino ensinara o contrário.

As almas do Purgatório *non sunt in statu orandi, sed magis ut oretur por eis*. Mas existe oração aprovada pelo Papa Leão XIII (1889) e inclusão da intercessão no *Catechismo Della Dottrina Cristiana*, o chamado "Catecismo de Pio X" Santo Canonizado, em 1954. Roma *locuta est...* O conceito do *Catecismo de Pio X* sobre a intercessão das almas do Purgatório pelos viventes, é o seguinte: – *I beati del paradiso e le anime del purgatorio sono*

---

* Edição atual – 13. ed. São Paulo: Global, 2004. (N.E.)

anch'essi nella communione dei santi, perchè, congiunti tra loro e con noi dalla carità, ricevono gli nostre preghiere e le altre i nostri suffragi, e tutti ci ricambiano con la lora intercessione presso Dio.

A hermenêutica popular é diversa mas as raízes são profundas, lógicas, emocionais. Fundamenta-se no merecimento do sofrimento. Quem sofre valoriza-se aos olhos de Deus. "Amor que não mortifica não merece tão divino nome", afirmava Frei Tomé de Jesus, o místico português que Unamuno admirava. É a lição de todos os místicos. As pessoas com moléstias incuráveis, prolongadas, dolorosas, *fazem penitência no Mundo*, diz o Povo, e gozam de uma espécie de graça particular. Deus, provando-as em vida dará subidos prêmios no Céu. Pedem orações e essas criaturas, notadamente se padecem com resignação, tendo a "paciência de Deus". As Almas do Purgatório pagam seus pecados, e não podem pecar mais. Sabem o que ignoramos porque já não têm a carne terrena. São espíritos "sofredores" mas não estão condenados. Cumprem sentença que se aproxima da libertação radiosa. Estão mais vizinhos da Glória do que nós. Na proporção em que se purificam ficam mais perto de Deus. Pelo Natal e na Sexta-feira da Paixão ouvem os anjos rezando, entrevendo o clarão do Paraíso. O Inferno é o Reino das Trevas não obstante o flamejar das fogueiras eternas. O Céu é permanentemente iluminado "como o meio-dia". O Purgatório é penumbra. Meia-Luz em que se distinguem vultos como nas horas da madrugada. Mas não há Sol, lua nem estrelas. Nega-se a presença de Demônios, que só terão clima para viver no Inferno. Deduz-se que as almas do Purgatório conquistam lentamente merecimento porque sofrem por determinação da Divina Justiça. Podem rezar e oferecer. Por que não intercedem?

O espírito dos mortos cristãos tem composição diversa da alma na Roma pagã. O espectro romano, esquecido pela família, sem alimentos oblacionais, sem lembrança religiosa e doméstica na Ferália, Parentália, Lemurália, especialmente sem túmulo, tornava-se malfazejo, perseguidor, vingativo, derramando pavores irresistíveis, acompanhando Hécate nas noites de lua, seguida pelo cortejo dos cães uivantes. Alma de corpo batizado ficará no Paraíso, Purgatório ou Inferno, sem tentar evasão porque sua visualidade na terra depende da raridade permissiva de Deus, ensinava Santo Tomás de Aquino. As almas romanas e gregas não podiam ser emissárias dos deuses porque estavam em desespero, tentando obter, pela imposição do terror, um lugar para os ossos e um momento de pacificação reparadora. A Igreja nega, de maneira formal, essa possibilidade ambulatória das almas sem corpo, radicadas teologicamente nos locais destinados *ad perpetuitatem*. Manda examinar com extrema prudência e máxima cautela as visitas assombrosas. O Povo acredita que alma faça penitência na terra e até mudada em pedra. O penitenciário de bom comportamento leva recados, sem escolta, fora do presídio.

* * *

Nos cemitérios moram algumas almas junto aos despojos orgânicos, terminando as longas penitências sem martírios. Morar não é residir. Mora-se no Purgatório. Reside-se no Paraíso ou Inferno. As almas defendem a tranquilidade noturna do local, espavorindo os intrusos, incautos ou curiosos atrevidos. *Coemiterium Koimêtêrium, Donnitorium*, devemos respeito ao sono dos Mortos, despertáveis no Dia de Juízo. A desvairada imaginação literária comporta Demônios nos Campos-Santos, tão possíveis como ratos em geladeira. O santo cruzeiro e as cruzes tumulares erguem barreiras suficientes à fauna luciferina. Não se aproximam de cruz intacta. O Diabo só possui o direito de "atentar" espírito de gente viva e não alma sentenciada por Deus. Que irá fazer num cemitério, sem função útil ao destino pervertedor? Não se compreenderá um Satanás desocupado. No cemitério residem os corpos e moram as respectivas almas, descontando culpas. São lugares guardados pelo Medo. Não dos corpos, que são mortos, mas das almas, que estão vivas, susceptíveis de represálias. Tal é a Lei popular. Difícil ajustar esse protocolo inabalável com as cenas fascinantes e macabras, presididas por Lusbel, entre salgueiros e sepulturas, concebidas pelos Ocultistas ou movimentadas pelo maginosos literatos.

Nas cidades a pavimentação das necrópoles evita as emanações do hidrogênio fosforado, inflamando-se ao contacto do oxigênio atmosférico, criando o inquieto bailado do *Fogo-Fátuo*, considerado "almas penantes", mero resultado da decomposição das matérias azotadas, expandindo-se em gases. Esse *Fogo Corredor*, trazido o prestigioso temor pelo colono português, reforçara no Brasil o terrificante *Boitatá indígena*, a "Cobra de fogo" que o Padre Anchieta registrou em 1560 na Capitania de São Vicente. O indígena não relacionava o Boitatá ao espírito dos Mortos. Era uma entidade autônoma, geradora de respeitos ameríndios mas sem originar-se da vida humana. Entre os pretos sudaneses existia a "Luz Errante", lume de Mboya procurando o filho Bingo. A tradução popular é a vinda de Portugal – Alma penada! Africanos e amerabas não influíram no mito.

O cemitério é a mansão das Almas, sede das romarias no Dia dos Mortos, 2 de novembro, mês das Almas. Flores nos túmulos e notadamente velas acesas por todo o Orbe cristão. No cemitério público de Manaus milhares e milhares de luzes chamejam numa oblação impressionante, a *Alumiação*, sem réplica noutra qualquer localidade brasileira. Mas, com maior ou menor quantidade, as velas reaparecem na intenção votiva e fiel. A Morte não extinguiu o vínculo obrigacional.

Essas velinhas consumindo-se ao pé dos túmulos sugerem um giro de evocação situando-as no Tempo.

A presença da luz é anúncio de proximidade benéfica. Significação mítica em qualquer paragem do Mundo. Os cortejos romanos de Ceres e dos Lupercais eram com tochas e assim celebravam as rituais alegrias coletivas. Na Grécia, as Lampadeforias eram incontáveis. Os cemitérios, mesmo durante o dia, flamejavam de luzes em honra aos Mortos. O concílio espanhol de Iliberes, nos primeiros anos do século IV, proibiu acender círios quando houvesse Sol, "para não perturbar o espírito dos Santos". Nem mesmo lâmpadas nas concentrações públicas – *ne lucernas publicae accendant*. O costume insistiu, inalterável, apesar das subsequentes condenações noutros Concílios. O Papa Gelásio, no final do século V, instituiu a festa da Candelária em 2 de fevereiro, substituindo o desfile ruidoso dos lupercais seminus, chicoteando o ventre das mulheres que desejavam filhos. A multidão continuou com os círios e archotes em exibição eufórica, então comemorando a Purificação de Nossa Senhora. As homenagens aos Fiéis Defuntos, o Dia dos Mortos, nasceria em 998 e as igrejas e cemitérios encher-se-iam com luminárias votivas. O círio significaria a Fé, a Promessa, o Compromisso, a Vida. Estará na mão da criança no batizado e na do velho na agonia. "Morrer sem ela" é uma maldição.

Menino pagão não dorme no escuro. Casa sem luz não recebe o Anjo da Guarda. A chama da vela ou da lamparina afasta bruxas, vampiros, espectros odientos. Refeição nas trevas não é abençoada de Deus. A lâmpada deve iluminar perenemente o Santíssimo Sacramento. *O fogo arderá continuamente sobre o altar. Não se apagará*! (*Levítico*, 6, 13), disse Javé a Moisés. Não se realiza nenhuma cerimônia em altar sem luzes acesas. Não haverá manifestação mais expressiva como uma movimentada e luminosa *Marche aux flambeaux*, comum por toda Europa clássica e teimosamente contemporânea. Lume, barreira para as feras e as surpresas da noite sinistra. A coivara guarda o acampamento. Fogão apagado, miséria total. Ausência da chama, solidão humana. Engenho inútil é o de "fogo-morto". As fogueiras de São João festejam o solstício coincidente ao natal do Precursor. *Keep the home fire burning*, diziam os ingleses partindo para a guerra. Não é o calor que indígenas e pretos africanos procuram manter. É o clarão afastador dos temerosos demônios da floresta, obrigando o caminhante a viajar agitando o tição inflamado, como uma defesa mágica às ameaças do mistério noturno. Velas acesas nos descampados, encruzilhadas, orla da mataria, recanto do canavial, margem do rio, oram por um morto. Fora temário de admoestações indignadas de São Martinho Dumiense em 560 na Galícia ainda sueva, e permanecem nos nossos dias brasileiros. Os ebós espalhados na praia de

Copacabana, a chama obstinada ao vento, apelo aos Orixás da Nigéria, no outro lado do Atlântico. Sobretudo, constituiu a suprema homenagem em sua constância. O lume de Vesta, derradeiro culto olímpico a desaparecer em Roma quando Teodósio dissolveu o colégio das Vestais. 81 anos depois da oficialização do Cristianismo pelo edito de Milão. A flama velando o túmulo do Soldado Desconhecido. As inumeráveis tradições do Fogo: (*Tradição, Ciência do Povo*,[*] VII – D. São Paulo, 1971). É natural que me detenha olhando as velinhas ardendo junto aos sepulcros, numa oblação que se proibia há dezesseis séculos.

* * *

A alma permanece na terra (a) enquanto o cadáver não for sepultado (b) até a missa do sétimo dia (c) aguardando que a família, precisamente a viúva, vista o luto, a roupa de dó. Outrora o Excomungado e o Amaldiçoado pelo Pai ou Mãe, esta com mais virulência, também *não subiam* para o julgamento. Estavam pré-julgados pelo repúdio à Igreja ou desrespeito ao quarto mandamento da Lei de Deus. Os corpos secavam sem apodrecer. Ao blasfemo a língua enegrecia.

As almas "benditas" têm as órbitas oculares iluminadas e as "em pena" mostram cavidades escuras. As extremidades não tocam o solo e nas "sofredoras" há uma claridade flamejante em volta aos pés. Na "boas" nota-se uma luz azulada e pálida. Pormenores confidenciados por um "vidente" no Alecrim, Natal de 1928. Parece que o *ignis purgationis* gradua a intensidade na relação purificadora. Não há o clássico esqueleto nas apresentações sobrenaturais. A visão da caveira, em que se transformou uma cara linda, é forma de advertimento moral. Não há cidade e vila sem a lenda da mulher bonita, requestada em encontro noturno, cujo rosto tornou-se descarnado e ósseo.

Ao inverso da suntuosidade cercando a múmia egípcia, evitam que o corpo seja enterrado com ornatos de ouro, medalhas, anéis, trancelins, brincos, botões, até dente forrado com esse metal. Não penetra a Bem-aventurança sem que esse luxo desapareça. O Tenente-Coronel da Guarda Nacional José Tomás de Aquino Pereira sepultou-se a 4 de fevereiro de 1912 em Jardim do Seridó, com sua farda sem galões e botões dourados, respeitando o preceito da humildade. Um cônego Vigário de Souza na Paraíba, aparecia aos íntimos pedindo que arrancassem um dente de ouro de sua caveira. Estava prejudicando a salvação. Traje de gala em defunto é a simples mortalha ou burel de Irmandade. Branco, azul e róseo para crianças e virgens de palma e capela.

---

[*] Edição atual – 2. ed. São Paulo: Global, 2013. (N.E.)

Quase sempre as almas do outro mundo anunciavam presença pela *aura gélida*, um sopro glacial arrepiando as carnes, eriçando os cabelos, entorpecendo a voz, perturbando os passos. Outros espectros surgem naturalmente ou são esbarrados como passeantes comuns, talqualmente o Cardeal Wolsey em Hampton-Court, o Infante D. Francisco, Duque de Beja, em Queluz, ou o pai de Hamlet, entre as ameias de Elsenor. Quando tocam, sente-se gelo, apesar de viverem nas chamas como salamandras.

Uma tradição corrente nos Povos católicos, reforçando a autoridade eclesiástica na indispensável absolvição dos pecados, é o morto voltar procurando o sacerdote para obter a remissão das culpas que, logicamente, poderia alcançar ante a Divindade julgadora. Os seculares conventos europeus conservam essas fabulosas reminiscências de frades retomando a vida para receber a fórmula indulgencial. Passaram-se para o Brasil. Frei Santa Maria Jaboatão registou um desses regressos no Convento de São Francisco em Igaraçu, testemunhado pelo Guardião Frei Daniel de Assunção em 1687, e Manuel Dantas no Acari, com o Padre Manuel Gomes da Silva e o espírito do fazendeiro Antônio Paes de Bulhões nos finais do século XVIII. O Bispo D. João de São Joseph Queiroz conta que Frei Pedro de Souza, religioso de família fidalga em Portugal, matou o Prior que o apodara de malcriado. Durante um ano o monge assassinado fora à meia-noite rezar com ele no coro. Theodoro Roosevelt (*Through the Brazil Wilderness*, New York, 1914), comunica uma tradição sertaneja do Mato Grosso. Quando o morto cai de bruços, sua alma acompanhará para sempre o matador. Torna-se um *alastor*, espírito obsessor em Roma, inesgotável de ódio. Revivem momentos, para atestar a Eternidade. Afonso Pena Júnior (1879-1968) narrou ao escritor Alceu Amoroso Lima um espantoso episódio, presenciado pessoalmente. "Morrera um amigo. No quarto do defunto a família rezava. Outro amigo comum, descrente, confiou aos seus ouvidos a desnecessidade daquelas preces, já que tudo terminara com a morte. Nisso, o "defunto" lentamente se ergue na cama, para pavor dos presentes, e murmura com voz carvenosa: – "Afirmo que é verdade!" caindo de novo, desta vez definitivamente morto, sobre os lençóis ainda frios do seu próprio cadáver! Pena me dizia que, naquele minuto, sentira de perto a voz do lado de lá da vida". (*Companheiros de Viagem*, 261, Rio de Janeiro, 1971). *Los muertos oyem mejor*, afirmava Amado Nervo.

* * *

Procissão das Almas não é sinônimo de Procissão dos Penitentes, ou Encomendação das Almas, como a descreveu Melo Moraes Filho.

A Procissão dos Penitentes ainda resiste pelo interior da Bahia, com solfa do canto lúgubre recolhida pelo Professor Oswaldo de Souza, em

Pilão Arcado, 1949, sabendo existir noutras localidades pelo médio São Francisco, e comum pelo Nordeste até a segunda metade do século XIX. É uma romaria constituída exclusivamente por homens, com túnicas longas, envoltos em lençóis ou seminus, partindo do Cemitério ao cruzeiro diante da Igreja, cantando e flagelando-se até o sangue, desde a meia-noite da Sexta-Feira da Paixão. Todas as residências cerram portas e janelas, apagando as luzes, e a curiosidade é refreada pela intimidação e receio sobrenatural. Não deve ter assistência sem solidariedade penitencial. É como se passasse Lady Godiva, *vestida de pureza*, cavalgando nua nas ruas mortas de Coventry. Espanhóis e portugueses replantaram esses soturnos por todo continente americano, ainda vivos em Novo México e Califórnia. Para Portugal contemporâneo há o impressionante registro do etnógrafo Jaime Lopes Dias: (*Etnografia da Beira*, IX, Lisboa, 1963). Não é uma comemoração aos Mortos nem às almas. Revive a antiquíssima Procissão "disciplinante", sem o exibicionismo erótico dos "Padecentes" castelhanos, e com longa bibliografia expositora. É comum dizê-la realizar-se totalmente em sufrágio das Almas do Purgatório. Algumas teriam essa intenção. Outras, em maioria, destinavam-se ao resgate dos pecados pessoais diminuindo a duração do fogo no Purgatório.

Na Procissão das Almas não participa fôlego vivo. Almas percorrendo ruas desertas, alta noite, conduzindo brandões acesos que são ossos humanos, cumprem silenciosa mortificação, orando mudamente nos cruzeiros e dissipando-se como sombras ao penetrar o Campo-Santo. Em Portugal vê a procissão dos Defuntos quem tem uma palavra a menos no latim batismal. Era pecado grave tentar ver o desfile fantástico, sem pisar o solo, sem o menor rumor na multidão de mortalhas alvadias, cobrindo corpos vaporosos ou esqueletos. A literatura oral dessa *Procession of the Dead* é universal: (Notas "A Mulher curiosa", *Os Melhores Contos Populares de Portugal*).

Leonardo Arroyo (*Igrejas de São Paulo*, 199, São Paulo, 1966) recorda a "Procissão dos Padres", jesuítas sepultados sob o altar-mor da Igreja de Nossa Senhora do Rosário no Embu: – "Em determinadas horas da noite, que não se conseguiu ainda identificar, os jesuítas abandonam seus lugares, e, com seus longos hábitos negros, que ressaltam a brancura dos ossos da cabeça, das mãos e dos pés, formam fúnebre e terrível procissão e descem a ladeira do Embu. Em torno do lago continua a trágica procissão, as vozes se elevando para a solidão da noite, ouvindo-se mesmo o desfiar das camândulas do rosário. Em seguida, sempre em forma processional, caminham para o cemitério, onde permanecem horas seguidas em confabulação com os mortos. Ao desmaiar da noite, o cortejo volta para a igreja. Por isso, quando a Luz se apaga no Embu, os moradores dizem que a procissão dos padres vai sair, pois ela é feita às escuras".

* * *

Com a alma das crianças ocorre diferenciações caracterizando a maior ou menor integração na materialidade humana. Os recém-nascidos que morrem *voam direto* para a corte dos serafins, espíritos sem pecados, guardas ao trono do Altíssimo. Se a criança mamou, esvoaça inquieta até libertar-se do leite ingerido. Creio a exigência referir-se ao cadáver desfazer-se. Mas muita gente velha teima pensando que o infante conduza o líquido no estômago. Entende-se que essas crianças foram batizadas porque pagão não entra no Paraíso. Os falecidos sem batismo ficam na terra choramingando (o popular é *churumingar*) num pranto confuso, insistente e manso, onde foram enterrados; encruzilhada, que é caminho em cruz, porteira dos currais, porque o gado bovino esteve no Presépio de Belém, ou detrás de edifício religioso onde exista pia batismal, até qualquer pessoa lançar-lhes água, pronunciando as palavras litúrgicas. Resulta risadinha jubilosa e o bater de asas no rumo do Céu. Não há "visagem" de criança. Ao contrário de tantos registos afirmativos e venerandos, jamais ouvi entre o Povo frase sugerindo o *Limbo*, região ininteligível e complexa para as mentalidades simples e lógicas. No Recife um topônimo recorda a crendice do "choro de menino pagão". É o *Chora-Menino* na Boa Vista.

"Anjo" é o morto menor de cinco anos. Preceito antiquíssimo, recebido de Portugal, obriga aos pais não lastimarem os filhos mortos, criancinhas, *para não molhar as asas*. Dogma na Teologia popular. Outrora costumavam festejar o trespasso dos párvulos, com baile, descargas, louvação em versos improvisados pelos cantadores contratados, cantados à viola. Juvenal Galeno registou versos do velório de Anjinho no Ceará. Sílvio Romero já notara. Existe na Argentina (Oeste di Lullo, Félix Coluccio) e no Chile (Julio Vicuña Cifuentes). Na Argentina os padrinhos bailam com o pequenino féretro. Teófilo Braga informa a "dança do Anjinho" na Ilha da Madeira. Dei pesquisa mais completa: (*Anúbis e Outros Ensaios*)[*] e *Dicionário do Folclore Brasileiro*[**], "Pagão".

Não conheço o "velório de Anjinho" aquém do Ceará, mas o critério de não chorar as crianças falecidas é costume ainda normal pelo interior, índice psicológico e sacro de conformação à intensa letalidade infantil. Não há sufrágio para os inocentes. O Rei Davi aflige-se e suplica pela vida do

---

[*] 1ª parte deste volume. (N.E.)
[**] Edição atual – 12. ed. São Paulo: Global, 2012. (N.E.)

filho enfermo, mas quando este sucumbe, não o pranteia. Banha-se, muda as vestes, alimenta-se, ama. Volta ao ritmo normal: (*II Samuel*, 12, 15-23). O espírito da criança morta assume posto na hierarquia celestial que nenhum santo conquistará.

Não aparece fantasma de criança, rapaz, mocinha, gente nova. Parece que no Empírio *memória desta vida se consente* aos que muito viveram. Alma de velho é que não pode esquecer o caminho da terra.

* * *

O Povo acredita que os animais também reapareçam depois de mortos. É o *Zumbi*, do quimbundo *Nzumbi*, espectro. Nas tradições do Mundo popular o espírito do Homem pode habitar um corpo inferior, fazendo o veículo das volições misteriosas. Será o "animal encantado". Espírito do próprio animal fazer-se presente estando defunto, conhecia unicamente entre os indígenas brasileiros amazônicos, o *Anhanga*, da anta, veado, tatu, pirarucu, ave etc.: (Stradelli, Brandão de Amorim, Eduardo Galvão). O Zumbi é o Anhanga mestiço, elaboração "nacional". Apenas o Anhanga é símbolo fantástico da espécie e o Zumbi representação espectral da unidade.

A primeira comunicação fê-la o escritor alagoano Théo Brandão. Onde houvesse morrido equinos não se passava a meia-noite porque o *Zumbi de Cavalo* surgia agigantando-se, até matar de pavor o transeunte. Manuel Rodrigues de Melo deu-me a notícia norte-rio-grandense com o "Cavalo do Engenheiro Gato" galopando ao redor do umarizeiro de Filipinho na curva do Beco da Ponta da Ilha. O engenheiro Gates construía em 1915 a rodovia Assu-Macau, possuindo um esplêndido cavalo branco. Morrendo este, Gates mandou metê-lo numa cova profunda, para não apodrecer no mato. Em certos plenilúnios o cavalo de prata trota e corre como se vivesse, assombrando os confidentes amigos do Professor M. Rodrigues de Melo. A explicação vulgar liga-se ao conceito religioso do enterramento, privilégio do cadáver humano. Encovar um irracional é promovê-lo a criatura com alma, prolongando existência fabulosa em forma insubstancial e visível. Ernest Bozzano (*Manifestations Metapsychiques et les Animaux*, Paris, 1916), expõe outra interpretação. Há no homem faculdades supranormais, independentes das leis biológicas, e são essas potências, imponderáveis e vivas no subconsciente, que resistem ao perecimento físico: – *il était rationnel et inévitable d'en inférer que, puisque dans la subconscience animale on retrouve les mêmes facultés supranormales, la psyché animale est destinée á survive, elle aussi, á la mort du corp*. Motivou-me uma pesquisa: (*Geografia dos Mitos Brasileiros*, Itatiaia – Edusp, 1983*). Jaime Griz (*O Cara de Fogo*, Recife, 1969) cita o *Zumbi do Boi*, "alma ou fantasma do boi", na região canavieira de Pernambuco. Humberto de Campos (*Diário Secreto*, I, Rio de Janeiro, 1954), vira em 1928 a paragem Kelru, na estrada de ferro São Luís – Teresina, antiga fazenda holandesa durante o Império. O diretor surpreendera a esposa excitando sexualmente a um cavalo, e matara a ambos. O cadáver da mulher fora abandonado aos urubus e o quadrúpede enterrado na Igreja de São Patrício. Disseram-me, posteriormente, dos dois novos fantasmas maranhenses – a visão sangrenta da dama assassinada e o *Zumbi* do cavalo namorado, merecendo sepultura cristã.

*Vejam agora os sábios da Escritura
que segredos são estes da Natura!*

* * *

A devoção às "Santas Almas Benditas" veio ao Brasil com as primeiras famílias portuguesas no povoamento de algumas Capitanias. Não teria manifestação exterior e mesmo as "Caixinhas das Almas", coletando esmolas para os sufrágios, ficaram pelas cidades e vilas maiores, mais de um século depois. As Irmandades a elas dedicadas, oficiavam nos centros econômicos de alguma importância. A veneração iniciava-se pelo respeito pessoal um tanto receoso mais fiel aos auxílios sobrenaturais, constituindo orações, o Padre-Nosso e a Ave-Maria, de pé, com o pensamento na libertação das padecentes. Não havia representações e cada um imaginava o aspecto realístico dos espíritos penados pelo fogo. As almas do Purgatório eram irmãs da possuída pelo devoto e destinada a sofrer as surpresas do mesmo julgamento.

O Concílio de Trento (1545-1563) coincide com a fase inicial da fixação intensa e regular no Brasil. Antes de Tomé de Sousa a Mem de Sá. Combatia-se o euforismo propagador luterano e não mais o dissídio com a Igreja Grega, consumado e fatal. A dogmática tridentina afirmava a existência do Purgatório, a legitimidade das indulgências em benefício das almas que sofriam a purificação dos pecados e a invocação aos Santos proclamava-se lícita e útil. Justamente às avessas do que Martim Lutero semeara. Por toda a parte o clero regular e secular devotou-se a divulgar as doutrinas aprovadas em Trento. A comiseração pelas Almas fora tradicional mas, depois de 1563, tornara-se dever ortodoxo. Vão aparecer os painéis das "Alminhas" na Península Ibérica, com piedosa repercussão na

---

* Edição atual – 3. ed. São Paulo: Global, 2002. (N.E.)

América colonial: confrarias, missas votivas, desfiles penitenciais, não apenas crença mas culto às Almas. Alma tornou-se uma entidade de supremo respeito. O Juramento mais sagrado, e raro a proferir-se, era: "Juro pela salvação da minh'alma!" Nenhum outro assumiria as responsabilidades pelas temerosas consequências.

Em São José de Mipibu, a velha Alexandrina Canela prestava depoimento num inquérito referente a abigeato, nitidamente favorável ao ladrão contumaz. O magistrado, Luís Antônio Ferreira Souto, abriu a Bíblia e pôs a destra da depoente sobre o livro santo. – "Jura pela salvação da su'alma?" Retirando a mão como se tocasse brasa viva, a velha Alexandrina Canela replicou, aflita: – "Não Senhor, seu Doutô! Jurando, a história é outra..."

Pedro Lagreca (1883-1933), gerente da mercearia do irmão José, na Ulisses Caldas, criava nas dependências uma porção de bichos notáveis, o pequeno jacaré do Pium, mal-humorado e bufante, e um papagaio amazônico, de longa cauda ornamental. Misteriosamente surgiu uma caveira no *bric-a-brac*, insólita e macabra, furto de algum boêmio incrédulo. Aos matinais domingos, a dependência enchia-se de gente foliona, jubilosa, pilhérica, contaminada de literatura. Uma noite Pedro Lagreca sonhou com a caveira, agigantada, batendo queixo para o lado dele. Pela manhã encontrou o jacaré morto, o papagaio sem rabo e a caveira desaparecida. Não houve um de nós duvidando da vinda da alma buscar parte nobre do esqueleto, castigando Pedrinho com a mutilação e morte de animais ilustres. Éramos livres-pensadores, agnósticos, materialistas, independentes. Não acreditávamos em alma do Outro Mundo, *pero que las hay, las hay...*

A significação profunda desse episódio é que os *da turma* constituíamos a vanguarda da Incredulidade adolescente em Natal, ironizando em jornal e frase as tradições pacatas da cidade. A cabeça descarnada do morto regressava ao Cemitério do Alecrim conduzida por quem lhe animara a vida passada. Dos imóveis basaltos da memória o fantasma doméstico no Sobrenatural voltava para retomar o volante do raciocínio, juvenil e grupal, explicando a *sumição* da caveira...

Os devotos das almas são singularmente protegidos, por elas, naturalmente. Deve ser crença posterior ao século XVI. Se podem interceder pelos seus fiéis, mesmo em estado penitencial no Purgatório, também intervirão na terra, defendendo-lhes vida e fama. Além dos contos populares europeus com incontáveis variantes pelo Continente Americano, as almas motivam relatos piedosos da misericórdia assistente. Conto os evocados por meu Pai (Francisco Cascudo, 1863-1935). Pecados mas não os pecadores, cujo nomes silencio.

À volta de 1897, meu Pai era tenente no Batalhão de Segurança, hoje Polícia Militar. O alferes (não havia segundo-tenente) da sua Companhia, devoto das almas, também gostava de amar. Numa noite procurara o ninho dos sonhos, com proprietário legal, e apesar de destemido não pôde atravessar a existente ponte Marobé nas Rocas, assustado por umas visagens brancas que tomaram a passagem, impedindo o trânsito pecador. Soube depois que o marido e um irmão da casta diva armavam emboscada infalível, ocultos num telheiro diante do ninho. Devia a vida às almas.

Elegante do velho Natal de 1910, dono de armarinho sedutor na Rua Dr. Barata, solteiro e sestroso, também valorizava caçadas noturnas. Rumando ao encontro combinado, deparou figura feminina irresistível, atraindo-o em voltas e negaças nos becos e ruazinhas de silêncio e penumbra na Ribeira. Não conseguia ver o rosto mas as costas frementes da feiticeira ondulante, perdendo tempo sem aplacar o fogacho do cio. No cais da praticagem esbarrou com o sólido dono da casa onde o aguardava o amor fortuito e flamante. O capataz voltava da descarga de um navio inglês adiada pelo desarranjo nos guinchos. Teria sido flagrante trágico se a sombra tentadora não o tivesse desviado da rota para a rua certa, que lhe seria mortal. A "misteriosa" dissipou-se como uma névoa benéfica. O moço era rezador às almas, que lhe haviam guardado a continuidade vital. Não garantiam a impunidade na prevaricação mas provaram a oportunidade custodiante da Fé. Seus devotos não morrem em pecado mortal ou de repente, desajudados de preces.

* * *

A viagem da alma para o Julgamento é jornada confusa pelas informações inconformes. Em maioria é conduzida pelo Anjo da Guarda. Noutra lembrança o companheiro é São Miguel. O Anjo Custódio acompanha, através de terras desertas e desoladas. São Pedro, Santo Chaveiro, dá ingresso ao recinto onde a cerimônia será realizada. Jesus Cristo ou o próprio Padre Eterno, Pai do Céu preside, sentando num trono. O trono é cadeira de braços, com espaldar, dossel e posta num estrado. São Miguel sustém a balança onde a alma é avaliada. Essa pesagem das culpas, materializadas em substância acusável em verificação, era imagem vulgar pela Ásia, e a mais antiga menção é egípcia. A alma egípcia era posta na balança, depois da confissão negativa. Anúbis punha na concha o coração e Mait, a Verdade, a pena de ouro, símbolo da sua divindade. Tot proclamava o resultado e Osíris decidia. Essa Psicostásis os israelitas trouxeram do Egito. Aparece no discutido Livro de Daniel 5, 27, *técel*, referindo-se a Baltazar, Rei de Babilônia. Relação da segunda metade do VI século ou segunda metade do II, antes de Cristo. No tribunal cristão o Diabo, "caluniador", profere a eloquente acusação de todos os atos condenáveis desde a idade da Razão. O Anjo da Guarda produz a defesa. Alguns colocam a Nossa Senhora do Carmo assistindo e mesmo ajudando ao advogado nas "réplicas" atenuantes dos delitos. Nosso Senhor prolata a sentença irrevogável. Paraíso, Purgatório, Inferno. Nesse último destino, o Demônio arrebata a alma e mergulha "nas Profundas" da Eternidade flamejante. Para o Purgatório, o Anjo ou São Miguel, é o psicopompo, condutor. Salva, remida, perdoada, absolvida, entra no Céu para sempre, e o coro dos anjos entoa uma saudação jubilosa.

Jamais me falaram que a alma atravessasse lagoa, rio, em barco, no próprio caixão mortuário, ou andando sobre uma ponte angustiosa e vacilante, como ocorre no complicado itinerário oriental e europeu. No tradicional brasileiro, caminha nos areais longos e ressequidos, sofrendo sede, e se não maltratou os cães, nem mesmo cuspiu sobre eles, encontrará água fresca na casa de São Lázaro, em meio da estrada áspera. O Cão, trazido ao Brasil pelo português, é privilegiado companheiro de São Lázaro e São Roque, curadores de dermatoses, úlceras, adenites. Os devotos oferecem banquetes aos cães, "Mesa de São Lázaro", satisfação de promessas. Rodrigues de Carvalho registou o "Jantar dos Cachorros" no Ceará, Getúlio César no Piauí, Astolfo Sena no Maranhão, Mário Ypiranga Monteiro no Amazonas, Maria de Belém Menezes no Pará. Há uma pequena exposição no meu *Superstições e Costumes*[*], "Promessa de jantar aos cachorros": Quem mata um cão deve uma alma a São Lázaro. Sobre o conceito pejorativo e exaltador do Cão ver o *Dicionário do Folclore Brasileiro*[**]. Guiando as almas para o Paraíso mexicano, não aparece, entretanto, entre os guieiros sobrenaturais das almas brasileiras. O "jantar aos cachorros" é promessa aos dois Santos protetores do Cão, São Lázaro e São Roque. É de notar que a residência de São Lázaro, no Outro Mundo, é povoada de cães. Assim deviam ser as de todos os Santos caçadores.

* * *

O Clímax da Teologia Popular é a controvérsia sobre a origem das almas "aparecidas", Boas e Más. Todas provocam o pavor pela *aura gélida*, sacudindo as carnes do involuntário vidente. Os olhos iluminados ou não, os pés cercados de chamas, azuladas ou rubras, anunciam a separação clássica. Alma "condenada" não pode retirar-se do âmbito infernal, é a lição

---

[*] 2ª parte deste volume. (N.E.)
[**] Edição atual – 12. ed. São Paulo: Global, 2012. (N.E.)

da Igreja. No Purgatório não existe outra penitência além do fogo, *salvabitur per ignem*. Nem há demônios atormentadores. As almas do Purgatório devem penar rezando. Oram, esperando a satisfação penal. Por toda parte existirá resignação, contrição, esperança *Non punitorium sed purgatorium*. Uma quadrinha do Rio Grande do Sul (Simões Lopes Neto, *Cancioneiro Guasga*, Pelotas, 1917) expressa o conceito legítimo:

> *Se fordes a Cachoeira*
> *Levai contas de rezar;*
> *Cachoeira é Purgatório*
> *Onde as almas vão penar*!

Levar "contas de rezar", rosário e terço, para o Purgatório, não prevê ambiente de loucura sofredora, como ocorreria no Reino Maldito. Assim como a tentação, o padecimento está limitado à capacidade de resistência individual. No Inferno é que a crueldade diabólica ilimita-se na execução desapiedada.

Para o Povo, desatendendo as decisões dogmáticas, as almas vêm "cumprir penitência" onde pecaram. As "aparições" estão desempenhando mandatos de confiança divina, mensageiras de advertências, súplicas de satisfações não cumpridas, promessas não pagas, pecados do Esquecimento, cujas remissões implicam na viagem para o Céu. Diferem dos Espíritos residindo nas formas primárias do castigo, árvores, rochedos, recantos sombrios, grutas, rechãs de pedregal.

Também animais, bois, cavalos, cadelas (não cães), cabras, urubus. Alma não *encosta* nos bodes porque esses são abrigos satânicos. Nem nos jumentos, ostentando uma cruz nos lombos, desde que carregaram Nosso Senhor para Jerusalém. Em tempo de seca, Oswaldo Lamartine sugeriu a um grupo de "retirantes" famélicos no Seridó abater e aproveitar a carne de um jumento, velho e trôpego. Os sertanejos indignaram-se com o sacrilégio. Preferiam a fome.

As almas em penitência normal, evidentemente não se apresentarão possessas de dor, convulsas, desesperadas pela tortura insofrível, permitindo visão alucinante do violento martírio. Surgem às vezes vagamente luminosas, com lampejos ou luz fixa, pequeno foco deslumbrante, como o espírito do fazendeiro Antônio Paes de Bulhões, no Acari, trazia na espádua, ofuscando o Padre Manuel Gomes da Silva. O halo circulando a cabeça numa auréola, é distintivo das almas "santificadas". A luminosidade exalada na Procissão das Almas é acariciante e suave de ver-se. As vermelhas, oscilantes, intermitentes, são sinistras, malévolas, suspeitas do Demônio, incapaz de conceder equilíbrio, harmonia, confiança. Decorrentemente, as almas turbulentas, terrificantes, falando com voz entrecortada e arquejante como numa pausa de suplício, não serão as "Sofredoras" mas as "Condenadas" ao Fogo-Eterno, mandadas entre os viventes para perturbar-lhes o ritmo habitual da convivência, incutindo o permanente terror a uma ameaça misteriosa e sobrenatural. "Quem vem por bem, faz bem!" Deixando inquietude e aflição, denuncia o encargo diabólico do desassossego e amedrontamento.

* * *

Os neuróticos, agitados, lunáticos, são predispostos a ver alma do Outro Mundo, mesmo de dia. A vibração incessante no espírito apreensivo, curiosidade displicente, infixa, maquinal mas constante, a despreocupação material, o hábito dos passeios intermináveis e solitários pelos lugares desertos e afastados, curtindo as longas insônias povoadas de excitações, concedem-lhes uma disponibilidade receptiva ao fantástico, ao indimensional, ao antilógico, ajustados à inquietação mórbida, indecisão delirante, labor invisível e sem pausa, do seu mundo interior. A visão e comunicação com os espectros são atividades complementares ao desvairismo íntimo, denunciado pelo surdo e confuso diálogo, sibilino e sem nexo, com interlocutor imaginário e real. Situação idêntica ao débil mental e ao louco entre orientais, considerado mais longe da razão humana e mais próximo da onisciência de Alá, que tudo sabe. Ouvem e confabulam com animais e fantasmas, transmitindo as assombrosas mensagens aos homens de percepção limitada. Quando minha filha Ana Maria foi Promotora de Justiça na Comarca de São Gonçalo de Amarante, perambulava na cidade um desses privilegiados, entendendo-se perfeitamente com os cães, ovelhas e galinhas.

Menino grande em Augusto Severo, assisti episódio documental. Visitava nossa casa o Vigário José Antônio da Silva Pinto quando apareceu o sacristão Hortêncio, com um homem pálido, amalucado, portador de recado da alma de sua Mãe, antiga zeladora da Matriz, avisando que o altar da Senhora Sant'Ana ia cair. Padre Pinto mandou o acólito verificar o objeto da denúncia miraculosa. Não era o altar da Padroeira mas o nicho de madeira, contendo a imagem, que estava carcomido pelos cupins. Fatalmente desabaria. O aluado tivera razão comunicando o aviso materno da velha devota, sepultada há muitos anos. Advirta-se que o doidelo não frequentava a Igreja, nem morava "na rua". Estava fora de dúvida a autenticidade da missão, para o portador, filho da morta, para o vigário na freguesia, para o sacristão veterano. E para todos os moradores na Vila de Augusto Severo, antigo Campo Grande do Upanema. O Espírito sopra onde quer!

* * *

Há punições internacionais cujos penitentes tornaram-se entidades da região, inseparáveis na paisagem dos mitos topográficos. Invisíveis, são caracterizados pelos rumores típicos dos ofícios exercidos numa sobrevivência funcional. O lenhador na mata, o remeiro nos igarapés e curvas remansosas, a lavadeira batendo roupa nas pedras chatas, o comboieiro estalando o chicote ponta de linha, o cortador no canavial, a sombra do galope levantando poeira, o caçador assobiando ao cão, o carreiro cujo carro guincha e ninguém vê, o pescador tarrafando, murmúrio de vozes sem corpo, de solfas indistintas, ruídos sem eco. Mistérios dispersos na geografia do Medo. Não há fazenda de gado, velho engenho de açúcar, propriedade rural de tradição, povoado quase defunto, ruínas dos tempos idos, sem convivência com os fantasmas residentes. Qual a capital européia, asiática, negra ou moura pela África, americana de ilha e continente, sem essa população espectral?

Reminiscências jangadeiras em Natal: (*Jangada*, 2ª ed., Rio de Janeiro, 1964*) Mestre Filó, Francisco e Benjamim Camarão, José Justino e Manaus, numa Sexta-Feira da Paixão viram a Procissão dos Afogados, nadando em filas silenciosas, olhos brancos, corpos brilhando como prata na água escura do Atlântico.

Pela Praia de Areia Preta ainda perdura a lembrança de Gangão, morto por volta de 1940. Era pescador do Canto do Mangue, baixo, preto, forte, mestre de linha e de trasmalho, sabedor dos segredos do "caminho e assento" onde estavam os pesqueiros velhos, e quando o peixe desce, faiscando nas piracemas, para a pancada do Mar. Admirador fiel de João Café Filho, seu inseparável nas batalhas dos sindicatos, ficava rouco de vivá-lo nas horas difíceis. Quando Café Filho obteve uma de suas vitórias eleitorais, Gangão comprou a transvaliana mais volumosa que encontrou e, no entusiasmo doido, acendeu-a na palma da mão. A bomba rebentou antes de tempo e os dedos de Gangão foram encontrados nas camboas no outro lado do Potengi. Ficou bom, apenas com o braço findando em mão sem dedos. Não perdera a ciência da pesca e a devoção do Mar. Sujeito aos ataques epileptiformes, sentindo a aproximação da aura, amarrava-se, mar alto, nos espeques de sua baiteira, prendendo o braço na cana do leme. Sem sentidos, a baiteira vogava guiada pela mão imóvel do piloto desmaiado. Grande pescador solitário, Gangão foi para a linha do Mar, lá fora, na baiteira fiel. Vários botes e jangadas passavam-lhe perto, gritando pilhérias e desafios para a corrida. Gangão veio vindo e rumou à Praia do Meio, que ele sempre chamava "Morcego", o velho nome tradicional. Sentiu a aproximação do desmaio.

---

* Edição atual – 2. ed. São Paulo: Global, 2002. (N.E.)

Amarrou-se cuidadosamente. Prendeu a cana do leme ao pulso e esperou a viagem dos sentidos. Escureceu e os pescadores de Areia Preta viram a baiteira bordejando. Vinha até o Morcego e virava de bordo, ganhando o alto na mudança da viração. Rumou para Areia Preta mas evitou os recifes e retornou para o largo.

Finalmente virou e veio, ponteira, encalhar na ponta da Mãe Luísa, embaixo, nas pedras escuras. Era noite. Os pescadores foram procurar. Encontraram o bote virado, adernado, cheio d'água. Gangão morto, amarrado, ainda pilotava sua baiteira na derradeira jornada. Os pecadores do Canto do Mangue chegaram correndo. Entre eles, o mano, Benjamim, que desapareceria no mar durante a guerra. Gangão foi levado para a encomendação e enterro no Cemitério do Alecrim.

Mas voltou. Todos os pescadores falam nesse regresso assombroso. Em certas noites, sexta-feira, havendo luar, a baiteira larga da Praia de Mãe Luísa, enfunada a vela branca triangular, e faz-se ao vento. Os pescadores encontram a embarcação veloz bem longe, invencível. Com as últimas estrelas some-se no ar, na flor das ondas vivas. Mas os pescadores sabem que, imóvel, pagando penitência, Gangão está na cana do leme, guiando a baiteira fantástica nos mares do Céu.

Voltando da pesca, tardinha, as jangadas vêm apostando carreira, ver quem encalha primeiro na praia. Os mestres, remo de governo na mão, escota no punho, dão impulso. Proeiros e bicos de proa gritam, entusiasmados, apostrofando os concorrentes aos berros de animação. Numa tarde, Antônio Alves voltava para Ponta Negra quando viu uma jangada na sua frente. Lançou-se na corrida para vencê-la. Não reconheceu a embarcação, embora fosse ficando mais próximo. Sua jangada era veleira e vinha feito flecha, como toninha na vadiação. Perto de emparelhar, pega não pega, a outra jangada sumiu da vista como um pouco de fumaça. Antônio Alves estremeceu e benzeu-se. Mistério do Mar, jangada fantasma, assombração do anoitecer.

Noutro quadrante surgem no Brasil fantasmas que constituem tradições da Europa fidalga, figuras com nobres pergaminhos testificadores da ancianidade crédula. Espectros já velhos quando São Luís, Rei de França, vivia. Viajaram mais nas mentes que nos olhos. Denunciam finalidade benéfica pela ausência de aspectos monstruosos, impressões terríficas, consequências dolorosas. São "almas em pena" há mais de sete séculos, pertencentes às imaginações aristocráticas da Idade Média. Agora participam do humilde patrimônio anônimo do Povo brasileiro, fielmente transmitidos: (*Coisas que o Povo Diz*, 20, Rio de Janeiro, 1968*).

---

* Edição atual – 2. ed. São Paulo: Global, 2009. (N.E.)

O velho João Tibau, que muito bem conheci na Praia de Areia Preta, baixo e robusto, de força agigantada, lenhador, pescador quando nada tinha a fazer, bebedor emérito, contou-me essa estória. Acordou pensando ser madrugada e saiu para fazer lenha e, como andasse depressa, chegou ao mato verificando ser noite alta, tudo escuro de meter o dedo no olho. Nem mesmo enxergava os paus, vale dizer árvores. Foi indo, bangolando, fazendo tempo, quando ouviu uma música muito bonita e foi indo na direção do som. Era, com certeza, algum baile nas redondezas. Andou e andou e foi parar perto da Praia do Flamengo, além de Ponta Negra, rumo de Pirangi, avistando, da ribanceira que descortina o mar, um clarão. Desceu a barreira e empurrou-se para lá. Encontrou um grupo de cavaleiros, com grandes capas compridas, muito bem vestidos, nuns cavalos de raça, lustrosos e gordos, mas João Tibau não identificou ninguém. Quis acompanhar o grupo e acabou correndo quanto podia, mais tinha a impressão de apenas andar, pois não vencia terreno. O grupo desapareceu adiante, como se fosse fumaça. A praia estava clara pelas estrelas e o mar muito calmo. Tibau chegou perto da última curva e viu um palácio que era uma Babilônia, várias carreiras de janelas, todas iluminadas com uma luz azul que doía na vista. Chegando mais para perto, ouviu as rabecas e as sanfonas, o vozerio do povo se divertindo, e mesmo a bulha compassada dos dançarinos. Apressou o passo e ficou diante do palácio deslumbrante, todo cheio de luzes e músicas, de vozes e de cantigas, mas não via vivalma. Aí arrepiou-se todo, pensando que fosse coisa encantada, e benzeu-se. Deu-lhe um passamento pelo corpo, escureceu-lhe a vista e deu cobro de si pela madrugada, já o céu todo claro, as barras do sol no mar. Viu então que estava diante das Barreiras Roxas.

Paulo Martins da Silva, do Banco do Brasil, narrou-me em abril de 1938 esse episódio. Entre Pititinga e Rio do Fogo, na barreira do Zumbi, existe um palácio encantado, há anos, um pecador, chegando ao Tourinho, barreiras que estão entre a cidade de Touros e o Rio do Fogo, encontrou outro palácio, iluminado, e ali um homem lhe entregou uma carta para a barreira do Zumbi, a duas léguas e meia de distância. O pescador foi entregar a carta e encontrou o palácio em festa, com muita gente, música, rumores de dança. Deu a carta. Deram-lhe de comer e beber. Pela manhã encontrou-se na praia nua. Tudo tinha desaparecido.

No Morro Branco, arredores de Natal, na encosta leste, os lenhadores e caçadores viam outrora uma casa branca, brilhante de luzes e sonora de vozes festivas, orquestra tocando, gente bebendo e cantando. Quem tinha coragem de aproximar-se, ia o edifício sumir-se no ar e ficar apenas o mato bruto, cheio de sombras, com o murmúrio do vento na folhagem. Hoje o Morro Branco é quase residencial.

No Rio Potengi, entre Natal e Guarapes, há uma camboa que, nas enchentes, forma uma ilha, coberta de mangues. Essa ilha é mal-assombrada. Aparece uma grande residência, habitada, com vozes humanas que cantam, gritos de alegria, som de vidros entrechocados, rumores dentro e ao redor da morada. Pela madrugada desaparece e fica o mangue verde como habitante único da ilhota misteriosa.

O Coronel Quincó (Joaquim Anselmo Pinheiro Filho, 1869-1950), que tantos anos comandou a Polícia Militar, narrou esse "acontecido" em dias de sua mocidade na cidade do Natal, nos primeiros anos da República. Vinha da Ribeira para a Cidade Alta pela Subida da Ladeira (Avenida Junqueira Aires) quando ouviu para o lado da Rua de São Tomé, paralela, uma valsa linda. Apressou-se, e logo no começo da São Tomé, com raros e espaçados moradores, havia um grupo maciço de árvores. A música cessara e Quincó encontrou apenas uma mulher alta, magra, com um xale na cabeça. – "Onde é a festa?", perguntou. A mulher indicou o bosque com um estender de lábio, sem palavra. Quincó deu alguns passos e, nada vendo, voltou-se. A mulher desapareceu. Música, luzes, vozes, dissiparam-se para sempre. O Coronel Quincó mostrou-me o local.

Filadelfo Tomás Marinho, Mestre Filó, pescador famoso que foi ao Rio de Janeiro comandando três botes de pesca em 1922, deu-me esse depoimento. Voltava de Jenipabu na noite de lua embaçada e ao confrontar com a Limpa, já no Potengi, viu um trecho da Praia da Redinha muito claro e cheio de gente animada. Como outro dia era domingo e ele não ia *pras iscas* (pescar), resolveu ver a função e rumou a canoa para lá. A praia estava tão clara que os mangues, as árvores, tudo se destacava como de dia. Quando ia virando o leme para encostar, escapuliu-lhe da mão a escota e a retranca virou, cobrindo a vista com o pano da vela. Levantou-a e reparou que a praia estava escura e silenciosa, sem um pé de pessoa, porque a lua abria nesse momento. Estava mesmo no Cemitério dos Ingleses. Era uma assombração. Tocou-se para o outro lado sem mais demora. A casa de alpendre que ele vira, distintamente, também não estava e sim um cajueiro.

O pescador Antônio Alves, de Areia Preta, meu colaborador no *Contos Tradicionais do Brasil* (Rio de Janeiro, 1946*), vinha vindo boca de noite da Ponta Negra a pé pela praia. Perto de Areia Preta reparou num sobrado, alto, todo branco, iluminado, que nunca vira embora por ali passasse frequentemente. Avistou uma varanda muito larga onde havia gente dançando, indo e vindo. Aproximou-se e não ouviu música, mas a festa estava tão

---

* Edição atual – 13. ed. São Paulo: Global, 2004. (N.E.)

bonita que Antônio Alves "chegou-se pra perto". O pessoal estava todo vestido de branco e com uma espécie de capuz, cobrindo o rosto. O pescador pensou que fosse ensaio de algum grupo carnavalesco, sem maldar. O povo que estava dançando virou todo de costas, como numa quadrilha e nesse momento levantou-se um pé de vento com areia que o cegou. Limpou os olhos mas a casa desaparecera, com os dançadores e só estava ali a Barreira da Muxila, muda e aterradora. Antônio Alves botou o pé e só parou em casa, mais morto do que vivo.

Gustavo Barroso (*As Colunas do Templo*, Rio de Janeiro, 1932) recorda que em agosto de 1918 um vespertino carioca divulgara surpreendente episódio narrado por um *chauffeur* de Ipanema. Diante do Cemitério de São João Batista tomara seu carro um homem alto, encapotado, mandando tocar para o Caju em rapidez máxima. Na Avenida Oswaldo Cruz o motorista, assombrado, verificara o desaparecimento do passageiro, apesar da excessiva velocidade do automóvel. Seria possível a proeza a um fantasma. No ano seguinte, estudando Medicina, ouvi comentar-se ter o *chauffeur* identificado o passageiro do São João Batista vendo uma fotografia do famoso atleta e acroata Anquises Peri, falecido na epidemia da gripe.

Na manhã de 2 de setembro de 1894 minha Mãe disse ter sonhado com o sogro, abraçando-a e dizendo: – "Adeus, minha filha!" Meu Avô Antônio Justino de Oliveira tinha apenas 65 anos e era sadio. Meu Pai, em Natal, não o sabia enfermo. Falecera na noite anterior, na Vila do Triunfo, ex-Campo Grande, hoje Augusto Severo. Nasci mais de quatro anos depois mas ouvi esse sonho durante toda a minha meninice.

Meu primo Bonifácio Fernandes, paraibano robusto e sereno, tinha uma pequena mercearia na Praça Augusto Severo e morava na Avenida Campos Sales, no Tirol. Preferia regressar, como bom sertanejo, a cavalo, através das avenidas que se povoavam. Uma noite, atravessando o local onde o Dr. Januário Cicco construiria a Maternidade, encontrou dois cavaleiros à sombra duma grande árvore. Depois de meu primo ter passado, deram de rédeas como pretendendo acompanhá-lo. Antes de alcançar a Rua Nilo Peçanha, um dos desconhecidos disse em voz alta e roufenha: – "Vamos juntos!" Bonifácio voltou-se e não mais avistou os dois homens. Ficou muito impressionado com o "esquisito" convite e contou a todos o singular encontro. No mesmo mês adoeceu e morreu. Tifo.

O velho poeta popular Fabião das Queimadas (Fabião Hemenegildo Ferreira da Rocha, 1848-1928) vindo ver-nos em Natal avisou ao meu Pai que a visita era de despedida porque "vira" o espírito de sua Mãe. A velha também falecera depois de haver-se encontrado com a alma da progenitora. *O rejume* era esse. Faleceu em junho.

No Brasil as almas não tiveram o tratamento afetuoso de "Alminhas" como em Portugal, onde o culto é mais intenso e complexo. Novembro europeu é final de outono com noites frias, pedindo lareira e conversa familiar ao pé do lume, avivando tradição. No Brasil o calor do verão dispersa um tanto o conchego doméstico. As almas têm poucas oportunidades de intervenção, exceto nas regiões do interior, com a população em residências espalhadas, zonas agropastoris, onde há caminho escuro e deserto para alcançar a casa. O cenário é uma provocação invocadora do complemento sobrenatural.

* * *

Tradições. O Tenente-Coronel Antônio José Leite do Pinho foi assassinado na tarde de 15 de março de 1834 a mando de Dendé Arcoverde, vingando o tio Capitão-Mor André d'Albuquerque Maranhão, chefe da revolução de 1817 no Rio Grande do Norte. Dias depois, o cavalo branco do morto relinchava e pateava como se visse o antigo senhor, e acabou morrendo na mesma tarde. Diziam no velho Natal que o tenente-coronel viera buscar a montada por não saber andar a pé.

Gervásio Guilherme Martins foi morto a 2 de maio de 1863, no caminho de São José de Mipibu para Camorupim. Era muito estimado e assinalaram o local com uma grande cruz de madeira, denominando-se "Gervásio". Meio século depois, o defunto rondava o cruzeiro ao anoitecer, descobrindo-se amavelmente aos espavoridos viajantes.

Pereira da Costa conta a origem do nome "Rua do Encantamento" no Recife[37]. Um frade notívago acompanhou uma mulher bonita até o primeiro andar em sobrado penumbroso. Veio uma claridade em que se viu caixão de defunto, e a requestada desapareceu. O frade pendurou um relicário a um prego, rezou e foi embora.

Na manhã seguinte voltou com vários colegas do Convento. O sobrado era abandonado, vazio, arruinado, e a sala nada recordava do colóquio amoroso na noite anterior. Exceto, como testemunha, o relicário pendendo da parede suja.

Um dos estudantes nordestinos, médico na Bahia de 1906, contou-me que um seu companheiro seduzira-se por uma Vênus-vaga, seguindo-a à Rua de Baixo, onde a namorada desculpou-se de não poder atendê-lo, dando-lhe uma "lembrança" embrulhada em cetim. Voltando à casa, o rapaz verificou haver recebido um ossinho de falange humana. O meu informante vira o "presente".

---

[37] Ao historiador Fernando Pio devo saber que a Rua do Encantamento, no Recife, corresponde mais ou menos à Rua Vigário Tenório, no bairro do Recife, paralela à Avenida Marquês de Olinda.

O Doutor Afonso Barata (1862-1934), médico na Bahia de 1889, duas vezes Deputado Federal pelo Rio Grande do Norte, confidenciou um episódio em tempo de estudante. Gostava muito de perfumes, morava sozinho, levando a chave ao sair, temendo a colaboração alheia. O estrato preferido terminou e a loja esperava sortimento novo. Ficou usando outro, bem diferente, porque jamais encontrara o favorito em parte alguma. Uma noite adormeceu quando lia na espreguiçadeira. Despertou com a impressão de alguém acariciar-lhe os cabelos. O odor do perfume predileto recendia, enchendo o quartinho. Quarenta anos depois ainda o sentia.

O cavalo "Peixe-branco" ou "Exalação", de Jesuíno Brilhante (1884-1879), o cangaceiro gentil-homem que matava inimigos e nunca roubou, tinha a propriedade de pressentir emboscadas e ver fantasmas. Estacava, como feito de bronze, recomeçando a marcha depois do cavaleiro rezar o Padre-Nosso e Ave-Maria a Nossa Senhora do Carmo ou a São Miguel das Almas. Antes, não havia espora que o resolvesse a mudar de lugar.

A Rua Mermoz em Natal é o antigo sítio "Queda do Brigadeiro", assim denominado por aí haver caído do cavalo o Brigadeiro Venceslau de Oliveira Belo, presidente da província, de julho de 1844 ao seguinte abril, tio materno do então Conde de Caxias. Não há explicação para o seu espectro galopear em certas noites até a primeira década do século XX. Aparição de "visagem" relaciona-se com o local da morte, e o Brigadeiro, já Marechal, faleceu no Rio de Janeiro em 1852.

No caminho de Natal a Macaíba, antes de Guarapes, há o local "Peixe-Boi", por haver encalhado, semimorto, um sirenídeo, na segunda metade do século XIX. Os moradores de Guarapes, no tempo famoso do fundador e rico Fabrício Velho (Fabrício Gomes Pedroza, 1809-1872), não atravessavam à noite o Peixe-Boi, mal-assombrado e bulhento, preferindo viajar pelo Rio Potengi. As almas sossegaram depois de muitas missas. Ainda hoje não é passagem de confiança para pedestres ou jornada a cavalo. Há luzes, gemidos, tropel de gente correndo. Passam o Peixe-Boi durante o dia. Ali teriam sido massacrados os indígenas quando da truculenta "Guerra dos Índios".

A velha Bibi (Luísa Freire, 1870-1953) foi empregada em Guarapes quando administrada por Fabrício Moço (o segundo Fabrício Gomes Pedroza, 1856-1925), últimos faustos, declínio e apagamento do empório econômico senhorial. Da Volta do Periquito a Carnaubinha era um viveiro de assombrações, avistadas pelos trabalhadores, morando todos à vista protetora da Casa-Grande, temendo os morros na verde solidão da mataria. Ouviam as almas dos *cabocos* fazendo lenha e avistavam os fogos das aldeias invisíveis. O tráfego Macaíba-Natal era fluvial. A estrada de rodagem em 1915 afugentou os fantasmas.

Meu tio Henrique Torres de Almeida faleceu em Natal a 12 de abril de 1932. Não consentimos meu Pai ir ao enterro para não emocionar-se. Henrique sepultou-se vestindo traje de casimira azul, feito para assistir meu casamento em 1929. Na noite de 14 para 15, meu Pai sonhou com o cunhado, vestido de azul, indicando um homem baixo, gordo, moreno-claro, com bigode falhado, dizendo: – "pague a este nove mil réis!" Na tarde de 18 meu Pai encontrou na Avenida Tavares de Lyra o Sr. Clemente Pereira da Silva, negociante em Santa Cruz, reconhecendo-o como o que vira em sonho. Perguntou se Henrique Torres lhe devia algum dinheiro. Devia nove mil réis de uma compra de queijos. O credor ignorava o falecimento do devedor. Meu Pai saldou o débito. Quem conheceu o Coronel Cascudo sabia-o inimigo de sugerir assombros e patranhas.

Anfilóquio Câmara (1889-1957), residindo na Rua Voluntários da Pátria, voltava de uma reunião à noite quando viu caminhando, alguns metros adiante, uma pessoa que lhe pareceu velho companheiro das assembleias do IBGE no Rio de Janeiro. Não o alcançou em passo e voz, admirando-se vê-lo entrar, muito naturalmente, na sua residência embora a soubesse de porta fechada. Dias depois soube do falecimento do misterioso visitante.

O Fiscal Federal no Ateneu Norte-Rio-Grandense, Lucas Sigaud, morava numa das primeiras casas na Avenida Junqueira Aires. Contou-me ouvir, distintamente, altas horas, o rumor inconfundível dos talheres desarrumados por mão inábil e brusca. Verificava depois a ordem irrepreensível no faqueiro, guardado em móvel na sala de jantar, sob chave.

D. Joaquim Antônio de Almeida (1868-1947), primeiro Bispo de Natal, resignatário em 1915, depois de uma vida missionária e peregrina, recolheu-se em 1944 a Macaíba. Um dos amigos humildes e fiéis era o pequeno agricultor Miguel Marinho Falcão, também setuagenário. Numa das mansas tertúlias vespertinas, o prelado convidou o familiar para um pacto fraternal. Quem viajasse primeiro havia de vir buscar o companheiro. Combinado! D. Joaquim morreu na tarde de 30 de março de 1947. Falcão acompanhou à sepultura o féretro do Bispo na manhã seguinte. Antes de terminar o enterro faleceu no Cemitério de Macaíba (Antônio Fagundes, *Vida e Apostolado de Dom Joaquim Antônio de Almeida*, Natal, 1955).

Na Bica de São Pedro em Olinda as almas dos antigos cantequeiros vêm, em certas noites, encher as grandes vasilhas de folhas de flandres. Ouvem o sussurro das vozes e o rumor dos canecões atritando nas pedras.

Ainda em 1918 na cidade do Salvador, dizia-se subir pela ladeira do Pelourinho meia-noite da Sexta-Feira da Paixão, uma procissão de fantasmas penitentes, vestindo mortalhas brancas, cada um com uma vela acesa na mão. Davam três voltas na praça e desapareciam.

Silvestre, Mestre Silivesti, pescador famoso, morreu afogado, fora da barra de Natal, enleado na poita do tauaçu. Reaparecia resfolegante, molhado d'água do mar.

Américo Giacomino, o Canhoto, grande violão brasileiro, e o acompanhador Luís Buono, visitaram Natal em janeiro de 1920, quando eu possuía automóvel, jornal e 22 anos. Lamentei não haver registado o nome de um seu amigo morto cujo fantasma acompanhava, cordialmente, o artista. Rodávamos depois das exibições e inopinadamente Canhoto interpelava Buono: – "Viu? É ele mesmo! Atravessou a rua!" *Les fantômes ne se mostrent qu'à ceux qui doivent les voir*, afirmava Alexandre Dumas.

Gastão Penalva (Comte. Sebastião Fernandes de Souza, 1887-1944) dizia não haver oficial de Marinha no seu tempo sem recordações de fantasmas "embarcados", notadamente visíveis no quarto d'alva. O Almirante Huet Bacelar afirmava: – "Quem disser que oficial morto não volta ao seu navio, está mentindo!" Penalva pensava escrever todo um volume sobre "Fantasmas Navais", documentado pelas reminiscências dos companheiros.

O Capitão de Corveta Raul Elísio Daltro quando Capitão dos Portos em Natal narrava esse caso pessoal. Primeiro-tenente servia no "Benjamim Constant" no Rio de Janeiro, uma tarde fora a terra, regressando de escaler. Ao subir a escada de bordo viu descendo sozinho, lento, grave, um oficial desconhecido, grisalho, de patente superior. Encostou-se para deixá-lo passar, fazendo-lhe continência. Chegando ao portaló, voltou-se para ver o velho oficial. A escada estava vazia e no escaler atracado não havia senão os marinheiros da guarnição. Muitos anos depois soube tratar-se de um falecido comandante do "Benjamim" com a mania de, vez por outra, rever o comando.

O Cônego Pedro Paulino Duarte da Silva (1877-1954) dizia as velhas igrejas cheias de túmulos residenciais de almas do outro Mundo. Os antigos Vigários colados amavam visitar as matrizes onde oficiaram e foram sepultados. É o que ouvira no Assu, Ceará-Mirim, Mossoró.

Em 1906 um Aspirante de Marinha escreveu no cemitério de Angra dos Reis: – "Este cemitério é só para cães!" No ano seguinte estava enterrado "a meio metro da inscrição fatídica", registou Gastão Penalva, que pertencia à turma. As almas castigaram a irreverência.

O Professor Bartolomeu Fagundes, já residindo em Natal, encontrou um amigo de Goianinha, onde dirigira o Grupo Escolar. Abraços, frases festivas. Dias depois soube ter falecido o cordial amigo no ano anterior. Abraçara um defunto, concluía Bartolomeu.

O Padre Bianor Aranha informou-me que o espírito de "mulher da vida" era identificado pela voz. Não tomava feição de gente.

A legislação antiga permitia instituir-se a própria alma por herdeira dos bens patrimoniais, lentamente despendidos em cerimonial propiciatório. D. Maria César, viúva de João Fernandes Vieira, falecida a 11 de agosto de 1689 – "Deixou a sua alma por sua herdeira, e uma instituição de missa quotidiana na dita igreja de sua sepultura" (Nossa Senhora do Desterro em Olinda). Essa tradição foi extinta em 1766 e radicalmente em 1769 (Marquês de Pombal). Os cuidados pela "salvação" sabiam iludir a proibição legal, obrigando os herdeiros naturais a uma sucessão de despesas intermináveis. Por todo século XIX no Brasil, vários testamentos astuciosos faziam praticamente a alma do defunto co-herdeira ou usufrutuária. O morto continuava dispondo da fortuna pessoal em benefício de sua instalação no Paraíso.

A nudez é uma defesa mágica contra os espectros. É isolante e os feitiços por contato serão ineficazes. Ver "Nudez" no *Dicionário do Folclore Brasileiro**. Todo canto, interseção de duas paredes, é "cama das almas", fiscalizando a normalidade do lar em que viveram. As orações percorrendo "os quatro cantos da casa" eram poderosas e já populares no século XVI. Não devemos jogar sobejos nos cantos para não ofender aos espíritos.

Alma não interrompe quem vem cantando pela estrada escura. O canto é uma companhia sagrada. *Donde hay música no puede haber cosa mala*, afirmava Sancho Panza.

Cruz das Almas são altos cruzeiros de madeira ou pedra, erguidos nas encruzilhadas. Nas cidades, coletavam esmolas em caixinhas facilmente arrombáveis pelos sócios das Santas Almas Benditas. Pelo interior do Brasil valiam símbolo de Fé, afastando as entidades malévolas e fantásticas, marcando "caminho certo". Existiam em quase todos os territórios povoados no século XVIII. No Rio Grande do Norte mencionam "Cruz das Almas" em 1784 em Currais Novos, ao redor dos futuros limites municipais de Lagoa Nova, e povoação antiga no Martins. Denomina município na Bahia. Sinal de posse, Cruz das Posses, Distrito de Sertãozinho em São Paulo. Com os nomes de Cruz, Santa Cruz, Cruzeiro, batizam 46 municípios e distritos no Brasil de 1965. Simples topônimos são incontáveis. Há peculiaridades: – Cruz da Esperança (SP); das Graças (SE); das Moças, dos Padres, no Recife; Cruz de Pedra, no Ceará; Cruzeiro dos Peixotos, em Minas Gerais, os Cruzeiros do Sul. Em São Gonçalo do Amarante, RN, havia velha devoção à "Santa Cruz do Caboco". Substituíram na Europa medieval aos *Lares Compitales e Lares Viales*, protetores dos viajantes pagãos. Ao pé dos cruzeiros há sempre uma alma.

* * *

---

* Edição atual – 12. ed. São Paulo: Global, 2012. (N.E.)

No Quotidiano Sobrenatural

Quem amanhece com a boca salivosa e amarga é por ter comido papa ou mingau das almas.

Os toalhados e cobertores guardados nos gavetões e encontrados úmidos, foram mijados pelas almas.

As pequenas equimoses arroxeadas ou azuis, vistas na pele ditas *blues* em França, foram beliscões das almas.

As sandálias deparadas pela manhã em posição diversa em que foram deixadas ao adormecer, serviram às almas durante a noite.

Água inexplicavelmente derramada no aposento, denuncia alma desajeitada e sedenta.

Rede de criança balançando sem motivo é gesto de alma, saudosa dos filhos.

Um clarão brusco, inesperado, rápido, ou simples impressão luminosa, fosfenos, é um aviso das almas amigas, aconselhando evitar o que se está pensando fazer.

As almas escondem objetos que provocariam pecados graves.

Casa ou recanto mal-assombrado, sinais de ouro enterrado, visões confusas de brancuras indistintas, pavor súbito, inexplicável, dominador, são presença das almas e não dos Demônios.

No velho bom Tempo em que a família fazia orações reunida ante o oratório, a derradeira reza era dedicada em favor das almas para que tivessem "um bom lugar" no Céu.

Caindo alimento ao chão, dizia-se: – "Para as almas!" Evita que o Diabo coma.

Durante a noite as quartinhas e bilhas eram tampadas e punha-se testo aos potes e jarras, guardando água de beber. As superfícies expostas atraíam almas vadias e folionas, contaminando o líquido com a baba, viscosa, nauseante.

Entre as orações que podiam ser feitas em decúbito dorsal, excluía-se a oferecida às almas. Exigia-se ficar de joelhos ou de pé. Nem sentado e nem deitado. Toda devota das almas morre muito velha.

Para atravessar caminho afamado pela visita fantástica, dispunha-se os braços no peito em santor, na forma da cruz de Santo André. Os espectros respeitavam o portador do signo mártir.

Alma não atravessa água. Nem os animais fabulosos e seres diabólicos.

Alma não se faz visível a bêbado e menos a quem esteja manejando algum instrumento musical, de cordas ou de sopro.

Uma lâmina de aço, nua, limpa, reluzente, impossibilitará qualquer manifestação espectral. Nas Ciências Ocultas é objeto indispensável, polarizador da energia defensiva do invocador, que pode obrigar certas "aparições" a jurar veracidade e conduta sobre a folha da espada. Constitui um permanente esconjuro para os maus espíritos. A espada ou espadim desembainhados guardam o sono tranquilo de qualquer cristão. O brilho do metal afiado dissipa a substância fantástica. Simboliza o gládio flamejante do querubim no Paraíso. Os faunos e sátiros temiam-na.

As exteriorizações do pavor individual reforçam a visibilidade do espectro. Tanto mais amedrontada estiver a criatura quanto mais natural e nítido tornar-se-á o fantasma.

Nem todas as penitências cumpridas na Terra serão visíveis aos olhos humanos. Quando uma alma é vista e desaparece em seguida é porque fora surpreendida na sua secreta mortificação.

As crianças, os cavalos e os cães percebem as almas invisíveis, parece que sem que essas desejassem ser vistas.

A crença jangadeira no Nordeste é que a alma dos afogados só aparece aos pescadores.

Os malucos conversam naturalmente com os espíritos.

Pelas praias e barcos alma não aparece aos domingos.

Gente nua não vê alma. O espírito exige decência, decoro, compostura. Refiro-me às almas da tradição antiga.

Alma de quem não teve sepultura "no sagrado", afogado no mar, perdido nos matos, serras e descampados, desaparecido "nas guerras", diz o nome de vivo porque não conserva a fisionomia que possuía no mundo, fazendo-se reconhecer.

O toque dos sinos não afugenta alma do outro Mundo mas assusta e repele os Demônios semeadores das tempestades, incêndios e pestes.

Espírito de afogado no Mar não anda em cima das ondas. Aparece até a cintura ou somente a cabeça de fora. Não é esqueleto mas um corpo inchado, amarelo, balofo, com os olhos brancos. Quem pisa "im riba d'água sem afundar" é Santo.

Desapareceu a imagem das almas precedidas pelo rumor metálico das correntes arrastadas.

Refeição aos cachorros e outras promessas

Pelo Norte do Brasil, do Ceará ao Amazonas, desde finais do século XIX resiste a tradição de oferecer uma farta refeição aos cães, pagando promessa a São Lázaro, mais comumente, ou a São Roque, ambos inseparáveis desses animais invocados contra moléstia de pele, úlceras, feridas-brabas. Dizem *Mesa de São Lázaro* ao jantar, sem número determinado de "convidados" que os donos acompanham, mantendo a possível disciplina. Em Belém do Pará é almoço, e o Governador Magalhães Barata assistiu várias vezes.

O mais antigo registo é de Rodrigues de Carvalho, *Cancioneiro do Norte*, 1903, referente ao Ceará, Uruburetama, Itapagé, mesmo em Fortaleza e outras paragens, noticia-me o jornalista César Coelho. Getúlio César descreve em Amarração, Piauí, Astolfo Serra no Maranhão, Mário Ipiranga Monteiro no Amazonas. Os convivas espatifam a louça e a reunião termina em acesa guerrilha. Maria de Belém Menezes informa-me do ágape aos caninos realizar-se em Belém, Abatetuba, no Tocantins, Ourém e Capanema na região de Bragança, e mais além. Em Capanema participam sete cães e sete meninos, aqueles enfeitados com fitas vermelhas. Em Igarapé-Mirim a festa terá doze cachorros e doze virgens. O cardápio consta de assados e guizados próprios às mandíbulas convivais. Põem esteiras e gamelas mas certos devotos exigentes não dispensam toalhado, pratos, talheres, copos, dando feição verdadeira de mesa posta, embora no chão. Depois é que os "cristãos" comparecem para o jantar especial, findando em bailarico animado.

Ignoro documentário espanhol e português. Nem mesmo ao Sul do Ceará. Não me consta a existência de Lectistérnio em Roma e Teoxenia em Atenas, banquetes sagrados, que fossem oferecidos aos animais votivos dos Deuses. Nem mesmo na Consuália romana onde festejam os cavalos em honra de Netuno. Sei da Hekateia grega onde os cães eram sacrificados. O "costume" em Belém do Pará veio do Maranhão. Como a minha imaginação jamais substituiu comprovação nas origens, nada sei de como e onde começou o *Mesa de São Lázaro*.

Parece-me bom exagero a inclusão da mesa, toalha, copos, talheres, para o festim cachorral. O ágape sem sobremesas e vinhos devia apresentar-

-se nas amplas gamelas de madeira, postas nas esteiras de carnaúba. Mesmo para os cães, evitava-se colocar o alimento diretamente no solo, não apenas desprezo mas sacrilégio por ser uma dádiva de Deus.

As "promessas" maioritárias são orações e comunhões. Aquelas que se prolongam em votos: uso de determinadas cores nos trajes infantis e adolescentes, conservação da cabeleira e barba nazarenas (agora vulgares), abstenção de alimentos e doces, considerados de excessivo deleite, renúncia ao conforto noturno, são milenárias e europeias. As "promessas", na acepção de Oferendas aos Entes Sobrenaturais, foram comuns aos africanos e ameríndios, insulares e continentais. Não aos árabes mas aos mouros do Mediterrâneo, com a tradição dos "Santos" locais levados para o Maometismo, depois da morte do Profeta de Deus, clemente e misericordioso.

Há "promessa" para servir nas igrejas como Zeladoras, temporárias ou vitalícias, cantar no coro, varrer os templos na véspera das festividades, no exemplo da *lavagem* jovial no Bonfim, na cidade do Salvador. A Princesa Imperial D. Isabel cumprira essas tarefas piedosas em Petrópolis, exasperando a propaganda republicana. Nas festas populares a São Gonçalo, onde há refeição coletiva, alguns fiéis abatem os animais oferecidos, cozinham e preparam as iguarias, servem à mesa, por *devoção* ao Santo. Outros somente comem especificadas vísceras, previamente reservadas sob pena de jejum penitencial por parte do preceituoso devoto. Promessa de não falar durante as cerimônias litúrgicas, modalidade da "Romaria calada" no Norte de Portugal. De promover a Dança de São Gonçalo, única manifestação do bailado religioso no Brasil, formalmente proibido pelos vigários velhos. Acompanhar procissão com os pés descalços, vestindo mortalha, carregando cruzes, pedras, imagens de vulto, são presenças da Europa beata.

Naturalmente esse complexo de sobrevivência cultural vivia nas almas de clima tradicionalista. A religiosidade medular, como a moralidade funcional, são inversamente proporcionais à densidade demográfica. Vicejam por coesão nos ambientes limitados e comprimidos pelos respeitos ao Passado familiar, regra inflexível do comportamento grupal. Ramón y Cajal fazia depender a tranquilidade hereditária da ausência de arranha-céus e de chaminés industriais. Nessa paisagem de concreto e cimento-armado as superstições de utilidade individual substituem a imagem da credulidade camponesa, cuja diferenciação estava no timbre das vozes e na diversidade fisionômica.

* * *

Há pelo interior do Brasil, sobretudo na região do Nordeste, Santos cuja benéfica e oportuna intervenção é retribuída com saltos, gritos e assobios, e não velas, orações, esmolas. Esse estranho ritual pelas graças alcançadas vive desde tempo remoto porque os velhos mais antigos informavam de sua presença quando eram crianças. Já estava em 1909 entregue ao uso infantil e adolescente, embora, vez por vez, uma voz feminina lembrasse o costume, "pagando promessa" alteando a voz, preferencialmente ao ar livre.

O primeiro desses Santos de oblação estridente e ginástica, alfabeticamente é São Dino. O Barão de Studart ensinava no Ceará: – "Para encontrar coisas perdidas, promete-se gritar três vezes por São Dino. Achada a coisa, diz-se: "São Dino é o Santo mais milagroso da Corte Celeste". Publicidade.

São Longuinho é o segundo. Há cinco Santos com esse nome no *Martyrologium Romanum*. Getúlio César registou em Pernambuco: – "As crianças, quando perdem qualquer coisa, são instruídas a fazer uma promessa a São Longuinho nos seguintes termos: – "Meu São Longuinho, se eu achar o que perdi, dou três saltos, três gritos e três assobios". Achando o objeto perdido, a promessa é imediatamente paga com estridência. Diz-se também "São Guino".

São Vítor é o terceiro, um dos trinta e cinco constantes no *Martyrologium Romanum*. Pereira da Costa informa em Pernambuco: – "Para achar-se um objeto perdido, basta oferecer-se três vivas a São Vítor!" A pronúncia vulgar é São *Vito*. O "Vítor!" expressão aclamativa, de excitamento e de aplauso, comum no século XVI em diante, nas fontes espanholas e portuguesas, foi estudada por João Ribeiro e Alberto Faria, sem que se referissem à tradição brasileira das promessas curiosas na satisfação jubilosa.

Não conheço referência além da Bahia.

No meu tempo devocional de menino no Sertão do Oeste no Rio Grande do Norte as invocações mais prestigiosas eram São Dino e São Vito. Gritava-se, pulando no terceiro: – "Achei São Dino! Achei São Dino! Achei São Dino!" Se o achado fosse portátil, exibia-se, erguendo-o na mão.

O feliz atendido jamais se contentava em dar apenas três saltos, três gritos e três assobios...

"São Campeiro" localiza as coisas perdidas, exigindo velas acesas nos recantos pesquisados, talqualmente o Negrinho do Pastoreio nas lembranças gaúchas. Euclides da Cunha deparou-o nas caatingas baianas ao derredor de Canudos, em 1897, citando, "as rezas dirigidas a São Campeiro, canonizado *in partibus*, ao qual se acendem velas pelos campos, para que favoreça a descoberta de objetos perdidos". Campeiro, de campos, dar campo, procurar. São Campeiro intervindo, a busca será em passo miúdo quase aos saltos, como grilos.

Minha Nossa Senhora

A devoção mais profunda e popular no Brasil é dedicada a Nossa Senhora, cuja invocação implica o possessivo no singular porque o plural daria a função maternal genérica e o fiel pretende possuir o direito privativo da unidade afetuosa. Daí *Minha Nossa Senhora!*

Portugal do século XIV estava povoado de igrejas, capelas, altares à Santa Mãe de Deus e para Ela dirigiam a quase totalidade das rogativas. Os séculos XV e XVI foram fervorosos, dando o santo patrocínio aos instrumentos da atividade nacional. As naus ostentavam o nome preferido na variedade das invocações protetoras. Entre 1496 e 1650, na carreira da Índia velejaram 29 naus "Conceição". Apenas perdia para Santo Antônio, padrinho de 31. Mas no Brasil o Santinho de Lisboa alcançou 228 paróquias e a Divina Conceição vence por sessenta, titular de Bispados e catedrais, entronada em 288 paróquias (1947) e 38 municípios (1965), não contando 16 com o "Nossa Senhora" seguindo-se o topônimo. Mais do que o Filho, a Mãe intervém na confiança das súplicas. O culto de Nossa Senhora em Portugal começa pela sua História política e uma bibliografia emocional exalta a divina presença, incalculável na toponímia infinita nos versos anônimos. Motiva as romarias mais antigas, ardentes, movimentadas. Cantava, há seis séculos, o trovador Afonso Lopes de Bayam:

> *Hyr quer'oj, fremosa de coraçom*
> *por fazer romaria e oraçom*
> *a Sancta Maria das Leiras*
> *poys meu amigo hy vem!*

Conceição é a Vila de Itamaracá, altares em Pinheiro, Itanhaém, trinta lugares quinhentistas, com procissão e festa em lembrança da Purificação, Candelária, 2 de fevereiro; Natividade, 8 de setembro; Apresentação, 21 de novembro; Assunção, Glória, Vitória, 15 de agosto; Conceição, 8 de dezembro. Desde as primeiras décadas do II século (grande época dessa literatura exaltada e fantasista), vibrou uma delirante simpatia pela Mãe de Deus, resgatando-a do laconismo dos Evangelhos canônicos quanto a sua infalível intervenção junto ao Filho. O Proto-Evangelho de Jacó é um índice desse fervor anônimo pela Virgem Maria, mantido, em espírito apologético, pela ternura coletiva cristã, até a contemporaneidade veloz. O Povo defendia pela intuição filial as cinco prerrogativas especiais da Madre-Deus: – Maternidade divina; Virgindade perpétua; Conceição imaculada; Assunção corporal; Intercessão universal. Arrastaria os teólogos desavindos e turbulentos a unidade dogmática da Imaculada em oito séculos disputadores vencendo o onipotente Santo Tomás de Aquino, na definição de Pio IX (1854). Pio XII fá-la-ia "Rainha do Mundo" (1942) e Paulo VI "Mãe da Igreja"! (1964). Mãe do Povo em Jaraguá, Alagoas, Mãe dos Homens no paulistano Porto Feliz, norte-rio-grandense Baixa Verde (João Câmara), duas outras em Minas Gerais. Nossa Senhora das Orações em Rio Turvo, Florianópolis, Divina Pastora em Sergipe, Nossa Senhora do Brasil na Urca, desde 1934. O pequenino vulto de barro escuro deparado em 1717 no Rio Paraíba é Nossa Senhora Aparecida. Pio XI proclamou-a Padroeira Principal do Brasil (1930) e a capelinha humilde de 1745 é suntuosa basílica, título de Pio X em 1909. Mas o Cardeal Leme amava que a dissessem "Conceição Aparecida", como em Lourdes em 1858 e em Beauraing, Bélgica, em 1932. Nossa Senhora dos Humildes em Alto Longá e Paulista, Piauí; dos Mares no Salvador. É a Auxiliadora no voto de Pio V depois de Lepanto; da Esperança, que Pedro Álvares Cabral conduziu na câmara da capitania a primeira imagem vista pelos olhos brasileiros; Piedade, Ajuda, nome da nau que trouxe Tomé de Souza em 1549; Socorro, Necessidades, Remédios, Livramento, Alívio, Boa Viagem, da Luz, da Guia; as padroeiras das futuras mães, das Dores, Consolação, Boa Hora, Bom Parto, Bom Sucesso, Bom Despacho, do Ó, da Expectação ansiosa pelo momento feliz; e as clássicas, Carmo, tirando as almas do Purgatório, Mercês, Rosário, Assunção gloriosa, Mãe de Deus; pelo Concílio de Éfeso em 431, Apresentação, padroeira da minha cidade, Pilar; Penha, Patrocínio, Soledade, Desterro, da Glória, reverência do Brasil Imperial, quantas, na indecisão luminosa dos nomes incontáveis? As auspiciadoras da tranquilidade, Nossa Senhora da Paz, do Sossego, do Descanso, das Graças. Em 1641 os holandeses puseram a pique nas águas de Goa a nau portuguesa "Nossa Senhora da Quietação" de utilidade indispensável nesse século ofegante.

As confrarias organizavam-se no século XVI na Bahia e Pernambuco. Os Jesuítas mantinham a devotada assistência marial. Anchieta escreve louvor insigne. O Padre Nóbrega, em julho de 1559, conta que o Padre

João Gonçalves, devoto da Conceição, insistira para que pregasse na aldeia do Espírito Santo, ao derredor do Salvador: *nesse dia me pedira que pregasse em seu dia as grandezas desta Senhora e que dissesse que soubessem negociar com Nosso Senhor por meio dela que não podia haver outro melhor negociar!* Anunciava a suprema Medianeira que Paulo VI divulgaria em 1964. De 1848 a 1960, 77 aparições em crianças e populares, pelo Mundo, 10 aprovadas pela decisão episcopal positiva. *Omnia voluit nos habere per Mariam, Dei genitrix Virgo!* cantava-se quando a Virgem Mãe era louvada em latim.

Existe entre o Povo um Evangelho oral, apócrifo, sedutor pela vivacidade dos episódios, destinado à sublimação carinhosa das entidades divinas. Minha avó materna, Maria Ursulina da Câmara Fernandes Pimenta (1835-1929), foi uma das minhas Camenas informadoras. Seus lúcidos 94 anos de absoluta Fé sertaneja guardavam fragmentos sinópticos de uma tradição imemorial da Sagrada Família, evocando palavras e atos que os Evangelhos canônicos desdenharam recolher. Antes da Ascensão, Nosso Senhor apanhando um leve punhado de areia, disse aos Discípulos: – *Até mil e pouco!*, e atirou-o ao vento. Nossa Senhora, apiedada da brevidade do prazo concedido, encheu a santa mãozinha de areia e jogando-a também ao ar, suplicou: – *E mais estes, meu Filho!* Nós vivemos essa dádiva suplementar da Mãe de Deus.

Numa festa votiva pela Anunciação de Nossa Senhora, 25 de março de 1646, D. João IV proclamava, com aplausos das Cortes, a Virgem da Conceição "Padroeira e Defensora dos Reinos e Senhorios de Portugal". Ele e seus sucessores seriam vassalos e tributários de Nossa Senhora da Conceição da Vila Viçosa. "Desde então, nunca mais os Reis de Portugal se apresentariam ou representariam coroados, por haver sido transferido para a Mãe de Deus, o símbolo da sua realeza", informa o historiador Hipólito Raposo. Nem mais um Rei de Portugal, em 264 anos submissos, poria na cabeça a Coroa Real. Oito anos antes, Luís XIII, Rei de França, fez *le voeu placant son royaume sous la protection de la Vierge*. Motivará o quadro de Igres e o mármore de Coustou. Em 13 de maio de 1931 Portugal foi consagrado pelo Episcopado ao Coração Imaculado de Maria, sinônimo litúrgico de Nossa Senhora da Conceição, que possuía domínio 285 anos anteriores, em visível usucapião jurídico.

Aprendemos a temer a Deus e amar Nossa Senhora. O poeta Lourival Açucena (1827-1907), de unânime admiração no velho Natal, fez-se pastor protestante, batizando os catecúmenos por imersão nas águas do Baldo.

Apesar do fervor luterano não abandonara a preferência sentimental, cantando em versos a Mãe do Céu. Glosando mote desrespeitoso, "Escorei Nossa Senhora, / Com bacamarte na mão", improvisou resposta feliz:

> *Contra a Virgem que se adora*
> *Renhida questão se trava.*
> *Mas eu, tomando a palavra,*
> *Escorei Nossa Senhora.*
> *Os ímpios saem, vão embora*
> *Sem esperar a conclusão,*
> *Por que eu lhe disse então*
> *Que afinal sustentaria*
> *A pureza de Maria,*
> *Com bacamarte na mão!*

Rainha dos Anjos e dos Santos, o trono situa-se logo depois da Santíssima Trindade, governando pela irresistível doçura persuasiva. Nenhuma criatura humana alcançou os poderes quase participantes da Onipotência. A função materna envolve-a de compreensão, entendimento, misericórdia. O povo confia na piedade ilimitada de quem trouxe ao Mundo a redenção pelo Cristo. Utiliza o infalível processo da "exploração" sentimental talqualmente as crianças tudo obtém da ternura materna. Acima as interpretações psicanalíticas dessa incessante percepção tolerante da *Mater Castíssima* ao *Refugium Peccatorum*. É a mais íntima das potestades celestiais.[38]

A invocação ao Coração de Maria, posterior ao século XVII, não é popular entre os homens do Povo brasileiro. É devoção feminina. Jamais a ouvi pronunciar pelos lábios machos. Decorrentemente, o mesmo ocorre com o Coração de Jesus, sem circulação na prática masculina. De tão alta e constante exegese teológica e decidido amor de Papas e Episcopado, o Coração de Maria não se incluiu nas rogativas tradicionais dos homens, lembrados dos nomes familiares no uso secular: – Nossa Senhora, Carmo, Dores, a onipresente Conceição, Piedade, Bom Conselho, Rosário, Madre-Deus,

---

[38] Renato Sóldon, *Verve Cearense*, 185, Rio de Janeiro, 1969, informa: – "Os jornais haviam noticiado que certo Prefeito do interior goiano catolicíssimo, passara o exercício do cargo à Padroeira do Município..."
De um outro, baiano, dizia o Cônego Marcolino Dantas: – "O Prefeito do meu município é Sant'Antônio!" O Cônego Marcolino seria o 4º Bispo de Natal e seu primeiro Arcebispo, de 1929 a 1961. Faleceu em 1967. Foi meu informador.

vivendo a vaga impressão de Santas distintas numa única e verdadeira Mãe.

A velha Chica Cardosa lavadeira em Campo Grande (Augusto Severo, RN), explicava, *com um saber só de experiências feito*, que "o coração de Mãe é mais mole!" Para a possível meiguice de Jesus Cristo opunha temerosa ressalva: – "Nosso Senhor é Pai mas é Homem!" Arrebatamentos. Restrições. Mistérios. A deusa Tétis já dissera a Vasco da Gama, *o que é Deus ninguém o entende!*

Mãe e Filho constituem os Pais eternos e generosos. O cantador Jacó Passarinho num autoelogio, declamava:

> *Nossa Senhora, é Mãe Nossa,*
> *Jesus Cristo é Nosso Pai!*
> *"Repente" na minha boca*
> *É tanto que sobra e cai!*

São José, *l'ombre du Père!* como diz Ernest Hello, a quem pertence o mês de março e as quartas-feiras, Patrono da Igreja Católica por Pio IX, anunciando inverno se chove no seu dia, 19, esposo da Santa Virgem, não é nosso castíssimo progenitor, mas o Filho, numa mística e luminosa concepção que somente o Povo seria capaz de imaginar e defender para sempre.

As "promessas" a Santa Virgem distinguiam-se pela delicadeza intencional, acentuando a sentida oblação. As meninas usariam unicamente a cor branca nas vestes, até a nubilidade. Branco com leves ornatos azuis, lembrando a coloração simbólica do firmamento. O delegado fiscal Luís Emídio Pinheiro da Câmara (1849-1916), abençoou 17 filhos, cinco homens e doze moças, entre elas sete marias, Alvina Maria, Maria do Carmo, de Belém, de Nazaré, de Bajé, do Céu, da Conceição. O comerciante Joaquim Policiano Leite (1858-1930), batizou todos os rapazes com o nome de José, José Estelita, José Alcides, José Zacarias, José Péricles, José Carlos, os dois últimos meus companheiros de infância. Das seis filhas as primeiras serão Alice e Ester, e as demais louvarão Maria, usando-lhe o doce nome: – Maria Leocádia, Maria de Lourdes, Maria das Dores, Maria Bernardina. De amplidão nacional os Macedos Soares, José Carlos, José Roberto, José Eduardo. Uma família sem Maria na descendência seria uma comprovação pagã. Impunha-se a inclusão mesmo nos meninos, João Maria, José Maria, Luiz Maria. Constitui amuleto verbal pela simples enunciação. "Aqui tem Maria!", gritava-se na aproximação do pé de vento impetuoso. E o turbilhão desviava-se, reverente. O cabelo solto, atributo virginal, ou preso em uma ou duas tranças, com lacinhos de fita azul, ostentado até noivado podia constituir "voto à Maria". Mês de Maria, Mês Mariano, maio era festivo e a noturna cerimônia religiosa atraía assistência numerosa, notadamente rapazes e moças, para o enleamento recíproco. Os pontos de encontro eram fortuitos e raros. Quantos casamentos tiveram velocidade inicial nessas noites de incenso e canto? Apesar de lido e corrido, o Padre José Severino de Rezende não informou a origem: – "Onde começou este costume e donde veio esta tradição? Ninguém o sabe" (*Meu Flos Santorum*, 1908). As primeiras indulgências foram concedidas pelo Papa Pio VII em 1815. Pereira da Costa cita 1850 como a data de sua introdução em Pernambuco, realizado na Igreja do Carmo no Recife. A divulgação pelos sertões nordestinos foi tarefa dos Capuchinhos nas "Santas Missões" correndo um versinho alusivo:

> *Neste mês de graças cheio,*
> *Que o Brasil desconhecia,*
> *Das culpas o vem livrar*
> *O Coração de Maria!*

Coincidiria com o início do culto ao Coração de Maria, antes ignorado até meados do século XIX no Brasil.

Portugueses e brasileiros cantam o mesmo versinho:

> *Nas horas de Deus, amém,*
> *Padre, Filho, Espírito Santo!*
> *Essa é a primeira cantiga*
> *Que nesse auditório canto!*

Mesmo sabendo identificar a unidade trinitária, o português inclui a Virgem Maria na Santíssima Trindade e também no Santíssimo Sacramento: (Jaime Lopes Dias, *Etnografia da Beira*, I, 1926, III, 1929):

> *Santíssima Trindade,*
> *Jesus, Maria e José,*
> *Tomai conta da minha alma*
> *Que ela vossa é!*

> *Santíssimo Sacramento,*
> *Jesus, Maria e José.*

A réplica brasileira é solidária na interpretação profundamente sincera.

> *Bendito, louvado seja*
> *A honra da nossa fé.*
> *A Santíssima Trindade,*
> *Jesus, Maria e José.*

> *Bendito, louvado seja*
> *O Santíssimo Sacramento,*
> *Jesus e a Virgem Maria*
> *Que nos dão o alimento.*

12 de setembro é dedicado ao "Santíssimo Nome de Maria" e as pragas irrogadas nesse dia viram por cima de quem as diz. São incontáveis os privilégios do nome, atribuindo à portadora poderes especiais ao pronunciar ensalmos, aplicar unguentos com orações, afastar redemoinhos e ventanias uivantes, curar ínguas, hérnias, quistos sebáceos. As Marias-virgens transmitem sorte. Pão mordido por elas garante abundância. Mordido o lobinho na orelha, este murcha e desaparece. Cuspindo nas frieiras, mata-se. Para fazer a cama dos recém-desposados ou benzê-la, indicam uma Maria bem-casada. Não morrem afogadas porque Maria é "Estrela do Mar", suprema invocação dos Templários em perigo de Morte. A tradução de *Miriam* é debatida e confusa e a imaginação borbulhante do Padre Antônio Vieira não fixou fiel sinônimo desse *profundíssimo e fecundíssimo nome* no famoso sermão quando a festa foi instituída. Devia-lhe o grande jesuíta, na invocação de "Nossa Senhora das Maravilhas", pequenina imagem de prata no curato da Sé do Salvador, o estalo na cabeça, tornando-o prodigioso de eloquência e memória.

A letra inicial de *Morte, Mãe e Maria* nós ostentamos na palma da mão.

Com Deus me deito, com Deus me levanto

Durante o século XVI os portugueses trouxeram para o Brasil as orações familiares e tradicionais. Familiares as do convívio cristão, Padre-Nosso, Ave-Maria, Salve-Maria, Credo. Tradicionais umas tantas de uso reservado e comum, não aprendidas na intenção católica, mas destinadas quase a impor à Divindade a custódia protetora contra todos os males, fórmulas de imprecação irresistível aos poderes sobrenaturais. Noutras, a modesta finalidade era a constante defensiva do corpo e da alma, conduzidas dentro de uma sacola de pano grosso, pendendo do pescoço, como uma arma pessoal infalível. As primeiras deviam ser ditas nos momentos de aflição e desespero. As demais, portáteis, repeliam as agressões da Inveja humana e da perdição diabólica, na simples ação catalítica da presença. Ocultas, independiam da leitura para a eficiência generosa. Recomendavam evitar a exposição aos olhos estranhos. Perderiam as *forças*.

Boa pedanteria tentar indicar, com exibição bibliográfica, a origem das orações fortes localizando-as, como se fosse possível um Povo ignorar os apelos aos Deuses. Os desenhos rupestres do Paleolítico são, em maioria, súplicas para abundância de caça. A arqueologia da Ásia revela a antiguidade espantosa das orações em pedras, couros, chifres, metais, pergaminhos. Possivelmente a Caldeia seja uma região privilegiada, deduzindo-se de suas atividades astrológicas. Mas as Civilizações vizinhas e anteriores avultam nos vestígios rogatórios às Divindades da Terra, do Céu e dos Abismos, dando personalidade a todos os males agressivos. Rezas para afastar ou curar enfermidades. São os ensalmos, ainda contemporâneos. François Lenormant (1874) cita as orações secretas apostas nos lugares visíveis ou ocultos das residências, no estrado dos leitos, obstando o ingresso às adversidades, como encontramos no Povo do Brasil.

Os israelitas residiram séculos em Babilônia e viveram 430 anos no Egito. Dessas regiões trouxeram o *tefelin, oração preservadora*, as filaterias com frases sagradas do Antigo Testamento. Mouros e árabes ostentam trechos do *Alcorão* escondidos em retângulos de couro, pendentes do pescoço, tão notados pela

África inteira e Ásia muçulmana. Nasceu o *grisgris* da África Ocidental e Oriental, inseparável dos pretos maometanos.

Babilônia, a imensa Babilônia, irradiou suas tradições e pormenores dos cultos adaptáveis na Pérsia, Índia. Pela Ásia Menor à Grecia. Pela Síria ao Egito. Os velhos romanos, de reino, república, império, conheceram as orações em pergaminho e placas metálicas, com ou sem desenhos, valendo esconjuros e imprecações. Não vemos apenas nos livros mas nos Museus europeus.

Portugal do século XVI, a Era da Colonização brasileira, era o Portugal mouro, judaico, ibérico, grego, romano, germânico, enseada de incontáveis afluentes étnicos carreando superstições que atravessaram o Atlântico, plantando-se no Brasil como a cana-de-açúcar, a bananeira, o café, todas do complexo das Índias inesgotáveis. Portugal de Gil Vicente e dos *Autos* de Luís de Camões.

Indagador das culturas anônimas e populares do meu País, vou constatando, pela mão dos meus olhos, as presenças longínquas no Tempo e no Espaço. Vez por vez, uma surpresa na contemporaneidade dos milênios. Risquei o assunto no primeiro capítulo do *Folclore do Brasil* (Rio de Janeiro, 1967[*]), a convergência de mil fontes para a unidade de um uso brasileiro e comum. Nesse final do século XX seria a oportunidade de povoarmos a nossa Arca de Noé com as sobrevivências estudáveis e legítimas na próxima centúria. E não apenas mastigar a casca das ideias boiando na superfície moderna, colhíveis e fáceis à deglutição conterrânea, devota dos ornatos e inimiga da mineração.

O culto católico sugeriu superstições incontáveis pela sedução litúrgica. As *Denúncias* e *Confissões* ao Santo Ofício, quando da temerosa *Visita* à Bahia de 1591, relacionam as mais vulgares: – utilização pecaminosa do óleo da lâmpada do Santíssimo, da água-benta, orações escondidas sob a pedra de ara ou toalha do altar para que o sacerdote, sem saber, dissesse sete Missas sobre elas, fragmentos de ara, chave do Sacrário, espinho da coroa do Crucificado, folha do Missal, pedaço do cíngulo, quase todos os objetos cultuais atraíam abominações propiciatórias ao Estômago e Sexo, porque *no hay nada en que la superstición no se entremeta*, observava Rodriguez Marin. Entre o erguer da hóstia e do cálice rogavam as pragas e maldições irrecorríveis e fatais, já denunciadas na Santa Inquisição de Toledo e Valência em 1538. Vieram as *Cartas de Tocar*, fórmulas rogatórias benzidas, despertando o amor pelo contato. Desapareceram nos costumes brasileiros mas foram valiosas nos séculos XVI e XVII.

---

[*] Edição atual – 3. ed. São Paulo: Global, 2012. (N.E.)

Destaco para a curiosidade letrada algumas orações antigas e preferidas na confiança e simpatia do Povo. Constavam de cadernos manuscritos, nomeando-se "Oração Preciosa", "Oração Poderosa", "Oração Reservada", todas circulando secretamente como segredos miraculosos de defesa e conquista.

Oração do Anjo Custódio. Desde menino conhecia a estória d'*As doze palavras ditas e retornadas*, contada por Antônio Portel, português do Porto, empregado de meu Pai e assim divulguei-a no Os *Melhores Contos Populares de Portugal*, Rio de Janeiro, 1944, 2ª ed. em 1969, com uma notícia bibliográfica. Lera duas versões portuguesas. A do dr. Jaime Lopes Dias, colhida em Idanha-a-Nova e Monforte da Beira, referindo as *Treze* e a dos drs. Joaquim Pires de Lima e Fernando Pires de Lima intitulada "Oração das Sextas-Feiras", com as clássicas *Doze Palavras*. O texto de Lopes Dias (1929) é beirão e dos Pires de Lima (1938) "de Entre-Douro-e--Minho" são orações e não contos populares. Ultimamente deparei um saquinho contendo oração reservada para livrar dos perigos das viagens, travessias noturnas e agressões imprevistas. Pertencera ao meu tio materno, Antônio Nicácio Fernandes Pimenta (1865-1924), ainda defendida pelo estojo de pelica. Trazia apenas o final das versões portuguesas, realmente o essencial. Seria o tipo brasileiro.

– "As doze palavras ditas e retornadas são os doze Apóstolos acompanhando Nosso Senhor Jesus Cristo. As onze palavras ditas e retornadas são as Onze Mil Virgens cantando no Céu. As dez palavras ditas e retornadas são os dez Mandamentos da Lei de Deus. As nove palavras ditas e retornadas são os nove meses em que o Menino-Deus andou no ventre da Virgem Santíssima. As oito palavras ditas e retornadas são os Oito Mil Coros de Anjos. As sete palavras ditas e retornadas são os Sete Sacramentos. As seis palavras ditas e retornadas são os seis Círios bentos acesos em Belém e queimados em Jerusalém. As cinco palavras ditas e retornadas são as cinco Chagas de Nosso Senhor Jesus Cristo. As quatro palavras ditas e retornadas são os quatro Evangelistas. As três palavras ditas e retornadas são as três pessoas da Santíssima Trindade. As duas palavras ditas e retornadas são as duas tábuas da Lei que Deus entregou a Moisés. A primeira palavra dita e retornada é a Casa Santa de Jerusalém onde Nosso Senhor comeu com os Apóstolos a Ceia Larga. Seja tudo pela sua glória eterna, amém!"

A disposição na ordem decrescente é de alto poder mágico valendo igualmente a intencional repetição das palavras votivas da fórmula. Jaime Lopes Dias anota: – *Para serem recitadas à cabeceira dos moribundos na agonia ou à hora da morte. Quem as começa deve acabá-las sem se enga-*

nar e não as deve começar sem as acabar. Na Beira dizem também "Oração do Anjo Custódio", como no Nordeste do Brasil, onde é oração secreta, *vale-mecum* itinerante.

O Professor Aurélio M. Espinosa, da Stanford University, pesquisou exaustivamente o assunto, com 215 variantes: – *Se trata de una tradición de origen indico, que habiendo passado porversiones persas y árabes, llega después a Europa por médio de versiones árabes, griegas y judias.* Movimenta-se por adaptações sucessivas. Reinhold Kohler informa o tema originar-se de um conto pelvi de Gôsht-i Fryânô, de fontes anteriores à dinastia dos Sassanidas, vale dizer, com os Arsacidas, primeiro terço do século III da Era Cristã. Gôshit-i Fryânô é o herói respondendo às 33 perguntas enigmáticas do feiticeiro Akht, vencido e morto. Irradia-se para o mundo búdico, árabe, israelita, cristão. Chega a Mossoró, no Rio Grande do Norte. Deve continuar vivendo nas memórias humanas das raças espalhadas pela Terra. O chileno Julio Vicuña Cifuentes publicou excelente e longo documentário de ágil investigação.

A nômina mais prestigiosa para as viagens financeiras e contatos pacíficos nas relações públicas é o *Salmo Noventa*. Esse *Thehillim*, hino, foi composto pelo Rei Davi há mais de trinta séculos. Merece a confiança urbana e rural brasileira. O Tempo valoriza-o.

O *Creio em Deus Padre*, o *Credo*, síntese da doutrina católica, Ato dos Apóstolos, é uma das orações da confiança popular. Menos como afirmativa de Fé do que revelando recursos misteriosos além das dimensões litúrgicas. O Povo não se limita a proferir a oração antiquíssima, apostólica e canônica, mas utiliza-a nos planos habituais da intenção supersticiosa.

Credo em Cruz. Rezam-no benzendo-se continuamente. Em Portugal, enquanto pronunciam a reza, riscam cruzes pelo tórax e rosto. Contra espectros e favores.

Força do Credo: – "Salvo eu saio e salvo eu entro. Salve o senhor São João Batista lá no Rio Jordão. Na Barca de Noé entrei, e com a chave do Sacrário eu me tranquei. Com os doze Apóstolos e Jesus me encomendo. Com a força do Credo que eu me benzo. Amém Jesus". Oração para os momentos desesperados. Aconselho não repetir porque abala até os Anjos do Paraíso.

Credo às Avessas. Fortíssima. Irresistível. Perigosa. Recurso supremo em situações trágicas. Quanto menos a rezar, mais forças se acumularão na hora da súplica. Documento da heterodoxia, anônima, ambivalente e desafiante para a intervenção divina. É preciso muita coragem pessoal para dizê-la à meia-noite, do lado de fora da porta da rua. A velha Geracina recomendava pronunciá-la em lugar que não tivesse oratório nem se avistasse cruz. Quando investigava as práticas do Catimbó em Natal, perguntei ao Mestre Antônio

Germano se a conhecia e usava. Respondeu, sério: – "Não tenho peito para rezar essa oração!"

– "Creio em Deus-Padre, todo-poderoso, criador do Céu e da Terra. Não creio em Deus-Padre, nem é poderoso nem criou o Céu e a Terra. Creio em Jesus Cristo, um só seu filho. Não creio em Jesus Cristo um só seu filho, o qual foi concebido por obra e graça do Espírito Santo, que não foi concebido nem por obra nem por graça do Espírito Santo. Nasceu de Maria Virgem, não nasceu de Maria Virgem; padeceu sob o poder de Pôncio Pilatos, não padeceu sob o poder de Pôncio Pilatos. Foi crucificado, morto e sepultado, não foi crucificado, nem morto e sepultado. Desceu ao Inferno, nem desceu ao Inferno. Subiu aos Céus, não subiu aos Céus. Está sentado à mão direita de Deus-Padre, todo-poderoso, nem está sentado à mão direita de Deus-Padre que não é todo-poderoso. De onde há de vir a julgar os vivos e os mortos; de onde não há de vir nem julgará os vivos nem os mortos. Creio no Espírito Santo, não creio no Espírito Santo. Na Santa Igreja Católica, nem creio na Santa Igreja Católica. Na Comunhão dos Santos, não creio na Comunhão dos Santos; na remissão dos pecados, nem na remissão dos pecados; na vida eterna, nem na vida eterna."

Antônio Germano, que tanto receava o *Credo às Avessas*, em dezembro de 1928, *fechou o corpo* do escritor Mário de Andrade, meu hóspede. Custou a cerimônia vinte mil réis.

A *Força do Credo* garante a impunidade dos seus devotos. Oculta o criminoso perseguido pela patrulha. Como todas as fórmulas vindas do *Credo*, é indispensável ter muita Fé para obter resultados reais.

Oração do Rio Jordão. É a grande *fiança* dos antigos cangaceiros. Rio Preto e Antônio Silvino foram presos, Jesuíno Brilhante e Lampião morreram, porque haviam perdido o saquinho com essa oração infalível, desde as primeiras décadas do século XIX, auxílio-cúmplice aos bandoleiros das caatingas e tabuleiros nordestinos. Quase um talismã.

– "Estavam no Rio Jordão ambos os dois. Chegou o Senhor São João. Levanta-te, Senhor! Lá vêm os nossos inimigos! – Deixa vir, João! Que todos vêm atados de pés e mãos, almas e corações. Com dois eu te vejo, com três eu te ato. O sangue eu te bebo. Coração eu te parto. Vocês todos hão de ficar humildes e mansos como a sola dos meus sapatos. (*Diz três vezes esta frase batendo com o pé direito.*) Deus quer. Deus pode. Deus acaba tudo quanto Deus e eu quisermos. Salve Rainha!"

As frases, *com dois eu te vejo, com três eu te ato*, atestam centos de anos de uso e abuso devocional. Na *Tragédia Policiana* (Toledo, 1547), o autor, *bachiller* Sebastián de Fernández, resume, na voz da alcoviteira Claudina, os ingredientes indispensáveis para um feitiço: galinha preta, pedaço de perna de um porco branco, e três cabelos da futura vítima, cortados numa manhã de terça-feira, antes do Sol sair. O consulente Silvano, com o pé direito sobre o esquerdo, diria num fôlego, sem pestanejar: – *Con los dois que te miro, con cinco te escanto, la sangre le bevo y el coraçon te parto!*

Menéndez y Pelayo divulgou uma nota de D. Francisco Rodriguez Marin, dando conta da ancianidade da fórmula e sua frequência nos processos da Santa Inquisição na Espanha. Num processo de 1600 contra Alonso Berlanga na Inquisição de Valência, consta uma oração encantatória semelhante: – *Con tres te miro,* – *Con cinco te ato.* – Numa documentação contra Isabel Bautista, ano de 1638 em Toledo, reaparecem: – *Con dos te miro,* – *Con tres te tiro,* – *Con cinco te atrebato,* – *Calla, bobo, que te ato,* – *Tan humilde vengas a mi,* – *Como la suela de mi capato.* Noutro estudo (*Meléagro*, "Documento e Pesquisa sobre a magia branca no Brasil", Agir, Rio de Janeiro, 1951) transcrevo mais registos do Santo Ofício espanhol reincidindo na imagem associativa de domínio físico.

Oração de Santo Amâncio equipara-se à do *Rio Jordão* no intuito da conquista amorosa. Santo Amâncio passa a ser *Santo Amanso* amansador, orago secreto de esperanças femininas. Na *Comédia Eufrosina*, de Jorge Ferreira de Vasconcelos, 1560, a moça Vitória exclama: – *São Manso que os amanse...* É oração preciosa, privativa das "Rezadeiras" consultadas, peça do patrimônio incomunicável.

– "Santo Amanso, amansador que amansou os leões brabos, amansai o coração de (*diz o nome*) que vem brabo comigo, como todos os Diabos. Com dois eu te vejo, com os três eu te falo. Deus quer. Deus pode. Deus acaba com tudo que Ele quer. Assim é de ser eu quem acabe com as tuas forças; tudo quanto eu quiser. Traga amarrado de pé e mão e as cordas do coração debaixo do meu pé esquerdo e que eu faça com que tu tenhas toda força, para mim, não!" Padre-Nosso. Ave-Maria. Geracina confidenciava ser essa oração um remédio para a *Mulher da Vida* segurar o amor arredio, mostrando-se intermitente.

A mais antiga e popular oração feminina é o *Sonho de São João*, rezada no pino de meia-noite, véspera do orago, 23 de junho. Durante a vidência onírica a devota recebe a resposta, como os consulentes de Esculápio no templo de Epidauro. – "Meu glorioso São João Batista, vós dormindo queria vossa Mãe, Maria Santíssima. Meu glorioso São João Batista: se este sonho for verdade, quero que me mostreis se tenho de ser casada, mostrai-me casas novas, campos verdes e águas claras. Se não acontecer, mostrai-me casas caídas, campos secos e águas turvas". Cinco Padre-Nossos e cinco Ave-Marias e cinco Glória-ao-Padre, oferecendo no outro dia. Algumas reforçam com uma Salve-Rainha.

Quando a Salve-Rainha é incluída complementar às súplicas solucionadas durante o sonho, reza-se apenas até o *nos mostrai*!

É oração aplicável às casadas com os maridos longamente ausentes e silenciosos. Suficiente alterar o período *se eu tenho de ser casada* por *se Fulano for vivo*, indicando os sinais positivos e negativos da confirmação.

Existem, naturalmente, outras orações-fortes, poderosas e cabalísticas, mas convergindo para a prática da Bruxaria, da *Coisa-Feita*, do Catimbó, como as orações dos Sete Caboclos, das Estrelas, do Meio-Dia, da Pedra Cristalina, da Cabra-Preta, do Sonho de Santa Helena, e a espantosa Oração ao Sol, em técnica de Envultamento, todas registadas no *Meléagro* (cap. XIII).[39]

Uma nota de ternura infantil. Em 1905, com sete anos, minha Mãe ensinou-me a derradeira oração do dia, balbuciada na hora de dormir. Diziam-na os "inocentes" daquele Tempo. Já não a rezo, mas escrevo ditada pela reminiscência sentimental.

– "Com Deus me deito, com Deus me levanto!
Com a graça de Deus e do Espírito Santo.
Senhora, cobri-me com o vosso manto.
Qu'eu bem coberto for,
Não tenha medo nem pavor
Do mal pior que for!
Senhor, deitar-me quero!
Se dormir, acordai-me!
Se morrer, alumiai-me
Com as três velinhas bentas
Da Santíssima Trindade!
Em nome do Padre, do Filho, do Espírito Santo! Amém!"
Boa Noite! Boa Noite!...

---

[39] *Capítulo XIII* de *Meleagro* ("Depoimento e pesquisa sobre a Magia branca no Brasil", 2. ed. Rio de Janeiro: Agir, 1978): "Oração" e "Oração-forte", no *Dicionário do Folclore Brasileiro* [Edição atual – 12. ed. São Paulo: Global, 2012. (N.E.)], resumem outros horizontes do assunto.

O povo faz seu santo

> *Le peuple élève spontanément à la dignité de saint et honore comme tel qui lui en paraît digne.*
>
> Charles Guignebert, *Le Christianisme Médiéval et Moderne.*

No segundo recinto do Purgatório (XIII) sofrem os invejosos, com as pálpebras cerradas por fio de ferro, castigo aos olhos torvos contra a fortuna alheia. Dante Alighieri dialoga com uma dama sienesa, Sapía de Provenzani ou Sapía del Salvani, que se confessa indigna do nome com o radical de *sapere, saber:* – *Savia non fui, avvegna che Sapia.* Resignada e contrita, evoca sua inveja, a situação orgulhosa e superior da vida passada. Mas continua desdenhosa, obstinada, rancorosa. Detesta seus conterrâneos. Não há uma gota de mel em sua voz suave. Quando vira em 1269 seus patrícios de Siena derrotados em Colle de Val d'Elsa pelos guelfos florentinos, ajudados pelo Rei da Sicília, Carlos d'Anjou, tivera uma explosão de alegria. Nada mais desejava de Deus, tornado desnecessário: – *Omai più non te temo!* Sabendo que o Poeta voltaria à terra da Toscana pede-lhe orações e recomenda que a lembre aos que tanto desamara.

Menciona, emocionada e grata, as *sante orazioni* de Pier Pettinaio, florentino que se fizera sienês, ajuda piedosa abreviando sua estada no Purgatório. E calou-se, tranquila. Desabafara.

Pier Pettinaio, Pedro Petinguano, Pietro Pettinagno, *ebbe il soprannome dal fatto che vemdeva pettine in Siena,* resume Momigliano. *Pettine,* pente.

Era um bufarinheiro humilde que sem deixar as ruas de Siena encontrara o caminho da salvação sem passar pelo Purgatório. Da Ordem Terceira de São Francisco de Campi, orando sempre, ajudando enfermos, visitando prisões, espalhando as esmolas obtidas para o próprio sustento, cercou-se de auréola santificadora. Vivo, fez milagres e era procurado pela aristocracia local, desejosa de merecer graças sem mudar do rumo confortável. A dama Sapía fora uma das suas consulentes. Mas, enquanto viveu, dispensou-se de renunciar, por palavras e obras, a sobranceria fidalga e altivez distanciadora. Pier Pettinaio faleceu em odor de santidade, a 5 de dezembro de 1289. Sapía estava no Purgatório mais de dez anos anteriores. Pier Pettinaio orou por ela quanto viveu. Quando Dante Alighieri visitou o Paraíso, o apagado e doce Pettinaio estaria entre os eleitos de Deus, com o nome de São Pedro Pettinagnolo.

Mas esse Santo fora feito pelo Povo e sua canonização decretada pelo governo como uma nomeação administrativa dentro de sua competência funcional.

Em 1328 o Senado de Siena intimou que todos os habitantes da cidade, sem exceção, comparecessem à Igreja de São Francisco para assistir à festa de São Pietro Pettinagnolo. *Dioceano ch'egli fu per il reputarono Santo et*, adverte o *Anônimo Fiorentino*, no século XIV. O Papa era guelfo. Siena, gibelina. Para que importunar João XXII? Dispensaram o processo canônico da Igreja Apostólica. *I Sanesi sono gente molto maravigliosa*, concluía o *Anônimo*. E eram... Mas "todos" os Santos venerados pelo Povo católico, em qualquer país do Mundo, passaram pela indagação examinadora da Sagrada Congregação de Ritos, única que *in causis competens?* (*Código Canônico, 1999*, § 2). Há santos universais, nacionais, regionais. Aqueles bretões aos quais Briseux orava em Paris:

> *Saints de mon pays, secourez-moi!*
> *Les Saints de ce pays ne me connaissent pas...*

No *Suplicantes*, de Ésquilo, quando o Rei de Argos, que acolhera as cinquenta danaides, repele o arauto egípcio que as viera procurar, acusando-o de ultrajar aos deuses, ouve a resposta: – "Eu só conheço os deuses do Egito!" A Virgem Santíssima toma partido na Espanha:

> *La Virgem del Puy de Estella*
> *le dijo a la del Pilar:*
> *– si tú eres aragonesa*
> *yo soy navarra y con sal!*

Adverte-se em Portugal, anotado pelo etnógrafo Jaime Lopes Dias:

> *Senhora do Almotão.*
> *Minha tão linda arraiana,*
> *Voltai costas a Castella,*
> *Não querais ser castelhana!*

Bot e Caseras, na Província de Tarragona, Espanha, têm o mesmo orago, São Brás, defensor contra as moléstias da garganta. Mesmo assim, o devoto de São Brás de Bot, diz: – *Samt Blai de Bot, que el de Caseras no pot!* Semelhantemente no Sul da França, para não recordar o ciúme italiano pelos seus Santos locais. Afonso Daudet recolheu a discussão entre um homem da Camargue com outro de Nimes, sobre as respectivas Madonas padroeiras, a mesma Virgem Maria: – *Il fallait voir comme ces deux bons catholiques se traitaient, eux et leurs madones: – Elle est jolie, ton immaculée: – Va-t-en donc avec ta bonne mère! Elle en a vu des grises, la tienne, en Palestine! – Et la tienne, hou la laide!... Qui sa ce qu'elle n'a pas fait... Demande plutôt à saint Joseph! (Lettres de Mon Moulin).* Axel Munthe lembra que em Anacapri Santo Antônio é muito mais santo que Jesus Cristo. Comum em Castilla la Vieja o juramento, *por el Santo Cristo de Burgos!* como se não houvesse outro em Espanha. Numa Cantiga do Rei Afonso o Sábio, narrando a intervenção da Virgem da defesa do castelo de Chincoya, mandado assaltar pelo rei mouro de Granada, há essa rogativa que é intimação patriótica:

*e guarda a tu capela
que non seja dos encreos.*

Dispenso-me de evocar o ciúme grego e romano pelos seus deuses e o longo formulário para a nacionalização suprema das entidades protetoras das cidades, ocultando-lhes até o verdadeiro nome, *Dii quorum nomina vulgari non licet,* para que o inimigo, sabendo-o, não tentasse obter a divina simpatia. Procurava-se, avidamente, intimidade com os numes, agradando-lhes a predileção e afastando as estrangeiras potestades, como diz um ditado dos Açores:

*A Santo que não conheço,
nem rezo nem ofereço.*

O Rei Afonso VI de Portugal alistou Santo Antônio de Lisboa no exército quando da guerra com a Espanha. Possuiu patentes militares em Portugal e Brasil, percebendo soldo e usando as insígnias dos postos. Tudo se reduzirá em transformar o Santo "coletivo" num membro do grupo familiar. Torná-lo "patrício". Um dos nossos... Karl von den Steinen, estudando os Bacairis do Rio Xingu em Mato Grosso, salienta o vocábulo *kura* significando nós, nós todos, nosso, e também "bom". E a palavra *kurápa* vale dizer não nós, não nossos e, decorrentemente, ruim, sovina, prejudicial. Nada mais lógico que incluir simbolicamente um Santo na família. Os oragos são padroeiros das famílias locais.

Estão na obrigação de defender e ajudar seus patricionados porque os conhece. "Santo por Santo, o de casa que é mais perto!"

Ao lado dos Santos universais e regulares vivem os Santos regionais, irregulares canonicamente mas consagrados pela confiança popular. O hagiolário bretão e flamengo não coincide com o provençal e borgonhês. O próprio Jesus Cristo começou com uma missão nacional de que é documento o episódio com a cananeia. "Eu não fui enviado senão às ovelhas perdidas da casa de Israel." (*Mateus*, 15, 14 e *Lucas*, 13,14), com o apelo filial à Jerusalém.

As populações amam as velhas imagens e têm constituído problema para os vigários a substituição. A continuidade devocional daria valores emocionais de recordação aos "vultos" familiares, uma pátina de impressionante prestígio para as orações. Os Santos de Casa são sempre entidades concordantes com os seus devotos, espécies de *Dii Consentes* ou *Dii Complices*, demasiado compreensivos e sem maior análise finalista quanto ao interesse moral das súplicas. A convivência é uma coexistência psicológica.

Entende o Povo, que aclamava elegendo seus Pontífices e Arcebispos, caber-lhe o direito de consagrar seus Santos. Acompanhando-lhes a vida, o heroísmo das virtudes, o devotamento caritativo, ambienta-os com um halo de invulgar autoridade que o renome espalha e autentica.

Pelo Norte do Brasil recordo o Padre Ibiapina (José Antônio Pereira Ibiapina, 1806-1883), professor de Direito Natural na Academia de Olinda, Juiz de Direito, Deputado-Geral, advogado, ordenando-se, recusando ser Vigário--Geral de Pernambuco preferindo cumprir a vocação missionária pelo Ceará, Rio Grande do Norte, Paraíba, fundando e mantendo Casas de Caridade, igrejas, recolhimentos, escolas: Dom Vital (Vital Maria Gonçalves de Oliveira, 1844-1878), capuchinho, Bispo de Olinda, pregador, enfrentando a Maçonaria todapoderosa em defesa da autoridade diocesana, processado, condenado, anistiado, Atanásio brasileiro e com projeção, popular que o dizia "Santo" logo depois do falecimento em Paris: Padre João Maria Cavalcanti de Brito (1848-1905), vigário de Natal, apóstolo da caridade, incansável, abnegado inesgotável. Vivo, narravam seus milagres terapêuticos. O busto em bronze é centro de devoção pública, diária infatigável, coberto de ex-votos. Padre Cícero Romão Batista, 1844-1934, vigário do Juazeiro, no Ceará, que tudo lhe deve, suspenso de ordens por divulgar intervenção divina numa familiar, é o mais impressionante motivo humano de atração cultural e de inspiração na literatura popular, canonizado pelo Nordeste, túmulo com milhares de peregrinos, infinitas "graças" publicadas.

Na capital de São Paulo ora-se ao Chaguinha, Francisco José das Chagas, enforcado em novembro de 1822 por insubordinação. A corda partiu-se três vezes e a resignação do condenado conquistou a simpatia popular paulista. Oferecem velas na praça onde o patíbulo se erguia.

Em Curitiba, é Maria Bueno a santa aclamada do Paraná, assassinada em 1893 pelo amante, soldado de Cavalaria.

Em São Gabriel está a Capela dos *Afuzilados*, os irmãos Meira, punidos por indisciplina, atração reverente para quase todo o Rio Grande do Sul. Capelinha repleta de flores, "promessas", retratos.

Em Pedreiras, Maranhão, vive a devoção de outra santa, independente das fórmulas purificadoras da Congregação dos Ritos, mãe Marcelina, negra, analfabeta, humilíssima e irradiante de força mística.

Em Anjicos, Rio Grande do Norte, resiste a Santa Damasinha, Damásia Francisca Pereira, morta em 1843 pelo marido, Francisco Lopes. Durante o enterro, os sinos da Matriz dobraram a finados sem auxílio humano.

Manaus, Santa Etelvina de Alencar, mocinha cearense do Icó, cujo cadáver foi deparado em março de 1901 na Colônia Campos Sales. O sepulcro, no cemitério do Mocó, é local de peregrinação. Túmulo-Capela. No Alto Madeira, Santa Radi, menina serena, rezadeira, dando remédios, tocando violino. Incluem-na na ladainha: – *"Santa Radi, ora pro nobis!"*

Em Belém do Pará, Mãe Valéria, morta em janeiro de 1800 por ordem do Governador e Capitão-General D. Francisco de Souza Coutinho, excelente administrador. Mãe Valéria era parteira, caridosa e prestável, amada por toda a gente. Severa Romana Ferreira, casada, morta resistindo a um militar apaixonado e selvagem. Estava grávida. O crime ocorreu em julho de 1900. O povo canonizou-a. É uma intercessora valorosa ante o Onipotente.

Pirenópolis, Goiás, Santa Dica, Benedita Cipriano Gomes, santa milagrosa, centralizando fanáticos, provocando escaramuças sangrentas. Projeção em todo o Estado. Viva constituíra objeto de culto[40].

Maceió, Petrúcio Correia, falecido de tifo aos 8 anos em 1938. Túmulo no Cemitério de São José valendo sala de milagres. Impressionante precocidade religiosa e caritativa. É o Guy de Fontgalland brasileiro.

---

[40] Irmã Germana (1784-1833) "reinando" na região central de Minas Gerais, venerada pelos incontáveis romeiros que a santificaram.

Ceará, "Menino Vaqueiro" no Ipu, encontrado morto quando procurava o pai. Põe à vista as coisas perdidas. Madre Vasconcelos, Freira Doroteia em Fortaleza, invocada quando desaparecem documentos preciosos.

Paraíba, Patos, "Cruz da Menina", com assistência de romeiros que já construíram Capela. A menina Francisca, pretinha, desprotegida, morreu em 1930 de maus-tratos da patroa. O cadáver fora atirado aos urubus. Santa dos mais humildes numa confiança inabalável. Em João Pessoa, Maria de Lourdes, à volta dos 12 anos, sucumbiu nas sevícias policiais. No Cemitério da Boa Sentença sua sepultura ilumina-se de velas constantes, flores, gratos ex-votos. Informa-me Celso Mariz.

Voz do Povo, voz de Deus! O Povo está convencido que lhe assiste o direito dessa indicação sobrenatural, talqualmente possuiu o instinto de nomear seus velhos tribunos em Roma. Delegação de sua confiança para que representassem diante de Deus as misérias e as esperanças anônimas. Vocação delegatória coletiva, instituindo uma procuradoria permanente em suprema entrância celestial.

O conceito de santificação, mesmo canônica, tomou aspecto mais limitado e regular em fins do século X, com o Papa João XV (986-996). Antes competia aos Bispos a proclamação dos nomes venerandos nas respectivas circunscrições diocesanas. *Chaque Église honorait ses Saints*, informa o Padre Ortolan. O Povo era o grande promotor dessas canonizações. *Vox populi, vox Dei*. Os pontífices Alexandre III (1170) e Inocêncio III (1200), reivindicaram para o Soberano Pontífice o direito exclusivo do processo. Mesmo assim, São João da Mata e São Félix de Valoir tiveram culto público durante quatrocentos anos sem documento autorizador no plano ortodoxo. A base realmente reguladora deve-se ao Papa Bento XIV (1740-1758) com o seu *De Beatificatione Servorum Dei et Canonizatione Beatorum* (Bologna, 1734). Quando era o Cardeal Prospero Lambertini, Bento XIV fora sete anos advogado consistorial e vinte anos Promotor da Fé nos processos de canonização. A Santa Sé tentara evitar essa consagração popular antes do pronunciamento canônico. O Padre Jean de Launoy (1603-1678) foi cognominado *Denicheur de Saint* pelo número dos "santificados" em que ele provara ausência de merecimento e mesmo de existência.

Mas o Povo, desconhecendo desdenhosamente o Código Canônico, segue funcionando como se vivesse no século X. *Prêcher pour son Saint*.

O exemplo brasileiro, contemporâneo, é expressivo dessa insubmissão devocional.

Dormir na igreja

*N*ão permita que o sono lhe domine durante uma solenidade religiosa. Esse sono não está ainda capitulado entre os pecados mas incluído no meio das *Faltas*, que são os erros, os semicrimes da omissão.

Deve existir um diabinho especialmente encarregado de provocar essa inoportuna sonolência. Sei que, às vezes, esse inesperado torpor é legítima defesa orgânica ante certas eloquências intermináveis. Mas adormecer enquanto vive um ato litúrgico é desatenção ao sagrado motivo.

No budismo japonês há um demônio que distrai os fiéis ao correr do serviço religioso. Chama-se *Binaíakia*. Um dos primeiros cuidados nos templos búdicos, antes das orações coletivas, é afugentar-se *Binaíakia* com fórmulas exorcistas específicas. Sabe-se que esse demônio habita ao pé do Monte Shoumi, no Souméran.

Nos candomblés é indispensável uma oblação ao orixá *Exu* antes de começar a função no *terreiro* para que o trêfego duende não perturbe os trabalhos. Mas *Exu* não adormece a ninguém. Bem ao contrário...

Na Bretanha vive igualmente um diabinho familiar com essa singular missão do sono imprevisto. Os bretões o denominam *Ar C'Houskezik*, provindo do verbo *Houska* que significa dormir. Seu nome francês é o *Diable Assoupissant*.

Nas igrejas católicas o mesmo ente soporífero ameaça a integridade da atenção devocional. Quem não deparou com uma vítima desse demônio sonífero, dormitando placidamente enquanto o tribuno sacro desenvolve o ciclo flamejante?

As beatas veteranas explicam que a sonolência durante o exercício religioso é uma manifestação expressa e legítima da tentação diabólica. Ninguém adormece por vontade manifesta ante o altar iluminado e na hora da reverência. Rápida vitória satânica sobre os crentes desacompanhados da sentinela volitiva.

Sendo o momento dedicado à divindade, o sono é uma evasão ao dever, uma fuga indisciplinar injustificável. Nenhum conferencista, teatrólogo, professor perdoa essa forma intempestiva de ausência com a presença física inoperante. Suetônio conta que Nero expulsou Vespasiano do séquito porque o grande soldado adormecera durante o canto imperial! Sacrilégio...

Jesus Cristo estranha ao apóstolo Pedro o sono em Getsêmani. Vigiai, é a palavra digna do homem. Vigilância, determinando a *Vigília*, guarda da véspera festiva. O sono não é ortodoxo.

O diabrete que afasta a vigilância deve ser poderoso.

Todos os oficiais de Marinha têm um caso a contar no *Quarto da Madorna*, modorra, a luta para estar imóvel e desperto na lenta madrugada. É exatamente esse *Quarto*, na escala do serviço naval, a hora das visagens, assombrações e pavores nos velhos navios ou arsenais e quartéis antigos. O saudoso Gastão Penalva (Comte. Sebastião de Souza, 1887-1944) contava-me dezenas de episódios ocorridos durante essas horas da batalha contra o sono. *Quarto d'Alva, Quarto da Madorna*. Disse-me que ia escrever uma relação, reunindo o documentário tradicional na Armada. Infelizmente não o fez.

As orações prolongadas e maquinais são irresistíveis provocadoras de abstração e desinteresse, alheamento inconsciente, caminho para o domínio envolvente e macio de Hipnos. Essa sugestão hipnótica é visível nas associações educacionais religiosas, notadamente nos seminários, onde os professores reagem, por todos os meios permissíveis, contra o demônio sonolento das horas rituais.

Desaparecendo o centro de interesse no decorrer do cerimonial, recaindo na rotina monótona do habitual, o sono é um visitante irresistível no âmbito religioso.

Em Lisboa assistia quase sempre a missa dominical nos Jerônimos. Ficava ao pé de uma coluna onde há um peixe esculpido. Na saída, no rumo dos pastéis de Belém, assistia a um funcionário da Igreja despertar e ajudar a erguer-se um velho gordo e simpático, decente no seu capotão folgado, chapéu de feltro e luvas. Vendo-o passar o pórtico monumental, dizia-me o rapaz com um sorriso nos olhos gaiatos: – *Pois vem dormir prá Igreja, o gajo!* No outro domingo, lá estava o *gajo* a dormir, fronteiro aos túmulos de Vasco da Gama e Camões.

Não resistira ao *Diable Assoupissant*.

Nas missas do meio-dia na Candelária, no Rio de Janeiro, as minhas preferidas, encontrava um casal devoto, também tentado pelo demônio sonolento. Gente rica. A senhora lia e o marido dormia, sereno. Nos minutos precisos, um toque de cotovelo despertava-o, fazendo, imediatamente, ajoelhar-se, contrito. Às vezes, avisado para retirar-se, dobrava os joelhos, na sequência costumeira. O Duque de Windsor, nas suas *Memórias de um Rei*, evoca uns soberanos da antiga Alemanha, nutridos e pacatos, que passeavam de carro. O Rei dormia e a rainha acordava-o para que saudasse os súditos. Mesmo que não houvesse vênia a retribuir, alertado, o Rei tirava, com os olhos fechados, seu chapéu saudador.

Não vamos falar desse diabinho do sono. Nosso Senhor Jesus Cristo também adormeceu em hora imprópria, num barco, sacudido pela tempestade que lhe obedeceu.

O "Padre-Nosso" da velha Cosma

Ainda hoje, vez por outra, quando aludo às coisas demasiado lentas, digo que lembram o *Padre-Nosso* da velha Cosma, de Dona Cosma.

Era uma estória contada por meu Pai, com aquela graça feiticeira que ele sabia emprestar às evocações da meninice sertaneja.

Andei, homem-feito, dando uma "batida" para saber quem havia sido Dona Cosma. Identifiquei tratar-se de dama de alta jerarquia, de sangue fidalgo e limpo, representante das famílias mais antigas da aristocracia rural no alto sertão norte-rio-grandense de outrora.

Era Dona Cosma Rodrigues Veras, filha de Silvestre Rodrigues Veras e Dona Eugênia de Barros. Casara com um sobrinho do Padre Miguelinho, o fuzilado na revolução de 1817, Joaquim Felício de Almeida Castro, e foram pais do bacharel Miguel Joaquim de Almeida Castro, deputado provincial e federal pelo Rio Grande do Norte na Constituinte da República, Presidente do Estado no regime republicano como presidira o Piauí no Império. Homem eminente, ríspido, culto, figura impressionante pela energia, altivez, coragem: (*História da República no Rio Grande do Norte*, 190-206, com os discursos na Câmara dos Deputados ao final, Rio de Janeiro, 1965).

Não se trata dele e sim da senhora sua Mãe, dona Cosma, que meu Pai, que a conhecera, chamava-a, sertanejamente, a velha Cosma.

Uma vez meu avô paterno e a família foram hospedados por Dona Cosma. Já não recordo a fazenda mas situava-se no atual município de Augusto Severo, então Triunfo. Agasalho incomparável. Ceia farta. Agrados. Depois, diante do imenso oratório de jacarandá, Dona Cosma foi fazer as orações da noite, rodeada pelas crias de casa, servas, empregadas e escravos. Antes de 1888.

Benzeu-se e começou a rezar o *Padre-Nosso*, espetando olhares fiscais nos circunjacentes atentos, aparentes ou reais. Como matrona do velho bom tempo, devia advertir e manter a disciplina familiar. Ali, como em Roma, família era o conjunto de seres sob sua vigilância, manutenção e comando.

Aí vai Dona Cosma rezando o *Padre-Nosso*, contrito:
– Padre Nosso que estais... Fenelon? Fecha a boca, negro!
– No Céu. Santificado seja... Te aquieta, moleca!
– O vosso nome... Deixe de risada, herege!
– Venha a nós o vosso reino... Bote a língua pra dentro, Bastião!
– Seja feita a vossa... Que balançado é esse, Catarina?
– Vontade... Vicente? Você fechou o chiqueiro?
– Assim na terra... Vá arrotar na cozinha, negra!
– Como no Céu... Fechou bem fechado, Vicente?
– O Pão-Nosso... Parece que a cabra está solta!
– De cada dia... Severino, tire a mão dos pés!
– Nos dai hoje... Deixe de abrimento de boca, Zefa!
– Perdoai as nossas dívidas... Acabe com essa coceira!
– Como nós perdoamos... Inácio? Bote esse gato pra fora!
– Os nossos devedores... Não disse que a cabra está solta?
– Não nos deixeis cair... Bote o gato logo, está surdo?
– Em tentação... Zeferina? O lugar de dormir é na rede!
– Mas livrai-nos, Senhor... Pare com esse roncado, Jeremia!
– Do mal... Solte os pés, negro sujo!
– Amém... Voceis não deixam a gente rezar direito!

Não creiam na comicidade dessa oração em que Maria e Marta se equilibravam no cuidado pela responsabilidade caseira. Era a intranquilidade perpétua para que tudo seguisse no ritmo macio e certo, imutável e doce, da Tradição.

Orações que não devem ser interrompidas

Ramon Menéndez Pidal (*El Romanceiro*, 124) estudando os romances de assuntos bíblicos conservados oralmente na África Setentrional, Tánger, Tetuán, Larache, Arzila, Alcázar, transcreve trecho de informação do Sr. Benoliel preciosa no assunto, revelando a existência de cantos que não deviam ser interrompidos, reminiscências positivas de antiquíssimas fórmulas rogatórias no mundo judaico. Escreve o Sr. Benoliel: – *Los romances de origen biblico son tan populares como los otros, y por una curiosa superstición, cuando se principian a cantar es obrigatorio acabarlos; las judias antiguas no bromean con estas cosas, y tiene gracia el tono y aire solemne que asumen cuando cantan estos romances.*

Reaparece esse elemento nos *Velórios* pernambucanos, no canto das chamadas *Excelências*, vivas de São Paulo ao Ceará. A origem provirá da região portuguesa do Entre-Douro-e-Minho e Beiras onde têm a mesma denominação e uso. *As Excelências são cantos de intenção religiosa entoados diante do morto. Quarto, Sentinela, Guarda, Guardamente.* Getúlio César (*Crendices do Nordeste*, 142) regista: – *Uma particularidade interessante: – Retirando-se o cadáver para o enterro no momento em que estão cantando uma* Excelença*, as cantadeiras acompanham o cortejo até terminá-lo, porque, dizem, quando se principia a cantar uma* Excelença *Nossa Senhora se ajoelha para só se levantar quando terminam, e não sendo terminada ela ficará de joelho e o espírito, devido a esse desrespeito, não ganharia a salvação.*

A solução de continuidade na súplica é quase um sacrilégio na imaginação popular. Assim como a cerimônia religiosa não pode interromper-se sem perder sua majestade litúrgica e sua validade intencional, da mesma forma a prece deverá seguir inteira e serena, do princípio ao fim, para que alcance o deferimento almejado. Oração *quebrada* não tem efeito.

A lição milenar ensina o preceito da continuidade no rito. Nenhuma cerimônia de iniciação podia suspender-se sem repetição desde o início.

Nada, dedicado aos deuses, permite-se ser consertado, corrigido, substituído em fração. Tudo novo, puro, virgem, na legitimidade oblacional. Não se emenda o metal votivo. Todo cerimonial participa dessa exigência específica em serviço divino.

Duas orações tão queridas em sua veneranda antiguidade, o *Credo* e a *Salve-Rainha*, jamais podem ser recitadas fragmentadamente. Recomeçadas quando houver engano, é a obrigação. Em Portugal, Beira, a "Oração do Anjo Custódio" não se começa sem ir ao final, sob pena de inutilidade. Idem, Rosário de Santa Rita.

Há exceção. Ficam ambas detidas em determinado vocábulo para efeitos de consulta ou defesa mágica. *Nos mostrai*, na *Salve-Rainha*; *jaz morto, sepultado,* no *Credo*.

Fora dessa licença, pecado grave na teologia popular a divisão condenada.

Para alguns teólogos a simples repetição, quando de início errado, não é aconselhada. J.-K. Huysmans ouviu do prior beneditino a proibição: – *Je vous défends absolument, à l'avenir, de jamais recommencer une priére; elle est mal dite, tant pis, passez, ne la répétez pas* (En Route, VIII).

O modelo tradicional no Brasil da oração ininterrupta é o *Rosário Abreviado* ou *Rosário da Conceição*. É rezado em voz alta, tanto mais rápido melhor. Não pode ser lido e sim decorado. Enganando-se na recitação, volta-se ao princípio e conta-se uma negativa sagrada. Deve-se insistir três vezes e a maioria das decisões anuncia a sentença intercessora.

É recurso de desespero, apelo de angústia, uma quase violência à Mãe de Deus.

Reza-se como a um rosário, três terços. No Padre-Nosso diz-se: – *Ó Virgem da Conceição, Senhora Concebida sem pecado, Mãe de Deus, Rainha da Vida, Senhora dai-me a mão que minh'alma caída está; meu corpo estremecido sem a vossa consolação; vós aflita e ofendida fostes, Virgem ao pé da Cruz e aflita e ofendida chamo por vós, Mãe de Jesus, ó Virgem da Conceição, vós não fostes aquela que dissestes pela vossa sagrada boca, que quem por vós chamasse cento e cinquenta vezes por dia havia de ser válida? Pois é chegada a ocasião em toda tribulação. Valei-me ó Virgem da Conceição!*

Nas Ave-Marias repete-se: – *Mãe de Deus!*

O preceito é dizer-se o *Rosário Abreviado* unicamente uma vez num dia. Abster-se da reincidência por ser uma oração demasiado *forte*.

Sendo oração de culto oral não pertence à classe das ocultas, guardadas em saquinhos ao pescoço.

Quando o *Rosário da Conceição* é para as *pessoas de fé*, as *Forças do Credo* figuram no arsenal da feitiçaria vulgar e das devoções confusas. Também deve ser dito *encarreado*, sem falha e gaguejo.

Salvo eu saio e salvo eu entro. Salve o senhor São João Batista, lá no Rio Jordão. Na Barca de Noé entrei, e com a chave do Sacrário eu me tranquei. Com os Doze Apóstolos e Jesus me encomendo. Com a força do Credo que eu me benzo. Amém Jesus!

DEUS EM 1960

*P*or que 1960 foi o ano da pesquisa religiosa entre os jovens em Natal. Ensinava em duas Faculdades. Meus filhos eram bacharéis em Direito. Conhecia, além dos alunos, meio cento de rapazes atraídos pela música, pintura, poesia, onde Fernando Luís vivera até fixar-se no Recife. Por intermédio de Ana Maria privara com as suas colegas do Colégio da Conceição, companheiras no curso propedêutico. Nossa casa ressoava de vozes adolescentes. A convivência jovial oferecia perspectivas indefinidas para um inquérito discreto, verbal, direto, sem impor questionários inatendíveis mas obtendo respostas espontâneas desde que não supusessem a premeditação indagadora. Aproveitaria horas inesperadas em dias soltos sem que pressentissem o intuito do inquérito. A curiosidade sexagenária não destinava os resultados à publicidade, perfeitamente inútil. Creio ter ouvido uns 60 inquietos e umas 30 inocentes. Notara o desaparecimento gradual de associações católicas constituídas por gente nova. Não ia iludir-me com a movimentação efêmera da "Páscoa de Estudantes", flama alta em palha seca. Que Espírito habitaria essas mentalidades, de 17 a 24 anos? As perguntinhas capciosas e rápidas duraram de março a junho. Muitas semanas depois meditei lendo minhas notas, quase estenográficas, olhando aqueles *slides* e *shows* de surpreendente legitimidade. Presidia o Brasil Juscelino Kubitschek. Era da *Novacap*. Onze anos se passaram. A maior percentagem feminina governa casa, marido e filhos. Os rapazes exercem profissões definidas. Vejam nas revistas velhas os modos do gosto e os nomes da Moda passada. Todos eram católicos de estatística. Em suspensão. A Fé não estava infusa mas difusa e confusa nas lembranças intermitentes. Nem um ou uma, "praticantes" convictos. As meninas "iam" à Missa dominical, olhando mais a assistência que o cerimonial. Maquinalismo. Terços automáticos. Os rapazes benzem-se, os mais decididos e desafiantes. Nenhuma persignação, gesto de mulher. Orações instintivas, *Padre-Nosso* e *Ave-Maria*. Raras *Salve-Rainhas*. Jamais o *Credo*.

As respostas femininas eram edificantes. Todas rezavam à noite, liam orações e nem por pensamento pecavam. O exercício religioso na intimidade das almas evaporara-se. As raízes da Fé não tinham secado mas murchado. Muito pouca circulação de seiva renovadora. A frequência ao culto era obrigação social, obediência ao liame grupal, notadamente do Sexo Forte, enganado pela serpente. Deus perdoa sempre porque, dizia Heine, é sua profissão. A Intenção justifica e santifica todos os atos humanos. *La simplicité d'intention est le principe et l'achèvement de toute vertu*, na exegese de Ruysbroeck. Jamais ouvi citação de escritor católico. Nem problema religioso, onda sonora não captada naqueles rádios abertos à musicalidade da Vida. Havia uma Fé *guardada* sem uso, possivelmente evaporável. Todos se afirmavam católicos e diziam os Protestantes com uma conduta mais limpa e fiel. Não tinham curiosidade pelos assuntos da cultura religiosa ou soluções católicas. O Papa João XXIII era imagem piedosa, manso de coração, quase inatual. Parecia "uma mãe de família". Pio XII, mais viril, comandador, não ficaria na meditação suficiente. Não previam o apocalíptico II Concílio do Vaticano, com a síntese salvadora da Arca de Noé. Nenhuma orientação para o quotidiano. Influência intelectual. Admiração. A pregação aos domingos não dava informação contemporânea. *Lero-lero*. Nenhuma irreverência, acidez, repulsa. Apenas incuriosidade, distância, paralela à motivação apologética. A Congregação Mariana de Moços (*A fita azul salvará o Brasil!*) perdera contato com aquela geração veloz. Não disseram anedota contra padres e também nenhum louvor. Afirmavam faltar-lhes coincidência moderna na divulgação dos assuntos. Os rapazes amadurecendo repetiam, sem saber, Charles Péguy: – *La foi c'est dans les Lalques qu'elle se trouve encore*! Ignoravam os sacerdotes escritores e a batalha de Alceu Amoroso Lima pela penetração geográfica da Fé. Não tínhamos em Natal uma inteligência dedicada a nova catequese dos potiguares recentes, errantes e descuidados na grande maloca, já Universidade. Santos prediletos? O Padre João Maria, canonizado pelo Povo, nas vésperas de exames "apertados". Nada sabiam da Padroeira. Santa Teresinha do Menino Jesus tivera popularidade alucinante, com Matriz e Congregação linda, mas um espírito de porco espalhara o boato que as "teresinhas" não casavam. Foi a conta! O andorzinho ficou imóvel. As "Trezenas" de Santo Antônio emudeceram. As festas tradicionais fixam a multidão devota nos divertimentos exteriores. As grandes procissões não descem à Ribeira. Limitam-se a um círculo na Cidade Alta. Agora cada qual escolhe livremente a sua penitência. E mesmo a duração do arrependimento. Fátima possui paróquia mas não devoção. O Desembargador Luís Tavares de Lyra (1880-1962) planejou instalar na Igreja de Santo Antônio um grupo de *Luíses*, sob a proteção de São Luís, Rei de França. Apresentaram-se Luís da Cunha Melo e eu. *Tre faciunt capitulum*. Eram quatro mosqueteiros, com Luís Lyra. Natal contaria mais de uma centena de xarás. São Luís de França, padroeiro do Duque de Caxias, está aguardando seus fiéis ausentes. Os Mortos sabem esperar. O período 1942-1950 fora de ativa infiltração comunista na mocidade. Muito pouca leitura, exceto folheto de exaltação. A técnica era a conversa, explicação, notícia. A Fé entra pelo ouvido! Fase da conquista balcânica e sucessão alemã. Não houve campanha antirreligiosa. Os missionários capuchinhos pregavam contra os Protestantes. O perigo era Lutero e não Marx-Lênin. O auditório letrado e jovem dos semeadores "libertários" era constituído justamente por esses elementos perguntados por mim, e alguns cantando Sinhô e Noel Rosa, com o violão sonoroso e ganzá ritmador. O "esfriamento" não fora provocado pelas vozes agnósticas de professores "científicos" ou sedução catalítica de autores contagiantes. Era uma indiferença preguiçosa, atingindo ponto de saturação no nível do desinteresse, fruto dos abandonos negligentes de cem anos de comodismo indolente, de latim dispensável e linguagem sibilina artificial e declamatória das "*Pastorais*", que o clero lera, e sermões fastidiosos e soporíferos. Descuido dos pastores tentados por outra gadaria, permitindo ao rebanho a dispersão desertadora e natural. Agora ovelhas, carneiros e bodes comiam nas pastagens preferenciais. O II Concílio do Vaticano reenviara os pegureiros, sem cajado e campainha, avivar os perdidos roteiros para o despovoado redil. Deus Existe! Apenas não têm necessidade dele. Vive, inlocalizável e errante como El-Rei D. Sebastião depois de Alcácer-Quibir. O século XIX propagara a unidade moral do Trono e do altar, responsabilizando a Igreja pela aliança básica com a economia capitalista, culpada pelo solidarismo espoliador. O século XX expõe a inutilidade de Deus na organização mecanicista do Universo. O anacronismo do Sobrenatural na concatenação sistemática da conceituação biológica. Injustiça, violência, ferocidade, coletiva ou individual, autorizadas pela Onipotência, taciturna e concordante. Uma Literatura e Arte expositivas de vício, pecado e miséria, determinando a normalidade teratológica, o clima da intoxicação indispensável, a fatalidade neurótica do comportamento humano, ambientam a paisagem diária para a respiração juvenil. A velocidade da existência nas exigências financeiras afasta a assistência doméstica na formação temperamental dos filhos. O século XIX desviara o Proletariado. O século XX a Juventude. Estava verificando a conclusão numa cidade tranquila, sem ventanias doutrinárias e turbulências abortivas, vendo a situação melancólica dos altares desertos nos espíritos estudantis. Não deparara prevenção, rancor, desdém. A festa organiza-se, no interior da idade radiosa. Luz, alegria, esperança! Apenas a porta está cerrada e silenciosa. A mão invisível não a percute. Não se ouve ainda o *Ego Sto ad Ostium et Pulso*! Estou à porta e bato! Quem baterá? Quem será o noivo para essas gerações, insones, ansiosas de Amor? Assim era o que ouvi em meados de 1960...

O morto é juíz

O Morto continua vivo no seu túmulo. Recebe as homenagens dos descendentes, obrigados a essa apresentação ao ancestral, imóvel mas consciente. A sepultura é apenas uma outra residência, cela do dormitório, onde aguardará o despertar no Dia de Juízo. A tradição é portuguesa, reunindo as heranças milenárias da Europa e Ásia. Indígenas e africanos negros acreditavam na imortalidade da alma mas não em sua intervenção no quotidiano social. O português é que trouxe a vivência do Morto para o Brasil. Noutras dimensões já recordei o "culto do Morto" (*Anúbis e Outros Ensaios**, Rio de Janeiro, 1951). Em Portugal a imagem é positiva. O Governador de Coimbra, Martim de Freitas, em 1248, vai à Catedral de Toledo depositar as chaves da cidade nas mãos defuntas do seu Rei, D. Sancho II, o Capelo. Em 1357, o Rei D. Pedro coroa o cadáver de Inês de Castro. Entre o Povo permanece o dever de pedir perdão ao Morto pelas culpas cometidas contra ele quando vivera. Ao redor do jazigo faziam refeições votivas, vindas do *Táphon dainynai* grego, do Silicernum romano, cantos e bailados. Na Itália do século XIII o assassino, tomando uma sopa sobre o túmulo da vítima, evitava a vingança da família enlutada. O Morto julga, comunicando-se em sonho ou por algum sinal exterior visível. Refiro-me unicamente ao cadáver e não ao espectro. Um conto popular pelos sertões e cidades do Nordeste, contado pela Sra. Clotildes Caridade Gomes, que o ouviu no município do Ceará-Mirim, Rio Grande do Norte, é documentário total, com o registo de suas variantes.

Uma moça muito séria e caridosa estava noiva de um rapaz e este preparava o casamento. Uma mulher vizinha, por espírito de inveja, levantou um falso à noiva, dizendo-a desonesta. O rapaz acreditou e desmanchou o noivado. A moça teve tanto desgosto que adoeceu e morreu. O rapaz mudou-se para outras terras. A mulher que inventara a calúnia começou a ficar agoniada e a ter sonhos tão horríveis, que temia deitar-se para

---
* 1ª parte deste volume. (N.E.)

dormir. Indo de mal a pior foi confessar-se a um frade muito santo e este disse que ela pedisse perdão à morta, indo rezar no seu túmulo na igreja. A mulher lá se foi, de noite, e às tantas apareceu a moça, toda vestida de branca, com três rapazes junto dela. A mulher pediu perdão, mas a moça disse: – "Por sua causa eu morri, e não casei e o meu noivo foi-se embora. Eu seria mãe destes três moços aqui: um havia de ser soldado, outro, padre, e o mais moço, doutor, e fariam muito benefício ao Mundo. Por sua causa, por causa da sua língua, nada disto sucederá. Não perdoo não!" Avançou para a mulher e arrancou-lhe a língua. A mulher caiu para trás e a moça desvaneceu-se com os três filhos. De manhã acharam a penitente morta, com a língua arrancada e toda preta.

Noutra variante, o fantasma não arranca a língua da caluniadora, mas esta morre consumida por um jato de fogo.

Veio de Portugal, Francisco Xavier d'Athaide Oliveira, *Contos Tradicionais do Algarve* (1º, Tavira, 1900), recolheu o motivo português. O intrigante é um rapaz que, obrigado pelos remorsos, vai pedir perdão à morta na igreja, três vezes. Na terceira vez, abriram-se repentinamente as portas do templo e uma língua de fogo matou o criminoso. "É que a difamação é um pecado que Deus não perdoa". O Professor Aurélio M. Espinosa, da Universidade de Stanford, na Califórnia, divulga uma versão de Ciudad Real (*Cuentos Populares Españoles*, 1º, Madrid, 1946, comentários no vol. 2º, Madrid, 1947), bem diversa da brasileira e portuguesa, desconhecidas para ele. "Uma viúva conseguiu, à custa de orações, que Deus lhe permitisse a presença do espectro do marido em casa e podendo falar. Voltava a mulher do trabalho e divertia-se conversando animadamente com a sombra marital. O tempo passou e ela terminou enfadando-se com aquela alma do outro mundo, deliberante e próximo. Aceitou a sugestão de um mau vigário e começou a confessar façanhas que não praticara, para escandalizar e afugentar o fantasma. Quando o marido perguntava o que andara fazendo, respondia: – *De matar y robar pa mantener a tus hijos*. E o morto contestava: – *Todo lo perdona Dios!* Uma vez a viúva declarou que tinha levantado *falsos testimonios a soltera y casás*! O defunto falou: – *Quédate con Dios, mujer! Todo lo perdona Dios, menos eso!* E desapareceu para sempre." Numa variante das Astúrias, de Cabal, citada pelo Professor Espinosa, a mentirosa é uma moça que, por penitência, reza em três igrejas de Roma. Na terceira noite aparece-lhe a morta e leva a jovem até a pia e manda que derrame a água. Obedece. Depois manda que junte novamente o líquido espalhado. A jovem diz ser impossível. *De la misma manera es imposible recoger la honra cuando la derraman las malas lenguas,* explica a defunta. *Pero antes de desaparecer, la muerta le saca a la calumniadora la lengua.*

A versão brasileira é mais simbólica e sugestiva pela presença dos futuros filhos, mortos antes de nascer pela língua da maldade imperdoável. Nas cinco versões que conheço, a brasileira, a portuguesa do Algarve, três espanholas (uma de Ciudad Real e duas asturianas), a criminosa é castigada pela morte.

Preliminarmente, o fantasma arranca a língua maldizente, origem de todas as desgraças imprevisíveis. A oração e súplica sobre a sepultura da morta injustiçada são elementos comuns e bem constantes nas estórias tradicionais do Oriente. A crença do Morto Vingador, esperando no túmulo o momento da vindita implacável, conselho do frade ou religioso, de pedir perdão ao defunto na própria sepultura, não é ortodoxia cristã, mas uma herança teimosa, oriental.

Nenhum pecado, no plano social, revolta mais o oriental do que a murmuração insidiosa, a mentira interessada na perdição alheia.

No Oriente, o Rei Davi e o Rei Salomão têm verdadeiros ciclos temáticos ao sabor da psicologia ambiental. O episódio do Rei Davi com Urias, o heteu, sacrificado pelo seu soberano, que lhe desejava a esposa Betsabá, é diversamente evocado na literatura oral árabe. Nada recordará o relato do segundo livro de Samuel, XII. Neste, Iavé pune Davi, matando-lhe o filho, mas o rei continua com a mulher do morto, que lhe dá o sapiente Salomão.

Ester Panetta (*Forme e Soggetti Della Letteratura Populare Libica*, Instituto per gli Studi di Politica Internazionale, 31-32, Milano, 1943) regista a tradição oral, que o profeta Samuel ignoraria.

Atormentado pelos remorsos, Davi recebeu de Deus a ordem de dormir sobre a sepultura de Urias, aguardando a sentença do defunto, que sucumbira pelo crime de ter uma mulher bonita e ambicionada pelo seu Rei. Escreve Ester Panetta: – *Davide dormí per tre notti sulla tomba del suo ex capitano apostrofandole e ripetendo quando gli aveva suggerito Iddio stesso. La prima notte l'ucciso non lo degnó suppure di una risposta. La seconda notte rispose soltanto:* Houddito. *La terza notte Davide Aggiumse:* – *"te lo chiedo in nome di Dio, rispondi". E il morto:* – *"per il mio sangue ti ho perdonato, per mia moglie no!"*

Pela mentalidade popular árabe, o rei adúltero e criminoso só deverá ser julgado pela vítima e não pelo próprio Deus, que lhe sugere a fórmula humilhante e penitencial. Assim, nas estórias brasileira, portuguesa, espanhola, o réu é sentenciado pela morta e nenhum sacerdote ousa absolver ou condenar. O Morto é o Juiz!

SANTOS TRADICIONAIS NO BRASIL

Meu São Francisco das Chagas,
Meu Santo do Canindé!
Eu sei que Santo não voga
Naquilo que Deus não qué.

Durante meses em 1947 investiguei a popularidade de alguns Santos na fidelidade brasileira. Viajei e li boletins, arquivos, anuários. Muita conversa com gente velha de cidade, agreste e sertão. Não enfrentei as 3.110 paróquias de 1953 quanto mais as do presente. A notícia municipalista é de 1965, IBGE. Informações de Fé, vieram das vozes populares, às quais proclamo confiança plenária.

Falarei ao de leve do orago da paróquia e do seu denominador. O Santo pode estar no altar principal mas não ser padrinho da freguesia. Padroeiro da Sé mas não titular do Bispado. São Pedro é titular da Arquidiocese de Porto Alegre mas a da Catedral é Nossa Senhora Madre de Deus. O titular do Maranhão é São Luís, Rei de França, e da Sé, Nossa Senhora da Vitória. Do Recife e Olinda, Santo Antônio, e da Catedral, a Transfiguração de Nosso Senhor Jesus Cristo, pouco entendida pelo beaterio. Às vezes é a mesma e única entidade: – Nossa Senhora das Neves na Paraíba, Nossa Senhora da Apresentação em Natal, ambas arquidioceses.

Preferência de Santos sobre Santas. Em 1.391 paróquias, 909 Santos paraninfam para 482 padroeiras. Exceto Nossa Senhora nas incontáveis invocações, os homens distinguem o Santo do seu sexo. Leonardo Mota (*Violeiros do Norte*, 1925) regista a resposta desaforada de um chefe político sertanejo, referindo-se ao desafeto: – "O padroeiro da terra dele é feme, mas o da minha é macho: – mija em pé e não de coca..."

Alinho a relação no ângulo da simpatia. À esquerda as paróquias e à direita municípios e distritos.

Nossa Senhora da Conceição... 288, denominando 22 paróquias, 37 unidades municipais.

Santo Antônio – 228.62, municípios e distritos
São José – 171.80, distritos e municípios
São Sebastião – 144.43
São João – 118.62
Senhora Sant'Ana – 113.36
São Pedro, Chaveiro do Céu – 58.29
São Miguel – 37.17
São Francisco Xavier, Paula, Assis, Chagas – 31.23
Santa Rita – 30.23
Santa Teresinha – 25.7
São Gonçalo – 21.12

Tomei base na vintena das paróquias. A Santa Cruz dá nome a 25 municípios e distritos mas não constitui orago, exceto em freguesia de São Sebastião do Rio de Janeiro. Há quem debata a Santa Cruz constituir paraninfado real, atendendo apenas a participação sacrificial do Redentor, como a coroa de espinhos, a cana-verde, os cravos.[41] São Domingos e Santa Bárbara batizam distritos e municípios em número de 12, para cada um. São Vicente atinge os 15.

São esses os nomes preferenciais da devoção brasileira. A presença do orago nem sempre coincide com a maioria devocional. Há respeitosa vênia mas não aparecem promessas. A Padroeira de Natal, desde inícios do século XVII, Nossa Senhora da Apresentação, não tem o culto assíduo e público do Padre João Maria, falecido em 1905, e que ainda não mereceu altar. Os natalenses canonizaram-no para todos os efeitos. É a mais popular das devoções na sua comovedora presença em todas as horas.

---

[41] O Cruzeiro valia o santo guardião na praça da Matriz, abrigando Almas, espavorindo Demônios. Sentinela da Casa de Deus, recebia promessas de terços, rosários, flores. O século XVI, divulgação do culto às Almas, foi o da multiplicação dos Cruzeiros, alguns monumentais e artísticos. Em Lucca, regista Montaigne em 1581, aos exilados permitiam regresso de oito dias para que assistissem à festa da Santa Cruz. Notável em Itaquaquecetuba, São Paulo: ver *Dicionário do Folclore Brasileiro*, Itatiaia, 1984. [Edição atual – 12. ed. São Paulo: Global, 2012. (N.E.)]
O Cruzeiro diante da Matriz em Natal (hoje Catedral) fora remodelado em 1896. Para o jardim e pavimentação da Praça André de Albuquerque, o Cruzeiro foi transportado em setembro de 1906 para o pátio da Igreja do Rosário, onde se encontra. O Vigário Moisés Ferreira do Nascimento fora obrigado a intervir, várias vezes, pessoalmente, acalmando os escrúpulos dos operários, vendo uma profanação na derrubada do pedestal de alvenaria. A transferência determinou cerimonial, bênção, discursos, banda de música, grande presença popular.

Nossa Senhora das Neves em João Pessoa, padroeira, não é a intercessora preferida. Há os Santos terapeutas, como em todas as populações católicas do Mundo, atendendo as consultas por intermédio de orações, pagos os honorários em promessas. São Brás para garganta. São Bento contra ofídeos. Santa Apolônia, odontologia. Santa Luzia, oftalmóloga. São Lázaro, úlceras, dermatoses, feridas brabas. São Sebastião, moléstias contagiantes. São Judas Tadeu, enfermidades graves. São Vito, convulsões. São Roque, tumores. Nossa Senhora da Expectação, do Ó, Boa Hora, Bom Despacho, Livramento, Bom Sucesso, Bom Parto, Boa Esperança, para a gravidez normal e parto feliz com recursos complementares a São José, Sant'Ana, São Raimundo Nonato (*nonnatus*, porque nasceu com cesariana). São Geraldo Magela, Santo Aluísio, evitam filhos pondo seu nome na criança. Para tornar-se mãe, Nossa Senhora da Piedade, das Dores, da Soledade, Madre-Deus, Santa Isabel, Sant'Ana dará leite. São Luís facilitará a linguagem. Santo Expedito fará andar. Santa Biliana cuidará das urinas. O Anjo da Guarda vigiará os passos de dia e o sono de noite. São José protegerá o lar. O Espírito Santo, a memória. São Cristóvão os negócios. Os "Bem-casados" (São Lúcio e Santa Bona) garantem o amor conjugal. A jaculatória "Jesus, Maria, José minh'alma vossa é!" assistirá a agonia. São Miguel acompanhará o Espírito. Nossa Senhora do Carmo defenderá no Julgamento.

São Miguel é inseparável do culto das Almas, "São Miguel e Almas", como há paróquia em Santos Dumont, Minas Gerais. Santíssimo Sacramento e o Divino Espírito Santo são devoções delicadas, exigentes, cerimoniosas, populares e não vulgares. Apesar dos cortejos e trono da Festa do Divino, onde aparece Imperador coroado ou a Coroa Imperial é exibida em lenta procissão. O Sagrado Coração de Jesus e de Maria não são de emprego confiado na parte masculina. Preferências de mulheres e de área urbana e suburbana e não-corrente no mundo agropastoril. Os Santos letrados, São Tomás, Santo Inácio, São Paulo, Santa Teresa de Jesus, São Francisco de Sales, não alcançam o poviléu reverente.

Divinópolis, em Minas Gerais, tem o Divino Espírito Santo padroeiro. Merece o duplo tratamento de "Divino" e de "Santo". No Divinópolis de Goiás, orgulha-se possuindo o orago resplandecente e único no Brasil: – o Padre Eterno! permitindo muito pouca aproximação pecadora. Voltaire dizia-o esquecido na universal gratidão, e ergueu-lhe igreja em Ferney, *Deo erexit Voltaire*, gravado na fachada.

Os Santos tradicionais na memória viva são os de Junho (Santo Antônio, São João, São Pedro) e mais São José e São Sebastião. Jesus Cristo é *Nosso Senhor* e *Meu Deus*. O Divino continua "Deus desconhecido" pela imprecisão dos atributos funcionais. A feitura de pomba não lhe imprime a devida majestade, quando todos os demais assumem formas humanas. Em Portugal, o Divino Espírito Santo já se apresenta como em Zebreira, Beira Baixa, ancião, venerando, coroado, em poltrona de espaldar, recebendo as vênias e dádivas. A devoção mais profunda, instintiva e natural, é Nossa Senhora da Conceição, com sua infindável sinonímia que o Povo julga constituir outras tantas Santas distintas. As representações plásticas ajudam a manter a confusão entre os humildes fiéis nos países católicos. É a mesma observação feita na França, Itália, Espanha, Portugal, permitindo supor que toda a vida religiosa no Povo esteja limitada à contemplação do cerimonial litúrgico. Nas cidades a conclusão não será dessemelhante.

O culto dos Santos é o único interesse psicológico da multidão e a "alta sociedade" já não tem densidade espiritual para impeli-la ao sentimento divino. Indiferentismo que o desinteresse fundamenta pelo atrito diário, ou, nos intelectuais, uma curiosidade cerebral pela química da Fé ou anatomia das crenças. Homens e mulheres, nem mesmo pelo interior do Brasil, têm a visão litúrgica para reforço da Fé, porque vivem distantes das igrejas e da assistência sacerdotal, raramente prestante pela diminuição dos ministros em serviço dos Sacramentos. A necessidade econômica fixa esse Povo em regiões afastadas dos centros urbanos. Vezes, em larga extensão, não se avista uma Capela!

Nesse ermo ardem as fogueirinhas de São João e sobem foguetes a São Pedro, Chaveiro do Céu, garantindo a entrada. Rezam a São Sebastião, defensor da Peste, Nossa Senhora da Conceição, arredando as dificuldades. Não podendo prever as modificações acolhedoras do II Concílio Vaticano, o clero moveu guerra de morte às devoções festivas mesmo nos adros das igrejas. Assim, a dança de São Gonçalo foi combatida como sacrilégio pelo Nordeste, apenas resiste no Sul. Duas fileiras devotas saudavam São Gonçalo cantando versos fervorosos, desfilando em marcha divergente, sob a direção de violeiros. Cantam no Sul ante a efígie, engalanada num telheiro rústico. É, como Sant'Antônio, Santo casamenteiro. Nesse plano, obtive na minha pensão de estudante no Recife de 1925 uma "Oração para casar", em versos, que Pereira da Costa divulgou variante em 1908.

> Milagroso São Raimundo
> Que casais a todo o mundo,
> Vá dizer a Santo Antero
> Que também casar eu quero.
> Poder de São Expedito
> Com um noivo bem bonito.

> Permita Santo Odorico
> Que ele seja muito rico.
> E também Santo Agostinho
> Que tenha muito carinho.
> Assim como a São Roberto
> Que o noivo seja esperto.
>
> Com o poder de Santa Rosa
> Quero ter nome de esposa.
> Na força de Santa Inês
> Chegue logo minha vez.
> E com o senhor São João
> Que me tenha adoração.
>
> Também peço a São Vicente
> Que isto seja brevemente.
> Ao Anjo São Gabriel
> Que me seja bem fiel.
> Assim como a São Germano
> Que não passe deste ano!

Jamais foram "orações" e sim composição urbana e literária, com sua voga humorística desaparecida pela mudança das atenções psicológicas, como ocorria a uma "Ladainha das Moças", que Pereira da Costa salvou do esquecimento.

> São Bartolomeu casar-me quer eu.
> São Ludovico, com um moço muito rico.
> São Nicolau, que ele não seja mau.
> São Benedito, que seja bonito.
> São Vicente, que não seja impertinente.
> São Sebastião, que me leve à função.
> Santa Felicidade, que me faça a vontade.
> São Benjamin, que tenha paixão por mim.
> Santo André, que não tome rapé.
> São Silvino, que tenha muito tino.
> São Gabriel, que me seja fiel.
> Santo Aniceto, que ande bem quieto.
> São Miguel, que perdure a lua de mel.

São Bento, que não seja ciumento.
Santa Margarida, que me traga bem vestida.
Santa Trindade, que me dê felicidade.

Pelas praias, agreste, sertão, zona das matas, vales úmidos, essas produções seriam impossíveis num ângulo desinteressado de sátira. Nessas regiões o assunto é tratado a *lo divino*, a sério, suplicando marido, lar, filhos, legitimidade funcional feminina. A técnica aliciante é decisiva e urgente, alheia aos recursos da excitação citadina. A mulher é a mesma no poderoso instinto de conquista e fixação sexual. Toda mulher é Eva, pregava o Padre Antônio Vieira.

Nalguns sertões, Maranhão, Piauí, Mato Grosso, casavam publicamente ante a fogueira de São João, estabelecendo subsequente vida doméstica, portas adentro, respeitada e normal, até o aparecimento de um padre para "sacramentar" a união de fato. Queixam-se de tudo menos de carência da Fé. Possuem nas lembranças imediatas a presença suficiente e radiosa dos divinos recursos protetores e leais. Nosso Senhor, Nossa Senhora, o Crucificado, a corte dos Santos e Santas tradicionais, ajudam a manter essa autarquia religiosa, obstinada e sensível, na solidão do "desertão" nacional. Das representações de Cristo a de maior confiança, destino das súplicas desesperadas ou de imperioso interesse, é o Crucificado, o Cristo ferido e sangrento, morrendo na cruz. É o Bom Jesus! Centraliza as grandes romarias fervorosas, Bonfim, Lapa, Pirapora, Bom Jesus das Dores, distribuindo graças quando recebia os derradeiros ultrajes. O Povo só se comove realmente ante duas expressões físicas do Messias. O Menino-Deus no presépio e o Bom Jesus no madeiro do Gólgota. A criança determina a floração de ternura no complexo protetor da paternidade. O Crucificado provoca uma piedade de revolta e protesto pela injustiça da violência e a brutalidade da Força onipotente. Vale muito mais com sua coroa de espinhos que o Cristo-Rei no seu diadema de ouro. É o Bom Jesus com o coração aberto pela lança legionária, ampliando o caminho às misericórdias do Entendimento.

Um erudito "desencantado", Charles Guingnebert, quando professor da História do Cristianismo na Sorbonne, perguntava sem responder *se La force de résistence des ignorants est-ce vraiment le dogme qui vit en eux?* Visto e examinado quanto vi e ouvi, documentário humano ao qual me reporto e dou fé, respondo à pergunta do Professor Guingnebert, com uma simples afirmativa: – *É!*

HORAS ABERTAS

As *horas abertas* são quatro: – meio-dia, meia-noite, às Trindades, ao anoitecer, e amanhecer, ao quebrar das barras. São as horas em que se morre, em que se piora, em que os feitiços agem fortemente, em que as pragas e as rogativas ganham expansões quase irresistíveis. Horas sem defesa, liberdade para as forças malévolas, os entes ignorados pelo nosso entendimento e dedicados ao trabalho da destruição.

As nove aberturas do corpo não são as verdadeiras *entradas* para esses inimigos constantes e misteriosos, e sim outros pontos diversos que instintivamente resguardamos: – os pulsos, o pavilhão auricular, o pescoço, entre os dedos, os jarretes, a fronte, as têmporas. Por isso é que as joias foram inventadas, ocultando no exterior ornamental a intenção secreta da custódia mágica. Colares, brincos, pulseiras, anéis, diademas, os enfeites para os cabelos, argolas para as pernas, tornozelos, são guardas vigilantes, repelindo as sucessivas ondas assaltantes que tentam por essas regiões, onde a pele dizem ser mais fina, permitindo a penetração insidiosa.

As *horas abertas* correspondem a essas vias de acesso ao corpo humano. São horas diversas de pressão e desequilíbrio atmosférico, predispondo os estados mórbidos às modificações letais.

Em 1944, na residência de Batista Pereira, na Gávea, o Professor Anes Dias, da Faculdade de Medicina, perguntou-me quais eram, para o Povo, as chamadas *horas abertas*. Ouvindo a exposição, enumerou os elementos da meteorologia médica susceptíveis de haver motivado a tradição. Lembrei que certos remédios, notadamente os purgativos, fundamentais na antiga terapêutica, jamais seriam ingeridos fora de um horário rigoroso, evitando as *horas abertas*, ameaçadoras. Jaime Cortesão, presente, recordou a mesma crença em Portugal, possuindo os seres fabulosos que aparecem, invariavelmente, nessas horas famosas e sinistras.

Foram clássicos os vocábulos, em trezentos anos de uso, ligados à superstição, *aramá, eramá, ieramá, multieramá*, significando *em hora má*. Na ambivalência natural, meia-noite e meio-dia prestam-se às orações benéficas, poderosas, mesmo constituindo exceção. As súplicas e pragas nessas horas são apelos violentos, impondo a concessão divina.

Comum e popularmente, a *hora má* é a *hora aberta*.

Recado ao morto

O Coronel José Bezerra de Andrade, da Polícia Militar do Rio Grande do Norte, contou-me que, residindo na cidade de Santa Cruz, assistira a um curioso episódio. Na sala pobre velavam o corpo da dona da casa, falecida durante a noite. Uma vizinha, de meia-idade, aproximou-se lentamente da defunta e dirigiu-lhe a palavra como se falasse com pessoa viva: – "A senhora faça o favor de dizer a dona Xiquinha, se se encontrar com ela, que eu me casei com o filho dela e vou passando muito bem. Diga mais que ela já deve ter sabido dessa notícia porque tenho mandado recado por muita gente!" A finada dona Xiquinha opusera-se ao casamento do filho. Morrera, e o matrimônio realizara-se logo a seguir.

Inesquecida da antipatia da mãe do marido, fiel à mágoa, enviava sempre que visitava mortos recados à sogra, informando-a da vitória. Impressionou ao Coronel José Bezerra a naturalidade do ato e a circunstância de todos os assistentes acharem normal e comum o recado da nora à sogra falecida, por intermédio de um cadáver.

George Peter Murdock (*Our Primitive Contemporaries*, 1934) informa que no Daomé "o Rei sacrifica um delinquente ou dois sempre que quer transmitir uma mensagem aos seus reais antepassados". Geoffrey Gorer (*Africa Dances*, 1935) é mais minucioso: – *Also whenever any event of importance occured the king would send news of it to his father by telling it to some by stander and immediately killing him.* Começara pela remessa do escravo, depois a *criminal* e, no último tempo, qualquer espectador, *by stander*, servia de mensageiro imóvel. Eça de Queiroz (*Correspondência de Fradique Mendes*, 1888) regista esse sinistro processo na Zambézia, onde o chefe Lubenga degolava os escravos portadores mentais de mensagens ao deus Mulungu.

Em Portugal, o poeta Antônio Nobre recordava a tradição (*Só*, "Antônio", 1891), Entre-Douro-e-Minho:

> *Morria o mais velho dos nossos criados,*
> *Que pena! Que dó!*
> *Pedi-lhe, tremendo, fizesse recados*
> *À alminha da avó...*

Na França, Georges d'Esparbés (*La Grogne*, 1907) faz suicidar-se o soldado Chinfreniou para levar ao General Corbineau, morto em Eylau, um recado do Imperador Napoleão.

No féretro das crianças punham, em Portugal, lenços, rendas, velas, agasalhos, destinados aos velhos parentes mortos. As crianças entregariam tudo, fielmente, às almas tristes que podem padecer escuridão e frio. E sobretudo sofrer a angústia do isolamento, a suspeita de que estejam esquecidos pela família. Identicamente na Espanha, França, Itália. Entre os indígenas Vitotos, noroeste do Amazonas, uma alma só vive enquanto a recordam.[42]

Quando os espanhóis e portugueses vieram para a América não encontraram esse costume entre os ameríndios. Não havia contato direto do devoto com a Divindade, e a figura intermediária do sacerdote ameraba era indispensável, e decorrentemente valorizada e preciosa. O espírito do guerreiro, morto em luta ou sucumbido pela ação maléfica de inimigos (ninguém falecia de morte natural), vivia em vagas regiões de caça e pesca abundantes, conforme os merecimentos de força e valentia. Podia fazer-se sentir e mesmo remeter mensagens misteriosas pelas vozes dos pássaros noturnos, inopinada aparição de certos animais ou especiais disposições eólias, ventos e aragens, rumor insólito na folhagem, feição original de objetos, sonhos avisadores. Mas, recado do vivo ao morto é que não havia por toda América anterior a 1492. Desaparecido o cadáver, terminavam as mensagens imediatas. Vivia o guerreiro na imaginação das lendas, caçando entre as estrelas, além das nuvens e dos vendavais. A fórmula quase universal do envio de ofertas úteis ao Espírito era reduzir os presentes a cinzas. Processo secundário porque o inicial compreendia objetos em espécie. Apenas animais e mulheres eram imolados, tomando a forma imponderável de fluidos, acompanhando as almas destinatárias.

No Recado ao Morto há uma simplicidade, uma naturalidade quase excluindo a distância sobrenatural, estabelecendo uma comunicação normal e afetuosa pela correspondência oral e comum. Sem o imperioso cerimonial propiciatório. A missiva humana da Zambézia e Daomé, a supers-

---

[42] Em Angola punham no cadáver do escravo a carta de alforria, para que não chegasse ao Céu uma alma cativa: (Óscar Ribas, *Quilanduquilo, Luanda*, 1973).

tição em Portugal e na França, o exemplo no Nordeste do Brasil, diferem das manifestações sobreterrenas e tudo quanto lemos entre os *médiuns* indígenas da América e os registos de Frobenius e Malinowski. Murdock fundamentou-se em longa bibliografia e Gorer ouviu o testemunho no próprio ambiente sudanês.

Em Roma depositavam no túmulo de posse perpétua, placas de chumbo com a disposição testamentária: – *Hoc monumentum haeredes non sequitur*. O finado apresentá-las-ia aos *Dii Inferi*, os deuses da Terra, da morte e do Destino, defendendo o sagrado direito. Não é o assombroso Recado ao Morto, por intermédio de um corpo inanimado.

Profecias

*T*odo velho é profeta. Em Paris e Taperoá, Roma e Cabrobó, Lisboa e Parelhas, ouviremos a entonação agoureira, cansada e lenta na vida longa. Não há clima propício nas cidades para a persistência na visão condenadora. Os oráculos citadinos são Mestres Curadores. Adivinham métodos terapêuticos. Será uma recriação centrífuga, independendo da excitação exterior, no homem que profetiza, são "desajustados", ajustadíssimos na emoção pessoal, tendo uma lógica que não é a da assistência. A convivência moderna revela a perfeita ausência da concordância íntima entre os *felizes* da Cidade Grande. No momento confidencial, renegam os ídolos ofegantes e os cultos insaciáveis. O resto, em contrário, é publicidade.

Para o Povo, a profecia é uma força compensadora do complexo contemporâneo, a exigência econômica superior ao sentido da estabilidade normal. Economia de consumo esmagando a Economia de Participação, tornando a concorrência o ritmo fisiológico da circulação social. O anúncio de castigos e prêmios num ambiente de catástrofe supera o terror da testemunha, talvez colocada entre os salvos e fartos. Toda a literatura política, crítica e propaganda, é um pregão prometedor do ressarcimento das preterições sofridas. As profecias são mudas nas fases de construção revolucionária. Acreditam que estão sendo *cumpridas*. Prognósticos, previsões, presságios sobre a "mudança" da meteorologia tradicional, são plenos exercícios de profecias indispensáveis à Justiça "infalível". Todo messias é um pregoeiro da futura felicidade coletiva, sob sua égide. "Não há revolução sem promessas", dizia Lênin. A promessa é uma profecia, manejando a credulidade do Interesse, a fé inesgotável na palavra messiânica. O processo de adaptações rendosas nas velhas profecias aproveitáveis é o recurso à sua utilidade oportuna. Gonçalo Anes Bandarra, o sapateiro de Trancoso, mais lido que a Bíblia em duzentos anos, motor-primeiro do Sebastianismo dogma de Fé, faleceu (1545) nove anos antes d'El-Rei D. Sebastião nascer (1554). A inacabável bibliografia sebastianista em Portugal e no Brasil segue curso tão lógico quanto o enfermo desejar remédio. O Encoberto vestiria todos os trajes da acomodação psicológica, até identificar-se no oitavo Duque de Bragança, D. João IV e no infeliz Afonso VI. Arma mudando a empunhadura mas não a lâmina, daria o golpe feliz na Restauração.

D. Sebastião, voltando do país das sombras mouras, restabeleceria a paz e alegria com o seu Reino dos Milagres. Centralizou a redenção *caboca*, polarizando os ímpetos de sangue e morte, através de todos os movimentos de reação popular pelo Brasil vaqueiro e lavrador: (*Dicionário do Folclore Brasileiro*, "*Sebastianistas*"[*]). Está vivo num touro negro com uma estrela luminosa na testa, pisando as areias da Praia dos Lençóis, entre Turiaçu e Cururupu, no Maranhão. Recentemente o sociólogo Carlos Alberto Azevedo encontrou, num cercado do Agreste pernambucano, uma ovelha coberta de fitas, sendo engordada para D. Sebastião. Gostaria de conhecer uma criatura humana que não estivesse esperando um D. Sebastião, almejado doador da Era Feliz.

D. Sebastião está sendo lentamente substituído pelas criações literárias dos poetas populares, derramando folhetos em sextilhas e colcheias de sete pés.

As profecias de Bandarra eram *Trovas*, versos de rima e metro, como os clássicos Oráculos da Grécia. Apadrinham as produções o espírito loquaz do Padre Cícero Batista (1844-1934) e do capuchinho italiano Frei Damião de Bozzano, missionário vivo e sobrevivente ao modelo imutável, com mercado nordestino e visitando tabuleiros e prateleiras no Centro e Sul do Brasil, pião no Rio de Janeiro e Brasília, já contaminada dessas *permanentes* unificadoras do nível plebeu. As demais profecias maginadas pela intuição literária não ganham profundidade e atenção na curiosidade grupal. Não deixam de ler ou ouvir ler, mas consideram *invenções*. Os autores, astutamente, exploram as *constantes* impressionistas do gênero: – fim do Mundo, calamidades trovejantes, prazo cronológico até o ano 2000, variando os *sinais do cataclismo*, Sol apagado, Lua negra, mar de sangue fervente, peste, fome, guerra de inquietação, e o comportamento desafiante dos três sexos, sem sossego e juízo. A insistência da produção denuncia a continuidade do consumo e a vivência da aceitação interessada em conhecer as transformações das fórmulas sedutoras na dispersão. E as modificações temáticas, arauteando o final dos Tempos do Homem.

* * *

---

[*] Edição atual – 12. ed. São Paulo: Global, 2012. (N.E.)

Notável é o descaso, indiferença humana pela aproximação temerosa do Ano 2000. Há dez séculos passados a Humanidade não mudara mentalidade e conduta nas vésperas de Satanás libertar-se do abismo onde o precipitara o Anjo do Apocalipse: (XX, 1-3). Depois desses mil anos de prisão selada, *importa que seja solto por um pouco de tempo*, antes da derrota definitiva para o advento do Reino de Deus. Emile Roy (*L'An Mille*, Paris, 1885) evocou essa paisagem perdida no turbilhão das cinzas olvidadas. As profecias e "avisos" sobrenaturais tumultuaram a Europa mas o Episcopado recusou-se a aceitar a sentença. O Ano Mil passou mas o Milinarismo continuou, borbulhando do século XVI em diante e ainda no XIX os doutores ingleses e alemães assustavam com a decisão apavorante para o Ano Dois Mil. Os mórmons proclamaram a data como um dogma inapelável e tenebroso. Todas as profecias que os folhetos registam e o Povo vê, são peremptórias: – Do Ano Dois Mil não passará a criatura vivente! A memória é a mesma dos anos 950-1000 mas o Entendimento mudou de quadrante, com a Lua pisada, o Sol medido, o Átomo libertado como Satanás das profundidades de todos os malefícios. Apenas as datas imutáveis resistem, numa fatalidade hereditária. Que haverá no século XXX?

D. Sebastião é o padrinho do Rio de Janeiro onde o Megalomártir combateu contra tamoios e franceses. É natural que o mistério do Avis fantástico vivesse na terra tropical dos papagaios e do pau-brasil, Rei de Esperança, coroado de promessas sem fim. A contemporaneidade sustém seu manto feiticeiro.

Desde quando tivemos profecias no Brasil? Seriam correntes e locais durante o domínio holandês, onde abundaram milagres e o levante de João Fernandes Vieira ocorreu no dia de Santo Antônio, padroeiro da luta e figurando nas bandeiras rebeldes. Coincide com a vida sonora do Padre Antônio Vieira, messiânico, sebastianista do Quinto Império, estudado *pro-magnifico* pelos professores Raymond Cantel e Hernani Cidade.

Os profetas de agora imprimem suas antecipações visuais e é fácil adquiri-las. Os de outrora desapareceram sem rastos na lembrança moderna e urbana.

Deduzimos da presença sensível pela anterior velocidade da predileção e que não se deteria em campo propício e acelerador da mobilidade. Encontro das minas, guerras de posse, o vice-Reinado, corsários da França, a pomba da Arca abatida pelas setas do guerreiro Sebastião, levando para a sua cidade a sede do Estado, o mundo diverso que o ouro criara, riqueza saldo da lama e de pedras roladas nas águas anônimas, rebentariam noutra vertente para escoamento e elevação na voz augural dos

Nostradamus caboclos. A passagem dos séculos, ou dois zeros sinistros como dois olhos vazios, de cem em cem anos, sugeria admoestações e homilias nas dimensões do arrependimento e do medo julgadores. Penitência! Contrição! Pudor! Discurso aos surdos.

O modelo mais antigo que conheço é a *Profecia de Frei Vidal*, entre 1817 e 1818, para mim ainda de centúria anterior, circulando em vastas centenas de cópias secretas, decorada e dita em voz alta como versículos inéditos do Apocalipse. Frei Vidal de Frascarolo, lombardo dos arredores de Pavia, em 1796, missionava em Fortaleza e no ano subsequente pelo interior, com proveito e louvor da Câmara, solicitando ao Governador do Bispado de Pernambuco e ao Prefeito do Convento da Penha no Recife a permanência do frade no Ceará pecador. Capuchinho bradador e fervoroso, pregava o Inferno como estrada para o Paraíso, ameaçante e flamejador numa eloquência de trovoada. Em 1811 estava na Ilha de Manuel Gonçalves, boca do Rio do Assu no Rio Grande do Norte, povoação com capela de Nossa Senhora da Conceição, em cujo adro chantaria um grande cruzeiro penitencial, hoje na Matriz de Macau. A Manuel Gonçalves desceu para o fundo do rio depois de 1845, e fora assaltada por corsários em 1818.

Chuva de pedra em 1836, festejando um aerólito retumbante, cujo estampido é lembrado. As marés de sizígia completaram o desgaste mortal. O clima parece-me do Brasil do século XVIII, colônia do Sacramento, Mascates, Emboaba, Du Clerc, Duguay-Trouin, inquietação paulista, revoltas baianas e cariocas, Inconfidência, a febre convulsiva do crescimento nacional. Frei Vidal escreveria no Recife, no seu convento, vendo os *rapazes de Pernambuco*. Diz o frade, *se fama est veritas*, usando ao final a técnica de Bandarra para ocultar datas:

— "Quando vires quatro irmãos saírem da união, guarda-te, Pernambuco, que lá chega o teu quinhão. Quando vires os homens do Brasil presos e desgraçados, as masmorras ocupadas, piratas do Mar, a gente da Europa a assolar, ameaça o tempo de chegar. Quando vires os rapazes de Pernambuco de barretina e mitra aprendendo exercício, fazendo batalha, corre logo com a mecha ao fogão que os soberbos cavaleiros já te cercam, unam todos a corpo, ataquem ao inimigo e defendam a lei de Cristo que, quando se virem perdidos, aí verão o milagre! Serão grandes os trabalhos e grandes as tropas, que muitos estarão por bosques e serras para não verem o sangue correr na terra. Os contrários se recearão das armadas que vêm no Mar, que no meio delas virá a nau dos Quintos Reais, carregada d'ouro, de prata e diamante. É muito crua a guerra que vem para cá! Aí comerás o soldo do vosso Soberano e cada um será premiado conforme as suas façanhas. Aí verás na afamada Moribeca nascer uma mina de prata que abrangerá toda a sua América.

Quem disse que de José nasceria Maria e que nela findaria? Em conclusão, José e João não recuarão! Intentos grandes haverão porém na era de 1890, antes ou depois, verás coisas mil no mês mais vizinho de abril! Quando vires Pedro e outros flagelados, todos se acabarão abocados, por serem feridos os três tempos com os seis números dobrados e então acontecerá o que vou expor: – um grande círculo haverá que a redenção cobrirá e uma estrela haverá que a todos iluminará. Essa será a guia que primeiro não quererão depois abraçarão e do centro do sertão virá quem tudo acabará. Isso há de acontecer porque os sinais que nos cobrem assim o indicam. Um só Rei haverá que tudo dominará e eu posto onde Deus for servido verei o acontecido.

De dois a dois VV, um de perna para baixo e outro perna para cima, quatro voltas de um compasso, vai chegando a um ponto d'um disforme mortaço, e no meio ponto a tesoura verão a guerra consumidora e o tempo será tal tudo que irá final.

Quando vires o Sol escuro amola a faca para comeres o couro no futuro. Que a Era dos XX verás rebanhos de vinte mil. Isso há de acontecer quando o Céu fizer sinal, os povos fora da linha, andarão como pintos atrás da galinha. Quando vires a guerra fechar as duas pontas, serão tomadas todas as contas. Tudo há de acontecer, arder e depois florescer, porque Deus o quer e eu o sei por ser assim que está escrito." *Frei Vidal de Frascarolo.*

É a profecia-padrão, amada pelo Povo porque, nada percebendo, nela cabem todas as interpretações e se aninharão as volições do Interesse. Alude-se à negaceante mina de Prata de Robério Dias, o Muribeca, descendente rico do Caramuru, prometendo a Potosi brasileira nos derradeiros anos do século XVI. Com boa vontade é possível farejar a proclamação da República em 1889, com "Pedro e outros flagelados", valendo o Imperador e sua Corte, desamparados do Poder. Visível a constante rítmica nos versos soltos, rimados, tendência regular nas profecias populares. A finalística cristã acusa-se pelas desgraças anunciadas, sangue, guerra, brutalidades, serem provocações trágicas à oportuna intervenção divina, redimindo os náufragos desditosos. Critério da soberba dialética do Padre Antônio Vieira, compondo o horóscopo do Mundo em serviço de Portugal bragantino.

O maior e decisivo efeito da profecia é a sua indecifrabilidade imediata e direta. Enfermidade sofrida por todos os oráculos, indispensando os *traduttori-traditori* para as infidelidades prestimosas.

* * *

E as profecias brasileiras, mais ou menos calcadas sobre os modelos portugueses? El-Rei D. Sebastião estaria no Brasil apenas no século XIX, em Pernambuco (Serra do Rodeador e Pedra Bonita, 1819 e 1836) e Bahia, no Arraial de Canudos, 1893? O General Souza Docca disse-me conhecer profecias manuscritas no Rio Grande do Sul, relativas à guerra Farroupilha (1835-1845) mas nenhuma referente à Campanha Federalista (1893-1895). E as produzidas no Contestado (Paraná, Santa Catarina), alusivas ao Monge João Maria, desaparecido em 1898 e vivo na lembrança popular, e a luta armada com o Monge José Maria (1911-1915), morto em 1912? Houve alguma repercussão profética no movimento fanático dos Muckers (1872-1874, revivido em 1897), em São Leopoldo, no Rio Grande do Sul? Registaram as profecias de Jacobina Mentz em transe? Não é possível ausência profética nos períodos guerreiros de origem popular na fase da repressão militar. Qual será a informação amazônica? Paulista, e do Brasil Central?

A mais antiga profecia de que tenho notícia, com a subsequente realização punidora, foi a do dominicano Frei Antônio Rozado no púlpito de Olinda em 1629, profligando as demasias pecadoras do luxo e sexo, avidez e despotismo da Vila, presidindo 150 engenhos produtores de meio milhão de arrobas anuais de açúcar. Bradara o filho de São Domingos de Gusmão: – "De Olinda a Olanda não há aí mais que a mudança de um 'i' em 'a', e essa Vila de Olinda se há de mudar em Olanda e há de ser abrazada pelos olandeses antes de muitos dias; porque, pois, falta a justiça da terra, há de acudir a do Céu!" Em fevereiro do ano seguinte, Waerdenbuch dominava, saqueava, incendiava Olinda, tornando-a *olandeza* vinte e quatro anos.

Não foi esse o exemplo de Portugal, conservando documentária profética para os futuros exegetas.

Na Biblioteca Nacional e na de Ajuda em Lisboa, dois códices reúnem mais de duzentas profecias até 1809. Das invasões napoleônicas à D. Maria II, brotariam um bom cento de anúncios consoladores na vigência da Fome, Peste e Guerra incessantes. As modificações nas *Trovas* de Bandarra, dos finais do século XVI ao primeiro terço do XIX, divulgadas impressas ou manuscritas, foram incalculáveis, além das imitações. Resistem nos gavetões colecionadores. Algumas teriam vindo ao Brasil, na continuidade de esperança e credulidade.

No Brasil quase nada possuímos do nosso acervo autêntico profético, divulgado sem os recursos tipográficos, em cópias inumeráveis nos momentos de intensidade curiosa. Restará algum caderno salvador, espólio de avós no arquivo indiferente dos netos contemporâneos?

A fama, teimosa e vaga, em que me criei, afirmava o Padre Ibiapina autor de profecias como era, confessadamente, distinguido pelas "visões celestes". O historiador Celso Mariz (*Ibiapina, um Apóstolo do Nordeste*, João Pessoa, 1942), evocou definitivamente o grande e único missionário secular nas províncias imperiais de Piauí, Ceará, Rio Grande do Norte e Paraíba. José Antônio Pereira Ibiapina (1806-1883), cearense de Sobral, faleceu em Santa Fé, Bananeiras, Paraíba, onde está sepultado. Bacharel na primeira turma de Olinda, 1832, no ano seguinte ensinava Direito Natural onde estudara. Juiz de Direito de Quixeramobim, ainda em 1833; Deputado-Geral pelo Ceará, 1834-1837. Advogado em Pernambuco até 1853 quando o Bispo D. João da Purificação Marques Perdigão ordenou-o sacerdote. Substituiu Pereira por Maria, Ano do Cólera, iniciou os 39 de esforço nos sertões, sacrifício, dedicação inexcedíveis, e sem prêmio no Mundo. Não apenas pregando, mas construindo 22 Casas de Caridade, abrigando moças pobres, órfãs, gente desvalida e tentável, Igrejas, Capelas, cemitérios, açudes, erguendo cruzeiros de madeira, tribuna de sua eloquência arrebatadora. Deixou um clarão de lembrança inapagável nas gerações sertanejas, conciliando inimigos, desarmando cangaceiros, abençoando lares, pacificando, socorrendo as populações com um desvelo incomparável, obtendo recursos inesperados e suficientes.

Fez muitos milagres, previsões miraculosas, intervenções santificantes. Várias vezes esteve no Rio Grande do Norte, com suas fundações piedosas, Mossoró, Assu, Angicos, Acari, Flores. Depois da missão em Angicos, 1862, informa-me o ex-governador Aloísio Alves recordando os conselhos, o Povo cantava:

> *Foi embora o Padre Mestre,*
> *Deixou três ervas plantadas:*
> *Salve-Rainha ao meio-dia,*
> *O Terço a boca da noite,*
> *O Ofício de madrugada!*

Tia Naninha (Ana Maria da Câmara Pimenta, 1840-1933) irmã da minha avó materna, fora religiosa da Casa de Caridade de Santa Fé, enterrando-se em Natal com o "santo hábito". Era fanática pelo "Meu Pai Padre Ibiapina", falecido cantando baixinho o *Salutaris Hóstia*, estendendo os lábios como se comungasse por invisível mão. Tia Naninha jurava-o taumaturgo, vidente, profeta. Ainda Juiz de Direito em Quixeramobim sonhou ver um bando de porcos vadeando o rio. Um dos animais possante e nédio, resistia, grunindo. O porqueiro gritou-lhe: – "Porco! Entra neste rio como os Doutores entram para o Inferno!" O porco precipitou-se n'água. O Coronel Cipriano Bezerra Galvão Santa Rosa, antigo presidente da Intendência do Acari, disse-me ser corrente no seu tempo a profecia do Padre Ibiapina, mas não recordava os assuntos fixados.

A literatura profética é uma prodigiosa sobrevivência mental nas atividades intelectuais do Mundo. O homem arrogar-se intérprete da Divindade, anunciando o Futuro, atenderia ao impulso irresistível da penetração no Sobrenatural, desvendando e divulgando o segredo dos Deuses longínquos, indispensável à necessidade da angústia indagadora. É realmente uma posse da limitação humana no complexo da Onipotência inexplicável.

Ainda é possível deduzir-se da majestade poderosa dos oráculos no Mundo que a Grécia iluminou. Restam as séries fragmentadas de Wolff, Benedict, Cougny, Hendes, clareadas pelo estudo de Bouché-Leclercq (*Histoire de la Divinition dans l'Antiquité*, Paris, 1879-1882). Esses crismólogos (colecionadores de oráculos) descobrem o aspecto mais íntimo, profundo, indevassável pela dedução no Homem da época, abrindo o coração para pedir e confessando o motivo da súplica. Nenhum outro documento expõe essa evidência. Mas os oráculos eram respostas provocadas e as profecias declarações espontâneas de Deus, antecipando-se ao Tempo, anulando os prazos misteriosos da Revelação. O oráculo era interesse pessoal e a profecia instrução de destino coletivo. Mais impressionante as nossas, porque exibiam uma situação de problema basilar para um grande grupo conterrâneo, permitindo o encanto peculiar da interpretação local, arbitrária e sincera. A linguagem media a extensão da mentalidade receptora.

Max Müller afirmava a transmissão dos contos populares bem mais maravilhosa que o enredo deles. Os caminhos de D. Sebastião no Brasil estariam nesse nível de encanto surpreendente. Como alcançara os ouvidos de Silvestre José dos Santos, da Pedra do Rodeador, de João Antônio dos Santos, da Pedra Bonita, e os olhos lampejantes de Antônio Conselheiro, vagando nas caatingas baianas? Como se revestira o régio e Juvenil espectro de Alcácer-Quibir para a conquista espiritual dessas três almas nordestinas, três vassalos reerguendo-lhe a homenagem sangrenta de um devotamento bárbaro e total? Morreram por esse fantasma, possuidor de todos os tesouros do Sonho. Qual teria sido o processo da radiosa contaminação?

No Rio Grande do Norte antigo, o Padre José Fernandes Lima (1752-1824), Vigário de Arez, colecionara profecias, de valor inestimável pela época vivida, de D. José I de Portugal ao bisneto Imperador do Brasil. Francisco Ribeiro Dantas, escrivão federal em Natal, disse-me ter visto o grosso caderno em mãos do Dr. Ângulo Caetano de Souza Cousseiro, juiz aposentado, residindo em São José de Mipibu. Incluía uma profecia de Frei Serafim de Catania, chegado ao Brasil dezessete anos depois do vigário de Arez haver falecido. Seria cópia obtida pelo Dr. Cousseiro. Perdeu-se esse documentário?

Frei Serafim de Catania deixou auréola de presciência. Adivinhava culpas escondidas e mesmo pensadas. Seguia-o a luz da veneração popular por todo o Nordeste. Evitou crimes porque temiam vê-los revelados pelo frade siciliano. Transformou uma lagartixa em joia linda, auxiliando um aflito. Devolvido o penhor, a lagartixa voltou a ser o que fora antes. Caso já repetido no Peru com Frei Gomez e no Egito com São Basílio: (*Coisas que o Povo Diz*, 1968*). Certo é que Frei Serafim deixou profecia, lida e copiada entre 1850-1880. Faleceu em Catania, 1887. O Coronel Filinto Elísio de Oliveira Azevedo, de Jardim do Seridó (era bisneto do fundador), leu a profecia de Frei Serafim, repetindo-me trechos. Previa a República e o falecimento do Imperador no desterro. Anunciava o avião em vez do balão dirigível e a transplantação de vísceras humanas. Predisse a Seca dos Dois Setes. A Casa de Saboia terminaria em guerras como começara. Na Era dos XX o Homem descia e a Mulher subia. Ouro não teria valor e as viagens seriam feitas cavalgando cavalos de madeira, como profetizara São Isidoro, Arcebispo de Sevilha no século VII. Montando um cavalo de madeira D. Sebastião voltará a Portugal. Reinaria um Papa sul-americano. Nossa Senhora seria vista por olhos brasileiros.

Outro profeta agora sem voz teria sido Frei Venâncio Maria de Ferrara, muito respeitado pelas velhas reminiscências. Capuchinho da Penha, no Recife, missionário até proximidades da República, velhinho dominador das manifestações diabólicas, enxergava o Invisível. Foi o maior exorcismador daquele tempo. Anoto a melancólica decadência dos *possessos* do Demônio, antigamente dramáticos e numerosos. O Diabo já não disputa as almas alojando-se nos corpos propícios. Mesmo declínio das histéricas do Professor Charcot. Frei Venâncio era um específico anti-satânico. A sua profecia desapareceu.

Pelo interior do Brasil as profecias, ainda vivas em espécie e imprecisas nas formas comunicantes, eram dogmas de Fé. Os vigários não ousavam negar-lhes autoridade veneranda, possibilidade da informação inspirada, e razoável percentagem ortodoxa. Os cadernos guardavam períodos mais expressivos e enigmáticos. *La vieillesse aime á ruminer le Passé.*

---

* Edição atual – 2. ed. São Paulo: Global, 2009. (N.E.)

Dormiam nas gavetas da memória e nas folhas amarelas da conservação para os descendentes, tementes a Deus. Nos despojos do Arraial de Canudos, em 1897, encontraram incontáveis cadernos de profecias, algumas do "Bom Jesus Conselheiro", apelido do cearense Antônio Vicente Mendes Maciel, o Antônio Conselheiro imortal.

Euclides da Cunha (*Os Sertões*, 1957) transcreve um exemplo assombroso de concepção movimentada, sombria, poderosa de fascínio.

Em verdade vos digo, quando as nações brigam com as nações, o Brasil com o Brasil, a Inglaterra com a Inglaterra, a Prússia com a Prússia, das ondas do mar D. Sebastião sairá com todo o seu exército.

Desde o princípio do Mundo que encantou com todo o seu exército e o restituiu em guerra.

E quando encantou-se afincou a espada na pedra, ela foi até os copos e ele disse: – Adeus Mundo! Até mil e tantos a dois mil não chegarás!

Neste dia quando sair com o seu exército tira a todos no fio da espada deste papel da República. O fim desta guerra se acabará na Santa Casa de Roma e o sangue há de ir até a junta grossa.

Lamentavelmente incompleta. D. Sebastião, Rei do Futuro, *le Roi Demain*, dizia-o D'Annunzio, está no fundo do Mar baiano. No touro negro da praia maranhense de Lençóis. Na laje pernambucana da Pedra Bonita. Mas, continua vivo, e sua hora resplandecente soará.

As profecias eram um Evangelho oculto, indiscutível e autêntico, escrito no anonimato das inspirações sucessivas, ávidas da presença divina. As alusões estranhas ficaram asseguradas na frase usual: – *Está nas Profecias*! Inútil discutir.

Carecem as contemporâneas do prestígio ancião que as consagrava. A transmissão oral e fragmentária era comum porque a leitura integral concedia-se aos eleitos da confiança, severidade e compostura notórias. Espalhavam-se em parcelas cautelosas aos dignos da compreensão sigilosa. A credulidade incansável creditava a expansão circulatória.

O Brasil povoou-se no século XVI, plantio das sementes humanas, seiva das primeiras raízes genealógicas. É o século de Bandarra, de D. Sebastião, nova floresta das profecias que haviam moldurado a eclosão do Mestre de Aviz, início da eclíptica messiânica dos Reis assinalados pelo Destino, desde a Cruz de Ourique. Tempo do Povo de Gil Vicente e dos heróis de Luís de Camões. A Religião no espírito popular, com a diluição moura, manteria a feição fatalista, astrológica, percebida nos lampejos proféticos, vizinhança de Deus, onde tudo era milagre.

De pé no chão

Uma surpresa no meu tempo menino em Natal foi ter visto na Missa do domingo, solene e concorrida, na Matriz, hoje Sé, uma ou outra senhora de primeira entrância social, bem vestida e ornada de joias, imperturbável e sisuda, mostrando os pés sem sapatos e meias. A classe do pé no chão constituía a inicial humilde, subalterna, desprotegida. Difícil, presentemente, deparar pés sem alpercatas mesmo pelos sertões de plantio e gado. Naquele fabuloso 1905 era a "constante rítmica". Incompreensível para mim deparar uma dama imperiosa, de olhos duros e trancelins no anafado pescoço, andando de pés nus, como qual mendiga de porta em porta. Depois, os pés ao natural, circulavam nas procissões dos Passos, senhores, senhoras, e gente do Povo. Meninos, eu vi! do Salvador a Teresina, quando era possível encontrar pelo Brasil inteiro. Está raro mas não de todo desapareceu. Vi no Rio de Janeiro, Dia de São Sebastião em 1969, Missa campal celebrada pelo Cardeal-Arcebispo D. Jaime de Barros Câmara. Não em matrona mas numa provocante *inocente*, de inquieta exibição.

Minha Mãe explicava ser "promessa". Indígenas e africanos escravos não usavam sapatos. O português trouxera o costume de suas romarias festivas e penitenciais. Seria, evidentemente, um ato de humilhação reparadora em reverência a Deus. Mas, por que o pé no chão significaria penitência, quando era usual no Povo?

– "Descalça-te! Retira dos teus pés o calçado porque o lugar onde está é terra sagrada!" Assim falava Jeová, dirigindo-se a Moisés, na primeira recomendação litúrgica ouvida por um condutor de Povos. A sarça ardia sem consumir-se no Planalto do Horeb. Moisés descalçou-se para atender ao imperativo. Depois é que o Senhor Deus lhe deu a missão de levar o povo eleito, do desterro no Egito para as alegrias de Canaã.

O pé descalço era uma homenagem. Homenagem de humildade e de obediência. O costume já era assim pelos reinos poderosos da Assíria, Pérsia, Babilônia. No Egito ninguém se aproximava do Faraó com os pés calçados. Una, o ministro onipotente de Meri-Rã-Papi, da sexta dinastia, elefantina, teve a maior das distinções possíveis, a mais surpreendente que um vassalo podia, vaidosamente, sonhar. O Faraó permitiu-lhe conservar calçadas as suas sandálias no palácio real e até na própria presença divina do Rei.

Essa tradição é um elemento característico para a religião de Maomé. Todos os fiéis descalçam-se para entrar e orar nas mesquitas. Em treze séculos muito cerimonial desaparece ou se transforma. A obrigação de descalçar-se tem sido imutável por todo o mundo muçulmano. Onde quer que elas existam nas cidades da Europa e América, o visitante deixa os sapatos na linha do umbral. Antes de Maomé não existia esse rito.

Também, por todo Japão, o preceito religioso impõe o pé descalço ao penetrar o templo. Os filhos dos emigrantes japoneses no Brasil, instintivamente abandonam os sapatinhos na entrada da escola. E, na forma do costume, os meninos brasileiros imitam o fácil cerimonial.

Na reação cristã houve reforma de hábitos e protocolos. Mas ainda resiste na liturgia católica um ato religioso em que os oficiantes funcionam com os pés desnudos. No ofício da manhã, na Sexta-Feira da Paixão, depois das preces litânicas que se seguem ao canto da Paixão (*Passio*), o padre e os ministros que o acompanham descalçam-se para a adoração da Cruz: *Missalae Romanum*, Féria VI in Parasceve, ed. Pustet, 1907. Mesmo quando oficia Bispo, nesta altura; *manipulum et calceos deponent* para ir adorar a Cruz: Maretti, *Caeremoniale pro Functionibus Pontificalibus Hebdomadare Maiores*, 132, ed. Maretti, Turim, 1924. Um dos maiores liturgistas do século, o Cardeal Alfredo Ildefonso Schuster, beneditino do Monte Cassino, falecido Arcebispo de Milão, ensinava: – *L'adorazione della santa Croce se compie dal clero, senza scarpe, il che ci recorda l'antico rito che prescriveva in questo giorno al Papa e ai cardinali di prender parte a piedi scalzi alla processione stazionale*: Liber Sacramentorum, III, 223, ed. Marietti, Turim, 1933. Em abril de 1971, o Papa Paulo VI fez a Via-Sacra no Coliseu em Roma *a piedi scalzi*.

Na Procissão do Encontro, primeira sexta-feira antes da Sexta-feira da Paixão, é de encontro comum essa penitência, promessa ou ato votivo, nos países católicos da Europa e América. Não houve ideia mais viva de reforma purificadora que denominar *descalços* aos Carmelitas da reforma de Santa Tereza, embora se refira a ausência das meias nas alpercatas. Em agosto de 1385 festejavam em Lisboa a vitória de Aljubarrota com *huã geral procissão em que forão todos descalços*, informa Fernão Lopes: *Crônica de D. João I*, XLVI.

Mandando Moisés descalçar-se, para dar uma visão assombrosa do lugar sagrado, Jeová empregou indicação corrente e popular no Egito, dando sugestão material e visível para alcançar o invisível e o abstrato, talqualmente realiza a liturgia católica, tornada mais superficial e compreensível com o II Concílio Vaticano. Doutra forma, naquele tempo, Moisés não compreenderia.

As sandálias eram conhecidas no Egito desde a IV dinastia. Um faraó da VI autorizando o Ministro Una a calçar-se na presença do Rei, já indica o alcance do costume e sua significação. Quando Jeová falou a Moisés no Horeb reinava Menefta, da XIX dinastia, filho de Ramsés II. O fato de estar calçado ou descalço na presença do Faraó, ser divino, possuía vasto estendimento para o Povo, sabendo todos a distinção entre as duas atitudes. As fórmulas de respeito e adoração mais antigas estão fixadas nas pedras, nas ruínas dos templos, dos palácios, das sepulturas, nos hinários historiando as façanhas guerreiras ou as oblações religiosas. A mão ao peito, as palmas voltadas para o Deus ou para o Rei, a prosternação, a posição ajoelhada, os braços cruzados ou erguidos, são as mais conhecidas. De joelhos eram os soberanos assírios e babilônios servidos, como tantos príncipes e cardeais na Renascença. De joelhos são certas audiências papais. De joelhos sobem os vinte e oito degraus de mármore da Scala Santa, a escada do pretório de Pilatos, conduzida para Roma. O pé descalço é, possivelmente, a forma mais antiga de materializar o respeito, a submissão, a obediência total.[43] Petrônio lembra as matronas em Roma, *nudis pedibus*, suplicando ao Júpiter imortal: *Satyricon*, XLIV.

A Terra, Gaia, Telus, Titeia, Cibele, a *Kthón*, mãe dos Deuses, mantenedora da vida organizada, era, em última análise, tudo para os Antigos. Os Deuses que viviam debaixo da Terra, dirigiam a força da fecundação, da germinação, da conservação da existência vegetal e animal, decisivos e oraculares. Orientavam as águas, o movimento do Mar, guardando os ventos nas cavernas, o voo das aves, a migração dos peixes, os animais, o alimento que se planta e come. Perséfona e Cibele traduzem bem o mito, quando Plutão arrebatou a primeira e a segunda não manteve a regularidade das estações climatéricas no plano da continuidade vegetal. Homens e Deuses iam sucumbindo. Foi preciso arranjar-se uma fórmula de conciliação. E por isto a Vida continuou. Para a Terra iam, como ainda vão, as primeiras gotas do vinho que se bebe, oferenda na *Libácio*. As ideias supremas de Pátria estão intrinsecamente ligadas à imagem material da Terra, guardando os antepassados venerandos.

---

[43] O exemplo, histórico e clássico, é a penitência imposta pelo Papa São Gregório VII a Henrique IV, Imperador da Alemanha, expondo-o ao relento ante o Castelo de Canossa, pés nus na neve, três dias antes de recebê-lo para a absolvição, em 1077.

Quem já assistiu às funções dos Candomblés, Macumbas, Xangôs, Umbandas pelas cidades ao longo do litoral brasileiro, lembra a estranha saudação indispensável que todos fazem na entrada do barracão festivo. Grandes e pequenos titulados da seita, desde o Babalorixá à Mãe de santo, ogãs, filhas de santo e filhos, os devotos e admiradores, todos tocam o solo com os dedos da mão direita e alguns levam-na à fronte. É uma presença da liturgia de Roma nos preceitos devidos aos Orixás da África Ocidental. Oblação aos *Dii Inferi*, aos Deuses sinistros e misteriosos da Terra, que tudo podem. *Tangite vos quoque terram*, tocai também a terra, recomenda-se no *Mostellaria*, de Plauto. Quando uma filha de santo, no delírio dos cantos e dança votiva ao seu Orixá, recebe o padroeiro, entrando em transe, *sentando o Santo*, estrebuchando desordenadamente, um dos primeiros cuidados dos companheiros é descalçá-la, fazendo-a pisar diretamente o chão do terreiro.

A Terra dá força no seu contato poderoso, estabelecendo comunicação magnética, animando e fortalecendo. O Doutor Yervantian (*La Clef de la Longivité*, 1934) entre os conselhos para a velhice sadia inclui a recomendação de calcar o solo, aspirando os gases desprendidos da terra. No tempo mítico esses gases eram a respiração dos *Dii Inferi* nas profundas do globo. No mito de Anteu, filho da Terra e de Netuno, há o símbolo mais visível dessa irradiante energia invencível. Três vezes Hércules atirou o gigante ao chão, fulminantemente. Três vezes a Mãe-Terra restituiu-lhe as forças para reenfrentar o semideus. Hércules, para matar Anteu, ergueu-o no ar, sufocando-o. Não podendo tocar o solo, o gigante sucumbiu.

Essa não é, visivelmente, a interpretação contemporânea da intimativa de Jeová no Horeb. Ligam os fios sutis e perfeitos da unidade. Os Soberanos exigiam que o vassalo descalçasse a sandália para situá-lo em atitude inferior e desigual ao trono, o Poder Real. A sola do sapato interrompia a comunicação, isolando o Homem, como fazendo-o escapar à jurisdição divina do Rei, senhor da Terra e donos dos Poderes da competência. Calçar-se, com a autorização majestática, era restabelecer um nível mais próximo à grandeza ilimitada do Rei. Os pés nus nivelavam a todos, pondo-os dentro da vontade espantosa dos deuses ctonianos, na terra sagrada. *Terra sancta est...*

A ORAÇÃO CIRCULAR

Quando eu era menino, em José de Mipibu, aparecia sempre em nossa casa a velha Buna, Sinhá Buna, encarquilhada, recurvada, vacilante nas pernas trêmulas, mas conversando com desembaraço e prestando-se a fazer os serviços leves da cozinha. Tinha fama de rezadeira poderosa. Minha grande curiosidade era ver em certas tardes, quase ao anoitecer, a velha Buna ir rezar no Santo Cruzeiro diante da Matriz. Rezava andando em redor da cruz, sem parar, balbuciando sua oração irresistível. Depois parava, persignava-se olhando para o frontão da igreja e voltava para casa, trôpega, curvada, humilde, respeitada.

Nunca lhe perguntei a razão daquela reza em passo circular e nem mesmo tinha idade para fazê-lo. Mas a imagem ficou para sempre na memória. Estudei-a no *Superstições e Costumes* (1958*). Agora renovo a evocação, um tanto ampliada.

A marcha descrevendo um círculo é de alta expressão simbólica e participa, há milênios, da liturgia popular em quase todos os recantos do Mundo. Há procissão religiosa ao redor de uma praça, volteando a igreja ou capela, ou dentro de um pátio interno ou claustro conventual. Chamava-se *Rasoura*, e Pereira da Costa ainda a presenciou diante da Igreja do Carmo no Recife de 1915. Era a mais simples das procissões e de mais curto trajeto. Em Portugal fazem-na a Nossa Senhora dos Candeias, 2 de fevereiro. Huysmans descreve uma numa igreja de monjas franciscanas em Paris (*En Route*, 1895).

Durante as festas de São João circulava-se cantando versos alusivos em volta de árvores ornamentadas ou postes, os mastros de São João, decorados festivamente. À roda da fogueira acesa na tarde de 23 de junho rodava-se, cantando, para a direita e para a esquerda num bailarico vivíssimo. No cerimonial de tomar-se compadre ou comadre, casamento ou noivado, na noite de São João, a posição dos dois figurantes é circum-

---

* 2ª parte deste volume. (N.E.)

ambulando a coivara votiva e dizendo em voz alta a fórmula consagradora, e só se reunindo para o abraço final. Lembro-me do cortejo dos antigos casamentos no sertão do Nordeste. Os recém-casados vindos das fazendas, com os padrinhos e convidados, todos a cavalo, deixando o templo, faziam uma volta à praça. Diziam "a cortesia". Nas promessas populares aos Santos Cruzeiros, chantados diante das igrejas, os terços, ladainhas e demais orações eram rezadas andando ao redor deles, assim como na Santa Coluna, lugares onde quase sempre tinha existido o Pelourinho.

Os exorcismos e rezas fortes, altos segredos das macrobias rezadeiras, tinham maior eficácia quando ditos em andamento circulatório. Rezando diante das crianças enfermas, ou ante a rede do doente adulto, a velha das rezas o fazia em círculo, ininterruptamente até findar a oração.

Uma das rezas fortes de prestígio mirífico era a Oração dos quatro cantos da sala, que se rezava caminhando junto à parede interna do quarto principal ou da sala. De canto a canto. Consta das *Confissões da Bahia*, na Visita do Santo Ofício em 1591.

As variantes desse ritmo correm pelo Mundo. Os marinheiros de Audierne, Finisterra, salvos de um naufrágio, faziam sete vezes a volta da Igreja de Santa Evette. Na Ilha de Batz, na costa bretã da Mancha, quando não se tem notícia de um barco de pesca, nove viúvas, fazendo durante nove dias consecutivos volta à igreja, oravam em silêncio. Nesse espaço de tempo sabia-se o destino do navio. Em Kendal, Westmoreland, a moça desejosa de matrimônio fará três voltas aos muros da igreja. Verá um féretro, se não for destinada ao casamento.

Da espantosa velhice do costume há a recomendação de Numa, segundo Rei de Roma, ordenando aos sacerdotes que orassem aos deuses andando circularmente, imitando o movimento dos astros no universo sideral: (Plutarco).

Para conjurar a cólera dos deuses e nas horas de perigos coletivos, realizava-se em Roma o *Amburbiale Sacrum*, com todos os colégios sacerdotais e seguido pelo povo, conduzindo as vítimas imoláveis no sacrifício em marcha lenta, fazendo-se o círculo da cidade: (Servius). Na Grécia, poucos dias depois de nascer a criança, confundindo-se com a dação do nome havia a *Anfidromia*, em que o recém-nascido fazia volta ao fogo do lar. Nas Western Islands a purificação mágica do filho e da jovem mãe verificava-se volteando-se uma chama ao derredor do leito de ambos.

Os peregrinos cristãos ao Santo Sepulcro em Jerusalém usam por vezes circular a sepultura de Jesus Cristo. Os muçulmanos obedecem a idêntico cerimonial, rodeando e rezando sete vezes a Kaaba em Meca.

Chama-se *Tawaf*. Na Índia a circum-ambulação é sagrada e figura no código de Manu, recomendando à noiva fazer três vezes a volta à lareira do seu novo lar. Essa obrigação de dar volta em torno de um objeto sagrado diz-se *Pradakshina*. N. M. Penzer identificou-a com o *Deisul* na Irlanda, *Deazil* dos velhos Highlanders, dizendo tradição corrente na Grécia, Roma, Egito, Japão, Tibete e China. Celtas e Teutões praticavam a circum-ambulação em rito religioso de súplica.

Em Bom Jesus do Monte, Braga, em Portugal, sobre um penedo há a estátua equestre de São Longuinho, desde 1821. A menina solteira que lhe fizer três vezes e em silêncio o volteio, casará dentro de um ano. As jovens esposas desejando maternidade faziam nove voltas ao pé da imagem de Nossa Senhora da Piedade na Sé de Lisboa. Cada volta simbolizava um mês de gravidez.

Na festa de Santo Antão (17 de janeiro) e de São Marcos (25 de março) os lavradores portugueses fazem o galo e os rebanhos dar várias voltas às respectivas capelas, livrando-os de doença durante o ano. Também no São Silvestre, 31 de dezembro.

Nas exéquias e "encomendações" o sacerdote incensa e asperge o féretro circularmente – *accipit thuribulum, et lodem modo circuit feretrum, et corpus incensat, ut asperserat*.

As orações em movimento retilíneo têm mais força irradiante porque recordavam a Via-Sacra. Em círculo são poderosas porque realizam a figura do Infinito dinâmico, repetindo, como pensava o Rei Numa Pompílio, o giro dos astros. Sugestão litúrgica sete séculos antes de Jesus Cristo nascer.

Tudo isso, sem pensar, guiava a oração à roda do cruzeiro, feita pela velha Buna nas tardes tranquilas de São José de Mipibu.

A HORA DO MEIO-DIA

A superstição meridiana ainda é viva e forte no Brasil. Tanto quanto em Portugal e Espanha de onde a tivemos.

Não sei da percentagem que poderia caber aos Incas, Astecas e Maias por uma crendice referente ao sol no zênite, perdurando nas populações ameríndias.

O salmo 91, 6, cita o Demônio do Meio-Dia, *daemonio meridiano*, tão de recear-se quanto a calamidade mortífera ocorrente nessa mesma hora: – *a pernicie quae vastat meridie*. Sobrevive na imaginação coletiva a vaga imagem demoníaca, liberta do Inferno e operante na coincidência horária.

No *Meleagro* (Agir, 1951)* divulgo uma *Oração do Meio-Dia* com força de atração amorosa. As pragas irrogadas a essa hora são de eficácia indiscutível. No *Relógios Falantes*, Dom Francisco Manuel de Melo regista a versão obstinada: – *Velha conheci eu já, que ensinava às moças, que as pragas rogadas das onze para ao meyo dia erão de vez, porque todos empécião*. Também, na face benemérita, as súplicas são atendidas desde que coincidam com o coro dos Anjos, cantando as glórias a Deus, justamente no *pino do meio-dia*. Jesus Cristo foi crucificado ao meio-dia. Nessa hora em que Adão pecou. Hora sexta, lenta e morna para os romanos que a temiam. Na Grécia silenciavam cantigas e avenas pastoris porque era a hora em que Pã adormecia, farto de correrias. Interrompido o sono, caro pagaria o atrevido perturbador. Na campina de Roma respeitava-se a sesta dos deuses silvestres fatigados. Na Idade Média era possível ouvir-se o fragor tempestuoso da cavalgata fantástica, seguindo o caçador eterno, *Wuotans Heer, das wütende Heer*, infernais. As pedras deslocam-se na França. O homem das águas rapta as crianças na Morávia, repetindo as Nereides gregas e a Polednice da Boêmia. Surge em Palermo a feia Grecu Livanti. O Demônio do Meio-Dia persegue nas montanhas as mulheres de

---
* Edição atual – 2. ed. Rio de Janeiro: Agir, 1978. (N.E.)

Creta. Um espectro feminino ronda a pirâmide de Kéops. Em Portugal, o Homem das sete Dentaduras aparece no Cerro Vermelho, Algarve, ao meio-dia, como, de sete em sete anos, corre a Zorra de Odeloca, a Berradeira, espavorindo a região. No dia de São João o sol dá três voltas ao meio-dia e está cercado por nove estrelas fiéis. O milagre solar de Fátima. Para nós, brasileiros do sertão, o redemoinho, os súbitos pés de vento, a poeira que sobe, brusca, diante das portas, o canto estridente do galo, os rumores inexplicáveis no telhado, nas camarinhas sombrias, nos alpendres solitários, denunciam presenças misteriosas e sobrenaturais.

É uma das *horas abertas* em que *Diabo se solta*, os doentes pioram, os feitiços ganham poderio nas encruzilhadas desertas.

Não pragueje, não cante alto, não assobie, não abra os braços quando os ponteiros do relógio estiverem de *mãos postas*.

Notem que é uma hora estranha, parada, com um arrepio sinistro nas folhas, tangendo os animais vagorosos. Hora em que o cão se enrosca para não ver os fantasmas.

No sertão, hora das miragens, do falso fumaceiro nos capoeirões, denunciando um fogo inexistente. Trote de comboio, obrigando o viajante a volver-se para identificar invisíveis caminhantes.

Os animais reais dormem, escondidos nas sombras das *malhadas*. Os *encantados* galopam procurando apavorar os caminheiros do sol a pino. Relincho de cavalo que ninguém enxerga. Uivo de raposa que não nasceu. Bafo de coivara, sopro quente de braseiro, jamais localizado. Vento que passa açoitando as árvores e deixando os galhos imóveis, recortados em chumbo.

Cuidado com o mal que desejar nessa hora fatídica. Voto, praga, invocação, esconjuro, têm projeção mágica.

Todos os "ocultistas" recordam a batalha *astral* entre *l'abbé* Boullan e Stanislas de Guaita, combate de magia negra, *à coups d'envoutements*, duelo a distância, sem pausa e sem mercê. Boullan sucumbiu acusando Stanislas de Guaita de havê-lo *assassiné astralement*. As horas preferidas foram sempre meia-noite e meio-dia. Valem tanto, para a feitiçaria, macumba, catimbó, a hora do sol a pino como a meia-noite tenebrosa.

Mas é a hora poderosa para as orações benéficas. Nunca a Igreja regulou esse horário que é superstição milenar, trazida pelo europeu para o continente americano. Não se verificou que as culturas pré-colombianas a tivessem motivado.

Certas rezas assumem valores surpreendentes quando ditas no *pino do meio-dia*. Ditas de pé e sem telhas acima da cabeça, ao ar livre, ao sol.

Explicam a intervenção prodigiosa pela obediência inarredável ao *toque* do meio-dia, batendo o relógio as doze badaladas quando o devoto está orando. *Nunca perdi um meio-dia*, justificava-se alguém de um acontecimento venturoso, solução vitoriosa em antiquíssima e semiperdida questão.

– *Só temo neste mundo a revólver descarregado e praga ao meio-dia!* – dizia-me um professor eminente, veterano de gerações (Dr. Luís Antônio Ferreira Souto dos Santos Lima). Demônio do Meio-Dia chamavam ao Rei Filipe II de Espanha. Mas para o povo é bem outra a força miraculosa em sua ameaça imortal.

Posição para orar

Juvenal Lamartine de Faria (1874-1956), deputado, senador, governador do Rio Grande do Norte, sabia contar deliciosamente as estórias do sertão do Seridó onde nascera, vivera e fora Juiz de Direito. Narrava-me a vida acidentada e curiosa de Tomás Francês, Tomás Lopes de Araújo, neto materno de Tomás de Araújo Pereira, o primeiro presidente da Província do Rio Grande do Norte. Tomás Francês estivera na França, trazendo a alcunha, e passara sua vida em lutas locais, derribando gado e trabalhando pouco. Um seu desafeto, jurado de morte, conseguiu aprender uma oração forte para ficar invisível. Devia rezar com o pé direito em cima do pé esquerdo e com os braços abertos. Avistando, numa boca de noite, o vulto ameaçador de Tomás Francês, pôs o pé na posição recomendada, abriu os braços em cruz e começou a oração infalível. Terminou-a no outro mundo. Na *Tragédia Policiana* (1547), do "bachiller" Sebastián Fernandez, Claudina ensina a Silvânico um processo mágico para conquistar amores, onde aparece a exigência. *Pondrás tu pie derecho sobre su pie yzquierdo, e con tu mano derecha la toca la parte del corazon*, salientava a mestra em feitiçarias eróticas.

Certas orações demoníacas, como a da *Cabra Preta* ou do *Credo às Avessas*, devem ser recitadas sem interrupção e gaguejo e com o pé direito em cima do esquerdo. Os mestres do Catimbó explicam que, nessa posição e com os braços estendidos horizontalmente, o homem dá a imagem de uma ave, impressão de voo, subida, elevação. Perdendo parte da base de sustenção, fica mais leve, maneiro, ajudando a força da fórmula. E está firmando no pé esquerdo, que deve ajudar a não dirigir o direito.

Há orações com os olhos fechados. Concentração distanciando as dispersões mentais. O *Rosário das Alvíssaras*, dito outrora no Sábado da Aleluia justamente à meia-noite, pedindo-se prêmio a Nossa Senhora pela ressurreição do seu Bento Filho, era uma dessas, de pálpebras cerradas. Rezem presentemente na noite do sábado para o Domingo da Ressurreição. Meia-noite, os ponteiros de mãos postas, pedia-se à Virgem Mãe a recompensa pela notícia da vitória filial sobre a Morte. Orar sem ver os circunjacentes, isolando-se, reforça a súplica, tornando-a mais pura e direta. Assim oravam os velhos monges, os eremitas no deserto. Rezar olhando para o Céu parece ao Povo afetação e artificialismo. As preces ocorrem em recintos fechados.

Nos domínios do Catimbó (*Meleagro*, Rio, 1951)* vivem formalidades estupefacientes, assumidas pessoalmente. A *Oração das Estrelas* será soberana se for recitada deitado, ressupino, olhando as estrelas, longe de qualquer testemunha que interrompa a ligação invisível. A *Oração dos Sete Caboclos* dizem-na indo e voltando de costas. A *Oração do Meio-Dia* é de pé, ao sol forte, evitando ser alcançado por qualquer sombra porque fará *quebrar as forças*. Sozinho.

Nos santuários franceses de La Salette e Lourdes os peregrinos oravam com os braços abertos. Não vi essa posição entre os portugueses de Fátima, exceto em alguns grupos estrangeiros.

Para os que rezam olhando a assistência, na curiosidade displicente do automatismo preguiçoso, o castigo é a súplica não passar do telhado mais próximo. Rezando e andando nas procissões mira-se o solo. Nada de olhamentos vadios e tornejantes. A oração fica no chão porque o impulso oblacional se esgotou, enrolado nas tentações da Terra.

No momento da "Elevação" na Missa as atitudes denunciam as mentalidades devotas. Cabeça inclinada, como não sendo digno da divina contemplação. Outros fitam a Sagrada Partícula confiados em receber as emanações da Misericórdia. Alguns voltam as palmas das mãos para o celebrante, ampliando a superfície receptora das graças. Há os que se curvam e se aprumam, sucessivamente, batendo no peito contrito. Com os pulsos cruzados sobre o tórax, imitando a cruz de Santo André. Resignação e humildade.

No Brasil Velho, casas com oratórios de jacarandá, as inevitáveis orações noturnas, salmodiavam os homens de pé e as damas e donzelas sentadas. Ajoelhavam-se unicamente no ofertório, momento das intenções confessadas. A bênção ao Pai do Céu pedia-se com o braço apontado para o alto, os dedos unidos, mesmo dentro do aposento. Era o gesto terminal das oferendas. Os senhores benziam-se. As senhoras persignavam-se, benzendo-se também. As crianças, incluindo a famulagem, riscavam com o polegar um rude e rápido "Pelo-Sinal". Nas orações em círculo ou andantes, consultando as Vozes, por exemplo, a recomendação básica é não olhar para trás, anulando toda potência da solicitação. Será perdoável o incomprimível riso

---

* Edição atual – 2. ed. Rio de Janeiro: Agir, 1978. (N.E.)

infantil e das meninas se *pondo moças*, estuantes de seiva impaciente. As rezas comuns no ambiente doméstico murmuravam diante do oratório, fechado se possuísse porta de vidraça. Oração com o *oratório aberto e vela acesa* é apelo desesperado em hora de aflição. Todos de joelhos. Nas rogativas supremas. *Senhor Deus! Misericórdia!* a entoação vai acima do diapasão normal, quase o *Bradado*. Os orantes permaneciam genuflexos sem desfitar o "oratório aberto", clareado pelas chamas trêmulas, nas tempestades estalantes e desvairadas, ameaças de assaltos, notícias apavorantes de "consumição", perda total de fazendas e vidas. Mesmo não rezando, os assistentes punham a mão direita e aberta na altura do coração. Posição de reza muda e confiança. Fé integral. Significa um juramento mímico, compromisso expresso de lealdade valorosa. Com a *mão no peito* ninguém será capaz de mentir, afirmando o gesto a presença da viva Consciência.

As orações judaicas na Sinagoga são recitadas com acentuado balancear do busto ou apenas da cabeça, oscilando em vênias intérminas. A posição, denunciando a *raça de nação*, alertava o Santo Ofício que recomendava atentar para esses fiéis ao ritmo da Lei Velha. Transmitiu-se aos muçulmanos. As preces tradicionais das famílias católicas no interior do Brasil, reunidas no fervor da "Santa Obrigação", terços, rosários, ladainhas, sussurradas diante dos oratórios, com os devotos em situação cômoda, pela insistência monótona dos infindáveis recitativos, provocava efeito hipnótico, motivando o maquinal cochilo no cabecear que o *Monitório* de 1536 proibia. Era fatal a advertência imperiosa das velhas donas: – "Direite a cabeça, menina! Parece um judeu!" Nunca haviam visto um judeu orando, mas a fama secular atravessava o Tempo.

* * *

Perdemos a herança da Cortesia espontânea e antiga, ornamental e legítima. Das singelas vênias expressivas às nítidas curvaturas no ângulo de 45°, quando os botões traseiros da casaca ficavam ao nível da nuca cortejadora. Desapareceu a meticulosa e severa Etiqueta ao Imperador, Ministros, Autoridades reluzentes, do General fardado ao Juiz togado, do Bispo Diocesano ao Vigário da Freguesia. Sobretudo, das altas para as humildes categorias sociais. Saber tirar o chapéu! Acenar a mão aos aplausos! Curvar a cabeça aclamada! A suficiente majestade dos gestos naturais. As derradeiras testemunhas do *Old Good Time* sentem o *dissipar-se*, ou a evaporação equivalente, das exigências litúrgicas no decorrer das festas religiosas.

Dos sacerdotes no altar-mor aos fiéis atentos pela nave, as correspondentes mesuras são breves, baças, bruscas, como quem se liberta de encargo opressivo. Não lembro cerimonial no 15 de agosto na carioca Glória do Outeiro mas qualquer solenidade de orago numa Sé provinciana. Mesmo nas Matrizes e Capelas do litoral, agreste e sertão de outrora, com as saudações das velhas devotas aos vultos e efígies sagradas, inesquecíveis de gravidade, precisão, consciência dos respeitos devidos aos altares, Mor e laterais. Agora, a reverência consta do mínimo essencial. Nem desrespeito nem submissão. Inexpressiva e lógica como um endereço postal.

**

As orações na igreja ou em casa, públicas ou particulares, dirigiam-se ao Céu por intermédio de posições físicas tradicionais que a todos pareciam condicionar a impulsão. Essas posições, através de séculos brasileiros, tornaram-se indispensáveis como o tubo de aço para a ascensão dirigida por projétil. Uma espécie de pontaria mística. Não atinjo considerá-las, pela insistência na continuidade, atos possessivos, que Freud aproximou dos ritos litúrgicos, denominando a Religião uma "Neurose possessiva universal". Todos os gestos reproduzidos uniforme e repetidamente, habituais na profissão ou exercício do culto, caracterizam uma Neurose Coacta? O cerimonial mantido no Tempo é uma sucessão de gestos simbólicos estereotipados pela convenção. Toda festa pública é um conjunto de formalidades. Constituindo-lhe a própria finalidade. As revoluções políticas de expressão mais violenta, demolidora, radical, apenas substituem as pragmáticas anteriores pelas novas fórmulas doutrinariamente coerentes. A imposição dos gestos apropriados continua no imperativo categórico da intenção reverente aos Deuses ou aos Homens vitoriosos. Não será neurose mas complexo instintivo de legítima defesa, pessoal e coletiva, na conquista da proteção eficiente ou custodiante simpatia, preservante de todas as angústias. *Vous savez qu'on ne s'appuie que sur que résiste* disse Andrieux a Napoleão. É o caminho ascensional na montanha. Volteando e subindo.

Há de verdade o Povo mantendo, proporcional à utilidade mágica, esse patrimônio da mímica oblacional, rara mas viva nos exemplos constatados vulgarmente. É uma presença arcaizante na fidelidade minoritária e teimosa ao lado das modificações contemporâneas. Umas e outras cumprem a missão votiva ao interesse humano. Todas têm sua lógica incomunicável e evidente. *Pero que las hay, las hay...*

COM O DIABO NO CORPO

A ordem ortodoxa contemporânea desmoralizou Satanás, explicando a impossibilidade da possessão. Vitalícia ou intermitente, espontânea ou provocada, o Demônio não mais pode alojar-se nas almas, embora os quatro Evangelistas hajam dito o contrário. A Igreja Católica restringiu o uso dos exorcismos, equivalendo proibição a esses processos para o despejo litúrgico do Maldito desde o interior do edifício humano, onde assumira a irresponsabilidade consciente da orientação fisiológica. Por causa dessa locação indébita, quanta gente estorceu-se e rechinou nas fogueiras do Santo Ofício!

O *Povo* não tomou conhecimento da humilhação satânica. Tornou-se apenas raro e fortuito o domínio infernal numa vontade cristã. *Pero que los hay, los hay*! A maior vitória moderna do Anjo Negro tem sido a crescente proclamação teológica e científica de sua inocência funcional na descendência de Adão. O culpado de todos os delitos é a própria vítima aparente. Lusbel não existe e, decorrentemente, não deverá ser acusado pelas insânias delirantes do Estômago e do Sexo, que ele já não possui. Ninguém o teme nas cidades e não será verossímil sua presença no arranha-céu entre os *Inquietos* e as *Ansiosas*, do consuetudinário, na hora em que o avião de jato é mais veloz que suas asas de morcego. Para o interior do Brasil, o Anjo Mau vive e age através de mandatários que muito dignamente o representam nas relações públicas. Ninguém discute pertencer ao Malino a origem de certas ideias, atitudes e soluções no quotidiano social. Apenas renovou, atualizando, os recursos dialéticos na técnica publicitária e persuasiva. O capuchinho Frei Piazza, grande exorcista no Rio de Janeiro de 1910, não teria orações idôneas para as variantes assombrosas da astúcia diabólica nas imprevistas apresentações sugestivas da sedução pecadora. O Pecado é ato mórbido e natural e o único responsável pela enfermidade é o enfermo que se contaminou. A Santa Igreja declinou a jurisdição *in anima*, transferindo-a para a Psiquiatria, que deliberará sobre a Intenção, razão de ser do Comportamento...

Do Chuí ao Orange, olhando lentamente as populações rurais no verismo psicológico, Lúcifer segue a missão melancólica da tentação e do antideísmo obstinado. Está oculto, com o rabo visível nas manifestações legítimas de sua conduta milenar. Por que Nosso Senhor não acaba com o Diabo? A velha Luísa Freire explicou-me: – *Nosso Senhor não pode acabar com um Espírito!* Giovanni Papini não lembraria esse argumento supremo. O Espírito participa da Eternidade divina. O lavrador cético acha que o Demônio somos nós mesmos, com o Inferno no Coração. *I feel sometimes a hell within mysef!*, poetava o doutor Thomas Browne, no tempo amável de Cromwelle John Milton.

Ninguém porá dúvidas à existência do Maldito e a lógica da penetrabilidade e permanência numa criatura batizada. O imutável e clássico *Diabo no Corpo*. Essa é a inalterável doutrina popular, corrente e comum. A Ciência, ai! Ciência! recusará a mediunidade das pitonisas, profetas e escritores psicográficos.

A lição, cinquenta vezes secular, recebida do Oriente, é que a morte súbita indica castigo de Deus, e todas as enfermidades resultam de causas externas, condicionadas ao arbítrio de um Demônio. Cada doença possui o seu *Daimôn* privativo cuja expulsão restabelecerá a saúde anterior. Despedir compulsoriamente esse gênio malfazejo é de pura e restrita competência sacerdotal. Jesus Cristo deixou amplo documentário evidencial. Tradição das Religiões históricas, as mais remotas da fabulosa Ásia. Iavé socorrera-se de epidemias para atemorizar o faraó Menéphtat, em vez de inspirar-lhe obediência reverente. As Religiões orientais elucidam o complexo epileptoide, convulsivo, alucinante, como uma possessão de entidade perversa e superior porém respeitosa às fórmulas de repulsão, valendo intervenção dos deuses benéficos e protetores. O Endemoninhado, quase cinco mil anos e parcialmente resistindo na crendice coletiva, afirmava presença de um Demônio, combatível na exclusiva terapêutica mágica, ritualística, sagrada. O exorcismo constituiu prática vinda aos nossos dias astronáuticos, com raízes apostólicas e seiva imprevisível no Tempo: (*Rituale Romanum*, Ratisbonae, 1929, "Ritus xorcizandi obcessos a daimonio", 341). Nos cursos dos Seminários católicos, estudante recebia o título de "Exorcista" logo no segundo ano teológico[45]. A insistente desordem mental, ilusões sensoriais, linguagem desconexa, incoerência e violência mímica, injustificada excitação. O histerismo dramático de Charcot caracterizava o síndroma satânico, a posse do Diabo. Expulsá-lo era o mais santo

---

[44] – No primeiro século da divulgação cristã, o título de *Exorcista* constituía dignidade suficiente e denominadora: – *vi si legre l'iscrizione de um* Gelasius Exorcista *con la fórmula* Deo Gratias: O. Marucchi, *Guide del Cimitero di Domitilla*, 53, Roma, 1925.

e prestigioso dos poderes, demonstração da autoridade ministerial. Outrora a catequese era uma vitória sobre o Demônio. As pesquisas psiquiátricas evidenciaram que o endemoninhado é um neurótico. A Teologia arquivou as comprovações pretéritas, e concordou. O exorcista quase cancelou a função ante o desaparecimento do motivo criador do exercício. Essas conclusões, porém, são consequências letradas, especulativas, intelectuais. A impressão popular continua sendo oriental. O doido é um espírito entre a Terra e o Céu. Tratá-lo com remédios será medicar a um cego com caretas.

O Povo, como Gilbert Keith Chesterton, acredita no Diabo!

ROGAR PRAGAS

Não conheço pragas indígenas e africanas no uso brasileiro e sim portuguesas. Diretas, adaptadas, sugeridas por associação mental. A expressão *rogar pragas* evidencia ser indispensável a suplicativa da intervenção divina para realização do desejado malefício. Corresponde ao *Imprecatio* em Roma, dirigido às Fúrias, ou às Erínias gregas, deusas da Vingança. Meyer-Lübke deduzia Praga de Chagas. E praguejar seria "jurar pelas chagas". Difícil ajustar esse critério às sete plagas do Egito (*Êxodo*, 7-10). A imprecação envolve a imagem de quantidade, abundância, visível na linguagem vulgar, provinda do *Êxodo*: – praga de formigas, gafanhotos, mosquitos. Conjuntamente a devastação, massacre, extermínio. "Deu uma praga nas roseiras." Plaga, praia: (*Locuções Tradicionais no Brasil*, 150, UFP, 1970*). Não tenho combustível para a elucidação etimológica.

Há centenas de exclamações de mero desabafo sublimador: – "Vai p'rós Infernos! Diabos te carreguem! Te soverta nas profundas!" (*Números*, 16, 31-32). As verdadeiras pragas implicam a forma recorrente, "Deus permita, Deus seja servido, Deus queira", condicional incluindo a cumplicidade onipotente. Deus será o responsável na punição do culpado. "Morrer sem vela! Morrer sem sacramentos! Não ter terra para o enterro! Morrer largando os pedaços! Deus te cegue da gota serena! (Amourosis)". A maldição é indeterminada, cabendo a Deus a eleição da penalidade. "Amaldiçoado sejas do Padre, do Filho e do Espírito Santo! Amaldiçoado sejas de Deus e da Virgem Maria!" Os estudiosos do assunto, Büchthold-Staubli, Beinhauer, Olaf Deustschmann, manejam mais bibliografia que exemplos colhidos no Povo, como: – "Que morras de sede dentro d'água! Que não tenhas a quem abençoar! Urubu há de comer tua carniça, Excomungado!" Execração para o defunto insepulto, a mais temerosa penitência a uma criatura humana: (*Dante Alighieri e a Tradição Popular no Brasil*, "O Morto sem túmulo", PUCRS, 1963).

---

* Edição atual – São Paulo: Global, 2004. (N.E.)

O *Nome* é uma potência mágica: (*Anúbis e Outros Ensaios*, "Nomem, Numem"**, Rio de Janeiro, 1951). Sua enunciação, intencional e veemente, pode recriar quanto significa na essência. O *Schem Hamphorasch* dos rabinos. A palavra dá corpo ao que representa: (J. G. Frazer, Max Müller, doutrina da Cabala etc.). A Tradição indica posições e horas para a eficiência das pragas: (Ver XXII). Naturalmente existe o *Boca de praga* (Camões, *Filodemo*, Jorge Ferreira de Vasconcelos, *Ulisipo*), de conjuros e maldições obedientes aos alvejados distantes. Também vibra o rifoneiro consolador. "Praga de malvado não passa do telhado! Praga de urubu não mata cavalo! Praga de sapo não faz chover!" Se praga matasse não havia soldado. Praga não serve mas ajuda a raiva.

** 1ª parte deste volume. Rio de Janeiro. (N.E.)

DA TEOLOGIA POPULAR

Au-dessous de la théologie scientifique, il y a eu, dès les premiers siècles, il y a encore aujourd' hui une autre théologie, celle du peuple.

Louis Coulange

Há evidentemente, uma Ciência de Deus entre o Povo. Um critério uniforme na apreciação dos acontecimentos grupais e atitudes isoladas rege uma inflexível classificação sentenciosa, apoiada no consenso da comunidade. Expressa-se no infinito acervo rifoneiro, divulgando o julgamento divino para os atos humanos. Ao contrário da presunção teológica: teimosa, louvável e contraproducente, o raciocínio popular nega formalmente que a Razão esclareça os desígnios do Criador, como não é crível a criança compreender todas as determinações paternas. Fora da lei da gravidade, o Homem é uma criança vaidosa nos assuntos dos seres sem peso e órgãos fisiológicos. Intervém o Orgulho convencendo-se da inexistência do Mistério, e provando que a Divindade não consegue ocultar-se inteiramente na própria Onipotência, *sempre escondido e descoberto sempre*, como na *Meditação* do Padre José Agostinho de Macedo. O Povo, sem cerimônia nenhuma, limita a Sabedoria metafísica sem humilhação para a precariedade da cogitação humana. *Só quem sabe é Deus!* Acabou-se! Tratemos de viver folgamente nas áreas da permitida jurisdição.

O Homem, porém, sente inveja de Deus, e a história da Ciência especulativa é a crônica dos seus assaltos conquistadores. A Teologia é um processo de incorporação do Infinito às limitações do Entendimento material, submetido aos órgãos falíveis da Percepção. Para o Povo, Deus não deve *dar satisfação* a ninguém.

Jesus Cristo doutrinou através de alegorias, comparações, parábolas, curva com as extremidades tocando o mesmo plano, traduzindo-as aos ouvintes, clareando a elementar assimilação do auditório. Séculos depois, entre três e quatro, atinou-se com o dever sacerdotal de explicar os atos divinos, justificando a Onisciência ao primarismo da raça de Adão. Tornou-se a

Teologia uma serva diligente na informação, dispondo os argumentos em serviço do Homem. O avô deve desculpar-se ao neto pela existência do pai. Os grandes Reis realizaram sem a compreensão coletiva. A Apologética e a Patrística deram à Teologia a missão submissa do Criador à Criatura. Esse é o clímax diferencial entre a Teologia do Povo e a Ciência de Deus, dos teólogos. Deus "explicado" é Deus diminuído, constrangido nos padrões da compreensão terrena. O Povo não *sente* que Deus careça de desculpas e que a Fé possa dever alguma parcela de obediência à massa cefálica. Quando não entende, decide que não é para entender o gesto ou palavra de Deus, emprestando-lhe dependência ao nosso raciocínio. *Deus est stultissimus*!, disse Lutero num dos seus sinceros *Tischreden* (nº 963). Deus era estulto porque o Reformador ignorava seus desígnios. Não concordava com a rota. Não será amado se não for entendido? Amor e *entendimento*? A Fé deverá algo mínimo à Inteligência? No Povo a Fé cimenta-se numa simplicidade racional que alegraria a Santa Teresa de Jesus. Quando Deus quer ser entendido *lo hace sin trabajo nuestro*. Não encontrar explicação é reconhecer a fronteira inevitável do Incognoscível. *No es para mujeres, ni aun para hombres muchas cosas*, escrevia Teresa, quando Mem de Sá governava o Brasil. Cada vez mais essa virtude de obediência intelectual evapora-se na alma contemporânea. Não escolhemos os Pais mas devemos escolher a Deus. Não serviremos! sem que Deus justifique as credenciais ao nosso afeto. Lúcifer disse mais ou menos essas palavras. O Povo não discute. Manda quem pode, na ambivalência de Deus e Pai. Não preciso entender o Brasil para continuar sendo brasileiro. *No hinche su deseo*, aconselhava a Santa de Ávila.

A Vaidade não se conforma na situação de Rei sem a capacidade legislativa para o Extraterreno. Para suportar a humilde prioridade de *Sapiens*, maneja as soluções de negar o Divino ou recriá-lo à sua imagem e semelhança funcional. A fórmula popular é obedecer a Deus sem pretender minimizar a ordem recebida. Cumpri-la mesmo sem participação psicológica. Santa Obediência. O dever de explicar é um direito de insubmissão espiritual. O Capitão Francisco José Fernandes Pimenta, irmão de minha Mãe, pequeno agricultor sertanejo, afirmava nos desabafos: – *Eu sei lá o que Nosso Senhor quer*! Podia não perceber o programa mas sintonizava os prefixos identificadores da divina emissão.

Possuíam menos o exercício do culto litúrgico que a consciência de uma mentalidade religiosa, antiga, exata, formal. Essa "mentalidade" não sugere atmosfera ou clima alteráveis pelas sucessivas descargas meteóricas. É uma paisagem secular, modificando-se para desaparecer através das transformações atualizadoras, constantes e parciais, desfazendo o venerando aspecto primitivo, formado pela superposição e seleção divinatórias no Tempo.

Aí está o segredo do bom humor popular e da constatada e triste inquietação letrada. Já não pode transferir para Deus a solução dos problemas inconfessáveis. *Numa cabeça melancólica o Diabo toma seu banho!*, dizia o Doutor Martinho Lutero, mandando Satanás ir solicitar a Deus respostas às dúvidas que lhe suscitara. Essa impenetrabilidade ao desânimo era o fundamento do camponês saxão na alma do Reformador. O Povo reproduz, imperturbável, uma argumentação aposentada mas eficaz e justa para ele. Não é Ignorância. É Convicção. O meu engraxate preto, analfabeto, da Avenida Tavares de Lyra, resumiu suas impressões sobre a "alunissagem" do Apolo XI com a simples frase: – *Poderes de Deus!* Não é a mesma no Cabo Kennedy. Que tem Deus com a astronave? Nada! Para o Povo, tudo! *This is question, Horatius...* Sendo "poderes de Deus" a perspectiva para a invenção humana será infinita e com todas as probabilidades do êxito.

Essa ciência é sempre cristã mas irreformada no Tempo. Conserva crenças que vários Concílios condenaram mas eram comuns e legais antes deles. Um professor brasileiro em Paris disse ir visitar no Père Lachaise o túmulo de Abelardo e Heloísa. Um colega francês advertiu: – *Mais il n'est pas authentique!* O brasileiro foi, explicando-me ao regressar: – "É opinião dele! Esses franceses são muito egoístas!" As pesquisas eruditas e negativas ao sepulcro de Abelardo seriam unicamente *opiniões*, aceitáveis ou não. Todas as decisões pontificais arredando do culto certos Santos velhos, serão para o Povo, *opiniões*! A infalibilidade papal não vulnera a predileção popular. Nem mesmo sabemos do segredo das suas preferências. Nenhum legislador, religioso ou civil, poderá determinar novas ou afastar as antigas. Imutáveis heranças antidiluvianas! É o pensamento de Hoffman Krayer: – *The people do not produce; they reproduce*! Corolário ao anterior Gustavo Freytag: – "A alma de um Povo não se civiliza!" A parafernália cultural não influi e sim adapta-se à mentalidade coletiva. Franceses e alemães, ingleses e espanhóis, italianos e portugueses, serão eternamente paralelos e não convergentes. Os Povos de ontem, no continente americano, são inconfundíveis. As classes letradas valem invólucro. Vistoso e mutável. Sobre essa superfície é que incide a policromia literária, no interior, o complexo homogêneo, espesso, maleável sem que mude a substância real, guarda a surpreendente unidade.

O Povo não possui uma Fé indagadora, inquieta, intermitente. Não há curiosidade modificante ou dúvida infiltradora. Não sugere fonte mas poço, água sem renovação e movimento mas útil e potável, embora incapaz de ultrapassar o limite definitivo da impulsão. A despreocupação divulgadora não é indiferença mas suficiência tônica. Não sente necessidade de fazer circular o capital idôneo para satisfazer-lhe a tranquilidade mental. Não atenta para a Sabedoria alheia porque a própria mantém a combustão interna, iluminando sem ofuscar e aquecendo sem asfixia. Não alude ao que crê porque considera bastante para a vida o cabedal guardado na memória. Não faz catequese nem participaria dos *Conciles bruyantes*, lembrados por Monsenhor Duchesne. A Fé será essência-tabu, evaporável na constante exibição. Esse patrimônio, não exposto aos turistas dos inquéritos-relâmpagos, garante-lhe o metabolismo basal no dinamismo religioso, regular, invisível, indispensável, como o ritmo da circulação fisiológica. "Meu copo é pequeno mas bebo no meu copo." Convenceu-se de qualquer acréscimo ou diminuição, constitui um assalto mutilador. *Nihil varietur*. Defende, inconscientemente, uma Teologia básica, desinteressada pelas especulações casuísticas e debates em círculo-fechado, rodando no mesmo perímetro metafísico. Todas as questões inexplicáveis são evitadas por pertencerem ao divino privilégio do Mistério. Não se sente humilhado pela ignorância porque lhe denuncia ter alcançado a fronteira imperscrutável da suprema Ciência, definitiva mas incognoscível. São assuntos de Deus e as crianças devem respeitar as reservas paternas. A iniciação é a Morte. Para o Morto não haverá segredos. Na Terra, o Homem já possui abundantes preocupações para a sua duração existencial. Aliás a Teologia, pura arquitetura do Espírito, sem o material da Experiência e da comprovação, sempre constituíra o esplendor intelectual de insignificante minoria, operando em reduzido território de expansão, no Tempo em que a Dialética era a mais elevada das ciências profanas. Um Rei de Yvetot, habitando Versailles.

Que sabe o Povo da Predestinação, Livre-Arbítrio, problemas eucarísticos, operações da Graça, a Trindade abismal, a inesgotável e tornejante retórica sobre os Dogmas definidos? *Credo ut intelligam*! Crer para compreender. O melhor, concordar. A Fé procura a Inteligência, diziam os escolásticos, como a luz é perseguida pela sombra. Unir-se-ão quando o Homem deixar de respirar. Sol no zênite. O Povo nenhuma ideia imagina desses encantos minoritários. Tem uma Fé de antes, durante e posterior aos Concílios e a Patrística. Fé alimentada pela imobilidade da análise. Pura, intacta, virgem, no seu castelo impenetrável aos demônios da Dúvida. Fideísta! *La croyance des masses a toujours èté fideiste*, deduziu *Felix Sartiaux*. A Deusa Razão, entronada em Paris, era uma atriz. Antes e depois "representou" curtos "papéis", vale dizer, emoções, figuras, convenções. A Fé popular não tem problemas porque é uma barra de ouro insusceptível da divisão em moedas do interesse miúdo e diário. Garantia vitalícia. Fideicomisso. Que lhe dará a "Ciência" em troca da tranquilidade espiritual?

Ignorante! Mas o Povo *sabe* o seu caminho religioso e a superioridade está em dispensar os atalhos e o falacioso conselho de pisar a estrada real, comum e larga, do indiferente latitudinário. Não sofre porque desconhece a Tentação! Porque não aceita a sucessão motora pelo imobilismo sereno, *sabendo* não valer compensação. Não aludo aos bens materiais, humanamente desejados, mas ao sentimento, melhor, a Consciência da Fé. *L'ignorance mêne au mêne résultat que le science*, escrevia J. K. Huysmans. Místico sem êxtases, liberto do racionalismo explicador sucessivo. *La Sagesse nas envoie à l'enfance*, escreveu Pascal. Na infância há uma explicação para todas as causas.

O prestígio das antigas "Santas Missões" evidencia-se por essa *consciência* que lhe impunha reconhecer a prática pecadora, corrigindo-a, notadamente no âmbito doméstico, concubinagem, teimoso mancebo, assustado pela denúncia pública de voz extremista do frade. *Les moines sont facilement extrémistes*, anotou Albert Houtin. Não quer dizer que se corrigisse para o futuro. Tornada a manceba em esposa, ausente o "Santo Missionário", reincidirá contra o sexto mandamento, arranjando outro *encosto*. A "Santa Missão" reacenderia o lume das orações, fazendo-as habituais por algum tempo, terços, ladainhas, "Ofício de Nossa Senhora", jejum da Semana Santa, alguma restrição no trabalho dominical. Dizer menos nomes feios e praguejar. O Povo não blasfema! O fundamento disciplinar era a existência do fermento fideísta, trazido à ação pelo trovejo capuchinho.

* * *

Moral? É a do Antigo e não do Novo Testamento. Reciprocidade na base da convivência. Os direitos crescem relativamente à extensão da Autoridade. O Pai de Família e suplente de Deus. A Mãe reina, mas governa unicamente os afazeres domésticos. É ouvida mas nem sempre atendida. Sente a inferioridade de sua jurisdição, como parecia a Santa Teresa de Jesus (1576): – *aunque las mujeres no somos buenos para consejo, alguna vez acertamos*. Mulher em casa e homem na praça. Este não deve imiscuir-se nos assuntos femininos, nem meter-se em copa e cozinha. Manda da sala para a rua e a mulher (esposa), do corredor para dentro. Compreendem as transformações que o Tempo imprime aos costumes mas o preceito julgador será imutável. Faca muda o cabo mas não muda a folha (lâmina). Só se dispensa o substituível.

Castidade? Nas fêmeas. No homem "nada pega". O pecado sexual Deus deixou no Mundo porque fez os membros apropriados para a fecundação. Só se peca porque *Ele* permite. O maior crime é o roubo. O assassinato é justificável e o furto nunca. A traição é a sujeira repugnante numa criatura. A ingratidão, esquecimento dos benefícios, é defeito da carne fraca, assim como a mentira, mas o *falso* é por todos condenado. Continua o horror ao incesto, atingindo afilhadas e comadres.

Nenhum homem do Povo acredita ou compreende o celibato clerical. Nem mesmo acredita na pureza do sacerdote nos assuntos de *pega-mulher*, senão excepcionalmente. Fora do altar, são homens como os outros. O vigário com sua amásia e filhos, teúdos e manteúdos, nada diminuía no plano da autoridade consagrada. Os 90% dos graves Vigários-Colados deixaram descendência. Exige-se do padre a fidelidade infalível aos deveres da assistência cristã. Os Vigários Velhos foram de dedicação inexcedível. Decorrentemente, a mais alta e suprema decisão, inapelável na freguesia. O sermão, "prática", era dispensável. A eloquência dos Vigários Velhos, precária e lerda, seria suficiente. A missão apostólica exerce-se nas conversas, conselhos, admoestações. "Vá conversar com o Vigário" valia recorrer a uma entrância máxima. Certamente um sacerdote de costumes austeros, puro sem ostentação e trombeta, é respeitado com admiração.

Mas a impaciência carnal de um outro presbítero não altera a dignidade do estado. Em Natal, os dois vigários adorados pela população, até o fanatismo, foram diametralmente opostos em atitude sexual. O Vigário Bartolomeu (1813-1877), com larga e notória família, suspenso de ordens por D. Vital por não abjurar a Maçonaria em 1873, e o Vigário João Maria (1848-1905), casto como um anjo, canonizado pelo Povo, recebendo diariamente um culto público no seu busto em bronze na praça do seu nome, detrás da Sé, sua Matriz querida, são os modelos reais. Ambos, apóstolos da Caridade, generosos ao sacrifício pessoal, não tinham horário nem temiam intempéries no socorro aos necessitados. Bartolomeu Fagundes e João Maria Cavalcanti de Brito venciam quilômetros a pé, debaixo de chuva, a qualquer hora, para confessar um mendigo que morria num rancho de palha no meio do Areal ou nos cafundós do Alecrim. Para o interior o critério popular é inteiramente semelhante. Provoca irritação, comentário ácido, impopularidade crescente, é o comportamento lascivo e dissimulado, o padre namorador, excitando às "inocentes ovelhas", numa deslealdade aos fiéis que amam saber a veracidade dos atos íntimos dos seus orientadores, religiosos ou políticos. O Homem público é do Público. Cumpra-se a tradição.

A visão da autoridade condiciona-se à exibição dos atributos simbólicos. As insígnias da função oficial. O Rei deverá ostentar coroa. *Reis croado!* é o pregão da legitimidade. *"São Francisco é Reis croado/Na Matriz do Canindé!"* Árvore não se conhece pelos frutos mas *on juge sur son écore*. O padre é o paramentado, oficiando no altar. Autentica a missão sagrada a função ostensiva, pública, privativa dos ungidos. Saindo da igreja, é um pecador igual aos demais, com as mesmas fomes e tropeços. O Povo compreendia mas não aprovava a punição eclesiástica, interrompendo o ministério. O Padre Esmerindo Gomes, suspenso de ordens, era constantemente procurado pelos sertanejos de Santa Cruz para realizar os atos religiosos de que estava proibido, mas os paroquiados não concordavam. A prevaricação ao sexto mandamento não afeta a obediência primordial ao primeiro. A cópula consentida é perfeitamente lícita. Para isso Deus aparelhou os dois sexos. Crime é a violência carnal, o estupro, coito forçado, ou a posse pela conquista lenta, gradual, envolvimento sedutor, despertando sabiamente o ardor adolescente, embriagando-o pelo desejo ansioso. A castidade é um compromisso entre o padre e Deus. O povo não participa nem fiscaliza o liame obrigatorial. Interessa o exercício exato do "Santo Ministério" na comunidade, indistinto e contínuo, e não a continência privada do sacerdote. Numa reunião do clero realizada em Ponta Negra, arredores de Natal, janeiro de 1957, presidida pelo então Bispo auxiliar D. Eugênio de Araújo Sales, agora Cardeal-Arcebispo do Rio de Janeiro, expus claramente essa paisagem verídica, resultado de indagações teimosas e leais.

* * *

Entre esses homens não se conversa assunto religioso. A Fé, uma raiz profunda, não aflora à superfície do solo quotidiano, pisada pelo comentário banal. Vive, imóvel, sadia, vigorosa, no resguardo da memória silenciosa independendo de exposição. Não se diz *Deus* senão raramente, e sim *Nosso Senhor*. O título proclama o domínio absoluto. É um sentimento poderoso e tão sagrado que a menção verbal parece diminuí-lo. As mulheres, naturalmente mais loquazes, evitam divulgá-lo, sentindo a profanação. Seria expor o oratório doméstico ao desrespeito das feiras. Refiro-me a Fé.

Creio que as mulheres orem ao dormir, e os homens não. *Padre-Nosso, Ave-Maria, Salve-Rainha*, são usuais, necessárias, básicas como no século XVI. O terço é valioso mas "pagando promessa" porque já não existe o costume de rezá-lo constantemente. Ainda resiste nos sertões prestigioso no poder comovedor da Divindade. As velhas sabiam a *Magnífica* e o tradicional *Ofício de Nossa Senhora*, infalível quando recitado pela madrugada. Não há, evidentemente, livro de orações e as impressas, avulsas, como voga momentânea, são pregadas no interior das janelas. As portas reservam para as invocações à Cruz e ao Santíssimo Sacramento. Defendem as entradas da residência. Os Drs. Artur Neiva e Belisário Pena encontraram no interior da Bahia, Piauí, Mato Grosso, cruzes pintadas no exterior das moradas afastando as epidemias (1912). Os analfabetos amam os símbolos gráficos, cruzes, estrelas, meia-lua, e as efígies dos "Santinhos", em lugar visível. A Cruz é a mais popular defensora da Peste, Fome, Guerra, respeitada pelos fantasmas e temida pelos Demônios.

A ausência da oração labial não implica que os homens ignorem a "mental". Creio pouco. Nunca percebi os gestos preparatórios e denunciantes da prece, a *reza*, como dizem. Devem "pensar em Nosso Senhor" antes de adormecer. Certos silêncios sugerem recolhimento, a breve expedição de uma rogativa ao "Pai do Céu". As mulheres é que não sabem dissimular quando oram. Posição adequada é indispensável. Os lábios murmurantes. Oração calada não é do exercício feminino. Em casa, ajoelhar-se é *oferecer* súplica urgente. A genuflexão é a atitude de suprema contrição devota. Não se conhece a prosternação monacal. Os homens fazem somente o "Sinal da Cruz". As mulheres persignam-se e benzem-se, com o *amém* tocando o indicador na boca. A saudação ao altar, despedindo-se, é ajoelhar-se, com o rápido benzer-se. Os homens curvam a cabeça numa simulada inclinação suscinta. Moças e damas costumam estender o braço pedindo a *bên-ção* ao altar-mor, onde está "Nosso Pai". Então benzem-se, antes de deixar a igreja. As Donas ajustam a saia e as Donzelas o cabelo.

O Catecismo, de ouvida pouco provável no velho Mundo agrário e orla marítima, não constituiria fermento para a levedura da massa doutrinária existente na retentiva popular. Nem as respostas do Catecismo atendiam a vastidão da curiosidade plebeia. Os Dez Mandamentos da Lei de Deus foram antigamente de citação obrigatória. Idem, os Mandamentos da Igreja, de menos frequência, ora ignorados pela juventude circulante. O interesse instintivo seria possuir o cabedal para retorquir, interpretando os episódios de evidência mais palpitante. As respostas denunciam a profunda existência do que carecem os níveis mais altos de cultura – a Convicção! Parecem às vezes pueris, talvez galhofeiros e mordazes, expressões do raciocínio individual, mas indicam a solução realística do conceito plausível e justo a *lo divino*. Geracina, lavadeira de meus pais, ouvindo comentar a dissolução de um casal rico e briguento, sussurrou para mim: – "Nosso Senhor perdeu a paciência". As aparições de Nossa Senhora pedindo penitência e contrição, aludem a impaciência do Filho pela insistência pecadora dos homens. O pescador Chico Preto (Francisco Ildefonso), de Areia Preta, praia atlântica de Natal, justificava a ausência de peixes pela presença das banhistas ansiosas. O *suor do pecado* contaminava as águas afugentando o pescado. Até 1914, recanto escondido e modesto, com a linha das choupanas residenciais, Areia Preta fora porto de jangadas pesqueiras. Gregos e romanos proclamavam o contágio poluidor dos vícios sociais nas "águas do Mar sagrado". A cozinheira Nicácia, octogenária, sobre a morte de um notório Don Juan perturbador, deu o despacho de jurisdicidade infalível: – "Deus consente mas não para sempre!" O conhecimento divino guarda o mistério da intervenção oportuna e punidora. Bibi (Luísa Freire), analfabeta fornecedora do texto para o *Trinta Estórias Brasileiras* (Porto, 1955), disse essa frase inimitável: – "A doença é uma lembrança de Deus!" Carolina, preta gorda, vivendo da caridade alheia e acidental, resumiu: – "Para não pecar é preciso morrer!" Quando lhe perguntei: – "Até os Santos?", contestou: "É. Os Santos não se confessam?" Sobre a tendência sexual, persistindo na velhice, o pedreiro Zé Romão sugeriu: – "Só capando os pensamentos!" Depois de escutar um sermão patético de grande pregador, o patrão de bote Manuel Claudino opinou: – "Ele fala em nome de Nosso Senhor mas não mostra a procuração!" Mestre Filó (Filadelfo Tomás Marinho), que em 1922 comandou a frotilha de pesca de Natal ao Rio de Janeiro, merecendo longo poema de Catulo da Paixão Cearense, observara: – "Toda a gente quer corrigir os erros dos outros!" Zacarias, negro esquelético, gago, amalucado, mendigo, defendia-se: – "Peço esmola mas não peço bom proceder!" A mendicidade não é função humilhante e criminosa. O trabalhador de uma pedreira em Macaíba envelhecido no ofício, confessava: "Acho que no outro mundo vou fazer pedra de curisco!" Simão Lourenço, carregador de rua, notava: – "A diferença entre rico e pobre é só dentro do bolso!" De Antônio Xinin, engraxate: – "A lição do homem é no que faz e não no que diz!" Ainda. "Língua do Povo fura qualquer pedra!" Quem anda no seu caminho não esbarra no dos outros!" "Às vezes Nosso Senhor faz que não vê, vendo!" Finge ignorar a prevaricação. "O homem entorta o que Deus fez certo!" O Povo ama os ditos sentenciosos, sínteses da longa elaboração íntima.

Não os comenta nem justifica. Visível a intenção moral. Dito é a frase de caráter axiomático. Sincera e curta. "Foi dito e feito!" A paremiologia popular, em maior percentagem, é um código de ética do comportamento. As origens são longínquas, variando o vocabulário da apresentação recente. A memória conservou esse patrimônio porque concordava com ele. É uma orientação religiosa às repercussões da vida diária. *Paideuma*, autoinstrução anônima e contínua. E sob esses modelos decorre a inspiração conceituosa e obstinada. Ilusão pensar que a memória do Povo se desocupa dos julgamentos às motivações quotidianas no plano da apreciação moral. *Si vous pouviez causer avec ces pay-sans et ces illeettrés, vous seriez surpris des reponses souvent protandes que ces gens vous feraient*, escreveu J. K. Huysmans.

* * *

A inteligência quanto mais culta mais indecisa e receosa em definir a ontologia e enteléquia das coisas. Sente em cada afirmativa o cortejo das argumentações contraditórias. Os enigmas da sobrevivência humana, Penologia e compensações além-tumulares, Deus e seus códigos na valorização da conduta terrena, amplitudes e limitações no trânsito dos seres imateriais, anulam as dimensões lógicas dedutivas, impondo a dialética específica das convenções. O homem do Povo não atravessa o labirinto dos raciocínios adversos, negativas aos dogmas da própria conclusão, restrições formais imobilizando as soluções de sua hermenêutica. Tem o Espírito Santo das definições indiscutíveis e reais. Possui a Consciência da Certeza. As razões em contrário são despautérios, indignos de qualquer atenção. Ouve por uma cortesia, respeito, homenagem afetuosa, como as narrativas infantis. Nada vulnerará a base maciça da Confiança hereditária. Depois de ouvir, entendendo em parcimônia a exposição eloquente, dirá aos familiares, superior e tranquilo: – "É conversa dele!" Esse patrimônio fundamenta a segurança espiritual, indene e acima das angústias da indecisão e Desconfiança. Não teme a Morte. Apenas tem medo de morrer, enfrentando a batalha orgânica dos derradeiros transes agônicos. Daí em diante já não há segredo para as vicissitudes da última peregrinação. Onde começa o mistério para o intelectual, inicia-se a constatação para o Povo.

* * *

Os fiéis típicos pertencem às populações fixadas nas regiões de plantio, pastoril e praias de pesca no Atlântico. Lavradores, vaqueiros, criadores de miunças, pescadores, esparsos nas casinhas de taipa e palha de coqueiro ou carnaúba, bebendo água de cacimba, comendo peixe ou bode seco. "Bode", pelo interior do Nordeste, também significa farnel, matolotagem para jornadas, longo serviço de *dar campo*, pescarias *do alto*, mais de um dia com terra *assentada*, o horizonte no Mar. Nessas paragens o sacerdote aparece *por fruta*, casando os esquecidos, confessando os lerdos, batizando os inocentes. Dinheiro escasso, saúde suficiente, alegria teimosa. Inexplicável "contenteza". Gente espiritualmente autárquica, jantando na esteira, contando estórias ao anoitecer, criança vivendo os brinquedos de outrora. Um dos refúgios da mais pura literatura oral.

Decorrentemente à prática religiosa, Santos *da fiança*, promessas e rogos do século XVIII, quando os antepassados plantaram os primeiros esteios, enredando os primeiros enxaimés, cobrindo o arcabouço com as palmas ainda verdes do coqueiral e palmeiral virgens de uso. Comumente é a gente moça que emigra para as indústrias famintas, cercando a cidade de chaminés verticais e fumos negros. As gerações mais novas rumam para falsa terra feliz onde a fartura mora, a cidade tentacular. Serão moradores na cinta suburbana, ajudando a sortir os mercados e feiras com frutas, hortaliças, galinhas, ovos. O replantio não altera a seiva. Foram vozes informadoras, menos por palavras que nos comportamentos naturais, valendo frases mudas. As formas arcaicas do raciocínio religioso seriam sedimentos doutrinários que a semi-imobilidade intelectual conservava na memória. Na proporção que se aproximam do foco vão entrando na área dos ventos uivantes e remoinhos sonoros, "arejando" pela dissipação inevitável. O processo modificador substituirá pela enxertia a primitiva organização conceitual, facilitando as sucessivas "convicções" complementares e provisórias que se tornam básicas... por algum tempo. *But is another story.*

Parecia-me gente respirando antes de 1870, crente que Deus resolvesse pelo milagre os problemas pessoais do recorrente. A Divindade estava em todas as manifestações naturais das coisas vivas, das safras opulentas às trovoadas retumbantes. Inútil esperar silêncio tímido quando se trata de explicar as "obras de Nosso Senhor". Todos têm o dever de esclarecer os ignorantes, mesmo os que ensinam nas Universidades e desconhecem o rasto de Deus na humildade dos insetos e das pedras anônimas. Notável é o desinteresse pela compreensão alheia do interlocutor. Em Portugal, o lavrador Manuel Pedro Marto, pai de um vidente de Fátima, Francisco, explicava sua morte prematura aos 11 anos, numa frase sibilina: – *Iluminação dos comandos*! Essencial é o "despacho", a resposta possivelmente enigmática. Não cumpria à pitonisa esclarecer aos consulentes a mensagem oracular de Apolo.

Surpreendente é a unidade lógica desses conceitos por todo o Brasil popular. Nenhuma discrepância na ética das afirmativas formais, como brotando do inatismo cartesiano. Apenas o vocabulário defende o regionalismo da expressão, expondo imagens naturais da ecologia ambiente. O paroara amazônico e o peão gaúcho não modelam as mesmas frases mas o sopro que as destina ao entendimento parte do quadrante imutável da convicção religiosa. A finalidade é uma humilde iluminação ao passo hesitante do homem, denunciado pela pergunta sarcástica ou curiosa, sempre no plano da informação sobrenatural. A quase totalidade das criaturas credoras do meu afeto não sabia ler mas reproduzia a voz misteriosa e perene de uma Sabedoria sem fontes impressas, insinuações capciosas, impulso de valorizar-se. Ostentação, Vaidade. Importância. Apenas obedecia a uma demonstração sincera de expor o que sabia.

Quarenta anos pesquisei essa floresta humana, de raízes imóveis e frondes oscilantes. Andei sozinho e a pé, como o Conde de Ficalho, pedindo à exibição bibliográfica que me permitisse falar, sem seu auxílio, sobre as evidências constatadas.

A PEDRA NA CRUZ

Na minha juventude no Sertão do Rio Grande do Norte, viajando a cavalo, centena de vezes encontrei as cruzes de madeira à margem da estrada, com os braços cheios de pedrinhas e um montão subindo-lhes pela base. As pedrinhas significavam orações. Ali morrera alguém de desastre ou assassinato. Valiam rústico cenotáfio com o testemunho das oferendas espirituais. Serão vistas da Bahia para o Norte mas certamente em todo o Brasil porque vivem no continente inteiro, incluindo Unalashka, uma das Alêutidas. Antes da colonização europeia havia o culto da deusa andina Pachamama, espécie de Cibele ou Deméter, atestado pelas Apachetas, montículos de pedras, com folhas de coca, valendo reverências.

Estão em toda a Europa da Grã-Bretanha à Rússia, através dos Bálcãs. Uma pesquisadora da Irlanda informa: – *The custom of marking a place where death occurred in the open by a heap of stones or twigs or grass, to which each passar-by added, sems to have been practised all over the world.* Exatamente, Máire Nic Néill! Recebemos a tradição ibérica em que Teófilo Braga, J. Leite de Vasconcelos, Luís Chaves, Hoyos Sainz, Nieves de Hoyos Sancho, R. Menéndez Pidal, estudaram como já o fizera, em meados do século XVI o Doutor João de Barros. África negra e moura, Índico, Mediterrâneo, Atlântico, Ásia, Mesopotâmia, Pérsia, Kurdistam, Japão.

Estudos de J. G. Frazer antigos e longos. Registei essa documentária em livro velho, *Anúbis e Outros Ensaios** (Rio de Janeiro, 1951) dispensando repetição. Na minha província ainda resistem, junho de 1972, nos transeptos das cruzes e sobre os túmulos de procedência trágica.

No Brasil as pedras na Cruz traduzem o pensamento religioso de solidariedade cristã. Os mortos violentamente, em desastres ou desgraças, têm direito as preces repetidas porque não tiveram tempo de preparar a alma para a viagem final e respectivo julgamento. Reúnem-se, entretanto, vários

---

* 1ª parte deste volume. Rio de Janeiro, 1951. (N.E.)

elementos religiosos nesse simples gesto e nenhuma explicação isolada bastará, logicamente, para a compreensão exata do costume hereditário.

Primeiro. O dever da sepultura. Será o primeiro e o maior dos deveres da sepultura aos mortos. É a honra de Tobias. O cadáver sem a honra fúnebre do túmulo, mesmo sumário, tornar-se-ia um espírito malévolo, fantasma opressor, espavorindo e espalhando terrores. Toda literatura clássica greco-latina eleva o sepultamento como o primeiro dos deveres e era obrigação legal primária, a primeira para todas as criaturas humanas. Enterrar o morto era a inicial. Só os condenados por crimes repugnantes, os réprobos, os sacrílegos, eram privados da sepultura e erravam seu espíritos por toda a eternidade sofrendo os insultos das Fúrias, vagando sem pouso nas margens do Stix. Era imposição do *Jus Pontificum* mandar que se cobrisse o cadáver deparado na estrada com uma camada de pedras o simples *Lapidare*. Assim foram os túmulos antigos. Levar uma pedra ao sepulcro era ato de religião positiva. Cobria-se o corpo de um inimigo, túmulo do Rei de Hai (*Josué*, 8,29) ou de um príncipe rebelado, túmulo de Absalão (*II-Samuel*, 18, 17).

Segundo. Gesto de homenagem, sentimento religioso e fraternal ante o túmulo na estrada. Convergiam na interpretação, a religiosidade com a ideia universal da transferência da dor, alegria, emoção qualquer, às pedras e aos vegetais. Seriam como memoriais votivos e portáteis. Demonstração oblacional aos Mortos.

Terceiro. Evitação do cadáver e da imagem da morte trágica. O cadáver é símbolo da impureza e todas as religiões obrigavam a purificações a quem tocasse, mesmo inadvertidamente, a um morto: (*Números*, 19, 11: Purificação greco-romana). A explicação do gesto como uma homenagem às estelas de Hermes-Mercúrio raramente é clara e explícita pela complexidade. Os Deuses cobriram o cadáver de Argos, morto por Hermes, com pedras, livrando-se do contato. Essas pedras constituíram as estelas, intencionalmente erguidas ao deus-matador. Inicialmente fora o pavor de morto. Atirar três pedras era afastar um mau presságio: La Bruyère, *Les Caracteres*, 40.

Quarto. Reminiscências do altar rústico, do *Caim*, memorial, *altare lapideum, Êxodo*, 20, 25, marcando lugar sagrado onde houve aliança, compromisso, promessa, contrato. O memorial de pedra é um testemunho para que não se interrompa o vínculo da obrigação, *Josué*, 4, 7. Onde caía um raio, os romanos cercavam o local com uma defesa de pedras. Era o *Putial*.

Na orla das estradas brasileiras a pedra na Cruz recorda todos esses elementos religiosos, esparsos na memória do Homem e no tempo do Mundo...

CASTIGO AOS SANTOS

Coimbra Trombone, "Chorão" da velha guarda boêmia no Rio de Janeiro imperial, convidado para um pagode suburbano de batizado, ajoelhou-se ante Santa Rita, sua padroeira, pedindo que não o deixasse beber demais. Regressou totalmente ébrio, transportado como carga inerte nos ombros robustos de um carregador. Num ímpeto de represália, apanhou a dúzia de ovos trazida pelo seu portador, e atirou-os, um a um, na imagem, surda à prévia súplica de abstinência. Li o caso em Alexandre Gonçalves Pinto: (*O Choro*, 96, Rio de Janeiro, 1936). Para Coimbra Trombone a imagem era entidade materialmente sensível e viva. A Santa do Céu e o "vulto" de madeira confundiam-se na integração devota.

Assim pensaram Espartanos, Gregos e Romanos, amarrando seus ídolos, ameaçando-os de açoites e abandono de culto. Meninas ansiosas ou veteranas na idade, separam o Menino-Deus dos braços de Sant'Antônio, até que o noivo apareça. Põem o Santo mergulhado em poço ou cisterna, para finalidade idêntica. Ameaçam as Almas do Purgatório deixar de orar por elas. Não ousam essa intimidade a Nossa Senhora e às pessoas da Santíssima Trindade, provocando castigos fulminantes.

Coimbra Trombone não coagira mas castigara sua madrinha celestial, esquecida do socorro solicitado. Esse processo despique na humana lógica, aplicado a *lo divino*, é que reaparece nos registos orais sertanejos no plano dos anedotários tradicionais. Denuncia a ilimitação da Fé na representação física da Divindade.

O velho Joca d'Olanda, agricultor no município de Augusto Severo, Rio Grande do Norte, retirou os Santos do oratório doméstico e enfileirou-os na parede do açudeco, anunciando arrombar, não resistindo ao impulso das águas avolumadas pelas chuvas incessantes. Às pessoas familiares que gritavam socorro às imagens balançando no rebordo da oscilante vedação, respondia peremptório: – *vão porque querem ir!* O paredão desmoronou-se ao final e os Santos sumiram-se na ruidosa avalanche. Narração de meu Pai (1863-1935).

O Presidente Juvenal Lamartine de Farias (1874-1956) contava-me de um pequeno fazendeiro no Seridó que, ante os prenúncios iniludíveis da Seca, promovera novenas e orações fervorosas e contínuas diante do "oratório aberto", rodeado de velas votivas. Ele próprio, pecador profissional, associava-se, contrito, às rezas bradadas e angustiosas para afastar o flagelo iminente. A *seca* tornou-se positiva, estorricando o pasto, esvaziando o bebedouro, matando o gado, anulando todos os recursos. A solução desesperada e derradeira seria para os vales úmidos do distante litoral.

Antes de partir, com as lágrimas nos olhos quentes, amarrou imagem por imagem no topo dos foguetes existentes em casa, e soltou-os no terreiro, para o alto, cada qual escudeirando um Santo de antiga confiança. E ao faiscar do rojão, gritava, sublimando a desilusão convulsa: – *o lugar de santo é no céu! o lugar de santo é no céu!...*

E as pequenas imagens atravessavam o espaço, na desforra da violência, no rumo do Céu implacável.

Aos santos inocentes

Depois da *Noite de Festa*, aos sete e nove anos, recordo-me ter sido levado pela ama Benvenuta de Oliveira, Utinha, para um almoço em companhia de uns meninos e meninas na Rua Ferreira Chaves e depois na Avenida Sachet (Duque de Caxias), em Natal. Ao findar, fomos brincar enquanto as acompanhantes serviam-se de um cardápio trivial. Houvesse anormalidade, teria lembrança. Nessa época, viajando de Natal ao Recife pela Estrada de Ferro, dormia-se em Guarabira, Paraíba, prosseguindo-se na manhã seguinte. Meus pais hospedavam-se na residência de um comerciante, Saraiva, magro, solene, conversador. Lembro-me que numa destas vezes, creio que em 1908, deixamos a casa em plena efervescência festiva para um almoço às crianças. Pertencendo à classe dos credenciados, lamentei continuar a jornada sem saborear os quitutes que a Senhora Saraiva dedicaria aos pequenos paraibanos. Trinta anos depois atinei tratar-se de uma devoção aos *Santos Inocentes*, 28 de dezembro, constando caracteristicamente de uma refeição às crianças, máximo de oito anos. As meninas deveriam ter menos idade porque ficam "sabidinhas" muito mais cedo.

Na cidade do Salvador essa festa convergiu para os Santos Cosme e Damião, 27 de setembro, correspondendo aos *Ibejes* dos pretos nagôs, o *Caruru dos Meninos*, que terminou não tendo dia certo para a realização. De origem cristã e divulgação familiar, vulgarizou-se como sendo um culto africano por influência dos Candomblés sudaneses na Bahia e áreas sujeitas a sua jurisdição supersticiosa. Indubitavelmente existiu no Rio de Janeiro, onde há vestígios da comemoração doméstica e digestiva aos *Santos Inocentes*, primeiros mártires em louvor do recém-nascido Jesus de Nazaré. Pereira da Costa já não a regista no Recife, onde será de impossível ausência. Teria havido da Paraíba para todo o Norte porque ainda é contemporânea em Belém do Pará, cidade mística. Direi mesmo, aquém do Rio São Francisco. Para o Sul e Centro, ignoro, mas a presença será ecologicamente lógica.

Pelo interior do Pará as festas íntimas a São Lázaro, 11 de fevereiro, São Roque, 16 de agosto, a *Promessa aos Cachorros*, incluem, às vezes, convites a um certo número de crianças ou de virgens, presumíveis inocentes.

Na Europa católica, notadamente na França, os *Saints Innocents* possuíam comemoração popular e burlesca, mesmo na Corte, confundindo-se com a "Festa dos Loucos": *Fête des Saints Innocents, dite aussi. Fête des Fous*, com amplas liberdades licenciosas, fazendo-se proibir em meado do século XV mas sempre funcionando na predileção jubilosa e erótica de Paris sob a dinastia dos Valois. Cem anos depois da proibição ainda motivada a novela XIV no *Heptaméron* da Rainha Marguerite de Navarre, para onde envio a possível curiosidade.

Na Sé de Lisboa, véspera do *Santos Inocentes*, os meninos do coro elegiam entre eles o *Bispo Inocente*, até o dia seguinte governando o clero, visitando igrejas, distribuindo benções, saindo em procissão, com o mesmo cerimonial litúrgico do verdadeiro prelado. Lembrava o *Imperador do Divino*, com as efêmeras prerrogativas majestáticas. O reverendo Cabido da Catedral oferecia um lauto jantar aos jovens coristas. Seria a origem do ágape, no mínimo desde o século XVIII, julgado pelo Povo ato devocional por ser promovido pelas autoridades eclesiásticas com anuência do Arcebispo.

No meu tempo de sertão não havia mostras religiosas exteriores, exceto dois Padre-Nossos e três Ave-Marias rezadas pelas velhas donas menos às vítimas meninas do Rei Herodes que aos "Anjos", falecidos "antes da idade da Razão", incluídos na polifonia celestial. Decorrentemente ocorreu nas populações vizinhas, idênticas em sangue, mentalidade, índice cultural. Faziam-na em Guarabira, Fortaleza, Parnaíba, Tutoia. Não seria oblação seguida e regular mas "Promessa" à Nossa Senhora da Conceição, outra invocação e possivelmente aos próprios *Santos Inocentes*, patronos infantis, com a *Anjo da Guarda*, face imutavelmente juvenil e louçã. Lentamente os *Santos Inocentes*, com bem pouca representação plástica, diluíram-se como centro intencional rogatório. A refeição é que restou articulada à outra entidade celícola, sempre no intuito de alegrar crianças numa compensação ideal ao martírio sofrido na Judeia. Festa privada sem nenhuma intervenção sacerdotal. As crianças não oram nem cantam. Comem, bebem refrescos. Brincam depois, Maria de Belém Menezes, colaboradora admirável, informa-me do Pará: – "A Sra. D. Clarisse Rodrigues da Silva relatou que no dia 16 de agosto fez um *Almoço dos Inocentes* em homenagem a São Roque. Anos há em que ela faz o almoço a 23 de agosto, dia de São Benedito, pois é pobre e junta os dois Santos numa só festividade, mas o Santo homenageado mesmo com o almoço é São Roque. Reúne doze crianças, desde as que já comem "alguma comidinha", até oito anos no máximo. Oferece picadinho, galinha guizada, arroz, macarrão, purê de batatas. As crianças sentam em esteiras, em torno da toalha estendida no chão. Terminado o almoço, amigas convocadas lavam as mãos das crianças e jogam a água nas plantas. À noite tem ladainha. Achei interessante ela contar que no meio da mesa põe uma imagem de São Roque (que mostra uma ferida na coxa), acompanhada de duas velas acesas e um copo d'água.

Perguntei-lhe para que a água e ela disse que era para a "lavagem dos espíritos" e misericórdia, e que acha que nunca saiu nenhuma briga, nem houve "desarrumação" de bêbados etc. (o bairro em que está a casa dela é muito atrasado ainda) por causa do copo d'água. Esta, depois de oito dias, é jogada na sapata da casa... Soube de um senhor de nome Antônio Rodrigues, que mora na Travessa Curuzu, 784, Bairro da Pedreira, cuja esposa oferece anualmente um almoço em honra de Nossa Senhora da Conceição a doze crianças. Fui até lá e ela me contou que, estando gravemente enferma, prometeu a Nossa Senhora da Conceição celebrar-lhe a festa com um almoço para doze crianças, o que vem fazendo há vários anos. Como os filhos estão crescendo, à noite querem festa e, disse-me o marido, a promessa está saindo cara, pois no ano passado (1971) chegaram a gastar, no total do almoço e festa, quase 800 cruzeiros!"

O número de convidados será de três (Santíssima Trindade) a doze (os Apóstolos) e mesmo que os *Santos Inocentes* não sejam homenageados nominalmente, reaparece o nome na sugestão dos componentes, *Almoço dos Inocentes*.

Em Portugal os *Santos Inocentes*, provocavam ruidosa comezaina, sendo nos finais de dezembro, 27/28, consideravam prolongamento do *Natal* e antecipação de *Ano-Bom e Reis*, aquecendo com vinho, canto e bailarico as tardes e noites frias do inverno. Essa "festada" não se aclimatou no Brasil. Nem houve eleição do *Bispo Inocente* ou a permissão de fustigar as raparigas surpreendidas no sono, *donner les Innocents* ou *bailler les Innocents*, no uso francês. Reduziu-se a uma refeição às crianças na idade das sacrificadas pela crueldade do Rei Herodes.

Essa seria a forma devocional, permanecendo na tradição brasileira.